insel taschenbuch 4890
Rose Tremain
Die innersten Geheimnisse der Welt

Bath, 1865: Als Tochter eines gefragten Chirurgen und begnadete Krankenschwester ist Jane eine »gute Partie« und ihr Lebensweg scheint vorherbestimmt. Doch die Aussicht, ihre Tage als Ehefrau und Mutter an der Seite des jungen Arztes Valentine zu verbringen, findet sie wenig reizvoll. Umso mehr, als sie bei einem Besuch in London in die freizügige Bohème eintaucht und dort die faszinierende Julietta kennenlernt ...

Nicht nur sie muss sich fragen, was sie sich von ihrem Schicksal erhofft. Valentines Bruder Edmund zieht es an weit entfernte Orte: Auf der Suche nach exotischen Pflanzen und Tieren reist der Forscher in den tiefen Dschungel Borneos. Doch er hat die Gefahren der gewaltigen Natur und des drückenden Klimas unterschätzt ...

Rose Tremains kühner und sinnlicher Roman ist eine Entführung in ferne, wilde Orte. Er erzählt mit unbändiger Abenteuerlust von Menschen zwischen Leidenschaft und Konventionen, von Heils- und Glücksversprechen – und der Sehnsucht nach Erlösung.

Rose Tremain, 1943 in London geboren, schreibt Kurzgeschichten, Romane sowie für Film, Funk und Fernsehen. 2020 wurde sie von der Queen in den Adelsstand erhoben. Tremain lebt in London und Norwich.

Im insel taschenbuch liegen von ihr u. a. vor: *Der weite Weg nach Hause* (it 4037), *Zeit der Sinnlichkeit* (it 4200), *Und damit fing alles an* (it 4615) sowie *Rosie. Szenen aus einem verschwundenen Leben* (it 4849).

Christel Dormagen hat u. a. Bücher von Anne Taylor, Carol Birch und Daphne du Maurier ins Deutsche übersetzt. Sie lebt in Berlin.

Rose Tremain

DIE
INNERSTEN
GEHEIMNISSE
DER WELT

Roman

Aus dem Englischen
von Christel Dormagen

Insel Verlag

Die Originalausgabe erschien 2020 unter dem Titel
Islands of Mercy bei Chatto & Windus, einem Imprint von Vintage,
einem Teil von Penguin Random House, London.

Erste Auflage 2022
insel taschenbuch 4890
© der deutschen Ausgabe Insel Verlag Berlin 2020
© Rose Tremain, 2020
Vertrieb durch den Suhrkamp Taschenbuch Verlag
Umschlag: Rothfos & Gabler, Hamburg
Umschlagabbildungen: Shutterstock, Berlin
Satz: Satz-Offizin Hümmer GmbH, Waldbüttelbrunn
Druck: CPI books GmbH, Leck
Printed in Germany
ISBN 978-3-458-68190-8

DIE
INNERSTEN
GEHEIMNISSE
DER WELT

Für Richard, in Liebe

»Manch grüne Insel muss es geben
Im tiefen, weiten Meer des Elends,
Der erschöpfte, bleiche Seemann
Könnte sonst nicht weiterfahren.«

Aus: *Lines written among
the Euganean Hills, 1818*
Percy Bysshe Shelley

ERSTER TEIL

DIE RUBINHALSKETTE

Sie kam aus Dublin.

In dieser lebendigen Stadt hatte sie in einer Kurzwarenhandlung gearbeitet und den langsamen Tod ihrer Mutter begleitet, nach welchem sie in sich eine unerwartete Sehnsucht entdeckte, Irland zu verlassen und die Welt zu sehen. Ihr Name war Clorinda Morrissey, und sie war achtunddreißig Jahre alt, als sie in der englischen Stadt Bath ankam. Es war das Jahr 1865. Sie war nicht schön, aber sie besaß ein Lächeln von großem Liebreiz und eine weiche Stimme, die die Seele trösten und besänftigen konnte.

Clorinda wusste, dass Bath nicht gerade »die Welt« war. Aber man hatte ihr erzählt, es sei wie Rom auf sieben Hügeln erbaut, und in der Frühlings- und der Herbstsaison würden »Galas und Illuminationen« veranstaltet, und diese Dinge bekamen in ihrer Vorstellung etwas Glamouröses. Es sei außerdem, hörte sie, ein Ort, der sehr viele reiche Menschen anlocke, die sich einfach nur vergnügen oder aber einer Wasserkur unterziehen wollten; und wo die Reichen zusammenkamen, war Geld zu verdienen.

Anfangs sehr bescheiden in der Arvon Street am unteren Ende der Stadt logierend, wo die Gossen mit Unrat verstopft waren, in dem tagsüber Dutzende Schweine umherliefen, um sich nachts in ihrem eigenen Schmutz behaglich schlafen zu legen, begann Clorinda Morrissey ihren Aufenthalt in Bath als Hutmachergehilfin im kalten Keller eines Ladens in der Milsom Street. Eine Arbeit, die die Hände angriff. Obwohl sie sich immer wieder sagte, sie diene ihrem

»Lebensunterhalt«, hatte Clorinda schon bald den Eindruck, dieser »Lebens«-Unterhalt ähnele sehr viel eher einer Art »Sterben«, und der Gedanke, dass sie Dublin verlassen hatte, nur um jetzt unter dem Gefühl zu leiden, dass dies ein gesellschaftlicher Abstieg war, machte sie wütend. Sie schwor sich, ihr Schicksal so rasch wie möglich in die Hand zu nehmen, damit ihr Unternehmungsgeist sie nicht vorschnell verließ.

Der einzige Wertgegenstand, den sie besaß, war eine Rubinhalskette. Es war ein schönes Stück: zwanzig blutrote Steine, aufgezogen auf einen zierlichen Goldfaden und mit einem goldenen Verschluss versehen. An Clorinda war die Kette von ihrer jüngst verstorbenen Mutter gekommen, die sie ihrerseits von *ihrer* Mutter bekommen hatte und jene wiederum, in eintöniger Erbfolge, von der ihrigen. Über lange, wenig bemerkenswerte Jahre war diese Halskette von einem sicheren Aufbewahrungsort zum nächsten gewandert. Sie war von all ihren Besitzerinnen kaum getragen worden und hatte eher den verhärteten Status eines Familienerbstücks angenommen, das in einer mit Satin ausgeschlagenen Schatulle aufbewahrt und hin und wieder in Brennspiritus getaucht wird, damit es gereinigt in neuem Glanz erstrahlen kann. Über lange Perioden wurde die Kette so vollkommen vergessen, als existiere sie überhaupt nicht.

Gerüchte, die Urgroßmutter habe sie »auf unehrenhafte Weise« erworben, wurden von Generation zu Generation weitergereicht, machten aber jede weitere Erbin nur noch begieriger, die Kette zu besitzen. Sie alle waren fest davon überzeugt, dass die Rubinhalskette eines Tages »ihren eigentlichen Zweck« erfüllen werde. Doch worin dieser Zweck bestehen könnte, wurde, auch wenn man viel darüber spekulierte, nie formuliert. Die Kette wurde weiterhin an seltsamen Orten versteckt gehalten: unter Fußbodendielen, im Innern einer defekten Standuhr oder im Geheimfach eines leeren Wandschranks, in dem Gefäße mit Hyazinthenzwiebeln die Winterdunkelheit überdauerten.

Doch nun traf Clorinda Morrissey, während sie sich in ihrem kalten Keller mit der Anfertigung von steifen Hauben und Stoffblumen für die Verzierung abplagte, eine schwindelerregende Entscheidung. Sie würde die Halskette verkaufen.

Ihrer inneren Stimme, die ihr vorwarf, sie verrate den Status der Halskette als Erbstück, das an zukünftige Generationen weiterzureichen sei, erwiderte sie, sie *habe keine Kinder*, weshalb es auch keine »zukünftige Generation« gebe, der es weiterzureichen sei. Und dem Gedanken, nach moralischen Kriterien müsste sie die Kette eigentlich einer der Töchter ihres Bruders überlassen, schenkte sie so gut wie keine Beachtung. Ihre beiden Nichten, Maire und Aisling, bedeuteten ihr überhaupt nichts. Sie hielt die beiden für beschränkte, mürrische Kinder, die wahrscheinlich nicht einmal von der Existenz der Kette wussten. Und die Rubine, das erkannte sie jetzt mit ungewöhnlicher Klarheit, hatten für niemanden irgendeinen Wert, solange dieser Wert nicht realisiert wurde. Nach all diesen stummen Generationen, die gelebt hatten und gestorben waren, wurde es doch wahrhaftig Zeit, dass jemand von den Edelsteinen Gebrauch machte.

Als Erstes trug sie die Kette zu einem Pfandleiher. Dieser ältliche Mensch klemmte sich einen napfartigen Gegenstand auf sein Auge und betrachtete durch ihn die Rubine. Clorinda Morrissey, die ihn scharf beobachtete, sah, wie ihm ein kleiner Speicheltropfen aus dem Mund trat und über das Kinn rann. Daraus schloss sie zu Recht, dass der Mann sofort erkannt hatte, dass er nach all dem Flitter, dem Messing, Glas, Elfenbein und Zinn, der ihm gewöhnlich angeboten wurde, hier endlich ein Objekt von ungewöhnlicher Schönheit und Kostbarkeit vor sich hatte. Er legte den Napf beiseite, wischte sich die Lippen mit einem schlaffen Taschentuch, räusperte sich und machte Clorinda ein Angebot.

Doch die genannte Summe genügte ihr nicht. Mrs Morrissey hatte die Absicht, ihr Leben zu ändern. Sie wusste, dass es ein knauseriges Angebot war, auch wenn es das überstieg, was sie in sechs Monaten bei dem Hutmacher verdienen konnte. Glühender Hass auf den zynischen Pfandleiher kochte in ihr hoch, eine Wut, so rot und herzlos wie die Edelsteine. Sie diskutierte gar nicht erst mit dem verabscheuungswürdigen Mann. Sie schnappte sich die Kette, legte sie wieder in die Schatulle und war schon im Begriff, wortlos den Laden zu verlassen, als sie kurz vor der Tür hörte, wie der Pfandleiher sie mit einem minimal erhöhten Angebot zurückrief. Doch sie ließ sich nicht aufhalten.

Am nächsten Tag lieh sie sich beim Hutmacher für Sixpence eine modische Haube, steckte sorgfältig ihre Haare darunter fest, zog ihren besten Mantel und saubere Schuhe an und begab sich zu einem Juwelier der gehobenen Gesellschaft in der Camden Street. Bei ihrem Eintritt klingelte ein melodisches Glöckchen über der Tür, was sie für ein freundliches Zeichen hielt.

Die Summe, die Clorinda Morrissey für die Rubine erhielt, in Goldmünzen ausgezahlt und von ihr auf einer geprägten Kaufurkunde mit so viel elegantem Schwung quittiert, wie sie aufzubringen vermochte, versetzte sie in einen tranceartigen Zustand, den sie »schiere Zielstrebigkeit« nannte. Sie konnte nicht schlafen. Sie nähte die Münzen in den Saum eines Batistunterrocks ein. Sie kam zu der Überzeugung, dass sie ihre achtunddreißig Jahre bislang in einer Art Halbdunkel verbracht hatte und ab jetzt dem Licht entgegenreisen werde. Und sie wusste sehr genau, wohin das Licht für sie fallen sollte.

Etwas weiter unten in der Camden Street gab es ein leerstehendes Ladengeschäft. Früher war es ein Bestattungsinstitut gewesen, das, wie Clorinda erfuhr, den Betrieb »wegen der unzureichenden Anzahl Verstorbener in der Stadt« aufgegeben hatte. Ihr wurde erklärt, der Anteil an Kranken und Leidenden in Bath sei zwar sehr hoch, doch es handele sich bei diesen hauptsächlich um »Importe in die Stadt«, die sich vom Heilwasser Genesung erhofften und entweder tatsächlich geheilt wurden – oder wieder zurück in ihre Heimat fuhren, um dort zu sterben. Die einheimische Bevölkerung sei dagegen extrem langlebig. Die steilen Hügel in der Umgebung sorgten für ein kräftiges Herz. Die Luft, die die Bewohner atmeten – zumindest im oberen Teil der Stadt –, sei, verglichen mit London und vielen anderen Städten, sehr rein. Und die vielfältigen Unterhaltungsangebote würden sie vor Verzweiflung bewahren. Gründe fürs Sterben seien vergleichsweise rar.

Das ehemalige Bestattungsinstitut war indes groß: ein hübsches Büro zur Straße hin, wo immer noch an die Wand geschraubte Mustersärge ausgestellt waren. Im hinteren Bereich hatten zwei Räume, die durch eine komplizierte Entlüftung über Eisenrohre in eine sonnenlose Hintergasse so kühl wie möglich gehalten und einst üppig mit teuren frischen Blumen dekoriert worden waren, als »Aufbahrungssalons« für diejenigen unter den trauernden Verwandten gedient, die den Anblick und Geruch einer einbalsamierten Leiche verkraften konnten.

Mrs Morrissey spazierte zwischen diesen beiden Bereichen, die den Konventionen englischer Bestattungen entsprechend eingerichtet waren, hin und her. Und sie sah sofort, dass ihr irischer Unternehmungsgeist sie höchst befriedigend den Bedürfnissen für das anpassen könnte, was sie für sich gern als ihre *Wiederauferstehung* bezeichnete. Sie stellte sich ans Fenster zur Camden Street und beobachtete die Menge gut ge-

kleideter Menschen, die draußen vorbeiflanierten. Sie musste wieder an die Rubinhalskette denken. Halb erwartete sie,
das Stück am schrumpeligen Hals einer reichen Witwe zu
sehen, doch dann wurde ihr klar, dass es sich nicht unbedingt um die Sorte Schmuck handelte, die tagsüber getragen
wurde, sondern eher einem jener »Gala-Abende« vorbehal-
ten sein würde, die in ihrem Kopf solch glanzvolle Dimen-
sionen angenommen hatten, von denen sie jedoch seit ihrer
Ankunft in Bath wenig mitbekommen hatte. Und überhaupt,
die Halskette war nicht länger »die Kette«. Sie war kurz davor, etwas anderes zu werden.

Nachdem Clorinda Morrissey den Mietvertrag unterzeich-
net und Arbeiter angestellt hatte, die die Räume renovieren
würden, schrieb sie einen Zettel und klebte ihn mit Hutma-
cherleim an die Eingangstür des Geschäfts. Darauf stand:
Baldige Neueröffnung. Mrs Morrisseys eleganter Teesalon.

Was Clorinda Morrissey von ihrem Unternehmen erwartete, war nicht nur ein Lebensunterhalt, der keinesfalls irgendwie an »Sterben« erinnerte, sondern auch, dass *sie selbst*
dadurch bekannt wurde – als Marke, Magnet, Adresse aus
eigener Kraft. Obwohl sie in Dublin viele Freunde gehabt
hatte, war es ihr immer so vorgekommen, als ob sie in den
besseren Kreisen der Stadt nicht die geringste Rolle spiele.
Im Kurzwarenladen war sie unsichtbar gewesen.

Damals, in den Schankwirtschaften, in denen sie den Männern, Krug um Krug, standhalten konnte, schenkte ihr niemand besondere Beachtung. Einmal hatte sie einen Verehrer gehabt, einen Jungen mit Karottenhaar, der den Kopf
in den Wolken trug und von der Nachtpostkutsche über-
fahren worden war. Später hatte ein norwegischer Matrose
ihr einen Heiratsantrag gemacht, und eine Zeitlang hatte
sie sich gefragt, ob es ihr nicht gefallen könnte, in solch starken und fremden Armen zu liegen, die so abgehärtet gegen

die Kälte waren. Doch schließlich hatte sie sich gegen ihn entschieden. Der Junge mit dem Karottenschopf war mit dem Gesicht zum Himmel gestorben; der Norweger würde wahrscheinlich ins Meer fallen und ertrinken. Und sie begriff, dass sie eigentlich nicht mit einem Mann leben wollte – zumindest jetzt noch nicht, sondern erst, wenn sie jemanden mit ruhigem Blick gefunden hatte, der mit beiden Beinen fest auf dem Boden stand. Sie wollte *für sich* leben, wollte ihren eigenen Weg gehen. Als sie dann nach England aufbrach, erfand sie sich neu als Witwe, weil Witwen in der englischen Gesellschaft sehr viel unkomplizierter leben konnten als ein unverheiratetes Fräulein – das jedenfalls hatte man ihr erzählt.

Und nun würde ihr Name demnächst in Goldlettern über dem Laden stehen: *Mrs Morrisseys eleganter Teesalon*. Die Zukunft würde nach Erdbeermarmelade, frisch gebackenen Scones und aromatischem Zitronenkuchen duften. Bei einem Milchhändler in der Carter Street hinterließ sie den Auftrag für eine zweimal in der Woche zu liefernde große Portion dicker Sahne aus Devon.

EIN NACHMITTAG BEI
MRS MORRISSEY

Vielleicht wegen seiner ausgezeichneten Lage in der Camden Street und vielleicht auch, weil die Bauarbeiter hinter den Mustersärgen einen hübschen Kamin freigelegt hatten, in dem Mrs Morrissey ein Kohlenfeuer entzünden konnte, das ihre Kundschaft an kalten Herbstnachmittagen wärmte, lockte der Teesalon schon sehr bald eine höchst zufriedenstellende Anzahl von Menschen herbei.

Bald hieß es in ganz Bath, Clorinda Morrissey verstehe eine Biskuittorte leicht wie ein Daunenkissen zu backen und der Tee sei stets bester Assam ohne jeden streckenden Zusatz; es herrsche dort eine Atmosphäre, die den Menschen das Gefühl vermittle, dass diese Teestube ein *der Zeit enthobener Ort* sei, eine Oase, eine wohlriechende Insel, wo ihnen, solange sie dort weilten, nichts Schlimmes widerfahren könne.

Das lag nicht nur an den hell lodernden Kohlen und den hervorragenden Kuchen, sondern auch an Clorinda Morrissey selbst – an der Art, wie sie sich ruhig zwischen ihren Gästen bewegte, an ihrer reizenden irischen Stimme, die die Luft wie sanfte Musik durchdrang. Sie begrüßte all ihre Kundschaft – ob Herzogin oder Bordsteinschwalbe, ob Baroness oder Bariton im örtlichen Gesangsverein – mit einem einfühlsamen Lächeln vorzüglicher Höflichkeit, als hätte sie diese Fremden und deren wechselvolles Leben schon seit jeher gekannt.

Darüber hinaus fiel ihr irgendwann mit Genugtuung auf,

dass einige Leute *Mrs Morrisseys Teesalon* schon bald zu ihrem Lieblingsort für tiefgehende Gespräche oder Bekenntnisse von größter Wichtigkeit auserkoren. Von ihrem Beobachtungsposten an der Theke, hinter der verführerischen Auswahl an Linzer Törtchen, Crumpets, Scones und Obstmuffins, konnte Mrs Morrissey sehen, wie diese Gäste den Tortenständer, den sie immer mitten auf den Tisch stellte, beiseiteschoben, um sich so dicht zueinander zu beugen, dass ihre Köpfe sich fast berührten. Sie sah, wie Handschuhe ausgezogen und Hände ergriffen wurden. Sie hörte Seufzen und Lachen und erspähte manchmal Tränen, die über eine Alabasterwange rollten und in den Assam fielen. Solcherlei Dinge erfüllten ihr Herz mit großer Freude. Endlich war sie jemand. Sie war Mrs Morrissey von der Camden Street, und die Menschheit versammelte sich an ihrem beschützenden Busen.

An diesem speziellen Nachmittag erschien der Mann zuerst.

Mrs Morrissey wusste, dass es sich um Dr. Valentine Ross handelte, einen der unzähligen Ärzte, die bestens von der Kavalkade von Invaliden lebten, die Bath wegen der Wasserkuren aufsuchten und sich gern von beruhigend teuren Ärzten zu dieser und weiteren Behandlungsmethoden gegen ihre Leiden ermuntern ließen.

Er war ein kräftig wirkender Mann Mitte dreißig, von durchschnittlicher Größe und mit dunklem, schon leicht zurückweichendem Haar. Vielleicht lag ein Anflug von Grausamkeit in seinen schmalen blauen Augen, doch sein Verhalten gegenüber Mrs Morrissey war stets tadellos gewesen. Häufig war er allein in den Teesalon gekommen, nicht um etwas zu essen, sondern um Tee zu trinken, einen Stumpen zu rauchen und über eine verworrene oder abwegige Frage nachzusinnen, die man hinter seiner konventionellen äußeren Erscheinung nicht vermutet hätte. Manchmal verwickelte er Mrs Morrissey in eine höfliche Konversation und befragte sie zu Dublin, nach Wohl und Wehe der Stadt, ihrem Reichtum und ihrer Armut. Er hörte stets aufmerksam zu und bemerkte einmal zu ihr, dass er sich »schäme«, so wenig über die Welt außerhalb von Bath zu wissen.

Sein jüngerer Bruder, erzählte er ihr, sei Forscher auf dem Gebiet der Naturwissenschaften und arbeite zurzeit auf der Insel Borneo im Malaiischen Archipel. Diese außerordentliche Abenteuerlust des Bruders gebe ihm, Valentine Ross, das Gefühl, »provinziell« zu sein, jedenfalls behauptete er das, fügte allerdings hinzu, das lasse sich aber nicht ändern. Er sei nicht die Sorte Mann, die sich danach sehnt, tobende Wasserfälle zu sehen oder den Regenwald, in den nie ein Lichtschein dringt. Er könne auch den Wunsch des weißen Mannes nicht ganz verstehen – erklärte er Clorinda Morrissey –, »vergessene Stämme« in Teilen der Welt zu entdecken, die noch niemand kartografiert hatte, und das Ganze geleitet von der Vorstellung, diese Menschen seien glücklich in ihrer »Vergessenheit« und führten ein Leben stiller Zufriedenheit.

»Ich bin absolut sicher, dass Sie recht haben!«, hatte Mrs Morrissey erwidert. »Was mich betrifft, so gefällt mir all dieser Lärm der Stadt. Aber als ich ein Mädchen war, fuhr meine Mutter öfter mit uns unseren Großvater besuchen, einen Hummerfischer an der Westküste, im County Clare. Und man könnte durchaus behaupten, dass er ein ›vergessener‹ Mann war – so wie er dort in einer niedrigen Hütte hauste, meilenweit entfernt von allem und den herzlosen Ozean direkt vor der Nase. Doch er wollte es gar nicht anders. Er pflückte gern Grasnelken für den Krug auf seinem alten, wurmzerfressenen Tisch und Meerfenchel für sein Abendessen. Wenn wir zu Besuch kamen, gab es abends immer Brot und Herzmuscheln, und tagsüber tobten wir am Strand. Er war freundlich zu uns, aber am liebsten mochte er es, wenn man ihn in Ruhe ließ. Unsere Abreise feierte er stets mit einem Krug Bier! ›Fort mit euch!‹, rief er. ›Fort, fort!‹ Also, wenn man ein Waldmensch wäre und auf keiner Karte verzeichnet, könnte man da nicht vielleicht sein wie er, die allerglücklichste Person der Welt? Aber wer wüsste das schon zu sagen?«

Als Clorinda Morrissey jetzt an Dr. Ross' Tisch trat, fiel ihr auf, dass seine Hand zitterte, während er seinen Stumpen anzuzünden versuchte. Seine Gesichtsfarbe, die gewöhnlich auf eine ruhige Gemütslage sowie die gehorsame Zirkulation seines Bluts schließen ließ, wirkte jetzt bleich, und zarte Schweißperlen bedeckten seine Stirn.

»Doktor Ross«, sagte Clorinda. »Ist alles in Ordnung mit Ihnen, Sir?«

»Doch, ja, Mrs Morrissey. Und wie geht es Ihnen?«

»Danke, gut. Ich genieße die Herbstsonne. Darf ich den üblichen Assam bringen?«

Bei dieser Frage zögerte Ross und warf einen beklommenen Blick zur Tür.

»Nein«, erwiderte er. »Vielen Dank. Später. Ich erwarte einen Gast.«

»Oh, was für eine nette Abwechslung«, meinte Mrs Morrissey. »Wie wäre es dann mit Kuchen und Scones?«

»Ja«, sagte Ross. »Aber ich warte noch, bis … «

In dem Moment öffnete sich die Tür des Teesalons, und eine junge Frau kam herein. Man sollte besser sagen, sie *schritt durch die Tür*, und die Blicke all derer, die schon ihren Tee genossen, wandten sich ihr allein deshalb zu, weil sie außerordentlich hochgewachsen war. Mrs Morrissey schätzte, dass sie fast einen Meter neunzig groß musste – oder noch größer. Sie trug weder Haube noch Hut, und ihr dunkler Mantel war modisch tailliert und mit Pelz besetzt. Sie hielt den Kopf so hoch, dass ihr Blick beim ersten Umschauen auf die tapezierte Wand fiel und nicht auf die Kundschaft an den Tischen. Und dieser Blick, stellte Clorinda Morrissey sofort fest, war streng und durchdringend.

Als Valentine Ross sie sah, legte er seinen immer noch unangezündeten Stumpen hin und stand auf. Ein nervöses Lächeln fältelte seine Wangen, und er hob die Hand. Die hochgewachsene junge Frau erwiderte das Lächeln nicht oder hatte es nicht bemerkt. Sie zögerte einen Moment, als sei sie vielleicht kurzsichtig und fürchte, auf dem Weg zu ihm zwischen den Teetischen zu stolpern. Also kam er ihr entgegen. Mrs Morrissey beobachtete, wie er sie mit einer förmlichen kleinen Verbeugung begrüßte, ihr dann seinen Arm bot, den sie nahm, worauf beide zu dem Tisch gingen, an dem er gesessen hatte.

Clorinda zog einen Stuhl für sie vor, wobei sie feststellte, dass sie, die in Irland manchmal für groß gehalten worden war, trotz ihres gestärkten Spitzenhäubchens der Dame nur bis zum Kinn reichte.

»Mrs Morrissey«, sagte Valentine Ross, »darf ich Ihnen Miss Jane Adeane vorstellen. Miss Adeane ist die Tochter unseres hoch angesehenen Chirurgen, Sir William Adeane, mit dem zusammenzuarbeiten ich die Ehre habe.«

Auch wenn Mrs Morrissey die *patronne* ihres eigenen Unternehmens war und mittlerweile fast jeder in der Stadt ihren Namen kannte, achtete sie sorgfältig darauf, vor denen zu knicksen, die sie bediente. Dieser Knicks war allerdings eher ein charmanter kleiner Hüpfer, fast als besäßen ihre Schuhe unsichtbare Federn, und hatte schon manche Leute zum Lächeln gebracht, wie ihr nicht entgangen war. Doch sie hätte ihnen gern mitgeteilt, dass sie diesen Hüpfer nicht vollführte, um ihre Gäste zu amüsieren, sondern schlicht, um Zeit zu sparen, denn als Besitzerin eines Teesalons musste sie ununterbrochen von einer Aufgabe zur nächsten eilen, vom Herd zum Teekessel, vom Spülbecken zum Wäscheschrank, vom Marmeladenglas zum Sahnekrug, von der formellen Begrüßung zur Rechnungsstellung – und all das, ohne in irgendeiner Weise gehetzt oder angestrengt zu wirken. Sie hatte wirklich keine Zeit für echte Knickse.

Jetzt führte Clorinda Morrissey ihren Hüpfer aus und sah, wie ein Lächeln Miss Jane Adeanes strenge Miene erhellte. Miss Adeane streckte ihr die Hand entgegen, und Mrs Morrissey nahm sie.

»Ich habe von dem Zitronenkuchen gehört«, sagte Miss Jane.

Das Kohlenfeuer glühte in vulkanischem Rot. Zwischen den Teetrinkern lag ein kleiner Hund wachsam unter einem Tisch und wartete darauf, dass die Zeit verging, wartete, dass seine Herrin sich daran erinnerte, wie sehr er auf einen Spaziergang an der frischen Luft lauerte. Ein älterer Mann – oder, wie er lieber genannt worden wäre, ein Herr – saß allein an einem anderen Tisch, offenbar ein Geistlicher; gerade bekleckerte er das Tischtuch mit Sahne und klebrigen Sconeskrümeln. Er selbst schien sein Ungeschick gar nicht zu bemerken, aber andere Gäste von Mrs Morrissey mochten durchaus aufgeblickt und den angerichteten Schaden amüsiert zur Kenntnis genommen haben.

Wenn ebendiese Leute hinüber zu Valentine Ross geschaut hätten, wäre er ihnen auf den ersten Blick als der verlässliche, hart arbeitende, erfolgreiche Mann erschienen, der er auch war. Vielleicht würden die harten blauen Augen eine gewisse Rücksichtslosigkeit andeuten oder ahnen lassen, dass ihn gelegentlich unangemessene Sehnsüchte oder Vorstellungen überkamen; aber natürlich hätte man unmöglich erraten können, wie diese aussahen.

Doch die Person, die sie anstarrten, war Jane. Vielleicht flüsterten einige einander zu, sie hätten noch nie in ihrem

Leben eine so große Frau gesehen, und ein paar von ihnen mochten sich gefragt haben, wie viele Extrameter Stoff für ihre Röcke und Unterröcke wohl bestellt werden mussten und welche Kosten das verursachte.

Jane Adeane war die Blicke gewohnt, die von Fremden auf sie fielen und bei ihr verharrten. Inzwischen war sie unempfindlich gegen diese Art von Zudringlichkeit. Ihr war häufig erklärt worden, dass niemand wisse, wo diese außergewöhnliche Statur »herkam«. Janes Mutter, die bei ihrer Geburt starb, war eine kleine, adrette Person gewesen. Und ihr Vater – ein dünner Mann mit einem üppigen grauen Haarschopf und von hitzigem Gemüt, den man gut für einen Orchesterdirigenten hätte halten können, war auch nicht besonders groß. Porträts der Adeane-Großeltern sowie der Verwandten auf mütterlicher Seite waren häufig hervorgeholt und mit immer neuem Blick begutachtet worden, weil man hoffte, irgendeinen mächtigen Vorfahren, eine Vorfahrin zu entdecken, der oder die ihre Körpergröße dadurch zu verheimlichen versucht hatten, dass sie auf niedrigen Stühlen saßen; aber Jane hatte immer gewusst, dass keiner gefunden werden würde. Die knapp ein Meter neunzig gehörten ihr und niemandem sonst.

Und in Wahrheit war sie *ganz vernarrt in sie*, diese unwahrscheinlichen Extrazentimeter aus Fleisch und Blut. In ihren Augen waren sie die Grundlage dessen, was sie außergewöhnlich machte. Manchmal stellte sie sich vor, dass die Menschen um sie herum – all die, die sie so unhöflich anstarrten – darum kämpften, nicht in den heftigen Wogen des menschlichen Lebens unterzugehen, während sie selbst vor den dunklen Tiefen sicher war. Sie war ihr eigenes Rettungsboot, ihre eigene kleine Insel. Ihr Kopf und ihre Schultern würden immer aus den Fluten ragen.

Clorinda Morrissey kehrte an Valentine Ross' Tisch zurück, um seine Bestellung aufzunehmen. Sie sah, dass Miss Adeane ihn ängstlich anblickte, fast als fürchte sie, er werde das Falsche bestellen, und Mrs Morrissey entging auch nicht, dass seine Stimme zitterte, als er seinen »üblichen Assam« mit zweimal gebuttertem Toast und einigen Scheiben Zitronenkuchen verlangte.

War er vielleicht krank? Es war bekannt in Bath, dass die Ärzte, die so viel Zeit mit den Kranken und Sterbenden verbringen mussten, anfällig waren für plötzliche Erkrankungen. Und wie Clorinda Morrissey erfahren hatte, herrschte immer noch Streit zwischen den Ansteckungsvertretern (die glaubten, Krankheiten würden sich durch »Bakterien« verbreiten, die über Nahrungsmittel nach England importiert worden seien) und Ansteckungskritikern (die dachten, Krankheiten entstünden spontan aus Schmutz und Fäulnis und würden dann als Dampf oder »Miasma« durch die Luft transportiert). Im Grunde wusste man aber noch wenig darüber, wie Infektionen sich von Mensch zu Mensch übertrugen, weshalb auch kaum Vorkehrungen getroffen werden konnten. Doch wieso, fragte Mrs Morrissey sich, hatte Dr. Ross, wenn er doch leidend war, Miss Jane zum Tee eingeladen?

Sie bereitete eilig den Toast vor und schnitt den Kuchen. Dann trug sie alles an den Tisch, stellte den Tortenständer in die Mitte und zog sich mit einem weiteren ihrer kleinen Hüpfknickse zurück.

Während sie mit ihrer jungen Helferin Mary am Tresen stand und die Bestellungen der anderen Gäste fertig machte, konnte sie nicht umhin, immer wieder zum Tisch von Dr. Ross und seiner Bekannten zu blicken. Sie sah, wie Miss Jane den Tee ausschenkte und dann ziemlich hungrig ihren Toast zu essen begann. (Mrs Morrissey überlegte, ob dieser hochgewachsene Körper wohl besonders große Mengen an Nahrung benötigte.) Ross nahm sich ein Stück Kuchen, rührte es aber nicht an. Jane schien sehr schnell zu sprechen, doch ihr Begleiter sah sie nur ängstlich an und nippte an seinem Tee.

Als Jane ihren Toast aufgegessen hatte, schob Dr. Ross den Tortenständer beiseite, um seinen Gast besser im Blick zu haben. Er streckte eine Hand über den Tisch, als wolle er Janes Hand ergreifen, doch sie zog ihre zurück und nahm sich ein Stück Zitronenkuchen. Und nun sah Mrs Morrissey, dass Ross, als habe er Wichtiges mitzuteilen, mit großem Ernst zu sprechen begann.

Nach Clorinda Morrisseys Eindruck verfügte die kleine Szene am Teetisch über alle Zutaten eines Dramas und war genauso packend wie all die Stücke, die sie im Theater in Dublin gesehen hatte. Doch da sie fürchtete, zu unverfroren hinzustarren – ähnlich wie ein ungehobelter Zuschauer im Parkett, der die Schauspieler angafft –, wendete sie sich wieder ihrer Arbeit zu und rauschte mit einer Ladung Scones in den Gastraum, die für die Besitzerin des Kaufhauses Tilney's und deren Freundin Mrs Earle gedacht waren. Sie plauderte kurz mit den beiden Damen über die neuen französischen Pelzmuffs aus Zobel und Nerz, die Tilney's gerade in Auftrag gab, »bevor der Winter über uns kommt«.

»Ein herrliches Weihnachtsgeschenk«, begeisterte sich Mrs Tilney, »aber warum schauen Sie nicht einfach bei uns vorbei und erwerben selbst einen?«

»Nun ja«, sagte Clorinda. »Natürlich würde ich es vorziehen, solch ein hübsches Stück geschenkt zu bekommen, aber leider fällt mir kein passender *Schenker* ein.«

Da mussten die Damen lachen; ihr Lachen konnte allerdings nicht das laute Geräusch eines heftig zurückgeschobenen Stuhls übertönen. Als Mrs Morrissey sich umwandte, sah sie, dass es sich um Miss Adeanes Stuhl handelte, der bewegt worden war, und dass Jane jetzt stand und an ihrem

Mantel zupfte. Valentine Ross blickte mit einem Ausdruck tiefer Bestürzung zu der hoch aufgerichteten Gestalt empor. Auf Miss Janes Teller lag ungegessen ein Stück Kuchen. Die junge Frau drehte sich um, nickte Mrs Morrissey höflich zu, ging zur Tür und stürzte so schnell hinaus, als fürchte sie, noch bis auf die Straße verfolgt zu werden.

DER ENGEL DER BÄDER

Der Name, unter dem Miss Jane Adeane in Bath bekannt geworden war, hatte etwas Mythisches, fast Geisterhaftes. Sie wurde als »Der Engel« beschrieben, manchmal auch als »Der große Engel« oder »Der weiße Engel« oder, noch häufiger, als »Der Engel der Bäder«. Inzwischen hieß es, wem es gelänge, Jane als seine persönliche Krankenschwester zu gewinnen, dessen Suche nach Heilung in der Stadt würde erfolgreich sein. Vor allem Männer waren empfänglich für diesen Aberglauben. Von Janes starkem Arm zur Trinkkur geleitet zu werden, war fast so, als wäre man wieder ein kleiner Junge und befände sich in der sorgenden Obhut der eigenen Mutter. Manchmal konnte es einen Mann sogar zum Weinen bringen, wenn ihre Hand seine Stirn berührte.

Natürlich hatten sehr viele Bewohner der Stadt durchaus registriert, dass Miss Jane eine eigensinnige junge Frau war, stets darauf bedacht, genau das zu tun und zu sagen, was sie zu tun und zu sagen wünschte. Die Leute neigten dazu, ihrem Vater die Schuld dafür zu geben (falls man überhaupt von »Schuld« sprechen konnte), da er sein einziges überlebendes Kind geradezu vergötterte. Und es stimmte, dass Sir William Adeane außerordentlich an Jane hing. Ihre Anwesenheit im Haus war ihm rundherum angenehm, und manchmal merkte er, dass er sich unbehaglich fühlte, wenn sie nicht da war, fast als wäre er ein Kind und Jane seine angebetete Mutter.

Doch man sollte Sir William nicht dafür verantwortlich machen, dass Jane sich weigerte, irgendwelchen Urteilen außer ihrem eigenen zu folgen, wenn es darum ging, welchen Weg sie im Leben einzuschlagen gedachte. Diese Weigerung gehörte nur ihr, genauso wie ihre erstaunliche Größe allein ihr gehörte, und auf beides war sie stolz. Im Alter von vierundzwanzig Jahren hatte sie zu ahnen begonnen, dass sie und ihre großartigen Zentimeter eines Tages etwas vollbringen würden, was die Welt in Erstaunen versetzen könnte. Dass sie noch nicht wusste, was das sein mochte, beunruhigte sie nicht im Geringsten. Für sie war es einfach die »Große Sache«, ein Lichtstrahl in ihrer Seele. Sie begnügte sich damit, geduldig auf das zu warten, was der Lichtstrahl irgendwann enthüllen würde.

Sie trug gern Weiß. Zwar kamen ihre Ärmel und der Saum ihrer Röcke häufig mit Wasser in Berührung oder trugen Flecken von Blut oder Auswurf davon, doch sie hielt diese schneeweiße Kleidung so makellos und gestärkt wie möglich. Sie sollte nicht nur sauber sein, sondern Jane wünschte auch, dass sie auf ihre Patienten wie ein subtiler Vorwurf wirkte. Denn was ihr bei all den vielen Kranken auffiel, die sich zur Praxis ihres Vaters in der Henrietta Street schleppten, war deren außerordentliche Schmuddeligkeit. Manchmal waren ihre Zähne schwarz und locker und ihr Zahnfleisch war vereitert. Ihre Bärte waren übelriechende Nester voller verrottender Essensreste. Ihre Achseln stanken nach verborgenem Teichleben und ihre Geschlechtsteile nach Kanalisation. Und was ihre Füße anging ... das häufige Vorkommen von Gicht bei den Patienten machte das An- und Ausziehen der Fußbekleidung zu einer solchen Qual, dass die armen Kranken in ihren Stiefeln schliefen und die Füße tage- oder wochenlang nicht wuschen – eine grässliche Verwesung war die Folge.

Das brachte Jane zu der Überzeugung, allein das Eintauchen in das Wasser des Heißen Bades werde den Patienten Erleichterung verschaffen, da ihr Körper von einigem Schmutz befreit wurde und die Haut wieder atmen konnte. Und abgesehen davon, dass das Weiß ihrer Uniform einen Vorwurf implizierte, hatte sie auch das Gefühl, die Andeutung von Reinheit und Jungfräulichkeit schenke Seelen, die von irdischem Kummer erdrückt wurden, unerwarteten Trost. Auch wenn ihr Vater und Dr. Ross die eigentlichen Ärzte in den Räumlichkeiten der Henrietta Street waren, war Jane keineswegs geneigt zu glauben, sie selbst habe nicht die Macht zu heilen. Sie wusste es besser.

Sie hatte verschiedene Methoden. »Stärken durch Sanftheit« lautete ein Motto, das sie im Stillen häufig wiederholte. Ihre Hände, Arme und Schultern waren kräftig, und mit ihrer gewissenhaften Massage schmerzender Glieder versetzte sie ihre Patienten oft in einen nahezu religiösen Schlaf, aus dem sie mit einem Lobpreis Gottes erwachten und sagten, sie seien plötzlich frei von Schmerz. Doch sie wussten, dass die Veränderung sich nicht irgendeinem Wunder verdankte, sondern dem unglaublichen Talent des Engels der Bäder.

Jane hatte von ihrem Vater auch gelernt, faulende Zähne zu ziehen. Ihr war bewusst, dass ein verseuchter Mund den Körper bis hinunter zu den Fußsohlen schwächen und vergiften kann. Ängstlichen Patienten hatte sie versprochen, sie könne sie ohne Schmerzen auf den Weg der Besserung bringen. Sie mussten nur ein wenig Lachgas einatmen, um in eine heitere Stimmung zu geraten; allein bei dem Gedanken an Krankheiten und ihre Angst davor würden sie in Gelächter ausbrechen. Und genau in dem Moment würde Jane mit ihrer linken Hand ihren Mund offen halten, mit der rechten ihren glänzenden Leopold-Extraktor ansetzen und den defekten Zahn herausdrehen und -ziehen, noch ehe der Patient begriff, dass sie seinen Kiefer berührt hatte. Das Austupfen der Wunde mit einem Wattebausch, der in destillierte Karbolsäure getaucht worden war, schützte die Stelle, wo der Zahn gesessen hatte, anschließend so gut vor Infektionen, wie man es erwarten konnte. Wenn die euphorische Wirkung des Lachgases nachließ, nahm sie sachte den Zeigefinger des Patienten, tauchte ihn in ein Glas mit Nelkenöl und hielt ihn dazu an, »für eine Weile ein kleines Baby zu werden« und an seiner eigenen Hand zu nuckeln, um die Schmerzen zu stillen.

Sie scheuchte ihre Patienten nie umgehend wieder aus dem zurückhaltend möblierten Zimmer, in dem sie ihre Zahnbehandlungen vornahm, sondern kniete sich neben sie und sah ihnen – sozusagen von Mensch zu Mensch – fest in die Augen, bis sie aufstehen und in die erfrischende Luft von Bath hinaustreten konnten. Wenn Jane auf diese Weise den Blick eines Patienten mit dem Balsam ihrer braunen Augen in Bann hielt, schien er innerlich zur Ruhe zu kommen, so dass Jane, ohne jemals Monsieur Mesmer bei seiner Arbeit zugesehen zu haben, zu der Überzeugung gelangte, dass ihr Wille den Aufruhr eines verzweifelten Herzens zu besänftigen vermochte.

· So erfolgreich waren ihre Heilmethoden und so machtvoll Janes schiere Präsenz und ihre Berührung, dass die Patienten begreiflicherweise unbedingt wieder zu ihr kommen wollten und sich sogar einbildeten, sie seien verliebt in sie. Im Laufe der Jahre vergaßen sich manche dieser Leidenden, wenn sie auf ihrer Massagecouch lagen, derart, dass sie ihr zuflüsterten, ihre Heilung hänge einzig und allein von Janes Bereitschaft ab, andere Teile ihres Körpers bis zur beseligenden Erleichterung zu massieren. Eines Sommers wurde sogar das Gerücht in Umlauf gebracht, der Engel der Bäder mache dies tatsächlich, und zwar gegen die Summe von einer Guinea, was die Nachfrage von Patienten nur noch erhöhte. Doch diese Behauptung entsprach nicht der Wahrheit. Nicht im Geringsten. Miss Jane zog durchaus beträchtliche Befriedigung aus ihrer Fähigkeit, den Kranken und Sterbenden zu helfen; doch allein die Vorstellung, sie könne diese Fähigkeit dazu missbrauchen, Dinge zu tun, die ihren Ruf befleckten, bereitete ihr Übelkeit. Ja, sie respektierte die Männer, manchmal wegen ihrer Tapferkeit, manchmal wegen ihres Könnens und manchmal wegen ihres unerschrockenen Verlangens, Helden zu sein. Sie bemitleidete sie auch, wegen ihrer kindlichen Natur und ihrer emotionalen Feigheit, doch lieben tat sie sie wahrhaftig nicht.

Von daher hätte man glauben können, dass Dr. Valentine Ross, der schon seit fast zwei Jahren Seite an Seite mit Jane arbeitete und sie inzwischen so gut kannte wie ein Mann sie, von ihrem Vater einmal abgesehen, überhaupt kennen konnte, das begriffen hatte. Er war ein Mann mit einer gewissen Beobachtungsgabe. Doch mit der Hoffnung auf ein Heilmittel für seine eigenen aufgewühlten Gefühle hatte er sich geirrt. Es war eine vergebliche, absolut vergebliche Hoffnung, weil sie auf ein Heilmittel gesetzt hatte, das – wie er völlig übersehen hatte – einfach nicht bereitstand.

Ross hatte tatsächlich das Gefühl, er sei krank – »krank« vor Liebe zu Jane Adeane. In seinen Träumen suchten ihn Bilder ihres Alabasterkörpers heim. Wenn er neben ihr arbeitete, wirkte der zarte Duft ihres Haars so betörend auf seine Sinne, dass er manchmal die Konzentration verlor und mitten in einer Schröpfung oder einem chirurgischen Eingriff pausieren musste. Er wusste, was für eine geschickte Krankenschwester sie war, und erlaubte sich, in Fantasien über die glanzvolle Praxis zu schwelgen, die er gründen würde – mit dem Engel der Bäder an seiner Seite, aber außerhalb des langen Schattens, den Sir William Adeane warf. Er sah einen schimmernden Geldstrom auf sich zufließen.

Doch jetzt hatte er einen fatalen Fehler begangen.

Seine sexuellen und finanziellen Ambitionen hatten ihn

zu einem schockierend unpassenden Heiratsantrag in Mrs Morrisseys Teesalon verleitet. Erst hatte Valentine Ross seine Gefühle grenzenloser Liebe hervorgestammelt und dann gesagt: »Selbstverständlich werde ich alles genau so machen, wie es sich gehört. Ich werde zu Ihrem Vater gehen und ihn um Ihre Hand bitten. Aber vorher muss ich von Ihnen wissen, ob mein Auftritt Ihre Zustimmung gefunden hat.«

Miss Jane hatte einen Moment lang geschwiegen und ihn nur missbilligend von Kopf bis Fuß gemustert, als wäre er ein Kind, das seine Kleidung völlig falsch zugeknöpft hat.

»Oh, Ihr *Auftritt*«, sagte Miss Jane schließlich. »Nun, Ihr Gehrock gefällt mir durchaus, aber ich bin mir nicht sicher, ob die Weste nicht ein klein wenig aufdringlich ist – für einen Arzt, meine ich …«

Ross war bestürzt, dass sie sich über ihn lustig machte, worauf er allerdings hätte gefasst sein müssen – denn Miss Jane besaß einen scharfen Verstand, und sie schlug in jeder Unterhaltung instinktiv einen spöttischen Ton an. Doch er wünschte, sie hätte gerade in dieser Situation nicht der Versuchung nachgegeben.

»Machen Sie sich nicht über mich lustig«, bat er. »Ich liebe Sie, Jane. Ich glaube, ich liebe Sie schon so lange, dass es zu schmerzen beginnt, und deshalb suche ich auf diese Weise Heilung.«

»*Heilung*«, sagte sie nach einer Weile. »Das ist ein merkwürdiges Wort dafür.«

»Es ist das richtige Wort«, erwiderte Ross. »Meine Liebe zu Ihnen ist eine Art Krankheit, von der ich mich, wie ich weiß, nicht erholen werde. Ich werde nur gesund, wenn Sie bereit sind, mich zu heiraten.«

»Ach«, sagte Jane. »Dann ist es also jetzt die bescheidene Krankenschwester, die ein Heilmittel für den Doktor finden muss?«

»Ja! Haben Sie Mitleid mit mir, Jane. Erinnern Sie sich noch, dass wir im vergangenen Herbst ein Konzert mit Chopins Préludes in den Assembly Rooms besuchten und Sie –«

»O ja. Ich liebe Chopins Melancholie. Ich weiß, sie ist nicht nach jedermanns Geschmack, aber ich finde, das ist deren *Pech*, und –«

»Und Sie trugen ein scharlachrotes Kleid und irgendein hohes Gebilde im Haar …«

»Gebilde? Das war kein ›Gebilde‹. Das war eine Pfauenfeder.«

»Ach, tatsächlich. Nun, mein Bruder hätte es mit Sicherheit gewusst, aber ich nicht. Ich wusste nur, dass ich mich danach sehnte, die Feder zu berühren, Ihr Haar zu berühren. Und dann Ihre Hand in meiner zu spüren. Und seit jenem Augenblick begleitet mich diese Liebeskrankheit, und alles, was ich möchte, ist, Sie zu der Meinen zu machen.«

Jane Adeane hatte inzwischen ihre Teetasse bis auf den letzten Tropfen geleert, als könne sie mit dem Teetrinken irgendwie vom Thema »Gebilde« und Händchenhalten wegkommen. Beim Blick durch den Raum bemerkte sie den Hund zu Füßen seiner Herrin. Inzwischen kläffte er missmutig und wollte nur noch hinaus, und genau das wünschte sich jetzt auch Jane – weit weg von Valentine Ross zu sein. Was ihn betraf, so musste er mit Sicherheit begriffen haben, dass sein Heiratsantrag ein Fehler gewesen war, der schwerwiegendste Folgen haben würde, und dass sein Leben – wie auch das von Jane – in Bath niemals mehr dasselbe sein würde.

Jane richtete sich im Sitzen auf, reckte den Kopf so hoch sie konnte und blickte auf Ross hinunter.

»Es tut mir leid«, sagte sie. »Es tut mir wirklich leid, dass es Ihnen meinetwegen schlechtgeht, doch das ist nicht zu ändern. Die Heilung, die Sie sich wünschen, liegt nicht in meiner Macht.«

Sie erhob sich von ihrem Stuhl. Von einer Kurzsichtigkeit, die man bei ihrem Betreten des Teesalons noch hätte vermuten können, war nichts mehr zu bemerken. Sie warf einen Blick zurück zur Kuchentheke, wo Mrs Morrissey wartete, der sie höflich zunickte. Dann schritt sie rasch zur Tür.

In der Nacht beschäftigte Valentine Ross sein eigenes Verhalten und auch das von Jane vor der Tragödie (oder war es vielleicht nur eine Farce?), die sich im Teesalon ereignet hatte. Lange Zeit hatte er geglaubt, dass dieser Heirat eine absolute Logik innewohne und dass sich noch nie jemand seiner Zukunft so sicher gewesen sei wie er. Er hatte sich sogar dazu gratuliert, dass er noch Monate nachdem er begriffen hatte, wie viel Jane ihm bedeutete, abgewartet hatte, bis er um ihre Hand anhielt.

Er hatte abgewartet und darauf geachtet, ob es Anzeichen dafür gab, dass seine Zuneigung erwidert wurde – und er hatte geglaubt, sie zu entdecken. Doch jetzt wurde ihm bewusst, dass das, was er da gesehen hatte, nur Janes höflicher Respekt für ihn als Arzt war sowie ihre Freude daran, ihn zu necken; beides hatte er törichterweise für eine sublimierte Form leidenschaftlichen Interesses gehalten.

Er verfluchte sich für seine blinde Dummheit. Und doch hatte Ross ein oder zwei Mal ernstlich geglaubt, bei Jane einen Anflug romantischer Gefühle zu entdecken.

Eine dieser Situationen hatte es bei jenem Chopinkonzert in den Assembly Rooms gegeben – auf die er über den Tortenständer hinweg so ungeschickt angespielt hatte. Bis dahin hatte er sich stets mit wilder Freude an den Abend erinnert. In ihrem blutroten Kleid und mit ihrer Pfauenfeder hatte Jane so überwältigend gewirkt, dass sie zahlreiche Blicke anderer Konzertbesucher auf sich gezogen hatte, als sie gemeinsam zum Konzertsaal schritten. Und wie um sich vor den bewundernden Blicken zu schützen, hatte Jane seinen

Arm genommen, und als er seine Hand auf ihre legte, die in seiner Ellbogenbeuge lag, hatte sie sie nicht weggezogen. Sie hatte ihn angelächelt. *Angelächelt*! Wie um ihm zu sagen: »Ja, so fühlen wir uns wohl. Das empfindest du, und das empfinde ich. Vielleicht sollte es mit uns genau so bleiben?«

Als das Konzert sich seinem Ende zuneigte, hatte Miss Jane zu weinen begonnen – so sehr hatten sie die süße Traurigkeit Chopins und das Talent des Pianisten ergriffen. Als Valentine Ross spürte, wie sie neben ihm schluchzte, war er so kühn gewesen, ihre Hand zu ergreifen und sich so dicht zu ihr zu neigen, dass seine Schulter die ihre berührte – und sie hatte sich nicht dagegen gewehrt. Als er ihr sein sauberes seidenes Taschentuch reichte, damit sie sich die Augen trocknen konnte, hatte sie es ihm nicht zurückgegeben, sondern es, sehr intim, in ihr Mieder gesteckt.

»Was um Himmels willen hätte ich denn aus solchen Gesten schließen sollen?«, fragte Ross sich jetzt in dieser quälenden, schlaflosen Nacht. »Sind das nicht exakt die Reaktionen einer Frau, die sich geliebt fühlt und beginnt, sich in dieser Zuneigung zu sonnen? Hätte nicht jeder andere Mann dasselbe gefühlt – dass dies ein Beweis der Liebe war? Und – verdammt soll sie sein –, sie hat mir das seidene Taschentuch nie zurückgegeben!«

Diese Frage des Taschentuchs beschäftigte ihn genauso wie alle anderen. Hatte sie sich nur wieder lustig gemacht über ihn, oder konnte er … durfte er ihr Handeln als List begreifen, mit der sie ihn zurückbeorderte, wie um ihm mitzuteilen: »Ein tollpatschiger Heiratsantrag mag für den Geschmack manch anderer Frauen ausreichen, aber nicht für meinen. Ich bin die Große Jane. Ich bin der Engel der Bäder. Meine Außergewöhnlichkeit verlangt, dass du über deine Worte nachdenkst, sie nachbesserst und mich dann erneut aufsuchst … «

Doch als die Morgendämmerung sein Fenster erhellte,

überwog in ihm die Furcht, dass Jane, auch wenn er hundertmal um ihre Hand anhielte, immer noch nein sagen würde.

GOLEM

Sowie sie in der Henrietta Street durch die vertraute Tür trat, wusste Jane, dass sie jetzt Mittel und Wege finden musste, um Bath für längere Zeit den Rücken zu kehren. Die bloße Vorstellung, Seite an Seite mit Valentine Ross zu arbeiten und so zu tun, als ob nichts zwischen ihnen vorgefallen wäre, machte sie ganz schwach vor Angst.

Sie zog sich in ihr Zimmer zurück und schrieb eilig einen kurzen Brief an ihre geliebte Tante Emmeline in London, in dem sie darum bat, »für eine heilsame Zeitspanne« bei ihr zu wohnen.

Dann ging sie zu ihrem Vater und erklärte ihm, so ruhig sie konnte und ohne ihm – weder durch die kleinste Geste noch durch eine Veränderung von Stimmlage oder Betonung – zu verraten, dass irgendetwas Ungewöhnliches vorgefallen war, sie vermisse Emmeline und wünsche sich jetzt nichts sehnlicher, als nach London zu fahren, um Zeit mit ihrer Tante zu verbringen.

Angesichts der Tatsache, dass ihn das vor die Aufgabe stellte, eine neue Krankenschwester zu finden, die seine Tochter ersetzte, und gleichzeitig noch den Haushalt zu führen, war Sir William eigentlich geneigt, auf Jane böse zu sein, weil sie ihn in diese verdrießliche Lage brachte, und Jane wusste das. Verdruss war jedoch etwas, das er sich in Bezug auf seine Tochter nicht gestattete. Und so nahm er nur ihre Hand und sagte: »Du sollst genau das tun, was du möchtest, mein liebes Lämmchen. Du hast in dieser Saison sehr hart gearbeitet. Emmeline wird sich über deinen Besuch freuen. Und was uns hier angeht, so werden wir hervorragend zurechtkommen, da bin ich mir sicher. Ich werde dir Geld für die Londoner Mode mitgeben.«

Miss Emmeline Adeane bewohnte mit Nancy als einziger Bediensteten ein großes Haus in der Tite Street 2a, in Chelsea, London. Sie war eine gutaussehende Frau in den Fünfzigern mit einem sehr besonderen Geschmack und einer Neigung zu exotischer Kleidung nach der Mode von Madame de Staël – leuchtend bunte Turbane inbegriffen. Sie hatte es geschafft, in der männlich dominierten Londoner Kunstwelt einen gewissen Platz zu erobern, weil sie ihre Gemälde in eher kleinen Galerien ausstellte und außerdem bereit war, Gesellschaftsporträts nach Art von Sir Thomas Lawrence anzufertigen, die den Modellen schmeichelten – Männern und Frauen ebenso wie ihrer exquisit gekleideten Kinderschar, ganz gleich, wie dick oder reizlos sie sein mochten.

Ein bekannter Künstler der 1840er Jahre, Mr Jocelyn Hulton, hatte sich, ermutigt durch ihre schmeichelhafte Begeisterung für sein Werk, in die schöne junge Miss Emmeline verliebt. Und 1847 hatten Emmeline Adeane und Jocelyn Hulton einen Pakt geschlossen. Sie würde seine Geliebte werden, wenn er ihr jugendliches Talent unter seine Fittiche nahm und ihr half, die große Porträtistin zu werden, die sie ihrer eigenen Überzeugung nach war.

Dieses Arrangement dauerte etwa fünf Jahre, in denen Emmeline nicht weniger als viermal schwanger wurde. Zu ihrem Kummer und ihrer Beschämung konnte sie kein Kind austragen. Unter größten Schmerzen wurden die halb fertigen Babys, eines ums andere, in einem blutigen Chaos aus ihrem Leib in ein schweres Porzellangefäß ausgestoßen und von den Hulton-Bediensteten in den Nachttopf gelegt, um sich schließlich im Wasser der Themse mit sämtlichen gruseligen Londoner Entleerungen zu vermischen. Nach der vierten Fehlgeburt war Emmeline lange krank und fiel in eine tiefe Schwermut.

Auch wenn Jocelyn Hulton sich inzwischen eine jüngere Mätresse besorgt hatte, weil er Emmeline und ihr – wie er es nannte – »infernalisches Kopfgeschirr« leid war, erbarmte ihn ihre Notlage. Er war reich genug, ihr das Haus in der Tite Street zu kaufen und ihr darin ein schönes Atelier einzurichten. Er erklärte ihr, sie brauche ihn jetzt nicht mehr. Sie sei inzwischen eine Malerin »mit bewundernswertem Talent und großer Originalität«. Zum Abschied schenkte er ihr eine hübsche Töpferscheibe und zweihundert Pfund Ton.

Bevor er sie verließ, stellte er die Töpferscheibe auf und leitete Emmeline eine Stunde lang im Töpfern an. Diese Stunde gestaltete sich seltsam intim und aufwühlend. Jocelyn Hulton musste sich nämlich hinter seine geliebte Exmätresse und Beinahemutter von nicht weniger als vier Kindern stellen, sich dicht an sie pressen und seine Arme um sie legen, um ihre Hände beim Formen des sich drehenden Tons zu führen. Diese Gesten waren so zart und das gemeinsame Tun so sinnlich, dass Emmeline für einen Moment Hultons erneutes Begehren spürte und sich fragte, ob er schließlich nicht doch noch einmal mit ihr schlafen und danach seinen Entschluss, sie zu verlassen, rückgängig machen würde. Aber er wich rasch zurück, als nehme er sich sein plötzliches Verlangen übel. Er sagte, sie benötige keine weiteren Stunden mehr; sie sei jetzt in der Lage, sich alles, wozu sie Lust habe, selbst beizubringen.

Einige Wochen nach Hultons Abgang schnitt Emmeline sich eines Morgens, während ein kalter Frühlingsregen auf die Lichtkuppel ihres Ateliers prasselte, einen Klumpen Lehm zurecht, befeuchtete und knetete ihn, um ihn dann auf die Scheibe zu setzen. Das Geräusch des Regens klang wie ferner Applaus, und Emmeline, die die Zeit bis dahin hauptsächlich in einem Zustand großer Schwäche verbracht und sich Laudanum verabreicht hatte, um den Schmerz in Herz und Seele zu unterdrücken, beglückwünschte sich dazu, dass sie endlich wieder aufrecht dastand und ihre Hände sich an einem neuen Anfang versuchten.

Sie überlegte, was sie formen könnte, entschloss sich zu einem schlichten Gefäß und dachte dabei an eine Art Schale, die sie später glasieren und verzieren würde. Plötzlich packte sie eine seltsame Erregung.

Sie trat das Pedal, um die Scheibe in Bewegung zu setzen, und benutzte ihre Daumen – wie Jocelyn Hulton es ihr gezeigt hatte –, um die Mulde im Ton zu formen. Zuerst war sie erstaunt, wie einfach es schien. Doch bald schon zeigte das Gebilde einen hartnäckigen Drall nach links, sosehr sie auch versuchte, ihr Gefäß vollkommen rund zu machen. Immer und immer wieder mühte sich Emmeline, es mit den Händen in die Form zu zwingen, die ihr vorschwebte, doch jedes Mal verweigerte es sich ihr. Nicht nur, dass das Gebilde sich ganz entschieden weiter nach links neigte, sondern es begann sich auch auf eigentümliche Weise am Hals zu verengen, als sehne es sich – ohne jede Absicht der Töpferin – danach, ein Trinkgefäß zu werden.

Emmeline stoppte die Scheibe, trat einen Schritt zurück und betrachtete das Ding. Sie überlegte, ob sich auch erfahrene Töpfer manchmal mit einer solchen Meuterei ihres Materials zufriedengeben mussten oder ob dieses Ding hier nur mit ihrem mangelnden Geschick zu erklären war. Sie blickte auf, als ein Donnerschlag ihr Haus erzittern zu lassen schien. Die Sintflut über Chelsea wurde heftiger. Emmeline hatte das Gefühl, der wütende Regen könnte die Lichtkuppel in der Decke des Ateliers zerstören und all ihre kostbaren Farben und Leinwände dem offenen Himmel aussetzen. Und tatsächlich entdeckte sie nach einigen Minuten, dass das Wasser einen winzigen Riss im Glas gefunden hatte und jetzt Tropfen um Tropfen auf das halb geformte Objekt auf der Töpferscheibe fiel.

Während sie dies beobachtete, begann ihr Herz sehr schnell zu schlagen, und sie griff nach ihrem blauen Laudanumfläschchen und trank gierig. Jetzt schien klar zu sein, was da gerade geschah: Die Natur höchstpersönlich war dem Gefäß, das sie geschaffen hatte, nicht wohl gesinnt. Sie verlangte nach etwas anderem.

Die Geschichte mit der Töpferscheibe hatte Emmeline nur sehr wenigen Menschen erzählt, aber eine derjenigen, denen sie viele Geheimnisse ihres Lebens anvertraut hatte, war ihre Nichte Jane. Bevor sie das Ende der Geschichte verriet, hatte sie zu Jane gesagt: »Die Leute wollen es einfach nicht glauben. Anders als du, meine liebe Jane, das weiß ich, weil wir beide einander nicht anlügen; die anderen behaupten jedoch, ich sei einer Sinnestäuschung erlegen und hätte Dinge in einem Zustand krankhafter Veränderung gesehen, da ich gegen meine Schmerzen und meine Traurigkeit Laudanum nahm. Aber ich habe mich nicht getäuscht. Es würde eher der Wahrheit entsprechen, wenn man sagte, ich sei Zeugin von etwas Außerordentlichem geworden.«

»Ach«, hatte Jane erwidert, »das ist mir doch am allerliebsten! Wenn es nur mehr Außerordentliches in Bath gäbe …«

Jane hatte es sich auf der Couch in Tante Emmelines Atelier bequem gemacht, ihre Röcke um sich herum drapiert und höchst gespannt auf das gewartet, was sie jetzt hören würde. Ihr war durchaus bewusst, dass die Welt entsetzlich nach alten, verbrauchten Dingen stank. Ein langweiliger Tag konnte dem anderen folgen, ohne dass sich auch nur für einen einzigen Moment ihr Pulsschlag erhöhte. Doch jetzt würde Tante Emmeline – die bei weitem außergewöhnlichste und unabhängigste Person der Adeane-Familie – ihr etwas *Neues* offenbaren: Jane hätte ihre Tante am liebsten schon umarmt, bevor sie überhaupt mit der Geschichte begann.

Emmeline, die inzwischen regelmäßiger und öfter Laudanum nahm, als, wie sie wusste, gut für sie war, hatte einen Schluck aus dem Fläschchen genommen und begonnen, im Zimmer auf und ab zu marschieren. Aus ihren intelligenten braunen Augen hatte Jane ihr stumm und geduldig dabei zugesehen. Emmeline strich sich mit der Hand über die Stirn, und nachdem sie ihren Versuch geschildert hatte, ein Gefäß zu formen, während über Chelsea ein Gewitter tobte, begann sie von den Ereignissen danach zu berichten.

»Sie geschahen alle in einem Zeitraum von kaum mehr als einer Stunde«, sagte sie. »Und doch habe ich sie mein Leben lang nicht vergessen. Ich glaube, ich werde mich noch in hohem Alter an sie erinnern.«

»Oh«, sagte Jane, »ich habe noch nichts getan, an das ich mich in hohem Alter erinnern werde, aber ich bin fest entschlossen, da Abhilfe zu schaffen.«

»Das wirst du auch, Jane. Dein Leben wird sehr besonders werden. Wir alle wissen das. Dein Vater hat sogar *Angst* um dich.«

»Tatsächlich? Nun, das ist nicht zu ändern. Aber lass uns nicht von deiner Geschichte in meine Zukunft ausweichen. Ich sterbe schon vor Neugier …«

»So, und jetzt die Reihenfolge: Das Gewitter tobte, ich stand da, der Regen fiel, und ich sah zu, wie das Wasser Tropfen für Tropfen durch das Glas der Lichtkuppel sickerte, auf den Ton platschte und ihn durch diese Bearbeitung allmählich immer platter machte. Was vorher rund und voll gewesen war, fiel in sich zusammen wie ein Ballon, aus dem die Luft entweicht.«

»Du hast zugelassen, dass der Regen den Ton veränderte?«

»Ja. Ich habe mir *gewünscht*, dass er ihn verändert. Und was ich sah – oder wie manche sagen würden, was ich *zu sehen wünschte* –, als das Ding zusammensackte, war, dass ich, ohne es zu wollen, ein Modell meines eigenen Mutterschoßes geschaffen hatte. Er trug kein Leben mehr in sich. Er war flach und leer. Und die armen Embryos, die sich danach gesehnt hatten, in ihm zu menschlichem Leben heranzuwachsen … wo waren sie? Sie waren durch den Gebärmutterhals weggesickert. Sie hatten sich im Gewitter aufgelöst!«

»Oh«, sagte Jane. »Oh.«

»Doch diese Vorstellung setzte einen wilden Impuls in mir frei. Du könntest sagen, ich war in Bann geschlagen. Ich sah eine andere Hand am Werk, nicht meine. Ich wartete, bis der »Mutterschoß« flach und formlos auf der Scheibe lag, dann packte ich eilig den tropfenden Tonkloß, presste auf meiner Arbeitsfläche etwas von dem Wasser heraus und trocknete ihn mit einem Tuch.

Dann begann ich, aus ebendiesem Kloß eine Figur zu formen. Ich wollte, dass sie wunderschön würde, so schön, wie ich mir ein Kind von mir vorstellte. Ich hatte schon viele Zeichnungen und Porträts von kleinen Kindern und Babys angefertigt und wusste, wie man Menschen vorteilhaft darstellt. Doch mit diesem Ton gelang mir das nicht! Das Ding, das ich herstellte, war ein kleiner, gebückter Homunkulus, eine Art Miniaturgolem.«

»Konntest du denn nichts daran ändern? Das Ding erneut kneten, mit den Händen bearbeiten und wieder von vorne anfangen?«

»Ich habe es versucht. Immer wieder versucht. Aber so angestrengt ich auch ständig neu modellierte, es wollte einfach keine liebenswürdige menschliche Form annehmen. Es war deformiert – verkrümmt und verbogen, mit dicken Gliedern, einem zu großen Kopf und traurigem Gesicht. Ich mühte mich immer weiter, und der Regen hörte auf, und ich wurde unvorstellbar müde. Ich musste an Mary Shelley denken und an ihre schreckliche Beschwörung der Geburt von Frankensteins Monster. Ich war entsetzt über das, was ich geschaffen hatte, nahm den Golem und warf ihn in die heiße Kaminasche.«

An dieser Stelle hatte Emmeline eine Pause gemacht und sich zu Janes Füßen gesetzt. Sie nippte noch einmal am Laudanum, reichte ihrer Nichte das Fläschchen, und Jane trank ebenfalls. Beide schwiegen. Jane spürte, wie unmittelbar tröstlich ihr das Laudanum ins Blut drang. Sie nahm die Hand ihrer Tante und hielt sie zärtlich. Sie wusste, dass die Geschichte noch nicht zu Ende war.

Nachdem sie einige Zeit wortlos so gesessen hatten, fuhr Emmeline fort: »Ich ging in mein Zimmer und legte mich hin. Ich schlief ein und wachte erst am nächsten Morgen auf. Da fiel mir wieder ein, was geschehen war; ich stand auf, ging zum Kamin und schaute in die Asche. Ich hatte gedacht, der Golem sei verbrannt, aber das war er natürlich nicht. Er war nur *gebrannt*, als hätte ich ihn in einen Töpferofen gestellt. Er hatte sich geweigert zu sterben.

Ich wickelte das Ding in ein sauberes Tuch und legte es in meinen Schoß. Ich rieb die Asche weg. Das Ding war hart und spröde und hier und da gesprungen, aber ich wiegte es in meinen Armen. Und ich spürte, dass ich es liebte.«

»Du hast es geliebt? Als du es modelliertest, hat es dich verstört, und jetzt empfandest du Liebe dafür.«

»Ja. Und diese Liebe hatte etwas ungemein Tröstliches. Ich war so unglücklich gewesen – ich hatte meine Babys und schließlich auch meinen Liebhaber verloren. Und etwas von dieser Traurigkeit … schien mich jetzt zu verlassen. Ich spürte, dass ich mit meinem Leben und mit meiner Arbeit würde fortfahren können.«

Emmeline war aufgestanden und lief jetzt im Zimmer auf

und ab. Jane folgte ihrem Weg von der Couch zum Fenster und zurück zum Laudanumfläschchen mit den Augen.

»Das ist das Ende der Geschichte«, sagte Emmeline. »Bisher dachte ich immer, es hätte etwas Magisches, Übernatürliches darin gelegen, doch jetzt begreife ich, dass es sich einfach um eine *Abfolge von Ereignissen* handelte, die zu einem abrupten Ende führten. Ich erzähle sie dir deshalb auch nur als Beleg für meine Überzeugung, dass unser Verstand in den seltsamsten Dingen Trost finden kann. Außerdem hat die Geschichte mir klargemacht, dass wir die Welt nicht nach den Vorstellungen von Glück formen können, die die Gesellschaft uns zugedacht hat. Wir müssen unkonventionell in unseren Freuden sein und sie dort finden, wo es uns möglich ist.«

»Das ist auch meine Meinung«, erklärte Jane. Dann fragte sie: »Hast du den kleinen Golem noch, Tante Emmeline?«

»Ja«, erwiderte Emmeline. »Ich bewahre ihn in einer alten hölzernen Schuhschachtel auf, die fast wie ein kleiner Sarg aussieht. Wenn ich ihn betrachte, empfinde ich immer noch Zärtlichkeit.«

Diese Geschichte hatte Emmeline Jane schon vor einigen Jahren erzählt, und Jane hatte sie nie vergessen. Mitgefühl für ihre Tante sowie ihre Bewunderung für deren Begabung hatten Jane zu der Überzeugung gebracht, dass Emmeline die Person sein könnte, die sie in jene außergewöhnliche Zukunft führen würde, von der sie selbst träumte. Und jetzt saß sie, nach Valentine Ross' lästigem Heiratsantrag, in einem Dampfzug nach London. Während die Felder von Wiltshire und Hampshire am Fenster vorbeizogen, verscheuchte Jane alle Gedanken an Ross aus ihrem Kopf und überließ sich der Freude darüber, dass sie Emmeline so rasch entgegengetragen wurde.

AUERHAHN

Nach Janes Abreise gewöhnte Valentine Ross sich an, sehr
früh morgens aus dem Bett zu steigen, irgendetwas über-
zuziehen, was gerade zur Hand war, sich ein Tuch um den
Hals zu schlingen und, fast noch vor Sonnenaufgang, hinaus in den kalten Morgen zu spazieren. Manchmal lag eine
leichte Schneedecke auf dem Gehweg. Manchmal war der
Wind so stark, dass er ihm die abgefallenen Blätter von der
Straße ins Gesicht wirbelte. Doch diese Dinge nahm Ross
zwar wahr, doch spüren tat er sie nicht. Soll der Winter nur
kommen, dachte er. Soll der Schnee nur fallen und Bath unter einer Decke des Schweigens begraben. Möge alles sich
so erstickt und bandagiert anfühlen wie mein Herz.

Seine Lieblingsstrecke führte den Beacon Hill hinauf und
weiter über einige Wiesen in das Dorf Charlcombe. Beim
Aufstieg zum Beacon beklagte sich seine Lunge, doch er
zwang sich, noch schneller zu marschieren, als wolle er seinen Körper testen, sogar auf die Gefahr hin, dass er den Test
nicht bestand und zusammenbrach.

Doch er brach nicht zusammen. Eine der Gaben, die er geglaubt hatte, Jane offerieren zu können, war seine körperliche Stärke. In seiner Praxis konnte er, falls nötig, seine
Patienten auf den Untersuchungstisch heben. Mit der Kraft
seiner Hände und der genauen Kenntnis des menschlichen
Skeletts verstand er es, schnell und effektiv Knochen zu richten und einzurenken. Und was seine Kondition als Liebhaber betraf, so hatten die Mädchen, die in den oberen Räu-

men der Neck Tavern in der Arvon Street arbeiteten, wo Ross ein gelegentlicher Besucher war, ihm den Spitznamen Sir Sturschädel gegeben, und er war eitel genug, um darauf stolz zu sein.

Er hatte sich so häufig vorgestellt, wie er Jane diese Gabe seiner Stärke zukommen lassen würde, dass er jetzt unmöglich akzeptieren konnte, dass sie sie nie kennenlernen sollte. Er hätte so gern zu ihr gesagt: »Lass mich dir zeigen, wie geschickt ich dich lieben kann. Danach entscheide, ob du mich heiraten möchtest oder nicht. Mich schon zu verstoßen, bevor ich mich dir selbst zum Geschenk gemacht habe, ist weder vernünftig noch fair ...«

Doch selbstverständlich ließ sich so etwas nicht aussprechen. Jane hatte ihn abgewiesen, und nun war es an ihm, sich innerlich von ihr zu lösen und sich eine andere Zukunft auszumalen. Doch wo und wie war diese Zukunft zu finden? Eben das sollten ihm seine kalten Morgenspaziergänge enthüllen, hoffte er vergeblich. Aber während er jetzt seinen Körper zu einem immer schnelleren Tempo zwang, entging ihm nicht, dass in seinem Kopf eine schreckliche Leere herrschte. Irgendwo im Gehirn mussten Gedanken herumwabern, dachte er, aber es gelang ihm nicht, sie tatsächlich zu *denken*. Er fragte sich, ob diese Leere in seinem Kopf der erste Schritt zum Wahnsinn oder zum körperlichen Zusammenbruch war.

Normalerweise blieb er, wenn er oben auf dem Beacon Hill angelangt war, stehen und blickte hinunter. Das Panorama löste in ihm immer noch ein schwaches Gefühl des Staunens aus. Er sah, vor sich ausgebreitet, das *Geordnete* der Stadt, die über die Jahre gewachsen war, als Straßen und Plätze neu angelegt wurden. Er begriff, dass Bath sich im Laufe der Zeit neu definiert hatte und nicht in einer versteinerten Vergangenheit steckengeblieben war, und er fragte sich, ob er, ein Bürger dieses ruhigen Fleckens, sich nicht ebenfalls verändern konnte. Doch er fürchtete, sein leerer Kopf, dieses Nichtdenkenkönnen, würde ihn daran hindern.

Eines Morgens Ende November wanderte Ross vom Hill über die Felder nach Charlcombe. Das Gras trug noch eine dünne Reifschicht vom Frost der vergangenen Nacht. Und die aufgehende Sonne, die am blauen Himmel hochstieg, verlieh der Wiese einen überraschend edlen Glanz. In den Anblick versunken, blieb Ross stehen und ließ sich von dem Geglitzer blenden. Dann nahm er aus dem Augenwinkel einen außergewöhnlichen Vogel wahr, schwarz und grün schimmerte er vor dem weiß bereiften Feld. Der Vogel stand regungslos da, genau wie er selbst, und schien die stumme Szene sehr aufmerksam zu betrachten.

Es war ein Auerhahn, *tetrao urogallus*, ein ausgesprochen seltener Vogel, der in England kaum je gesichtet wird. Doch ebendieser Vogel hatte Ross' jüngeren Bruder Edmund vor Jahren bei einem Besuch in Schottland mit seiner Färbung und seinem dramatischen Auftritt derart bezaubert, dass er damals beschloss, das Leben eines Naturforschers anzustreben. Sofort fühlte Ross sich zu anderen Feldern, Wegen und Hecken versetzt, wo er und Edmund in ihrer Kindheit in Wiltshire, immer unter Edmunds Leitung, all ihre Zeit damit verbrachten, Pflanzen und Insekten zu sammeln und kleine Tiere und Vögel zu fangen.

Woran er sich hauptsächlich erinnerte, während er und der Auerhahn weiterhin regungslos im frühen Sonnenlicht standen, war der Klang von Edmunds unvermeidlichem Lachen, wenn sein Blick auf etwas fiel, was ein pures Glücksgefühl in ihm auslöste – eine seltene Orchidee, eine Natter, die zusammengerollt auf einem warmen Stein lag, ein goldener Adler, der über die Bäume strich –, lauter Dinge, die nur wenigen Leuten jemals auffielen, für ihn aber ebenso herrlich waren wie das Dezemberfeuerwerk in Sydney Gardens und ebenso ergreifend wie eine Melodie von Mozart.

Edmund hatte all die Dinge, die er mit seinem Bruder entdeckte, so unbedingt besitzen und bewahren wollen, dass die Wände des Zimmers, das die beiden Brüder bewohnten, bald große Korkplatten bedeckten, die mit sorgfältig aufgespießten Käfern, Spinnen, Motten und Schmetterlingen bestückt waren; und zwischen den Seiten sämtlicher Bücher, die Edmund besaß, lagen gepresste Farne, Gräser und Wiesenblumen.

Im Weinkeller des Vaters hatte Edmund einen Seziertisch aufgebaut, an dem er die Anatomie von Wieseln, Hermelinen, Kröten, Eidechsen und Vögeln studierte, die Valentine und er entweder in Fallen gefangen oder mit dem Gewehr ihres Vaters geschossen hatten. Edmund hatte Zeichnungen von Flügeln und Schwänzen, Schnauzen und Schnäbeln, inneren Organen, Füßen und Augen angefertigt und sich selbst die schwierige Kunst der Tierpräparation beigebracht, so dass er die Anatomie der Tiere noch lange nach deren Tod studieren konnte.

Unweit von der Stelle, wo Ross gerade stand, lag eine umgestürzte Eiche. Er bewegte sich vorsichtig darauf zu, um den Auerhahn nicht zu verscheuchen, und setzte sich. So schön der Vogel auch in sich selbst war, mit seiner grün schimmernden Brust und dem leuchtend roten Fleck über dem Auge – wobei seine Schönheit noch dadurch verstärkt wurde, dass diese Tiere in England schon lange ausgestorben waren und erst vor wenigen Jahren von Landbesitzern wieder angesiedelt wurden, die sie vor allem zum Vergnügen schießen wollten –, so kamen Ross doch beim Anblick des Vogels sofort Bilder seines geliebten jüngeren Bruders in den Sinn. Er sah Edmunds hoch aufgeschossene, schlaksige Gestalt mit dem Schmetterlingsnetz einen Weg entlanglaufen. Er sah seine vom Wind zerzausten blonden Haare. Er sah seine ruhigen, vorsichtigen Hände, die Käfer an seine Korktafeln pinnten. Er hörte seine Jubelschreie.

Edmund war dann später – in den Fußstapfen seines Helden Alfred Russel Wallace – ein Jahr lang fort gewesen, um auftragsgemäß Flora und Fauna auf den Inseln des malaiischen Archipels zu studieren. Der junge Mann bezweifelte zwar, dass er sich als bloßer Sammler – ohne eine revolutionäre Evolutionstheorie, die die wissenschaftliche Welt in Erstaunen setzen würde – einen Namen würde machen können, doch er hatte Valentine erzählt, dass sein Herz bei dem Gedanken an das Abenteuer trotzdem sehnsüchtig klopfte.

Edmund Ross war der festen Überzeugung, er sei zu einem botanischen und zoologischen Studium berufen, und hoffte, auf Borneo oder Celebes zumindest einige neue Arten zu entdecken, die zuvor noch nie wissenschaftlich erfasst worden waren. Er rechnete damit, »lebensfähige Arten, die die unvorstellbare Vielfalt der Region zeigen«, zu finden und sie nicht nur in Kew Gardens auszustellen, sondern auch Mr Richard Owen, dem Direktor der naturhistorischen Abteilung des Britischen Museums, zu präsentieren. Er hatte einen Händler, Mr Stephan Chancellor, engagiert, der ihn in der Konservierung von Tierhäuten und Insekten in Alkohol unterrichtete und dafür sorgen würde, dass diese, sobald sie in England angekommen wären, ihre Zielorte erreichten. Zwar hatte Chancellor verkündet, er werde ein Drittel des Geldes, das die Londoner Institutionen angeboten hatten, »aufgrund gewaltiger Arbeit und mächtigen Ärgers« für sich selbst beanspruchen, Edmund aber gleichzeitig hohe Preise in Aussicht gestellt, vorausgesetzt, seine Präparate seien »erstklassig und auf keinen Fall verdorben«.

Edmund Ross hatte William Woods *Illustrations of the Linnaean Genera of Insects* von 1821 höchst ausführlich studiert und war selbst ein guter Zeichner. Seine sporadischen Briefe an Valentine, die, zusammen mit seinen in Alkohol eingelegten Präparaten, in Sarawak Passagierbooten nach Singapur mitgegeben wurden, wo sie auf Handelsschiffe nach England warteten, enthielten herrliche Zeichnungen von Schmetterlingen, Skorpionen, Blutegeln, Käfern, Fledermäusen, Motten, Hundertfüßern und Raupen. In einem Brief beschrieb Edmund ehrfürchtig seinen Aufstieg zum Mount Ophir auf Borneo. »Hier«, hieß es in dem Brief, »unter einer tief hängenden Wolke, die die Luft so feucht machte, dass das Atmen schwerfiel, stieß ich auf wahre Wunder, darunter auch eine Kannenpflanze, die sich von ertrunkenen angelockten Insekten nährt.«

Doch ein neuerer Brief vom September erreichte ihn dann aus Kuching, wo, so schrieb Edmund, »meine Absicht, zu den Aru-Inseln zu fahren, wo Wallace auf die Paradiesvögel stieß, dadurch vereitelt wurde, dass ich an Malaria erkrankte. Nun liege ich in einer Hängematte und schwitze und stöhne. Einmal bin ich nachts aufgewacht, weil eine Ratte den salzigen Schweiß von meinen Fußsohlen leckte.«

Zwar machte Valentine Ross sich Sorgen um Edmund, doch er tröstete sich mit der Vorstellung, dass sein Bruder zu dem Zeitpunkt, da er selbst den Brief in Händen hielt, längst wieder gesund sein würde. Aber jetzt wurde ihm plötzlich mit Schrecken bewusst, dass das womöglich nicht zutraf. Er malte sich aus, wie sein Bruder unter dem schlamm- und laubbedeckten Dach irgendeiner furchterregend armseligen Hütte im Dunkeln lag und qualvolle Fieberattacken und Ruhr hatte und Durst litt, ohne dass irgendeine menschliche Hand seine Leiden linderte. Und schon fasste Ross, dessen Gehirn auf seinen Morgenspaziergängen stets so leer und umnebelt gewesen war, einen Entschluss: Er musste England auf der Stelle verlassen. Auf irgendeine Weise – er hatte noch keine Ahnung, wie – würde er um die halbe Welt reisen müssen, um Edmund das Leben zu retten.

Er hatte das schon früher getan.

In ihrem kalten und ziemlich brutalen Internat hatten Mitschüler aus Edmunds Schlafsaal, denen die Schachteln voller Erde, Blätter, Würmer und lebender Insekten unter seinem Bett entschieden ein Graus waren, sich eines Tages die Schachteln gegriffen, den Inhalt aus einem hohen Fenster gekippt und sich anschließend darangemacht, Edmund selbst in die Tiefe zu schicken, gehalten einzig von treulosen Händen.

Als Valentine ihn schreien hörte, rannte er in den Schlafsaal, begriff sofort, was seinem Bruder gerade drohte, nahm sich den größten von Edmunds Feinden vor, packte ihn, trug ihn, ohne zu stolpern oder zu schwanken, zum nächsten offenen Fenster, hielt Kopf und Schultern des Jungen hinaus ins Freie und verkündete, dass er ihn vollends hinausstoßen werde, wenn sie Edmund nicht freiließen. Zu seiner Genugtuung hatte Valentine in den Gesichtern der Schlafsaalbewohner unmittelbar Panik erkannt. Er schob seinen Gefangenen noch weiter über das Fensterbrett und hörte ihn jetzt ebenfalls schreien.

Wenig später stand Edmund wieder an seinem Bett, bleich vor Entsetzen und kurz davor, über den Verlust seiner Insektensammlung in Tränen auszubrechen, jedoch unverletzt. Valentine zog sein Opfer wieder ins Zimmer zurück, schleuderte es auf den Boden und sah zu seiner Überraschung, dass der Junge die Kontrolle über seine Blase verlor. Die plötzliche Entdeckung seiner eigenen Stärke, seiner eigenen *Macht*, begeisterte Valentine über alle Maßen. Mit vor Erregung erstickter Stimme sagte er: »Wenn ihr meinen Bruder noch einmal anfasst, werde ich euch allesamt für den Rest des Trimesters auf die Krankenstation befördern.«

Der Auerhahn spazierte immer noch auf dem Feld umher. Dass er den Vogel nicht vertrieben hatte, nahm Ross als Zeichen, dass Edmunds Geist die verrückte Idee, sein Bruder könnte plötzlich in Kuching vor ihm stehen, durchaus mit Gelassenheit betrachtete.

Doch dann stieß Ross einen langen, erschöpften Seufzer aus. Er erkannte, dass der ganze Plan grotesk war. Genau wie er selbst würde Edmund wissen, dass eine solche Reise zu unbekannten Inseln und in die grüne Finsternis von Sümpfen und Regenwald die allerschlimmsten Ängste in ihm wachrufen musste. Valentine Ross war ein Mann, der die Ordnung liebte. Seine Hingabe an die Medizin war der Idee verpflichtet, vornehmste Aufgabe eines Arztes sei es, die Art der »Störung« eines Patienten zu bestimmen und dann alles dafür zu tun, dass sich die Harmonie zwischen Körper und Geist wiederherstellte. In einen Teil der Welt zu reisen, wo allein das Klima dazu geschaffen schien, die Menschen krank zu machen, wo Bäume den Himmel verstellten, wo Ameisen vom Waldboden aus jeden vom Menschen besetzten Bereich erreichen konnten, wo Blutegel sich in Venen und Arterien zu wühlen vermochten, war eine Aufgabe, so dermaßen jenseits seiner Möglichkeiten, dass er sich jetzt fragte, wie er jemals auf diese Idee hatte kommen können.

Als der Auerhahn zwischen den Kiefern verschwand, blieb Ross mit dem Gefühl vollkommener Verlassenheit auf dem Feld zurück, wo sich nichts sonst regte, und es ergriff ihn eine ungeheure Bestürzung über seine eigene Unzulänglichkeit. Sein vergötterter »Weißer Engel« Jane Adeane hatte von ihrer erhabenen Größe aus auf ihn hinabgeschaut und befunden, er lasse zu wünschen übrig. Er hatte sich bemüht, den Mut für eine Reise über endlose Ozeane aufzubringen, in der Hoffnung, das Leben seines Bruders zu retten, doch vergebens. Was um alle Welt sollte bloß aus einem solch makelbehafteten und feigen Mann werden?

RADSCHA

In Borneo sah es nicht mehr ganz so aus, wie Valentine Ross geglaubt hatte. Edmund Ross, der sich langsam von der Malaria erholte, lag keineswegs in einer »furchterregend armseligen Hütte«, wie sein Bruder es sich so lebhaft ausgemalt hatte, sondern war in das imposante, mit einem hohen Portal geschmückte Haus von Sir Ralph Savage gebracht worden, einem selbsternannten Radscha der South Sadong Territories.

Hier ruhte der junge Mann auf sauberen Leinenlaken. Auf Sir Ralphs Anweisung brachten chinesische Diener Edmund Süßwasser aus einem Brunnen im Garten, Schalen mit klebrigem Reis und einen Sud aus Chinarinde und Melasse, auf den Sir Ralph schwor – als Vorbeugung gegen den Tod durch Malaria.

Edmund fieberte und schlief viel. Von Zeit zu Zeit kam Sir Ralph in sein Zimmer, um nach ihm zu sehen. Wie er da lag, blass von der Krankheit, die langgliedrigen Hände auf der Brust und die Haare ungewaschen und stumpf, als wären es Dornen, erinnerte Edmund Ross Sir Ralph an niemanden stärker als an Jesus Christus höchstpersönlich, und diese befremdliche Ähnlichkeit erfüllte das Herz des Radschas mit einer verworrenen Mischung aus Staunen und Begehren. Er wünschte sich sehnlich, Edmund bliebe einmal etwas länger wach, damit er nicht nur seinen Rindensud trinken, sondern er, Sir Ralph, sich auch mit ihm unterhalten könnte.

Zu dieser Zeit gab es viele Radschas auf Borneo. Und alle hatten sie ihre Herzen auf das Ticken der europäischen Uhren ausgerichtet und agierten als Herrscher über die indigenen Volksgruppen: Malaien, Araber, Malanau, Dayak, Bugis und eine kleine Gruppe hart arbeitender Chinesen. Einer dieser Radschas hatte 1863 sogar auf Seiten eines malaiischen Stamms einen tödlichen Krieg gegen einen anderen Stamm geführt, und das offenbar nur, um zu beweisen, dass er allein die Macht über Blutvergießen und Opfer hatte, als wäre dies das Einzige, was ihn interessierte.

Allerdings behandelten die Radschas die Menschen, die auf ihren Lehnsgütern schufteten, höchst unterschiedlich. Die meisten dieser Herrscher waren völlig unfähig, aus Angst unnötig grausam und konnten – zu ihrer eigenen Verblüffung – keine Fortschritte im Leben der ihnen untergebenen Menschen feststellen. Sie konnten einfach nicht begreifen, dass sie, wenn sie ihre Arbeiter rücksichtsvoller behandelt hätten, vieles in diesem einzigartigen Teil der Welt hätten zum Besseren wenden können.

Sir Ralph Savage gehörte jedoch – trotz der Grausamkeit, die sein Name zu versprechen schien – nicht zu dieser nachlässigen, gedankenlosen Sorte. Er erkannte, dass die Radschas und Sultane, wenn sie nur wollten, durchaus für Glück und Wohlstand derjenigen sorgen könnten, die sie zu regieren beanspruchten. Sie durften den Malaien einfach keine höheren Steuern auferlegen und mussten über ausreichend Fantasie verfügen, um zu erkennen, wo dieses Glück vielleicht zu finden war. Sir Ralph war ein Mann, der das Leben liebte und die Schönheit der Dinge erkannte, die anderen häufig entging, ein Mann, der trotz seiner überwältigenden Gelüste überzeugt war, dass Jesus Christus über ihm wachte und ihn, auf welche Weise auch immer, in die ewige Seligkeit führen werde, solange er nur hier und da in der Welt Gutes bewirkte.

Er war in Indien aufgewachsen und wurde später von seinem wohlhabenden Vater nach Oxford geschickt, wo er Theologie studierte. Obwohl ihm sein Studium gefiel, hielt er es nur ein Jahr in Oxford aus und entschied, Englands Düsternis werde ihn mit der Zeit umbringen. Er kehrte zurück auf den Subkontinent und trat in die Armee der Honourable East India Company ein, aus der er sieben Monate später jedoch wegen »wiederholter und unannehmbarer Akte grober Unschicklichkeit« entlassen wurde.

Reuelos, das Herz immer noch voller glühender, unklarer Ambitionen, machte er einen hübschen Schoner seetüchtig und segelte quer über den Indischen Ozean gen Südosten, auf der Suche nach Macht und Abenteuer, einem sexuellen Nirwana und einer Gelegenheit zu philanthropischer Betätigung. Nach dem Tod seines Vaters war er nun im Besitz eines Baronet-Titels und eines kolossalen Vermögens, mit dessen Hilfe er sich, wie er glaubte, im wilden, romantischen Osten ein Königreich erwerben konnte.

Um an solch ein Königreich zu gelangen, suchte er die Nähe des Sultans von Brunei, der die Oberherrschaft über die gesamte Halbinsel für sich beanspruchte. Es war bekannt, dass der Sultan Land gegen Gefälligkeiten verschenkte, und Sir Ralph stellte sich ihm als jemand vor, der alles tun würde, was man von ihm verlangte. Das stimmte allerdings nicht ganz. Er glaubte an das sechste Gebot. Er fand keinen Gefallen am Töten von Menschen. Als der Sultan befahl, ihn bei der Niederschlagung des Aufstands der Bidayuh-Land-Dayak zu unterstützen, spürte er ein inneres Zögern. Doch seine Träume von einem eigenen Landeslehen blieben hartnäckig. Für ihn gab es nur die eine Vorstellung von Glück: dass er jeden Morgen aufwachte und auf sein eigenes Stück von der Welt blickte. Und so versammelte er eine Gruppe von Malaien um sich, deren Leidenschaft der Hahnenkampf war, gab ihnen Geld, damit sie so lange von ihrem grausamen Sport abließen, bis die aufständischen Kopfjäger erledigt waren und dem Sultan ein Korb mit Bidayu-Dayak-Köpfen vorgesetzt werden konnte.

Dass er diese blutrünstige Episode finanziert hatte, verfolgte Sir Ralph noch sehr lange, der Sultan hingegen war entzückt, weil er die Bidayu-Dayak los war. Er ließ den Korb mit den Köpfen in einem Zypressenhain aufhängen und verfolgte mit Interesse, wie entsetzlich schnell das Fleisch matschig wurde und sich vom Knochen löste. Das Blutbad an seinen »Feinden« sowie die sexuellen Gefälligkeiten, die auf seine ausgefallenen Bedürfnisse zugeschnitten waren, beeindruckten den Sultan so stark, dass er Sir Ralph ein beträchtliches Stück Land in Sarawak vermachte, das vom Sadong-Fluss mit Wasser versorgt wurde.

Nun entwarf der Radscha einen Palast in der Nähe von Kuching. Er stellte malaiische und chinesische Arbeiter ein, die er mit winzigen Silberkörnern bezahlte, und sah, wie das Gebäude – erstaunlich weiß, ein Eisberg, der aus den Wellen des Ozeans stieg – vor der grünen Kulisse des undurchdringlichen tropischen Walds in die Höhe wuchs. Für ihn war es etwas Schönes, ein Tempel der Zivilisation in einer chaotischen Welt. Er pflanzte scharlachrotes Indisches Blumenrohr, Orchideen, Bananenbäume, Kokosnuss- und Dattelpalmen sowie Bambushaine, umgeben von gepflegtem englischen Rasen. Er errichtete eine Volière und schickte Einheimische in die Wälder, die mit Schlingen Kasuare, Tukans, Kapuzendrosseln und Schirmvögel fingen. Ihre exotischen Rufe und ihr schillerndes Gefieder bestärkten ihn darin, dass das Leben hier in Sarawak so beschaffen war, dass man all das einfangen durfte, was auf Gottes Erde außergewöhnlich war.

Bei all seinen extravaganten Bedürfnissen besaß Sir Ralph Savage kein kleinliches Herz, und sobald er sich, mit seinem malaiischen Lieblingsdiener Leon als bevorzugtem Bettgenossen, unter seinem kolossalen Dach eingerichtet hatte, wandte er sich seinen philanthropischen Ideen zu. Mit Leon hatte Sir Ralph sich für einen bemerkenswerten Mann entschieden, jemanden, der mehr über die Träume und Sehnsüchte von Borneo wusste, als ein englischer Radscha jemals begreifen würde. Wenn er Leon in den heißen Nächten in seinen Armen hielt, fragte er ihn immer wieder: »Was ist hier zu tun, Leon? Wie kann ich das, was uns der Schöpfer geschenkt hat, verbessern?« Er erklärte seinem Liebhaber, er wolle als jemand in die Geschichte eingehen, der »Glück möglich gemacht hat.«

Leon riet ihm, mit dem Bau einer Straße zu beginnen.

»Eine Straße wohin?«, hatte Sir Ralph gefragt.

»Sir Raff«, sagte Leon. »Es gibt kein ›Wohin‹ in Sarawak. Es gibt nur Natur. Der Mensch fängt an; die Natur führt zu Ende.«

»Aber was ist dann der Sinn der Straße?«

»Der Sinn der Straße ist, dass sie *versucht zu sein.*«

Sir Ralph strich über Leons dickes, öliges Haar. Weil ihm seine Antwort gefiel, weil er nicht mit seinem Liebhaber streiten wollte, weil er in Leon vernarrt war und ihm nichts, was in seinen Kräften stand, abschlagen mochte, begann er sofort, Pläne für seine Straße zu entwerfen.

Er verkündete, sie werde The Savage Road heißen. Für die Basisschicht mussten grausame Mengen Steine gefunden, zerbrochen und zerkleinert werden. Diese Steine, die von chinesischen Arbeitern aus dem hügeligen Erdreich gehauen wurden, verliehen der Straße eine beeindruckende Stabilität, und als Sir Ralph sie Leon voller Stolz vorführte, sagte der: »Weiß und stark, Radscha Sir – genau wie Sie und das Britische Empire!« und brach in unbändiges Lachen aus.

Von Leon geneckt zu werden, machte Sir Ralph nichts

aus, doch als die chinesische Straßenbautruppe ihn informierte, für die Deckschicht lasse sich nichts anderes finden als gestampfte Erde und zermahlener Sandstein, war ihm sofort klar, dass die Savage Road in der Regenzeit lauter kleine Seitenarme bilden würde, die in den Wald davonrutschten. Und das verdross ihn sehr. Er wollte stolz sein auf seine Straße. Seine Lust auf große Taten war grenzenlos, und er litt, wenn das, was er sich im Geiste ausgemalt hatte, mit einem unerwarteten Makel behaftet war. Nach jedem Wolkenbruch lief er die Straße entlang, vorbei an den neuen Siedlungen, die er zu beiden Seiten errichten ließ: vorbei an malaiischen Kindern, die im Schlamm spielten, und vorbei an dem kleinen eingefriedeten Platz, wo bei Feuerschein und Mondlicht Hahnenkämpfe stattfanden, und prüfte, wie viel Erde wieder weggeschwemmt worden war.

Er bot einen seltsamen Anblick, wie er da – in seiner zerknautschten Leinenkleidung und den aus einem Armeeladen der East India Company entwendeten Lederstiefeln, die grau werdenden Haare mit einem Seidenband zurückgebunden – mitten auf der Savage Road stand und den Himmel verfluchte. Die kleinen Malaienkinder lachten ihn aus. Die Malaienfrauen verbargen ihr Lachen hinter weichen Schals. Doch Sir Ralph kümmerte es nicht, wenn die Leute ihn komisch oder lächerlich fanden; er hoffte nur, sie fanden ihn nicht grausam. Er selber hatte von seinen Kumpanen in der Armee der East India Company genügend Grausamkeit erfahren, um sich eine Welt zu wünschen, in der sie nicht existierte. Manchmal kniete er sich in den Schlamm und betete zu seinem geliebten Jesus, er möge den Regen in bescheideneren Mengen schicken, ihm helfen, die verlorene Erde wieder an ihren rechtmäßigen Ort zurückzubringen, den er gelegentlich seinen »Schicksals-Highway« nannte. Doch der Regen in Sarawak war gnadenlos.

Noch etwas anderes bereitete ihm Kummer. Leon hatte

ihn gewarnt, die Savage Road werde kein richtiges Ziel haben. Denn sie reichte nur bis an die Grenze des Territoriums, über das Sir Ralph zu herrschen beanspruchte, und endete da. Das hatte er zu akzeptieren. Doch dort, wo sie aufhörte, ragte in seiner schrecklichen Düsternis erneut der Wald steil auf, und das nahm ihm fast den Atem vor Angst. Sir Ralph konnte hören und sehen, was der Wald vorhatte: Samen regneten von den Ästen, um sich in der Erde einzunisten, Lianen tasteten nach dem Boden, Wurzeln bohrten ihre Tentakel in die zermahlenen Steine, der Wind im hohen Kronendach blies alles bis ans Ende der Straße, dorthin, wo die Schatten der Bäume in einer rastlosen Woge schon nach dem Highway griffen. Als er Leon klagte, der Dschungel sei sein Feind, war er von dessen Antwort überrascht. »Nein, Sir Raff, mein Freund. Seien Sie kein Dummkopf. Dieser Dschungel ist die Wiege aller Dinge.«

Nachdem er tagelang die bittere Baumrindenmedizin getrunken und ein paar Löffel Reis hinuntergezwungen hatte, war Edmund Ross kräftig genug, um von zwei Malaienjungen zu einer Blechwanne geführt und in warmem Wasser gebadet zu werden. Der Geruch der Karbolseife stieg ihm in die Nase. Seine wilden, drahtigen Haare wurden gewaschen und liebevoll gekämmt.

Allmählich begann er seine opulente Umgebung wahrzunehmen: in China hergestellte Elfenbeinmöbel, frische Musselinvorhänge an den Fenstern, indische Teppiche, Jadestatuetten, mit Brokat bezogene Polstersessel und goldene Kandelaber, die in Königin Viktorias Speisezimmer nicht deplatziert gewirkt hätten. Als ihm bewusst wurde, dass diese Dinge oder vielmehr die Person, die sie zusammengetragen hatte, ihm das Leben gerettet hatte, erfasste Edmund plötzlich eine große Dankbarkeit für den Radscha, und er brach in Tränen aus. Seine Helfer zogen sich stumm zurück und ließen Edmund, von Schluchzern geschüttelt, allein in seinem Bad.

Während er sich wieder zu fassen versuchte, indem er sich auf seine Beine konzentrierte und feststellte, dass sie fast so abgemagert waren wie die zitternden bleichen Schenkel eines Greises, wurde er von einer Stimme überrascht, die ganz in seiner Nähe in aristokratischem Englisch fragte: »Darf ich annehmen, dass Sie zu lesen verstehen?«

Man hatte ein Handtuch auf den Rand der Wanne gelegt, jetzt griff Edmund danach und trocknete sich die Augen. Neben ihm, auf einem lackierten Hocker, saß Sir Ralph Savage.

Sofort fiel Edmund ein, dass er diesen Menschen schon ein oder zwei Mal gesehen hatte. Er hatte an seinem Krankenlager gestanden und ihn mit zärtlicher Sorge betrachtet. Jetzt streckte der Mann die Hand aus und legte sie sanft auf Edmunds feuchtes Haar. »Ich frage«, sagte er, »weil dies das Einzige ist, was mir in meinem Leben fehlt: jemand, der mir in makellosem Englisch vorlesen kann, vorzugsweise aus dem Neuen Testament. Ist das etwas, das Sie bereit wären zu tun?«

»Ja«, sagte Edmund.

»Oh«, sagte Sir Ralph, »nun, das ist sehr, sehr tröstlich. Sie ahnen nicht, wie ich mich danach sehne, diese Verse, mit Gefühl gesprochen, wiederzuhören. Es gibt Missionare in Sarawak, aber ihre Stimmen sind zu laut und ihre Herzen zu hart. Sie meiden mich, und ich meide sie. Ich liebe junge Männer, und diese Leute geben vor, mich dafür zu verachten, und erklären mir, in Jesu Augen sei ich ein Verdammter. Aber sie irren sich. Ich habe viele Male mit Jesus gesprochen und weiß, dass er mich versteht, da er selbst den heiligen Johannes so sehr geliebt hat. Und ich habe den Eindruck, Sie werden mich nicht verachten. Man hat mir gesagt, Sie seien Schmetterlingsjäger. Da wird Ihr wacher Geist offen sein für alles, was es auf Erden gibt.«

Edmund betrachtete Sir Ralph nun genauer. Er sah ein alterloses Gesicht, gebräunt und ein wenig faltig von der tropischen Sonne, sah dichtes Haar, das ihm auf die Schultern fiel, und verblüffend blaue Augen, die ihn an seinen Bruder Valentine erinnerten. Die Lippen waren schmal, aber sinnlich. An einem Ohr baumelte ein exquisites Objekt aus geschnitztem Elfenbein, und dieser Schmuck reichte, um ihm die Aura eines Piraten zu verleihen. Edmund Ross ging der Gedanke durch den Kopf, dass der Mann ihn womöglich in seinem exzentrischen Palast gefangen hielt, doch auch wenn ihm dies für einen Moment Angst einjagte, wusste er doch, dass er zu schwach war, um sich einer Gefangenschaft zu widersetzen. Und immerhin lebte er; dabei war er noch vor wenigen Wochen in einer elenden, mit Blättern gedeckten Hütte dem Tode nahe gewesen. Was immer ihm widerfuhr, er würde sich zu beugen haben.

Am Abend jenes Tages saßen Sir Ralph Savage und Edmund Ross, der nun saubere, für seinen abgemagerten Körper viel zu weite Kleider trug, auf der Veranda, aßen Wels und Süßkartoffeln und tranken Arak, während überall um sie herum Hunderte Glühwürmchen herauskamen und in der Dunkelheit funkelten.

Nicht weit von ihnen hockte Leon im Schatten. Sir Ralph schien ihn nicht zu beachten, und die hockende Gestalt war so still, so geräuschlos, dass Edmund sie fast vergaß. Doch nach einiger Zeit drehte Sir Ralph sich um und bat Leon, eine Öllampe an den Tisch zu bringen, und Leon erhob sich und ging schweigend ins Haus.

Als er fort war, sagte Sir Ralph: »Ich bezahle Leon mit kleinen Silberstücken. Wenn er bei mir bleibt, wird er eines Tages reich sein. Die einzige Bedingung: Er muss mir Tag und Nacht zur Verfügung stehen. Leon ist sehr intelligent und liebenswürdig. Und er hat den seidigsten Arsch von

Borneo. Ich hoffe, es schockiert Sie nicht, wenn ich das sage?«

»Nein«, erwiderte Edmund.

Sir Ralph stürzte den Rest seines Glases in einem Zug hinunter.

»Männer müssen über diese Dinge sprechen«, fuhr er fort. »Wir müssen über das sprechen, was unsere Herzen beichten möchten. Wir müssen über *alles* in der Welt sprechen, und wir müssen es aufrichtig tun. Das ist meine Philosophie. Vielleicht mögen Sie mir von Ihrer erzählen?«

Edmund lächelte, aber es war zu dunkel auf der Veranda, so dass Sir Ralph dieses Lächeln nicht sehen konnte.

»Ich wurde in Wiltshire geboren«, sagte Edmund. »Ich wurde zu Gehorsam und Schweigen erzogen und dazu, es mit meinem Körper ebenso zu halten. Man erwartete von mir, dass ich eines Tages ein Diener der Kirche sein würde. Aber als kleiner Junge entdeckte ich die Welt der Insekten und Blumen. Und sie erschien mir immer wie ein kleines Stück vom Paradies.«

»Wenn Sie das Paradies in Wiltshire entdeckten, wieso sind Sie dann hierhergekommen?«

»Weil ich mich prüfen wollte – sehen wollte, ob ich in einer Welt überleben kann, die ich nicht kenne. Und ich habe versucht, in die Fußstapfen von Mr Wallace zu treten. Ich sehe meine Aufgabe darin, seltene Spezies nach England zu schicken und die Menschen in Staunen zu versetzen.«

»Sehr gut«, sagte Sir Ralph. »Ich hatte den Eindruck, den Engländern fehle es ein wenig an Staunenswertem. Und ich bin der Überzeugung, dass wir zu sterben beginnen, wenn es in unserem Leben nichts mehr zu staunen gibt.«

EIN PORTRÄT

Zu Emmeline Adeanes Lieblingsbeschäftigungen gehörte es, ein starkes Pferd zu mieten und die Rotten Row, den sandigen Hauptweg des Hyde Parks, entlangzureiten. Auch wenn die gehobene Londoner Gesellschaft die Row als Ort des Sehens und Gesehen-Werdens liebte und auch wenn viele dort gern in Gruppen ritten, um sich nebenbei zu unterhalten, andere Reiter zu grüßen und sowohl ihr reiterliches Geschick wie auch ihre *À la mode*-Reitkleidung bis hin zu den exquisiten Kalbslederhandschuhen vorzuführen, zog Emmeline es vor, allein zu reiten. Sie legte keinen besonderen Wert darauf, gesehen zu werden. Was ihr gefiel, war der Nervenkitzel, den ein solcher Ausritt ihr bescherte.

Stets trieb sie ihr Pferd zu einem schnellen Galopp an und preschte in halsbrecherischem Tempo über die Row – es sah aus, als wolle ein reiterloses Pferd bei einem Rennen hartnäckig alle Konkurrenten ausstechen. Allein das Geräusch der Hufe, die auf den Boden eindroschen, erregte sie. Und was das Tempo betraf, so hatte sie ihren Freunden immer wieder erklärt, sie kenne nichts Beglückenderes auf der Welt. Da Emmeline langsame Reitergruppen, die sie unterwegs behindern könnten, schlecht ertrug, erschien sie oft schon kurz vor der Morgendämmerung bei den Ställen, um mit ihrem Pferd zu einem wilden Ritt auf freier Strecke aufzubrechen. Und herrlich war es dann, wenn sie sah, wie die Sonne über dem östlichen Ende der Stadt aufging, spürte, wie daraufhin auch ihre Wangen Farbe annahmen, und das Gefühl hatte, dass das Leben ihr, trotz der vielen Fehlgeburten und trotz

Jocelyn Hultons schnöden Abgangs immer noch Momente der Schönheit und des Staunens gewährte.

Nun, da Jane sich in der Tite Street eingerichtet hatte, verkündete Emmeline ihrer Nichte auch bald, dass das Reiten Teil ihres gemeinsamen Lebens sein werde, und Jane war einverstanden. Sie scherzte, dann müsse ihr aber »ein sehr großes Pferd von mindestens einem Meter siebzig Stockmaß« besorgt werden, »sonst würden meine Stiefel durch den Sand schleifen«, woraufhin Emmeline ihre Dienstmagd Nancy mit dieser Information auf eine Reise durch die Ställe schickte. An einem kühlen Herbsttag brachen sie zu ihrem ersten Ritt auf.

Janes Pferd Nero war groß und verspielt, und weil es unbedingt galoppieren wollte, neigte es dazu, zu hart gegen die Kandare zu gehen, aber Jane war wie ihre Tante eine kühne Reiterin und genoss ihre meisterliche Beherrschung des Tiers. Hin und wieder zügelte sie es auch zu einem langsamen, würdevollen Schritttempo, damit sie mit Emmeline die flammenden Farben der im Wind wirbelnden Blätter und das reifüberzogene Gras bewundern konnte.

Während einer solchen langsamen Passage überholten zwei Reiter, ein Mann und eine junge Frau, beide auf Braunen, Jane und Emmeline in einem eleganten Trab. Als sie vorbei waren, drehte der männliche Reiter sich im Sattel um und starrte Emmeline an, und sie starrte zurück. Sie öffnete den Mund, als wolle sie einen Schrei ausstoßen. Sie schloss ihn wieder, als der Mann sich abwandte und, mit einer Bemerkung zu seiner Begleiterin, sein Pferd in leichten Galopp versetzte. Jane sah, dass ihre Tante dem Paar nachstarrte, bis es nicht mehr zu sehen war. Danach sagte Emmeline leise: »Das war Jocelyn Hulton. Mit seiner neuesten Mätresse. Es sollte mich nicht im Geringsten interessieren, er ist inzwischen ein alter Mann; aber bei seinem Anblick wurde mir heiß und schwindelig. Ich habe schreckliche Angst, ohnmächtig zu werden.«

Jane parierte Nero zum Halt und stieg rasch ab. Sie packte die Zügel von Emmelines Pferd und half ihrer Tante, ebenfalls abzusteigen. Beide Pferde mit einer Hand haltend, führte sie Emmeline, die sich beim Gehen bei ihr anlehnte, dann über das bereifte Gras zu einer gusseisernen Bank unter einer Esche. Dort setzte sich Emmeline und beugte sich so weit vornüber, dass ihr Kopf fast auf den Knien lag. Aus Furcht, sie würde die Pferde loslassen, falls sie durchzugehen versuchten, konnte Jane nur in der Nähe ihrer Tante stehen bleiben und sie zu beruhigen versuchen. Nero warf den Kopf in die Luft und rasselte, unzufrieden über den plötzlichen Stillstand, mit der Kandare, aber Jane hielt die Zügel ganz fest.

»Es tut mir leid …«, flüsterte Emmeline. »Es tut mir leid, Jane.«

»Dir muss nichts leidtun«, erwiderte Jane. »Nur dein eigenes Leid. Wie hättest du vorher wissen sollen, dass dir so etwas widerfahren würde? Nach all den Jahren! Bei meiner Arbeit in den Heilbädern kann ich das ständig beobachten: den häufig sehr verspäteten Schock, der ganz plötzlich das Denken erreicht und den Körper niederstreckt.«

Nachdem Emmeline sich an jenem Abend ausgeruht und erholt und vorm Kamin Tee getrunken hatte, sagte sie zu Jane: »Ich bin mir deiner Herzensgüte seit jeher bewusst, meine liebe Jane, aber dazu kommt noch etwas anderes, etwas Härteres, Entschlosseneres. Ich weiß nicht, was genau es ist, aber ich weiß, wie ich es herausfinden kann. Ich würde gern ein Porträt von dir malen.«

»Oh«, sagte Jane. »Du möchtest mich malen, um herauszufinden, wer ich bin?«

»Ich glaube, ich weiß, wer du bist«, sagte Emmeline, »doch

inzwischen habe ich das Gefühl, ich kenne dich nicht bis in den tiefsten Grund deiner Seele.«

»Und wenn sich herausstellt, dass ich im tiefsten Grund meiner Seele sehr böse bin?«

»Nun, das wäre interessant. Dann müsstest du wohl auf irgendeine Weise in die Schranken gewiesen werden, aber nicht von mir, weil ich glaube, du lässt dich nicht gern einschränken, und ich liebe dich viel zu sehr, um dich zu verletzen. Könnten wir wohl morgen mit dem Porträt beginnen?«

Jane wollte für das Porträt gern stehen. Sie sagte zu ihrer Tante: »Ich glaube nicht, dass du mich richtig erfasst, wenn du nicht meine Größe darstellst.«

Emmeline musterte Jane lange und sehr genau. Wie immer, wenn sie ein Bild begann, kamen ihr Worte von Jocelyn Hulton in den Sinn. »Wenn Frauen dir Modell sitzen, dann spiel aufs Mythische an«, hatte er gesagt. »Denk an griechische Göttinnen. Frauen möchten sich unsterblich fühlen. Du musst sie so darstellen, als wären sie für alle Zeit anbetungswürdig.«

Emmeline ging auf, dass Jane schon etwas von diesem »Unsterblichen« in sich hatte und sie es jetzt nur einfangen musste. Sie bat Jane, ein weißes Gewand anzulegen, das denen, die sie in Bath trug, möglichst ähnlich war, und platzierte sie vor eines der hohen Fenster, die auf den kleinen, vernachlässigten Garten des schmalen Hauses hinausgingen.

Der sichtbare Ausschnitt des Himmels war leer und blass, und Emmeline sah im Geiste schon vor sich, wie die Farbgebung ihres Bildes auf Jane Adeanes »unsterblichen Kern« anspielen könnte: als eine Studie in abgestuften Weißschattierungen – weißer Himmel, ein Hauch von Reif auf einem Dornengestrüpp, Gesicht, Hände und Hals weiß, weißer Baumwollstoff –, die alle ihre Nähe zu einem ursprünglich makellosen Weiß andeuteten. Doch erst die Schattierungen dieses ursprünglichen Weiß würden dem Bild Kraft und Wahrhaftigkeit verleihen, denn sie offenbarten, wie Zeit, Materialbeschaffenheit und Witterung auf alles einen Schatten warfen und sie überzeugend und einzigartig machten, aber dennoch den stoischen Gleichmut der Porträtierten angesichts von Vergänglichkeit und Verfall erkennen ließen.

Schon als Emmeline eine hohe Leinwand auf ihre Staffelei stellte, spürte sie ihre innere Erregung. Ungeduldig skizzierte sie mit Kohle grob die Umrisse, um endlich mit der Arbeit in ihren geliebten Ölfarben beginnen zu können. Doch etwas an der Komposition stimmte nicht: Janes langgliedrige Hände hingen schlaff und reglos herunter, und Emmeline wusste, dass das von Janes Göttinnen-Status ablenkte und sie müßig und irgendwie ratlos aussehen ließ.

Sie unterbrach ihre Vorbereitungen und wühlte in dem niedrigen Schrank, wo die missglückten Objekte ihrer Versuche auf der Töpferscheibe verstaut waren, so achtlos wie von Kindern weggeworfenes zersprungenes Spielzeug. Ganz hinten im Schrank stand die Holzkiste, in der Emmeline den Golem aufbewahrte. Sie zog sie hervor, öffnete sie und nahm die kleine Figur heraus. Sie starrte sie einen Moment an. Dann ging sie zu Jane und legte sie ihr vorsichtig in die Hände.

Jane schaute, was ihr da gereicht worden war, und begriff gerührt, was Emmeline sich wünschte: Jane sollte Hüterin eines Dings (oder sollte sie es eine »Kreatur« nennen?) sein, das für sie wichtig gewesen war.

»Ich fange schon an, es zu lieben«, sagte Jane. »Und in deinem Porträt wirst du ihm neues Leben verleihen.«

Emmeline strich mit der Hand über Janes weiche Wange. »Ich möchte dich daran erinnern«, sagte sie, »dass *du* es bist, nach der ich auf der Suche bin.«

Seinen Anfang nahm das Porträt im neutralen grauen Licht eines Londoner Wintermorgens. Nachdem Jane eine ganze Weile gehorsam stillgestanden und zugesehen hatte, wie der Blick ihrer Tante immer wieder zwischen Leinwand und Modell hin- und hergeflogen war, begann sie genauer über etwas nachzudenken, was ihr noch nie so deutlich bewusst gewesen war: Emmeline Adeane hatte Kummer und Tragödie nur dank ihrer leidenschaftlichen Hingabe an ihre Kunst überstanden; ihr malerisches Talent hob sie von der Masse ab und befähigte sie zu jener Art von höherem Streben, das normale Menschen sich nicht einmal vorzustellen vermochten.

Jane musste plötzlich an die schlurfenden, ängstlichen, stöhnenden Patienten denken, die sie in Bath behandelte, und sie kamen ihr jetzt alle wie armselige Klumpen Tonerde vor, so mangelhaft geformt wie der Golem in ihren Händen, ja, wie *Materie*, gefangen in einem Zustand ewiger Trägheit und Unvollständigkeit. In herrlichem Gegensatz zu ihnen erschien ihre Tante ihr als jemand, der begriffen hatte, dass es nicht gestattet war, den kläglichen Beschränktheiten des Körpers und eines desinteressierten Verstands nachzugeben. Sie hatte begriffen, dass sie *nach etwas zu streben* hatte.

Diese Überlegungen brachten Jane dazu, über sich selbst nachzudenken. Sie wagte sich zu fragen, ob die Vorstellung von ihrer eigenen Besonderheit, ihrer angeborenen *Großartigkeit* nicht vielleicht eine Illusion war. Sie wusste, dass sie eine geschickte und geduldige Krankenschwester war und dass sie Patienten offenbar hin und wieder Erleichterung bei ihren Schmerzen verschaffen konnte, was fast wie Zauberei wirkte. Aber tat sie nicht etwas, das Tausende andere Frauen auch vermocht hätten? Und war es ihr nicht zu Kopf gestiegen, dass man sie den Engel der Bäder nannte?

Was hatte sie eigentlich dazu berechtigt, einen Mann wie

Valentine Ross so schnöde abzuweisen? Jane wusste, dass er ein tüchtiger und fähiger Arzt war, der niemandem etwas zuleide getan hatte und ihr ein anständiges Leben geboten hätte. Doch sie hatte ihn wie einen dummen Jungen behandelt, ihn geneckt und herabgesetzt. Bewies nicht das allein schon, dass sie nicht, wie sie glaubte, ganz wunderbar war, sondern schlicht hochnäsig und ziemlich dünkelhaft?

Und dennoch …

Doch das Gefühl blieb – sie wusste, dass es nicht weichen würde –, dass das Leben ihr eines Tages beweisen würde, wie außergewöhnlich sie war. Doch wie sollte sie diesem Beweis näherkommen?

Jane blickte auf die kleine Figur in ihren Händen. Und sie begriff, dass es der Kummer gewesen war, durch den Emmeline Adeane sich weiterentwickelt hatte. Auch sie war durchs Feuer gegangen und hatte Mittel und Wege gefunden, sich selbst zu heilen. Ohne zu merken, dass sie es nicht nur dachte, sagte Jane leise: »Wann oder wie wird eine Flamme wohl *mich* verschlingen?«

»Was hast du gesagt, Jane?«, fragte Emmeline.

»Oh, ich habe nur in Worte gefasst, was mir durch den Kopf ging.«

»Und was ging dir durch den Kopf? Dieses Porträt ist nämlich ebenso auf der Suche nach deinem Geist wie nach deinem Körper.«

»Ja, das weiß ich, liebste Tante. Und wenn du beides findest, sag mir bitte, was ich denke.«

»Selbstverständlich. Aber jetzt musst du mir verraten, was du gerade gesagt hast.«

Jane wandte kurz den Kopf und betrachtete das niedrige Sofa, auf dem, wie sie erfahren hatte, zu ihrem großen Verdruss häufig Mr Hulton gelegen und onaniert hatte, während er gleichzeitig den unbekleideten rechten Arm der jungen Emmeline beim Malen beobachtete.

»Also«, sagte Jane, »ich dachte daran, dass ich vor meiner Ankunft in London einen Heiratsantrag ausgeschlagen habe.«

»Oh«, sagte Emmeline und hielt einen Moment inne, den Kohlestift in der Hand. »Wen hast du denn abgewiesen?«

»Er ist ein Niemand. Jedenfalls kann ich ihn nur als einen solchen betrachten. Er hat mir den Antrag in einem Teesalon gemacht.«

Ein breites Lächeln erhellte Emmelines Gesicht. »Ein Teesalon, also wirklich!«, sagte sie. »Was für Kuchen habt ihr denn gegessen?«

»Ich glaube, er nannte sich ›Saftiger Zitronenkuchen‹. Und an einem der Nachbartische gab es einen kleinen Hund, der zu jaulen begann.«

»Ein jaulender Hund hat also deine Entscheidung befördert, den Mann abzulehnen?«

»Nein. Ich wusste, dass ich ihn ablehnen würde. Der Name dieses Menschen lautet Valentine Ross. Und ich könnte niemals einen Mann heiraten, der Valentine heißt, oder, liebste Tante? In dem Namen steckt viel zu viel romantisches Seelenschmalz, finde ich.«

»Romantisches Seelenschmalz? Und das ist natürlich nicht nach deinem Geschmack, oder?«

»Nein, selbstverständlich nicht. Ich habe die Dinge gern klar und nüchtern.«

Emmeline schwieg. Sie wandte sich wieder ihrer Arbeit am Porträt zu. Dann sagte sie zu Jane: »Was für eine Position bekleidet Valentine denn eigentlich?«

»Oh«, erwiderte Jane, »er ist Arzt, und er arbeitet zusammen mit meinem Vater in der Henrietta Street.«

»Ein guter Arzt?«

»Ja. Ich finde ihn sehr gut.«

»Dann frage ich mich, wieso du ihn für einen *Niemand* hältst.«

»Ich glaube, damit meine ich, dass er keinen Platz in meinem Herzen hat.«

»Bist du dir dessen sicher? Du weißt, dass es akzeptable Heiratsanträge nicht gerade regnet?«

»Doch, das weiß ich. Aber dieser war nicht akzeptabel. Und überhaupt, mir steht der Sinn nicht nach Heiraten.«

Emmeline schwieg einen Moment, dann sagte sie: »Du weißt wahrscheinlich auch, dass das sich eines Tages – unvermeidlich – ändern wird.«

»DAS SCHICKSAL DES MAGENS«

Eines frühen Morgens saß Sir William Adeane in seinem Esszimmer beim Frühstück und beschäftigte sich in Gedanken mit Professor François Broussais' Erforschung dessen, was bei Erkrankungen »normal« und was »pathologisch« sei. Vor allem interessierte Sir William seit jeher die verwegene Idee des französischen Mediziners, dass sehr viele Krankheiten ausschließlich durch Magen-Darm-Entzündungen verursacht seien. Und während er seinen Speck kaute, begann er sich zu fragen, ob er selbst eigentlich dieser Diagnose bei seiner täglichen Arbeit genügend Beachtung schenkte.

Wie Broussais beobachtet hatte, sei es »das Schicksal des Magens, ständig gereizt zu sein«. Und es stimmte ja, dass sehr viele von Sir Williams Patienten hauptsächlich nach Bath kamen und das Heilwasser tranken, weil sie sich Erlösung von diesem Übel erhofften. Er behandelte sie auch, indem er auf der Haut ihres Bauchs Blasen erzeugte. Wenn diese punktiert wurden, so dass die Flüssigkeit austreten konnte, würde, so glaubte man, die Entzündung im Magen ebenfalls ausgetrocknet. Und obwohl diese Behandlung derart schmerzhaft war, dass einige Patienten ohnmächtig wurden, wenn eine Blase aufgeschnitten wurde, galt die Methode insgesamt doch als wirksam.

Selten hatte der Arzt sich jedoch nach Qualität und Quantität der Nahrung erkundigt, die die Körper seiner Patienten gewöhnlich zu verdauen hatten. Er neigte zu der Überzeugung, sie äßen einfach zu viel. Ihre Bäuche wölbten sich, und ihre Kleidung spannte. Häufig hatten sie Mundgeruch, was auf ein Übermaß an fettreichen Säuren und zu viel Tee hinwies. Aber ein Mediziner ist kein Kindermädchen, er kann nicht die tägliche Nahrungsaufnahme seiner Patienten überwachen. Er muss einfach darauf setzen, dass sie nicht selbst für ihr körperliches Unwohlsein sorgen, indem sie zu viele Austern schlürfen, Rotwein trinken, bis sich ihnen der Kopf dreht, oder ein Obsttörtchen nur mit einem Berg Schlagsahne zu sich zu nehmen bereit sind. Und, räsonierte Sir William, selbst wenn ich wüsste, dass es zutrifft, was könnte ich dann schon dagegen unternehmen?

Und gerade als er sich, mitten in seinen Überlegungen, fragte, ob er bei seinen Versuchen, jene ständige »Reizung«, von der Professor Broussais sprach, zu beruhigen, vielleicht häufiger von Hafermehlumschlägen Gebrauch machen sollte, betrat seine Köchin, Mrs Hughes, das Esszimmer und fragte den Doktor, ob er wohl für »ein Wörtchen« Zeit habe, bevor sein Arbeitstag begann.

»Selbstverständlich, Mrs Hughes«, erwiderte Sir William. »Bitte, sprechen Sie.«

Die Köchin trug eine schmutzige Schürze und knetete sie in ihren rotgeschrubbten Händen, als wolle sie sie auswringen, und aus dieser nervösen Geste schloss Sir William, dass etwas sie belastete.

»Liegt Ihnen etwas auf der Seele?«, fragte Sir William freundlich.

»Ja«, sagte Mrs Hughes. »Ich fürchte, es gibt ein sehr großes Problem. Und deswegen bin ich gekommen, Sir William. Um Ihnen zu sagen, dass ich nicht weitermachen kann.«

»Um Gottes willen, Mrs Hughes!«, sagte Sir William. »Was meinen Sie damit?«

»Damit meine ich, dass ich meine vereinbarte Arbeit in diesem Haus nicht mehr verrichten kann, weil mir keine ordentlichen Anweisungen gegeben werden. Woher soll ich

wissen, was Sie und Dr. Ross gern zum Mittagessen hätten,
wenn niemand es mir sagt? Als Miss Jane noch hier war,
schrieb sie alle zwei Tage eine Liste mit den geplanten Mahlzeiten und den Bestellungen für den Fischhändler, den
Metzger und den Gemüseladen. Aber gerade eben war der
Fischhändler hier und fragte: ›Was wünschen Sie? Soll ich
Schellfisch oder Seezunge bringen? Strandschnecken zum
Tee? Hering zum Frühstück?‹ Und ich musste ihm sagen:
›Gehen Sie und nehmen Sie alles wieder mit, denn ich kann
nicht Gedanken lesen. Und die gnädigen Herren scheinen
sich so wenig für meine Arbeit zu interessieren, dass sie
mir überhaupt keine Anweisungen geben.‹ Unter diesen Be-
dingungen kann ich nicht weitermachen.«

Sir William war ein Mensch, der auf jede erdenkliche Frage eine Antwort hatte und zu jeder Theorie etwas beizutra-
gen wusste, doch hier, gegenüber der leibhaftigen erzürnten
Mrs Hughes, stellte er fest, dass er keine Ahnung hatte, was
er sagen sollte. Solange er denken konnte, waren die Mahlzeiten in diesem Haushalt zu den vorgesehenen Zeiten einfach *aufgetaucht*. Er konnte sich nicht erinnern, sie jemals
bestellt zu haben, außer zu Weihnachten; da war er gern etwas eigen, wenn es um die Mengen von Rum und Brandy
und geriebener Orangenschale ging, die in den Plumpud-
ding gehörten. Ansonsten waren Frühstück, Mittagsmahl
und Abendessen wie das Wetter: Sie waren jeden Tag anders, aber, wie von Zauberhand, einfach immer *da* – etwas,
das genauer zu ergründen er nie für nötig gehalten hatte.

»Ich bin sprachlos …«, stammelte er.

»Nun«, sagte Mrs Hughes, »ich fürchte, Sprachlosigkeit
hilft da nicht weiter, Sir. Ebenso wie frische Produkte fehlen uns auch sehr viele haltbare Lebensmittel in der Vorrats-
kammer; auf die hat Miss Jane immer ein wachsames Auge
gehabt, aber seit sie fort ist, habe ich kein Geld mehr bekommen, um für Nachschub zu sorgen. Und darüber hinaus, Sir

William, habe ich seit zwei Wochen keinen Lohn mehr erhalten, obwohl ich Ihnen zur Erinnerung Zettel auf den Schreibtisch gelegt habe. Deshalb sage ich es noch einmal: Ich kann nicht so weitermachen. Lady Manners hat mir eine Stelle in Bramerton Hall angeboten, und ich habe angenommen – ab morgen.«

Sir William Adeane betrachtete Mrs Hughes von oben bis unten. Obwohl er die Küche im Untergeschoss gelegentlich besucht hatte, vor allem, um sich zu vergewissern, dass alles sauber war und er kein Ungeziefer entdeckte, musste er zugeben, dass er, um eine Beschreibung von Mrs Hughes gebeten, Schwierigkeiten hätte. Sich selbst gegenüber rechtfertigte er dieses Unvermögen damit, dass er Mrs Hughes gewöhnlich nur durch einen Nebel aus Küchendämpfen von garenden Aufläufen und schmorenden Braten gesehen hatte. Es lag doch sicherlich an diesem Dampf, dass sie für ihn unwirklich war, und nicht an seinem mangelnden Interesse, nicht wahr? Und hatte denn ein sehr gefragter Mediziner tatsächlich genau zu wissen, wie seine eigene Dienerschaft aussah?

Jetzt stellte er allerdings fest, dass Mrs Hughes eine sehr dünne Frau mit sehnigen Armen und grauem Haar war, das unter einer schmutzigen Baumwollhaube hervorschaute. Dass sein leibliches Wohl so lange in den Händen eines solchen Menschen gelegen hatte, erstaunte ihn. Er hätte es vorgezogen, wenn seine Köchin eine makellos saubere, rundliche Person mit rosigen Wangen gewesen wäre. Er stieß einen langen, beschämten Seufzer aus.

»Wenn Ihr Entschluss feststeht«, sagte er, »kann ich nichts machen, Mrs Hughes. Außer mich für mögliche Verfehlungen meinerseits zu entschuldigen.«

Aber woher um alles in der Welt sollte er, wo so viele Fremde für die Wintersaison nach Bath strömten, Häuser mieteten, aufwendige Frühstückseinladungen, ehestiftende Teenachmittage und abendliche Soiréen arrangierten, bloß eine neue Köchin herzaubern?

Da Sir Williams verstorbene Frau und danach seine Tochter sämtliche Fragen, die den Haushalt betrafen, eigenständig erledigt und ihn nicht damit belästigt hatten, fühlte er sich wie ein Kind, dem eine Rechenaufgabe vorgelegt wird, die es nicht lösen kann. Er saß über den Resten von Rosinenbrötchen und Speck, während der Kaffee im Becher kalt wurde, bis Valentine Ross erschien, um seine Morgensprechstunde abzuhalten, und berichtete ihm dann von seinen Schwierigkeiten.

Ross schlug vor, den *Bath Chronicle* zu kaufen, weil Köchinnen darin vielleicht ihre Dienste anboten. Sie schickten ihr Hausmädchen Becky nach der Zeitung und sahen sie gründlich durch, doch sie schien ihnen keine Lösung anzubieten. Sie fanden viele Annoncen, in denen Köchinnen gesucht wurden, doch keiner bot selbst seine Dienste an. Sir William sagte zu Ross: »Hätten wir einen Maurergehilfen, einen Sargtischler oder einen Schornsteinfeger benötigt, wäre es ein Leichtes gewesen, aber es würde uns nicht weiterhelfen. Kann ein Maurergehilfe ein Hähnchen braten? Kann ein Schornsteinfeger eine Kapernsoße zubereiten? Ich glaube kaum.«

Die beiden Männer blickten einander an. Prompt sahen sie eintönige Tage ohne warme Mahlzeiten vor sich, die schon bald unerträglichen Hunger zur Folge haben würden – zu stillen nur zu exorbitanten täglichen Kosten in einer der Speisegaststätten von Bath. Nach einer kleinen Weile äußerte Sir William vorsichtig: »Ich denke, ich werde Emmeline schreiben und sie bitten, dass Jane sofort zurückkehren möge. Ich bin zuversichtlich, dass sie Abhilfe schaffen kann.«

Als er aufblickte, sah er Ross' schmerzlich verzogenes Gesicht, und während er noch die Ursache zu ergründen suchte, läutete die Türglocke und kündigte die Ankunft des ersten Patienten an diesem Morgen an. Sofort verließ Valentine Ross den Raum, um sich in seine Praxis zu begeben, und die Idee von Janes Rückkehr aus London blieb unkommentiert. Sir William war wieder allein, in einem Zustand ernsthafter seelischer Verwirrung.

Ross war sich der Tatsache bewusst, dass er vor Janes Rückkehr in die Henrietta Street einen Weg gefunden haben musste, mit der Bürde seines Kummers zurechtzukommen, wenn er wieder Seite an Seite mit ihr arbeiten wollte. Also nahm er die Sache selbst in die Hand, fertigte die Reihe seiner Patienten an jenem Tag so schnell wie möglich ab und begab sich anschließend zu Mrs Morrisseys Teesalon.

Dort bestellte er eine Kanne Tee und ein Käseteilchen und trödelte – indem er das Teilchen mit immer neuen, immer kleineren Mengen Butter bestrich – so lange herum, bis Mrs Morrissey das »Geschlossen«-Schild aufhängte. Daraufhin lud er sie ein, sich zu ihm zu setzen. Seit dem Tag seines katastrophalen Heiratsantrags war er nicht mehr in ihrem Teesalon gewesen, und ein wenig drückte es seine Stimmung, dass er sich nun an diesem Ort wiederfand, an dem er sich so unglücklich zum Narren gemacht hatte. Doch er hatte sich gezwungen, sitzen zu bleiben, und jetzt sagte er in dramatischem Ton: »Ich werde sofort zur Sache kommen, Mrs Morrissey. Sir William und ich, wir befinden uns in einer schwierigen, einer wirklich sehr schwierigen Lage, und wir haben das Gefühl, Sie sind der einzige Mensch in Bath, der uns helfen kann!«

Dann erfuhr Mrs Morrissey von den ernsten Schwierigkeiten im Haushalt der Henrietta Street, und Ross fragte, ob sie irgendeinen Ausweg wisse.

Erst einmal lächelte sie und sagte bescheiden: »Ich bin, wie Sie wissen, ziemlich neu in Bath, Doktor Ross, aber selbstverständlich kann ich mich umhören, ob vielleicht jemand unter meinen Gästen Ihnen eine Köchin *ausleihen* würde.«

»Ausleihen? Ich bin mir nicht sicher, ob eine geliehene Köchin das ist, worauf wir hoffen.«

»Ach so, jetzt verstehe ich. Und bei näherem Nachdenken ist das vielleicht doch keine so praktikable Idee.«

Ross trank seinen Tee aus und sagte: »Worum ich heimlich gebetet habe, ist, dass *Sie* uns Ihre Dienste für eine Weile zur Verfügung stellen könnten, zumindest so weit, dass Sie uns eine warme Mittagsmahlzeit zubereiten, bevor Sie am Nachmittag Ihren Teesalon öffnen. Ich weiß, dass Sir William außerordentlich dankbar wäre und Ihnen jede Summe zahlen würde, die Sie verlangten.«

»Mir jede Summe zahlen? Nun, das wäre doch absolut töricht, nicht wahr, Doktor? Denn wie Sie wissen, bin ich im Grunde meines Herzens Tortenbäckerin. Für alles Übrige fehlt mir das nötige Geschick. Was ich für Sie zubereiten könnte, wären nur Pasteten und Fleischtörtchen, vielleicht auch ein Rindfleisch-Nieren-Pie und allerhöchstens ein Eintopf mit Lammnacken und Perlgraupen, so wie meine Mutter ihn machte. Wenn es jedoch um schmackhaft gewürzte Gerichte geht, fällt mir sonst nichts ein.«

»Aber Sie wären bereit, diese zuzubereiten – die Pies und den Eintopf und so weiter – und würden morgen anfangen?«

»*Morgen?*«

»Oder schlimmstenfalls übermorgen. Bitte sagen Sie ja. Sie könnten mich jetzt gleich in die Henrietta Street begleiten und mit Sir William die Bedingungen aushandeln.«

Clorinda Morrissey wies mit ausladender Geste auf den Gastraum, wo das Feuer im Kamin inzwischen zu Asche heruntergebrannt war. »Warum sind Sie in solcher Eile, Doktor Ross? Sie sehen doch, was ich alles noch aufzuräumen habe und nur *ein* Mädchen, das mir dabei hilft. Außerdem muss ich noch mit dem Backen für morgen beginnen.«

»Es ist mir durchaus bewusst, dass ich zu ungeduldig bin. Aber wenn Sie uns nicht helfen, weiß ich nicht, welche Wahl wir haben, außer zu verhungern.«

Da musterte Clorinda Morrissey Ross' blaue Augen mit den ihren, die grau und schmal waren und die sie manchmal, erschöpft vom Widerstand gegen all die vielen Dinge in der Welt, einfach schloss, um nicht zornig zu werden. Mit ruhiger, aber fester Stimme sagte sie: »Sie dürfen nicht das Wort ›verhungern‹ benutzen, Doktor Ross. Nicht mir gegenüber. Vergessen Sie nicht, ich komme aus Irland. Und als junge Frau musste ich in Dublin schreckliche Dinge mitansehen, als der Hunger die Menschen aus ihrer Heimat vertrieb, die dann in unseren Straßen starben. Haben Sie nie von der Großen Hungersnot gehört?«

»Doch, natürlich, aber da war ich noch ein Kind und habe es nicht verstanden.«

»Die Kartoffelfäule befiel unser wichtigstes Nahrungsmittel und verbreitete sich immer weiter, bis sämtliche Grafschaften im Westen Irlands verwüstet waren. Und die britische Regierung tat nichts oder fast nichts, schickte nur ein paar jämmerliche Schiffsladungen amerikanischen Mais zu einem Preis, den kaum jemand zahlen konnte. Und dann wurde ein idiotisches Programm für öffentliche Aufträge aufgelegt, gedacht als Beschäftigung für die Armen. Und worin bestanden diese »öffentlichen Aufträge«? Die verzweifelten Menschen durften Rasenstücke und Grassoden ausheben und damit Löcher füllen – ohne jeden Sinn. Man ließ sie neue Straßen bauen, die ins Nichts führten. Es ist wirklich ein Wunder, dass Irland Ihnen vergeben hat.«

Ross senkte den Blick und sah auf seine Hände. Gewöhnlich erfreute er sich an ihrer Kraft und Geschicklichkeit, doch jetzt hatte er das Gefühl, dass kein Teil von ihm – weder Geist noch Körper – so ausgestattet war, dass er den komplizierten Anforderungen des menschlichen Daseins gewachsen war. Es gab einfach zu viel in der Welt, was er nicht verstand.

»Es tut mir leid«, sagte er.

Er wusste, dass diese Entschuldigung dem Thema, das Mrs Morrissey plötzlich angeschlagen hatte, in geradezu peinlicher Weise nicht gerecht wurde, aber es waren die einzigen Worte, die ihm in den Sinn kamen.

Zum Glück war Clorinda Morrissey inzwischen so zufrieden mit ihrem Leben in Bath, dass sie ebenso wenig wie Dr. Ross Lust hatte, noch weiter bei Irlands vier Hungerjahren, seinen vier Höllenkreisen zu verweilen. Sie legte ihm sanft eine Hand auf den Arm und sagte: »Ich entschuldige mich für meine Schärfe. Ich werde Sie begleiten und mit Sir William sprechen. Meine Rinder-Pies waren schon zu Hause in Irland berühmt, denn ich spare nicht am Fleisch.«

AKROBAT

Nur eine halbe Stunde, nachdem Mrs Morrissey mit Sir William in der Henrietta Street einig geworden und, wieder in die Teestube zurückgekehrt, gerade ihre junge Helferin Mary drängte, fertig aufzuräumen und zu putzen, meldete die Türklingel einen zweiten Besucher. Sein Name lautete Monsieur Florian Bellenger, und er war ein belgischer Akrobat.

Er hatte Clorinda Morrissey auf einer jener herbstlichen Galaveranstaltungen kennengelernt, die sie so entzückt hatten, dass sie sich damals für Bath als Mittelpunkt ihres neuen Lebens entschied. Sie fanden dann doch seltener statt, als sie gehofft hatte, aber diese eine in Sydney Gardens mit dem fünfköpfigen Orchester und einer hölzernen Tanzplattform auf dem Rasen war großartig gewesen. An zwei enormen Eisenspießen wurden Spanferkel geröstet. Auf Tapeziertischen war ein üppiges Büffet aufgebaut, mit Kalbfleischpasteten, Taubenküchlein, gekochter Ochsenzunge und Austern, daneben Götterspeisen, Obsttorten und Mandeldesserts. Und zum Hinunterspülen standen Punsch, Bier und Limonade bereit – alles lediglich zum Preis einer Eintrittskarte von drei Shilling. Für die Kinder gab es einen Maibaum, einen Tanzbär mit Maulkorb, der von einem Sikh mit edelsteinbesetztem Turban herumgeführt wurde, eine Wurfbude mit Kokosnüssen, eine Zigeunertruppe, die zu Geigen und Kastagnetten tanzte, und, am herrlichsten von allem, die Darbietungen einer Akrobatengruppe, die mit einem Spaziergang auf Stelzen begannen und mit einem Flug um ein Trapezgerüst endeten, das mit eisernen Trossen im Rasen verankert war.

Es war eine kalte Nacht gewesen, aber Clorinda Morrissey, die allein in der Menge umherwanderte, hatte zu den Sternen über der Stadt hinaufgeblickt, dem Schluchzen der Zigeunergeigen gelauscht und beschlossen, dass sie nun endlich eine glückliche *Bürgerin der Welt* in all ihrer Vielfalt war. Sie gratulierte sich dazu, dass sie nach Bath gegangen war und mit hartnäckiger Zähigkeit ihr kleines Unternehmen aufgebaut hatte. Sie pries die Rubinhalskette, mit deren Hilfe sie ihren Platz in einer kosmopolitischen Gesellschaft errungen hatte. Und als ihre Gedanken an jenem Abend nach Irland schweiften, schien es ihr fast, als wäre ihr Heimatland in den Atlantik hinausgetrieben, wo es, an das Erdulden von Verfolgung und Leiden gewöhnt, jetzt einen tapferen kleinen grünen Fleck auf der weiten Fläche der rollenden, endlosen See bildete.

In diese Tagträume versunken, bemerkte sie, als sie sich einmal umdrehte, dass einer der Akrobaten auf Stelzen durch die Menge auf sie zu kam. Er war als Clown aufgemacht, mit roter Nase und schwarzem Schnurrbart und gestreiften Pluderhosen. Scheinbar mühelos bewegte er sich auf seinen hohen Stelzen, und Clorinda konnte einfach nicht anders, als ihn anzustarren. Sie fragte sich, wie sein Leben wohl aussehen mochte, wenn das sein Beruf war – in einer Höhe von einem Meter achtzig durch Menschenmengen zu spazieren und sein Dasein als fliegender Trapezkünstler aufs Spiel zu setzen. Es beschäftigte sie, wie der menschliche Verstand zu seinen überraschenden Entscheidungen gelangte und wie diese manchmal, namenlos und ungefragt, aus der tiefen, schattenhaften Vergangenheit emportrieben.

In diesem Moment explodierten mit einem gewaltigen Knall die ersten der angekündigten Feuerwerkskörper am Himmel, und der Akrobat stürzte zu Boden.

Er fiel auf die Seite und landete schwer im Gras, keine Stelzenlänge entfernt von einem Leierkastenmann mit einem Äffchen auf der Schulter. Das Äffchen kreischte und sprang dem Leierkastenmann auf den Kopf. Die Menschen in Clorindas Nähe stöhnten auf vor Schreck, aber keiner eilte zu dem gefallenen Mann, fast so, als glaubten sie, er sei ganz und gar aus Holz und deshalb unversehrbar. Doch Clorinda Morrissey stürzte sogleich los. Sie kniete bei ihm nieder und legte ihm sanft ihre Hand auf die Schulter. Der Mann hatte beim Fallen gerade noch den Arm ausstrecken können und verhindert, dass er auf den Kopf fiel, aber jetzt rang er keuchend nach Luft. Mrs Morrissey redete leise mit ihm und sagte, er solle still liegen bleiben.

Nun sammelten sich andere Menschen um sie. Die Stelzen wurden aus den lächerlichen Hosen gezogen. Kinder kamen und gafften und fingen dann an, mit den Holzstöcken Krieg zu spielen. Clorinda bedeutete den Umstehenden zurückzutreten, »damit die arme Seele ein bisschen Luft bekommt«. Und nach einigen Minuten bat der Akrobat Clorinda, ihm auf die Füße zu helfen. Sie packte seinen Arm ganz fest. Sie sah, dass sein falscher Schnurrbart bei dem Sturz abgerissen worden war.

Am folgenden Abend war dieser Mann, Florian Bellenger, der auf die fünfzig zuging, aber den straffen Körper eines Jugendlichen und ein unendlich charmantes Lächeln besaß, im Teesalon erschienen, in einen ordentlichen schwarzen Gehrock gekleidet, als Geschenk einen Herbstblumenstrauß in der Hand. In seinem gebrochenen Englisch hatte er Clorinda Morrissey erklärt, er fühle »große Scham«.

»Scham weswegen, Sir?«

»Scham wegen meines Sturzes.«

»Oh«, sagte Clorinda, »nun, das war doch allein die Schuld des Feuerwerks, das Ihnen einen solchen Schreck eingejagt hat. Wenn Sie mich fragen, sind Sie einer der mutigsten Menschen, die mir jemals begegnet sind. Einfach so auf zwei Holzstecken herumzuspazieren. Und dann noch diese Sache mit den Schwüngen und dem Durch-die-Luft-Fliegen, ohne irgendein Netz, das Sie auffangen kann. Sind Sie katholisch, Sir? Weil ich ernstlich glaube, dass sogar Unsere Liebe Frau von Ihnen beeindruckt wäre und nicht wollen würde, dass Sie von *Scham* sprechen.«

Florian Bellenger hatte fröhlich gelacht und Clorinda die Blumen in die Arme gedrückt. Es waren Bergastern, und ihr Violett und Gelb erinnerte sie an das Greiskraut und die Wiesenskabiosen, die in den Parks von Dublin aus dem Rasen schossen, weil niemand mähte. Als sie die Nase in die Blumen steckte, hatte Florian Bellenger sich vorgebeugt und ihr Ohr geküsst.

Danach hatte er sie noch mehrmals aufgesucht. Clorinda hatte ihm Tee gekocht und Muffins offeriert, ohne etwas dafür zu verlangen. Wenn sie zu tun hatte, folgte sein Blick ihr durch den Raum. Es war nicht schwer zu erkennen, dass er beschlossen hatte, sich in sie zu verlieben.

Als sie nüchtern darüber nachdachte, war sie selbst über sich verblüfft. Sie sah durchaus, dass Florian Bellenger – nach ihren persönlichen Kriterien, die besagten, dass sehr besondere, ja sogar regelrecht seltsame Menschen stets solchen vorzuziehen seien, die bloß eine Kopie Tausender orientierungsloser anderer darstellten – absolut perfekt war. Als Mann – ausländisch, furchtlos, mit einer unbekannten, exotischen Vergangenheit, dem Körper eines Tänzers und einem Lächeln, das andere Frauen auf der Stelle nervös machte – wäre er mit Sicherheit ein verlockender Liebhaber. Und doch wollte Clorinda Morrissey ihn nicht. Sie freute sich, wenn er da war, mochte seine Stimme und seine Liebenswürdigkeit, sie wollte ihn nur nicht in ihrem Bett. Nach einer Weile fragte sie sich, ob sie ihn etwa deshalb nicht wollte, *weil er gefallen war*, genauso wie ihr junger irischer Verehrer mit dem Karottenschopf, der gestürzt und so zu Tode gekommen war. Und sie schloss daraus, dass ein Mann, den sie bereitwillig in ihre Arme schließen würde, einer sein musste, *der nicht fiel*, sondern im Gegenteil so kräftig war, dass er sie hochhob, hinauf zu einer höheren Stellung in der Welt.

Am selben Tag, an dem sie zugesagt hatte, Sir William Adeane und Valentine Ross bei ihren häuslichen Schwierigkeiten zu helfen, und im Geiste schon Listen mit Gerichten für die beiden zusammenstellte, stand Florian Bellenger wieder einmal vor ihrer Tür.

Erhitzt und schweißnass vom Putzen des Teesalons und dem mühsamen Mischen und Kneten von Mehl, Butter und Zucker – ihr braunes Haar hatte sich schon in wilden Locken halb aufgelöst –, war sie versucht, ihm durch die Glasscheibe zu signalisieren, er solle wieder gehen. Doch er presste sich ganz dicht an die Tür und hielt ein Päckchen hoch, wie um ihr zu bedeuten, ein wichtiger Grund habe ihn zu ihr geführt. Also schickte Clorinda ihre Helferin Mary in die rückwärtige Küche, trocknete sich die Hände an der Schürze ab und ließ ihn eintreten.

Sie sah, dass er rosige Wangen hatte, als sei er gerannt, und er war so aufgeregt, wie sie ihn noch nie erlebt hatte. Er hielt das Päckchen hoch.

»Ich bringe Ihnen dies hier«, sagte er. »Ich bringe es voller Hoffnung.«

Clorinda zog ihre Schürze aus. Der Abend mit dem Besuch in der Henrietta Street (einem Haus, das dringend einer gründlichen Reinigung bedurfte, wie sie fand) war schon reichlich seltsam gewesen, und eigentlich hatte sie nur noch das Bedürfnis, sich ins Bett zu legen und schnell einzuschlafen. Stattdessen sank sie in einen der Sessel in ihrem Teesalon, konnte aber nicht verhindern, dass ihr ein tiefer Seufzer entschlüpfte.

»Clorinda«, sagte Florian, »Clorinda, Clorinda! Ich rufe Ihren Namen in meinen Träumen. Aber ich wünsche mir mehr als Träume. Hier ist mein Geschenk.«

Er legte Clorinda das Päckchen in die Hände. Es war in ein gazeartiges Material eingeschlagen und ordentlich mit einer Schnur zugebunden.

»Öffnen Sie es. Öffnen Sie!«, sagte Florian. »Es ist für die, die ich liebe.«

Auf diese Äußerung reagierte Clorinda mit einer Miene, wie man sie seit der Eröffnung des Teesalons, der ihr so viel Freude bereitete, selten an ihr gesehen hatte. Sehr ernst blickte sie auf das Päckchen und wusste, sie würde es, was immer es enthalten mochte, nicht auspacken wollen.

»Es tut mir leid«, sagte sie. »Aber ich nehme niemals Geschenke von Herren an.«

Florian Bellenger lächelte sein verführerisches Lächeln und sagte: »Sagen Sie doch nicht etwas so Niederschmetterndes, Clorinda. Ich bin nicht irgendein Herr. Das wissen Sie. Ich bin ein Luftgeist. Allez! Ich bin sicher, es wird Ihnen gefallen.«

»Nein«, erwiderte Clorinda. »Bitte nehmen Sie es zurück.«

»Ich weiß, was Sie denken – dass ich eine Gegengabe erwarte, *n'est-ce pas?* Etwas, das Sie nicht – noch nicht – geben möchten. Aber *écoutez-moi* bien, Sie und ich, wir sind keine gewöhnlichen Menschen. Wir sind nicht an Ketten gefesselt. Wir sind keine Sklaven der Schicklichkeit, so wie jene englischen Snobs und Tugendbolde da draußen auf der Straße. Sie ... von Ihrer grünen Insel; ich ... aus einer fernen Welt. Wir sind frei.«

»Was die Freiheit angeht, bin ich geneigt, Ihnen zuzustimmen. Wir sind frei, wenn wir den Mut haben, es zu sein. Das bedeutet aber auch, dass ich die Freiheit habe, nein zu Ihnen zu sagen.«

Nun blickte Florian Bellenger so niedergeschlagen, wie er es sich als Trapezkünstler, der in jeder Gefahr zu lächeln gelernt hatte, gerade noch erlauben konnte.

»Clorinda«, sagte er. »Es ist echte Spitze, *Point de Bruxelles*, aus meiner Heimat. Damit schenke ich Ihnen etwas Kostbares. In der Hoffnung, dass Sie mich lieben können. Sie nähen die Spitze an Ihr Mieder, und ich … so weich, wie Blütenblätter … ich werde es entblättern, um das zu enthüllen, was ich mir so sehnlich zu berühren wünsche.«

Clorinda war an diesem Tag so müde, dass sie gern in ihrem Sessel sitzen geblieben wäre, doch sie zwang sich aufzustehen und Bellenger das Päckchen zurückzugeben.

»Sie sind mein Freund«, sagte Clorinda. »Aber Sie können nicht mein Liebhaber werden. Und jetzt müssen Sie gehen, Monsieur. Ich habe noch viel zu tun.«

Bellenger nahm das Päckchen mit der Brüsseler Spitze und steckte es traurig in seine Manteltasche.

»Morgen fahre ich mit meiner Akrobatentruppe nach Bristol«, sagte er. »Und dann nach London. Ich werde einige Zeit fort sein. Aber ich werde hoffen. Ich werde weiter hoffen, dass bei meiner Rückkehr –«

»Tun Sie es nicht!«, rief Clorinda. »Männer, die sich närrisch verhalten, ertrage ich nicht! Und Ihre Hoffnung, ich könnte meine Meinung ändern, ist blanke Unvernunft. Sie sind ein schöner Mann, Monsieur Bellenger, aber ich kann Sie nicht lieben, und mehr ist dazu nicht zu sagen.«

Daraufhin tat Florian Bellenger etwas Überraschendes. Er öffnete seinen Gehrock und strich mit seiner Hand zärtlich über seinen schlanken Körper.

»Ja, ich bin schön«, flüsterte er. »Viele Frauen haben mir das gesagt. Eine Dame aus der Schweiz hat sich umgebracht, als ich nicht mehr ihr Liebhaber sein wollte.«

Da schritt Clorinda Morrissey zur Tür und öffnete sie. Ein kalter Winterwind blies herein und blähte die Vorhänge. Sie sagte nichts. Bei sich dachte sie, manche Eitelkeiten der Männer seien es schlicht nicht wert, kommentiert zu werden. Kerzengerade stand sie an der Tür und wartete darauf, dass Florian Bellenger seinen Gehrock zuknöpfte und in die Dunkelheit hinaustrat.

» ... UND SEINES KÖNIGREICHS WIRD KEIN ENDE SEIN ... «

Erst als er wieder ein wenig zu Kräften gekommen war und spürte, dass das Fieber, das ihm schreckliche, ausweglose Albträume beschert hatte, gewichen war, begriff Edmund Ross, dass seine gesamte Botanisierausrüstung fehlte. Er konnte sich glücklich schätzen, dass sein Bündel Geldscheine, das er in seine Hutkrempe eingenäht hatte, noch vorhanden war, ebenso wie seine handgefertigten Stiefel und eines seiner Notizhefte, aber wo war sein Kompass? Er hatte jeden Winkel des Zimmers durchsucht, das ihm in Sir Ralphs Haus zugewiesen worden war, doch er konnte ihn nicht finden. Ebenfalls verschwunden waren sein Gewehr und die Kisten mit den Korktafeln, auf die er seine Insekten gespießt hatte. Außerdem fehlten seine Schmetterlingsnetze, seine Sezierinstrumente und seine Tötungsgläser.

Er fragte Leon: »Bestehlen Malaien weiße Menschen?«

»Nein, Sir, Mr Ross«, erwiderte Leon. »Anders herum. Ihr kommt. Nehmt unser Gold. Segelt weg.«

»Gold?«, fragte Edmund. »Gibt es Gold auf Borneo?«

»Es *gab* Gold.«

»Und?«

»Wie ich sagte. Genommen von weißen Leuten. Nichts mehr da.«

Nach diesem Dialog begriff Edmund, dass die Erwähnung seiner vermissten Gegenstände ihn erbärmlich und kindisch erscheinen lassen würde. Er wusste, dass er seine mit solch neurotischer Sorgfalt in England hergestellten Kisten würde nachbauen lassen und an den Marktständen von Kuching nach einem Kompass und einem Gewehr würde suchen müssen. Er würde Gläser und Chloroform kaufen und neue Netze herstellen lassen müssen. All das würde Zeit brauchen, und als Leon ihn mit einem Ausdruck unverhohlener Verachtung zwischen seinen langen Wimpern hindurch anblickte, fragte er sich zum ersten Mal, wie lange er Sir Ralph Savages Gastfreundschaft wohl noch in Anspruch nehmen konnte, ohne die komplizierten Gesetze seines Haushalts durcheinanderzubringen.

Eines Morgens wurden Edmund ein weißes Gewand, ein Paar Bastsandalen und eine Brille gebracht. Er wurde von Sir Ralph zu einer wunderschönen Waldlichtung im Schatten von Palmen geführt, in denen zwei Hängematten aufgespannt waren. Aus dem nahegelegenen Aviarium kam der Schrei der Kasuare und aus dem Wald der ferne Schrei des Gibbons. Der Himmel über der Lichtung war opalfarben und verdichtete sich nach oben hin zu einem immer tieferen Blau.

»An diesem Ort«, sagte Sir Ralph, »genau an dieser Stelle hier sehen Sie eine der Annehmlichkeiten, die Geld kaufen kann. Man kann sich damit Frieden kaufen. Und zu dessen Vervollkommnung fehlt mir nur noch die Poesie der King-James-Bibel.«

Edmund wurde nun aufgefordert, sich in eine der Hängematten zu legen und die Brille aufzusetzen. »Sie glauben vielleicht, Sie benötigen keine«, sagte Sir Ralph, »aber das Wort Gottes muss vor Ihren Augen vergrößert werden. Verstehen Sie? Sonst scheitern wir. Wir sind der Wahrheit gegenüber so blind. Nur wenn wir klar und deutlich sehen, können wir zu verstehen beginnen.«

Sir Ralph hatte die Bibel beim Lukasevangelium aufgeschlagen und forderte Edmund auf, mit dem Lesen bei Vers 26 des ersten Kapitels zu beginnen.

»Ich habe die Verkündigung ausgewählt«, sagte er. »Denn was beglückt unsere Herzen mehr als ein Neuanfang?«

Edmund hätte beinah eingewandt, er habe am Tag seiner Ankunft auf Borneo die Erfahrung eines sehr beunruhigenden »Neuanfangs« in seinem Leben gemacht. Seit er den in seine ganz eigene undurchdringliche Weisheit verstrickten Wald betreten hatte, waren seine Vorstellungen darüber, wer und was er war, im Begriff, sich auf eine Weise zu verändern, die er – in seinem unstillbaren Hunger nach Abenteuer – nie vorausgesehen hätte. Ja, es gab Seiten an ihm, die er gar nicht wiedererkannte. Er sah sich nicht mehr als einen Menschen, der furchtlos voranschritt und jederzeit Herr seines Wollens war, sondern er hatte das Gefühl, wieder zum Kind geworden zu sein oder zu einer Art Traumselbst, das sich in dieser grünen Unermesslichkeit nur in einem Zustand tiefen Unwissens bewegen konnte.

Immer und immer wieder hatte Edmund sich ins Gedächtnis gerufen, dass er das sehnsüchtige Verlangen, seltene Vogel- und Insektenarten aufzuspüren und einzufangen, schon als kleiner Junge im Herzen getragen hatte und dass er einfach nur seine Ängste überwinden und weitermachen musste und niemals auch nur daran denken durfte, seine Mission aufzugeben. Und doch wusste er, dass sich etwas in ihm verändert hatte: Er war irgendwie *weniger* geworden. Und als er schließlich erkrankte, war ihm sein Leiden folgerichtig vorgekommen, unvermeidlich. Die Krankheit war der Ort, dem er die ganze Zeit entgegengereist war.

Doch dem Radscha erzählte er nichts von alledem. Er öffnete die Bibel und schlug die hauchdünnen Seiten sehr langsam um, bis er das Lukasevangelium fand. Durch die Brille betrachtet, schienen die Worte, wie Edmund feststellte, auf der Seite herumzuspringen – mal groß, mal plötzlich klein –, und die Sonne, die in ständig wechselnden Streifen durch die Palmblätter fiel, schmückte die Verse mit einem silbrig flimmernden Licht, so dass er als Leser den Eindruck hatte, er lese nicht aus einem leinengebundenen Buch, sondern versuche aus etwas eigensinnig Lebendigem vorzutragen.

Als er vorzulesen begann, glaubte er am Rande der Lichtung eine Gestalt reglos dastehen zu sehen. Die Gestalt versteckte sich nicht. Sie schien einfach begriffen zu haben, dass sie in der Dunkelheit der Bäume ihre eigene Vieldeutigkeit steuern konnte. Als Edmund das nächste Mal hinsah, war die Gestalt verschwunden.

Hatte sie überhaupt dort gestanden? Oder hatte etwas anderes – ein Gebilde aus Licht und Schatten – den Zuschauer verwirrt? Edmund nahm die Brille ab und unterbrach die Lektüre. Mit forschendem Blick musterte er den Wald. Nichts rührte sich dort. Er sah, wie Sir Ralph sich in seiner Hängematte umdrehte und ihn anblickte. »Warum haben Sie aufgehört?«, fragte er. »Ich hatte gerade begonnen, innere Wunder zu erleben. Sie müssen bitte verstehen, Mr Ross, dass ich mich schon länger, als Sie sich vorstellen können, danach sehne, eine Stimme wie die Ihre das Lukasevangelium rezitieren zu hören. Bitte machen Sie weiter und hören Sie erst auf, wenn ich es Ihnen sage.«

Edmund setzte die Brille wieder auf und fuhr fort:

Und der Engel sprach zu ihr: Fürchte dich nicht, Maria! du hast Gnade bei Gott gefunden.

Siehe, du wirst schwanger werden und einen Sohn gebären, des Namen sollst du Jesus heißen.

Der wird groß sein und ein Sohn des Höchsten genannt werden; und Gott der Herr wird ihm den Stuhl seines Vaters David geben;

Und er wird ein König sein über das Haus Jakob ewiglich, und seines Königreichs wird kein Ende sein …«

Edmund las immer weiter, bis er heiser wurde und die Sonne, die am leeren Himmel höher und höher stieg, den Schatten der Palmen zum Verschwinden brachte und auf ihn nieder zu brennen begann, so dass er leichte Symptome des wiederkehrenden Fiebers spürte. »Nach ihrem ersten hässlichen Besuch«, hatte sein Bruder Valentine ihn gewarnt, »hat die Malaria die Gewohnheit, ohne erkennbaren Grund wiederzukehren. Achte darauf, und sobald du erste Anzeichen von Fieber bemerkst, leg dich hin und ruh dich aus.«

Edmund schloss die Augen und hielt schützend die Bibel davor. Er wollte aus der Hängematte steigen, fühlte sich aber zu schwach dazu. Dann merkte er, wie Sir Ralph neben ihm sanft seine Schultern anhob und ihn auf den Kopf küsste.

»Morgen machen wir weiter«, sagte Sir Ralph. »Jetzt müssen Sie schlafen.«

Er schlief viele Stunden lang und erwachte in der Dunkelheit. Sein Kopf schmerzte, aber das Fieber, dessen Wiederkehr er befürchtet hatte, war abgeklungen.

Er wusste, dass er von den Paradiesvögeln geträumt hatte, von ihrer einzigartigen Herrlichkeit. Der Traum hatte strahlend bunt geleuchtet, fast so, als hätten die Vogelkörper selbst Sonnenlicht verströmt und alles um sich herum in Helligkeit getaucht. Da musste Edmund Ross wieder an das Versprechen denken, das er sich selbst gegeben hatte, als er zu seinem großen Abenteuer aufgebrochen war: Er würde nicht ohne wenigstens ein lebendes Paar dieser Vögel nach England zurückkehren. Ihm war zu Ohren gekommen, sogar die Königin würde sie liebend gern sehen und sei bereit, »ein geeignetes Haus für ihre Unterbringung« errichten zu lassen, »damit sie als fantastische Bereicherung unseres Königreichs besichtigt werden können.«

Er wusste, dass er sie nicht unbedingt auf Borneo finden würde. Er würde den Eigner eines Schiffs dazu überreden müssen, ihn weiter gen Osten, zu den Aru-Inseln, zu bringen. Aber wer war er denn inzwischen? Ein Mann in seltsamer Gefangenschaft. Ein Naturforscher, der alles verloren hatte, was er benötigte, um seine Suche fortzusetzen. Wie sollte er seine Pläne jemals verwirklichen?

Edmund hatte keine Ahnung, wie spät es sein mochte. Durch das Fenster war kein Mond zu erkennen, nur ein eisig wirkender Sternenhaufen über den Palmen. Er sehnte sich nach einem wärmeren Licht, einer Kerze, und dann nach Papier und Stift, damit er an seinen Bruder schreiben konnte. Ja, das war es, wonach es ihn verlangte, begriff er plötzlich mit einer glühenden Heftigkeit, die ihm fast die Kehle zuschnürte: Er wünschte sich Valentine an seiner Seite, damit er ihn heile, ihm versichere, er, Edmund, werde im Stande sein, auf welche Weise auch immer, das nächste Kapitel seines Lebens aufzuschlagen.

»AUGEN, UM ZU SEHEN«

Als er feststellte, dass er seine Tochter vermisste und seine Patienten recht unverhohlen und lautstark ihre Abwesenheit beklagten, beschloss Sir William Adeane, Jane zu schreiben und sie zu bitten, nach Bath zurückzukehren.

Wir sind in großer Bedrängnis, schrieb er. *Die Krankenschwester, die Dich ersetzt, verfügt nur über ein Viertel Deiner medizinischen Kenntnisse. Darüber hinaus ist der Haushalt nicht so wohlgeordnet wie zu der Zeit, als Du ihn führtest. Am ärgerlichsten ist, dass unsere einst so verlässliche Mrs Hughes uns verlassen hat und es Dr. Ross und mir nicht geglückt ist, eine andere Köchin einzustellen. Vorübergehend versorgt uns – und das war Valentines Idee – Mrs Morrissey vom Teesalon mit Fleischpasteten, Rindfleisch-Nieren-Auflauf und Ähnlichem und stellt alles mittags auf den Tisch. Becky – die uns nicht verlassen hat, aber seit einiger Zeit dem Haushalt gegenüber eine gewisse aufsässige Gleichgültigkeit an den Tag legt – sucht dann irgendetwas als kalte Mahlzeit für mein einsames Abendessen zusammen.*

Mrs Morrissey ist außerordentlich liebenswürdig, und Dein armer Vater stellt fest, dass er einigermaßen bezaubert ist von ihrem Charme und den Erzählungen von ihrem Leben in Irland, die in viele Unterhaltungen einfließen und ihnen eine ganz besondere Färbung verleihen (die, wie ich vermute, irgendwie ins Smaragdgrüne tendiert ...). Besonders rührt mich, ohne dass ich zu sagen wüsste, wieso, das Bild von Mrs M. als barfüßiges Mädchen, das zusammen mit seinem Großvater, der Kleidung aus Kaninchenfellen schneiderte, Meerfenchel am Meeresufer sucht, welches es als ›Gestade‹ bezeichnet. Ich habe das Gefühl, ich könnte diesen Geschichten ewig zuhören, so seltsam und bezwingend erscheint mir ihre Welt, aber sie hat ihr kleines Unternehmen zu führen, und sie sagte mir, dass dieses Arrangement, Pasteten und dergleichen betreffend, leider nur bis Weihnachten dauern kann!

Und dann ist da noch etwas, Jane. Dr. Ross scheint mir irgendwie sehr durcheinander zu sein, als quäle ihn ein großer Kummer, den ich nicht kenne. Neuerdings macht er lange kalte Morgenspaziergänge, und danach taucht er hier manchmal mit Eis in seinem Bart auf. Mehr als einmal kam er zu spät zu seinem ersten Patienten, und meinem Empfinden nach bedrückt ihn seine Arbeit inzwischen stark. Am späten Nachmittag wirkt er sehr müde und beklommen, und anstatt noch zu bleiben und mit mir ein Glas Portwein zu trinken oder mein mageres Mahl mit mir zu teilen, steht er unvermittelt auf und begibt sich in seine eigene Wohnung.

Ich habe das Gefühl, Du könntest, wenn Du hier wärst, intuitiv erahnen, was Valentine quält, und ihm irgendwie helfen, sein inneres Gleichgewicht wiederzufinden. Also, meine liebe Jane, erwäge doch bitte, ob Du Dich nicht von London und seinen Vergnügungen und von dem Geruch nach Ölfarben in Emmelines Haus losreißen und zu uns zurückkehren kannst. Ich würde Dich nicht darum bitten, wenn ich nicht das Gefühl hätte, dass die Zeit, seit Du fort bist, so völlig aus den Fugen geraten ist. Wir müssen dafür sorgen, dass in diesem Haus wieder eine gewisse Ordnung einkehrt.

Von Deinem Dich liebenden Vater

Wm. Adeane

Mitleid mit ihrem Vater – weil er so einsam war und weil er alles, was außerhalb seiner beruflichen Welt geschah, kaum noch verstand – war der Grund dafür gewesen, dass Jane Adeane stets versucht hatte, ihn nicht zu beunruhigen oder zu verletzen, doch jetzt spürte sie, dass sie ausnahmsweise einmal seinen Bitten nicht nachkommen konnte.

Ihr schien, dass sie, ähnlich wie Tante Emmeline, die das Herz ihrer Nichte zu ergründen suchte, indem sie ihr Porträt malte, in London ihrerseits begonnen hatte, sich ernsthafte Gedanken über ihre Zukunft zu machen. Sie hatte inzwischen den – vielleicht etwas überspannten – Eindruck, dass die Tite Street in Chelsea als Adresse eher geeignet sei als die Henrietta Street in Bath, sie bei der Suche nach einem Weg zu unterstützen, der sie zu ihrem nächsten Lebensabschnitt führen würde. Und sie war auch der Meinung, dass dieser Weg etwas *Unausweichliches* haben sollte: dass er irgendwie unfehlbar in eine Richtung weisen musste, von der sie nicht abzubringen sein würde.

Jane wusste, dass sie – trotz ihres großen Ansehens als der Engel der Bäder und trotz ihres Stolzes auf die Heilerfolge, die ihr offenbar vergönnt waren – nicht ihr gesamtes Leben als Krankenschwester verbringen wollte. Sie wusste, dass ihr eines Tages etwas gelingen musste, über das sie selbst Herrin und Meisterin wäre. Und ihr schien, dass dieses *Etwas*, obschon bis jetzt für sie noch unsichtbar, sich ihr in Tante Emmelines Atelier (in dessen ätherischer, terpentingeschwängerter Luft unter der hohen Lichtkuppel, durch die einst der Regen auf eine halb fertige Kreation auf der Töpferscheibe gefallen war) mit größerer Wahrscheinlichkeit offenbaren würde als irgendwo sonst.

Auch die Bibliothek, die Emmeline angeschafft hatte, nutzte sie ausgiebig und versenkte sich besonders gern in die unzähligen von Mr Dickens heraufbeschworenen Welten. Sie bewunderte das breite Spektrum seiner Fantasie, war aber doch leicht enttäuscht über die süßliche Lieblichkeit vieler seiner Heldinnen und fragte sich, ob sie Dickens nicht vielleicht schreiben sollte, dass Lucie und Estella – um nur zwei Namen zu nennen – die ihnen zugeschriebene Vollkommenheit eher schadete.

Sie hatte Lust, den großen Schriftsteller daran zu erinnern, dass Mädchen »genauso eigensinnig wie irgendein junger Herr sein können und gelegentlich Träume haben, die nicht unbedingt mit dem Buchstaben H für Heirat beginnen.« Amüsiert malte sie sich die geknickte Miene des berühmten bärtigen Mannes nach Empfang ihres Briefes aus, wusste jedoch, dass sie ihn wahrscheinlich doch nie schreiben würde. Stattdessen begann sie, ein Tagebuch über ihr Leben in London zu führen, und notierte darin nicht nur, was sie tat, sondern auch, was sie dabei *fühlte*, und setzte sich sehr häufig kritisch mit ihrer fehlenden Bereitschaft, nach Bath zurückzukehren, auseinander.

Sie wusste, dass sie guten Grund hatte, in Chelsea zu bleiben. Emmeline war sehr froh, dass das Porträt ihrer Nichte allmählich Gestalt annahm. Sie erklärte Jane, besonders zufrieden sei sie darüber, dass sie nicht nur ihre Körpergröße, sondern auch das Gewicht ihrer schweren weißen Gewänder so realistisch eingefangen habe – eine Last, die Jane offenbar sehr aufrecht und mit stoischem Gleichmut, ja sogar mit einer gewissen Noblesse zu tragen scheine, was absolut ihrem Charakter entspreche. Ihre Arbeit an Janes Gesicht, fügte Emmeline betrübt hinzu, sei dagegen weniger von Erfolg gekrönt. Die Gesichtszüge, bislang lediglich skizziert, hätten keinerlei Ähnlichkeit mit Jane. Die Künstlerin war frustriert. Sie nahm ihrer Nichte das Versprechen ab, erst abzureisen, wenn »du wenigstens Augen zum Sehen hast«.

Jane schrieb ihrem Vater. Sie drückte ihr Bedauern über Mrs Hughes' Abgang sowie über Beckys Aufsässigkeit und die unzulängliche neue Krankenschwester aus, erläuterte ihm aber, das Porträt sei für ihre Tante von großer Wichtigkeit und sie könne Emmeline unmöglich im Stich lassen, ehe es nicht vollendet sei.

Zum Thema Valentine Ross schrieb Jane: »*Es tut mir leid, dass Dr. Ross durcheinander und zerstreut wirkt. Ich habe keine Ahnung, was der Grund dafür sein könnte, aber ich wage eine Vermutung: Könnte es sein, dass er zu lange zusammen mit Dir in Bath gearbeitet hat? Solltest Du ihn vielleicht einmal fragen, ob er nicht lieber eine eigene Praxis in Swindon oder in Swansea eröffnen würde? Die Menschen sind nicht immer zufrieden mit dem, was sie haben. Manchmal müssen sie weiterziehen.*«

Nachdem sie den Brief zur Post gebracht hatte, beschloss sie, nicht weiter über all das nachzudenken.

Dann geschah etwas derart Überraschendes, dass sie sich fragte, ob sie etwa in einen Zustand leichten Wahnsinns verfallen sei.

Es ereignete sich auf einer der erlesenen Soireen, die Emmeline gelegentlich zu veranstalten beliebte, um sich zu vergewissern, dass die Londoner Gesellschaft (oder zumindest ein gewisser Teil der Bohème) sie und ihr Werk noch immer bewunderte. Es waren stets späte Abendessen mit reichlich Champagner, bei denen die Gäste ganz nach Belieben kommen und gehen, herumwandern, essen und trinken und sich niederlassen konnten, wo immer sie Lust hatten, entweder an Emmelines Tafel, im Atelier, auf der Treppe, auf einem türkischen Teppich vor dem Kamin oder, wenn sie es wünschten, sogar in Emmelines Schlafzimmer.

Geduldige Bedienstete in samtenen Kniehosen und mit

weißen Perücken eilten treppauf und treppab, in den Händen Tabletts mit Gläsern und Hühnchenbrust in Aspik. Gäste konnten aus den seltsamsten Ecken eines jeden Raums laut nach mehr Champagner verlangen. Einmal habe, wie zu hören war, in einem Wandschrank Geschlechtsverkehr stattgefunden und einige Unordnung unter Emmelines langen, leuchtend bunten Gewändern gestiftet. Die Atmosphäre war dekadent und die Unterhaltung überwiegend amüsant und außerordentlich kapriziös. Vielfach wurde geäußert, in diesem Haus täten die Gäste geradezu unverschämt hemmungslos genau das, wozu sie gerade Lust hatten. Wer »Chez Emmeline« willkommen war, durfte sich glücklich schätzen.

Zu dieser bewussten Soirée hatte Emmeline um die dreißig Personen eingeladen: Künstler, Bildhauer, Musiker, Schriftsteller, Professoren der Moralphilosophie, Verleger, Schauspieler und Sängerinnen.

Als Teil dieser illustren Gesellschaft spürte Jane, die ihr scharlachrotes Lieblingskleid mit einer Opalhalskette trug, wie eine hektische Erregung sie ergriff, fast als wäre sie ein großes Schiff, das in einer Flaute plötzlich merkt, wie seine Segel sich mit Wind füllen. Sie ließ sich immer wieder Champagner nachschenken, nahm amüsiert und entzückt zur Kenntnis, wie ein kolossaler Tenor, der sich nicht weniger als sechs Portionen Hühnchen in Aspik auf den Teller geladen hatte, ihre »herrliche Körpergröße« kommentierte, hörte sich den recht privaten Kummer eines Schriftstellers an, der sich »in einer konturenlosen Wüste der Unproduktivität« befand, und ließ sich mit einem Bildhauer auf ein vergnügtes Geplänkel über die ständig wechselnde Londoner Kunstszene ein. Sein einziges Ziel, behauptete er, sei es, hässliche Dinge zu kreieren, um die Welt zu Hohn und Spott über sein Werk anzustacheln, »denn was die Leute anfangs verlachen, wird später zu einem Gegenstand allergrößten Interesses. Ich existiere, um Geld zu verdienen. Geduld ist das einzige, was man dazu braucht.«

Als sie merkte, dass ihr der Kopf zu schwimmen begann und sie sich setzen musste, trug sie ihren Hühnchenteller zur Treppe – einem Ort, wo sie häufig lange Zeit ganz allein hockte und hingebungsvoll dem lebhaften Hin und Her der Pferdefuhrwerke in dieser grünen Ecke Londons lauschte.

Und an ebendieser Stelle, wo sie so gerne saß, stieß sie auf einen Verleger namens Ashton Sims, einen kleinen, ernsthaften Mann von fünfundvierzig Jahren, der mit seinem Teller allein auf den Stufen saß, und sie fragte ihn, ob sie ihm Gesellschaft leisten dürfe.

Ashton Sims, der Mitinhaber des äußerst erfolgreichen, lukrativen Verlags Kirkwall & Sims, stand auf und verbeugte sich. Er sei, sagte er, ein glühender Bewunderer und Käufer von Emmeline Adeanes Werken und »mehr als entzückt, ihre Nichte kennenzulernen«.

»Wie ich höre«, sagte er zu Jane, »kämpft Emmeline mit einem Porträt von Ihnen. Ich wüsste zu gern, warum sie das Wort ›kämpfen‹ benutzt hat.«

»Oh«, erwiderte Jane. »Das passiert den Leuten ständig mit mir. Sie wollen mich einfangen, und ich bin nicht geneigt, das zuzulassen.«

Ashton Sims lächelte. »Das halte ich für sehr weise von Ihnen. Sie müssen sich mit Julietta, meiner Frau, unterhalten. Julietta hat eine höchst entschiedene Meinung zum Thema Frauen als »Eigentum« von Männern. Sie behauptet, in dieser Hinsicht sei die westliche Gesellschaft primitiv, und ich vermute, da würden Sie zustimmen.«

»Nun«, meinte Jane, »ich war noch nie in einer Gegend der Welt, die als ›primitiv‹ gilt, so wie die Wälder Borneos, wo menschliche Schädel angeblich manchmal zur Dekoration benutzt werden, aber ich glaube, Julietta hat recht. Männer benutzen Frauen als beweglichen Besitz und als Zierde. Sie schneiden ihnen nur nicht vorher den Kopf ab.«

Ashton Sims brach in schallendes Gelächter aus. In dem Augenblick erschien eine junge, dunkelhaarige Frau am Fuß der Treppe, und Sims rief ihr zu: »Julietta, komm herauf! Du musst Miss Adeane spotten hören!«

Julietta Sims ließ sich erst noch ihr Glas nachfüllen, ehe sie auf die Treppe zusteuerte, auf der ihr Mann und Jane saßen. Sie nahm direkt unter ihnen Platz. Als Ashton sie Jane vorstellte, setzte Julietta ihr Champagnerglas ab, legte ihre schmale, weiche Hand mit unendlicher Zärtlichkeit in Janes, fast als seien sie beide früher einmal Freundinnen gewesen und sähen sich jetzt nach langer Unterbrechung wieder.

Jane spürte die Herzlichkeit des Händedrucks und wagte es, ihren Blick etwas länger auf Juliettas Gesicht ruhen zu lassen. Emmeline Adeanes Freundeskreis war sich seit Langem einig, dass Julietta Sims – Italienerin von Geburt, aber nach Jahren sonnenlosen Londoner Wetters von exquisiter Blässe – eine Person außergewöhnlicher Schönheit sei, aber vielleicht hatte sie noch niemanden derart bezaubert wie Jane in jenem Augenblick auf der Treppe. Das Licht der Kerzen in den zwei Wandleuchtern war weich und schmeichelhaft, aber selbst wenn sie das berücksichtigte, wusste Jane, dass sie ein Beispiel menschlicher Vollkommenheit vor sich hatte, wie man sie nur selten zu Gesicht bekommt.

Juliettas Augen waren natürlich groß und dunkel und ihre Nase bewundernswert gerade, doch es war Juliettas Mund, breit, aber nicht zu fleischig, und mit einer herzförmigen Oberlippe, der diesem Gesicht solch außergewöhnlich verführerische Macht verlieh. Jane wusste, dass sie den Blick abwenden sollte, dass es Ashton Sims zu Recht irritieren konnte, wenn sie seine Frau so lange anstarrte. Aber ihr war, als würde sie, indem sie Juliettas Schönheit in sich aufsog, unmittelbar ihre Seele nähren. Am liebsten hätte sie vor Überwältigung geweint oder laut aufgeschrien. Und dann merkte sie, dass Juliettas Hand immer noch in ihrer lag und dass ihre tiefe Versunkenheit in Juliettas Gesicht vom verzückten Blick der jungen Frau erwidert wurde.

Schließlich wandte Jane sich ab, und Julietta drehte sich um. Als Jane wieder zu ihr hinzublicken wagte, fiel ihr Blick auf Juliettas Nacken, sanft beleuchtet vom Kerzenlicht, und ihr dunkles Haar, das zu einer eleganten, mit Federn und Edelsteinen verzierten Frisur arrangiert war.

In diesem Moment fiel Jane Valentine Ross wieder ein, der ihr erzählt hatte, dass er bei dem Chopinkonzert in den Assembly Rooms von Bath am liebsten ihr Haar berührt hätte, und plötzlich empfand sie ein wenig Mitleid mit ihm, weil sie seine Gefühle jetzt zu verstehen glaubte. Denn sie selbst sehnte sich in diesem Moment schmerzlich danach, das zu tun, was er hatte tun wollen – die Hand auszustrecken und Juliettas Haar zu streicheln und dann ihren Nacken und dann ihre nackten Schultern. Diese Sehnsucht war so überwältigend, dass Jane fürchtete, ihre Hand könne von allein zu Julietta wandern, doch sie zügelte sie, indem sie nach ihrem Champagnerglas griff und einem Bediensteten zurief, er möge ihr nachschenken.

Während der Diener die Treppe heraufkam, bemerkte Jane, dass Ashton Sims sie mit einem unergründlichen Ausdruck anstarrte, und während er noch starrte, spürte sie, dass etwas ihren Fuß berührte. Sie musste nicht hinsehen, um zu begreifen, dass Juliettas linke Hand unter Janes Rock gekrochen war und jetzt zärtlich ihre Fessel umfasste.

MIKROSKOP

Ein strammer Winter hatte Bath inzwischen fest im Griff. Auf seinen Morgenspaziergängen hatte Valentine Ross gegen tückische Graupelschauer zu kämpfen oder er musste feststellen, dass der Weg hinauf zum Beacon Hill schneebedeckt war. Manchmal vermischte sich eisiger Nebel mit dem Rauch von tausend Kohlefeuern und hüllte die Stadt in einen giftigen Dunst, und das war, wie Ross fand, die strapaziöseste Situation von allen – die, die ihn am ehesten Deckung suchen ließ. Dennoch quälte er sich blind voran, fest entschlossen, es jeden Tag bis ganz nach oben zu schaffen. Dabei kümmerte es ihn nicht, ob er krank wurde; vielleicht wünschte er sich sogar einen heftigen körperlichen Zusammenbruch, der seinen seelischen Aufruhr dämpfen würde.

Am Ende eines jeden Arbeitstages spürte er seit einiger Zeit eine Müdigkeit, von der er sich vorstellte, dass sie auch Infanteristen bei ihren furchtbaren Gewaltmärschen zu den feindlichen Linien heimsuchte. In einem ebensolchen Dilemma sah er sich inzwischen: Er ertrug die schwierige Gegenwart nur, um weiter einer entscheidenden Feuersbrunst entgegenzumarschieren; und erst, wenn er die überstanden hätte, würde sein Leben wieder irgendwie normal werden.

Dass er keine Ahnung hatte, wie diese Katastrophe aussehen würde, beunruhigte ihn im Augenblick nicht. Er wusste, dass der Mensch Dinge direkt vor Augen haben kann, ohne sie gleich *korrekt zu sehen*. Seine Aufgabe war es, seine Umgebung hellwach und aufmerksam zu beobachten, damit er den Weg fand, den er zu gehen hatte.

Um seine Suche zu vertiefen, reinigte und polierte Ross sein Rayer-Mikroskop. In seiner Wohnung baute er es auf einem Tisch beim Kamin auf und verbrachte seine Abende damit, winzige Zufallsfunde von seinem Fußboden zu untersuchen: Kohlenstaub, Wollfäden aus seinem Kaminvorleger, Blütenblätter, eine Fischgräte, Brotkrümel, das Bein einer toten Spinne.

Und jedes Mal war er geneigt, über das, was er durch die Linse sah, in Erstaunen zu geraten. Besonders die Gräte beeindruckte ihn wegen des eigentümlich perlmuttfarbenen Lichts in ihren Zellen als ein Ding von komplexer Schönheit. Auch das Spinnenbein – fast so etwas wie ein winziges Stückchen einer mittelalterlichen Rüstung – war bewunderungswürdig. Und das Blütenblatt, so zart und schwerelos, so scheinbar ohne jedes Leben, offenbarte ein raffiniertes Adergeflecht, als trüge es in sich die Kraft, wieder lebendig zu werden. All diese Dinge trösteten Valentine Ross in ihrer wunderschönen, verborgenen Komplexität. Er fing an, sich Wimpern auszureißen, in der vergeblichen Hoffnung, der leichte Schmerz, den er sich zufügte, werde seine Seele beschwichtigen. Er legte die Wimpern unter das Mikroskop und untersuchte das winzige weiße, kugelartige Gebilde am Ende jeder Wurzel; dabei stellte er sich vor, wenn man eine Wimper in die Erde pflanzte, könnte sie vielleicht anwachsen und zu gegebener Zeit kleine schwarze Blättchen entwickeln.

Er wusste, dass seine Gedanken verworren waren – fast als träume er sein Leben, anstatt es zu leben. Doch er sagte sich, dass die Realität, seit Jane fort war, viel zu wenig an Merkwürdigem und Wundersamem für ihn bereithielt und dass sein Herz sich an nichts Staunenswertem erfreuen konnte. Er musste daran denken, dass Edmund, als er sich auf seine Reise um die halbe Welt vorbereitete, zu ihm gesagt hatte, ein Leben »ohne Wunder« könne er nicht ertragen. Und der

Gedanke, dass er, Valentine, »Wunder« in dem Dreck entdecken konnte, den er vor seinem Kamin auffegte, oder in einem Fetzen Materie, die er aus seinem Augenlid riss, beruhigte Ross.

»Das Mikroskop erinnert uns daran«, verkündete er eines Morgens Sir William, »dass wir blind für die innersten Geheimnisse der Welt geboren werden. Vielleicht sollten wir das bei unserer Arbeit mehr berücksichtigen.«

Wie es schien, war Sir William nicht geneigt, dieses Thema jetzt zu erörtern. In letzter Zeit wirkte er recht zerstreut. Bath wurde gerade von einer Welle von Brusterkrankungen heimgesucht. Er tat für die Leidenden, was er konnte, verschrieb Heilsalben und Inhalationslösungen. Doch zu seiner Bestürzung musste er feststellen, dass seine Patienten ihnen wenig Vertrauen entgegenbrachten. Sie riefen weiterhin nach Jane, dem Engel der Bäder; Jane solle sie ins heiße Bad geleiten und sie mit ihrer Berührung gesund machen.

»Ich habe jetzt eine neue Krankenschwester, Schwester Peggs«, erinnerte Sir William sie geduldig, aber das machte seine Patienten nicht glücklich. Nicht dass sie ihrer vergötterten Jane in ihrer Bedrängnis vorgeworfen hätten, in London zu sein, vielmehr warfen sie Schwester Peggs vor, dass sie *nicht Jane* sei und einen hässlichen Namen habe. Sie nannten sie »Ersatz-Peggs« und gaben so zu verstehen, dass sie sie ganz und gar nicht mochten. Als Miss Peggs von ihrem Spitznamen erfuhr, stampfte sie in Sir Williams Praxis so hart mit dem Fuß auf, dass er erschrak und einige seiner chirurgischen Instrumente von ihren Tabletts hüpften und in den Staub fielen.

Kühl erklärte er ihr, Krankenschwestern hätten nicht mit den Füßen zu stampfen, und hieß sie sich bücken und die hinuntergefallene Lanzette und die Wundschere aufsammeln und mit ihrer Schürze säubern. Schwester Peggs kam diesem Befehl durchaus gehorsam nach, brach dabei jedoch in hemmungsloses Schluchzen aus und stammelte, sie sei nicht nach Bath gekommen, »um sich mit einem Spitznamen beleidigen zu lassen«, nur weil sie nicht »in die vermaledeiten Engelschuhe« passe.

Und als Sir William hören musste, wie seine Tochter von Schwester Peggs zwar milde, aber doch neidisch herabgesetzt wurde, ging ihm auf, dass auch er, genau wie seine Patienten, diese Frau absolut nicht leiden konnte. Ja, er wünschte sich ernsthaft, sie würde aus der Henrietta Street verschwinden und nie mehr zurückkehren. Doch er wusste, dass er – an ebendiesem Nachmittag – einen Mann zu operieren hatte, dessen Leben er zu retten hoffte, indem er seinen Brustkorb öffnete und einen Tumor aus der Lunge entfernte, und es war ihm vollkommen klar, dass er diese Operation nicht ohne die beharrliche Umsicht einer ausgebildeten Krankenschwester würde durchführen können.

Deshalb half er Schwester Peggs wieder auf die Füße und bot ihr das seidene Taschentuch an, das in seinem Gehrock steckte. Da er keine tröstenden Worte für sie fand, beschloss er, das Taschentuch müsse reichen. Doch es reichte nicht. Schwester Peggs trocknete sich die Augen und schleuderte das Ding weg. Dann erklärte sie Sir William, sie werde jetzt ihren Koffer packen und Bath mit dem ersten verfügbaren Omnibus verlassen.

»Warum nehmen Sie nicht den Zug?« Diese Frage konnte Sir William sich nicht verkneifen.

»Den Zug?«, erwiderte Schwester Peggs. »Furchtbare Erfindung! Zerstörung der Welt! Ich werde niemals einen Fuß da hineinsetzen.«

Genau in diesem Moment kündigte ein Klopfen an Sir Williams Tür die Ankunft Mrs Morrisseys an; sie wollte ihm mitteilen, was sie ihm zum Mittagessen gebracht hatte.

Als Sir William Mrs Morrissey von Frikadellen sprechen

hörte, wobei sie auf ihre einnehmende Art lächelte, bat er sie hastig herein, obwohl Schwester Peggs gerade die verunreinigten chirurgischen Instrumente auf das Tablett knallte und zur Tür marschierte. Sie drängte sich grob an Clorinda Morrissey vorbei, und es war nicht zu überhören, wie sie den Flur entlangeilte.

»Dahin, dahin …«, sagte Sir William. »Sie ist fort. Schwester ›Ersatz-Peggs‹. Gott sei Dank! Aber meine liebe Mrs Morrissey, treten Sie doch bitte ein, schließen Sie die Tür und sagen Sie mir, was ich tun soll.«

Sir William sank auf einen Stuhl und fuhr sich mit den Händen durch sein dichtes Haar. Mrs Morrissey betrachtete ihn einen Augenblick und meinte schließlich: »Sie werden mir schon verraten müssen, was geschehen ist, Sir. Wie sollte ich Ihnen sonst einen Rat geben?«

»Meine Welt ist auseinandergefallen«, sagte Sir William, »das ist geschehen.«

Er signalisierte ihr, sie möge sich ihm gegenüber auf den Stuhl setzen, auf dem gewöhnlich seine Patienten während einer Konsultation Platz nahmen. Ihm entging nicht, dass sie kurz zu der Praxisuhr schaute, ehe sie seiner Aufforderung nachkam, und er wusste, sie würde nicht lange bleiben können. Sie würde in ihren Teesalon zurückkehren, backen und die Tische decken müssen. Doch er hoffte inständig, sie würde zumindest einen Augenblick verweilen. Seit Valentine Ross sie ihm vorgestellt hatte, mochte er sie. Er erkannte in ihr den gleichen unabhängigen Geist, den auch Jane besaß, aber sie war insgesamt zugänglicher und liebenswürdiger, und außerdem hatte sie eine sanfte, ruhige Stimme.

»Der ganze Ärger begann mit Janes Abreise«, sagte Sir William. »Nicht nur, dass meine Patienten immerzu nach ihr verlangen, sondern ich selbst kann Jane um nichts in der Welt dazu bewegen, nach Bath zurückzukehren, nicht einmal zu Weihnachten. Sie ist nicht bereit dazu und erklärt mir, meine Schwester ›brauche‹ sie in London für ein Porträt, das sie gerade von ihr malt. Und dann verlässt mich auch noch meine Köchin. Murmelt irgendetwas von Grundnahrungsmitteln und fehlendem Lohn und geht von einem Tag auf den anderen. Wenn Sie nicht wären, gäbe es für uns nicht einmal mehr ein Mittagessen.«

»Nun, Sir, es ist wirklich nur einfache Kost …«

»Sie mag einfach sein, sie hat uns aber gerettet. Ich hoffte schon, nachdem Sie uns nun aushelfen, würde Ruhe einkehren, aber jetzt ist meine Krankenschwester unterwegs zum Omnibus. Irgendetwas Albernes wegen eines Spitznamens!«

»Ein Spitzname?«

»Ja. Sogar Tränen – wie Sie selbst gesehen haben –, und alles aus diesem nichtigen Grund. Aber sagen Sie mir bitte, wie ich unter diesen Umständen heute Nachmittag den Brustkorb eines Mannes öffnen soll, in dem Bemühen, ihm das Leben zu retten?«

Mrs Morrissey fächelte sich Luft zu, als wäre es zu warm im Zimmer, dabei war es in Wirklichkeit kalt, und ein feuchter Nebel drückte gegen die Fensterscheibe.

»Den Brustkorb eines Mannes öffnen?«, wiederholte sie. »Gott im Himmel! Dabei finde ich es manchmal schon schwierig genug, ausreichend Luft in einen Biskuitteig einzuarbeiten, damit er schön aufgeht!«

Da musste Sir William lächeln. Nur wenige Augenblicke zuvor hatte er noch das Gefühl gehabt, dazu gebe es für ihn derzeit keinerlei Grund mehr, und nun hatte Clorinda Morrissey es fertiggebracht, ein kleines Grinsen in sein ernstes Gesicht zu zaubern.

»Wir haben alle unsere Talente«, sagte er, »und ich denke, es wird höchste Zeit, Ihnen ausdrücklich zu versichern, wie sehr Doktor Ross und ich Ihre Pasteten und Aufläufe schätzen. Hiermit erkläre ich, dass Sie es sind, die uns am Leben erhält.«

»Nun«, meinte Mrs Morrissey, »aber offensichtlich nicht *ausreichend*, Sir William, oder?«

»Was wollen Sie damit sagen, Mrs Morrissey?«

»Nun ja, ich denke da an Doktor Ross. In meinen Augen wirkt er in letzter Zeit sorgenvoll, und er sieht nicht gesund aus.«

»Ich weiß, da haben Sie recht. Und Sie sprechen damit ein weiteres meiner Probleme an. Irgendetwas ist nicht in Ordnung mit ihm. Ich habe ihn viele Male danach gefragt, aber er verweigert mir die Antwort. Wenn ich Doktor Ross verlieren würde …!«

»Früher kam er ziemlich häufig in die Camden Street, trank seinen Assamtee und rauchte einen Stumpen. Aber seit dem Tag, als er sich dort mit Ihrer Tochter traf, erscheint er kaum noch bei mir. Ich sehe ihn nur hier bei Ihnen und stelle fest –«

»Er hat sich mit Jane in Ihrem Teesalon getroffen?«

»Ja. Unmittelbar bevor sie wegfuhr. Vielleicht sollte ich es nicht erwähnen, aber mir kam es entschieden so vor, als habe es bei diesem Treffen zwischen den beiden ein kleines Missverständnis gegeben.«

»Was für ein ›Missverständnis‹?«

»Das weiß ich nicht, Sir William. Miss Jane brach ziemlich abrupt auf, und Doktor Ross wirkte sehr niedergeschlagen, nachdem sie gegangen war.«

Jetzt schwieg Sir William. Er starrte ins Feuer, das fast völlig niedergebrannt war. Clorinda Morrissey beobachtete ihn mit einer gewissen Zärtlichkeit. Ihr ging durch den Kopf, dass viele der Männer, die sie seit ihrer Ankunft in England kennengelernt hatte, einen irgendwie verstörten Eindruck machten, einschließlich des liebenswürdigen Sir William. Den Grund dafür hätte sie nicht genau benennen können, aber … und sie wusste, dass nur eine Frau sich diesen Gedanken erlauben konnte …, aber die Gesellschaft erwartete von den Männern eine solche Umsicht, eine solche Fähigkeit, das Heft in der Hand zu behalten, solche Sicherheit in allen Dingen – angefangen von gesellschaftlichen Umgangsformen über die passende Geldanlage bis hin zu Fragen der Moral –, dass ihre Vorstellung von der Welt genauso wirr und ungeordnet war wie ein riesiges Gebrauchtwarenkaufhaus, das mit allerhand Schnickschnack vollgestopft war. Es mochte durchaus sein, dass sie vieles von dem, was direkt vor ihrer Nase geschah, gar nicht wahrnahmen.

WUCHERUNG

Letzten Endes lieferte Valentine Ross die Lösung für die Durchführung der Lungenoperation an jenem Nachmittag. Er hängte ein Schild mit der Information, er sei verhindert und könne heute leider keine Patienten empfangen, an die Haustür in der Henrietta Street. Dann studierte er die Notizen, die William Adeane sich zu dem Fall des Tumorpatienten gemacht hatte, half Sir William dabei, den Operationstisch vorzubereiten, und stand bereit, ihm bei der schwierigen und gefährlichen Aufgabe zu assistieren.

Der Patient, ein gewisser Mr Latimer, war ein rüstiger Mann von vielleicht fünfundfünfzig Jahren und wohlhabender Besitzer einer Knochenleimfabrik am unteren Ende der Stadt, gegen deren giftigen Ausstoß stinkenden Qualms es zahlreiche erfolglose Klagen gab. Es war auch bekannt, dass viele schöne Pferde allein deshalb geschlachtet wurden, weil ihre Knochen zum Füllen der Leimfässer gebraucht wurden, während das jämmerliche Fleisch weggeschnitten wurde und in großen Haufen im Freien vor sich hin rottete und Ungeziefer anlockte. Die Einwohner von Bath hielten nicht hinter dem Berg mit ihrer Verdammung von Latimers »gruseliger Unternehmung«, in deren Folge ein ganzer Stadtteil verseucht wurde. Aber Latimer hatte mit seinem Leim sehr gutes Geld verdient und dachte nicht daran, seine Produktionsweise zu ändern oder seine Fabrik zu verlegen.

Als Latimer in der Praxis erschien, fiel sowohl Ross wie Sir William auf, dass er ziemlich ruhig wirkte. Und während er sich auf den Tisch legte und ihm sein Hemd abgenommen wurde, erklärte er den Ärzten, er habe »großes Vertrauen«. Er sagte: »Ich habe zwei Arten von Glauben: den Glauben an Gott, der gewiss nicht will, dass ich schon sterben soll, und den Glauben an Sir Williams Geschick.«

Insgeheim dachte Valentine Ross, Latimer hätte seiner Liste einen dritten Glauben hinzufügen sollen: den Glauben an sein Geld – daran, dass es ihm die beste private Versorgung kaufen konnte, die in Bath zu haben war, so dass er nicht in einem Hospitalbett liegen musste, wo ansteckende Krankheiten für viele eine Gefahr bedeuteten. Aber Ross sagte nichts zu dem Thema und fuhr nur ruhig und sorgfältig mit seinen Vorbereitungen fort.

Er erklärte Latimer, gleich werde ihm »Letheon« verabreicht, eine Dosis Gas, das aus Schwefelsäure und Ethylalkohol hergestellt werde und nach dem Lethefluss benannt sei, in der klassischen Mythologie das Wasser des Vergessens, in das die Seelen eintauchten. Dieses Gas werde ihn gegen die kommenden Schmerzen immunisieren.

»In meinem extrem arbeitsreichen Leben als Geschäftsmann hatte ich leider nicht die Zeit, klassische Mythologie zu studieren«, sagte Latimer, als sei das etwas, worauf er stolz sein konnte, »aber ich glaube Ihnen aufs Wort.«

»Wir werden sehr sorgfältig vorgehen, aber trotzdem so zügig, wie es uns möglich ist«, sagte Sir William. »Zehn Minuten nach Beginn der Operation wird der Tumor für uns sichtbar sein, und wir werden ihn so sauber heraustrennen, dass nichts zurückbleibt. Ihre Lunge wird gegen zu starke Blutungen und Infektionen kauterisiert werden, und anschließend nähen wir Ihre Brusthöhle wieder zu. Wenn Sie aufwachen, werden Sie das Gefühl haben, Sie seien irgendwie verletzt – so als hätte ein Tier mit kräftigen Hufen Sie aus Versehen in die Brust getreten.«

»Ein Tier mit kräftigen Hufen?«, wiederholte Latimer. »Meinen Sie ein Pferd?«

»Nicht unbedingt. Sie werden einige Schmerzen haben, aber wir werden Sie ins Bett packen und überwachen. Vielleicht nehmen Sie ein wenig Laudanum, dann werden Sie wieder schlafen, in der Gewissheit, dass Ihr Tumor verschwunden ist. Ich sehe für Sie ein langes, erfolgreiches Leben voraus.«

»Das hoffe ich natürlich«, sagte Latimer. »Ich habe gerade erst ein neues Haus in der North Parade gekauft, sehr viel größer als mein bisheriges, und ich würde dort gern noch diverse Soiréen veranstalten. Denn was ist das Leben ohne ein bisschen Unterhaltung?«

»In der Tat«, meinte Sir William lächelnd. »Und? Sind Sie bereit, sich vom Letheon unterhalten zu lassen?«

Jetzt waren die beiden Ärzte damit beschäftigt, Blut aus Latimers geöffneter Brust zu tupfen, und beobachteten unterdessen konzentriert, wie der linke Lungenflügel sich ausdehnte und zusammenzog. Was sie erwartet hatten, war ein massiver Knoten, ein deutlich ausmachbarer Gewebehaufen wie ein Karbunkel, den Sir William mit der bereitgehaltenen Lanzette wegzuschneiden gedachte. Doch solch ein Geschwür war für sie nicht zu entdecken.

Sie tupften weiter, und allmählich floss kein Blut mehr nach, so dass sie tiefer in die Lunge hineinsehen konnten, dorthin, wo Latimer solche heftigen Schmerzen gehabt hatte, dass er manchmal hatte würgen und sich erbrechen müssen, und wo sie den Tumor erwartet hatten. Dass er da nicht zu finden war, ließ sie verblüfft verstummen. Immer wieder blickten sie einander an und dann noch einmal in Latimers Brust. Der Patient schnarchte. Die Ärzte tupften und starrten und tupften und starrten erneut.

Sir William verabreichte noch mehr Letheon. Dass ein Patient während einer Operation erwachte, geschah selten, kam aber doch gelegentlich vor. Bei sehr starken Schmerzen wirkte der Äther nicht mehr, und die Schreie derjenigen, die mitten beim Schneiden aufwachten, waren grauenhaft. Viele starben sofort aufgrund des Schocks.

Nachdem einige weitere Minuten vergangen waren, erinnerte Ross sich daran, wie verändert winzige Dinge unter dem Mikroskop aussehen konnten, hielt den Kopf ganz dicht an die atmende Lunge und zwang sich, so ruhig darauf zu blicken, als könnte er sein Auge in eine Linse verwandeln. Der Glühstrumpf über dem Operationstisch warf sein weißes Licht auf das atmende Fleisch.

Mit einer kleinen Sonde untersuchte Ross das Lungengewebe, und da entdeckte er, dass dieses Gewebe nicht so aussah, wie eine gesunde Lunge aussehen und sich anfühlen sollte. Es war vielmehr *befallen*. Der Befall bestand aus mikroskopisch kleinen Knötchen, einige so winzig wie ein Körnchen Kaviar, andere so groß wie Froschlaich. Sie hatten eine weißliche Färbung, aber einige wenige waren, wie er jetzt sehen konnte, dunkelviolett geädert. Es waren zu viele, als dass er sie hätte zählen können.

Ross wies Sir William auf seinen Fund hin. »Nicht nur *ein* Tumor«, sagte Ross, »es scheint sich vielmehr um eine Ansammlung von Embryo-*tumorae* zu handeln. Ich denke, sie werden sich ausbreiten und die Lunge ersticken. Indem wir sie der Luft aussetzen, befördern wir womöglich unabsichtlich diese Verbreitung.«

Sir William starrte immer noch. Jetzt konnte auch er die winzigen giftigen Knötchen deutlich erkennen; doch die grausame Diagnose brachte ihn völlig durcheinander, und ausnahmsweise wusste er einmal keinen Rat.

»Was sollen wir machen?«, fragte er.

»Wir könnten die größten herausschneiden«, erwiderte Ross. »Aber darüber hinaus nichts. Wir blicken auf den Tod.«

Mit unendlicher Sorgfalt vernäht und bandagiert, lag Latimer jetzt in Sir Williams Haus im rückwärtigen Zimmer, wo diejenigen, die sich von Traumen jeglicher Art erholen sollten, untergebracht wurden. Normalerweise begleitete Jane diesen Genesungsprozess und schlief, wenn nötig, auf einer Liege neben dem Bett des Patienten oder hielt die ganze Nacht lang Wache. Doch es gab keine Jane und nicht einmal eine Schwester Peggs, also schlug Ross vor, dass sie selbst sich während der Nacht bei dem armen Latimer ablösten.

Als Latimer in einem anderen Raum und, mit Laudanum versorgt, in einem bequemen Bett aufwachte, war er voller Hoffnung, dass seine Operation erfolgreich gewesen war und sein Tumor jetzt in irgendeinem Emailgefäß lag, um ihm später als Beweis seiner baldigen Genesung vorgeführt zu werden.

Er wandte den Kopf und stellte fest, dass Sir William Adeane an seinem Bett saß, das Glas mit Laudanum in der Hand.

»Sir William«, sagte Latimer. »Ist alles gutgegangen? Werde ich bald in meinem neuen Haus eine Quadrille tanzen?«

»Das hoffe ich aufrichtig«, erwiderte Sir William. »Doch ich muss Ihnen mitteilen, dass Ihre Genesung womöglich länger dauern wird, als Sie gehofft hatten.«

»Und wieso?«

»Was wir fanden, war … war mehr als ein Tumor. Wir haben alles, was wir finden konnten, herausgeschnitten, aber wundern Sie sich nicht, wenn Ihre Schmerzen in der Lunge noch eine Weile anhalten werden. Denn es gibt viele kleine Wunden anstatt nur einer. Doch wir werden Sie mit einem ordentlichen Vorrat an Laudanum nach Hause zu Ihrer Frau schicken und empfehlen Ihnen viel Ruhe.«

»Heißt das«, sagte Latimer, »Sie lassen mich für etwas zahlen, das gar nicht vollständig ausgeführt wurde?«

»Das ist die Natur chirurgischer Eingriffe«, erwiderte Sir

William ruhig. »Man kann nur herausschneiden, was man sieht.«

Spät in der Nacht – Latimer schlief – erschien Ross und löste Sir William bei der Nachtwache ab. Ross hatte erwartet, Sir William werde nun dankbar sein eigenes Bett aufsuchen, doch der Wundarzt wich seinem Patienten nicht von der Seite.

»Setzen Sie sich«, sagte er zu Ross. »Ich muss einiges mit Ihnen besprechen. Und diese ruhige Nacht scheint mir die geeignete Zeit dafür.«

Ross tat, wie ihm geheißen, aber nicht ohne böse Vorahnungen. Er betete, Sir William möge Janes Namen nicht erwähnen. Er war kein Mann, der gerne log. Ja, manchmal verachtete er die bessere Gesellschaft von Bath für ihre *gewohnheitsmäßigen Lügen*; und er selbst hatte beschlossen, soweit es ihm möglich war, in seinem Tun nicht vom Pfad der Wahrheit abzuweichen. Doch sollte Sir William ihn fragen, was zwischen ihm und Jane vorgefallen war, wusste er, dass er würde lügen müssen. Was ihm so schwer auf dem Herzen lag, womit er bei seinen kalten Morgenspaziergängen kämpfte, was er auf keinen Fall fühlen wollte … jener lähmende Kummer und seine große Enttäuschung … all das war nur zu ertragen, wenn er es vor der Welt verbergen konnte. Sich Janes Vater zu offenbaren – dem einen Mann, der Jane auf seine Weise nicht weniger liebte als er selbst –, würde nur zusätzliches Leid bedeuten und dem Kummer noch die Demütigung hinzufügen. Er hatte das Gefühl, seine Situation wäre dann so unerträglich, dass er Bath auf immer würde verlassen müssen.

Sir William erhob sich und schüttete ein paar Kohlen auf das kleine Feuer. Ein Nordwind sang im Kamin und drückte den Rauch zurück in den Raum. Sir William drehte sich um und fragte unvermittelt: »Ging Jane Ihretwegen fort?«

»Meinetwegen, Sir? Was bringt Sie zu der Vermutung?«

»Es ist nicht unbedingt eine ›Vermutung‹. Ich stelle nur fest, dass *irgendetwas* geschehen ist, das Jane veranlasste, Hals über Kopf nach London zu reisen – irgendetwas, worüber sie nie mit mir gesprochen hat. Außerdem kann ich nicht umhin festzustellen, dass Sie seit Janes Abreise nicht mehr der Alte sind. Es scheint etwas zu geben, was Ihnen Kummer bereitet, und seit einiger Zeit frage ich mich, ob es Janes Abwesenheit ist.«

»Natürlich vermisse ich Jane«, sagte Ross so munter, wie er konnte. »Sie musste uns in diesem Haushalt doch einfach fehlen – Ihnen und mir. Doch ich freue mich für sie, dass sie die Londoner Gesellschaft genießt. Sie arbeitet so hart, wenn sie hier ist, dass sie einen Tapetenwechsel verdient hat.«

Sir William sah Ross scharf an. »Eine sehr bedachte Antwort«, sagte er, »jedoch eine, die mir nichts erklärt. Haben Sie nicht noch etwas hinzuzufügen?«

»Ich wüsste nicht, was«, erwiderte Ross. »Nur, dass ich mir seit kurzem Sorgen um meinen Bruder mache. Wie Sie wissen, hat ihn seine Reise in sehr weite Fernen geführt, und seit einem Brief, in dem er erwähnt, er sei krank, habe ich nichts mehr von ihm gehört. Es tut mir sehr leid, falls ich wegen dieser Sorge weniger verantwortungsbewusst gearbeitet habe …«

»Nein. Das wollte ich nicht damit sagen. Ihre Arbeit ist wie immer sehr gut. Immerhin waren Sie es, der die vielen kleinen Tumore in Mr Latimers Lunge entdeckt hat, als ich sie noch gar nicht sehen konnte. Doch ich frage mich, ob ich nicht auch in anderer Hinsicht blind gewesen bin. Denn heute hörte ich von Mrs Morrissey, dass Sie sich im Teesalon mit Jane getroffen haben und dass es dort offenbar einen Streit zwischen Ihnen beiden gab, woraufhin Jane einen ihrer plötzlichen Abgänge gemacht haben soll, für die sie berühmt ist.«

»Oh«, sagte Ross. »Nein, das haben Sie völlig missverstanden. Ich habe Jane zwar tatsächlich in den Teesalon eingeladen, aber kaum hatte unsere sehr charmante halbe Stunde begonnen, da fiel ihr ein, dass sie sich bereit erklärt hatte, einen Patienten um fünf Uhr ins heiße Bad zu begleiten. Sie mochte ihr Stück Kuchen sehr, aber leider musste sie es fast unberührt zurücklassen. Sie kennen ja ihre außerordentliche Hingabe an ihren Beruf.«

»Ach so«, sagte Sir William. »Dann ist also nichts zwischen Ihnen beiden?«

»Was zwischen uns ist, war schon immer zwischen uns: Achtung und Bewunderung, nichts sonst.«

»Aber können diese beiden – Achtung und Bewunderung – nicht eine Metamorphose durchmachen und sich in Liebe verwandeln?«

»Durchaus«, sagte Ross. »Aber nicht in diesem Fall.«

EIN VERSCHWINDENDER ENGEL

Einen Tag nach Emmelines Soirée stand, kurz bevor der lange Nachmittag in die Januardunkelheit überging, Besuch vor der Tür.

Es war Julietta Sims.

Sie wurde vom Hausmädchen in Emmelines Atelier geführt, wo die Künstlerin wieder einmal mit den Gesichtszügen ihrer Nichte in dem halbfertigen Porträt rang.

Beim Anblick von Julietta konnte Jane nicht verhindern, dass ihr ein tiefes Rot in eben die Wangen stieg, die Emmeline gerade mit Tupfern von Rosa und Weiß zu gestalten versuchte. Emmeline legte ihren Pinsel beiseite und betrachtete die beiden Gesichter, die den Blick nicht voneinander wenden konnten, und glaubte zu wissen, was da vor sich ging.

»Julietta, meine Liebe«, sagte sie. »Möchtest du einen Tee mit uns trinken?«

»Vielen Dank, Emmeline«, erwiderte Julietta. »Aber ich bleibe nicht lange. Ich fürchte, ich störe bei wichtiger Arbeit. Ich wollte nur …«

»Wolltest du Jane etwas sagen?«

»Ja.«

»Dann lasse ich euch beide allein, sofern ihr zum Reden nicht lieber in Janes Zimmer gehen möchtet.«

»Nun, das könnten wir doch, nicht wahr, Jane?«

»Ja«, meinte Jane. »Wenn du nichts dagegen hast, Emmeline?«

»Natürlich nicht. Ich habe hier eine Menge aufzuräumen. Lasst euch Zeit beim Plaudern.«

Während die beiden Frauen rasch die Treppe hinaufstiegen, griff Julietta nach Janes Hand. Als große Schönheit, die sie war, hatte Julietta Sims seit ihrer Heirat mit Ashton Sims viele Liebschaften gehabt, die meisten davon mit Frauen. Deshalb nahm sie, sobald sie allein mit Jane Adeane in deren Zimmer war, die Sache in die Hand und offenbarte ihr umstandslos und ohne Scham ihre Leidenschaft, denn sie ahnte, dass Jane in jeder Hinsicht eine Jungfrau war.

Sie legte Jane aufs Bett und küsste sie auf den Mund. Jane war noch nie auf diese Weise geküsst worden, und Julietta spürte sofort, dass dieser Kuss derart machtvolle Gefühle in Jane weckte, dass sie sich wohl allem, was Julietta mit ihr vorhaben mochte, bereitwillig fügen würde.

Julietta zog den Schildpattkamm aus ihrer kunstvollen Frisur und ließ ihre dunklen Haare in einem seidigen Vorhang um Janes Gesicht fallen.

»Jetzt kann uns niemand sehen«, flüsterte sie.

»Das kümmert mich nicht«, sagte Jane. »Es kümmert mich nicht, wer uns sieht. Mich kümmert gar nichts außer dem hier. Zeig mir, wie ich dich lieben kann.«

Als Nächstes löste Julietta Janes Mieder, schob ihre Kleider beiseite und entblößte ihre Brüste. Erst streichelte sie sie mit ihrer weichen weißen Hand, dann presste sie ihre Lippen darauf. Sie mochte das, wenn sie mit einer Frau schlief, schenkte den Brüsten zärtliche Aufmerksamkeit, saugte an ihnen, bevor sie selbst ihre Kleidung ablegte und die andere in die Arme schloss. Dieses sanfte Vorspiel, liebevoll in die Länge gezogen, konnte, wie sie wusste, ein solch wildes Verlangen in jener auserwählten Schar von Liebhaberinnen erzeugen, die sie ihre »Schönen« nannte, dass sie, wenn ihre Finger schließlich tiefer wanderten und den fast verborgenen Ort streichelten, der das kühne Geheimnis des wahren Vergnügens hütete, fast sofort eine *jouissance* auslöste.

Juliettas Macht war so groß, dass diese Ekstase die Leidenschaft nie beendete, sie vielmehr nur steigerte, so dass die Frauen sich schon bald ihre Zunge dorthin wünschten, wo gerade ihre Hand gewesen war. Und Juliettas Zunge war sehr geschickt. Unter den »Schönen« wurden die Worte *J'ai envie de la langue de Juliette* zu einem neckischen Code, mit dem sie einander zu verstehen gaben, dass sie die wissende Berührung einer Frau begehrten und dass sie sie jetzt begehrten. Leise in artigen Salons geflüstert, konnte der kleine Satz diese Frauen ganz wild machen vor Verlangen und führte sie manchmal hinaus in die dunkle Nacht, nachdem sie ihren Männern erklärt hatten, sie brauchten einfach etwas frische Nachtluft. Doch in Wirklichkeit wollten sie sich in den alten Parks nur gegen die Bäume lehnen und einander die schnelle, aber herrliche Befriedigung schenken, die sie fast nie bei den sexuellen Bemühungen ihrer Männer erlangten.

Als Juliettas Zunge den Ort berührte, von dem Jane, für die das alles neu war und die nichts von den »Schönen« ahnte, wusste, dass Männer davon träumten, ihn an ihr zu entdecken, spürte sie, wie eine Woge weißen Deliriums sie durchlief, und sie schrie überwältigt so laut auf, dass Emmeline den Schrei zwei Stockwerke tiefer hörte, beim Aufräumen ihres Ateliers innehielt und leise zu sich selbst sagte: »Nun weiß ich ein bisschen besser, wer Jane ist.« Doch Jane wusste nicht mehr, wer sie war, nur, dass sie Julietta gefunden hatte und dass sie sie in alle Ewigkeit so lieben wollte.

Als Jane und Julietta schließlich wieder in Emmelines Atelier zurückkehrten, Juliettas Haare wieder ordentlich von dem Schildpattkamm zusammengefasst waren und Jane die Hand auf ihre Lippen presste, wo Juliettas Küsse eine kleine Wunde verursacht hatten, lag dort ein Zettel von Emmeline mit der Nachricht, sie sei ausgegangen.

Die beiden jungen Frauen setzten sich vor den Kamin,

und Julietta sagte: »Ich muss sehr bald aufbrechen. Ashton wird gleich vom Büro nach Hause kommen, und er hat es gern, wenn ich dann da bin.«

Jane erhob sich und ging vor Juliettas Stuhl auf die Knie; sie schlang die Arme um ihre Röcke und um ihren schlanken Körper darunter.

»Was soll ich jetzt tun?«, fragte sie.

»Jane«, sagte Julietta. »Wir müssen weiter in der Welt leben. Wir müssen uns so verhalten, als wäre nichts zwischen uns.«

»Aber wie soll ich das schaffen?«, fragte Jane. »Ich habe eine solche Art der Liebe noch nie kennengelernt. Die Leute müssen mich nur anschauen, um zu wissen, was ich fühle.«

Julietta strich Jane über die Haare. »Wir haben Glück«, sagte sie. »Deine Tante Emmeline hat der Gesellschaft ihr Leben lang die Stirn geboten, und sie wird, denke ich, verstehen, dass auch du ihr jetzt gern trotzen würdest – jedenfalls ein bisschen. Vielleicht erlaubt sie mir, gelegentlich hierher zu kommen.«

»›Gelegentlich‹! Und was soll ich in den Tagen und Stunden dazwischen machen?«

»Du wirst leben. Du wirst am Fluss spazieren gehen und im Park reiten. Du wirst Bézique spielen. Du wirst lesen. Du wirst für das Porträt still Modell sitzen.«

»Aber ich werde Tag und Nacht laut nach dir rufen.«

»Auch ich werde manchmal nach dir rufen. Nach deiner hohen Gestalt verlangen. Nach deinen starken Armen. Nach deiner Fessel, die ich auf der Treppe zuerst berührte. Dann werde ich in die Tite Street kommen.«

»Komm Morgen. Oder komm heute Nacht, mitten in der Nacht.«

»Du würdest mich bitten, Ashtons Bett zu verlassen.«

»Ja. Du kannst Ashton nicht lieben. Du liebst Frauen.«

»Ich liebe beide.«

»Erlaubst du Ashton, mit dir zu schlafen?«

»Ja. Er ist mein Mann. Und ich hätte gern noch ein Kind.«

»Du hast schon ein Kind?«

»Ja. Meinen Sohn, Marco. Er ist vier Jahre alt.«

Jane blickte hoch in Juliettas völlig beherrschtes Gesicht. Sie dachte: Ich wäre gern dieser kleine Marco, in den Armen seiner Mutter, das Objekt ihrer grenzenlosen Liebe, Fleisch von ihrem Fleisch, die lebendige Verkörperung ihrer Zukunft, ihr einziger Junge, der, der sie bis zu ihrem Tod nicht verlassen wird.

Beim Abendessen mit Emmeline – Jane konnte kaum etwas hinunterbringen – sagte sie, als das Dienstmädchen sich wieder in die Küche zurückzog: »Ich bin Julietta Sims verfallen.«

»Ja«, sagte Emmeline ruhig.

»Rettungslos verfallen.«

»Ja. Das weiß ich.«

»Spiele ich jetzt in einem Stück? In einer Art Tragödie?«

Emmeline nippte an ihrem Weißwein und blickte Jane über den Rand ihres Glases liebevoll an. Nach einer ganzen Weile sagte sie: »Wir müssen das Porträt beenden. Ich glaube, ich weiß jetzt, wie ich es beende.«

»Ich habe dich gefragt, ob ich mich in einer Tragödie befinde, Tante Emmeline.«

»Ja, und ich sagte, ich weiß jetzt, wie ich das Porträt beende – ich werde Leidenschaft in deine Züge legen, nicht Tragik. Aber das wird wahrscheinlich nicht sehr viel Zeit brauchen. Und dann, denke ich, musst du nach Bath zurückkehren.«

»Hast du Angst, dass ich in deinem Haus einen Skandal anzettele?«

»Nein. Ganz und gar nicht. Ich fürchte nur, dass dir das Herz gebrochen wird. In gewissen Londoner Kreisen ist bekannt, dass Julietta …«

»Liebschaften hat?«

»Vor allem Frauen. Ich habe gehört, dass sie ›Juliettas Schöne‹ genannt werden. Sie sucht sich nie durchschnittliche Menschen. Sie sucht sich solche, die sie außergewöhnlich findet. Ich vermute, dass sie sofort in dich vernarrt war, gleich im ersten Moment, als sie dich sah.«

»Und ich in sie.«

»Aber du darfst nicht hierbleiben und leiden, Jane. Nun, da du ein wenig mehr über deinen Körper und seine Lust weißt, wie wäre es, wenn du deinen Doktor in Bath heiraten würdest? Nach allem, was du erzählst, ist er ein ehrenhafter Mann – und solche Wesen sind rar in der englischen Gesellschaft. Natürlich muss allen Männern erst beigebracht werden, welche sexuellen Bedürfnisse Frauen haben, weil sie davon keine Ahnung haben. Aber sie können lernen, sehr gute Liebhaber zu sein. Dein Doktor würde es bald lernen. Und du hättest ihn jede Nacht in deinem Bett.«

»Ich möchte ihn überhaupt nicht in meinem Bett haben. So wie Julietta könnte ich ihn niemals lieben.«

»Selbstverständlich denkst du das jetzt. Ich möchte dir ja auch nur die Idee nahebringen.«

Jane schwieg. Sie musste wieder daran denken, wie sie während des Liebesakts mit Julietta beinahe in einer dunklen Tiefe versunken wäre, wo sie noch nie gewesen war. Es war, als wäre der Weiße Engel in den zwei Stunden, die Julietta und sie in sexueller Selbstvergessenheit verbracht hatten, verschwunden – spurlos verschwunden, mitsamt all seiner Macht und Klugheit, und durch jemanden anders ersetzt worden, eine Person mit getrübtem Verstand, blinden Augen und ungeschickten Händen, die kein »Engel« mehr war. Aus ihr war eine Frau geworden, die sich nach nichts anderem sehnte als der Berührung ihrer Liebhaberin und die alles dafür aufgeben würde, um erneut in jenem tiefen Ozean der Lust zu versinken.

Und sie merkte, dass sie diese neue Person ganz und gar nicht *bewunderte*. Miss Jane hatte ihre hochgewachsene Gestalt stets mit einem beträchtlichen Maß an Selbstgefälligkeit spazieren geführt. Nun hatte sie das Gefühl, dass ihr diese Großartigkeit genommen und sie klein geworden war, so klein, dass Menschen an ihr vorübergehen konnten, ohne sie überhaupt wahrzunehmen.

LEONS NEUE IDEE

Nach den ersten Lesungen aus dem Lukasevangelium hatte
Sir Ralph Savage Edmund Ross angekündigt, dass sie jeden
Tag eine gewisse Zeit in der Waldlichtung damit verbringen
würden, sich dem Leben von Jesus Christus zu widmen.
Nur an diesem stillen Ort wünschte der Radscha jener Er-
zählung zu lauschen. Er erklärte Edmund, das Zusammen-
treffen seines englischen Tonfalls mit den Worten des Hei-
lands und dem »Orchester des Waldes« bewirke in ihm eine
köstliche innere Ruhe.

Doch jetzt begannen gewaltige Unwetter Borneo heimzu-
suchen. Der Himmel über dem Wald schien sich zu ewiger
Nacht zu verdunkeln und solche Wassermengen über der
Welt auszuschütten, dass alles Lebendige unsichtbar wurde. Die Gibbons versteckten sich und ihre Jungen. Grashüp-
fer und Grillen hockten regungslos in Oasen aus Moos und
Blättern. Die Fledermäuse hingen still in ihren Höhlen. Selbst
die Reiher hatten sich vom Flussufer entfernt und in die
Dunkelheit der Mangroven zurückgezogen, wo sie in sich
verkrochen unter ihren aufgeplusterten Federn standen und
zusahen, wie das Wasser stieg. Die Schlangen wickelten sich
um laubgeschützte Äste und schlossen ihre Lider, um sie nur
bei den Schwerthieben der Blitze wieder zu öffnen. Wenn
die Schlangenaugen dann im weißen Licht aufglommen, sahen sie aus wie Edelsteine, starr und glänzend.

Edmund lag in seinem Bett, froh darüber, dass er sich im
Innern von Sir Ralphs pompösem Anwesen befand und nicht
in irgendeiner baufälligen Hütte oder einem im Wind schwan-

kenden Langhaus auf Stelzen. Und doch bekümmerte ihn etwas an seinem Zustand – nicht die Tatsache, dass er faul herumlungerte, als solche, sondern dass er die Unterbrechung seiner Expedition so feige genoss. Er registrierte, dass die Insekten- und Tierwelt verstummt war und den Weg freigemacht hatte für alles, wozu Unwetter fähig waren. Er hörte Bäume umstürzen. Er geriet ins Grübeln darüber, dass jedes Ding auf Erden etwas anderem *schutzlos ausgeliefert* ist. Ihm war bewusst, dass sein Leben an diesem Ort nur deshalb vorübergehend zum Stillstand gekommen war, weil ihm seine Botanisierausrüstung fehlte und weil ihn, dank Sir Ralph, die täglichen Bibellesungen völlig in Bann geschlagen hatten. Doch nun war die Regenzeit angebrochen, und die Flüsse schwollen an, und er hatte immer noch nicht Mittel und Wege gefunden, seine verlorene Ausrüstung zu ersetzen. Wie sollte er jemals wieder in der Lage sein, seine Reise fortzusetzen?

Unterdessen wandte der Radscha sich gedanklich einem neuen Projekt zu.

Ebenso wie beim Bau der Savage Road stammte die Idee dazu von Leon, der begonnen hatte, ihm Vorwürfe zu machen, weil er zu viele Menschen unter seiner angeblichen Herrschaft in Armut und Müßiggang darben ließ. Der Bau der Straße hatte sie für eine Weile daraus befreit, doch jetzt befanden sie sich, abgesehen vom Reis- und Gemüseanbau und der Zucht von Kampfhähnen, erneut in einem Zustand der Lethargie und der Traurigkeit. »Sie haben einen großen Kummer«, sagte Leon. »Sie sind sehr arm. Manche werden bald Amok laufen. Vielleicht töten sie Euch. Viele Radschas auf Borneo getötet in vergangener Zeit. Weil sie nicht mehr an ihre Untertanen denken.«

»Es stimmt nicht, dass ich nicht mehr an sie denke«, sagte der Radscha.

»Ich sehe es nicht, dieses Denken«, sagte Leon.

»Vielleicht siehst du es nicht. Aber mein Verstand sucht ständig nach Wegen, wie ich ihre Welt verbessern kann.«

»Ihr sagt, Euer Verstand sucht. Aber dieser Verstand ist ein leerer Käfig, wie ein Hamsterrad. Er führt nirgendwo hin.«

Sir Ralph wusste, es war etwas Wahres an dem, was Leon gesagt hatte. Und er ahnte, die Schuld lag bei der Savage Road in ihrer ganzen Nutzlosigkeit. Wenn die Straße wenigstens ein Ziel gehabt und zum Tor eines Unternehmens mit regem Handel geführt hätte, dann wären er selbst und die Leute zufrieden.

»Was kann ich denn noch tun, Leon?«, fragte Sir Ralph.

»Ihr müsst hören auf mich, Radscha.«

»Ich höre immer auf dich.«

»Das ist sehr richtig. Mein Verstand hat gesucht. Und mein Rad hat nicht leer gedreht. Ich habe mit Menschen am Fluss geredet. Wir machen Plan für Euch.«

»Was für einen Plan denn?«

»Ihr werdet eine Konservenfabrik bauen.«

»Eine Konservenfabrik? Wofür?«

»Für Fisch. Eine Konservenfabrik mit Dampfkraft. Bäume schneiden für Verbrennen. Ingenieure von Singapur holen, die zeichnen die Konservierbaracken und zeigen, wie man Dosen macht und versiegelt mit Blei.«

»Wo hast du denn all dies gelernt?«

»Ich bin wachsam, Radscha. Während ihr in Eurer Hängematte liegt, reise ich zu den Märkten in Kuching. Ich sehe schlechte Dosen für Rindfleisch und Sardinen. Alles tropft und stinkt. Aber ich werde entdecken, wie man Dosen macht, ordentlich versiegelt.«

Diese neue Idee löste in Sir Ralph eine vertraute Erregung aus – jene Erregung über die Aussicht, mit etwas Radikalem und Unerwartetem zu beginnen. Immerhin hatte niemand anders als er sich dieses prächtige Haus ausgedacht, und da stand es nun in all seiner verblüffenden Großartigkeit. Wenn so etwas mitten im Wald entstehen konnte, warum sollte es dann nicht auch andere Wunder geben? Warum, wenn die Flüsse von Fischen wimmelten, nicht auch eine Konservenfabrik, die allen Arbeit und Lohn und einen Sinn im Leben schenkte?

Leon, der spürte, dass er Sir Ralphs Aufmerksamkeit gewonnen hatte, fuhr fort: »Nach der Regenzeit viele hundert große Weichschildkröten im Sadong. Gekommen, um beim Mangrovenufer zu fressen. Männer speeren und töten. Frauen zerkleinern Fleisch, kochen in Salzlake. Dann zur Dosenfabrik und verschicken zum Verkauf. Auch Welse. Sichelfische und Frösche. Import – Export.«

»Oh, sehr gut«, sagte der Radscha. »Import – Export! Wo hast du das bloß gelernt? Von Händlern in Kuching? Das gefällt mir. Import gratis aus dem Fluss, Export nach Singapur für Silber.«

»Genau so, Sir Raff. Wir machen viel Geld.«

»Exzellent. Siehst du, wie nützlich du für mich bist? Ich werde eine Gesellschaft gründen. Die Savage-Konserven-Gesellschaft. Keine Traurigkeit mehr.«

»Gut«, sagte Leon. »Und jetzt, Sir Raff, kein Jesus-Lesen mehr.«

Sir Ralph blickte zu Leon, der in der abendlichen Dunkelheit an einem Fenster stand. Ein greller Blitz ließ für einen Moment seinen schlanken Körper als herrliche Silhouette aufleuchten, und Sir Ralph sah sich in der göttlichen Schönheit seines Geliebten und in der Weisheit seiner erotischen Wahl bestätigt. Leons letzte Bitte hatte er jedoch nicht erwartet. Er wusste, es würde nichts nützen, wenn er Leon zu erklären versuchte, welchen Frieden und welche Harmonie ihm Edmunds Bibellektüre schenkte. Leon würde nicht begreifen, dass er dabei in eine spirituelle Erregung geriet, die nicht gänzlich von körperlicher Erregung zu trennen war, ihm vielmehr Tag für Tag bestätigte, dass der liebende Christus sein Begehren mit großem Zartgefühl verstand. Manchmal vermochte er sogar zu glauben, dass ein dauerhafter Sündenerlass gar nicht so fern war, dass ihm all seine Sünden, vergangene, gegenwärtige und zukünftige, vergeben würden. Auch wenn diese Gedanken nicht vollkommen rational waren, so war er dennoch von einem überzeugt: Sollte seine geistige Ekstase – während er in seiner Hängematte das Lukasevangelium hörte – einmal so machtvoll aufglühen, dass er sogar in Ohnmacht fiel, dann wäre der Erlöser nah und mit ihm das Geschenk seiner Absolution.

»Wenn Edmund Ross zu mir spricht, ist es, als spräche Gott zu mir«, erklärte er Leon. »Du darfst seinetwegen nicht eifersüchtig sein.«

»Ihr werdet ihn also nicht fortschicken?«

»Das wird nicht nötig sein. Zu gegebener Zeit wird er ohnehin aufbrechen. Er hat seine eigene Mission zu erfüllen.«

»Ich möchte, dass er Euch jetzt verlässt, Sir Raff.«

»Das sagtest du. Doch das kann ich nicht zulassen – noch nicht.«

»Wann werdet Ihr es zulassen?«

»Ich habe dir schon gesagt, er wird es von sich aus ›zulassen‹. Er möchte die Paradiesvögel finden und fangen. Wenn die Regenzeit vorbei ist, wird er abreisen. Er wird zu den Aru-Inseln segeln, und er wird nicht zurückkehren.«

WOHIN DIE ROTEN AMEISEN
FÜHRTEN

So plötzlich, wie sie gekommen waren, zogen die Unwetter wieder ab.

Die Sonne kehrte zurück, und der Wald entließ das Wasser aus seiner vollgesogenen Lunge als heißen Dampf in den Himmel. Erneut war der unermüdliche Schrei der Gibbons zu hören. Die Insel präsentierte sich in tausend Schattierungen leuchtenden, flimmernden Grüns.

Sir Ralph ging hinaus in seinen Garten und sah, dass einige kleinere Schlangen regungslos auf seinem Rasen in der heißen Sonne lagen, während das nasse Gras um sie herum dampfte. Er ließ sie, wo sie waren, und rief Leon und Edmund nach draußen und bat sie, ihre Stiefel anzuziehen. Sie würden die Savage Road abgehen, um die Unwetterschäden zu begutachten, dann zum Fluss weitergehen und einen möglichen Ort für die Konservenfabrik wählen.

Wie Sir Ralph befürchtet hatte, war die Straße stark betroffen. Große Teile des Belags waren weggewaschen und in den Wald geschwemmt worden, und selbst die weißen Steine am Rand hatten sich an manchen Stellen bewegt, waren von der Gewalt des Regens verschoben worden, so dass die Landstraße streckenweise demoliert und voller Schlaglöcher war. Überall lagen abgebrochene Äste und Blätter sowie Nüsse und Beeren, die der Wind abgerissen hatte. Ratten waren eifrig dabei, sich durch diese verstreuten Hinterlassenschaften zu fressen.

Sir Ralph blieb stehen und sah sich um. Dass die Natur

etwas, das gebaut worden war, um zu überdauern, etwas, das seinen Namen trug und an dem so viele hart gearbeitet hatten, derart brutal behandelt hatte, empfand er wie eine Wunde in seinem Herzen. Er knetete seine Brust. Dann hockte er sich hin und sammelte ein paar der weißen Steine ein und drückte sie in eines der Schlaglöcher, als wollte er die Straße eigenhändig von ihrem Leiden befreien.

Leon stellte sich neben ihn. »Seid kein Dummkopf, mein Radscha«, sagte er. »Mehr Regen wird kommen. Aber nach all dem Regen werden die Leute arbeiten, um die Straße besser zu machen. Das müsst nicht Ihr jetzt tun.«

Sir Ralph wusste, dass Ungeduld eine seiner Schwächen war und dass Leon sich zu Recht darüber lustig machte. Als sein Haus gebaut wurde, war er mit einer Peitsche herumgelaufen; er hatte sie zwar nie auf die Rücken seiner Arbeiter niedersausen lassen, aber immerhin gegen die Wände geknallt und so seine Unzufriedenheit mit dem langsamen Voranschreiten der Arbeit ausgedrückt. Und während seiner kurzen Zeit in England hatte er gemerkt, wie es ihn in den Wahnsinn trieb, wenn selbst die klügsten Menschen sich sehr oft lieber still und abwartend verhielten, wo sie hätten handeln sollen. Er hatte sich gefragt, wie in einem Land, in dem stoische Abgeklärtheit und endloses Hinauszögern von Entscheidungen fraglos als Tugenden galten, überhaupt irgendetwas getan oder hergestellt wurde.

Nun war ihm nach Weinen zumute. Er hätte es vielleicht auch getan, wenn Leon ihn nicht daran erinnert hätte, dass sie noch hinunter zum Fluss wollten, um festzulegen, wo die Konservenfabrik errichtet werden sollte. Das Wort »Konservenfabrik« entzündete ein kleines zuversichtliches Flämmchen in seinem Kopf. Fast augenblicklich sah und hörte er die wundersame Geschäftigkeit eines solchen Orts, ähnlich wie eine Art gewaltiger Dreschmaschine mit dampfbetriebenen Transportbändern. Er erhob sich, und sie marschierten weiter, bogen bald von der Straße ab und nahmen den Weg zum Fluss.

Dieser Pfad war rutschig und verschlammt, streckenweise sogar überflutet, und lange bevor die drei Männer den Fluss erreichten, konnten sie hören, wie das gestiegene Wasser sich wild tosend mit sich selbst unterhielt, grummelnd gegen Felsbrocken stieß und lachend Stromschnellen hinunterstürzte. Leon blieb stehen und drehte sich zu Sir Ralph um.

»Sir Raff«, sagte er. »Bevor wir die Konservenfabrik bauen können, müssen wir die Savage Road hierherbringen, hier an diese Stelle, wo wir sind.«

»Du hast recht«, erwiderte Sir Ralph. »Für den Holztransport. Für die Dampfmaschinen.«

»Und ich schlage vor, dass wir nicht nur eine bauen sollen, aber viele Abzweigungen der Straße, alle kommen bei der Fabrik an. Sobald die Regenzeit vorbei ist ...«

Nun begann eine Diskussion darüber, wie nah am Fluss das neue Unternehmen liegen sollte. Sir Ralph stellte es sich als enormes Langhaus auf Stelzen dicht am Wasser vor. Wenn man die ins Netz gegangenen Fische und die verletzten Weichschildkröten möglichst sofort auf Transportbänder legen konnte, die sie zu dem Gebäude brachten, wo sie geschickt geköpft, ausgenommen, gesäubert, filetiert und gekocht und dann in Dosen gepackt und versiegelt wurden, dann würde das, wie er glaubte, »die Effizienz und Schnelligkeit der Operation« garantieren.

Doch Leon erinnerte ihn daran, dass der Fluss »wie das Meer« war. Nichts an ihm war stabil oder vorhersehbar. Binnen Tagen oder sogar Stunden konnte er um »zwei Manneslängen« steigen. Und wenn die Konservenfabrik zu nah am Fluss stand, drohte sie überflutet zu werden. Der Erfolg des ganzen Unternehmens – von Sir Ralph inzwischen im Geiste »Die Konservenfabrik der Erlösung« genannt – hing davon ab, dass sie den exakt richtigen Standort für die Fabrik fanden. Und das wiederum hing davon ab, dass ein Ingenieur eingestellt wurde, der einen Plan für das Unternehmen entwickelte.

Während Sir Ralph und Leon plaudernd weiterwanderten, wurde Edmund von zwei großen Schwalbenschwänzen abgelenkt, die ihm als *Papilionidae* geläufig waren. Sie saugten gerade Fleisch und Saft aus Früchten eines Feigenbaums am Wegrand. Er blieb regungslos stehen und beobachtete sie, wie immer hingerissen von den edelsteinartigen Farben, dem metallischen Blau und Grün, das ihre Flügel schmückte, mit hier und da einem scharlachroten Fleck, der ihn stets an den roten Leuchtstrich über dem Auge eines Auerhahns erinnerte – ein selten zu erblickendes Wunder, aber eines, das ihn einmal zu Tränen gerührt hatte.

Hätte er sein Schmetterlingsnetz dabeigehabt, hätte er beide Insekten mit einer geschickt ausholenden Armbewegung fangen können. Aber ohne jede Ausrüstung war er hilflos. Leise näherte er sich den Schwalbenschwänzen. Sie schienen so auf die regennassen Feigen konzentriert zu sein, dass sie sich durch ihn nicht stören ließen. Er spürte den Drang, sie zu berühren. Doch kaum hatte er seine Hand ausgestreckt, spannten sie ihre riesigen Flügel aus und flatterten geräuschlos in die Baumkrone empor.

Edmund blieb stehen, um ihrem anmutigen Flug zuzusehen und dem wiedererwachten Wald mit all seinen Vogel- und Tierlauten zu lauschen. Als er zwischendurch auf seine Füße blickte, sah er eine Karawane roter Ameisen über seine Stiefel ziehen und musste über ihre Unbekümmertheit lächeln. Er rührte sich nicht und ließ die Karawane weiterziehen. In dem Moment fiel ihm auf, dass er auf einer kleinen Lichtung stand und dass ein rissiges, verblasstes hölzernes Schild an eine Palme auf dieser Lichtung genagelt war. Darauf stand: *Claims-Büro 450 Meter.* Ein Pfeil wies in die Richtung, in die die Ameisen unterwegs waren. Edmund fand es amüsant, dass die mutigen winzigen Tierchen offenbar ein ehemaliges Goldbergwerk für ideal befunden hatten, dort ihre Königin zu füttern und das Gelände zum Mittelpunkt ihrer ausgedehnten, komplexen Gesellschaft zu machen.

Er schüttelte die Ameisen von seinen Stiefeln, folgte aber ihrem Zug. Auch wenn Baumschösslinge und hängende Lianen ihn beim Vorankommen behinderten, stellte er fest, dass dort, wo er entlangmarschierte, sich einst ein viel begangener Weg befunden haben musste. Er wusste zwar, dass er hätte umkehren und sich wieder Leon und Sir Ralph anschließen sollen, war jedoch schrecklich neugierig, ob er wohl noch auf irgendwelche Spuren der einstigen Goldmine stoßen würde. Mit seiner Neugier war er, wie er sich leicht beschämt eingestand, nichts Besonderes: Die Geschichte zeigte, dass der Mensch seit jeher auf dem gesamten Erdball nach kostbaren Metallen suchte. Ungeduld, Erschöpfung und Enttäuschung stachelten Edmunds Forscherdrang noch weiter an; er musste daran denken, dass sich an den Fundstellen vergangener Schätze oft auch dann noch Spuren fanden, wenn der Ort lange verlassen war.

Wenige Augenblicke später schwenkte die Ameisenkarawane nach links in den dichten Wald. Aber Edmund war sich so sicher, dass die Tiere das alte Bergwerksgelände zu ihrem Heim erkoren hatten, dass er beschloss, ihnen weiter zu folgen. Sogleich vermisste er seinen Kris, mit dem er sich den Weg von störenden Pflanzen hätte freischlagen können. Trotzdem stolperte er weiter, indem er alles Hinderliche mit den Händen beiseiteschob.

Eine Wolke von Faltern löste sich plötzlich von einem umgestürzten Baum und stieg, direkt über Edmunds Kopf, in die Luft, wobei einige mit den Flügeln sein Haar berührten und sich darin verfingen. Edmund wischte die Falter weg.

Er blieb einen Moment stehen und überlegte, ob er nicht doch besser zu Leon und Sir Ralph zurückkehren sollte, stellte dann aber fest, dass er sich schon sehr weit von ihnen entfernt hatte. Die Ameisen liefen immer noch neben ihm her, bewegten sich in einer weichen Welle über Wurzeln und bemooste Steine. Ein großer Waran schoss plötzlich aus einem tarnenden Blätterdickicht hervor, schnappte sich ein Maul voll Insekten und verschwand wieder. Einige Ameisen begannen, verstört im Kreis zu laufen, aber die Hauptkarawane zog weiter und schloss die Lücke, die die toten Kameraden hinterlassen hatten. Edmund merkte, dass er sich den roten Ameisen inzwischen irgendwie geradezu verbunden fühlte. Er war entschlossen, ihnen zu folgen, wohin auch immer sie ihn führten. Und er sagte sich, falls ihr Ziel tatsächlich das verlassene Bergwerk war, würde er den Radscha, solange er ihm etwas Goldstaub in die Hände legen konnte, mit Freuden um Entschuldigung bitten, dass er während ihrer Suche nach einem passenden Ort für die Konservenfabrik so plötzlich verschwunden war.

Am wichtigsten war jedoch, dass dieses Gefühl, ganz auf sich gestellt im tiefen Wald zu sein, empfänglich für alles, was um ihn herum geschehen mochte – Entsetzliches ebenso wie Wunderbares –, Edmunds Herz in jene vertraute Erregung versetzte, die auch seine Entdeckerträume genährt hatte und die er, seit seiner Krankheit und dem Aufenthalt in Sir Ralphs Haus, für immer verloren geglaubt hatte. Inzwischen kümmerte ihn nicht mehr, dass er sein Messer nicht mit sich führte. Sein Gesicht war zerkratzt, seine Hände waren von Dornen zerstochen und von Rinde abgeschürft, aber er war glücklich wie seit Langem nicht mehr. Als er eine Königskobra, zusammengerollt zwischen den Wurzeln eines Bananenbaums, bemerkte, ging er einfach lässig an ihr vorbei.

Er wusste nicht, wie viel Zeit vergangen war, als er eine

Veränderung des Lichts über den Baumkronen bemerkte. Er blieb stehen, blickte zum Himmel und sah, dass sich erneut Unwetterwolken zusammenballten. Auch ein leises, noch fernes Donnergrollen war zu vernehmen, doch das Gewitter würde sich mit Sicherheit nähern. Edmund seufzte. Er war schon oft bei strömendem Regen im Wald gewesen, aber er wusste auch, dass dem jedes Mal eine Erkältung folgte, sofern er nicht rasch irgendwo Schutz fand. Jetzt wäre er vielleicht doch lieber mit Leon und Sir Ralph auf dem Weg zum Fluss gewesen, aber als er sich umdrehte, war er sich nicht mehr sicher, in welcher Richtung der Fluss lag. Er verfluchte, dass er keinen Kompass hatte. Von allen Gegenständen, die man ihm gestohlen hatte, bedauerte er den Verlust des Kompasses am meisten.

»Folg den Ameisen«, murmelte er. »Vertrau darauf, dass sie immer ihren Weg kennen.«

Wenn er, so sagte er sich, erst einmal das Bergwerk erreicht hatte – und das konnte gewiss nicht mehr lange dauern –, würde er auch auf irgendwelche Reste einer Goldgräberhütte oder eines Unterstands stoßen, verfallen zwar, aber auch rasch als vorübergehende Behausung nutzbar zu machen. Dort würde er abwarten, bis die Natur ihre Meinung wieder änderte und die Sonne zurückkehrte. Er begann sich auszumalen, was er wohl dort in dem Goldgräberverschlag finden würde: uralte Dosen mit Rindfleisch, eine Schaufel mit zerbrochenem Stiel, eine Waschrinne, die einst hin und her und hin und her geschüttelt worden war, bis sie fast auseinanderfiel, die aber immer noch intakt wäre, immer noch sandig vom Dreck, in dem ein armer Goldgräber die schimmernde Substanz zu erspähen gehofft hatte, die sein Leben verändern würde.

WIEDERSEHEN MIT VALENTINE

Das alte Jahr war vorüber, und schon machten sich in Chelsea die ersten Anzeichen des Frühlings bemerkbar.

Emmeline Adeane und ihre Nichte Jane hielten sich im Atelier auf, und die Malerin wischte sich gerade die Hände mit einem terpentingetränkten Lappen ab. Zufrieden betrachtete sie Janes fertiges Porträt.

Bei der Darstellung von Janes Gesicht hatte Emmeline sich für einen Ausdruck großer Ernsthaftigkeit entschieden, was auf einen klugen, vielleicht sogar eigensinnigen Geist hinwies. Trotzdem hatte dem Gesicht lange Zeit noch etwas gefehlt, etwas, das einzufangen Emmeline nicht gelungen war.

Schließlich hatte sie jedoch begriffen, was es war. Daraufhin hatte sie Janes Mund sehr vorsichtig umgeformt und ihm auf einer Seite einen kaum wahrnehmbaren Schwung nach oben verliehen. Diese winzige Änderung verriet nun ihren Humor und ihre Vorliebe für Ironie, beides eindeutig Charakterzüge Janes, die dem Porträt jedoch bis zu dieser letzten Korrektur gefehlt hatten.

Jetzt fragte Emmeline Jane, ob ihr das Porträt gefalle, und Jane erwiderte: »Ich glaube, ich werde es mögen, so wie ich mich selbst mag: an manchen Tagen überhaupt nicht, und an anderen werde ich es ganz unbescheiden bewundern.«

»Gut!«, sagte Emmeline. »Solange diese Tage der Bewunderung oft genug vorkommen, bin ich glücklich. Und nun müssen wir über die Zukunft sprechen, Jane.

Ich denke, es wird Zeit, dass du nach Bath zurückkehrst.«

Jane schwieg, ging ans Fenster und blickte hinaus auf die

sonnenbeschienene Tite Street. Sie dachte: Inzwischen liebe
ich alles hier. Ich liebe den Bürgersteig, auch wenn er so häufig grau ist.

»Hast du vielleicht genug von mir, Tante?«, fragte sie nach
einer kleinen Weile.

»Nein, du gehörst zu den Menschen, von denen ich nie genug haben werde. Ich bin glücklich in deiner Gesellschaft,
du amüsierst mich. Und ich mag dich sehr, wie du hoffent-
lich weißt. Aber ich habe viel über dein Leben nachgedacht,
Jane. Du bist fünfundzwanzig. Wenn es in deiner Natur
liegt, Frauen zu lieben –«

»Ich weiß nicht, ob es ›in meiner Natur‹ liegt, Frauen zu
lieben. Ich habe früher nie daran gedacht. Ich weiß nur,
dass ich Julietta verfallen bin.«

»Das verstehe ich. Die meisten Menschen ›verfallen‹ irgendwann in ihrem Leben einmal einer Sache oder einem
Menschen. Aber möchtest du *mein* Leben wiederholen? Ich
habe so lange allein gelebt, weil der Mann, dem ich verfallen war, mich nicht heiraten wollte. Wir hatten eine Art
Vereinbarung getroffen, und dann war diese Vereinbarung
nicht mehr gültig. Ich wurde verlassen, und mir blieb nur
wenig mehr als dieses Haus. Mein Leben danach war ermü-
dend, hart und einsam. Wenn Julietta – eine Frau, für die du
niemals Ehefrau oder Ehemann sein kannst – dir im Leben
alles bedeutet, dann wird auch dein Leben hart sein.«

Jane schwieg. Und sie musste wieder daran denken, wie
sie in den Augenblicken der höchsten Lust mit Julietta das
Gefühl hatte, ihr eigenes *Selbst* zu verlieren und nur noch
in der Umarmung ihrer Geliebten zu existieren. Konnte es
sein, dass eine gewisse erotische Liebe die eigene Person um
einen Teil ihrer selbst beraubt?

»Und nun hör mir zu, Jane«, sagte Emmeline. »Ich weiß,
dass dich der Gedanke befremden wird. Aber du hast jemanden gefunden – den Arzt, über dessen Namen du dich

lustig machst, diesen armen Valentine, der dich nach dem, was du mir erzählt hast, wie wahnsinnig liebt. Dein Vater schreibt dir, dass dieser Möchte-gern-Verehrer krank ist, und ich wette, deine Zurückweisung ist der Grund dafür.«

»Ich bezweifle sehr entschieden, dass das der Fall ist, Emmeline.«

»Nun, ich zweifle keine Sekunde daran! Also lass mich bitte ausreden. Wenn du klug bist und mit diesem Menschen die richtigen Vereinbarungen triffst, wirst du ein angenehmes und erfülltes Leben führen. Du würdest weiter als Krankenschwester arbeiten, was du so gut verstehst. Du würdest in Williams Nähe leben. Du würdest eigene Kinder haben.«

»Aber Tante …«

»Ich unterschätze keineswegs deine Leidenschaft für Julietta. Glaub das nicht. Habe ich es nicht selbst in euren Gesichtern gesehen! Aber du und sie, ihr seid erfinderisch. Vergiss nicht, sie ist mit Ashton Sims verheiratet. Sie hat ihm ein Kind geboren. Er scheint ihre Affären mit Frauen nicht zu bemerken – oder sie kümmern ihn nicht. Ich bin mir sicher, wenn ihr das gelingt, dann werden sich gewiss auch Treffen zwischen dir und ihr arrangieren lassen, entweder hier in der Tite Street oder in Bath.«

»Und dennoch bittest du mich, jemanden zu heiraten, den ich nicht liebe …«

»Nein. Ganz ehrlich, das tue ich nicht. Wirklich nicht. Denn du *wirst* ihn lieben. Da bin ich mir sicher. Du wirst ihn nicht mehr und nicht weniger lieben, als Julietta Ashton liebt. Und er wird dir ein gutes Leben bieten.«

»Ich will ihn nicht in meinem Bett.«

»Vielleicht würdest du ihn wollen, wenn du ihm beibrächtest, auf welche Weise er dich lieben soll. Frag Julietta, wie du das liebenswürdig und taktvoll bewerkstelligen könntest.«

Jane war diese Unterhaltung unangenehm. Sie sprach nicht gern über Valentine Ross, insbesondere, weil er ihr leidtat; doch an jenem Abend, allein in ihrem Zimmer in der Tite Street, beschloss sie herauszufinden, was sie in Wahrheit für ihn empfand.

Was sie entdeckte, überraschte sie ein wenig. Sie rief sich in Erinnerung, wie Ross vor zwei Jahren seine ärztliche Laufbahn bei ihrem Vater begonnen hatte – ein ernsthafter Mensch, der sich seiner Arbeit von Anfang an hingebungsvoll widmete. Sie musste daran denken, wie sie zu Sir William gesagt hatte, sie halte seinen neuen Assistenten für »äußerst vielversprechend«. Und sie hatte hinzugefügt, sie sei überrascht, dass ein Mann mit solch »ungewohnt blauen Augen« sich so verlässlich um die Mühseligen und Beladenen kümmern könne. Mit anderen Worten, ihre ersten Reaktionen auf Valentine Ross waren zu seinen Gunsten ausgefallen. Sie hatte nichts Negatives über ihn zu sagen gehabt. Hinzu kam, dass er sich mit angenehmer Ungezwungenheit in der Praxis eingeführt hatte; weder hatte er sich angemaßt, die enge Verbundenheit zwischen Jane und ihrem Vater aufzulösen, noch hatte er sie selbst als Untergebene behandelt, weil sie Krankenschwester und keine Ärztin war.

Was die zwei Jahre vor jenem Tag in Mrs Morrisseys Teesalon betraf, als er ihr einen Heiratsantrag machte, so konnte Jane sich nicht erinnern, dass sie jemals irgendetwas an Ross' Verhalten auszusetzen gehabt hätte. Wäre sie zu jener Zeit nach ihrem Eindruck gefragt worden, hätte ihre Antwort vielleicht ein wenig spöttisch geklungen. Sie hätte vielleicht gesagt, »für einen *Mann* ist er ganz passabel« oder »angesichts dessen, dass ich nur einen einzigen Mann bewundere – und das ist mein Vater –, arbeitet Mr Ross ziemlich überzeugend an seinem Bestreben, sich diesem Ein-Mann-Unternehmen anzuschließen«.

Sie hätte auch hinzufügen können, dass es durchaus Momente gegeben hatte, in denen sie etwas für ihn empfand, was ein winziges bisschen über bloßes Einverständnis hinausging. Und einer dieser Momente war jener Abend des Chopinkonzerts in den Assembly Rooms gewesen. Es hatte ihr gefallen, am Arm eines seriösen, gutaussehenden Herrn durch die Menge zu wandeln, und sie hatte das Gefühl der gegenseitigen Nähe, als ihr am Ende des Konzerts plötzlich die Tränen kamen, sehr genossen. Sie hatte sich gemocht und umsorgt gefühlt, und sie hatte sich schön gefühlt.

Es war der Heiratsantrag gewesen, der all das beendet hatte.

Jane begriff einfach nicht, wie Ross es zu dieser Situation hatte kommen lassen können, auf die sie selbst so wenig vorbereitet war. Ihn zu mögen oder aber seine Frau zu werden und für immer mit ihm zusammenzuleben, das waren zwei äußerst unterschiedliche Dinge. Als einen möglichen Ehemann hatte sie ihn nie gesehen. Wie konnte er das nicht gemerkt haben? Wie konnte er nicht begriffen haben, dass eine Miss Jane Adeane noch sehr vieles in der Welt zu vollbringen hatte, bevor sie sich zu einer solch dauerhaften Verbindung entschloss? Auch wenn sie nicht gewusst hatte, was genau sie vollbringen könnte, so hatte ihr Ehrgeiz, etwas Herausragendes zu leisten, sie doch nie verlassen. Er begleitete sie Tag und Nacht. Sie war schon jetzt »Der Engel der Bäder«, diese eine Frau, nach deren Berührung sich jeder sehnte. Doch sie würde noch mehr erreichen. Da war sie sich sicher. Sie würde weitersuchen und irgendwann die eine *Große Sache* finden, die sie in den Augen der Welt außergewöhnlich machen würde. Als Frau von Valentine Ross konnte ihr das jedenfalls nicht gelingen.

Doch nun fragte sie sich, ob sie sich darin nicht geirrt hatte. Fanden die Frauen anderer Männer nicht Mittel und Wege, um ihre Gaben und Talente zu entdecken? War die geniale Mathematikerin Ada Lovelace nicht ein hervorragendes Beispiel? Würde die verlässliche Unterstützung eines Mannes ihr nicht genügend materielle Sorgen abnehmen und Zeit für eigene Gedanken verschaffen, so dass jene *Große Sache* sich schneller und deutlicher offenbaren würde?

Und was war mit der Idee, einen Gefährten zu haben? Wie Emmeline hatte Jane sich häufig einsam gefühlt. Sie bemitleidete ihre Tante, weil sie schon so viele Jahre ein einsames Leben führte. Gewiss, dieses Leben war bewunderungswürdig, aber eben auch schwierig, voller Traurigkeit und Schwermut. Emmeline hatte in sich zwar ein schönes Talent entdeckt, und dennoch lebte sie nicht das Leben, das sie sich wünschte.

Nun versuchte Jane, sich an Momente zu erinnern, in denen sie sich über Valentine Ross geärgert hatte. Manchmal hatte er sie zu lange angestarrt, aber das hatte sie eher verwirrt als geärgert. Insgesamt hatte sie sich in seiner Gesellschaft absolut wohl und zufrieden gefühlt; es war nur jener schreckliche Moment bei Mrs Morrissey gewesen, der sie erzürnt hatte.

Nach dieser genauen Analyse ihrer Erinnerungen und Gefühle war Jane erschöpft, aber keineswegs schläfrig. Sie hatte Kopfschmerzen. Es war einer jener seltsamen Momente, in denen sie am liebsten nicht existiert hätte, um sich nicht all den Schwierigkeiten um sie herum stellen zu müssen.

Sie griff nach ihrem Tagebuch und schrieb: *Auch wenn das Bild von Juliettas wunderschönem Gesicht mich nie für lange Zeit verlässt, so denke ich heute Abend doch wieder einmal an meinen armen Valentine. Aber warum nenne ich ihn so, als wäre er ein kleines verwundetes Tier, das ich erst gerettet, dann aber im Stich gelassen habe? Also frage ich mich jetzt: Werden manche Ehegelöbnisse fatalerweise deshalb abgelegt, weil ein Partner den anderen bemitleidet?*

BELLE ÉPOQUE

Am nächsten Tag erschien Julietta in der Tite Street im Zustand höchster Aufregung. Sie erzählte, Ashton Sims plane eine Reise nach Paris, um einen bekannten französischen Schriftsteller, einen gewissen Guy Mollinet, zu besuchen; er hoffe, für Kirkwall & Sims die Übersetzungsrechte für dessen neuen Roman zu erwerben, und habe vorgeschlagen, Julietta solle ihn begleiten, um »sich in Paris für den kommenden Frühling neu einzukleiden«.

»Ich habe ihm gesagt«, berichtete Julietta atemlos, »das sei eine großartige Idee, aber es wäre sehr traurig für mich, alleine einkaufen zu gehen, woraufhin er sofort vorschlug, *du* solltest mitkommen, Jane! Es war seine Idee, dass du mich begleitest. Er sagte, er bewundere deine Intelligenz, du könntest ihn bei den Abendessen erheitern und außerdem zu der Unterhaltung mit Monsieur Mollinet beitragen. Der lacht offenbar gern und spricht auch gut Englisch. Ashton wird alles organisieren. Wir reisen am Donnerstag nach Dover.«

Jane hatte sofort zugestimmt, sich hingesetzt und ihrem Vater den folgenden Brief geschrieben:

Liebster Papa,
ich weiß, Du wirst Dich verzweifelt fragen, ob ich jemals wieder nach Bath zurückkehre, aber hiermit versichere ich Dir, dass das bald geschehen wird. Das Porträt ist fertig.
Aber vorher bin ich noch von meinen neuen Freunden,

Ashton und Julietta Sims, eingeladen, sie am Donnerstag nach Paris zu begleiten, und ich hoffe, Du wirst mir dieses große Abenteuer nicht übelnehmen. Ashton Sims ist einer der geschäftsführenden Inhaber des Verlagshauses Kirkwall & Sims, und seine italienische Frau ist eine große Schönheit.

Ich verspreche, dass ich Dir eine Carte Postale der Kathedrale Notre-Dame schicken werde oder vielleicht eine mit einem armen Bettlermädchen vor deren Toren, denn mir ist zu Ohren gekommen, dass es in Paris viele Vertriebene gibt, weil die Stadt von Baron Haussmann völlig umgestaltet wird. Aber ich denke, ich werde versuchen müssen, mein Herz gegen sie zu verhärten, um mit Julietta EINKAUFEN zu gehen! Emmeline borgt mir Geld für die neue Pariser Mode, ich habe ihr aber versichert, dass Du es ihr zurückzahlen wirst.

Von Deiner zerknirschten, Dich liebenden herzlosen Tochter Jane

Nachdem ihr ein Frühstück mit Kaffee und französischer Pâtisserie in ihrem Zimmer im Hôtel Le Meurice in der Rue de Rivoli serviert worden war, lag Jane jetzt nackt auf ihrem Bett und liebte sich so wild mit Julietta, dass sie sich über ihre leidenschaftliche Hingabe erröten fühlte. Nach Juliettas Unterweisung konnte Jane ihre Liebhaberin inzwischen in Ekstasen versetzen, wie diese sie – so gab sie jedenfalls vor – noch nie erlebt hatte.

»Weil du so groß und stark bist«, flüsterte Julietta. »Es ist, als wärst du gleichzeitig ein Mann und eine Frau. In meinem Kopf erlebe ich dich abwechselnd als zwei verschiedene Personen. Und ich kann dir gar nicht sagen, wie unglaublich erotisch das ist. Wir könnten es sogar noch weiter treiben, Jane, wenn du möchtest …

»Ich möchte es.«

»Dann habe ich einen wunderbaren Plan. Es ist etwas, was ich mir in der Fantasie schon häufig ausgemalt, aber nie zu tun gewagt habe. Nur mit dir ... wir werden es tun.«

»Erzähl mir von dem Plan«, sagte Jane.

»Nein«, erwiderte Julietta. »Jetzt werden wir uns erst einmal sehr elegant in unsere besten Tageskleider und Mäntel werfen und ausgehen, und dann wirst du auch bald sehen, was ich vorhabe. Ich weiß, wir werden beide vor Erregung außer uns sein. Mir wird ganz schwindelig, wenn ich nur daran denke.«

Juliettas »Plan« führte sie in einer *carrosse* über die Seine, die wie die Themse mit menschlichen Abwässern und all den Hinterlassenschaften städtischen Lebens verseucht war, sich jedoch in einem solch herrlichen Frühlingslicht präsentierte, dass der schwimmende Dreck nur wie eine raffinierte kupferfarbene Marmorierung der glitzernden Wasseroberfläche wirkte. Jane kam es so vor, als gehe es bei dem lebhaften Treiben auf dem Fluss mit all seinem wilden Geschrei um nichts als Genuss und Exzess. Einen Frachtkahn sah sie, der ausschließlich mit Stapeln von Nerzfellen beladen war, einen anderen mit einem Berg von Ananas, einen dritten mit Hunderten Käfigen voller Lerchen.

Als sie in der Rue du Bac aus der Droschke stiegen, wurde Jane gewahr, wie warm die Luft war; das genoss sie mit allen Sinnen, und sie spürte, dass sie vom Leben noch nie so bezaubert gewesen war wie eben jetzt in diesem Moment. Julietta hatte ihr erklärt, dass Haussmann das Gewirr aus alten Straßen und hölzernen Häusern abreißen ließ, um sie durch breite Boulevards und steinerne Mietshäuser, verziert mit Schmiedearbeiten und klassischen Ornamenten, zu ersetzen. Jetzt kam ihr der Gedanke, dass sie Haussmanns perfekte Adeptin war, nicht nur, weil sie voller Bewunderung die herrlichen neuen Ausblicke genoss, sondern auch, weil

sie gerade selbst eine radikale Transformation durchmach-
te: Sie wurde zu einem neuen Menschen in einer neuen
époque. Ihre Vergangenheit war im Begriff, sich aufzulösen,
so wie die alten, engen Gassen von Paris verschwanden.
Mit Julietta wurde Jane Adeane neu erfunden.

Die Droschke hatte Jane und Julietta gegenüber von einem großen Tuchgeschäft namens Boucicaut abgesetzt. Jane
dachte, dies sei ihr Ziel – hier würden sie neue Handschuhe
oder vielleicht neue Bänder oder Unterröcke kaufen –, aber
Julietta nahm Jane sanft am Arm und führte sie etwas weiter die Straße hinunter und schließlich durch eine schmale
Tür in einen altertümlich wirkenden Laden namens *Tirard,
Costumiers*.

Kaum waren sie bei Tirard eingetreten, spürte Jane, wie
ihre Hochstimmung sich unerwartet in eine unklare Furcht
verwandelte. Der stickige Laden war so zugestellt mit Klei-
derständern voller Theaterkostümen, dass die Gewänder
selbst einen strengen menschlichen Geruch zu verströmen
schienen, als beherbergten sie immer noch uralte menschliche Körper. Es war der Geruch von Parfüm und vergehen-
den Jahren, der Duft von Glanz und Verfall.

Als Jane, im Versuch, etwas frischere Luft zu atmen, den
Kopf in die Höhe reckte, sah sie eine weitere Reihe Kleider –
diesmal mit Perlen, Pailletten und Federn geschmückt –, die
an Flaschenzügen von der Decke hingen. Jane wusste, dass
nur eine fiebrige Fantasie wie die ihre in diesen Gewändern
auch die ausgezehrten Körper von Schauspielerinnen sehen
konnte, die, vom Glück verlassen und kurz vor dem Tod, immer noch ihren zerfledderten Putz trugen. Aber genauso kamen ihr diese Kleider vor; sie wurde von einer plötzlichen
Traurigkeit erfasst und wünschte sich, sie wären nie hierhergekommen.

Sie war kurz davor, Julietta zu bitten, ob sie nicht wieder
gehen könnten, als ein Monsieur im Gehrock, mit einer Weste

aus Goldbrokat darunter und einem elegant gezwirbelten Schnurrbart aus der Dunkelheit der hinteren Gemächer auftauchte und Julietta wie eine lang vermisste Freundin begrüßte.

»Signora Sims!«, rief dieser übermäßig herausgeputzte Mann. »Quelle bonheur de vous revoir! Toujours aussi belle, ma fois. Vous cherchez un costume pour une soirée musicale? Qu'est-ce qui va vous plaire aujourd'hui?«

»Monsieur Tirard«, erwiderte Julietta, »vous allez bien?«

»Oui, oui, très bien. Quelle ange vous êtes! Comment puis-je vous servir ce matin?«

Jane hatte nicht jedes Wort verstanden, nur, dass es sich um eine herzliche Begrüßung handelte. Nun nahm Julietta wieder Janes Arm und stellte sie Monsieur Tirard vor. Dann flüsterte sie ihm etwas ins Ohr, was Jane nicht hören konnte. Aber sie sah ein wissendes Lächeln über Tirards Gesicht gleiten. Und jetzt wandte er sich ihr zu, musterte sie von Kopf bis Fuß, registrierte selbstverständlich ihre bemerkenswerte Körpergröße und begann, sichtlich angetan, wie in Vorfreude auf ein besonderes Vergnügen, über seinen Schnurrbart zu streichen.

»Je vois, je vois«, sagte er. »Je vois tout de suite! Venez avec moi.«

Julietta ergriff Janes Hand, und sie folgten Tirard in die große, bedrückende Dunkelheit der hinteren Gemächer. Hier zündete er mit einigem Brimborium eine Gaslampe an, und in dem seltsam weißen Licht sah Jane, dass sie nun inmitten endloser Reihen mit Männergarderobe standen, dazu gab es Regale voller Hüte, Stiefel und Schuhe sowie Gestelle mit Spazierstöcken.

»Voilà!«, sagte Tirard. »Vous avez beaucoup de choix. Qu'est-ce qui va vous plaire, Mademoiselle? Capitaine des dragons? Magicien? Matelot? Ou simple séducteur?«

Jane betrachtete die Gewänder, die etwas zurückhaltender in den Farben waren als die im ersten Raum, aber immer noch eine Extravaganz verrieten, auf die man vielleicht in London stoßen konnte, aber sehr selten in Bath. Tirard zog ein Ensemble von den Ständern, einen dunkelroten Gehrock, dazu enge, rot-schwarz karierte Hosen und eine silberne Weste.

»Séducteur?«, meinte er und zog seine gezupften Augenbrauen in die Höhe.

Er hielt Jane das Kostüm an und wies Julietta bewundernd darauf hin, wie gut das lebhafte Rot ihren Teint hervorhob, und jetzt begriff Jane: Sie war hier, um die Transformation, die sie selbst schon an sich wahrgenommen hatte, zu vervollständigen. Sie war im Begriff, ein Mann zu werden.

Immer neue Kleidungsstücke suchte Tirard hervor und hielt sie ihr an. Jedes einzelne versetzte Julietta in derartige Erregung, dass ihre blassen Wangen sich schon bald kirschrot färbten und Schweiß auf ihrer schönen Stirn schimmerte.

»Jane, Jane!«, rief sie aus. »Ich liebe sie alle. Welches gefällt dir? Welches wollen wir anprobieren?«

Jane war hin- und hergerissen zwischen dem eigenartigen Grauen, das dieser Ort in ihr auslöste, und der aufgeregten Julietta, die sie so begeistert in Männerkleidung stecken wollte. »In den meisten Konflikten zwischen Verlangen und anderen Gefühlen«, hatte Emmeline einmal zu ihr gesagt, »gewinnt das Verlangen.« Jane ahnte, dass es auch jetzt gewinnen würde.

Beide wurden sie hinter einen seidenen Vorhang geführt. Julietta reckte den Kopf und küsste Jane lange und leidenschaftlich. »Ich werde dich mehr lieben, als ich jemals jemanden geliebt habe«, flüsterte sie. Und der Kuss zusammen mit Juliettas Worten sorgte dafür, dass Jane ihre atemlosen Anweisungen befolgte. Gehorsam zog sie sich aus, wobei ihr die Kleider von Juliettas geschickten Händen fast vom Leibe gerissen wurden, legte dann ein weißes Hemd, grün-schwarz gestreifte Hosen, eine grüne Weste und einen schwarzen Gehrock an.

Julietta stürzte hinter dem Vorhang hervor und bat Monsieur Tirard um eine Fliege und einen Zylinder. Sie band die Fliege sehr zärtlich zu einer perfekten Schleife, ganz so, wie sie es vielleicht für ihren Mann getan hätte. Dann zog sie einen Schildpattkamm aus ihrer Tasche, kämmte Janes Haar nach hinten und steckte es zu einem straffen Knoten fest. Sie reichte Jane den Zylinder, und Jane setzte ihn auf. Schließlich zog sie ihre Geliebte vor einen hohen, stockfleckigen Spiegel, über den eine Federboa drapiert war.

»Sieh doch«, sagte sie. »Jetzt sind wir das perfekte Paar. Wir können alles tun, wozu wir Lust haben. Es fehlt uns nur noch eines.«

Julietta verschwand wieder nach draußen, und Jane hörte, wie sie mit Monsieur Tirard flüsterte und Tirard zu ihr sagte: »Signora, vous êtes sublime! Mais vous savez, ces choses-là coûtent cher. Elles sont défendues …«

»Je le sais«, erwiderte Julietta. »Aber ich *liebe das Risiko*. Sie kennen mich inzwischen, Monsieur Tirard. Diesmal habe ich mich verliebt. Bitte geben Sie mir, was ich brauche.«

Jane hörte, wie die beiden sich in einen anderen Teil des Ladens zurückzogen. Sie wandte sich ihrem Spiegelbild zu. Ihre Verwandlung war beeindruckend, und sie hätte sie amüsant, vielleicht sogar erregend gefunden, wenn ihr nicht plötzlich die niederschmetternde Erkenntnis gekommen wäre, dass Julietta, so vertraut, wie sie von Monsieur Tirard begrüßt worden war, dieses erotische Spiel mit Sicherheit schon mit anderen Liebhaberinnen getrieben hatte.

Jane gegenüber hatte sie behauptet, sie habe davon »fantasiert«, es aber nie getan. Doch das war eindeutig eine Lüge. Julietta hatte häufig von Reisen nach Paris gesprochen, und jetzt glaubte Jane, dass sie genau diese Scharade hier schon

unzählige Male gespielt hatte. Sicherlich hatte sie ihre Liebhaberinnen in ihrem Bett erst wild gemacht, ihnen dann ge-
schmeichelt, wie außergewöhnlich sie seien, und sie gefragt,
ob sie ihre Ausschweifung noch »weiter treiben« wollten –
und die hatten zugestimmt, genau wie sie selbst, denn niemand konnte Julietta Sims widerstehen. Danach hatte sie
sie hierhergebracht, und dann …

Im Geiste sah sie wieder die Kleiderständer mit den Kos-
tümen vor sich, in denen immer noch der Muff von Kummer und Verfall hing, vermischt mit den schalen Ausdüns-
tungen des Begehrens. In der schummrigen Kabine hinter
dem seidenen Vorhang spürte sie, wie ihr schwindelig und
übel wurde. Sie glühte vor Hitze, dann wurde ihr eiskalt,
und Schweiß rann ihr den Rücken hinab. Sie schleuderte
den Zylinder von sich und befreite ihre Arme aus dem Gehrock.

Sie zerrte gerade an der Fliege, als Julietta zurückkam und
mit triumphierendem Lächeln verkündete, Monsieur Tirard
habe ihr »das perfekte Ding, das wir benötigen«, gegeben.

»Es ist sehr teuer«, flüsterte sie atemlos, »aber es wird uns
solche Lust bereiten, dass wir vor Wonne sterben könnten …«

Erst jetzt bemerkte Julietta, dass Jane ihr grün-schwarzes
Ensemble auszog.

»Halt!«, rief sie. »Wir nehmen das Kostüm, Jane, und ich
werde uns beide fotografieren lassen, dich in deinem Kostüm … ›Monsieur und Madame‹.«

Aber Jane stieg jetzt aus der Hose und griff nach ihren eigenen Kleidern.

»Es tut mir leid, Julietta«, sagte sie. »Aber ich möchte das
nicht.«

Sofort umarmte Julietta sie, drückte sie fest an ihre Brust,
ließ ihre Hand kühn zwischen Janes Beine wandern und begann, sie dort zu reiben, während sie sanft sagte: »Du bist

schockiert, mein Liebling. Das verstehe ich. Und ich habe es mir schon gedacht. Ich weiß, dass ich sehr, sehr schlimm bin, aber du wirst sehen –«

»›Schlimm‹ ist nur, dass du mich belogen hast.«

»Dich belogen?«

»Du hast gesagt, du hättest das hier noch nie getan, aber so vertraut, wie du mit Monsieur Tirard umgehst –«

»Pscht, Jane. Sei doch nicht so bourgeois, sonst schicke ich dich sofort wieder nach Bath. Natürlich habe ich so etwas schon vorher getan. Ich habe sämtlich Arten der Ekstase mit Frauen erkundet, die du dir vorstellen kannst, und wahrscheinlich auch einige, die du dir nicht vorstellen kannst. Denn das ist es, wozu ich mich entschieden habe. Ich will damit aber auch sagen, dass all das überhaupt nicht zählt, und ich möchte dich nur daran erinnern, dass ich dir jetzt eine sehr gute Liebhaberin sein kann. Ist es nicht das, was du dir wünschst? Die Vergangenheit ist doch völlig unwichtig. So, und jetzt konzentriere dich und press dich stärker gegen meine Hand. Ja, genau so. Siehst du, wie schnell du dich mir ergibst?«

LEICHENSCHAUHAUS

Das Abendessen an jenem Tag fand im Café Anglais auf dem Boulevard des Italiens statt.

Ashton Sims hatte alles mit ruhiger Sorgfalt geplant, bestellte Champagner für seinen französischen Schriftsteller und behandelte ihn mit äußerster Zuvorkommenheit. Guy Mollinet demonstrierte gleich zu Beginn, dass er ganz passabel Englisch sprach, aber Ashton entschied sich, französische Brocken in die Unterhaltung einfließen zu lassen, um Mollinet seinerseits zu zeigen, wie gut er, ebenso wie Julietta, die Sprache beherrschte.

Jane beobachtete, wie Julietta in ihrem violetten Satinkleid mit tiefem Ausschnitt mit Guy Mollinet flirtete, und ihr entging nicht, wie leicht er sich von ihr um den Finger wickeln ließ. Das meiste, was sie zu ihm sagte, konnte Jane nicht verstehen, doch das schien Julietta nicht zu kümmern; sie blickte kaum in Janes Richtung. Offenbar war es Signora Sims' Ziel, den Schriftsteller zu verführen, zumindest so weit, dass er bereit war, sein Werk an Kirkwall & Sims zu verkaufen und alles andere zu vergessen.

Obwohl sie beunruhigend fand, was sie sah, beschloss Jane, keine Eifersucht zuzulassen. Mollinet war um die fünfzig und nicht im mindesten attraktiv. Zwar hatte er einen sinnlichen Mund und sehr feingliedrige Hände, aber Jane konnte sich nicht vorstellen, dass Julietta sich von ihm angezogen fühlte. Sie spielte Theater. Theater einer sehr überzeugenden Art; aber Jane wusste, dass es nicht echt war, und sie ahnte, dass Ashton es ebenfalls wusste.

Ashton erklärte Jane, Mollinets Roman spiele vor allem in der Pariser Morgue, dem Leichenschauhaus. »Der Roman erinnert uns daran, dass dies der Ort ist, an dem wir, wenn unsere Zeit gekommen ist, alle enden werden«, sagte Ashton. »In Paris ist das ein öffentlicher Ort, und die Toten werden hinter Glas aufgebahrt, damit die Lebenden sie begaffen können. Was für ein zutiefst bedeutsamer und origineller Schauplatz für ein Buch! Es würde mich nicht wundern, wenn andere französische Schriftsteller ihn übernähmen und die Idee als ihre ausgäben. Ich glaube, Tausende werden das Buch in einer englischen Übersetzung lesen.«

»Was für eine Geschichte wird denn erzählt?«, fragte Jane. »Ich bin nämlich der Meinung, Miss Austen hat sehr wohl verstanden, wie wichtig die *Geschichte* für einen Roman ist, etwa nicht, Ashton? Denn was vermag schon ein Schauplatz, sei er auch so makaber und originell wie ein Leichenschauhaus, verglichen mit dem, *was* erzählt wird? Schließlich ist alles, was wir wissen wollen: Wird Elizabeth Bennet am Ende Mr Darcy heiraten oder nicht? Wird Marianne Dashwood von Mr Willoughby betrogen? Verglichen mit diesen Fragen, verblasst doch alles andere?«

»Da haben Sie natürlich recht«, sagte Ashton. »Und wir Verleger beknien unsere Autoren ein ums andere Mal, die Leser mit Geheimnissen und Rätseln zu ködern, doch bemerkenswert wenige sind dazu in der Lage. Aber Monsieur Mollinet erzählt eine fantastische Geschichte: Um einem mörderischen Verehrer zu entkommen, simuliert eine junge Frau ihren Tod und wird im Leichenschauhaus aufgebahrt – einem Ort, den der böse Mann üblicherweise jeden Mittwochnachmittag aufsucht, um sich an seinen Opfern zu ergötzen.

Die Leichen werden gewöhnlich mit kaltem Wasser besprengt, damit sie nicht zu schnell verwesen. Und die Heldin der Geschichte muss das mehrere Stunden lang über sich ergehen lassen, ohne sich zu rühren. Und natürlich musste sie hungern, um abgemagert und tot zu wirken. All das ist nur möglich dank der Mitwisserschaft des Aufsehers im Leichenschauhaus, der einen eisernen Käfig über ihre Brust stülpt, damit ihr Atmen verborgen bleibt. Er verliebt sich natürlich in sie und hilft ihr dabei, ihr Leben wieder aufzunehmen. Schließlich überredet dieser Aufseher sie, sich im Leichenschauhaus anstellen zu lassen, und beide werden nach und nach gewahr, dass die Toten ihre eigenen Tricks haben!«

»Oh«, sagte Jane, »dann ist die Stimmung im Buch ja ausgesprochen ermutigend und aufbauend.«

Ashton lachte. »Es ist ein Roman, der dem Leser eine Menge abverlangt, nicht zuletzt einen starken Magen. So etwas gibt es nicht in England. Die Franzosen und die Russen sind die einzigen Schriftsteller, die solch dunkle Pfade beschreiten. Denn sie haben weder Furcht vor dem Skandal noch Furcht vor der Furcht. Sie zeigen das menschliche Leben in all seiner Beschwerlichkeit. Und sie wissen, dass die Leser Wölfe sind.«

»Wölfe? So habe ich sie noch nie gesehen. Glauben Sie, dass Miss Austens Leser wölfisch sind?«

»Ja. Sogar sie. Sie zerren am Fleisch ihrer Geschichten. Mit Begeisterung verfolgen sie, wie die Bösen bestraft und gedemütigt werden. Sind wir nicht voller Schadenfreude, wenn Fanny Price in *Mansfield Park* Henry Crawford zurückweist?«

»Ja, und ob! Wie herrlich muss es sein, die Macht zu besitzen, aus seinen Lesern Bewunderer oder Wölfe zu machen, und das mittels Erfindungen, die dem eigenen Verstand entsprungen sind wie die Tauben dem Hut eines Zauberers. Verfügt denn Monsieur Mollinet über diese Macht?«

»Ja, durchaus: Seine Figuren leben und atmen auf den Seiten.«

Als Guy Mollinet seinen Namen hörte, unterbrach er Janes und Ashtons Unterhaltung und berichtete, Julietta habe ihn, kaum dass sie hörte, sein Buch spiele in der Pariser Morgue, gefragt, ob er sie nicht am nächsten Tag dort hinführen könne. Daraufhin wandte Ashton sich wieder an Jane. »Welche Pläne haben Sie denn für morgen, Sie und Julietta?«

Jane legte Messer und Gabel auf ihren Teller mit köstlichem *Saumon Napolitain* und musste sofort daran denken, dass Julietta zu ihr gesagt hatte: »Ashton führt den ganzen Vormittag über Gespräche mit französischen Verlegern. Ich komme nach dem Frühstück zu dir; dann werden wir deine Tür verriegeln und verrammeln und Mann-Frau-Liebe spielen. Tirard hat mir das schlimme *Ding* anvertraut, das wir brauchen werden. Ich werde schon bei dem Gedanken ohnmächtig, du nicht auch? Aber es erfordert auch große körperliche Anstrengung. Deswegen werden wir danach ausgehungert sein. Also werden wir mittags bei Tortoni Austern, *filet mignon* und Eiscreme essen.«

Zu Ashton sagte sie: »Ich glaube, Julietta möchte morgens einkaufen gehen, aber am Nachmittag wären wir frei.«

Jane hatte sich vorgestellt, die Morgue – dieses Haus der Verstorbenen – sei ein sehr stiller Ort. Doch als sie auf dem Weg zum Aufbahrungsraum die Eingangshalle durchquerten, hörten sie sehr lebendige, laute Stimmen und standen schließlich inmitten einer großen Menschenmenge, die sich vor einer gläsernen Wand drängte.

Hinter der Glasscheibe waren die Leichen auf schwarzen Marmorblöcken aufgebahrt, die in einem Neigungswinkel von dreißig Grad zu den Zuschauern hin aufgestellt waren. Alle waren nackt, nur ihre Geschlechtsteile waren mit Streifen aus weißem Leinen bedeckt, nicht größer als ein Damentaschentuch. Und genau wie Ashton Sims es Jane am Vorabend beschrieben hatte, wurden die Toten von Fontänen besprüht, und das Wasser lief in kleinen Rinnsalen von ihren Köpfen zu ihren Füßen, um sie zu kühlen.

Jane fiel auf, dass ein Leichnam sehr viel kleiner war als die anderen. Es musste ein totes Kind sein, begriff sie erschüttert. Dazu kam, dass die Zersetzung bei dem Kinderkörper weiter fortgeschritten war als bei den anderen, was darauf hinwies, dass keiner der täglichen Besucher ihn bisher für sich beansprucht hatte. Das Köpfchen war fast kahl, und der kleine Hals schien so geschrumpft zu sein, dass der Kopf direkt auf den Schultern saß.

Jane starrte die Kinderleiche sehr lange an. So wie das Wasser darüberlief und das weiße Fleisch weich und geschmeidig wirken ließ, rief es ihr ein Bild in Erinnerung, das sie lange verfolgt hatte, das Bild von Emmelines armem Golem, der sich, feucht vom Regen, auf der Töpferscheibe drehte und dabei unter Emmelines Augen von allein zu einer hässlichen Kreatur verformte. Am liebsten hätte sie das Kind hochgenommen und wieder zum Leben erweckt.

Sie griff nach Juliettas Arm, warf einen kurzen Blick auf ihre Geliebte und sah, dass sie sehr blass war. Auch sie hatte die Kinderleiche gesehen und sagte jetzt halb vorwurfsvoll: »Wenn ich das sehe, frage ich mich sofort, was ich wohl fühlen würde, wenn Marco dort auf dem Block läge. Warum kommt die Mutter nicht, um ihr Kind abzuholen?«

»Weil sie herzlos ist oder selbst tot.«

»Es sollte keinen Tod geben«, seufzte Julietta. »Es sollte nur Lust und Vergnügen geben.«

Die Menge bewegte sich außerordentlich langsam an der Glaswand vorbei, obwohl von hinten immer neue Besucher nachrückten.

»Wie Sie sehen«, sagte Guy Mollinet, als das Schieben der Lebenden allmählich erdrückend und unangenehm wurde, »haben wir hier nicht nur die Angehörigen der Toten, sondern auch Touristen, solche wie wir.«

»Sollten wir uns denn dafür schämen, dass wir hier sind?«, fragte Julietta.

»*Non, non*«, antwortete Monsieur Mollinet, »wir müssen hinschauen. Wir müssen verstehen. Diese Toten, das sind wir.«

Jane erklärte Mollinet, sie habe als Krankenschwester schon viel Erfahrung mit dem Anblick von Toten und sie stimme ihm zu – die Lebenden sollten sich nicht abwenden. Doch ihre letzten Worte waren gar nicht mehr zu verstehen, weil sich plötzlich ein älterer Mann mit hektischem Blick an ihr vorbeidrängte und laut schrie, er habe seinen eigenen Leichnam erkannt und sei hier, um ihn abzuholen.

Abends in ihrem Zimmer stellte Jane fest, dass ihr ganzer Körper schmerzte. Froh, endlich allein zu sein, legte sie sich in ihrem wohltuenden weißen Nachthemd ins Bett.

Sie wusste, dass kein Tag in ihrem fünfundzwanzigjährigen Leben so eigenartig gewesen war wie der heutige, und sie glaubte, nichts davon jemals vergessen zu können: nicht den Besuch im Leichenschauhaus, nicht die Kinderleiche, nicht die Erinnerung an Emmelines Kummer und – diese traurigen Gedanken überlagernd – nicht das Bild von ihr selbst an diesem Morgen, wie sie, mit dem zwischen ihren Lenden befestigten obszönen Gummi-»Ding« von Tirard, mit Julietta exakt so geschlafen hatte wie ein männlicher Liebhaber. Das sexuelle Erlebnis war derart überwältigend gewesen, dass Jane und Julietta beide laut geschrien hatten, nur kurz irritiert durch die Bewohner des Nachbarzimmers, die gegen die Wand geklopft hatten. Doch sie hatten nicht aufhören können. Die übrige Welt hatte für sie aufgehört zu existieren.

DER AUF DEN KOPF GESTELLTE
FLUSS

Als Leon das Gewitter nahen hörte, hatten er und Sir Ralph den Sadong noch nicht erreicht, aber schon eine weite Strecke hinter sich – zu weit, um zur Villa des Radschas zurückzukehren –, und so führte Leon den Radscha unter dem sich verdunkelnden Himmel zu dem kleinen Langhaus, in dem seine Mutter Taminah wohnte.

Diese Frau hatte Sir Ralph schon immer beeindruckt. Sie litt an einer Hautkrankheit, gegen die sich bisher kein Mittel gefunden hatte und die Taminahs Gesicht mit rein weißen Pigmentflecken entstellte, als hätte ein Kartenzeichner begonnen, Farben und Umrisse einer Welt einzutragen, dann aber nicht weitergewusst und einen Teil seines Werks vollkommen leer gelassen.

Taminah hatte außer Leon alle ihre Söhne verloren; sie waren ertrunken, an Krankheiten oder in den Handelskriegen zwischen Engländern und Holländern gestorben. Einst Matriarchin einer großen Familie, lebte sie nun allein und im Halbdunkel ihres Hauses. Die beiden Töchter, die ihr vielleicht im Alter hätten beistehen können, waren verheiratet und nach Singapur gezogen. Ihr Ehemann, den Kopfjäger der Dayak ermordet hatten, weil er unbefugt in ihr Stammesgebiet eingedrungen war, war schon so lange tot, dass Taminah sich kaum noch an sein Gesicht erinnern konnte. Sie träumte zwar immer noch von dem geliebten Kopf, den die Dayak abgeschnitten und im Dach ihrer Hütte in Schilfnetzen aufgehängt hatten; sie wusste nur nicht mehr genau, wie er aussah. Zu Leon sagte sie: »Es ist besser so. Wenn ein Kopf vom Körper getrennt ist, muss er im Schatten des Verstands bleiben.«

Jetzt saß Taminah an einem kleinen Feuer und empfing ihren Sohn und den Radscha. Sie stand auf, verneigte sich und legte die Handflächen aneinander. Sir Ralph verbeugte sich seinerseits vor ihr, während Leon seine Mutter umarmte. Das Feuer, das von dem Luftzug, der durch die geöffnete Tür drang, zu neuem Leben angefacht wurde, loderte einen Moment lang hellrot auf. In dem jähen Lichtschein bemerkte Sir Ralph, dass Taminah auf einem bestickten Läufer saß, den er einst Leon geschenkt hatte, doch er war nicht gekränkt. Seine Geschenke an Leon waren so zahlreich, dass das kleine Zimmer seines Geliebten in der Villa ein wenig einem Stand auf einem Basar glich.

Mehr als einmal hatte Leon sich wegen der beständigen Kaskade teurer Gaben über Sir Ralph lustig gemacht, doch das hatte ihn nie davon abgehalten, stets weitere hinzuzufügen. Seine maßlose Vergötterung Leons trieb ihn einfach dazu, ihm eine endlose Menge materieller Güter zu Füßen zu legen. Fast als stellte er sich vor, dass diese Objekte eine Art Schutzwall um seinen Geliebten bildeten und sicherstellten, dass Leon ihn nie verlassen und dass er nie zu Schaden kommen würde. Seine größte Angst war, dass ein Streit mit Leon dieses fragile Gebäude zum Einsturz bringen und ihn, zu lebenslanger Trauer verurteilt, alleine zurücklassen würde.

Wie immer zuvorkommend gegenüber Taminah, ließ Sir Ralph sich jetzt ihr gegenüber im Schneidersitz nieder, während der Rauch des Feuers auf der Suche nach einem Ausgang durchs Dach geisterhafte Schatten warf und über ihnen Donner zu grollen begann. Der Radscha entschuldigte sich bei Taminah für die Störung und erklärte, sie seien auf dem Weg zum Fluss gewesen, als das Unwetter drohte. Sie baten, bei ihr Schutz suchen zu dürfen, bis es vorbeigezogen sei.

Taminah begann, sehr schnell auf Leon einzureden; sie klagte, sie habe nichts zu essen außer einem Topf mit klebrigem Reis und einem kleinen Glas Palmwein. Leon tröstete sie und sagte, sie bräuchten gar nichts zu essen. Doch Taminah, die ihre mangelhafte Gastfreundschaft bekümmerte, fragte ihn, ob sie nicht einen der angebundenen Junghähne töten und rupfen solle, die auf ihrer Veranda umherstolzierten. Leon erwiderte, sie solle die Hähne leben lassen. Wenn sie Hunger bekämen, würden sie den Reis essen, das würde reichen.

In dem Moment begann der Regen wütend auf das mit Palmblättern bedeckte Dach des Langhauses zu trommeln; es klang wie eine Steinlawine. Jedes Mal, wenn eine solche Sintflut ihr Haus bedrohte, stellte Taminah sich vor, dass »der Fluss auf den Kopf gestellt« sei, wie sie es ausdrückte. Manchmal fürchtete sie, der Regen werde Felsbrocken und Krokodile und zerschmetterte Kanus auf ihren Kopf niederprasseln lassen.

Leon hatte seine Mutter zurechtgewiesen; das sei »verwirrtes Denken«, sie solle versuchen, besser auf ihren Verstand aufzupassen, und sich nicht in den Wahnsinn verirren, an dem offenbar so viele ältere Menschen litten. Aber Taminah hatte sich von dieser Mahnung nicht beeindrucken lassen. Sie hatte Leon erklärt: »Wahnsinn ist das Ende, an das wir alle kommen. Leid und Verlust bringen uns dorthin. Du wirst sehen, zu gegebener Zeit wirst auch du dort enden. Du wirst erleben, wie der Fluss vom Himmel fällt.«

Erst jetzt, wo er in Taminahs Haus saß und die Einsamkeit und Armut in sich aufnahm, die das Leben dieser Frau bildeten, fiel Sir Ralph plötzlich Edmund wieder ein. Er war davon ausgegangen, Ross habe sich direkt hinter Leon und ihm befunden und sei ihnen ins Langhaus gefolgt, doch nun war nichts von ihm zu sehen. Der Radscha stand auf und blickte sich um, als hoffe er, Edmund stehe in irgendeinem Winkel des Raums.

»Wo ist Mr Ross?«, fragte er Leon.

Leon erwiderte ohne Zögern: »Oh, Ihr seid sehr blind, mein Radscha. Euer Jesusknabe, er kehrt um in Euer Haus. Er sagte mir auf dem Weg, ich kehre um, Leon.«

»Wann hat er das gesagt?«

»Als wir das Gewitter hörten. Er ist feige.«

»Aber er wollte doch den Standort für die Konservenfabrik sehen.«

»Außer dass er schwach ist. Und Ihr wisst, er ist ziemlich verrückt. Sammler von Schmetterlingen und Käfern; solche Männer sind sehr dumm.«

»Nein«, sagte Sir Ralph. »Das sind sie nicht. Sie versuchen, den Menschen in England etwas über die Dinge beizubringen, die sie noch nie gesehen haben und sich nie vorstellen konnten.«

»Englandmenschen wollen Skorpione und Schlangen sehen?«

»Ja. Und Vögel und Blumen. Warum auch nicht? Sie möchten etwas über diese Inseln lernen.«

Leon schüttelte verärgert den Kopf. »Nein, nicht lernen«, sagte er. »Nur stehlen.«

»Nun, sei's drum«, meinte Sir Ralph. »Was hat Edmund noch zu dir gesagt?«

»Nichts. Nur, er kehrt um.«

Nun ging der Radscha zu der Tür, die auf die Veranda führte, wo die Hähne angebunden waren. Er sah gerührt, dass die dürren Vögel sich gegen das Unwetter dicht zusammengedrängt hatten. Ihre Augen waren geschlossen, die leuchtenden Federn zerzaust und vom Regen beperlt, ihre Leinen lagen in einem wirren Durcheinander herum. Er begann, Edmunds Namen zu rufen.

Taminah blickte ängstlich zu ihm hin. Sie sagte zu Leon: »Er darf nicht hinausgehen. Der Fluss wird ihm auf den Kopf fallen.«

Leon bat seine Mutter, den Rest Palmwein zu holen. Den würden sie jetzt trinken, dazu etwas Reis essen und dann ein wenig schlafen, bis der schlimmste Regen vorbei war. Laut rief er zu Sir Ralph: »Mein Radscha, Geber aller Gaben, seid kein Dummkopf. Hört auf zu rufen und schließt die Tür.«

Taminah setzte einen Topf mit Klebereis aufs Feuer und servierte Leon und Sir Ralph den ganzen Rest ihres Palmweins. Dem Radscha war kalt und er war beunruhigt, doch das starke Getränk besänftigte ihn ein wenig. Er stritt sich nur ungern mit Leon. Noch schlimmer war es, wenn er vermuten musste, dass Leon ihn belog, und jetzt hatte er den Eindruck, was Leon über Edmund gesagt hatte, entspreche nicht der Wahrheit. Wenn Edmund hätte umkehren wollen, hätte er ihm das doch sicherlich mitgeteilt! Er verstand ja vollkommen, dass Sir Ralph Leons Idee mit der Konservenfabrik ebenso aufregend wie beängstigend fand, und es hätte ihn auf jeden Fall interessiert, wo dieser große »Trost« eines Tages stehen würde.

Doch der Radscha wusste, dass sie erst etwas unternehmen konnten, wenn die Sintflut aufgehört hatte. Er trank den Rest des Palmweins und aß ein wenig von Taminahs Reis. Leon saß dicht bei seiner Mutter, hinter der Feuerstelle, und mied seinen Blick.

Als alles aufgegessen war, was Taminah hatte, breitete sie ihnen Matten aus, und die Männer legten sich nieder und schliefen, während das Gewitter grollte und das Wasser des Sadong immer höher stieg.

Sir Ralph träumte, Edmund würde ihm aus dem fünften Kapitel des Lukasevangeliums vorlesen:

»Und als er hatte aufgehört zu reden, sprach er zu Simon:
Fahre auf die Höhe und werfet eure Netze aus, daß ihr
einen Zug tut!

Und Simon antwortete und sprach zu ihm: Meister, wir
haben die ganze Nacht gearbeitet und nichts gefangen;
aber auf dein Wort will ich das Netz auswerfen.

Und da sie das taten, beschlossen sie eine große Menge
Fische, und ihr Netz zerriß.«

In seinem Traum sah der Radscha, wie die Fische in dem
schweren Netz zappelten, aber die Fische, die er sah, befanden sich nicht im See Genezareth, sondern im Sadong. Es
waren so viele, dass die Ufer von ihrem Gezappel ganz silbrig und wie lebendig wirkten, als wären sie, in ihrer großen
Zahl, ein einziger tanzender, bebender Körper.

Der Radscha streckte seine Hände aus, auch andere Hände wurden ausgestreckt, und die Fische wurden aufgehoben
und auf ein breites Förderband geworfen, das sie zu den Toren der nagelneuen Konservenfabrik transportierte. Die Fa-
brikarbeiter schaufelten sie auf Steinplatten, und Messer
trennten ihnen die Köpfe ab und schlitzten die Körper auf,
um alles Unsaubere oder Spitze herauszuholen – alles in ihnen, was einen Menschen verletzen könnte.

Während der Radscha schlief, war Edmund tiefer in den
Wald vorgedrungen. Er folgte immer noch den roten Ameisen, vertraute ihnen wie einem zufälligen Führer, doch er
war weit vom ursprünglichen Weg zu der verlassenen Goldmine abgekommen, und nun, da die Sonne am Himmel verschwunden war, hatte er keine Ahnung, in welche Richtung
er sich bewegte. Er machte sich Vorwürfe, weil er nicht bei
Leon und Sir Ralph geblieben war. Er musste daran denken,
wie oft er in seinem Leben schon durch irgendein Wunder
der Natur von einer geplanten Route abgebracht worden

war – durch eine einzelne Orchidee, die an einem Bachufer wuchs, eine Schneeeule in der Dämmerung, Gibbons, die in den hohen Bäumen spielten. Versunken in diese Entdeckungen, vergaß er sich dann jedes Mal und wusste nicht mehr, wohin er eigentlich gewollt hatte. Häufig hatte ihn schließlich sein Kompass gerettet, doch jetzt war ihm dieser entscheidende Ausrüstungsgegenstand abhandengekommen.

Das Gewitter kam näher, doch bisher war noch kein Regen gefallen. Jetzt sah er, dass direkt vor ihm ein mächtiger Baum auf den Weg gestürzt war, und die Aufgabe, darüberzuklettern, kam ihm wie eine furchtbare Tortur vor, denn der gefallene Baum schien noch an Größe zugenommen zu haben und wie ein unüberwindbar steiler Berghang vor ihm aufzuragen.

Er blickte auf die Ameisen hinunter. Wie würden sie das Hindernis angehen? Er hatte schon einmal beobachtet, wie rote Ameisen mit ihren winzigen gepanzerten Körpern eine Brücke über ein Gewässer gebildet hatten, wobei einige der Tiere für das Überleben der Gruppe geopfert wurden. Jetzt war er gespannt, welche Lösung sie diesmal finden würden.

Er ging weiter. Als die Ameisen den umgestürzten Baum erreichten, hielten sie nicht etwa an, sondern bildeten rasch aus ihren Körpern eine Leiter, kletterten eine auf die andere, bis sie den Baumstamm erreichten und die Karawane hinauf- und darüberströmen und ihren Marsch auf der anderen Seite fortsetzen konnte. Als die Letzten der Karawane hinübergeklettert waren, fielen jene Tiere, die die Leiter gebildet hatten, auf den Rücken und blieben gestrandet zum Sterben liegen. Edmund ging in die Hocke, nahm einen kleinen Stock und half den umgekippten Ameisen einer nach der anderen wieder auf die Beine. Als eine ihn in die Hand stach, zuckte er nicht einmal zusammen. Er sah zu, wie sie unter dem Baum hin und her eilten und offenbar nach etwas Ausschau hielten, das sie hinüberbringen würde. Als sie nichts fanden, zogen sie weiter, auf der Suche nach einer neuen Route zu ihrem Ziel.

Edmund setzte sich auf den umgestürzten Baum. Er hörte einen schrillen Schrei, blickte nach oben und erkannte die weit ausgebreiteten Schwingen eines Brahminenweihs vor dem dunkel werdenden Himmel. Für bestimmte Stämme auf Borneo waren diese Vögel ein böses Omen, und Edmund erschauerte jedes Mal, wenn er einen sah.

ZWEITER TEIL

»WO ES RUHIG UND EINSAM IST«

An einem Sonntagnachmittag gegen Ende April kehrte Jane Adeane nach Bath zurück.

Als Sir William, der am Fenster seiner Praxis Wache hielt, seine Tochter aus der Droschke steigen und die Treppe zur Nummer 28, Henrietta Street, heraufkommen sah, war er so erleichtert und glücklich, dass er glaubte, er müsse in Tränen ausbrechen. Er lief in die Eingangshalle und schloss Jane in die Arme. Am liebsten hätte er zu ihr gesagt: »Geh nie wieder fort!«, aber er war klug genug, Jane nicht mit einem solch kategorischen und gefühlsbeladenen Befehl zu belasten. Er wusste sehr wohl, dass sie als seine Krankenschwester und Assistentin jede seiner Anweisungen befolgte; als seine Tochter jedoch neigte sie dazu, nicht eine einzige zu befolgen.

Aber auch Jane war bewegt vom Wiedersehen mit ihrem Vater. Nachdem sie ihn auf die Wange geküsst hatte, trat sie einen Schritt zurück, um ihn zu betrachten, und stellte amüsiert fest, dass Sir Williams Bauch in den paar Wochen ihrer Abwesenheit mehr an Umfang zugenommen hatte, als in der Zeit eigentlich möglich schien.

»O Papa«, sagte sie lachend, »wo ist mein schlanker Vater geblieben? Wer ist dieser neue Vater, der den untersten Knopf seiner Weste nicht mehr schließen kann?«

Sir William lächelte und tätschelte sein Bäuchlein, wie es Jane vorkam, beinah mit Stolz.

»Das ist die Schuld einer einzigen Person«, sagte er, »und zwar Mrs Morrisseys.«

»Mrs Morrissey? Das überrascht mich! Hast du etwa in Törtchen und Sahne geschwelgt?«

»Nein, nein. Ich habe dir doch in einem meiner Briefe berichtet, dass die gute Mrs Morrissey für unser Mittagessen die herrlichsten Fleischpasteten und Rindfleisch-Nieren-Aufläufe zubereitet. Dr. Ross und ich sind mittlerweile ganz süchtig nach Nierenfett und Bratensoße.«

»Nun, das sehe ich«, sagte Jane.

»Und Gebäck«, ergänzte Sir William.

»Ja, ich behaupte, dass ich das Gebäck auch sehen kann. Aber sei's drum. Es bedeutet doch nur, dass man jetzt mehr an dir mögen kann.«

Sir William begleitete Jane die Treppe hinauf, und Becky, das Dienstmädchen, folgte mit ihren Koffern, die jetzt mit Pariser Erwerbungen beladen waren, von denen Jane einige, wie sie wusste, gut würde verstecken müssen.

Als Jane ihr Zimmer betrat und sich umblickte, entdeckte sie sofort die kleine Vase mit Schlüsselblumen auf ihrer Frisierkommode, und ihr erster Gedanke war, wie klein der Raum doch war, verglichen mit dem, den sie in der Tite Street bewohnt hatte. Auch das Bett kam ihr sehr schmal vor, fast wie ein Kinderbett, und da wurde ihr, nach der heiteren Begrüßung, mit einem Mal das Herz schwer bei dem Gedanken an die Zwänge, die ihr Leben einschränken würden, sobald sie hier in Bath wieder in die Rolle als Krankenschwester schlüpfte.

Sie war aber klug genug, Sir William nichts von ihrer Besorgnis merken zu lassen. Sie eilte zu den Schlüsselblumen, nahm die Vase hoch und atmete ihren zarten Duft ein.

»Wie hübsch!«, sagte sie. »Seit ich von hier weggegangen bin, habe ich keine einzige Blume mehr gesehen. Es gibt keine in London.«

»Oh«, sagte Sir William, »ich weiß aber doch, dass zu Emmelines Haus ein Garten gehört ...«

»Ja. Ein Garten. Aber der ist voller Brombeergestrüpp. Denn so mag sie es am liebsten: wild und ungezügelt. Sie bewundert die Dornen der Natur.«

Ebenso wie Jane sofort die Veränderung an Sir William aufgefallen war, bemerkte auch er jetzt etwas Neues an Jane. Er konnte es zwar nicht genau benennen, doch ihm schien, als sei Jane inzwischen *mehr sie selbst als jemals zuvor*. Als sei sie aus dem Schatten in blendendes Licht getreten. Ihre Wangen waren rosig, ihre Augen sehr groß und strahlend, und ihr Haar glänzte und war zu einer kühnen Frisur geschlungen, die von einem Perlmuttkamm gehalten wurde. Außerdem bewegte sie sich mit noch mehr Anmut und zeigte noch mehr Haltung, als er in Erinnerung hatte.

»Du siehst gut aus«, sagte er und schämte sich für das Ungenügende seiner Äußerung, konnte aber im Moment nichts Passenderes finden.

Jane hatte den Sonntag als Tag ihrer Rückkehr ausgewählt, weil sie davon ausging, Valentine Ross dann nicht in der Henrietta Street anzutreffen. Sie hoffte auf ein ruhiges Zusammensein mit ihrem geliebten Vater und wünschte sich, seine teure Anwesenheit werde sie mit der Tatsache versöhnen, dass sie nun wieder in Bath war.

Zunächst war sie keineswegs versöhnlich gestimmt gewesen. Als sie während der Fahrt mit der Droschke vom Bahnhof in die Henrietta Street die vertrauten adretten Straßen der Stadt wiedersah, empfand sie das heftige Bedürfnis, auszusteigen, ihr Gepäck an sich zu nehmen und mit dem nächsten Zug zurück nach London zu fahren. Doch sie hatte widerstanden. Sie fand, der Wunsch ihres Vaters, sie bei sich zu haben, hatte respektiert zu werden – zumindest für eine gewisse Zeit. Sie war entschlossen, »ihr altes Leben wiederaufzunehmen« und zu sehen, wie es ihr damit erging.

Sie würde ihre Liebe zu Julietta so geheim halten wie einen in ihrer Tasche aufbewahrten kostbaren Rubin. Und wenn ihre Sehnsucht unerträglich wurde, würde sie Mittel und Wege finden, sich mit ihr zu treffen. Im Geiste malte sie sich einen Gasthof an der Landstraße aus, wo sie in Männerkleidung ihre »Frau« treffen und die Nacht mit ihr verbringen würde. Sie sah schon die Sprossenfenster des Zimmers, die Kerze, die am Bett brannte, den weichen, hellen Körper ihrer Geliebten, ihre übers Kissen gebreiteten Haare …

Doch jetzt musste sie versuchen, erneut mit ihrem alten Zuhause zurechtzukommen: mit dem schmalen Bett, dem medizinischen Geruch, der in der Luft hing, und mit der unsichtbaren Gegenwart von Dr. Ross. Als sie jetzt an ihn dachte, stellte sie überrascht fest, dass sie ihn, obwohl sie zwei Jahre lang in perfekter Harmonie mit ihm zusammengearbeitet hatte, im Geiste stets in Mrs Morrisseys Teestube sah, als er ihr den lächerlichen Heiratsantrag machte. Der verhängnisvolle Tag schien alles, was vorher gewesen war, zu überschatten. Jane wusste, dass sie nicht auf diese Weise an ihn denken sollte, aber offenbar kam ihr im Augenblick keine andere in den Sinn.

Um ihn sich aus dem Kopf zu schlagen, öffnete Jane ihre Koffer und holte die in Paris gekaufte neue Garderobe heraus. Sie strich zärtlich über die Stoffe, während sie die Kleider in den schmalen Schrank hängte, in dem ihre Schwesternuniformen wie vorwurfsvolle Geister hingen. Nachdem sie sich vergewissert hatte, dass ihre Tür verschlossen war, packte Jane nun den Gehrock aus, den sie bei Tirard gekauft hatten. Sie drückte ihn an sich und presste ihr Gesicht in die Schulterpartie, die noch ganz leicht nach Juliettas Parfüm duftete. Bevor sie miteinander ins Bett gingen, hatte Julietta immer gern ein wenig Theater gespielt und so getan, als seien sie Ehemann und Ehefrau, die im Jardin du Luxembourg lustwandelten. Sie hatte ihren Arm unter Janes geschoben, und dann waren sie in dem geräumigen Hotelzimmer auf und ab spaziert, Jane in ihrem männlichen Aufzug, und Julietta hatte sie auf die ersten Knospen an den Flieder-büschen, auf die Hunde, die in der Frühlingssonne kläfften, und die Kinder, die mit ihren Reifen und Springseilen spiel-ten, aufmerksam gemacht.

Ein Klopfen an der Tür riss Jane aus ihren Träumereien. Sie warf den Gehrock in den Koffer und schloss den Deckel. Becky trat ins Zimmer und verkündete, Sir William habe den Tee bestellt.

»Er bittet Sie, nach unten in den Salon zu kommen«, sagte sie. »Er hat mir aufgetragen, Ihnen auf jeden Fall zu sagen, dass es Kuchen von Mrs Morrissey gibt.«

Jane und ihr Vater saßen am Teetisch, und beide merkten wieder, wie wohl sie sich miteinander fühlten. Nach einer Weile sagte Sir William: »Ich weiß, dass du mir viel zu er-zählen hast, aber ich denke, nach und nach werde ich sicher-lich alles erfahren, und du wirst mir deine Pariser Gardero-be vorführen, nicht wahr?«

»Ja, Vater.«

»Und mir von deinen neuen Freunden berichten, den Sim-ses. Ich weiß, dass Kirkwall & Sims einen sehr guten Ruf ge-nießen.«

»O ja. Und nun haben sie einen neuen französischen Au-tor gewonnen, Guy Mollinet. Mollinet war bei dem Essen im Café Anglais so bezaubert von Julietta, dass er gleich am nächsten Morgen den Vertrag mit Ashton Sims unter-zeichnet hat.«

»Ja, ich habe gehört, dass Mrs Sims unvorstellbar schön sein soll.«

Jane spürte, wie sie rot wurde, und senkte rasch den Kopf und tat so, als müsse sie sich mit ihrer Serviette den Mund abtupfen. Sie stellte fest, dass allein die Nennung von Juliet-tas Namen sie zum Zittern brachte, und beschloss, von nun an ihre Geliebte nie mehr zu erwähnen, damit der offensichtliche Aufruhr ihres Körpers nicht ihre Gefühle enthüllte.

Sie schenkte ihrem Vater, der gerade begierig in ein sahnegefülltes knuspriges Hörnchen biss, Tee nach und sagte: »Monsieur Mollinets Roman spielt im Pariser Leichenschauhaus. Er war so nett, es uns zu zeigen. Dort werden die Toten öffentlich aufgebahrt, damit das Publikum sie besichtigen kann. Ist das nicht makaber?«

»Ziemlich. Aber es hat sicherlich seinen Grund: So können vermisste Tote von ihren Verwandten gefunden werden.«

»Aber viele Leute hatten sich nur zum Gaffen dort versammelt und schienen keine Verwandten zu sein. Offenbar hielten sie das Ganze für ein Spektakel, so als besuchten sie ein Puppentheater oder den Zoo.«

»Das ist normal. Die Toten machen uns froh, weil wir noch nicht unter ihnen sind. Aber wo wir gerade über Tote sprechen – morgen werde ich einen gewissen Mr Latimer deiner Fürsorge anvertrauen. Doktor Ross und ich haben ihn vor einer Weile operiert. Wie wir befürchtet haben, wird er sterben. Ihm wurde gesagt, seine letzte Hoffnung sei ein Besuch der Bäder unter deiner Obhut.«

»Und woran stirbt er?«

»Seine Lunge ist voller sehr kleiner Tumore. Doktor Ross hat sie entdeckt, während ich sie nicht als solche identifizieren konnte. Es gibt keinen Zweifel, dass er sterben wird, aber du wirst dein Bestes tun, um seine Schmerzen zu lindern.«

»Kannst du ihn denn nicht ein zweites Mal operieren und die Tumore entfernen?«

»Dafür ist er nicht kräftig genug. Auch könnte ich eine solche Operation sicher nicht alleine ausführen.«

»Würde Doktor Ross dir denn nicht assistieren?«

»Doch, aber er hat Bath gestern verlassen. Und er wird eine Weile fortbleiben.«

»Oh, und wohin ist er gereist?«

»Ich habe ihn nicht gefragt. Er sagte mir nur, er sei sehr erschöpft, und er sah auch schon seit einer Weile nicht gut aus. Ich denke, er wird irgendwo hinfahren, wo es ruhig und einsam ist.«

Jane schwieg. Aus Gründen, die sie selbst nicht recht ausloten konnte, enttäuschte sie diese Nachricht. Eine der letzten Anweisungen von Emmeline hatte gelautet, sie solle »deinen armen Valentine mit neuen Augen sehen«, und nun war ihr nicht einmal ein kurzer Blick vergönnt. Sie fragte sich, für welchen »einsamen« Ort er sich wohl entscheiden und was er da wohl machen würde. Außerdem konnte sie nicht umhin, sich zu fragen, ob Valentine Ross in seiner neuen Einsamkeit wohl an sie denken würde.

EBBE

Ross fuhr Richtung Süden über die Mendip Hills nach Somerset. Er reiste in kurzen Etappen, stieg in ruhigen Gasthöfen ab und wusste nicht, was sein endgültiges Ziel sein würde. Er sprach mit niemandem.

Das Maiwetter war klar und schön. In den Gräben am Rand der stillen Straßen bemerkte er voller Freude Gänseblümchen, Schlüsselblumen und Veilchen in großer Fülle. Wie auch seinen Bruder rührte ihn seit jeher die Bescheidenheit kleiner Blumen.

Als er plötzlich den Wunsch verspürte, das Meer zu sehen und zu riechen, begab er sich nach Watchet und ließ den Blick über dessen tief eingeschnittenen Hafen schweifen, wo das Gezeitenwasser, wie er gehört hatte, angeblich alle vierundzwanzig Stunden um neun Meter fiel, so dass alle Schiffe jedes Mal im rötlichen Schlamm strandeten.

Bei seiner Ankunft blies der Wind aus Süden, und Ross hatte den Eindruck, dass das die Ebbe beschleunigte, denn das Wasser, das eben noch um die Rümpfe der Kohlentransporter und Ketsche schwappte, zog sich jetzt Zentimeter um Zentimeter zurück, als sei ein Fehler passiert und das Meer bereue seinen vorangegangenen Sturm auf einen menschengemachten Hafen.

Er betrachtete das Meer eine ganze Weile und wartete auf den Moment, in dem es sich vollkommen aus dem Hafen zurückgezogen hätte und die Boote frei dalägen, ihre Rümpfe übersät mit hässlichen Rankenfußkrebsen, die Ruder in ein Gewirr aus Seetang verheddert. Als es dann schließlich so weit war und ziemlich genau so eintraf, wie er es sich vorgestellt hatte, fand er den Anblick seltsam beunruhigend.

Valentine Ross war kein Mann, der besonders zu Eigenliebe oder Selbstmitleid neigte, doch jetzt konnte er sich der Vorstellung, sein eigenes Leben befinde sich im gleichen Zustand wie die vom Meer verlassenen Schiffe, nicht entziehen. Er war gestrandet und nutzlos. Die Person, die den Gezeitenstrom hätte umkehren und ihm, Ross, wieder ein sinnvolles Leben ermöglichen können, empfand nichts für ihn.

Zu gegebener Zeit würde das hereinströmende Wasser selbst den großen Windjammer mit dem eisernen Rumpf befreien, der am äußeren Rand der Hafenmauer im Schlamm feststeckte. Er würde mit Eisenerz von den Brendon Hills beladen werden und unter vollen Segeln nach Newport und zu den Waliser Stahlwerken aufbrechen. Die Logger und Ketsche würden sich zu den Fischgründen im Atlantik aufmachen und mit Körben voller Makrelen und Heringe zurückkehren, und die Fischerfrauen von Watchet würden sie singend ans Ufer tragen. Sie alle würden wieder zu der ihnen zugedachten Existenzberechtigung zurückfinden, nur er nicht.

Ross ließ sich auf einer steinernen Bank nieder und sah den Möwen zu, die am Himmel kreisten und sich, im Schlamm landend, auf winzige Krabben und Muscheln stürzten. Er blickte um sich und fand die Szenerie trotz der verhalten scheinenden Sonne trostlos. Magere Katzen stritten sich um einige Fischköpfe, die zwischen den Steinen herumlagen. Ein regloses Pferd war stumm vor einen windschiefen Karren gespannt. Ein Feuer schwelte unbeaufsichtigt in einer rostigen Kohlenpfanne.

Hinter sich hörte Ross jetzt ein unmelodisches Singen, und als er sich umdrehte, sah er eine Gruppe Männer, die sich, Biergläser in den Händen, in einer gesellig-betrunkenen Welle dem Hafen entgegentreiben ließen. Sie liefen im Zickzack, rempelten einander an und unterbrachen ihren Gesang mit fröhlichem Gelächter. Sie kamen näher und blieben an der Bank stehen, auf der Ross saß, und einer von ihnen zog seine Fischermütze vor ihm, rülpste und sagte: »Stören Sie sich nicht an uns, Sir. Das sind nur unsere seegewohnten Beine, die uns stolpern lassen.«

Ross zog ebenfalls seinen Hut und nickte den Männern zu. Einer von ihnen pisste in heiterer Unbekümmertheit über die Hafenmauer und sang dabei einfach weiter. Als Ross den medizinischen Geruch, eine Mischung aus Bier und Urin, wahrnahm, dachte er mit einem Mal, dass er es vielleicht wie diese Säufer von Watchet machen und zu trinken beginnen sollte, um seinen Verstand zu beschwichtigen. Er hätte sie gern gefragt, wie lange sie gebraucht hatten, um ihre Sorgen zu vergessen und diesen Zustand unbeschwerter Heiterkeit zu erreichen. Doch er hatte Angst, ein Gespräch mit ihnen anzufangen, da er fürchtete, sie könnten sich wegen seiner teuren Kleidung und seiner Melancholie über ihn lustig machen. Er erhob sich und ging, nach einem letzten Blick auf die gestrandeten Schiffe, weiter.

Nur wenig später befand er sich in der Saloon Bar eines Gasthauses namens The Plough and the Stars und trank in großen, durstigen Schlucken sein Bier, bis er spürte, dass sich eine gewisse Milde über seinen Kummer legte.

Es war früher Abend, und nach und nach erschienen Männer in der Bar, die nach den Mühen des Tages Erholung suchten. Ross beneidete sie, so wie er die Möwen und die betrunkenen Männer im Hafen von Watchet beneidet hatte, weil sie sich offenbar im Hier und Jetzt wohlfühlten. Er verspürte ein großes Bedürfnis, sich mit einem dieser Fremden zu unterhalten – über sein Leben und darüber, dass er von Bath weggegangen war, um der einen Person auf der Welt, an der ihm wirklich lag, aus dem Weg zu gehen.

Neben ihm an der Theke stand ein älterer Mann, der einen hohen, steifen Kragen und ein langes Priestergewand unter einem zerschlissenen Mantel trug. Er trank Apfelmost und kaute auf einer alten, schwärzlichen Pfeife, und Ross schätzte ihn als einen Mann ein, der in seinem Leben viel allein war.

Ross leerte sein Glas, bedeutete dem Wirt, er möge es nachfüllen, und wandte sich dann an den Herrn und sagte: »Darf ich Ihnen noch einen ausgeben, Hochwürden? Zur Feier des Maiwetters.«

»Oh«, sagte der Kirchenmann, »Maiwetter, ja. Dumm nur, dass ich nicht mehr im Mai meines Lebens bin.«

»Ich auch nicht«, erwiderte Ross.

Der Mann nahm die Pfeife aus dem Mund und blickte Ross an. »Aber näher dran als ich«, sagte er. »Ich habe geheiratet, als ich etwa in Ihrem Alter war, und dachte, ich würde glücklich werden.«

»Aber Sie waren nicht glücklich?«

»Keinen einzigen Tag. Ich habe die falsche Frau geheiratet, klebte aber an ihr wie ein Rankenfußkrebs an einem Schiffsrumpf. Mir als einem Mann der Kirche ist eine Trennung von der Ehefrau nicht möglich.«

»Und sind Sie noch mit ihr zusammen?«

»Nein. Dem Herrn sei Dank. Sie wurde närrisch im Kopf und starb, als sie drüben in Davy's Field Greiskraut aß.«

»Sie wusste, dass es giftig ist?«

»Vielleicht auch nicht. Dachte womöglich, es seien Kaiserschoten, ein Leckerbissen. Aber es hat sie umgebracht. Und ich war frei.«

»Und jetzt sind Sie ein glücklicher Mann?«

»Nein, Sir. Denn mein Leben war verpfuscht. Und jetzt nähere ich mich seinem Ende und sehe, dass es eine einzige Wüstenei war. Heute bleiben mir nur noch Apfelmost und Gebet.«

Ross bestellte noch mehr Apfelmost für den Geistlichen, dann sagte er: »Das Leben ist grausam. Das habe ich inzwischen begriffen.«

»Und Sie, sind Sie ebenfalls mit der falschen Frau verheiratet? So etwas kann einen Mann ganz schön ruinieren, da gibt es kein Vertun.«

»Nein, ich bin nicht verheiratet. Ich bin ziemlich allein.«

»Das ist aber auch kein guter Zustand. Doch es gibt Mittel und Wege dagegen. Dies hier ist eine Hafenstadt. Warten Sie, bis die Lampen angezündet werden, dann gehen Sie hinunter zu den ›Hafenhütten‹ – diesen kleinen Verschlägen dort, hinter der Steinmauer am östlichen Ende des Kais. Das Etablissement ist nicht gerade das feinste, aber die Huren sind nicht pingelig, und einige von ihnen sind sogar hübsch. Selbst ich – der ich nichts als Haut und Knochen bin und einen elenden Priesterrock trage –, selbst ich habe sie alle gehabt. Das Einzige, was Sie tun müssen, ist zahlen.«

Ross trank noch mehr Bier. Der düstere Raum, der nur von einer qualmenden Paraffinlampe beleuchtet wurde, schien sich allmählich zu verändern. Es war, als ziehe sich langsam alles vor ihm zurück, und plötzlich wurde ihm übel, sei es vom Trinken oder von der Nähe des Pfarrers mit seiner schmuddeligen Pfeife und seinen Geschichten von giftigem Greiskraut und Prostituierten.

Er fragte sich, ob es das war, was er gesucht hatte: eine Frau, um all seine Dunkelheit in sie zu ergießen. Er versuchte, sich ein Mädchen aus Watchet vorzustellen, rundlich, mit hochroten Wangen und einem verwaschenen Somersetakzent, das versuchte, mit brav erlernten Unanständigkeiten sein Verlangen zu wecken. Doch er wusste, dass das Zusammensein mit einer solchen Person niemals seine Bedürfnisse würde stillen können; er würde sie einfach nur umbringen wollen.

»Ich will nicht *eine* Frau«, sagte er zu dem Geistlichen, »ich möchte *meine* Frau.«

»Na, dann. Wo ist das Problem? Trinken Sie Ihr Glas aus und gehen Sie zu ihr.«

»Mein Problem ist, sie ist nicht die Meine«, erwiderte Ross.

Kurz darauf verließ Ross The Plough and the Stars. Auf unsicheren Beinen entfernte er sich von Watchet und lief die verlassene Landstraße entlang, die zwischen Hecken und Feldern mit grünem Weizen nach Kilve hinaufführte. Er hatte genug getrunken, um sich elend zu fühlen, aber nicht genug, um den euphorischen Zustand der Fischer im Hafen zu erreichen. Es interessierte ihn nicht, wohin er gerade ging oder wo er schlafen würde. Diese Dinge schienen jetzt keinerlei Dringlichkeit zu haben.

Inzwischen war es dunkel; der Mond, der über den Talsenken aufgegangen war, hatte sich fast gerundet und beleuchtete seinen Weg. Ross stützte sich an eine Eiche und erbrach das Bier. Er war froh, es los zu sein, und fühlte sich, als er weitermarschierte, so leicht und frei, als habe er sich einer unbekannten Last entledigt, die ihn zu Boden gedrückt hatte.

Er legte den Kopf in den Nacken, blickte zu den Sternen hinauf und hatte das Gefühl, als könnte er sich erheben und ihnen entgegenfliegen. Dann verlor er sich in Wachträumen vom Himmel und stellte sich die verschiedenen Sternbilder vor, die über das andere Ende der Welt zogen, dort, wo Edmund sich derzeit aufhielt. Die Sehnsucht, seinen Bruder zu sehen und an sich zu drücken, erfasste ihn mit solcher Heftigkeit, dass ihm der Kopf wehtat. Doch auf den Schmerz folgte so etwas wie ein Gefühl von Glück, das langsam in sein Herz einsickerte. Er sagte sich, dass es *doch* einen Weg gab, sein Leben wieder in Gang zu setzen, sich einer Flutwelle anzuvertrauen. Er musste nur den Mut aufbringen, aus Bath fortzugehen, alles und jeden hinter sich zu lassen, um sich auf die Suche nach Edmund zu machen. Ihm war, als rufe Edmund nach ihm – wie er häufig als Junge nach ihm gerufen hatte –, und jetzt würde er ihm antworten. Auf seiner beschwerlichen österlichen Reise zur Rettung seines Bruders würde er Jane vergessen.

PLÖTZLICHE HEITERKEIT

Nicht ohne eine gewisse Ängstlichkeit kleidete Jane sich am folgenden Morgen an. Sie war früh aufgestanden, um ihre Krankenschwesteruniform anzulegen und ihre Haare unter der Haube festzustecken, und währenddessen hatte sie überlegt, ob ihr die Fähigkeit, Menschen bei der Heilung ihrer Gebrechen zu unterstützen, nicht vielleicht abhandengekommen war. Abhandengekommen, weil ihr nicht mehr wirklich daran gelegen war. Sie war jetzt in weibliche Schönheit verliebt und fürchtete, dass alternde und kranke Körper, besonders die von Männern, sie abstoßen würden, was früher nie der Fall gewesen war. Ihr großer Vorrat an Zartheit und Mitgefühl, der ihr das Attribut Engel eingebracht hatte, war geschrumpft – jedenfalls empfand sie es so.

Als sie zu ihrem gemeinsamen Sieben-Uhr-Frühstück erschien, in der weißen Kleidung, die ihr immer so gut gestanden hatte, konnte Sir William nicht umhin, sie voller Bewunderung anzuschauen und mit einer Stimme, nicht ohne tiefe Empfindung, zu bemerken: »Ach, Jane. Jetzt ist die Welt wieder in Ordnung!«

Doch für sie war sie nicht in Ordnung. Sie ließ sich von Becky Tee einschenken, aber als das Dienstmädchen ihr auf einem angestoßenen Teller drei Scheiben gerösteten Speck mit fettigem Rand vorsetzte, ließ sie den Teller zurückgehen. Sie spürte Schweißperlen auf ihrer Oberlippe und Übelkeit im Magen und fürchtete, ohnmächtig zu werden. Wie ein Eichhörnchen nagte sie an einem Kanten Weißbrot, indem sie, in dem Versuch, sich innerlich zu beruhigen, immer nur winzige Bissen nahm. Unterdessen las ihr Vater den *Bath Chronicle* und machte sich genüsslich über seinen Speck her. Jane saß stumm auf ihrem Stuhl und wartete. Sie hielt sich an der Kante des Frühstückstischs fest, um Haltung zu bewahren.

Latimer wurde um acht Uhr in einer Kutsche zum Haus gebracht. Jane sah einen blassen, mageren Mann, dessen Mund im verzweifelten Ringen nach Luft offen stand. Da Jane den Knochenleimfabrikanten nie in seinem pompösen Optimismus erlebt und ihn nie von seinem neuen Haus in North Parade prahlen gehört hatte, wurde sie sogleich einfach nur von Mitleid für diese arme Seele erfasst, deren Lunge und Herz solche Qualen litten.

Sie half Latimer hinauf in Sir Williams Praxis, bettete ihn auf die Couch und blieb bei ihm, während ihr Vater seinen Puls maß und mit der bestürzten Miene eines Mannes, der eine schlechte Darbietung seines Lieblingsstücks hört, verfolgte, wie mühsam sein Patient atmete. Unterdessen blickte Latimer flehentlich zu Jane, ja, er ließ sie keine Sekunde aus den Augen. Sie verstand intuitiv, was er sagen wollte – dass er gehört habe, sie sei der Engel der Bäder, und dass sie die Einzige war, die noch zwischen ihm und dem Tod stand.

Sie nahm sanft seine Hand, die kalt wie Marmor war, und sagte: »Ich kann es kaum erwarten, Sie zu dem heißen Bad zu bringen. Der Dampf und die Wärme werden sich äußerst vorteilhaft auf die Enge in Ihrer Lunge auswirken, die Ihnen so zu schaffen macht. Gegen Mittag werden Sie Erleichterung empfinden, und dann werden Sie ruhen.«

Es fiel Latimer schwer zu sprechen, aber schließlich brachte er hervor: »Mir wurde gesagt, ich solle nicht hoffen. Aber vielleicht werden *Sie* mir Hoffnung schenken?«

»Das werde ich gewiss«, erwiderte Jane. »Das Wasser hat viele Leben gerettet, wie Sie sicherlich wissen.«

»Es ist nämlich so«, flüsterte Latimer mit erstickter Stimme, »ich habe die Ausstattung meiner oberen Stockwerke noch nicht überall kontrollieren können. Meine Arbeiter sind so langsam, und meine Frau ist sehr verärgert, dass nichts fertig ist ...«

»Nun«, meinte Jane, »sollten wir dann vielleicht Ihre Maler und Stuckateure ebenfalls ins Heilbad tauchen, damit sie sich ein wenig beeilen?«

Ein schwaches Lächeln zerknitterte Latimers verwüsteten Züge. »Oder sie ertränken?«, sagte er.

»Aha«, entgegnete Jane, »obwohl wir im Allgemeinen keine Leute ertränken, nicht wahr, Vater?«

»Im Allgemeinen nicht«, sagte Sir William. »So, Mr Latimer, und nun wird Jane Sie in der Kutsche begleiten und Ihr Eintauchen überwachen, und bald schon werden Sie die wohltuende Wirkung der Schwefeldämpfe spüren. Ich werde Sie heute Abend in Ihrem Haus besuchen.«

»Ja«, sagte Latimer. »Sehr gut. Aber ich möchte Sie daran erinnern, dass Sie zu dem alten Haus kommen müssen, denn das neue ist noch nicht fertig. Meine Männer sind solche Bummelanten ...«

Jetzt half Jane Latimer, ins heiße Bad zu steigen. In seinen jadefarbenen Tiefen waren die zitternden Beine anderer Patienten zu sehen – ihre Krankenhemden blähten sich sanft im Wasser wie die weich fallende Kleidung auf einem Fries mit römischen Statuen.

Latimer umklammerte Janes Hand und tauchte langsam bis zu den Schultern ins Wasser ein, doch dann machte er ein ratloses Gesicht, als werde nun etwas von ihm erwartet, das er noch nicht verstanden hatte.

»Soll ich mich bewegen?«, fragte er Jane.

»Sie müssen sich nicht bewegen«, erwiderte Jane. »Ruhen Sie sich einfach aus. Sie können auch umhergehen oder schwimmen, wenn Sie sich stark genug fühlen. Versuchen Sie, so tief wie möglich zu atmen.«

Jane blickte jetzt auf Latimers Kopf hinunter, wo erste Altersflecken seinen kahl werdenden Schädel sprenkelten. Was sie – zu Recht – in diesem Mann erahnte, war sein überwältigender Wille, weiter der Welt anzugehören, sein großartiges Haus vollendet zu sehen, die verzierten Decken, die geriffelten Sockelleisten und die tapezierten Damenzimmer zu bestaunen. Er war ein Mensch, den materielle Prachtentfaltung am Leben hielt. Nun sah er sich gezwungen, auf den Verlust von alledem zu blicken, und Jane konnte seine ungeheure Verzweiflung darüber nachempfinden – und das rührte sie.

Emmeline hatte ihr begreiflich gemacht, dass der menschliche Geist unberechenbar ist, dass seine Gefühle nicht immer »angemessen« sind. Er kann auch den Verlust von Personen betrauern, die wenig geleistet haben, was die Welt für bewundernswürdig hält. Zwar hatte ihr Vater ihr gesagt, Latimer sei ein »elender Leimhersteller, der ein Vermögen aus Tierknochen gemacht hat«, aber Jane wollte sich trotzdem eine eigene Meinung über ihn bilden und beschloss, dass ihr Mitgefühl für seine Not echt war.

Sie sah zu, wie Latimer sehr langsam zur Mitte des heißen Bads watete; im selben Moment steuerte eine junge Frau im Wasser auf sie zu, die ein Kind hochhielt.

Jane sah, dass es sich bei dem Kind um einen Jungen von vielleicht vier Jahren handelte. Er klammerte sich an seine Mutter wie ein Baby, presste sich an sie und hatte die Arme fest um ihren Hals geschlungen. Als die junge Frau Jane erreicht hatte, legte sie ihre nasse Hand auf Janes weißen Schuh.

»Ich kenne Sie«, sagte sie. »Sie sind doch die, die man den Engel der Bäder nennt. Ist das richtig?«

Jane musterte die beiden. Sie sah, dass der Junge sehr dünn war, seine kleinen Beine waren völlig ausgezehrt.

»Ich wurde früher ›der Engel‹ genannt, jedenfalls habe ich das gehört. Aber ich war eine Weile fort, und ich weiß nicht, wer ich jetzt bin.«

»Dann sollte also keiner von uns seine Hoffnung in Sie setzen?«

»Das weiß ich nicht? Ich bin nach Bath zurückgekehrt, um zu tun, was mir möglich ist, aber falls ich jemals die Macht zu heilen besessen haben sollte, so ist sie, fürchte ich, völlig verschwunden.«

»Vielleicht aber auch nicht. Würden Sie den Kopf meines Sohns berühren und ihn segnen? Er wird an Tuberkulose sterben.«

Die Frau löste die Arme des Jungen sanft von ihrem Hals und hielt ihn hoch. Jane sah die Angst und den Schmerz in den großen braunen Kinderaugen. Während sie die Hände ausstreckte, um seinen feuchten Kopf zu berühren, dachte sie an Juliettas kleinen Sohn Marco, ein Kind, das sie nie gesehen hatte. Sie schloss die Augen und versuchte, sein Bild wachzurufen. Er war es dann, der Sohn ihrer Liebsten, für den sie ein schlichtes, stummes Gebet sprach: »Mach, dass das Kind lebt und wieder zu Kräften kommt und seinen Platz in der Welt einnimmt.« Doch der Junge begann sofort zu schreien, und sein Mund füllte sich mit Blut. Seine Mutter zog ihn an sich, um ihn zu beruhigen.

»Was haben Sie mit ihm gemacht?«, rief sie laut.

»Es tut mir leid«, sagte Jane. »Es tut mir wirklich leid. Ich habe im Stillen ein Gebet gesprochen. Das war alles.«

Sie nahm eines der Tücher, die sie immer bei sich hatte, aus ihrer Schürzentasche und wischte dem Jungen vorsichtig die Lippen ab. Er spuckte Blut ins Wasser und wurde dann still.

»Sind Sie nun der Engel oder nicht?«, fragte die junge Frau böse.

»Vielleicht ist es klüger, gar nicht erst an Engel zu glauben«, sagte Jane. »Wir sollten uns lieber auf die Freundlichkeit der Menschen verlassen.«

Die junge Frau entfernte sich. Sie ließ den Jungen dabei sanft ins Wasser gleiten, und beruhigt durch die Wärme, lachte er jetzt. Unterdessen entdeckte Latimer etwas weiter weg gerade, dass er trotz seiner Kraftlosigkeit schwimmen konnte, und überraschenderweise sonderte sein gequälter Körper kein Blut, sondern ein leises Glucksen plötzlicher Heiterkeit ab.

Jane betrachtete beide: das Kind mit einem solch kurzen Leben, das aber von seiner Mutter so geliebt wurde; und den Geschäftsmann mittleren Alters, dessen leeres Herz sich für Stuck erwärmte und der wahrscheinlich von niemandem geliebt wurde. Im Tod würden beide bald gleich sein. Der kalte englische Lehm würde sie in Dunkelheit versiegeln, während weiter oben die grandiose medizinische Kavalkade, die so viele Menschen nach Bath lockte, unbeeinträchtigt von ihrem gelegentlichen Scheitern und ihren Versäumnissen, geschäftig weiter wirbeln würde.

Als Jane zur Mittagszeit in die Henrietta Street zurückkehrte, lockte der Geruch von schmorendem Fleisch sie in die Küche hinunter, wo Clorinda Morrissey gerade einen großen goldenen Auflauf aus dem Backofen holte.

»Der Herr sei gepriesen«, sagte Mrs Morrissey, als sie Jane sah. »Endlich sind Sie wieder da! Sie können sich nicht vorstellen, wie sehr Ihr Vater auf diesen Tag gewartet hat.«

»Nun, Mrs Morrissey«, erwiderte Jane, »und *Sie* können sich nicht vorstellen, wie oft er mir von Ihren Pasteten und Aufläufen geschrieben hat, während ich fort war. Ich erfuhr von nichts anderem, immer nur davon!«

»Ach, hören Sie auf, das ist ganz einfaches Essen …«

»Und genau das liebt Sir William. Ich konnte nicht umhin

festzustellen, dass die eine Seite seiner Weste Schwierigkeiten hat, die andere zu erreichen.«

Darauf reagierte Mrs Morrissey mit perlendem Gelächter, und Jane fand das Geräusch in diesem Haus regelrecht großartig – ein starkes Frauenlachen, wo es sonst immer nur Männer mit ihrer Arbeit und ihrem Schweigen gegeben hatte, derweil die mürrische kleine Becky wie ein Mäuschen von Stockwerk zu Stockwerk huschte.

»Ich hoffe nur, dass die Wünsche meines Vaters Sie nicht allzu sehr bei der Leitung Ihres Teesalons behindert haben«, bemerkte Jane.

»Nein, nein. Ganz und gar nicht!«

»Nun, da ich wieder hier bin, kann ich mich, wenn Sie möchten, nach einer festen Köchin umhören …«

Clorinda Morrissey griff nach dem Geschirrtuch und trocknete sich die Hände ab. Nach einem kurzen Moment sagte sie: »Um ehrlich zu sein, Miss Jane, hat Sir William mich gefragt, ob ich mir … ein dauerhaftes Arrangement vorstellen könne. Und er ist ja so freundlich und aufmerksam … da fiel mir meine Zusage nicht besonders schwer. Ich werde auch für eine neue Weste sparen!«

Wieder folgte das Lachen, dieses Mal begleitet von einem Erröten, das Mrs Morrissey nicht verbergen konnte und das Jane für das womöglich interessanteste Erröten hielt, dessen Zeugin sie jemals geworden war.

NACH DER REGENZEIT

Sir Ralph und Leon verbrachten drei Tage und drei Nächte in Taminahs Haus, während der Himmel über ihnen, tief violett in seiner Düsternis, eine unaufhörliche Sintflut auf den Sadong und die umgebenden Wälder niedergehen ließ.

Dem Regen trotzend, war Leon durch die Bäume zum Fluss gehuscht, der um mehr als Mannshöhe gestiegen war, Mangrovenstämme und ganze Felsblöcke unter Wasser gesetzt hatte und sich wie ein Binnenmeer benahm und, vom Wind aufgepeitscht, schaumgekrönte Wellen bildete. Leon trug einen Knüppel mit geschärfter Spitze und wollte Fische speeren, die den Hunger stillen sollten, an dem sie alle litten, doch selbst er, der den Sadong in all seinen Launen kannte, sah, dass die Strömung zu stark war; sie hätte ihn leicht mitreißen können.

Aber Leon wollte nicht sterben. Er hatte vor, selbst Direktor der Konservenfabrik zu werden, indem er den gesamten Bau leitete, um dann der Erste zu sein, der Geld verdiente, sobald sie einmal anfingen, die Fischkonserven zu exportieren. Er träumte davon, dass diese Dosen nicht nur nach China versandt wurden, sondern auch gen Nordwesten, bis nach Russland. Er hatte gehört, dass die Menschen dort arm waren, und stellte sich vor, wie sie im Schnee hockten, Schildkrötenfleisch aus Borneo aßen und in einer seltsamen Sprache dessen Qualität und Frische priesen.

Anstatt zu fischen, sammelte Leon wilde Feigen und Bambussprossen auf einem Tablett aus Bananenblättern und brachte sie zu Taminah, die alles über dem Feuer röstete. Und der

Radscha sagte, diese »Gibbon-Diät« sei ganz nach seinem Geschmack und er werde jetzt mehr Bambus in seinem Garten pflanzen.

Jedes Mal, wenn Sir Ralph Edmunds Verschwinden erwähnte, beruhigte Leon ihn und sagte, er befinde sich ganz gewiss sicher im Haus des Radschas. Doch der Radscha hatte Leons Bemerkung, als Edmund damals in elendem Zustand bei ihnen aufgetaucht war, nicht vergessen: »Schmetterlingsjäger« würden sich häufig im Wald verirren, da der Anblick eines jeden Vogels und Insekts sie ablenkte. Scherzend hatte er hinzugefügt, das sei es auch, was sie verdienten – sich zu verirren. Denn nur in einem Zustand des Verlorenseins sähen sie ihre Umgebung klar und deutlich. Es mache sie wachsam und hellhörig, und sie seien gezwungen, die »falschen Englangkarten« des Landes, die sie in ihren Köpfen mit sich herumtrugen, zu ignorieren und neue zu erstellen, die sie nicht belogen.

Sir Ralph dachte nun über diese Kostprobe unbestrittener Weisheit nach, betete aber auch, dass Edmund auf seinem Weg zum Standort der Konservenfabrik nicht zu weit vom Pfad abgekommen war und dass er sie tatsächlich im Haus erwartete, wenn sie schließlich dorthin zurückkehrten. Doch er bezweifelte es. Er fürchtete um Edmunds Sicherheit. Ohne Kompass und bei dem endlosen Regen könnten Kälte und Hunger ihn sehr schnell zugrunde richten, oder er würde unfreiwillig in Dayak-Territorium geraten – ein weißer Mann, allein und in Not – und womöglich getötet werden. Seiner Meinung nach waren Leon all diese Szenarien inzwischen in den Sinn gekommen und begeisterten ihn vielleicht sogar. Denn Leon hatte beschlossen, eifersüchtig auf den »Jesusknaben« zu sein. Er wollte nicht nur, dass er verschwand; die Aussicht, Edmund Ross könne gelitten haben und gestorben sein, würde ihn durchaus erfreuen.

Im trüben Morgenlicht von Taminahs Behausung betrachtete Sir Ralph seinen schlafenden Liebhaber. Es gab keinen Teil seines Körpers, den der Radscha nicht vergötterte. Er hätte ihn gern in Marmor gemeißelt, einen herrlichen »David« aus ihm gemacht. Er wusste aber auch, dass die Wege von Leons Denken ihm fast vollkommen verschlossen blieben und dass der Malaie nicht aus tiefer Liebe oder Ergebenheit bei ihm blieb, sondern weil die sexuelle Macht, die er über ihn ausübte, ihm ein reiches und fabelhaftes Leben erkaufen konnte.

Um sich von dem Verlangen abzulenken, das ihn plötzlich nach Leon erfasste, den er vor Taminah nicht berühren konnte, erhob Sir Ralph sich von seiner Matte und schlich zur Tür. Er öffnete sie leise, trat hinaus auf die Veranda und roch den durchdringenden Duft, den der vom Regen gesäuberte und bewässerte Wald verströmte. Morgendlicher Nebel verhüllte die Pflanzenwelt, und das Bild vor seinen Augen war von großer Schönheit. Die Sintflut war vorbei. Nach und nach waren die Vogelrufe wieder zu hören.

Der Radscha setzte sich auf einen alten Holzstuhl, auf dem Taminah viele Stunden zu verbringen pflegte, um darüber nachzusinnen, was ihr Leben bedeutet hatte und wie sie es, wenn sie es denn wünschte, loswerden konnte. Der Nebel bildete geisterhafte Wirbel, als eine Brise durch die Bäume wehte und allmählich eine bleiche Sonne aufging. Zu Sir Ralphs Füßen hatten sich Taminahs Hähne zu einer schmuddeligen kleinen Gruppe aneinandergedrängt; jetzt erwachten sie und schüttelten ihre blauschwarzen Schwanzfedern in der Sonne trocken, damit sie wieder jenen Glanz erlangten, auf den diese Vögel immer so stolz zu sein schienen.

Der kleinste von ihnen war tags zuvor von Taminah getötet, gerupft und gebraten worden, und vor lauter Hunger hatten sie, Leon und der Radscha jedes noch so kleine Stückchen Fleisch von den Knochen gerissen und gegessen. Und nun kamen die übrigen Hähne, einer nach dem anderen, zu der Stelle, wo der Radscha saß, und blickten zu ihm hoch, in der Hoffnung auf ein bisschen Hirse oder einen Maiskolben, und er redete sanft auf sie ein und erklärte ihnen, dass er nichts für sie habe. Es kam ihm der Gedanke, dass das Flehen der Vögel ein Spiegelbild all der tausend anderen Bitten war, die jene, die er *seine Leute* nannte, an ihn richteten, und dass er, auch wenn er ernsthaft gewillt war, ihnen das zu geben, wonach ihre Herzen verlangten, sehr häufig scheiterte.

Beim Verlassen von Taminahs Haus schlug Leon vor, sie sollten ihren Weg zu dem geplanten Standort der Konservenfabrik fortsetzen, doch das lehnte der Radscha ab. Er wollte so schnell, wie der sumpfige Boden es zuließ, wieder nach Hause, um zu schauen, ob Edmund sie dort erwartete.

»Vielleicht ist er nicht da«, sagte Leon.

»Du hast doch gesagt, er habe umkehren wollen. Wohin sollte er sonst gehen?«

»Das kann ich nicht richtig wissen, mein Radscha. Vielleicht ist er da, vielleicht ist er nicht da. Ich habe gesehen, wie dumme Schmetterlingsmänner im Kreis laufen. Sie verstehen den Wald nicht. Und Jesus kann ihm nicht helfen.«

Sie kamen nur langsam voran, da ihre Füße häufig in den durchweichten Boden einsanken; an der Savage Road angekommen, blieben sie stehen. Der lange Regen hatte fast die gesamte gestampfte Erde des Belags abgetragen, und auf Sir Ralph wirkte die Straße wie eine traurige Ruine, als sei sie vor langer Zeit von jemandem anders angelegt und dann vergessen worden. Eine Straße, die niemand nutzte, eine Ansammlung weißer Steine, die die mühselige Schufterei vieler Menschen bezeugte, nun aber völlig sinn- und funktionslos war.

Während der Radscha über seine zerstörte Straße nachsann, überfiel ihn eine große, für ihn ganz ungewohnte Müdigkeit. Er hielt sich für einen Mann unbändiger Energie, dessen Kopf nur so rauchte vor Ideen und Plänen und dessen Blut niemals abkühlte. Einen Mann, der bald mit dem großen Abenteuer der Konservenfabrik zu beginnen gedachte, die seinen Leuten Arbeit und Wohlstand bringen würde. Jetzt hatte er das Gefühl, allein die Überwachung der Instandsetzung seiner Straße übersteige seine Kräfte und sei darüber hinaus sinnlos. Was auch immer er in Angriff nahm und errichten ließ, es würde stets dem Regen und den Übergriffen des Walds ausgesetzt sein. Sie waren seine Feinde. Einzig sein gewaltiger Eisberg von einem Haus trotzte kühn dem Klima. In seiner augenblicklichen seelischen Verfassung wollte er sich nur noch in seinem monströsen Palast verbarrikadieren und nie mehr von der Stelle rühren.

Die Sonne stand über dem Haus, als Sir Ralph und Leon dort ankamen. Diener eilten herbei, begrüßten lärmend ihren Herrn, von dem sie geglaubt hatten, er sei in dem Unwetter ertrunken. Der Radscha war ergriffen, er blieb auf seiner Treppe stehen, breitete die Arme aus und drückte sie alle an sein Herz, während Leon etwas abseits stand und die Szene mit ausdruckloser Miene beobachtete. Er hatte die chinesischen Hausdiener, die für den Radscha arbeiteten, häufig angewiesen, keinen Kotau vor ihm zu machen. Er sei ein normaler weißer Mann, noch dazu unehrenhaft aus der Armee der East India Company entlassen worden, und weder ein König noch ein Gott. Doch jetzt sah sich Leon mit der unangenehmen Tatsache konfrontiert, dass alle, die in dem Savage-Haushalt putzten und kochten, eine tiefe Zuneigung zu Sir Ralph empfanden, die er sich im Grunde nicht erklären konnte.

Nachdem die Begrüßung vorüber und der Koch ins Haus geeilt war, um für den Radscha ein Empfangsessen zuzubereiten, begann Sir Ralph sich nach Edmund zu erkundigen. Und ihm wurde genau das mitgeteilt, was er befürchtet hatte: Mr Ross war nicht zurückgekehrt.

Während Sir Ralph sich nach dem Essen zum Schlafen in sein großes Himmelbett zurückzog, ging Leon in das Zimmer, das Edmund bewohnt hatte.

Er schob die Bastmatte vor dem Fenster beiseite und ließ das Sonnenlicht auf den türkischen Teppich fallen – einen der vielen, die der Radscha von Konstantinopel hatte herschaffen lassen und dessen raffinierte Schönheit Leon wegen der unendlich mühsamen Arbeit, die in ihm steckte, stets irritierte, vielleicht, weil er sich vorstellte, dass in das exquisite Krapprot und Karminrot des Gewebes mutwillig das Blut asiatischer Kinder eingeflossen war.

Leon ging langsam durch das Zimmer. Dabei schreckte er eine Eidechse auf, die die Wand hochschoss und sich an die Decke hängte. Der Raum war sauber, und Edmunds wenige Habseligkeiten lagen nebeneinander auf dem Mahagonischreibtisch. Leon ging näher heran und sah zwischen den anderen Dingen einen angefangenen Brief unter einem Jadebriefbeschwerer.

Er konnte nicht so gut Englisch lesen, wie er gewollt hätte, aber Sir Ralph war ein geduldiger Lehrer und Leon ein williger Schüler. Er wusste, dass Englisch die Sprache für die Geheimnisse des Radschas war, und das Wissen um diese Geheimnisse gab ihm das Gefühl, minderwertig zu sein, weshalb er sich große Mühe gab, Lesen und Schreiben zu lernen.

Er setzte sich an den Schreibtisch und starrte auf den Brief. Es gab einige Wörter, die er nicht verstand, aber er konnte die Adresse des Empfängers oben auf der Seite lesen:

Dr. Valentine Ross,
31 Edgar Buildings,
Bath, England

Der Brief begann mit »Mein lieber Bruder«, und es folgte eine Beschreibung vom Haus des Radschas in der Nähe von Kuching, einem Ort, der mit nichts zu vergleichen sei, was er sonst auf dem Malaiischen Archipel gesehen habe. Danach berichtete Edmund von seiner Enttäuschung über den Verlust seiner Botanisierausrüstung und von der Sorge über das Schmelzen seiner Geldvorräte. Dann brach der Brief plötzlich ab mit den Worten »Ich hoffe, dass … «

Leon kehrte immer wieder zu dem Namen »Valentine Ross« und der Adresse in Bath zurück. Und er ahnte sofort, dass seine eigene Zukunft mit Hilfe dieser Informationen vielleicht jene großartige Wendung nehmen würde, von der er immer geträumt hatte. Er nahm den Brief an sich, ging in sein Zimmer und versteckte ihn unter seiner Schlafmatte.

DER GROSSE FEHLER

Edmund hatte zu lange versonnen dagestanden und die roten Ameisen beobachtet, deren tapferer Konvoi kein Ende
zu nehmen schien. Als er aus seiner »Absence« mit den
Ameisen erwachte und wieder begriff, wo er sich befand,
hatte der Regen ihn bereits völlig durchnässt, und er sah
sich angestrengt nach einem Unterstand um. Schon allein
das dichte Laubwerk bot Schutz vor der Sintflut, und so
suchte er sich eine Stelle im Wald, in die kein Licht zu drin-
gen schien, und stellte sich unter die breiten Blätter eines hohen Bananenbaums. Immer wieder erstaunte ihn die Stille,
die sich auf den Wald senkte, sobald der Regen kam. Manchmal hatte Edmund das Gefühl, als sterbe in einem solchen
Unwetter alles außer ihm selbst, der nur dank der Wider-
ständigkeit seiner sturen englischen Seele empfindungsfähig
blieb. Aber jedes Mal, wenn er in eine solch absolute Einsamkeit geraten war, hatte es ihn an die Grenzen seiner inneren Stärke gebracht. Unmittelbar nach seiner Ankunft auf
Borneo war er so verwirrt und verloren gewesen, dass er
einen verwaisten Orang-Utan zu sich nahm. Dessen Anwesenheit hatte ihn getröstet; Mensch und Tier hatten sich,
wenn der Regen fiel und die Stimmen des Dschungels ver-
stummten, jedes Mal wie ein Vater und sein verstörtes Kind
aneinandergeklammert. Als das Tier starb – an einer Krankheit, die Edmund nicht zu heilen vermochte –, beerdigte
er ihn in einem tiefen Grab und legte ein abgenutztes Paar
Handschuhe darauf, als Symbol menschlicher Freundschaft.
    Nach einer Weile – der Regen war noch heftiger gewor-

den und der Himmel hatte eine nächtliche Schwärze angenommen – kam er sich unter dem Baum albern vor; wie
ein böses Kind, das zur Strafe in der Ecke eines kalten Zimmers stehen musste. Ihm fiel wieder der Tag ein, als er, sieben oder acht Jahre alt, auf dem Heimweg von der Schule zum Hof seiner Eltern in Wiltshire von einem Gewitter
überrascht worden war und sich mitten auf einem gepflüg-
ten Feld unter eine breitblättrige Eiche gestellt hatte. Es war
Herbst, und die Blätter der Eiche wurden gelb und fielen
um ihn herum zur Erde.

Er hatte gedacht, das Gewitter werde rasch weiterziehen,
doch das tat es nicht. Und allmählich hatte der Junge das
Gefühl, es werde *niemals abziehen*, sondern das Feld nach
und nach in ein reißendes Wasser und seine Haut in eine glit-
schige rosafarbene Flüssigkeit verwandeln – dennoch wagte er nicht, sich zu rühren. Er wusste noch, dass er sich damals Valentine herbeigewünscht hatte, damit er ihm sagte,
was er tun sollte, doch Valentine war weit weg in seinem Internat.

Er hatte an seine Mutter gedacht, die an der Tür wartete
und entsetzte Blicke zum Himmel und auf die leere Straße
warf, und er wusste, dass er nach Hause rennen sollte, über
die schmalen Wege, die sich gerade in Wasserläufe verwan-
delten, und dass er sterben könnte, wenn er sich nicht rührte. Aber er hatte Angst, den Unterstand der schützenden Eiche zu verlassen. Schließlich war die abendliche Dunkelheit
hereingebrochen, und er konnte nichts mehr sehen außer
dem schwachen Glitzern des Regens, und er hatte angefangen zu weinen.

Nach einer langen Zeit hatte er auf dem Weg das flackern-
de Licht einer Fackel gesehen und gehört, wie sein Vater seinen Namen rief; da wusste er, dass er gerettet war. Trotzdem drückte er sich weiter eng an die raue Borke der Eiche,
und sein Vater musste in seinen schweren Bauernstiefeln

über das halbe gepflügte Feld stapfen und ihn in seinen Armen nach Hause tragen.

Die Erinnerung war so lebhaft, als läge alles erst ein Jahr zurück und nicht zwei Jahrzehnte, und während der Regen über die Bananenblätter rauschte und auf seine Schultern platschte, fragte er sich, wie lange er wohl diesmal unter dem Baum ausharren würde. Eine innere Stimme sagte ihm, er werde wahrscheinlich so lange bewegungslos stehen bleiben, bis der Regen aufhörte. Er wusste aber auch, dass er vielleicht gar nicht aufhören würde, dass der Tag langsam verstreichen und bald schon die Nacht kommen würde, und er überlegte, was er dann tun konnte.

Er fasste einige Entschlüsse, wusste aber, dass es keine stabilen Entschlüsse waren, sondern solche, wie andere Menschen sie hätten fassen und auch danach hätten handeln können, während er, Edmund Ross, es wahrscheinlich nicht schaffen würde. Ein anderer Mann – sein großer Held Alfred Russel Wallace zum Beispiel – wäre vielleicht zu dem umgestürzten Baum zurückgegangen und hätte im unheimlichen Licht der Blitze womöglich den richtigen Weg zu der Stelle wiedergefunden, wo er selbst sich von den *Papilionidae* hatte ablenken lassen. Dort wäre wahrscheinlich trotz des Unwetters das ferne Geräusch des Flusses zu hören, zu dem er mit dem Radscha und Leon unterwegs gewesen war; wäre er ihm gefolgt, wäre er vermutlich auf die Stelle gestoßen, wo sie Unterschlupf gefunden hatten, wo immer das sein mochte.

Wenn er allerdings den richtigen Weg fand, dieser mutige andere Mann, dieser wahre Entdecker, dann hätte er ihm auch bis zurück zur Savage Road und von dort zu Sir Ralphs Haus folgen können, und sein Leben hätte rasch wieder Sinn und Ziel gehabt.

Edmund wusste jedoch, dass er nicht dieser Mensch war, und er wusste auch, warum er sich nicht von dem Bananenbaum entfernte: vom Unwetter gepeitscht zu werden war nicht schlimmer als der Schmerz, der jetzt dauerhaft seinen Körper und seine Seele quälte. Er konnte sich gut an eine gar nicht so ferne Zeit erinnern, als es diese Qual noch nicht gab. Seit seiner Krankheit quälte es ihn jedoch fast ununterbrochen – das Wissen um den allmählichen Zusammenbruch seiner ganzen Unternehmung. Er konnte nicht weitermachen. Er fühlte sich mehr tot als lebendig. Und er sah sehr genau den großen Fehler, den er mit sich schleppte: seinen falschen Glauben, er, Edmund Ross, sei ein echter Forscher, ein Mann, der Einsamkeit und Entbehrung ertragen konnte, der sich darauf verstand, in den Welten anderer Menschen zu überleben, und bereit war, um der Entdeckungen willen, die er machen würde, Leid auf sich zu nehmen.

Doch dieser Mann war er nicht. Er war auch zu schwach, zu feige, um jemals dieser Mann zu werden. Er wäre jetzt am liebsten in den Hügeln von Wiltshire, um im frühlingshaften Gras nach Schachblumen und Orchideen zu suchen. Er würde sich gern auf einem Lager aus kalkiger Erde niederlassen. Immer wenn er das Wort »England« auszusprechen versuchte, versagte ihm tränenerstickt die Stimme.

Er bewegte sich ein winziges bisschen – stand nicht mehr, sondern setzte sich auf den feuchten Boden unter dem Baum. Mit den ausgestreckten Händen berührte er Moos und nasse Blätter und Fetzen toter Bananenwedel und kleine Kügelchen, die vielleicht die Losung von fliegenden Eichhörnchen oder Ratten waren. Er hatte Angst, auf eine Schlange zu stoßen. Er wusste, dass Schlangen aus ihren Verstecken gleiten, sobald der Regen aufhört.

Er ließ davon ab, den Waldboden zu erkunden. Er schloss die Augen. Er hatte das Gefühl, eine so lange und mühselige Wegstrecke zurückgelegt zu haben, dass ihm jetzt nur noch blieb, sich mucksmäuschenstill zu verhalten und zuzugeben, dass seine Reise an ihr Ende gekommen war. Er zitterte heftig und vermutete einen erneuten Malariaanfall. Wieder musste er an seinen Bruder denken, der sicher in seiner geordneten Welt der Medizin und der Gehröcke lebte, und wünschte sich, er und niemand anders wäre jetzt an seiner Seite und streckte barmherzig seine Hand nach ihm aus.

ERBSTÜCK

Als Jane sich wenige Tage nach ihrer Rückkehr in die Henrietta Street zum Mittagessen einfand, stieß sie auf eine in Tränen aufgelöste Clorinda.

Mit dem Gefühl, dass die Irin binnen kurzer Zeit zu einer Freundin geworden war, ging Jane zu ihr und legte ihr tröstend einen Arm um die Schultern. Clorinda trocknete sich die Augen an ihrer Schürze und sagte, es sei nichts, »nur eine unerfreuliche Nachricht aus Irland«, und jetzt müsse sie rasch los, zurück in ihren Teesalon.

Jane ließ sie gehen, da sie den Eindruck hatte, dass Clorinda es so wollte. Trotzdem beschloss sie, Mrs Morrisseys Verstörtheit ihrem Vater gegenüber zu erwähnen, während sie sich beide über das Hammelragout hermachten, das auf der Anrichte im Esszimmer für sie bereitstand. Es entging Jane nicht, wie aufmerksam Sir William ihr zuhörte. Anschließend fiel er in ein tiefes Schweigen und hatte Schwierigkeiten, seine Mahlzeit zu beenden. Während er aufstand, um sich zu seiner nachmittäglichen Sprechstunde zu begeben, bemerkte er: »Es gefällt mir nicht, dass Mrs Morrissey unglücklich ist. Ich werde sie in der Camden Street aufsuchen, wenn mein letzter Patient gegangen ist.«

»Soll ich dich begleiten?«, fragte Jane.

»Nein, nein«, erwiderte Sir William. »Das ist freundlich von dir, Jane. Aber ich glaube, es ist am besten, wenn ich allein gehe.«

Jane sah ihren Vater fragend an, doch er wich ihrem Blick aus, also wandte sie sich ab und sagte nichts mehr.

Clorinda Morrissey machte sich mit gewohnter Umsicht an die Vorbereitungen für ihren Nachmittagstee und dachte sogar daran, Mary zu ihrer letzten Serie herrlich leichter Scones zu gratulieren und ihr aufzutragen, dass die neuen Damastservietten von Tilby's aufgedeckt würden. Doch diese zur Schau getragene Gelassenheit verbarg ein fürchterliches, nagendes Entsetzen in Mrs Morrisseys Herzen.

Sie hatte einen Brief von ihrem Bruder Michael aus Dublin erhalten. Michael hatte berichtet, seine älteste, inzwischen vierzehnjährige Tochter Maire leide seit einiger Zeit an einer »Fehlfunktion der Schilddrüse, die zu schrecklichen Symptomen führt – einem übelriechenden Kropf am Hals und einer seltsamen Verminderung ihres Auffassungsvermögens«. In dem Brief teilte er ihr weiter mit, »die einzige Hoffnung für Maire« sei eine Operation, bei der die Schilddrüse ganz oder teilweise entfernt werde. Aber diese Operation koste mehr Geld, als er als Angestellter im Innendienst der Anchor Brewery aufbringen könne.

Und dann kam er zu der Bitte, die bei Clorinda Morrissey zu solcher Bestürzung geführt hatte. Er formulierte sie höflich, doch die Entschiedenheit seines Entschlusses war nicht zu überhören.

Ich hoffe sehr, dass Du mit meinem Vorschlag einverstanden bist, schrieb er, *und zwar, dass die Rubinhalskette – die nach dem Tod unserer Mutter in Deinen Besitz gelangte, die aber ein Erbstück ist und von daher der gesamten Familie gehört und nicht nur Dir – jetzt verkauft und der Erlös unter uns aufgeteilt wird. Ich bin überzeugt, dass dies es mir ermöglichen wird, Maires Operation zu bezahlen und ihr so wahrscheinlich das Leben zu retten. Sag nicht nein, Clorinda. Deine Briefe künden zu meiner Freude von einem neuen Wohlstand, zu dem Du in Bath gekommen bist, und deshalb nehme ich an, dass Du – an-*

*ders als ich, der seit Langem keine Lohnerhöhung erlebt
hat – keinen dringenden Bedarf an Geld hast. Die Kette
ist, davon bin ich überzeugt, die einzige und letzte Hoffnung für meine leidende Tochter, und ich bin mir sicher,
Du wirst mich nicht im Stich lassen, indem Du etwas
Kostbares, das uns allen gehört, für Dich allein behältst.*

Als sie damals die Kette verkauft hatte, was mit einem
Schlag ihr Leben veränderte, hatte Mrs Morrissey kaum einen Gedanken an deren Status als Familienerbstück ver-
schwendet. Dieser Begriff war im Testament ihrer Mutter
zwar erwähnt worden, doch es war ebenso klar – und auch
von Michael akzeptiert worden –, dass die Rubinhalskette
an Clorinda fallen würde, in der Erwartung, dass das gute
Stück dort aufbewahrt würde, wo es schon immer aufbewahrt worden war, an einem dauerhaft verborgenen Ort.

Hätte sie mehr Zuneigung für Maire und ihre Schwester
empfunden, dann hätte sie damals vielleicht etwas länger
überlegt, bevor sie die Kette aus ihrem dunklen Versteck
(einer alten Teedose) geholt und funkelnd ins Licht gehalten
hatte. Die Wahrheit aber sah anders aus. Während Aisling
Clorinda als ein kummervolles, unglückliches Kind erschien,
für das sie gelegentlich Mitleid empfand, war Maire ihr zutiefst unsympathisch: ein langweiliges, dümmliches Mädchen, dessen Denken durch die katholischen Dogmen derart
eingeengt war, dass Clorinda Maires »Auffassungsvermö-
gen« im Stillen gelegentlich angezweifelt hatte und jetzt geneigt war, ihrem Bruder spitzzüngig mitzuteilen, dass die
Verfassung seiner ältesten Tochter »mitnichten etwas Neues« sei.

Dass sie, wie ihr durchaus bewusst war, diese Kinder als
ihre Tante eigentlich lieben sollte, es aber nicht fertigbrachte, trug nicht gerade dazu bei, Clorindas moralisches Dilem-
mas zu vereinfachen. Sie sah ein, dass sie egoistisch gehan-

delt hatte, als sie den gesamten Verkaufserlös der Kette für sich behalten hatte. Aber immerhin hatte sie danach ebenso hart wie schon immer in ihrem Leben gearbeitet, um den Teesalon zu eröffnen, der inzwischen in Bath so viele Stammgäste verzeichnete, dass Tische im Voraus reserviert werden mussten. Darüber hinaus hatte Clorinda zwei weitere Helferinnen einstellen können, Agatha und Bessie, und auf diese Weise das Leben von Menschen verändert, die es dringend nötig hatten.

All dies sprach doch gewiss zugunsten ihrer selbstherrlichen Entscheidung, ein Familienerbstück gegen harte Währrend einzutauschen? Im Stillen sagte Clorinda sich immer noch, sie habe nichts Schlechtes getan – zumindest nichts vollkommen Schlechtes; sie hatte sich lediglich für ein besseres Leben entschieden, als ihr zugedacht war. Wer konnte sich anmaßen zu behaupten, sie habe kein Recht dazu? Niemand. Sie war damals tatsächlich nicht auf die Idee gekommen, dass Michael sie eines Tages fragen könnte, was aus den Rubinen geworden war. Doch jetzt sah sie ein, dass sie ihre Nichte nicht einfach sterben lassen konnte. Es würde schon schwierig genug sein, Michael zu sagen, sie habe die Kette verkauft; wahrscheinlich würde ein Sturm der Entrüstung auf sie niedergehen, verbunden mit einer Predigt über Selbstsucht und Materialismus. Das würde sie ertragen können. Unerträglich wäre es allerdings, wenn sie zur Verursacherin einer Tragödie in der Morrissey-Familie würde.

Sie begann, nach Lösungen zu suchen. Sicherlich könnte sie anbieten, das Geld für Maires Operation zu schicken. Aber würden ihre Ersparnisse dafür reichen? Sie könnte vielleicht auch einräumen, dass sie das Erbstück verkauft hatte, dann aber bei der Höhe der erhaltenen Summe schummeln und beispielsweise den Betrag nennen, den der alte Pfandleiher ihr zunächst angeboten hatte. Doch mit einer solch dreisten Lüge fühlte sie sich nicht besonders wohl. Könnte ihr Bruder nicht ohnehin so wütend auf sie sein, dass er ihr, ganz gleich, was sie für die Kette erlöst hatte, einen Anwalt auf den Hals hetzte? Wie um Gottes willen wäre es um ihre finanzielle Situation bestellt, wenn er einen Prozess wegen Aneignung von Familieneigentum gegen sie anstrengte? Was würde aus ihrem geliebten Teesalon und all ihrem fabelhaften Einsatz werden? Sie *liebte* ihren Teesalon. Sie war irrsinnig stolz darauf. Sie fand, es sei der angenehmste, tröstlichste Platz auf der ganzen Welt, und sie konnte den Gedanken, ihn zu verlieren, nicht ertragen.

Kurz nach sechs Uhr machte Sir William Adeane sich eilig auf den Weg zur Camden Street.

An der Tür des Teesalons hing ein »Geschlossen«-Schild, aber er klopfte trotzdem sehr entschieden; endlich erschien Clorinda und öffnete ihm. Als sie Sir William erkannte, stürzten ihr plötzlich die Tränen, die sie den ganzen Nachmittag über aus Rücksicht auf ihre Gäste unterdrückt hatte, mit Macht aus den Augen. Sie konnte sie einfach nicht zurückhalten. Und Sir William konnte sich ebenfalls nicht zurückhalten und schloss Clorinda Morrissey in die Arme.

Während Mary und die anderen Mädchen verstohlen über die Theke zu ihnen hinüberblickten, drückte Sir William Clorinda fest an seine Brust und wagte einen Kuss auf ihr zerzaustes Haar. Im Grunde war auch ihm nach Weinen zumute, denn von dieser Nähe zu der bezaubernden Mrs Morrissey träumte er schon seit vielen Wochen, ohne jemals den Versuch einer Annäherung gewagt zu haben, da er fürchtete, ihr mit seinen womöglich unerwiderten Gefühlen zu nahe zu treten.

Jetzt wollte er natürlich ihren Mund küssen, und als sie den Kopf in den Nacken legte und ihn mit ihren rosigen Wangen, beglänzt von irischen Tränen, anblickte, schien sie ihn genau dazu aufzufordern. Es war schon so lange her, dass Sir William jemanden geküsst hatte, dass er sich fragte, ob er überhaupt noch wusste, wie man das machte. Aber lange musste er sich nicht fragen, denn Clorinda drückte ihre Lippen auf seine und presste sich noch enger an ihn. Dass sie auf diese Weise halb innerhalb und halb außerhalb des Teesalons standen, während sie ihrer plötzlichen Leidenschaft nachgaben, bescherte Sir William ein himmlisches Vergnügen. Es bestätigte ihn in der Überzeugung, dass das Leben, das so oft so grausam war, eine arme Menschenseele in Gefängnisse zu sperren, aus denen ein Entkommen undenkbar schien, sie manchmal auch vor einer offenen Tür platzieren konnte.

An diesem Abend erklärte Sir William Jane beim Abendessen, sein Leben habe sich »gerade ein kleines bisschen verändert« und er plane, Clorinda Morrissey im kommenden Sommer zu seiner Frau zu machen.

Jane stand vom Tisch auf, ging zu ihrem Vater und küsste ihn auf die Wange. Sie sagte, sie könne sich »kein größeres Glück« für ihn vorstellen und Clorinda und sie würden »die besten Freundinnen« werden.

»Da ist nur noch eines«, sagte er. »Ich muss Mrs Morrissey unverzüglich nach Dublin begleiten. Clorindas Nichte ist sehr krank und muss dringend operiert werden. Ich habe mich bereit erklärt, diese Operation kostenlos vorzunehmen. Offenbar geht es um Leben und Tod.«

»In dem Fall musst du natürlich hinfahren«, sagte Jane.

»Ich werde nicht lange fort sein. Wirst du unterdessen den Haushalt führen?«

»Natürlich.«

»Es wird ein bisschen einsam für dich werden«, meinte Sir William. »Ich hatte gedacht, Doktor Ross würde inzwischen wieder zurück sein. Aber ich habe einen in Devon abgestempelten Brief von ihm erhalten. Darin schreibt er, er sei auf dem Weg nach Plymouth, um ein Schiff zu finden, das ihn um die halbe Welt zu seinem Bruder nach Borneo bringt.«

»Will er wirklich dorthin?«, fragte Jane verblüfft.

»Ja, ich glaube schon. Er schreibt, er werde versuchen, sein medizinisches Wissen bei den Einheimischen zu erproben. Das ist ein nobles Vorhaben, aber natürlich werden wir ihn hier vermissen, nicht wahr? Er wird sehr schwer zu ersetzen sein.«

»Ja«, erwiderte Jane und ging stumm zu ihrem Stuhl zurück.

ZAUBER AUS DER TIEFE

Sobald Jane erfuhr, dass ihr Vater mit Mrs Morrissey nach Dublin reisen würde, schrieb sie einen Eilbrief an Julietta, um ihr zu berichten, sie werde das Haus für mindestens eine Woche für sich haben und würde Julietta gern in das »Wunder der Bäder und alles, was sich aus Deinem köstlichen Eintauchen ergeben könnte«, einführen.

Während sie das schrieb, überlegte sie, wie es inzwischen eigentlich um ihre Gefühle für Julietta bestellt war. Auch wenn sie anfangs nicht glücklich über ihre Rückkehr nach Bath gewesen war und sich vor Verlangen nach ihrer Geliebten verzehrte, stellte sie fest, dass sie tatsächlich mit gelassener Leichtigkeit in ihr altes Leben zurückgefunden hatte. Es war ihr gelungen, Latimers Schmerzen so weit zu lindern, dass er verkündete, er sei jetzt fähig, »wieder die Peitsche über meinen Malern und Verputzern zu schwingen«, und vor Jane dankbar auf die Knie gefallen war und den Saum ihres weißen Gewands ergriffen an seine Lippen gedrückt hatte. So peinlich ihr diese kleine Darbietung auch gewesen war, so hatte sie Jane doch bestätigt, dass sie mit ihrer liebevollen Art, sich um ihre Patienten zu kümmern, durchaus heilende Kräfte besaß, die über die des Wassers hinausgingen. Und dieses Gefühl, dass sie die Kunst der Pflege beherrschte und wieder zum Engel der Bäder wurde, dämpfte ihre Sehnsucht, woanders sein zu wollen.

Aber nun, da sie sich all das ausmalte, was sie mit Julietta in Bath machen würde, erwartete sie geradezu verzweifelt ihr Erscheinen. Als Julietta nicht sofort ihren Brief beant-

wortete, schickte sie einen zweiten und bat sie, »Dienstagabend, keinesfalls später« zu kommen – weil Sir William
und Clorinda Morrissey, inzwischen offiziell miteinander
verlobt, dann sicher in Dublin angekommen sein würden
oder, falls noch nicht, sich zumindest unterwegs auf der Irischen See befanden.

Oh, Jane, lautete Juliettas Antwort,
Du kannst Dir nicht vorstellen, in welchen Schwierigkei
ten ich stecke! Kaum hatte ich Ashton erklärt, ich würde
gern in Bath kuren und einige Zeit mit Dir verbringen,
nannte er das eine grandiose Idee und bestand darauf,
mich zu begleiten. Wie Du weißt, hegt er große Bewunde
rung für Dich und will nichts davon hören, dass ich allein
nach Bath reise. Außerdem behauptet er, er sei sehr müde
und eine solche Ruhekur sei genau das Richtige für ihn.
Deshalb konnte ich ihn natürlich unmöglich drängen, zu
Hause zu bleiben.
Wir werden am Mittwoch ankommen und in einem Gast
haus namens The Bear absteigen (das, wie Ashton be
hauptet, schon Miss Austen gekannt haben muss, denn
sie bringt in Northanger Abbey Catherine Morland dort
unter – und ich staune über all die vielen Schnipsel an obs
kurem Wissen, mit denen Verleger sich das Hirn verstop
fen …)
Wirst Du Mittwochabend im Gasthaus mit uns essen und
uns dann vielleicht am Donnerstagmorgen abholen und
zur Kur begleiten?
Von Deiner liebsten Freundin Julietta Sims

Janes Verdruss und Enttäuschung waren groß. Sie hatte sich
schon die Köstlichkeiten ganzer Nächte mit Julietta vorgestellt, jetzt würde ihre Niedergeschlagenheit unerträglich
sein. Sie würde mit ihrer Geliebten zusammen sein. Sie wür

de ihren herrlichen Körper im grünen Wasser des Heilbads sehen, sie aber nicht berühren oder von ihr berührt werden dürfen. Sie grübelte und grübelte, auf welche Weise sie Julietta in ihr Bett locken könnte; doch sie wusste nicht, wie das, mit Ashton an ihrer Seite, zu bewerkstelligen wäre.

Sie vertraute ihre Enttäuschung ihrem Tagebuch an, setzte sich hin und kritzelte eine verzweifelte kleine Nachricht:

»Ich sehne mich nach Deinen L. O Julietta, ich möchte wieder Dein M sein und meinen Pariser »Anzug« anlegen und Dich küssen, während ich in Deine M. eindringe …«

Doch sie schickte sie nicht ab. Ihr gefiel die ordinäre, bedürftige Person nicht, die sie verfasst hatte. Sie zerriss den Bogen in kleine Fetzen und versuchte sich abzulenken, indem sie das Kleid aussuchte, das sie zu dem Essen mit Ashton und Julietta tragen würde.

Als sie den Speisesaal des Bear betrat, der einen sehr guten Ruf in Bath genoss, und Julietta an dem von Kerzen erleuchteten Tisch sitzen sah, die dunklen Haare in weichen Locken hochgesteckt, ein enges Opalband um den Hals, war ihr erster Gedanke, dass ihre Geliebte noch schöner war als in ihrer Erinnerung. Sie folgte dem erhobenen Arm des Oberkellners zu dem angewiesenen Tisch, verharrte einen Moment, um den Anblick ihrer Liebsten in sich aufzunehmen, und als sie schließlich neben ihr stand, wusste sie, dass sie errötet war.

Ashton erhob sich, küsste Jane die Hand und sagte: »Wir fühlen uns geehrt, in Bath sein zu dürfen, liebe Jane, und freuen uns schon sehr darauf, morgen pudelnass zu werden.«

»Ach, mein armer Ashton«, erwiderte Jane, »Sie lassen es so klingen, als lüde ich Sie dazu ein, sich nach draußen, in den kalten Regen zu stellen!«

Ashton lachte und führte Jane zu ihrem Stuhl. Juliettas Augen, die im Kerzenlicht sanft und groß wirkten, waren jetzt auf Janes Gesicht gerichtet, und die beiden Frauen nickten einander höflich zu, ganz so, als wären sie einander fremd, unbelastet von jedwedem geheimen Wissen.

Jane setzte sich, Wein wurde ihr eingeschenkt, und Ashton begann, über Guy Mollinets Roman zu sprechen, dessen Übersetzung er selbst übernommen hatte.

»Das bedaure ich jetzt«, sagte er. »Nicht, weil der Roman nicht gut wäre, sondern, ganz im Gegenteil, gerade *weil* er gut ist. Es ist nämlich so, dass ich meine eigene Arbeit für ungenügend halte.«

»Also«, sagte Jane, »ich habe Übersetzen immer für eine schwierige Kunst gehalten. Alles, was nahezu perfekt ist, lässt sich schwerlich in etwas anderes verwandeln. Besteht der Vorgang des Übersetzens nicht darin, die Sprache auseinanderzubrechen und die einzelnen Scherben in anderer, aber ebenso poetischer Weise wieder zusammenzufügen?«

»Da hast du es, Ashton!«, sagte Julietta. »Jane hat das Problem für dich mit einem Schlag gelöst. Vielleicht hast du zu viel Angst vor dem Auseinanderbrechen?«

»Ja«, erwiderte Ashton. »Jane hat recht. Ich halte mich zu sklavisch an seine Worte, und das funktioniert nicht.«

»Kann denn Julietta mit ihrer Kenntnis des Italienischen und Französischen Ihnen nicht helfen?«, fragte Jane.

»O nein«, antwortete Julietta, »dazu habe ich weder die Zeit noch die Geduld. Ich sehe mich in der ehrenhaften Verpflichtung, täglich einen Teil meiner Zeit mit absolut trivialen Dingen, wie etwa dem Kauf von Serviettenringen, zu verbringen und ansonsten mit Marco zu spielen. Ist es nicht so, Ashton?«

»Ich weiß es nicht«, erklärte Ashton. »Was du mit deinem Tag anfängst, ist seit jeher deine Angelegenheit. Meinen Sie nicht auch, dass dies das Geheimnis einer glücklichen Ehe ist, Jane? Dass man seine Nase nicht in die alltäglichen Angelegenheiten seines Partners steckt?«

»Das kann ich nicht beurteilen, mein lieber Ashton«, erwiderte Jane. »Ich bin in keiner Weise eine Autorität, was die Ehe betrifft, da ich selbst keine Erfahrung damit habe.«

»Ach ja«, meinte Julietta, »aber vielleicht doch in naher Zukunft. Das ist nämlich auch ein Grund, weswegen wir hier sind, Jane. Wir würden gern dem jungen Doktor, von dem du mir berichtet hast, vorgestellt werden und schauen, ob er deiner wert ist. Ich habe mir erlaubt, Ashton alles über ihn zu erzählen.«

»Das hat sie«, bestätigte Ashton. »Aber sie hat auch gesagt, Sie zögen seinen Antrag nicht in Erwägung. Würden Sie uns wohl seinen Namen noch einmal nennen?«

Jane sah jetzt nicht mehr Julietta an, sondern auf die Speisekarte, die vor ihr lag. Einige Gerichte waren auf Französisch, und ihr Herz machte einen Satz. Wie gern wäre sie jetzt in Paris, speiste im Café Anglais und genösse die köstliche Vorstellung, den folgenden Morgen mit ihrer Liebsten im Bett zu verbringen.

»Er heißt Valentine«, sagte Jane leise. »Ich finde den Namen albern. Aber das ist nicht mehr wichtig. Er ist fortgereist.«

»Wohin denn?«, fragte Julietta.

»Zu seinem Bruder, einem Botaniker, der um die Welt reist und davon lebt, dass er seltene Pflanzen und Insekten für Kew Gardens sammelt.«

»Pflanzen und Insekten?«, wiederholte Julietta. »Was für eine eigenartige Idee. Wo will er die denn finden?«

»Ich glaube, er ist zu dem Malaiischen Archipel gereist.«

»Ach du lieber Himmel!«, rief Julietta. »Wo soll das denn sein?«

»In Fernost: am anderen Ende der Welt.«

»Wie ärgerlich«, sagte Julietta. »Heißt das, wir werden ihn nicht sehen?«

»Keiner von uns wird ihn sehen«, erklärte Jane.

Als Julietta und Ashton am nächsten Morgen im Kurhaus erschienen, um Jane zu treffen, kamen sie in Begleitung ihres vierjährigen Sohns Marco und seiner Kinderfrau, Miss Paley.

Beeindruckt von Marcos Schönheit – er war seiner Mutter sehr ähnlich –, kniete Jane sich vor ihm hin und fragte, ob er sich schon auf sein Untertauchen freue.

»Nein«, erwiderte Marco, »weil ich ein bisschen Angst vor Wasser habe, stimmt doch, Mama?«

»Nur ein kleines bisschen«, sagte Julietta, »aber ich werde dich halten, und Jane, die man auch *Engel der Bäder* nennt, wird auf dich aufpassen.«

»Oh, und mehr als das!«, sagte Jane und ergriff Marcos kleine Hand. »Ich werde dir ein Geheimnis verraten, Marco. Komm ein wenig näher, damit ich es dir ins Ohr flüstern kann. Das Wasser hier ist kein normales Wasser. Es ist *Zauberwasser*. Sobald du drin bist, wirst du dich sehr warm und glücklich fühlen.«

»Stimmt das? Wieso zaubert es?«

»Das ist schwer zu erklären, denn es kommt ganz tief aus der Erde. Wir können seinen Zauber nicht sehen, wir können ihn nur fühlen.«

»Und wie fühle ich ihn?«

»Du fühlst ihn vielleicht in deinen Zehen, als ein wunderbares Kitzeln, und dann in deinen Beinen, und dann kriecht er immer weiter nach oben, bis du ihn überall in dir fühlst – sogar in deiner Nasenspitze.«

Marco lachte. Er fasste sich an die Nase, die, wie Jane bemerkte, eine schmale, vollendet geformte kleine Nase war. Ihr wurde bewusst, dass sie eine unmittelbare, tiefe Zärtlichkeit für diesen Jungen empfand, und als er fragte, ob *sie* ihn in dem »Zauberwasser« halten wolle, konnte sie es ihm nicht abschlagen.

Und so kam es, dass Jane nicht oben am Rand des heißen Beckens, sondern in einem leichten Baumwollhemd neben Julietta in dem durchsichtigen, warmen Wasser stand und Marco in den Armen hielt. Zuerst klammerte der Junge sich fest an sie, doch dann erzählte er ihr, er fange an, »Zauber« in seinen Füßen zu fühlen; und er streckte die Arme aus, um ihn »überall« zu spüren. Jane hielt Marco so, dass er knapp unter der Wasseroberfläche schwebte, nur sein Kopf schaute noch heraus, und sie ließ ihn nach Lust und Laune planschen, bis er vor Vergnügen lachte.

Julietta trat nun neben sie. Ihre Haare, die nur locker von einem Kamm gehalten wurden, lösten sich, fielen ihr über die Schultern und trieben im Wasser. Und diese frei schwimmenden Strähnen und das zarte Hemd, das ihr am Körper klebte, verliehen ihr, unter dem zitternden Licht-und-Schatten-Spiel auf dem Wasser, das Aussehen einer Meerjungfrau, und Jane dachte, sie werde diesen Anblick ihrer Geliebten bis ans Ende ihrer Tage nicht vergessen. Eine heftige Sehnsucht, uneingeschränkt mit ihr zusammen zu sein, sie zu küssen und zu umfangen, drohte von ihr Besitz zu ergreifen und sie schwach vor Begehren werden zu lassen, doch sie unterdrückte dieses Gefühl dem Jungen zuliebe, diesem wunderbaren Wesen, dem dieser Moment gehörte und der gerade den »Zauber« erlebte, den Jane beschworen hatte, und mutig genug war, sich dem Element hinzugeben, das er einst gefürchtet hatte.

DIE RAINSFORD

Bis hierher war er gekommen.

Jetzt befand Ross sich mitten im Getümmel der Kais von Plymouth; er wurde angerempelt und in alle Richtungen geschubst und wusste nicht, wohin er ging, wurde aber von dem großen Strom des einlaufenden und auslaufenden Handelsverkehrs mitgerissen, der der Stolz einer Seefahrernation und zugleich der lebendige Beweis ihrer merkantilen Seele war.

In jedem Gesicht – ob Fischverkäufer oder Straßenhändler, Zimmermann oder Segelmacher, Hafennutte oder Matrose – sah er das Belebende eines *Ziels*. Alle, so schien es ihm, wirkten überzeugt von der Wichtigkeit des Moments, ihre Herzen barsten schier vor eilfertigem Einsatz für jeden noch so kleinen Botengang, jeden noch so banalen Auftrag, der sie gerade vorantrieb. Wohingegen die Menschen in Bath gemächlich durch ihre Stadt schlenderten, während ihre Mienen eine gewisse Leere verrieten, als sähen sie sich vor allem als Schneiderpuppen für ihre Kleidung oder als seien sie leicht überrascht darüber, überhaupt an diesem Ort zu sein.

Er blieb an einem Stand mit Orangen stehen, kaufte eine einzelne Frucht und erkundigte sich nach dem Weg zum Büro des Hafenmeisters. Die Orangenverkäuferin war eine mollige, freundliche Frau von ungefähr fünfzig Jahren. Über den Hafenmeister sagte sie: »Nehmen Sie sich in Acht vor seinem Temperament, Sir. Er neigt sehr zur Apoplexie.«

»Vielen Dank für die Information«, sagte Ross. »Aber woher kommt das?«

»Das weiß nur Gott allein! Man sagt, er leide an Koliken. Und er wird zu viel geplagt – von solchen wie Ihnen, die Fragen und noch mehr Fragen stellen. Ich nehme an, Sie suchen nach einem Schiff, das Sie mitnimmt. Habe ich recht?«

»Ich möchte zu meinem Bruder«, erwiderte er, »noch weiter als Singapur.«

»Weiter als Singapur? Meinen Sie die Antipoden?«

»Die Malaiischen Inseln.«

»Oh. Da werden Sie wohl in Plymouth kein Schiff finden, das *dorthin* fährt. Seine Exzellenz, der Apoplektiker, wird Sie aus dem Büro hinauslachen!«

»Ich weiß. Ich werde in Singapur von Bord gehen und mir ein einheimisches Schiff suchen müssen, das mich nach Borneo bringt.«

»Gott im Himmel, Sir! Wissen Sie denn überhaupt, wie man das macht?«

»Indem man sich erkundigt, vermutlich.«

»Ganz und gar nicht. Mit *sich erkundigen* handeln Sie sich nur Spott ein, wenn das alles ist, was Sie vorhaben. Packen Sie Silber in Ihre Börse und seien Sie bereit, es auch auszugeben.«

Ross dankte der Orangenverkäuferin für ihren »exzellenten Rat« und machte sich auf den Weg zum Büro des Hafenmeisters, einem prachtvollen Gebäude direkt an den Kais, von dem aus der Apoplex das Handelsgetümmel ebenso im Auge behalten konnte wie die Wellen, die sich so gefährlich nah vor seinen Füßen brachen.

Der Mann stand, die Schultern über ein schweres Hauptbuch gebeugt, an einem hohen Schreibpult. Er wandte sich nicht um, als Ross von dem Angestellten hereingeführt wurde, sondern fuhr mit seiner Arbeit fort, als habe es keine Unterbrechung gegeben. Erst als Ross sich erneut als »Doktor Ross« ankündigte, legte der Hafenmeister endlich seinen Federhalter beiseite und sagte: »Medizinischer Doktor oder akademischer Angeber?«

»Mediziner, Sir«, erwiderte Ross.

»In Ordnung, dann tragen Sie Ihr Anliegen vor. Dann können Sie meine Hämorrhoiden untersuchen. Sehen Sie, wie ich arbeiten muss – im Stehen? Meine Knie schmerzen, meine Knöchel sind angeschwollen, aber wegen der verfluchten Hämorrhoiden kann ich mich nicht auf mein Hinterteil setzen.«

»Gibt es in Plymouth denn keine Ärzte, die Ihnen helfen können?«, fragte Ross.

»Schiffsärzte. Allesamt Scharlatane. Sie wissen, wie man Skorbut verhindert, aber mir nützen sie nichts.«

»Aber Sie haben sie konsultiert?«

»Alles, was sie mir geben wollen, ist eine bösartige Salbe. Sie brennt auf der Haut, heilt aber nicht. So, und nun sagen Sie, was Sie von mir wollen, und fassen Sie sich kurz. Der Morgen ist schnell verflogen.«

Ross erklärte, er suche ein Schiff mit dem Ziel Singapur. Bei der Erwähnung des Bestimmungshafens warf der Hafenmeister ein: »Ich war mal dort. Wunderschöne Frauen. Bei Gott! In Singapur können Sie einen Teekessel aus Blech gegen eine ausgiebige Ausschweifung eintauschen. Wollen Sie deshalb dorthin?«

Ross erklärte ruhig, er sei auf der Suche nach seinem Bruder, um dessen Leben er fürchte. Dieser weniger schillernde Grund für seine Reise schien den Hafenmeister zu langweilen. Er wandte sich für eine Weile wieder seinem Hauptbuch zu, ehe er verkündete, eine Brigg, die *Rainsford*, die Frachten transportiere, aber auch »unbescholtene Passagiere« akzeptiere, werde in zwei Wochen nach Australien aufbrechen und »vor Ende des Sommers« Singapur anlaufen. Er fügte hinzu, dass die *Rainsford* eben jetzt für die Reise überholt werde; und wenn er wünsche, könne Dr. Ross gern »die an Bord herrschenden Bedingungen inspizieren«. Er wies zum äußersten Ende der Hafenmauer, wo Ross die zwei Masten der Brigg und winzige Figuren hoch oben im Gewirr der Takelage erkennen konnte.

»Das ist die *Rainsford*«, sagte er. »Kein schlechtes Schiff. Für den Krieg gebaut. Ein Kampffahrzeug. Jetzt ist sie gezähmt. Transportiert eine Ladung Rum und Geschenkartikel nach Geschmack der Antipoden. Die Eigner belasten das Schiff nie über Gebühr, denn sie wollen nicht, dass Sheffield-Silber und Stoke-Keramik auf dem Grund des Ozeans landen; deshalb wird die Freibordlinie exakt eingehalten. Auf der *Rainsford* sind Sie sicher.«

»Das glaube ich Ihnen gern, Sir.«

»Gut. Ich werde eine Kabine für Sie buchen, Doktor Ross, sofern Sie in der Lage sind, die erforderliche Vorauszahlung zu leisten. Wenn Wetter und Gezeiten es erlauben, wird das Schiff in zwei Wochen ablegen. Aber ich bitte um Verzeihung, bevor wir zum Geld kommen, muss ich unbedingt die Hosen runterlassen und Ihnen mein *großes Leid* zeigen.«

Im Geiste immer noch lebhaft den Anus des Apoplex vor Augen, stieg Ross jetzt die wackelige Gangway zum unteren Deck der *Rainsford* hinauf, unterstützt vom Schiffszimmermann, einem Mann mit freundlichem Gesicht, Knieschonern und dem Geruch nach Leinöl in den Kleidern. Ross war angewiesen worden, sich vorsichtig auf dem Schiff zu bewegen, »aufgrund der Löcher und Risse überall dort, wo unsere Reparaturen noch nicht beendet sind«.

Ihm wurde das Kajütendeck gezeigt, wo die Passagiere in Schlafquartieren untergebracht sein würden, die hauptsächlich für die Schiffsoffiziere gedacht waren. Er öffnete die Tür einer winzigen Kabine und sah, wie schmal die Koje war, in der er eine endlose Anzahl von Nächten verbringen würde. Er registrierte ebenfalls die Dunkelheit der Kabine und versuchte sich vorzustellen, wie er mit diesen Bedingungen zurechtkommen würde. Ihm schien, dass das Leben mit all seinen Enttäuschungen ihn klein gemacht hatte und dass ein lichtloser Verschlag auf einem alten Linienschiff wahrscheinlich der angemessene Platz für ihn war.

Was ihn jedoch mehr als die niedrige, enge Kabine beunruhigte, war der Geruch auf dem gesamten Kajütendeck. Es war jener widerliche Geruch, der Ross an den Gestank verwesenden Fleischs erinnerte, und er fragte sich, ob sämtliche Winkel des Schiffs mit totem Ungeziefer verseucht waren, das noch seit der letzten Reise dort lag. Er wandte sich an den Zimmermann, der, vielleicht weil er bemerkt hatte, dass die Farbe zum Teil aus Ross' Gesicht gewichen war, auf den Fußboden der Kabine wies und sagte: »Was Sie da riechen, Sir, ist der Ballast. Sand und Kies. Völlig unschuldig, Sand und Kies, der liegt ganz unten im Schiff. Und dorthin sickert aber auch all der Schmutz und alles Verschüttete, alles Erbrochene und das Schmutzwasser, das beim Deckschrubben nicht aufgewischt wurde. Wir nennen es den »Friedhofsduft« oder, noch passender, den »Pesthauch«.

»Aha«, sagte Ross.

»Ich dachte, ich würde mich nie daran gewöhnen. Ich dachte, er würde mich krank machen, aber nein – nicht schlimmer als das Schlingern des Schiffs. Zwei oder drei Tage auf offener See, und es fällt Ihnen gar nicht mehr auf.«

»Da bin ich froh.«

»Aber wenn Sie mir die Frage erlauben, Sir, warum möchte ein Mann wie Sie – ein Arzt, sagten Sie – auf die Sicherheit unseres schönen Vaterlands verzichten?«

Ross bat den Zimmermann, ob sie nicht hinauf aufs Achterdeck gehen könnten, wo der Pesthauch weniger störend wäre. Dort angelangt, ließ Ross sich auf einer Holzkiste nieder, die aussah, als beherberge sie Gewehre oder Munition, und füllte seine Lungen mit der salzigen Luft von Plymouth.

Als er sah, dass er immer noch die Orange in der Hand hatte, hielt er sie sich unter die Nase und tröstete sich mit ihrem bittersüßen Duft.

Der Zimmermann wischte sich die Stirn mit einem öligen Lappen, stellte sich neben Ross und blickte über die Reling auf das lebhafte Treiben am Kai.

»Um Ihre Frage zu beantworten, warum ich ›unser schönes Vaterland‹, wie Sie es nannten, verlassen will«, begann Ross, »sollten wir noch hier in Plymouth überlegen, ob es wirklich so schön ist. Was ich an allen, die ich hier sehe, beobachte, ist, dass es der Handel ist, der die Menschen treibt und quält; sie wollen dies haben und jenes haben und finden niemals Ruhe und Frieden.«

Der Zimmermann lächelte. »Wenn Sie mir die Bemerkung erlauben, Sir: Wie kommen Sie darauf, zu glauben, dass Ihre ›Beobachtungen‹ zutreffen? Könnte ein Mann nicht auch seinen ›Frieden‹, wie Sie es nennen, in einem bescheidenen Handel finden, wie etwa dem Verkauf von Austern – mit ihrem Duft und ihrer Schönheit und dem Geld, das er dafür bekommt? Oder nehmen Sie mich. Ich mag ein ganz gewöhnlicher Mann sein, kein Mann von Rang, aber ich liebe meine Arbeit. Eine perfekte Nut-und-Feder-Verbindung kann mich absolut glücklich machen.«

Valentine Ross verbrachte noch zwei weitere Nächte in Plymouth, bevor er nach Bath zurückkehrte. Er wanderte ziellos durch die Stadt, zog dabei aber immer größere Kreise um die *Rainsford*, ehe er wieder zu ihr zurückkehrte, und versuchte sich mit dem Gedanken vertraut zu machen, dass er in zwei Wochen seinen Fuß auf dieses Schiff setzen und einem unbekannten Leben entgegensegeln würde.

Bilder von sich selbst, wie er über die Decks der großen Brigg spazierte, südwärts in warme Längengrade reiste, sich allmählich an den unendlichen Horizont gewöhnte, an neue

Sterne am Himmel, an die Meilen und Meilen lichtlosen Wassers unter sich, wechselten ab mit Momenten körperlicher Lähmung, wenn andere Bilder ihn innehalten ließen, Bilder von Jane Adeane in ihrem weißen Gewand – der hochgewachsenen Jane, *seiner* Jane, der einzigen Frau, die er jemals lieben würde. Immer kam sie ihm entgegen, ein abgeklärtes Lächeln im Gesicht, und streckte die Arme aus, als winke sie ihn zu sich, doch wenn er sie dann endlich erreichte, war sie nicht mehr da.

MITTERNACHT

Gegen Ende seiner Rückreise nach Bath fühlte Ross sich von seinem eigenen Körpergeruch abgestoßen. Es war, als hafte der Pesthauch der *Rainsford* immer noch an ihm oder hätte sich so vollständig in seiner Nase festgesetzt, dass er mit jedem Atemzug gezwungen war, ihn erneut zu inhalieren.

Er kam spät an, ging zu seiner Wohnung, suchte sich frische Kleidung und steckte die Schlüssel zum Kurhaus ein, das er als Arzt auch nach der abendlichen Schließung aufsuchen durfte. Der Gedanke an das wohltuende Wasser in der »Heißen Halle« war so tröstlich, dass er es kaum erwarten konnte, dort zu sein, und mit raschen Schritten durch die Straßen eilte.

Jetzt stand er nackt am Beckenrand und hielt einen Moment inne. In der mitternächtlichen Dunkelheit – nur eine Kerze brannte in einem Wandleuchter, und ihr schwaches Licht zeichnete winzige helle Kringel auf das Wasser – wirkte der Ort auf magische Weise wunderschön, und mit einem Gefühl dankbarer Erleichterung ließ er sich in die warme Tiefe gleiten. Er tauchte völlig unter, ohne sich darum zu kümmern, dass das Wasser in seinen Augen brannte. Sehr lange blieb er so regungslos, dann tauchte er langsam wieder auf.

Er rieb sich das Gesicht und blickte zum anderen Ende des Badesaals. Er hatte angenommen, allein zu sein, doch jetzt sah er, dass ganz hinten, kaum zu erkennen im Dampf, der aus dem erhitzten Wasser aufstieg, eine schattenhafte Gestalt stand und stumm in seine Richtung blickte.

Sofort machte ihn seine Nacktheit verlegen. Er hatte auf das konventionelle weiße Hemd, das die Badenden pflichtgemäß zu tragen hatten, verzichtet, da er davon ausgegangen war, um diese späte Stunde dort allein zu sein, und sich außerdem wünschte, jede einzelne Falte in seinem Gesicht und an seinem Körper von dem Gestank der *Rainsford* zu befreien. Er beschloss, sich nicht um die Gestalt zu kümmern, auch weil er darauf zählte, dass Dunkelheit und Dampf seinen Körper verbergen würden, und begann, sanft seine Haut sauber zu reiben. Sicherlich war diese andere Person ein Arzt – und was bedeutete Nacktheit schon für Ärzte, die normalerweise nicht nur das gesamte Äußere eines Menschen sahen, sondern auch etwas von seinem *Inneren*?

Dann bewegte sich das Wasser, und er stellte fest, dass die fremde Gestalt ihm entgegenschwamm. Er rieb sich die Augen. Die Kerze flackerte, erlosch beinahe, flammte dann aber heller auf als zuvor. Und in diesem Moment der Klarheit erkannte Ross, dass die Person, die da auf ihn zu kam, Jane war. Sie schwamm mit kräftigen Zügen. Ihr Haar, das zu einem schlichten Zopf geflochten war, streifte sacht ihren Hemdärmel. Ross blinzelte, ehrfürchtig und ungläubig zugleich. Dass er ihr hier begegnen würde, in seiner Nacktheit und in tiefster Mitternacht, war so unerwartet, auf so wundersame Weise unerhört, dass er beinah in Lachen ausgebrochen wäre. Er rief ihren Namen.

Sie hörte auf zu schwimmen, verharrte in einiger Entfernung von ihm und betrachtete ihn, wie ihm schien, mit einem Lächeln.

»Doktor Ross«, sagte sie. »Sie sind zurückgekehrt.«

»Ja.«

»Da bin ich froh«, sagte sie.

Das Wort, das sie gewählt hatte, brachte ihn aus der Fassung. Froh? Fing sie schon gleich wieder an, sich über ihn lustig zu machen, noch bevor sie überhaupt Gelegenheit hatten, einander deutlich zu sehen? Oder hatte sie während seiner langen Abwesenheit in ihrem Inneren etwa wieder echte Spuren ihrer einstigen Wertschätzung entdeckt – aus der Zeit vor dem Unglück im Teesalon? Was immer der Grund war, Ross wusste nicht, was er sagen sollte. Es war, als sei er, nachdem er sie so lange als wunderschönen Geist, als Gegenstand seiner Fantasien und seines Kummers in seinem Herzen mit sich herumgetragen hatte, unfähig, mit der realen Jane umzugehen.

»Ich werde nicht näher kommen«, sagte Jane, »denn ich vermute, Sie haben all Ihre Kleider in einem fernen Regenwald gelassen, und Sie wollen doch nicht, dass ich die Gelegenheit ausnutze.«

Er gab keine Antwort. Es war, als habe Jane ihn aller Worte beraubt.

Sie fuhr fort. »In diesem Licht«, sagte sie, »ist das Bad ein Ort voller Wunder, nicht wahr? Haben Sie nicht auch das Gefühl, als schwämmen wir in einem Traum?«

»Doch, ja.«

»Und in Träumen kann alles den normalen Erwartungen trotzen. Ist es nicht so?«

»Ja.«

»Also, wenn ich jetzt näher käme, wenn ich … aber nein, ich kann im Dunkeln in Ihrem Gesicht lesen. Das würden Sie nicht wollen. Ich werde gehen.«

Jane machte kehrt und schwamm fort von Ross. Er sah zu, wie sie sich entfernte. Die Begegnung hatte ihn so sehr aus der Fassung gebracht, dass er es nicht fertigbrachte, sie zurückzurufen. Ein Teil von ihm weigerte sich immer noch, zu glauben, dass sie wirklich und wahrhaftig da war. Wäre er nicht nackt gewesen, wäre er ihr vielleicht hinterhergeschwommen, doch so konnte er es nicht. Er blieb regungslos stehen und sah zu, wie sie langsam durchs Wasser glitt.

Am anderen Ende des Beckens angekommen, stieg Jane die Stufen hinauf und verschwand.

Obwohl er erschöpft war – nicht nur von der Reise, sondern von all seinem einsamen Umherirren im Westen des Landes, vom Anblick der kahlen Hügel und der aufgewühlten Gezeiten und vom Horror der Schiffe –, ging Ross nicht zu Bett, sondern setzte sich in seiner Wohnung in den Edgar Buildings unter eine gelbe Lampe, rauchte einen Stumpen und versuchte zu begreifen, was ihm da gerade – falls überhaupt – widerfahren war.

Er war sich sicher, dass er es nicht würde ertragen können, wenn Jane Adeane ihm eine gewisse Zuneigung *vortäuschen* würde, um dann, nur wenig später, klarzustellen, dass er sich irrte. Auch wenn er sich immer noch nicht mit ihrer Gleichgültigkeit ihm gegenüber abgefunden hatte, so hatte er sich immerhin daran gewöhnt wie an einen Bluterguss auf seiner Brust und hegte inzwischen die Hoffnung, dieser werde irgendwann verschwinden. Halb hatte er darauf gesetzt, dass er, wenn er erst einmal auf Borneo und mit Edmund vereint wäre, aufhören würde, an sie zu denken – zumindest fast.

Jetzt war sie ihm bei Kerzenschein in der Dunkelheit des Bads entgegengeschwommen, als habe sie mit Worten und Gesten auf verführerische Weise die Hand nach ihm ausstrecken wollen. Oder hatte er das missverstanden? Hatte sie ihn nur, eingedenk ihrer alten Freundschaft, auf herzliche Art willkommen geheißen? Würde sie, wenn der Morgen dämmerte, wieder kühl und distanziert sein?

Das erschien ihm am wahrscheinlichsten. Aber wenn nicht? Angenommen, ihre Gefühle ihm gegenüber hätten sich tatsächlich geändert, was würde dann aus seinem so mühsam errungenen Entschluss, sein bisheriges Leben für ein anderes in einer fernen Welt aufzugeben?

Um nicht mehr an Jane denken zu müssen, rief Ross sich seinen Bruder in Erinnerung. Er malte sich aus, wie Edmund am offenen Feuer saß und die Schmetterlinge untersuchte, die er gefangen hatte, sie in all ihren fantastischen Farben auf seine Korktafeln spießte und sich an ihrer Schönheit erfreute. Und hoch über ihm zog eine andere Sternenkonstellation als hier langsam über den Himmel, einem wolkenlosen Morgen entgegen.

O, meine Liebste, schrieb Jane bei einer mitternächtlichen Kerze an Julietta, so *etwas Seltsames kannst Du Dir nicht vorstellen. Ich komme gerade vom Kurhaus zurück. Ich hatte mich im Dunkeln dort hingeschlichen, in der Hoffnung, es würde mein quälendes Verlangen nach Dir stillen. Und wen fand ich dort vor, nackt wie einen Wilden, den armen Valentine!*
Da ich nichts vor Dir verbergen kann (und da ich selbst jetzt noch an all die Stellen denke, wo ich Dich küssen und von Dir geküsst werden möchte), gebe ich zu, dass ich unanständig erfreut war über das Wiedersehen. Ich hatte gedacht, ich hätte ihn ganz und gar verloren an eine alberne Expedition, auf der er seinen Bruder in Fernost finden will. Doch dann sah ich ihn, und mir fiel alles wieder ein, was ihr, Du und Emmeline, über ein Leben gesagt habt, auf das ich mich mit ihm einlassen sollte. Und ich begriff eure Logik. Deshalb denke ich, dass ich nun Folgendes werde tun müssen: Valentine zu mir zurückbringen, seine Leidenschaft entfachen und ihn erneut in meine Fänge locken.
Und dann, wer weiß?
Seit ich Deinen wunderschönen Marco kennengelernt habe, denke ich, wie gern ich selbst ein Kind hätte. Ross sieht recht gut aus und ist ein exzellenter Arzt, und ich glaube, er wäre auch ein liebevoller Vater …

Du siehst also, wozu ich inzwischen in Gedanken neige.

Aber, ach, meine Liebste, weil ich DICH liebe, gibt es, ich weiß, Grenzen für das, was ich für ihn oder für jeden Mann zu fühlen bereit bin. Während es für meinen armen Valentine, glaube ich, keine Grenzen gibt. Und wenn ich ihn nun zu mir zurücklocke, handle ich dann nicht schändlich?

Sag es mir, Julietta ... sag mir, ob ich mich wie eine selbstsüchtige Hexe benehme oder nur wie wir Frauen es müssen, um uns über Wasser zu halten und nicht in Unsichtbarkeit und Elend zu versinken in einer Welt, in der Männer beanspruchen, sämtliche Regeln vorzugeben.

Von Deiner Dich anbetenden Freundin Jane

KOMPLIZENSCHAFT

Am frühen Morgen wurde Jane durch das energische Läuten der Türglocke geweckt.

Sie warf einen seidenen Morgenmantel über und eilte zur Tür. Was sie dort sah, war beunruhigend. Eine Kutsche fuhr gerade davon, doch ihr Fahrgast, Mr Latimer, lag mit dem Gesicht nach unten auf den Treppenstufen der Henrietta Street 28. Die Ehefrau des Leimkaufmanns, unfähig, ihr Schluchzen zu unterdrücken, beugte sich über ihn und versuchte, ihren Ehemann aufzurütteln, indem sie ihn mit »Mr Latimer« anredete, als sei diese befremdliche Förmlichkeit genau das, was seinen geschwächten Muskeln neue Kraft verleihen würde.

»Mr Latimer«, jammerte sie, »um Himmels willen, versuch bitte aufzustehen, ich kann dich nicht heben, so schmal und dünn du auch geworden bist ... «

Jane fragte Mrs Latimer, was geschehen sei, und die Frau flehte mit erhobenen Händen: »Helfen Sie uns, Miss Jane! Mr Latimer war im Krankenhaus, aber heute Morgen wurde ich gerufen, weil er zwischen all dem unsäglichen Unrat auf dem Boden herumkroch und um einen Wagen bat, der ihn hierherbringen sollte. Und als die Schwestern ihn zurückzuhalten versuchten, wollte er sie schlagen. Er hat geschrien, nur Sie könnten ihn retten.«

Jane ging auf die Knie und schaffte es unter Aufbietung all ihrer bemerkenswerten Kraft, Mr Latimers reglosen Körper hochzuheben. Sein Kopf, der ihr wie geschrumpft vorkam, hing schlaff auf ihrer Schulter. Jane trug den Mann ins Haus und legte ihn auf die Couch in Sir Williams Praxis. Sein Körper war sehr kalt. Seine Augen rollten haltlos hin und her. Jane wies Mrs Latimer an, eine Decke aus dem Eichenschrank zu holen, legte ihre Hand beruhigend auf Mr Latimers Wange und neigte den Kopf so tief, dass sie fast sein Gesicht berührte. Sein Atem roch säuerlich, und alle Farbe war aus seinem Gesicht gewichen. Einen Moment lang wusste Jane nicht, ob er in den wenigen Sekunden, als sie ihn von der Haustür in die Praxis getragen hatte, möglicherweise gestorben war. Doch nein, seine Augen bewegten sich noch, und nachdem er sie auf Jane konzentriert hatte, bewegte sich auch sein Mund, als wolle er Wörter formen. Doch es gelang ihm nicht. Die Versuche schienen ihn zu ersticken, und er hustete schleimigen Auswurf, rötlich von Blut.

»Mr Latimer«, sagte Jane und wischte sanft das Blut von Latimers Kinn, »Sie sind in der Henrietta Street. Bei mir sind Sie sicher. Ich werde jetzt einen Hustenbalsam für Ihre Lunge zubereiten, dann können Sie leichter atmen.«

»Nutzlos«, flüsterte Latimer, »zu spät.«

»Nein«, sagte Jane fest. »Es ist nicht zu spät. Hier ist Ihre liebe Frau, die Ihre Hand halten wird, während ich den Balsam herstelle. Sie werden sehen, was für exzellente Eigenschaften er besitzt ...«

»Besitzt?«, sagte Latimer.

Der schwache Anflug eines Lächelns ließ Latimers Mundwinkel nach oben wandern, und Jane empfand die Tragik dieses Moments, in dem das Wort »besitzt« sein Herz so getroffen hatte. Er starrte Jane flehentlich an, als wolle er sagen: »Lass mich leben! Lass mich mein neues Haus in Besitz nehmen und mich an seinen perfekt konstruierten Schiebefenstern und den Decken mit Rosenmuster erfreuen!« Sie wusste, was man in Bath sagte – dass, wer den Blick des Engels der Bäder lange genug halten konnte, um dessen Macht zu spüren, womöglich allein dadurch geheilt wurde. Aber Jane hatte inzwischen feststellen müssen, dass sie sich seit ihrer Bekanntschaft mit Julietta leicht ablenken ließ; sie registrierte auch, wie ungeduldig sie das Starren von Fremden machte, wie rasch sie sich abwenden wollte.

Sie ließ Latimer allein, und seine Frau trocknete ihre Tränen und hielt seine bleiche Hand. Jane ging zu dem Tisch, an dem Sir William seine »chemische Magie«, wie er es nannte, vorzunehmen pflegte, und griff nach einer Phiole mit Mandelöl. Für den Balsam würde sie heißes Wasser benötigen. Da Becky noch nicht wach war, ging Jane rasch in die Küche und setzte den Kessel auf. Während sie darauf wartete, dass das Wasser kochte, hörte sie, wie oben die Haustür aufging. Als sie mit einer Schüssel mit heißem Wasser in die Praxis zurückkehrte, sah sie, dass Valentine Ross an Mr Latimers Bett stand.

Jane nickte Ross ein »Guten Tag« zu, und er neigte den Kopf. In der Küche hatte Jane sich eine von Beckys Schürzen über ihren seidenen Morgenmantel gebunden und war froh darüber, weil es ihr half, im Morgenlicht den Anstand zu wahren. Sie war sich jedoch bewusst, dass ihre Beine und Füße nackt waren, und sah, dass Ross nicht umhinkonnte, dorthin zu blicken, während sie ihren Balsam mischte.

»Was denken Sie, Doktor Ross?«, fragte sie. »Meiner Meinung nach könnte eine Bittermandeltinktur die Verstopfung in Mr Latimers Lunge teilweise lösen und ihm ein wenig Erleichterung verschaffen.«

Ross antwortete ihr nicht sofort, sondern nickte, richtete Latimer auf und schob ihm einige Kissen in den Rücken, damit er sich vorbeugen und den Dampf des Mandelaufgusses einatmen konnte.

Um die Schüssel auf Latimers Schoß zu stellen, musste Jane dicht neben Valentine Ross treten. Sie erkannte den Ge-

ruch seines Körpers (oder vielleicht war es einfach der Geruch seiner Kleidung?) wieder, als wäre er etwas sehr, sehr
Altvertrautes aus ihrer Kindheit, das sie mochte. Sie bat
Ross, die Schüssel stabil zu halten, während sie ein Handtuch über Latimers Kopf ausbreitete, ihm ihre Hand sanft
in den Nacken legte und sagte, er solle den aromatischen
Dampf tief einatmen. Aber er konnte nicht tief einatmen.
Er konnte nur röcheln. Der Dampf wirbelte um sein Gesicht, und er versuchte ihn mit offenem Mund einzufangen,
so wie ein Kind vielleicht Schneeflocken fangen würde, doch
er vermochte nur wenig zu inhalieren.

Als Mrs Latimer jetzt zusehen musste, wie ihr ausgemergelter Mann seinen Kopf unter dem Handtuch hin und her
bewegte, um den Balsam zu erwischen, brach sie erneut in
Schluchzen aus und begann zu stammeln, dass ihr Mann
sie aus einer »armen Familie« herausgeholt und ihr ein gutes Leben beschert habe.

Jane vermutete, dass sie glaubte, Latimer könne unter
dem Handtuch nichts hören, weil sie immer weiter ausholte
und jetzt von Latimers Reichtum faselte und sagte, er sei wegen seiner Leimfabrik sehr zu Unrecht verspottet worden,
aber Leim »hält doch die Dinge zusammen, und was würde
aus der Gesellschaft werden, wenn die Dinge, die eigentlich
zusammengehören, auseinanderfallen?«

Weder Jane noch Ross sagten irgendetwas dazu, und
Mrs Latimer fuhr fort: »Unser Leben lang mussten wir diesen Spott ertragen. Wir würden unser Geld damit verdienen,
dass wir Eintopf aus Tierknochen machten, aber alles wird
aus irgendetwas gemacht. Was ist eine Lederhandtasche anderes als Kuhhaut? Was ist in einem Kissen anderes als die
Daunen gerupfter Gänse? Man war uns gegenüber immer
ungerecht.«

Ross sagte: »Gerecht war es sicherlich nicht, Mrs Latimer. Aber das meiste, was die Menschheit unternimmt, wird aus irgendeiner Ecke belächelt. Es gibt welche – ziemlich viele sogar –, die sich über Ärzte lustig machen. Sie verlangen, dass wir allwissend sind, aber das sind wir nicht. Die Krankheiten des Körpers und der Seele sind Legion, und wir hinken sehr hinterher.«

»Aber was ist mit Ihnen, Miss Jane?«, fragte Mrs Latimer. »Man hat mir gesagt, Sie könnten Wunder bewirken, aber Mr Latimer haben Sie nicht gerettet.«

»Er wird noch eine Weile leben …«, sagte Jane.

»Aber nicht lange genug! Unser neues Haus ist fast fertig, aber er wird es nie sehen, nie an einem der oberen Fenster stehen und hinunterschauen …«

Sie weinte wieder. Unterdessen schien Latimer einen akuten Anfall zu haben, er rang nach Atem und heulte vor Schmerz auf.

»Er sollte sich wieder hinlegen«, sagte Ross zu Jane. »Ich bringe den Balsam weg und hole Laudanum.«

Ross nahm die Schüssel und ging in seine eigenen Praxisräume, in denen er sehr lange nicht gewesen war. Jane schoss kurz durch den Kopf, wie es ihm wohl ergehen mochte, wenn er sie wieder betrat – ob der vertraute Raum mit allem, was er an vergangenem Leben von ihm enthielt, ihn rief und aufforderte, in Bath zu bleiben. Doch jetzt musste sie all ihre Aufmerksamkeit auf Latimer richten. Der arme Mann zitterte und schrie und rang nach Luft; ein winziges Blutrinnsal sickerte stetig aus seinem Mundwinkel über sein Kinn. Jane wischte es immer wieder weg. Sie arrangierte die Bettdecke so, dass es für ihn angenehmer war, und seine Frau nahm ihr Tuch ab und deckte ihn damit zu. Sie versuchte, seinen Blick zu halten, doch seine Augen glitten weg, ohne irgendwo zu verweilen.

»Er verlässt uns«, sagte Mrs Latimer. »Er verlässt uns, Miss Jane …«

Jane legte die Hand an seinen Hals und konnte noch einen Puls fühlen, dachte aber, dass seine Frau recht hatte: Er lag im Sterben. Sie hörte die Standuhr sieben schlagen, und ihr kam der Gedanke, wie seltsam es doch war, gerade in dem Moment zu sterben, da ein neuer Tag begann, die Menschen in Bath zur Arbeit fuhren und die Botenjungen zu ihren Liefergängen aufbrachen – einem Moment, da die Reichen in ihren Salons saßen, den *Bath Chronicle* durchblätterten und nach Neuigkeiten über ihre Investitionen suchten und die Königin in London dabei war, einen dritten Nachschlag ihres Lieblingsfrühstücks Kedgeree zu vertilgen ...

Sie wünschte sich, Ross würde mit dem Laudanum zurückkehren. Sie würde ihm dann signalisieren, dass Latimer alles auf einmal trinken solle. Auf diese Weise würde er die letzten Augenblicke seines Lebens nicht unter solchen Qualen verbringen, wie er sie jetzt erlitt, sondern in einer sanften Dunkelheit oder vielleicht sogar in einem Traum von seinem vergangenen Leben, das er hauptsächlich in Pracht und Wärme und im Lärm und Gestank einer großartigen Fabrik verbracht hatte, die aus Knochen Geld machte.

Als Ross dann zurückkam, entfernte Jane sich kurz von Latimer und flüsterte ihm zu, was ihr durch den Kopf gegangen war. Er erwiderte, er sei zum selben Entschluss gekommen.

Latimer hatte große Mühe und brauchte lange, den Brandy und das Opium zu schlucken, aber schließlich hatte er es geschafft, und dessen Eigenschaften zeigten sehr schnell ihre Wirkung auf sein geschädigtes System. Sein Körper hörte auf zu kämpfen, und sein Atem wurde ruhiger. Seine Augen schlossen sich. Mrs Latimer legte ihren Kopf neben seinen auf das Kissen, und Jane und Ross hörten, wie sie kaum hörbar die Worte eines kleinen Music-Hall-Songs sang:

»My sweethart's name is the sound of the sea
And his arms are my ship of rest
His voice is the breeze which sings to me
And tells me I'll ne'er be lost.«

Jane und Ross traten vom Bett zurück und setzten sich wie Patient und Arzt einander gegenüber an Sir Williams Schreibtisch, Jane auf dem Stuhl des Arztes. Sie schwiegen und blickten einander nur forschend an, denn sie wussten, dass sie als Komplizen Latimers nahendes Ende beschleunigt hatten, und fragten einander stumm, ob irgendeine Todsünde begangen worden war.

FREMD

Wieder in Dublin zu sein war für Clorinda Morrissey weit beunruhigender, als sie erwartet hatte. Ihrem Verlobten erklärte sie, es sei »als ob alles, was mir einmal lieb und teuer war, beschlossen habe, ich sei *ihm* nicht mehr lieb und teuer«.

»Wie meinst du das?«, fragte Sir William.

»Nun«, entgegnete Mrs Morrissey, »ich habe Dublin damals den Rücken gekehrt. Das lohnt die Stadt mir jetzt, indem sie mir das Gefühl gibt, ich sei eine Fremde aus Kanada.«

»Kanada, meine Liebe?«

»Ja. Wie jemand, der von sehr weit her kommt und nichts wiedererkennt und von nichts die korrekte Bedeutung kennt.«

Besser konnte sie es ihm nicht erklären. Doch ihr war durchaus bewusst, dass ihr Eindruck, von ihrer Heimatstadt auf Abstand gehalten oder sogar abgelehnt zu werden, nicht nur mit ihrer Flucht zusammenhing, sondern auch mit ihrem neu aufgekommenen Schuldgefühl in Bezug auf das Familienerbstück der Morrisseys.

Ihr Bruder Michael wohnte mit seiner Familie in einer Mietwohnung in der Bishop Street, einer Straße aus Backsteinhäusern mit niederländischen Giebeln, Häusern, die einmal stattlich gewesen waren und jetzt verwahrlost und eigenartig leer wirkten, als habe der Wind, der vom Fluss her wehte, die Absicht, alles Vorhandene zu Staub zu zermahlen.

Clorinda kannte diese Straße gut. Tagsüber spielten meist

ein paar Kinder draußen, malten mit Kreide ein Himmel-und-Hölle-Spiel auf die Straße oder schoben einander in einem alten Kinderwagen umher, wobei ihre kleinen Beinchen über den Rand hingen und die groben Stiefel gegen das verbeulte Flechtwerk stießen. Manchmal war am frühen Abend die Glocke des Lumpensammlers zu hören, und schattenhafte Gestalten erschienen in den Hauseingängen, um zu schauen, was sie ihm für ein paar Pennys verkaufen konnten. Insgesamt aber wirkte die Straße, als wäre sie einst von einer Katastrophe heimgesucht worden, die das Gefühl einer beklommenen Verlorenheit hinterlassen hatte.

Die Wohnung der Morrisseys war klein und vollgestopft mit all den billigen Einrichtungsgegenständen, die Michael und seine Frau Kathleen über die Jahre angeschafft hatten und die nun allmählich zerfielen – der mit Holzklötzen abgestützte Tisch, eine vom Holzwurm zerfressene Truhe, in der Decken aufbewahrt wurden, ein mit kaputtem Maschendraht vernagelter Vorratsschrank. Ruß vom Kohleherd schwärzte die Decke und verpestete die Luft. Spielzeug, das Michael für seine Mädchen aus Resten von Kiefern- und Sperrholz gefertigt hatte, lag herum und geriet allen zwischen die Füße. Mäuse raschelten und nagten hinter den Fußleisten.

Es gab zwei Schlafzimmer, und in dem einen schliefen Maire und ihre Schwester Aisling. Seit Maires Krankheit hatte auch Aisling zu leiden: Nacht für Nacht wurde sie vom Röcheln und Weinen ihrer Schwester wach gehalten. Eines Abends war sie auf die Straße hinuntergeschlichen, in einen Kinderwagen geklettert, der verlassen neben der Haustür stand, und hatte, die Füße gegen den Griff gestützt, versucht, darin zu schlafen.

Als Michael sie dort fand, begriff er, dass es so nicht weitergehen konnte. Auf irgendeine Weise musste er das Geld für Maires Operation auftreiben. Er musste ihnen allen die

Hoffnung auf eine bessere Zukunft geben. Und wie er da auf der verlassenen Straße stand und auf die elfjährige Aisling mit ihren vom erschöpften Schlaf verdrehten Gliedern blickte, war ihm plötzlich die Rubinhalskette eingefallen.

Als er hörte, seine Schwester werde ihren »Verlobten«, einen berühmten Chirurgen, mit nach Dublin bringen, der Maire kostenlos operieren würde, war Michael verwirrt. Er wusste, ohne dass man es ihm sagen musste, dass Clorinda wenig für ihre Nichten übrighatte und dass ihr erfolgreiches Unternehmen in Bath sie sehr weit von Irland und ihrer Familie entfernt hatte. Er wurde das Gefühl nicht los, dass sie einen Preis zu zahlen hatte – dafür, dass sie ihre irischen Wurzeln und ihre Blutsverwandten in gewisser Weise verraten hatte. Aber was für einen Preis? Sie wegen des Erbstücks – das, wie er sich jetzt klarmachte, mit Sicherheit für die Gründung der Teestube verkauft worden war – unter Druck zu setzen, schien ihm ein erster Schritt der Bestrafung zu sein. Vielleicht würde er es damit auch schon auf sich beruhen lassen, vielleicht aber auch nicht.

Doch jetzt wusste er nicht, wie er sich verhalten sollte. Er begriff, dass ihr Angebot sehr großzügig war. Falls Sir William Adeane seine Tochter tatsächlich retten konnte, würde er Clorinda vergeben müssen, und eine Auseinandersetzung über die Rubinhalskette erschiene in dem Moment unangemessen. In Michael Morrisseys Träumen waren diese Dinge jedoch auf eigenartige Weise miteinander verquickt: der notwendige Schnitt in Maires Hals und der Kreis aus blutfarbenen Edelsteinen. Dieser Tausch des einen gegen das andere besaß eine Symmetrie, an der er unverändert Gefallen fand.

Doch bald schon stellte sich heraus, dass Clorindas Plan nicht zu realisieren war. Für die lebensgefährliche Operation müsste Maire in ein Krankenhaus gebracht werden; es war keine Sache, die sich auf einem Küchentisch erledigen ließ. Michael Morrissey war ins Krankenhaus geeilt und hatte erklärt, der große englische Chirurg Sir William Adeane biete an, diese Operation vorzunehmen. Aber die Dubliner Ärzte, denen zugetragen worden war, Sir William gedenke, das Personal und kostbare Ressourcen des Krankenhauses für den eigenen Gebrauch (und für seinen persönlichen Ruhm) zu beanspruchen, beschritten den Weg der Rebellion.

»Wie gedankenlos«, sagten sie, »wie außerordentlich *englisch* von Sir William Adeane, zu glauben, das würden wir gestatten!« Selbstverständlich würden sie es nicht gestatten. Falls Sir William am Krankenhaustor auftauchen sollte, würde er wieder fortgeschickt werden.

Trotz seiner Sorge um seine Tochter gestand Michael sich ungeniert ein, dass es ihm Freude bereitete, Sir William diese Nachricht zu überbringen und seine ungläubige Miene zu sehen. Clorinda und der Chirurg befanden sich zu dem Zeitpunkt in Michaels und Kathleens Wohnzimmer, wo Kathleen eine saubere weiße Decke über den Teetisch gebreitet hatte und die beiden Mädchen nur dasaßen und abwesend ihre Tante und deren recht bejahrten Liebhaber anstarrten. Maire zupfte nervös an ihrem Kropf, und Aisling hantierte mit tieftraurigem Gesicht mit einem Spielschweinchen.

Kathleen stand unter der Tür, als warte sie darauf, das Paar hinauszukomplimentieren, noch bevor sie Tee getrunken hätten. Bei der Nachricht senkte sich ein geradezu beängstigend endgültiges Schweigen über den verrußten Raum.

Doch dann, schneller als irgendjemand hätte ahnen können, erhob Clorinda Morrissey sich und sagte: »Das hat nichts zu bedeuten. Absolut gar nichts. Sir William ist einer der wenigen Ärzte, die diese Operation vornehmen können, ohne Maires Leben zu gefährden. Und an welchem Ort er sie vornimmt, spielt keine Rolle. Wir werden Maire mit zu uns nach Bath nehmen. Sie kann bei mir wohnen, bis alles für den Eingriff vorbereitet ist, und wenn sie sich so weit erholt hat, dass sie die Seereise antreten kann, werde ich sie zurückbringen.«

Michael blickte Kathleen an. Keiner der beiden sagte etwas. Da stand Sir William auf und legte schützend einen Arm um Clorinda.

»Da haben wir es!«, sagte er. »Das ist die Lösung. Was meinst du, Maire? Hast du Lust, mit einem Dampfer nach England zu fahren? Das wäre doch schön, nicht wahr?«

Maire gab keine Antwort. Sie schien gar nicht begriffen zu haben, was sie gefragt worden war. Michael blickte einen Moment lang seine leidende Tochter an, dann sagte er: »Das ist vielleicht ein freundliches Angebot, aber ich glaube wirklich nicht, dass es das Richtige ist. Ich kann nicht zulassen, dass meine Tochter nach England reist. Seit der großen Hungersnot –«

»Jesus, Maria und Josef!«, rief Clorinda empört. »Jetzt fang doch nicht mit der Hungersnot an, wo die schon so lange vorbei ist!«

»Sie mag lange vorbei sein, aber niemand hier hat vergessen, wie England unser Volk hat verhungern lassen.«

»Und jetzt würdest du lieber das Leben deiner eigenen Tochter aufs Spiel setzen, als zuzulassen, dass sie in England gerettet wird?«

»Ich bin ein Mann mit Prinzipien – falls du das vergessen hast, Clorinda. Du wirst dich vielleicht nicht mehr an das Leiden in den Vierzigern erinnern …«

»Natürlich erinnere ich mich. Haben wir nicht selbst gehungert? Und natürlich, die Engländer hätten vor Scham sterben sollen, aber was hätte uns das geholfen? Und jetzt willst du Maire der Geschichte opfern. Ich für mein Teil kann keinen Sinn darin erkennen.«

Wieder senkte sich Schweigen über den Raum. Kathleen bewegte sich ein paar Zentimeter weiter aus der Tür. Sir William blickte sich in dem trostlosen Wohnzimmer um und entdeckte in einer Ecke einen einzigen kleinen Gegenstand von Wert: einen Bücherschrank mit Glasfront, in dem ein Teeservice aus Porzellan stand. Dieses Teeservice zerriss ihm das Herz. Er erkannte jetzt – falls er es nicht schon geahnt hatte –, dass Clorinda ein Leben voller Entbehrungen und Opfer geführt haben musste, wie er es sich bis jetzt nicht hatte vorstellen können.

»Ich schlage vor«, sagte er, ein wenig abgekühlt von der Atmosphäre im Raum, »dass wir Sie jetzt allein lassen – damit Sie über unser Angebot, Maire nach England mitzunehmen, nachdenken; morgen kommen wir wieder. Dann können Sie uns mitteilen, wie Sie sich entschieden haben.«

»Ich habe Kartoffelscones gemacht …«, sagte Kathleen aus der Tür.

»Die halten sich«, erklärte Michael barsch. »Und du, Schwester, geh jetzt, aber morgen werden wir über die Angelegenheit sprechen, die ich in meinem Brief an dich angeschnitten habe und die du bis jetzt nicht erwähnt hast. Wir werden über die Kette sprechen.«

VERGESSENE STRASSEN

Clorinda erwachte früh in ihrem Hotelzimmer, und nachdem sie eine Nachricht unter Sir Williams Tür geschoben hatte, ging sie hinaus in die Stadt.

Sie wanderte zum Liffey und sah die Sonne an einem graugrünen Himmel über dem Fluss aufgehen. Als Kind war sie gern hierhergekommen und hatte zugesehen, wie die Fischkutter und Handelsschiffe, die dort vor Anker lagen, sich unablässig im Wind bewegten und sich so eng aneinanderdrückten und gegeneinanderstießen, als sehnten sie sich nach den langen, einsamen Fahrten über die Meere nach herzlicher Kameradschaft.

Im Geruch des Flusses und dem Schwanken der Schiffe lag – so schien es Clorinda – das gesamte Gewebe ihrer fernen Vergangenheit beschlossen. Sie sog die salzige Luft tief ein und ließ den Blick auf den geneigten Masten ruhen, die jetzt von der Sonne beschienen wurden. Und sie hatte das Gefühl, dass sie hier, in diesem Teil von Dublin, einem Ort zwischen Ankunft und Aufbruch, akzeptiert wurde; dass sie wieder zu der großen Stadt gehörte und nicht wie eine Verräterin gemieden wurde.

Sie war dankbar für das Gefühl von Glück und Ruhe, das diese Erkenntnis ihr bescherte. Sie blieb noch eine Weile stehen und hörte dem Kreischen der Möwen zu, sah, wie das Leben auf den Schiffen erwachte, Männer von ihren beengten Schlafplätzen vertrieben wurden, um Decks zu schrubben, Wanten und Netze zu flicken oder Ladung zu verstauen: Bierfässer der Anchor-Brewery, bei der Michael beschäftigt war, Ballen mit Schafwolle, Tiere in Kisten und Käfigen. Es machte sie froh, dass das kaufmännische Herz Irlands – eines Landes, in dem das Leiden wie wucherndes Unkraut auf jeder gerodeten Fläche wurzelte – hartnäckig weiterschlug; es bezeugte, *dass das Leben weiterging*, ganz gleich, was kommen mochte, um es niederzumachen und zum Stillstand zu bringen.

Und so beschloss sie an Ort und Stelle, eine Lösung für die heikle Angelegenheit mit der Kette zu finden, nun, da sie in der glücklichen Lage war, Sir William um Hilfe bitten zu können. Und nein, sie würde keinesfalls ihren geliebten Teesalon aufgeben! Selbst im prosperierenden Bath war die Seele nicht gegen Sorge und Traurigkeit gefeit. Das Leben war kurz und grausam. Die Menschen brauchten Orte des Rückzugs, Inseln der Wärme und Ruhe. Sie hatte die Tür zu solch einem Ort geöffnet, und sie würde sie jetzt nicht wieder schließen.

Später an diesem Morgen, als sie wieder in der Wohnung in der Bishop Street waren und Michael und Kathleen gegenübersaßen – nicht den Kindern diesmal, die in der Schule waren –, hörten Clorinda und ihr Verlobter schweigend zu, wie Michael seine Schwester beschuldigte, »das einzige Stück von Wert, das diese unwissende Familie jemals besaß, entwendet« zu haben.

»Was sagst du dazu, Schwester?«, drängte Michael. »Und vergiss nicht, dass ich es dir ansehen werde, wenn du mich belügst.«

»Ich werde dich nicht anlügen, Michael«, sagte Clorinda ruhig. »Du hast damals selbst gesehen, dass ich die Kette an mich nahm, als unsere Mama starb. Ich habe sie lange sicher aufbewahrt, wie es sich gehört. Aber die einzige Möglichkeit, in Bath mein Unternehmen zu gründen, war der Verkauf der Kette. Hier ist die Urkunde darüber.«

Aus einer kleinen perlenbestickten Börse, die Sir William ihr geschenkt hatte, zog Clorinda das Dokument des Juweliers und reichte es ihrem Bruder. Er suchte in einer seiner abgewetzten Taschen nach seiner Brille und setzte sie auf. Seine Hände zitterten, während er das Papier hielt.

»Es war ein einfacher Handel«, fuhr Clorinda fort, »eine Transaktion, mit der etwas, das über Generationen im Dunkeln verborgen gewesen war, zu einem Ort der Zuflucht und des Lichts wurde.«

Sie sah, wie Kathleen Michael über die Schulter spähte. An seiner zitternden Hand konnte seine Frau ablesen, wie hoch die Summe sein musste, die seiner Schwester ausbezahlt worden war und die dort sowohl in Zahlen wie in Buchstaben stand. Dann hoben beide den Kopf und starrten sie an, und für Clorinda glich dieser starre Blick dem eines Richters auf einen Verbrecher, den er gerade verurteilt hat.

»Ein Ort der Zuflucht und des Lichts?«, entfuhr es Michael. »Was um Himmels willen ist das denn für ein hochtrabender Unsinn? Du hast Beutelschneiderei begangen, und wir werden einen Mann des Gesetzes beauftragen, der dich so lange verfolgt, bis du uns unseren Anteil bezahlst.«

»Ja, genau«, sagte Kathleen. »Michael kennt so einen Mann, der in der Brauerei arbeitet, nicht wahr, Michael?«

»Richtig. Und der wird dir eine Mahnung zustellen.«

»Wie ich mir gedacht habe«, sagte Clorinda, »nur, dass dein ›Mann des Gesetzes‹ gar nicht nötig sein wird, Michael. Wir sind einverstanden, die Summe, die auf der Kaufurkunde steht, zu teilen, und ich werde bezahlen, was ich dir schulde.«

»Wie in aller Welt willst du das anstellen?«

In diesem Moment erhob Sir William sich. In seinem schwarzen Gehrock und mit dem weißen Haar hätte er gut Michael Morrisseys »Mann des Gesetzes« sein können, der wie eine Erscheinung plötzlich in dem trübsinnigen Zimmer auftauchte.

»Lassen Sie mich erklären«, sagte er, »dass Clorinda sehr klug mit dem Geld verfahren ist, dass sie mit ihrem Teesalon verdient hat. Sie hat eine Summe beiseitegelegt. Aber da diese nicht dem Betrag entspricht, den sie Ihnen schuldet, habe ich ihr gesagt, ich würde den Rest dazulegen, und zwar von dem Geld, das ich mit meiner Praxis verdiene. Sie wird es mir zurückzahlen, falls und soweit sie es kann. Ich gehe davon aus, dass Sie das zufriedenstellen wird. Es bedeutet, dass Maire hier in Dublin von Ihren eigenen Chirurgen operiert werden kann.«

Michael und Kathleen saßen schweigend da. Ihr Blick wanderte von der Kaufurkunde zu Clorinda, dann zu Sir William und wieder zurück zu der Urkunde. Und Clorinda ahnte sehr wohl, was sie dachten: dass die Erleichterung, die sie wegen Maire empfanden, durch etwas anderes gedämpft wurde – das Gefühl nämlich, dass die Welt ein gnadenloser Ort war, in dem manche Menschen ungerechterweise Erfolg hatten und andere in einer vergessenen, stillen Straße, in der stets ein kräftiger Wind wehte, leiden mussten. Sie selbst und die beiden standen jetzt auf verschiedenen Seiten jener Trennlinie, und Clorinda wusste, dass man ihr – was auch immer mit Maire passierte – nie verzeihen würde.

Als sie die Wohnung in der Bishop Street verließen, war die Schönheit des frühen Morgens verschwunden, und es regnete. Sir William sah sich nach einer Droschke um, aber Clorinda bezweifelte, dass sie in diesem Teil der Stadt eine finden würden, und meinte, ihr mache der irische Regen nichts aus, er habe stets so etwas Sanftes.

Und so gingen sie zu Fuß weiter, Arm in Arm und in dem gemächlichen Tempo, das Sir William bevorzugte; das feine Geniesel setzte Perlen auf ihre eleganten Kleider, und ihre

Gesichter wurden immer rosiger und glänzender, und während sie so dahinschritten, dachte Clorinda, sie habe noch nie einen Spaziergang derart genossen. Endlich fühlte sie sich wieder mit ihrer Stadt verbunden – eins mit den stillen Straßen und dem Regen. Und für Sir William empfand sie die größte Zärtlichkeit, die sie je einem Mann gegenüber verspürt hatte.

Als die Sonne wieder herauskam und sie zu einem kleinen Park gelangten, wo die Beeren der Ebereschen ringelblumenorange glühten und ein Leierkastenmann eine alte Melodie spielte, die Clorinda noch aus ihrer Zeit bei dem Kurzwarenhändler kannte, wurde ihr klar, dass sie vor ihrer Abfahrt aus Dublin Sir William unbedingt noch jenen winzigen Laden mit seinen Schubladen voller Bänder und Borten zeigen wollte – ihr letzter bescheidener Posten in der Stadt ihrer Geburt vor ihrem folgenschweren Entschluss, sie zu verlassen.

Doch auf dem Weg zu dem Laden stießen sie auf ein Café, das »feinen, echten Kaffee aus Amerika ohne Zusatzstoffe« anbot. Sie traten ein und nahmen Platz. Clorinda blickte sich um und verglich das Café im Geiste mit ihrem Teesalon. Sie strich mit der Hand über die hölzerne Tischplatte und sagte: »Was meinst du, William? Fühlen die Menschen sich hier genauso wohl, wie ich es mir in Bath für meine Gäste wünsche?«

»Auf keinen Fall«, erwiderte Sir William. »Hier gibt es doch kein Feuer.«

»Weil Sommer ist.«

»Nein. Weil es überhaupt keinen *Kamin* gibt. Und, was noch schlimmer ist, keine erkennbare Möglichkeit, sich einen Schnaps zu bestellen! Aber ich fühle mich trotzdem wohl, weil ich mit dir zusammen bin und deine Hand halten kann, wenn mir danach ist.«

Clorinda lachte, und Sir William stellte wieder einmal fest, was für einen reizenden Klang ihr Lachen hatte, und plötzlich wurde er ernst, denn ihm kam der Gedanke, dass er sicherlich lange vor seiner neuen Frau sterben und das Geschenk ihres Lachens eines Tages jemandem anders gelten würde.

Und mit leicht erstickter Stimme sagte er: »Ich hoffe, wir werden sehr lange verheiratet sein. Und auch wenn alles um uns herum durch irgendwelche infernalischen Veränderungen, die niemand vorhersagen kann, verschwinden oder untergehen sollte, wünsche ich mir, dass wir beide, du und ich, so weiter leben werden wie jetzt: glücklich und in Frieden. Und du stets mit einem Lachen.«

DUNKLE, GLÄNZENDE FARBEN

In zehn Tagen würde die *Rainsford* nach Singapur auslaufen.

Valentine Ross lag in seinem schmalen Bett und versuchte zu ergründen, ob er dann an Bord des Schiffes in einer Schachtel von Kabine an Kälte und Seekrankheit leiden würde, aber immerhin zu seiner Suche nach Edmund aufgebrochen wäre oder ob er es wagen würde, die Segelreise für einen letzten Versuch, Jane zu gewinnen, aufzuschieben.

Von seiner Rundreise im westlichen England war er in der Überzeugung zurückgekehrt, dass Jane Adeane ihm die kalte Schulter zeigen und zwischen ihnen nichts als unbehagliche Verlegenheit herrschen werde. Doch das war nicht der Fall gewesen. Zunächst hatte es da diese traumartige mitternächtliche Begegnung im heißen Bad gegeben, bei der seine Nacktheit Jane zu amüsieren und dazu anzuregen schien, mit ihm zu schäkern. Dann hatten sie gemeinsam über Mr Latimers Sterben gewacht und waren, als Verschwörer in der Sache mit dem Opium, aneinandergekettet durch das, was sie gemeinsam entschieden hatten. Und als Mr Latimers Leiche dann fortgeschafft worden war, hatte es einen langen Moment gegeben, in dem sie zusammen in Sir Williams Praxis gestanden und Jane seine Hand genommen und gesagt hatte: »Ich bin froh. Ich bin froh.«

Was hatte sie damit gemeint?

Hatte sie nur auf das angespielt, was sie beide für Latimer getan hatten, oder meinte sie, sie sei »froh« darüber, den Menschen wiederzusehen, dessen Heiratsantrag ihr einmal so offensichtlich missfallen hatte? Sie hatte ihn danach allein gelassen, um nach der langen Nachtwache eine Weile zu schlafen, und er hatte sie nicht gedrängt, mehr zu sagen. Doch jetzt kehrte seine alte Sehnsucht, von Jane Adeane geliebt zu werden, so heftig zurück, dass er sich die Hoffnung leistete, sie könne mehr als Freundschaft für ihn empfinden. All seine Visionen eines gemeinsamen Lebens und sexueller Erfüllung mit der Frau, nach deren magischer Berührung jeder sich sehnte, überfielen ihn mit einer Macht, die beinahe alles andere aus seinen Gedanken verdrängte. Eines wusste er jedoch: Sollte er es wagen, ihr ein zweites Mal seine Gefühle zu offenbaren, und würde er erneut zurückgestoßen, wäre seine Zukunft besiegelt. Dann würde er an Bord der *Rainsford* gehen; er würde Jane nie wiedersehen.

Da schönes Wetter war und er keine weiteren Patienten hatte außer solchen, die vielleicht hofften, ihn im Kurhaus informell konsultieren zu können, brach Ross zu einem seiner Spaziergänge nach Charlcombe auf. Unterwegs kam er zu einem Entschluss, von dem er genau wusste, dass er nicht logisch war, sondern von der Sorte unseliger kindischer Entschlüsse, wie ein Glücksspieler sie trifft. Er lautete folgendermaßen: Er würde zu dem Feld gehen, wo er einst den Auerhahn gesehen hatte. Er würde dort eine Weile stehen bleiben, und wenn er einen dieser Vögel entdeckte, nun, dann würde er das als eine »Botschaft« von Edmund begreifen. Und er würde diese Botschaft als Aufforderung zu einer Reise in den Fernen Osten deuten. Er würde sich dadurch verpflichtet fühlen. Und wenn kein Auerhahn auftauchte … dann würde er die Chance ergreifen und Jane ein zweites Mal seine Liebe gestehen, in der Hoffnung, dass die Erinnerung an den Antrag im Teesalon auf irgendeine Weise aus ihrem Kopf gelöscht worden war. Allein der Gedanke, er werde womöglich gezwungen sein, einige der Worte zu wiederholen, die er einst bei Mrs Morrissey ausgesprochen hatte, drückte ihm fast das Herz ab.

Als Ross zu dem Feld gelangte, das damals mit Reif bedeckt gewesen war, sah er, dass dort Steckrüben gepflanzt waren. Von Edmund wusste er, dass Auerhähne nicht nur in England selten waren, sondern dazu Vögel, die Moorlandschaften liebten und sich von Insekten ernährten, die zwischen Gras und Heidekraut herumkrochen. Raben mochten vielleicht an den Rübenspitzen picken, aber gewiss keine Auerhähne.

Hatte er also seine kindische Wette gewonnen? War er vor der Reise nach Borneo bewahrt worden? Ross stand am Rand des Rübenfelds und sah zu, wie der Wind in die Bäume hinter dem Feld fuhr. Die Vorstellung, dass die Richtung, die das Leben eines Menschen nimmt, häufig durch absolut unscheinbare Momente wie diesen bestimmt wird, durch solch abergläubische Logik, war erschreckend, und er tadelte sich dafür, dass er sich diese lächerliche Wette überhaupt ausgedacht hatte.

Er wollte gerade umdrehen und seinen Weg fortsetzen, als ihm ein Flügelflattern ins Auge fiel und ein großer Vogel sich am Waldrand auf einem umgefallenen Baum niederließ. Bei genauerem Hinsehen erkannte er erleichtert, dass es sich um eine Saatkrähe handelte. Doch sein Blick verharrte noch eine Weile bei diesem Bild, das fast wie ein Stillleben wirkte: ein Vogel, der regungslos und stumm auf einem abgestorbenen, moosbewachsenen Baumstamm steht. Ihm schien, als wäre die Szene speziell arrangiert worden, um ihm etwas mitzuteilen. Doch er vermochte nicht zu erraten, was.

Er lud Jane zu sich zum Abendessen ein. Er wusste, dass es sich um eine provokante Einladung handelte, und erwartete eigentlich, sie werde ablehnen, aber das tat sie nicht.

Er ließ sich von einer Garküche geräucherte Forelle mit einer Gurkenmousse bringen und von einem Weinlieferanten eine Flasche deutschen Rheinwein.

Sie erschien in einem Kleid aus dunkelbrauner Seide und mit einer Bernsteinkette um den Hals, als wäre sie für einen sehr viel großartigeren Abend gekleidet als den, den er anzubieten hatte. Ins Haar hatte sie sich braune Bänder geflochten. Gegen diese dunklen, glänzenden Farben wirkte ihre Haut sehr weiß.

Er schenkte ihr ein Gläschen Wein ein, und während sie daran nippte, sagte sie: »Also, Doktor Ross. Es handelt sich wohl um ein kleines Abschiedsessen, nicht wahr? Wie Sie sehen, habe ich mich entschlossen, Ihnen zu Ehren ein teures Kleid zu tragen, das ich in Paris gekauft habe. Wann segeln Sie denn nach Borneo?«

Er war unfähig zu antworten. Er hatte sich nicht vorgestellt, schon so früh am Abend mit dem Augenblick der Wahrheit konfrontiert zu werden. Vielmehr hatte er angenommen, sie würden einige Zeit damit verbringen, sich über Latimers Tod oder die Hochzeit von Sir William und Mrs Morrissey zu unterhalten. Aber nein, das hier war natürlich Jane, und Jane war nur zu gern bereit, zielstrebig auf den Kern einer Sache zuzusteuern. Sie hatte wenig Geduld für leeres Geplauder oder unverbindliche Konversation.

»Ich meine mich zu erinnern«, fuhr Jane fort, »dass mein Vater sagte, Sie würden in zwei Wochen lossegeln – vielleicht auch etwas früher. Ist das so?«

»Nein«, erwiderte Ross.

»Nein? Also hat er Sie falsch verstanden?«

»Nein ...«

»Oh, es tut mir leid, Doktor Ross, aber jetzt bin ich verwirrt. Gibt es vielleicht einen Unterschied zwischen dem einen ›Nein‹ und dem anderen ›Nein‹?«

Er musste also damit herausrücken. Sie hatte begonnen,

sich über ihn lustig zu machen, wie sie es immer tat, und er konnte nicht zulassen, dass das ausgerechnet jetzt wieder geschah. Dann würde er sie umbringen! Er würde lieber seine Hände um ihren wunderschönen weißen Hals legen und sie *erdrosseln*, als ihr zu erlauben, ihn herabzusetzen und ihn leiden zu lassen, so wie er zuvor gelitten hatte.

Und doch fand er sich plötzlich auf den Knien wieder. Er griff nach Janes Hand. Ein Teil von ihm wusste, dass er lächerlich aussah, aber es musste einfach getan und gesagt werden, er musste ihr all seine aufgestauten Gefühle, seine Liebe und seine Leidenschaft zu Füßen legen.

»Jane!«, rief er. »Ich habe immer wieder versucht, Sie mir aus dem Kopf zu schlagen. Ich habe alles getan, was ein Mann tun kann. Aber ich bin gescheitert. Ich werde Sie nicht los – Sie verfolgen mich in jedem einzelnen Moment meines Lebens.«

»Doktor Ross ...«

»Sagen Sie nichts! Bitte! Lassen Sie mich aussprechen, was ich zu sagen habe. Ich möchte Sie heiraten. Und wenn Sie mich nicht wollen, werde ich England verlassen und nie mehr zurückkehren. Aber ich muss Sie dieses eine letzte Mal fragen: Wollen Sie meine Frau werden?«

Er blickte zu Jane auf, konnte ihre Gedanken aber nicht lesen. Es schien ihm, als zucke da der Anflug eines Lächelns in ihren Mundwinkeln, und er konnte dieses spöttische Lächeln nicht ertragen, also senkte er den Kopf und bettete ihn in ihren Schoß. Er wusste, dass das jenseits allen Anstands war, doch es kümmerte ihn nicht. Er wusste, dass seine gesamte Zukunft an diesem Moment hing.

Zu seiner Beschämung merkte er, dass er kurz davor war, in Tränen auszubrechen, dass er sich an Jane klammern wollte, wie ein trauriges Kind sich manchmal an seine Mutter klammert. Und er konnte den Schluchzer, der jetzt direkt aus seinem Herzen hervorquoll, nicht unterdrücken, diesen

Schrei eines leidenden Tieres, doch was er als Nächstes spürte, war Janes Hand an seinem Nacken, die ihm übers Haar zu streichen begann. Dann zog Jane ihn hoch, hielt ihr Gesicht dicht an seins und blickte in seine tiefblauen Augen.

»Vielleicht ist es letztlich sehr einfach«, sagte sie. »Ich werde Sie heiraten, und wir werden das tun, was alle tun; wir werden uns bemühen, glücklich zu sein.«

Was dann folgte, war nicht das, was mit jeder anderen jungen Frau aus gutem Hause gefolgt wäre, außer – in diesem speziellen Augenblick – mit Jane Adeane.

Sie küsste Ross, und er fand, dass ihr Kuss suchend, schamlos und tief war. Sie küsste ihn noch einmal und sagte, sie halte es für eine seltsame gesellschaftliche Einrichtung, dass Männer und Frauen sich zu einer lebenslangen Ehe bänden, ohne vorher herauszufinden, ob sie auch im Bett zusammenpassten. Und er nahm diese Äußerung als das, was sie zu sein schien. Das Abendessen und der Wein waren vergessen. Hand in Hand gingen sie in sein Schlafzimmer.

Jane legte all ihren Putz ab, löste die Satinbänder aus ihrem Haar, legte sich nackt auf sein schmales Bett und streichelte, während sie auf ihn wartete, ihren eigenen Körper so aufreizend wie jede Hure; es war, als wolle sie ihm zeigen, dass sie trotz ihrer ungewöhnlichen Größe und Kraft bereit sei, sich ihm zu unterwerfen.

Dieser Anblick, den er sich so lange vorgestellt hatte, war für Ross ebenso überwältigend, ebenso voller Wunder wie der Sonnenaufgang für jemanden, der lange, eisige Jahre in Dunkelheit gefangen gehalten worden war.

DRITTER TEIL

FRAU IN WEISS

Emmeline Adeane war mit den letzten Vorbereitungen für eine hochsommerliche Ausstellung in der Barlow Gallery in Mayfair beschäftigt. Sie würde zwanzig Bilder zeigen. Mr Sheridan Barlow hatte die Tite Street mehrere Male höchstpersönlich aufgesucht und bekannt, er sei »erzückt« von Emmelines Arbeiten – ganz besonders von ihren Porträts –, und Emmeline hatte beschlossen, sich zufriedenzugeben und davon abzusehen, Mr Barlow zu fragen, ob »erzückt« ein existierendes Wort sei, das sie auch in Mr Ogilvies *Imperial Dictionary of the English Language* finden würde.

Denn bei näherem Nachdenken kam es ihr tatsächlich so vor, als handele es sich bei den Besitzern von Kunstgalerien sehr häufig um Männer, die nicht in der Lage waren, eine einigermaßen allgemeinverständliche Sprache zu benutzen, und die stattdessen in einem fürchterlichen Gestöber eigenartiger Superlative und inhaltsleerer Wortprägungen umherwandelten, vor denen sie sich selbst jedoch mit wild wedelnden Händen zu schützen suchten. Dass es genau diese Menschen waren, deren Kaufmannsseele sie ihr Werk anvertrauen musste, bekümmerte Emmeline, besonders dann, wenn sie sich erlaubten, einen so großen Anteil ihrer Verkaufserlöse in die eigene Tasche zu stecken, doch sie waren nun einmal die Sachwalter ihres Lebens. Sie konnte ihr Werk schließlich nicht auf der Straße verkaufen.

Am stärksten »erzückt« war Sheridan Barlow, wie sich herausstellte, von Emmelines Porträt ihrer Nichte. Sie hatte es *Frau in Weiß* genannt (in der Annahme, es würde Mr Wilkie Collins nicht groß kümmern, dass sie den Titel von seinem scheußlich berühmten Roman geborgt hatte), und sie hatte nicht die Absicht, es zu verkaufen. Aber Barlow hatte es mit einem solchen Konfettiregen an Lobpreis überschüttet, gepaart mit dem Versprechen, eine so unglaublich hohe Summe dafür zu erzielen, dass Emmeline nachgegeben und sich bereit erklärt hatte, es ihm zu überlassen. Ungerahmt hatte das Bild seit Janes Rückkehr nach Bath in ihrem Atelier gestanden, und Emmeline hatte es gern um sich gehabt. Nun musste sie es in eine Droschke laden und zu ihrer Rahmenwerkstatt der Mssrs Hartley and Foulkes karren lassen, erfahrenen Kunsthandwerkern, die sie über die Jahre sehr zu schätzen gelernt hatte.

Und just als sie mit Mr Hartley an einer seiner Werkbänke stand, geschah es, dass Emmeline ein plötzlicher Schmerz in der Brust überfiel. Es war ein Schmerz wie kein anderer, ein Gefühl, als würde ihr ein schrecklicher Eisennagel mit mehreren Hammerschlägen ins Herz getrieben.

Sie hielt sich mit einer Hand an Mr Hartleys Ladentisch fest und massierte sich mit der anderen das Brustbein, in der Hoffnung, es werde den Hammer zwingen, sein schreckliches Werk zu beenden. Doch er hörte nicht auf. Emmeline nahm gerade noch Mr Hartleys freundliches Gesicht wahr, das sie tiefbesorgt betrachtete, ehe es schwarz um sie wurde.

Sie fiel seitwärts auf den staubigen Holzfußboden. Mr Hartley eilte zu ihr, griff nach ihrer Hand und fühlte ihren Puls, gleichzeitig rief er nach Mr Foulkes, der in einem Vorraum arbeitete, und Foulkes, ein Mann fortgeschrittenen Alters, kam auf der Stelle hereingehumpelt.

»Was gibt es, Mr Hartley?«, fragte er.

»Sehen Sie nur!«, rief Mr Hartley laut und mit all der dramatischen Betonung, die ihm der Situation angemessen erschien, »Miss Adeane hat einen Zusammenbruch!«

»Ojemine!«, klagte Foulkes, die Intonation seines Kollegen übernehmend. »Was machen wir jetzt?«

Mr Hartley versuchte nun, Emmeline wiederzubeleben, indem er ihr auf die Wangen klopfte und sie drängte aufzuwachen, doch sie lag still und blass vor ihm und zeigte nicht die geringste Bewegung. Nur der Turban, den sie an diesem Tag trug, war verrutscht, als ihr Kopf auf dem Boden aufschlug, und hing jetzt, wie der Hut eines Spaßmachers, recht leger über dem einen Auge. Und zu Mr Hartleys Bestürzung gesellte sich nun die bange Sorge, dass dieser Vorfall Emmeline, so wie sie dalag, sehr viel von ihrer Würde nahm.

»Sie müssen schnell zum Arzt laufen, Foulkes«, sagte Mr Hartley. »Sie müssen ihn dazu bringen, dass er sofort kommt.«

»Laufen?«, sagte Foulkes. »Sie wissen doch, dass ich nicht schnell laufen kann …«

»Dann eben humpeln. Humpeln Sie, so schnell Sie können. Es sind ja nur zwei Straßen.«

»Nein«, erwiderte Foulkes. »Ich habe eine bessere Idee. Wir legen sie auf eine Bahre und tragen sie hin. Auf diese Weise gibt es kein großes Hin und Her.«

»Großartig«, sagte Hartley. »Außer, dass wir keine Bahre haben.«

»Was sind Gemälde denn anderes als starke Leinwände, zwischen vier Punkten aufgespannt, Mr Hartley? Legen Sie sie auf das ungerahmte Gemälde der Weißen Frau, und darauf werden wir sie bei dem Arzt abliefern. Ungerahmt wird es leichter zu tragen sein.«

Mr Hartley starrte seinen Kollegen an. Während ihrer langen Zusammenarbeit hatte Mr Foulkes häufig eine eigentümliche intellektuelle Originalität bewiesen, die Hartley, wie er wusste, selbst nicht besaß. Seine Entscheidung, Aquarelle auf Bretter zu montieren, war für Hartleys Geschmack manchmal zu modern und gewagt gewesen, hatte seiner Firma jedoch zu dem Ruf verholfen, auf dem allerneuesten Stand der Handwerkskunst zu sein. So dass Hartley, wenn Foulkes eine seiner scheinbar verwegenen Entscheidungen traf, durchaus geneigt war, sie mitzutragen.

»Wir könnten das Gemälde beschädigen …«, wandte er jetzt jedoch ein.

»Nein«, antwortete Mr Foulkes. »Ich hole eine Decke und breite sie über die Leinwand. Dann sollte alles gutgehen. Wenn Ms Adeane fett wäre, nun, dann könnte die Leinwand sich verhängnisvoll verziehen, aber sie ist so leicht, dass sie sie nicht einmal eindellen wird.«

Also wurde es genauso gemacht, wie Mr Foulkes vorgeschlagen hatte. Janes Porträt wurde auf den Boden gelegt und eine karierte Decke darüber gebreitet, und die beiden Männer hoben Emmeline vorsichtig obendrauf. Dabei fiel ihr Turban endgültig herunter, und Hartley legte ihn ihr sanft auf die Brust – vielleicht auf ebendie Stelle, wo sie die Hammerschläge gespürt hatte. Dann zogen sie los, balancierten ihre seltsame Ladung vorsichtig durch die schmale Ladentür und auf die Straße, wo ein junger zerlumpter Bengel von einem Straßenkehrer sie mit großen Augen anglotzte und fragte: »Ist sie tot, Mister?«

»Weg mit dir, Bursche«, bellte Mr Foulkes, »sie ist eine vornehme Dame, und wir werden nicht zulassen, dass sie stirbt.«

Emmeline erwachte auf der Liege des Arztes. Sie sah ein Gesicht, das aus der Dunkelheit kam und sich direkt vor ihres schob. Sie wollte vor Angst schreien, umso mehr, als ein forschender Finger eines ihrer Augenlider hochschob, so dass das Gesicht in die Tiefen ihres Auges spähen konnte. Aber sie stellte fest, dass sie keine Stimme hatte.

Dann spürte sie, dass etwas ihr Kinn berührte, und merkte, dass es ein männlicher Schnurrbart war; es kitzelte furchtbar, und sie hätte gern die Hand gehoben, um den Mann wegzuschieben, konnte sie aber nicht bewegen. Vielleicht hatte sie sich ja in ein Bauernhoftier verwandelt, eingesperrt in einen Pferch, dachte sie, und der Mann hatte vor, sie zu essen.

Dann hörte sie eine Stimme, die sie von irgendwoher kannte, und die Stimme fragte: »Ist sie wach, Doktor? Lebt und atmet sie?«

Das Gesicht verschwand. Emmeline gelang es, den Kopf ein wenig zu drehen, und sie versuchte, in ihrem Hirn Wörter für das zu finden, was sie sah. Auf einem Tisch in der Nähe lag eine Reihe von … wie hießen sie gleich? Glänzende Dinger, die aussahen, als könnten sie Wunden zufügen …

Die vertraute freundliche Stimme sagte: »Ich bin es, Mr Hartley, Miss Adeane. Mr Foulkes und ich hielten es für das Beste, Sie hierherzubringen, zum Arzt. Sie hatten in unserer Werkstatt einen unerfreulichen Zwischenfall. Wie geht es Ihnen jetzt?«

Sie war in der Lage, zu nicken, brachte aber immer noch kein Wort heraus. Sie konnte Mr Hartleys freundliches Gesicht sehen, neben dem jetzt das zerfurchte von Mr Foulkes erschien, und der sagte: »Sie haben uns einen gehörigen Schreck eingejagt, Verehrteste. Aber jetzt sind Sie in Sicherheit, bei einem Mann der Medizin.«

Und nun lag sie in einem Krankenhausbett. Die Zimmerdecke schien sehr weit entfernt und war mit seltsamen dunklen, beweglichen Schatten bedeckt. Sie starrte darauf und versuchte, ihnen eine feste Form zu geben, doch sie entzogen sich ihr.

Der gesamte Krankensaal hallte wider von Geräuschen – von Schritten und Stimmen. Emmelines Verstand konnte jedoch nicht entscheiden, ob diese Geräusche der Vergangenheit oder der Gegenwart angehörten. Und dieses verwirrende Chaos – die sich unaufhörlich bewegenden formlosen Schatten und der Lärm, der in eigentümlichen Wellen kam und ging – brachte sie zu dem Glauben, dass ihr eine Katastrophe widerfahren sein musste, deren Ursache ihr rätselhaft blieb. Das Letzte, woran sie sich erinnerte, war, dass sie in eine Droschke gestiegen war und etwas in den Armen hielt.

Es verging einige Zeit, in der Emmeline in einen leichten Schlaf fiel, und als sie wieder erwachte, sah sie eine Gestalt in Weiß neben ihrem Bett stehen. Die Gestalt stand regungslos da und blickte auf Emmeline herunter, die, beim Anblick des weißen Gewands, begriff, dass sie sich durch diese Person irgendwie getröstet fühlen sollte, doch dieser Trost stellte sich nicht ein. Sie blickte forschend in dieses Gesicht und glaubte, darin etwas Vertrautes zu erkennen, etwas Zärtliches, doch sie blickte auf eine dunkle Stirn und eng zusammenstehende Augen und begriff, dass diese fremde Person ihr nicht helfen würde.

Die Person entfernte sich, und Emmeline nahm die Betrachtung der formlosen Schatten wieder auf, die an der hohen Decke spielten. Sie wusste, dass sie nach einem Namen suchte und dass sie ihn, wenn sie ihn gefunden hätte, laut aussprechen musste, denn in diesem Namen lag ihre einzige Hoffnung, zu verstehen, was ihr zugestoßen war.

Sie suchte während der ganzen Nacht oder zumindest in den Stunden, die sie dafür hielt, und als irgendwo in dem hohen Saal die Morgendämmerung anzubrechen schien, fand sie den verlorenen einsilbigen Klang, der tief in ihr vergraben gewesen war, niedergehalten von ihrem kranken Herzen, und sie sammelte all ihre Kräfte und begann laut zu rufen: »Jane! Jane!«

» SICH EINFACH FÜGEN «

Als Sir William und Clorinda Morrissey am frühen Abend aus Dublin zurückkehrten, waren sie überrascht, als sie an der Haustür der Henrietta Street 28 von Valentine Ross und Jane begrüßt und sogleich in den Salon gezogen wurden, wo eine Flasche rubinroter Portwein mit vier Gläsern sie erwartete.

Die müden Reisenden waren gerührt. Portwein war genau das Richtige, um ihre Lebensgeister wieder zu wecken, und sie nippten dankbar daran, aber es dauerte nicht lange, bis sie begriffen, dass die Flasche nicht nur zu ihrer Erfrischung geöffnet worden war; sie wurde zur Feier von etwas sehr viel Bedeutsameren kredenzt.

Von Jane genauestens beobachtet, erhob Ross sich nun, nahm einen stärkenden Schluck aus seinem Glas und sagte: »Wir haben Neuigkeiten, die Sie, wie wir hoffen, mit uns feiern werden. Ich habe mich entschlossen, nicht, wie geplant, nach Borneo zu reisen. Tatsächlich könnte mich nichts in der Welt dazu bringen, jetzt zu reisen. Denn die Umstände haben sich auf gloriose Weise zum Besseren gewendet! Vor zwei Wochen, während Ihrer Abwesenheit, habe ich mein Herz in die Hand genommen und Jane gefragt, ob sie bereit sei, meine Frau zu werden – und Jane war einverstanden.«

Mrs Morrissey – einst Zeugin des gescheiterten Heiratsantrags in ihrer Teestube – entfuhr ein tiefer Seufzer. Sir William setzte sein Glas ab und breitete die Arme aus, als wolle er die edlen Sieger eines langen, mühseligen Rennens umarmen.

»Wahrhaftig!«, sagte er. »Ihr hättet mir nichts berichten können, was ich lieber gehört hätte. Komm und küss deinen Vater, Jane, und mein lieber Ross, kommen Sie und schütteln Sie mir die Hand.«

Das taten sie und entschieden sich im gleichen Moment für eine Art kollektiver Umarmung, die nicht häufig in einem viktorianischen Salon zu sehen war und während der Valentine Ross, mit einem Mal Gegenstand von so viel Zuneigung und Seligkeit, von der plötzlichen Furcht befallen wurde, sich lächerlich zu machen, indem er in Tränen ausbrach.

Als die kleine Gruppe sich wieder voneinander löste, sagte Clorinda Morrissey: »Und wir, unter dem grauen Himmel von Dublin –, wir hatten nicht die geringste Ahnung, dass hier die Sonne schien. Es hätte uns so sehr aufgeheitert, nicht wahr, William?«

»Das hätte es wahrhaftig. Aber so ist es nun eine wunderbare Heimkehr geworden.«

»Mir ist durchaus bewusst, Sir William«, sagte Ross, »dass ich streng genommen nicht in der richtigen Reihenfolge vorgegangen bin. Ich hätte zuerst Sie um Janes Hand bitten müssen, bevor ich sie selbst fragte. Aber was soll ich sagen? Der Moment war gekommen, und er musste ergriffen werden, nicht wahr, Jane?«

»Ja«, sagte Jane ruhig. »Der Moment war gekommen.«

»Natürlich«, sagte Sir William, »natürlich ist er gekommen! Genau wie der, als ich Clorinda waghalsig umarmt habe, halb auf der Straße und halb in ihrem Teesalon. Aber so ist das Leben: Wir werden vom Blitz getroffen und von herrlichen Stürmen ergriffen, und wir können uns einfach nur fügen.«

Jane sann über diese Bemerkung ihres Vaters nach, und während sie allein in ihrem schmalen Bett in der Henrietta Street lag, schien ihr, dass diese Formulierung sehr genau ihre Beziehung zu Valentine Ross beschrieb. Außer dass nur er allein – nicht auch sie – von einer großen und stürmischen Leidenschaft überwältigt worden war.

Neugierig, wie sie gegenüber allem in der Welt war, hatte Jane Adeane es faszinierend gefunden, das Begehren eines Mannes in seiner ganzen wilden Verzweiflung zu erleben, und sie hatte keine andere Wahl gehabt, als sich ihr zu fügen, nachdem sie erst einmal zugesagt hatte, Ross zu heiraten. Es hatte sie anfangs sogar ein wenig erregt, der Gegenstand einer solchen Vergötterung, eines solch animalischen Bemühens zu sein, doch als seine Versuche, sich mit ihr sexuell zu vereinigen, sich Nacht für Nacht wiederholten, fühlte sie sich nur zu bald nahezu erstickt von ihnen und fand es wenig erhebend, unter dem Körper eines Mannes eingeklemmt zu sein und geradezu zermalmt zu werden, während er sich stöhnend und brüllend zu seinem eigenen Delirium vorarbeitete.

Jane tröstete sich damit, dass die Ehe ihn besänftigen würde und dass sie mit der Zeit zu einer gewissen Friedlichkeit im Bett finden würden, aber das war es eigentlich auch nicht, was sie wollte. Sie wollte mit Ross die gleiche Art des Begehrens, die gleiche Art der Erregung und Befriedigung erleben wie mit Julietta, und sie wusste, davon war sie weit entfernt. Vom »Blitz getroffen« wurde immer nur er.

Was sollte sie tun?

Julietta hatte ihr gegenüber angedeutet, dass Männern *beigebracht* werden müsse, wie man Frauen erregt, und sie war so kühn gewesen, Ross' Kopf zwischen ihre Beine zu drücken; aber dort hatte er dann, während sein Bart an ihren Schenkeln kratzte, nicht gewusst, was zu tun war, und sie nur ein bisschen geküsst. Also gab sie den Versuch auf und versuchte es nie wieder. Zu der *juissance*, die sie mit Julietta so mühelos und so oft erlebt hatte, kam es mit Valentine Ross nie.

Und so nahm in Janes Kopf allmählich der Gedanke Gestalt an, dass sie ihre Ehe – paradoxerweise – wieder in jenen Zustand der Jungfräulichkeit zurückführen musste, in dem sie sich vor ihrer Begegnung mit Julietta befunden hatte. Bevor sie von Julietta berührt worden war, hatte ihr sexuelles Selbst in einer Art friedlicher Ruhe geschlummert. All ihre Leidenschaft war in ihre heilende Kraft geflossen. Sie war der Engel der Bäder gewesen, und das hatte genügt.

Nun würde sie wieder dahin zurückkehren, wieder Freude daran finden müssen, Menschen nur deswegen zu berühren, um sie zu heilen und ihnen die Schmerzen zu nehmen. Und sie sah auch, dass sie diese Art der Berührung auch ihrem zukünftigen Gatten zukommen lassen musste, denn was war seine schreckliche Leidenschaft für sie anderes als Schmerz – solange sie nicht befriedigt wurde? Und nur Jane konnte sie befriedigen. Sie würde sich dem fügen, was ein äußerst überwältigendes und drängendes Bedürfnis zu sein schien, und sein Leiden wäre beschwichtigt.

War sie dazu fähig?

Sie wusste es nicht.

Sie versuchte, sich im Geiste mit den anderen Veränderungen ihres Lebens vertraut zu machen, die die Ehe mit Valentine Ross mit sich bringen würde: ein eigenes Haus, die Gründung einer erfolgreichen medizinischen Praxis, in der sie fast den Status einer ebenbürtigen Partnerin hätte, die Möglichkeit von Kindern. Sie begriff, dass das in den Augen vieler ein erfülltes, glückliches Leben bedeutete. Doch sie wusste, dass sie selbst dieses Glück nur finden würde, wenn sie eine ganz bestimmte Sache hinter sich brachte: Sie musste sich von Julietta lossagen.

Und ihr schien, dass sie dieses Unterfangen umgehend in

Angriff nehmen musste. Jane Adeane, die stets von ihrem Vater für ihre »große Entschlusskraft« beglückwünscht worden war, wusste, dass sie jetzt darauf zurückgreifen und versuchen musste, die rauschhafte Lust, die sie mit Julietta in Paris erlebt hatte, aus ihrem Gedächtnis zu streichen und darüber hinaus zu lernen, das, was sie miteinander getan hatten, als »sündhaft« zu bezeichnen und es zu etwas werden zu lassen, das ihr ein wenig peinlich war und sie ein wenig beschämte.

Bevor ihr Entschluss ins Wanken geriet, setzte Jane sich an ihren Schreibtisch und begann einen Brief an Julietta.

Meine Liebste, schrieb sie,
weil wir immer ganz aufrichtig zueinander waren, werde ich Dich nicht mit einem ausführlichen, umständlichen Brief langweilen, sondern direkt zu meinem Anliegen kommen.
Ich habe getan, was ihr mir vorgeschlagen habt, Du und Emmeline, und zugestimmt, die Ehefrau von Dr. Valentine Ross zu werden. Wir werden im Herbst heiraten. Ich habe keinen Zweifel, dass er mich sehr liebt, denn er sagt mir ständig, er habe nie eine andere geliebt, und wenn ich ihm erlaube, in mein Bett zu kommen, was ich schon viele Male getan habe, dann schien sein Verlangen immer … ja, wie soll ich es beschreiben …? Es gelingt mir eigentlich nicht. Wie verzweifelt dieses Verlangen ist, überlasse ich Deiner Fantasie. In mir regte sich jedoch als Reaktion keine Verzückung; aber eins lass mich sagen: Ich glaube, mein Valentine ist ein ehrenhafter Mann, und wir haben gute Aussichten, miteinander zufrieden zu sein.
Ich fürchte jedoch, dass diese Zufriedenheit von einer Bedingung abhängt. Es ist eine sehr, sehr harte Bedingung, Julietta, aber ich weiß, dass ich ohne sie nicht in der Lage sein werde, mich in mein zukünftiges Leben zu fügen.

Wir beide dürfen niemals mehr Liebende sein.
Ich habe keinen Zweifel, dass Du mir immer und immer
wieder in meinen Träumen erscheinen wirst, und die Erin-
nerung an das, was wir in Paris füreinander waren, wird
hochkommen und mich mit Sehnsucht erfüllen, aber ich
muss alles tun, um Dich mir ganz und gar aus dem Kopf
zu schlagen ...

So weit war Jane mit ihrem Brief gekommen, als es an ihrer
Tür klopfte. Es war Sir William, und an seiner Blässe und
seinen zusammengepressten Lippen sah sie, dass er etwas
Ernstes mitzuteilen hatte.

»Jane«, sagte er, »ich habe Nachricht aus London, von
Emmelines Hausmädchen Nancy. Emmeline hat einen Herzanfall erlitten. Sie ruft nach dir. Nicht nach mir, sondern
nach dir. Ich fürchte, du stehst als Einzige noch zwischen
ihr und dem Tod. Ich weiß, dass es dir sehr ungelegen
kommt, nun, da du an Ross' Seite sein willst und Vorbereitungen für die Hochzeit treffen möchtest, aber ich muss
dich fragen, ob du bereit wärst, zu ihr zu fahren.«

Jane nahm ihren Brief, legte ihn umgedreht auf den
Schreibtisch und starrte ihren Vater an.

»Ist das zu viel verlangt?«, fragte Sir William.

»Nein«, sagte Jane ruhig. »Natürlich nicht. Die arme liebe Emmeline! Ich werde nach London fahren.«

Sie begann sofort mit den Vorbereitungen. Mitten im Packen wandte sie sich wieder ihrem Brief zu und las, was
sie geschrieben hatte. Sie malte sich aus, wie Julietta die
schrecklichen Worte betrachtete, das Dokument nahm und
in immer kleinere Teile faltete, bis es wie eine missglückte
Origami-Figur aussähe. Sie würde das Ding in ihren zarten
Händen halten und denken, ihr Leben sei plötzlich ebenfalls kleiner geworden, irgendein rachsüchtiger Geist sei entschlossen, ihr die Freude wegzufalten.

Jane nahm ihren Brief, zerknüllte ihn und warf ihn ins Feuer. Den gehorsamen Flammen, die nach dem Knäuel schnappten, es kräuselten und versengten und zu Asche zerfallen ließen, flüsterte sie zu: »Ich weigere mich, das zu tun.«

DIE HAND DES INGENIEURS

Er kam in einer Prau aus Singapur. In dem Boot transportierte er eine Ladung Schießpulver, für das der Radscha »zu viel Silber« bezahlt hatte.

Sir Ralph hatte diesen Mann nicht einstellen wollen, doch mit der Konservenfabrik am Fluss war es so enttäuschend langsam vorangegangen, dass Leon – dessen Träume von dem Unternehmen jeden anderen Gedanken in seinem Kopf verdrängt hatten – schließlich energisch behauptete, die ganze Sache sei zum Scheitern verurteilt, wenn sie nicht in die Hände eines Ingenieurs gelegt würde.

»Wir brauchen so jemanden nicht«, wandte Sir Ralph ein. »Ich habe doch den Bau meines Hauses durch chinesische Arbeiter selbst beaufsichtigt. Ich kann auch die Errichtung deiner Fabrik beaufsichtigen.«

»Stimmt nicht, mein Radscha«, sagte Leon. »Alles ist Verzweiflung am Fluss. Holz klemmt. Menschen verletzt. Und Mangroven immer noch mit Füßen im Wasser. Ein verfluchtes Chaos. Wir brauchen Schießpulver, zu sprengen – bumm! Dann können wir richtig anfangen. Und für Schießpulver brauchen wir einen Ingenieur. Ich werde nach Singapur gehen und ihn finden.«

Sein Name war Septimus Scaife. Er hatte sein Können im Dreck und in der Kälte der Fabriken Nordenglands erworben. Eine Verletzung an seiner rechten Hand, die einen nicht zu beschwichtigenden Tremor hinterlassen hatte, führte zu seiner Entlassung als Konstrukteur von eisernen Türmen und

Eisenbahnbrücken. Niemand in England wollte einen Ingenieur mit einem zitternden Körperglied einstellen.

Aber Scaife hatte sich gedacht, dass er im anderen Teil der Welt, dort, wo die Konstruktionsmethoden hinter denen herhinkten, die in Manchester und Sheffield erprobt wurden, für gutes Geld beschäftigt würde – und zwar viel eher wegen seines Wissens als wegen seiner körperlichen Geschicklichkeit. Und er irrte sich nicht. In Singapur wurde er von einem muslimischen Radscha für den Bau einer Volière aus Stahl und Draht angestellt, die seine Frau mit ihrer Vorliebe für gefangene Vögel zufriedenstellen sollte. Dort hatte Leon ihn dann gefunden, als er dieses wunderschöne Gehäuse fertigstellte, und ihn mit dem Versprechen von Silber in Sir Ralphs Reich gelockt.

Ehe er nicht den Fluss und die Beschaffenheit des Waldes an beiden Ufern gesehen hätte, könne er nicht wissen, ob die Errichtung einer solchen Konservenfabrik überhaupt machbar sei, hatte Septimus Scaife Leon erklärt. Was er aber schon sagen könne, sei, dass man dafür »eine größere Anzahl überdachter Gebäude« benötige und dass es schwierig sein werde, diese auf sicheren Boden zu stellen, wenn nicht vorher die Mangroven aus dem Wasser gesprengt würden.

Die Vorstellung, die Fläche für die Fabrik würde »mit einem Wumms« gerodet, erregte Leon. Gequält hatte er mitansehen müssen, wie langsam es mit der Abzweigung von der Savage Road bis zum Standort der Fabrik voranging und wie mühsam die Mangroven für die Landgewinnung gefällt wurden, was im Übrigen dazu geführt hatte, dass der Sadong mit Baumstämmen und Ästen verstopfte, die er jedoch hartnäckig umfloss. Leon sah im Geiste vor sich, wie all dies wie durch Zauberhand verschwand und das neu gewonnene Land eben und fest wurde, bereit für die Lagerschuppen und die dampfbetriebenen Transportbänder, die die Fische aus dem Wasser heben würden.

Scaife, ein Mann in den Fünfzigern, war so unverblümt in seiner Sprache und seinem Benehmen, dass der Radscha es als geradezu feindselig empfand. Sir Ralph hatte bemerkt, dass Scaife Leon gegenüber besonders grob und kurz angebunden war und ihn als jemanden behandelte, der nicht zählte. Dem Radscha bereitete das größte Qualen, denn er wusste, dass er einem unliebsamen Ingenieur aus dem englischen Norden Leons wahren Status in seinem Haushalt nicht erklären konnte, ohne dessen sofortige Abreise zu riskieren.

Scaife hatte angenommen, er werde in Sir Ralphs prächtigem Palast untergebracht, und in der ersten Nacht schlief er auch dort, doch als er abends nach einer Prüfung des Geländes am Sadong zurückkehrte, stellte er fest, dass all seine Habe aus dem Zimmer, in dem er in der Nacht zuvor geschlafen hatte, verschwunden war. Ratlos und mit einer vor Erregung noch weniger kontrollierbaren zitternden Hand wanderte der Ingenieur in dem großen Haus auf und ab – ebenso beeindruckt wie abgestoßen von dessen Opulenz – und suchte den Mann, der ihm zwar eine beträchtliche Menge Silber versprochen hatte, von seinem Anblick jedoch offenbar wenig erfreut gewesen war. Aber er konnte ihn nicht finden. Schließlich wurde er von einem chinesischen Hausdiener in ein »Cottage« auf dem Gelände gebracht, eine Kate aus Holz und Palmblättern, die der Radscha selbst gebaut hatte, da ihm bewusst war, dass nur bestimmte Gäste nach seinen ästhetischen Vorstellungen in die Ausstattung des großen Hauses passten, während die anderen in diese schlichte Unterkunft verbannt werden mussten.

Scaife fand einen Stapel Schlafmatten vor, einen Tisch mit Papier und Tinte, eine Kommode, einen Krug und ein Kännchen sowie eine Reihe Binsenlichter. Eine Schar Sittiche keckerte in den Bananenbäumen vor dem Cottagefenster. Er fand all das beklagenswert. Im Palast des muslimischen

Radschas hatte er in einem großen, stillen Zimmer in einer Art Himmelbett auf einer Daunenmatratze geschlafen, wo ihm während seines dortigen Aufenthalts die ältesten Konkubinen des Radschas »ausgeliehen« worden waren. Man hatte ihn mit Respekt behandelt. Seine Nächte waren parfümiert und unanständig gewesen.

Jetzt erkannte er, dass sein Ansehen gesunken war. Septimus Scaife, ein Mann, den sein unglücklicher Unfall mit einer gehörigen Portion Selbstmitleid versorgt hatte, war jemand, der sich rasch Feinde machte. Als er die dürftigen Annehmlichkeiten des Cottages registrierte, ergriff ihn ein gewaltiger Hass auf Sir Ralph und seinen »Handlanger« Leon. Und wie er da verdrossen auf dem Stapel Schlafmatten saß, begann er darüber nachzusinnen, wie es möglich wäre, die ihm übergetragene Aufgabe so weit zu erfüllen, dass er das versprochene Silber tatsächlich bekam, und trotzdem das gesamte Projekt zu sabotieren und Menschen, die er für bestechlich und faul hielt, in ihrem üppigen Leben, das sie nicht verdient hatten, zu ruinieren.

Ahnte der Radscha, dass dieser Mann versuchen würde, ihm zu schaden?

Vielleicht nicht. Er spürte nur etwas an ihm, dem er misstraute und das ihm nicht gefiel, umso mehr, als Leon, der die Verachtung für seine Person ohne mit der Wimper zu zucken ertrug, sich wie ein aufgeregtes Kind für die Explosionen begeisterte, die Scaife auf den Weg bringen würde.

Sir Ralph warnte seinen Geliebten. Das »schwarze Pulver« sei eine »teuflische Substanz«, die die Menschen damit überrasche, dass sie mehr Schaden anrichte als beabsichtigt; doch Leon wischte diese »schwächliche Rede« beiseite. Er verbrachte seine Zeit unterdessen damit, Scaife »das Mangrovenproblem« am Fluss zu zeigen und ihm Zeichnungen für Dosen vorzulegen, die der Ingenieur allerdings sofort als

untauglich verwarf und erklärte, auf dem Gelände des Radschas gebe es keine Möglichkeit, diese Dosen herzustellen,
sie müssten vielmehr aus China nach Kuching geliefert werden. Die Chinesen, sagte er, seien die einzigen Menschen
in diesem Teil der Welt, die wüssten, wie man luftdichte Be-
hälter fertigt. Doch wenn er geglaubt hatte, Leon mit dieser
Nachricht zu entmutigen, so irrte er.

»China! China, Sir Raff!«, rief Leon mit vor Erregung erstickter Stimme. »Ich werde das südchinesische Meer über-
queren. Ich werde der Herrscher der Blechdosendynastie
werden.«

»Pscht, Leon«, sagte der Radscha. »Ich bin müde.«

»Nein«, sagte Leon. »Nein, nicht. Müde ist sehr schlecht.
Ich arbeite. Du siehst, wie hart ich mit diesem Ingenieur arbeite? Bald werde ich reich sein von dieser Konservenfabrik – und dann werde ich dich verlassen.«

Sir Ralph gab darauf keine Antwort. Solange er denken
konnte, hatte Leon ihn mit der Drohung, ihn zu verlassen,
gequält. Es war eine Liebeslist, die zu oft angewendet worden war, um noch zu wirken. Doch dieses Mal – vielleicht
weil er sich schon seit einigen Tagen traurig und apathisch
fühlte, erschien dem Radscha die Vorstellung, Leon könne
ihn eines Tages tatsächlich verlassen, plötzlich so unerträglich, dass er keine Luft bekam und nicht sprechen konnte.
Er spürte, wie ihm das Herz in seinem mächtigen Brustkorb
klopfte. Tränen quollen unter seinen geschlossenen Lidern
hervor und rannen ihm über die Wangen.

Anstatt ihm nun sanft die Tränen wegzuwischen, begann
Leon, Sir Ralphs Gesicht zu zwicken, als wolle er die Tränen wie gefallene Blätter oder verstreute Brotkrümel ein-
sammeln. Dieses Zwicken war grausam, und Grausamkeit
erregte Leon, doch diesmal lenkte er seinen Zorn nicht, wie
sonst immer, in eine sexuelle Handlung um, sondern er
stieg aus dem Bett des Radschas und setzte zu einer schreck-

lichen Tirade an. Immer wenn weiße Männer zum Haus des Radschas kämen, sagte er, würden sie ihn verachten und herabsetzen – ihn, Leon, den Mann, auf dessen Schultern alles ruhe. Er sagte, er habe das Wort »savage, wild« gehört, nicht direkt, aber in Gedanken gegen ihn und sein gesamtes Volk gerichtet. Und der Radscha – »du, dessen Name Savage lautet!« – habe ihn nie verteidigt. Mit dem »Jesusjungen« habe er sich »in heimlichen Hängematten« unterhalten, und was Septimus Scaife angehe, wieso sei diesem ungehobelten Menschen nicht erklärt worden, dass Leon mit Höflichkeit und Respekt zu behandeln sei? Dies alles sei doch Beweis genug, dass Sir Ralph ihn nicht wirklich liebe, ihn nicht wirklich als ebenbürtig betrachte, ihn vielmehr nur als Sklaven zur Befriedigung seiner fleischlichen Gelüste benutze. Darüber solle der Radscha doch bitte nachdenken. Denn es werde die Zeit kommen, da Leon selbst ein Vermögen gemacht haben und nicht mehr mit irgendeinem weißen Radscha im Bett liegen werde, sondern auf einer mit Silbertalern gefüllten Matratze. Und dann werde er eine Prau bauen und davonsegeln.

Er würde ein Prinz eigenen Rechts werden. Malaien konnten durchaus Prinzen und Radschas sein. Er würde nach Celebes oder zu den Aru-Inseln gehen und gegen primitive Stämme kämpfen und bald schon über andere herrschen. Er würde seine Perversionen mit Männern beenden, außer wenn er ein heftiges Bedürfnis danach verspüre. Er würde eine wunderschöne Frau heiraten und sie zu seiner Rani machen und Kinder zeugen. Er würde einen juwelenbesetzten Dolch an seinem Gürtel tragen und Ringe an den Fingern und ein goldenes Fußkettchen. Er würde eine Dynastie seines Namens gründen, während Sir Ralph ohne Erben völlig vereinsamt sterben würde, ungetröstet von seinen Schätzen, während der Wald seiner lächerlichen Savage Road zu Leibe rückte und sie überwucherte mit seinem Rankengewirr, den Wurzeln starker Bäume und den Schlangennestern – das heißt dem eigentlichen Borneo, wogegen der Radscha ununterbrochen Krieg führe und das er nie begreife …

Dieser Ausbruch Leons war so verletzend, dass Sir Ralph spürte, wie er sich in einem hilflosen Schock verlor. Er öffnete die Augen und betrachtete unter Tränen, die jetzt wie Nesseln auf seinen Wimpern brannten, seinen Geliebten, der vor dem Schlafzimmerfenster auf und ab marschierte. Hinter dem Fenster bildete ein korallenfarbener Sonnenuntergang die leuchtende Kulisse für die Szene.

Er konnte nicht sprechen, doch ein schrecklicher Gedanke ließ ihn nicht los: »All mein Glück ist an einen Traum verloren. Und dieser Traum wird scheitern.«

FADENSPIEL

Am nächsten Tag ging der Radscha hinunter zum Fluss und sah, dass Scaife Vorbereitungen für etwas traf, das er »ein Explosionsexperiment« nannte; dafür legte er seine Papierröhrchen mit Schießpulver knapp außerhalb der Wasserlinie zwischen die seltsamen Gebilde der Mangrovenwurzeln. Zündschnüre, die die Explosion auslösen sollten, führten auf verschlungenen Wegen in die Röhrchen und wieder hinaus.

»Ich werde mit wenig Schießpulver beginnen«, erklärte Scaife, »um den Widerstand der Bäume abzuschätzen. Und wenn ich die Details dann richtig berechnet habe, bereite ich alles für die große Sprengung vor. Sind die Trümmer erst einmal beseitigt, werden Sie ein sauber gerodetes Gelände haben, auf dem Sie die Schuppen für Ihre Konservenfabrik errichten können.«

Sir Ralph beobachtete die zitternde Hand des Ingenieurs, als er die Pulverbehälter platzierte und mit Zündschnüren bestückte. Hinter sich sah er das, was Leon das »verfluchte Chaos« des Flusses genannt hatte: Er war durch die gefällten Bäume verstopft, die Strömung war einfach nicht stark genug, um sie fortzuschwemmen. Ihm schien, als sei dieser Ort ein Abbild der verwüsteten Landschaft seines Herzens.

Am liebsten hätte er zu Scaife gesagt, er solle seine Arbeit abbrechen und nach Singapur zurückkehren; doch nach Leons gehässigem Angriff fürchtete er, seinen Zorn nur noch zu verschlimmern. Während der vergangenen Nacht hatte er zu ergründen versucht, warum Leon solche schmerzlichen

Dinge gesagt hatte, hatte versucht zu verstehen, was es hieß, Leon zu *sein*. Und er hatte, vielleicht zum ersten Mal, begriffen, dass Leon, der doch in solch behaglichem Luxus lebte, sich im Grunde nach etwas anderem sehnte: Er wollte herrschen.

Mit seinem Rat, der Radscha solle eine Straße bauen, hatte er dem Engländer wahrscheinlich gezeigt, wie man seine Ländereien beherrscht, doch diese Herrschaft war brüchig; die Natur forderte die Straße ununterbrochen zurück – was Leon mit Sicherheit gewusst hatte. Vielleicht reagierte er auf jeden neuen Regen mit einem bitteren Lachen. Vermutlich hatte er mit der Zeit begriffen, dass keine Fremden, ob Niederländer oder Engländer, Borneo würden auf Dauer beherrschen können, weil es zu vieles auf der Insel gab, was sie nicht verstanden – und niemals verstehen würden. Sie verließen sich auf gewitzte Malaien wie Leon, die ihnen sagten, was sie tun sollten. Wieso sollte Leon dann in der Position eines Sklaven verharren, wenn er es doch war, der über das von den Herrschenden benötigte Wissen verfügte? Alles, was ihn in dieser Position hielt, war sein Mangel an Geld.

Hier lag also der wahre Grund seiner Begeisterung für die Konservenfabrik. Er wusste, Sir Ralph würde möglichst wenig mit einem solch komplizierten, chaotischen Unterfangen zu tun haben wollen; er wusste aber auch, dass es unter Umständen eine Menge Geld einbringen würde. Und er, Leon, würde sich zum Herrn der Buchhaltung machen. Wenn alles nach Plan lief und Dosen mit filetiertem Sichelfisch und fein zubereiteten Weichschildkröten nach China und noch weiter exportiert werden würden, dann gingen Leons Träume von Reichtum vielleicht in Erfüllung. Und dann würde er gehen. Er würde sich auf die Suche nach einem eigenen kleinen Reich machen, das er beherrschen konnte.

Während er dastand und zusah, wie der Ingenieur mit seinen Zündschnüren herumhantierte, drückten diese bestürzend stimmigen Schlussfolgerungen dem Radscha erneut fast das Herz ab. Er begriff, wie leicht Scaife in die Luft gesprengt werden konnte, und plötzlich überkam ihn Mitleid mit dem Mann. Er dachte: Wir alle laufen Gefahr, durch irgendeine unbeherrschbare kleine Schwäche in uns bezwungen zu werden. Und das ist dann unser Ende.

Er wollte nicht länger am Fluss verweilen. Er hatte die Idee, wenn er sich für eine Weile im Wald verlöre und dabei wieder daran erinnert würde, dass die Natur ebenso erhaben wie unfreundlich sein kann, könnte ihm das eine wenig Erholung von Trauer und Sorge verschaffen. Um zu seinem Haus zu gelangen, hätte er nach Norden gehen müssen, aber nachdem er dem Sadong den Rücken gekehrt hatte und bald nicht mehr hören konnte, wie der Fluss über die Stromschnellen rauschte, wandte er sich nach Osten und schlug ein gemächliches, ruhiges Tempo an.

Bald stieß er auf eine Familie von Gibbons und blieb stehen und bestaunte, wie die lauernden kleinen Gesichter auf den weißen Mann hinunterblickten. Sie stoben auseinander, als er sich näherte, und das enttäuschte ihn, fast als habe er gehofft, eine Art Zwiegespräch mit den Tieren zu beginnen; ihre Furcht vor ihm verletzte ihn. Sein törichter Wunsch zeigte ihm aber auch, wie allein er sich fühlte.

Er wusste, dass sich ganz in der Nähe seines jetzigen Standorts eine Siedlung der Dayak befand, und er überlegte, ob er sich dort hinbegeben sollte, um eine Pause einzulegen, ein Glas Arrak zu trinken und die Kürbisse zu bewundern, die die Dayak in befremdlichen Mengen anpflanzten. Das Hauptvergnügen dieses Stammes hatte darin bestanden, mit dem Radscha eine komplizierte Form des Fadenspiels zu spielen, das sie nicht, wie im Englischen üblich,

Cat's Cradle, sondern »Scratch Cradle« nannten. Es hatte ihn immer wieder verblüfft, wie viele verschiedene Muster sie mit dem Bindfaden um ihre Finger zu zaubern verstanden, weit mehr, als er in seinem fünfzigjährigen Leben jemals erlernt hatte.

Der Radscha begann, auf Geräusche menschlichen Lebens zu horchen, doch er hörte nichts als das große Orchester des Waldes, und angesichts dieser Musik hob er ergeben die Arme, denn sie würde, auch nachdem er selbst längst gestorben wäre, einfach immer weitergehen.

Dann setzte er seinen Weg fort und fand Pfade, die durch die Bäume zu kleinen Lichtungen führten, wo das Buschwerk gerodet worden war und die Sonne brennend herunterschien. In einer dieser Lichtungen hing ein fauliger Geruch, und er dachte, er würde wohl auf eine fleischfressende Kannenpflanze stoßen. Zwar weckten diese von Insekten lebenden Pflanzen stets seine Neugier, aber er wusste auch, dass sie einen fürchterlichen Gestank verbreiten konnten, wenn die bauchigen Kannenstiele mit halb verdauten Fliegen gefüllt waren.

Der Radscha sah sich suchend um. Bis sein Blick schließlich nicht auf eine Kannenpflanze, sondern auf einen flachen Erdhügel fiel, der mit ein paar Steinen und belaubten Zweigen bedeckt war. Sir Ralph wusste, dass tote Tiere selten im Wald begraben wurden; sie wurden verzehrt – von Menschen oder Wildschweinen oder Geiern. Er näherte sich dem Hügel, bekämpfte unterdessen seine Übelkeit, die, durch den scharfen Gestank ausgelöst, aus seinem Magen aufstieg, und konzentrierte sich ganz darauf, im Geiste die Maße des Grabs abzuschätzen. Er brauchte nicht lange, um zu schlussfolgern, dass es sich um das bescheidene Grab eines Menschen handelte.

Als der Radscha endlich die Dayak-Siedlung erreichte, war er erschöpft von Hitze, Durst und einem neuen schrecklichen Gedanken, der ihm gekommen war: dass er absolut zufällig über Edmund Ross' letzte Ruhestätte gestolpert war.

Er war froh, als er die Dayak endlich gefunden hatte. Zwar hatte er einst gegen sie gekämpft, da sie Feinde des Sultans von Brunei waren, doch das war am Sadong-Fluss kaum bekannt. Ja, manche, die auf dem Territorium lebten, das jetzt ihm gehörte, hielten ihn sogar für eine Gottheit, die sich unter die Menschen gemischt hatte, und das rührte und amüsierte ihn gleichermaßen. Diese Menschen verbeugten sich nicht nur vor ihm, sondern sie berührten ihn auch gern, um sich zu vergewissern, dass seine Haut, seine Haare, seine Fingernägel und seine Augen aus Fleisch und Blut bestanden und nicht etwa aus irgendeiner unsterblichen Substanz, die sie niemals würden benennen können. Diese Berührungen fühlten sich manchmal an wie kindliches Kitzeln und brachten den Radscha zum Kichern, was den Dayak außerordentlich gefiel. Daraufhin brachen alle um den weißen Mann herum in ein gewaltiges Gelächter aus, dessen Lautstärke die Baumfrösche und die schlechtgelaunten Tukane zum Schweigen brachte.

Einmal hatte eine Dayak-Frau zu ihm gesagt, wenn er sterbe, werde er sicherlich »genau wie vorher« wiedergeboren werden – in seiner weißen Kleidung, die grauen Haare mit einem schwarzen Band zusammengehalten und die Füße in alten Armeestiefeln. Dieser Aberglaube schien Flügel bekommen zu haben und reiste durch alle Siedlungen, so dass die Dayak, wenn sie jetzt dem Radscha begegneten, ihre Ehrfurcht mit Alltagsgesten zu besiegen versuchten: Sie boten ihm Mangos an oder nahmen seine Hand und schüttelten sie immer wieder auf und ab, so wie die Weißen einander begrüßten.

Als man ihn jetzt erblickte, leicht stolpernd in der Hitze

und die Stirn schweißbedeckt, traten drei Dayak-Männer aus dem Schatten ihrer Behausungen und führten ihn ins Innere einer Hütte, wo sie ihn auf dem mit frischen Palmwedeln bedeckten Boden Platz nehmen ließen und ihm eine Holzschale mit Wasser brachten. Der Radscha dankte ihnen. Er atmete die kühlere Luft der Hütte und den scharfen Geruch der Männerkörper ein und fühlte sich schon ein wenig besser. Er schloss die Augen und hatte plötzlich das Bedürfnis, sich auf der Stelle dem Schlaf zu ergeben, genau hier an diesem Ort, weit weg von Leon und seinem Zorn. Doch er fürchtete, die Dayak zu beleidigen, wenn er, kaum dass er ihre Schwelle übertreten hatte, in Schlaf fiel. Also griff er, um sich abzulenken und wach zu bleiben, in die Tasche seines Gewands und holte ein Knäuel verdrehter Fäden heraus.

»Fadenspiel?«, fragte er.

Die Männer klatschten vor Vergnügen in die Hände. An der Tür standen jetzt zwei Frauen, betrachteten den Radscha auf dem Palmwedelboden und hielten sich die Hände vor den Mund, um das Lachen zu unterdrücken. Einer der Dayak-Männer nahm Sir Ralph das Knäuel ab, und binnen Sekunden hatte er es entwirrt und in mehreren Schlingen übereinander so um seine Finger gelegt, dass das Spiel beginnen konnte. Er hielt dem Radscha seine Hände hin, der trank noch einen Schluck Wasser und begann dann, behutsam die Fäden aufzunehmen und die erste Figur zu bilden.

Die Dayak lachten. Die Fadenfigur wurde an den Nächsten weitergereicht, der etwas sehr viel Komplexeres formte. Sir Ralph betrachtete es und überlegte, wie er nun weitermachen sollte, und die Männer beobachteten ihn sehr genau und freuten sich an seiner Ratlosigkeit. Schließlich entschied er sich, zwei der Schlaufen unten durch nach außen zu führen, weil er dachte, so könne er die vorhandene Figur aufheben und wieder von vorne beginnen, aber das funktionierte nicht. Und wieder war er verblüfft über die Findigkeit der Dayak bei diesem schlichten Spiel. Er unternahm einen neuen Versuch, sah aber, dass das Ganze sich leicht auflösen ließ. Der dritte Dayak schlug sich vor Vergnügen auf die Schenkel, als ihm das Fadengespinst überreicht wurde. Gegen eine »Gottheit« zu gewinnen schien ihm große Freude zu bereiten.

Als das Spiel zu Ende war, gab Sir Ralph seinem Schlafbedürfnis nach. Sobald er wieder erwachte, sah er, dass die Sonne gerade unterging. Er würde sich also rasch auf den Weg machen müssen, falls er den Weg zu seinem Haus noch vor Einbruch der Dunkelheit finden wollte. Doch dann sah er, dass man ihm ein wenig Reis und eine Schale mit Arrak hingestellt hatte, und er wusste, dass er diese Geste der Gastfreundschaft nicht ablehnen durfte. Und so freundete er sich mit der Vorstellung an, dass er die Nacht vielleicht bei den Dayak verbringen würde. Nur eines versetzte ihn dabei in Schrecken – dass der Stamm ihm womöglich eine seiner Frauen anbieten würde.

Die drei Männer, die ihn willkommen geheißen und mit ihm das Fadenspiel gespielt hatten, saßen jetzt nah bei ihm und beobachteten ihn sehr aufmerksam. Dann betrat eine ältere Frau den Raum, die ein in Bananenblätter gewickeltes, unförmiges Bündel trug. Sie legte es vor dem Radscha auf den Boden, und die Männer bedeuteten ihm, es zu öffnen.

Die Blätter waren schnell entfernt, und Sir Ralph machte ein entsetztes Gesicht, als er sah, was er vor sich hatte: ein Paar abgetragener Stiefel, das er zuletzt über dem Rand einer Hängematte in seinem Garten hatte baumeln sehen. Er nahm die Stiefel und drückte sie zärtlich gegen seine Brust. Er sah die Dayak traurig die Köpfe schütteln.

»Englung-Mann«, sagte einer von ihnen. »Verirrt, versteht

ihr, Radscha. Geier essen Gesicht. Wir legen verirrten Mann in den Boden. Zweige obendrauf: seine Wiege.«

Der Radscha schwieg eine Weile, dann flüsterte er heiser: »Habt ihr ihn getötet?«

»Nein, Sir Raff«, erwiderte der Älteste der Dayak, »wir haben euch gesagt, dies war ein verirrter Mann.

In Borneo sterben verirrte Männer.«

DER GEWISSHEIT NICHT NÄHER

Als Valentine Ross in die Henrietta Street kam und von Sir William erfuhr, dass Jane den Frühzug nach London genommen hatte, verwandelte sich seine Fassungslosigkeit rasch in Wut. Er war stürmischen Schritts und in freudiger Hast von den Edgar Buildings hergeeilt, weil er seine Verlobte sehen und ihr endlich, vor den Augen ihres Vaters, einen wertvollen, mit Smaragden und Diamanten besetzten Ring überreichen wollte, der einst seiner Mutter gehört hatte. Er hatte einen Teil der Nacht damit verbracht, den Ring in Brennspiritus zu reinigen, und danach von Neuem seine große Schönheit bewundert. Aber nun hatte ihn die auserkorene Empfängerin ohne eine Nachricht oder Vorwarnung verlassen.

»*Warum?*«, rief er. Und dann konnte er sich nicht enthalten, bissig hinzuzufügen: »London? Sie hatte keine Erlaubnis von mir, nach London zu fahren.«

Sir William blickte ihn ruhig, aber vorwurfsvoll an. »Sie *brauchte* Ihre Erlaubnis nicht, mein lieber Ross«, erklärte er. »Janes Tante Emmeline hat einen Herzanfall erlitten und ist schwer krank. Sie hat nach Jane geschickt. Wie Sie wissen, sind Emmeline und Jane beinah wie Mutter und Tochter. Da konnte sie nicht zögern.«

Ross wandte sich ab und starrte auf die Straße. Die Sonne schien auf die weichen Farben des Pflasters und verlieh dem schwarz gestrichenen Geländer einen hellen Glanz. Auch wenn ihm die stille Schönheit der Szene nicht entging, so hatte er doch das Gefühl, dass solche Schönheit wertlos sei, lediglich ein leeres Arrangement einst erfreulicher, nun aber sinnloser Dinge, sollte Jane tatsächlich abgefahren sein. Der Ring in seiner Tasche schien zu brennen. Während der vergangenen Wochen, die er in der euphorischen Gewissheit verbracht hatte, seinen launischen Engel endlich zu besitzen, hatte er sich für den glücklichsten Mann Englands gehalten. Nun hatte sie ihn plötzlich erneut verlassen, und er konnte nicht verhindern, dass er von einer finsteren Wut gepackt wurde.

»Hat Jane mir denn keine Nachricht geschrieben?«, fragte er. »Ich dächte doch, dies sei eine Höflichkeitsgeste, an die sie immerhin hätte denken können.«

Sir William, den nicht Ross' Zorn als solcher überraschte, aber doch die Tatsache, dass es ihm nicht gelang, ihn zu verbergen oder zu kontrollieren, legte seinem Kollegen besänftigend die Hand auf den Arm.

»Der Zustand meiner Schwester scheint sehr ernst zu sein«, sagte er ruhig. »Die diesbezügliche Sorge ließ Jane alles andere vergessen, außer, wie sie so schnell wie möglich nach London käme. Sie werden ihr das Fehlen einer Nachricht verzeihen müssen. Sie wird zurückkehren, sobald Emmeline sich erholt hat.«

»Ich hoffe, das wird sehr bald sein. Aber falls sie sich nicht wieder erholt?«

»Nun, dann werden wir beide, Jane und ich, große Trauer tragen. Meine Schwester ist eine bemerkenswerte Frau.«

»Das verstehe ich natürlich. Aber wollen Sie damit sagen, dass aufgrund dieser Trauer meine Hochzeit mit Jane verschoben werden müsste?«

»Und meine mit Clorinda?«, sagte Sir William. »Nicht unbedingt, denn das Leben muss weitergehen. Aber ich gebe Ihnen einen guten Rat: Wenn Sie sich die Zuneigung meiner Tochter erhalten wollen, sollten Sie begreifen, welche Rolle ihre Tante seit jeher in Janes Leben spielt, und sollten diese

Liebe, die sie für Emmeline empfindet, unbedingt respektieren.«

Weil ihm Sir Williams tadelnder Ton nicht gefiel, wiederholte Ross nur, er hoffe, Emmeline Adeane werde sich bald erholen, und verschwand rasch in seine Praxis.

Dort ließ er sich in seinem ledernen Schaukelsessel nieder, zog ein Schnupftuch aus der Tasche und wischte sich die Stirn. Ihm blieben noch zwanzig Minuten bis zum Erscheinen seines ersten Patienten. In diesen kurzen zwanzig Minuten würde er sich aber kaum beruhigen können. Wegen seiner widersprüchlichen Gefühle Jane gegenüber stand er innerlich so in Flammen, dass er nur mit Feindseligkeit an seinen unglückseligen Patienten denken konnte, was, wie er wusste, vollkommen unbegründet war. Während seiner Tätigkeit als Arzt hatte er häufig seine persönlichen Gefühle im Zaum halten müssen, um sich auf den jeweiligen Fall zu konzentrieren. Aber Janes überstürzte Londonreise erschien ihm so rücksichtslos – oder sogar boshaft –, dass er sich regelrecht zerschmettert fühlte.

Er verfluchte sie. Er erlaubte sich die Frage, ob Jane womöglich die Unpässlichkeit ihrer Tante als Ausrede benutzt hatte und aus einem ganz anderen Grund nach London gefahren war. Denn auch wenn sie bei ihrem ersten Liebesakt mit ihm offenbar Schmerzen empfunden hatte, so hatte es doch kein Blut auf den Laken gegeben, was ihm zeigte, dass sie keine Jungfrau mehr war. War es also möglich, dass sie sich während ihres langen Aufenthalts in der Tite Street einen Liebhaber genommen hatte und, trotz ihres Versprechens, ihn, Ross, zu heiraten, so unverfroren war, diesen Mann weiterhin zu besuchen?

Ross nahm den Smaragdring aus seiner Tasche und warf ihn in eine Schublade seines Schreibtischs. In diesem Moment wünschte er sich Jane herbei, nicht, um sie zu umarmen oder zu küssen, sondern um sie zu verletzen. Wie habe ich es nur dahin gebracht, fragte er sich, dass die einzige Frau, die ich lieben kann – die einzige Frau, ohne die ich nicht leben kann, die mich über alle Maßen erregt –, mich mit einer derartigen Verachtung behandelt? Bin ich für sie nur ein Spielzeug, das sie wegwerfen oder beiseitelegen kann, wann immer es ihr passt?

Er wusste, dass sein Wunsch, ihr wehzutun, unwürdig war. Und doch fragte er sich, ob es nicht zutraf, dass viele Ehemänner ihre Frauen ihren Bedürfnissen und Befehlen gefügig machten, indem sie ihr weißes Fleisch mit blauen Flecken markierten – die dort vortrefflich und langanhaltend blühten, als Kennzeichen ihrer Männlichkeit. Und er fasste sogleich den Entschluss, Jane nach ihrer Rückkehr in sein Bett sehr viel grober anzufassen als bisher.

In dem Moment läutete es an der Tür, und in der Annahme, sein Patient kündige sich an, versuchte Ross, sich sämtliche Gedanken an Jane aus dem Kopf zu schlagen – allerdings mit beschränktem Erfolg. Als es dann an seine Tür klopfte, erhob er sich und ordnete seine Gesichtszüge zu der ruhigen, freundlichen Miene, die er in all den Jahren seiner ärztlichen Tätigkeit vervollkommnet hatte. Doch es war nicht sein Patient, der eintrat, sondern Becky.

Mit dem üblichen widerwilligen kleinen Knicks hielt sie ihm ein zerknittertes kleines Päckchen hin und sagte: »Brief, Sir. Ihr Hausdiener brachte es von den Edgar Buildings hierher. Er sagte, es sieht wichtig aus.«

Ross nahm den Brief entgegen und sah, dass er Flecken und Risse hatte, kreuz und quer mit verblassten Briefmarken von Postämtern in Singapur, Aden und Southampton beklebt und mit einem Klecks versiegelt war, der wie eine Mischung aus Streu und Tierkot aussah. Im ersten Moment machte sein Herz einen Satz, weil er glaubte, das hier sei endlich ein Brief von Edmund, doch er sah sogleich, dass die Schrift auf dem Umschlag nicht die Edmunds war.

Er schickte Becky fort und setzte sich an seinen Schreibtisch. Jane war jetzt zwar aus seinen Gedanken verschwunden, dafür musste er aber die Möglichkeit ins Auge fassen, dass seinem Bruder eine Katastrophe widerfahren war. Seine Hände zitterten, als er das verkrustete Siegel erbrach. Er sah sich die wenigen Zeilen in einer fast unleserlichen Handschrift genauer an und las:

Lieber Dr. Valentine Ross von Edgar Buildings 31,
bitte hören Sie unser Gebet. Ihr Bruder, Mister Edmun,
ist gefangen. Er ist eingesperrt von einem Dayak-Stamm.
Die Leute nehmen menschliche Köpfe. Sie verlangen von
mir Silber als Lösegeld. Aber ich habe nicht, was sie ver-
langen. Schicken Sie bitte Geld zur Freilassung von Mister
Edmun. Sie verlangen fünfhundert Shilling. Ich bin ma-
laiischer Häuptling in dieser Region, und nur ich kann
sprechen mit Dayaks. Bitte schicken Sie mir, und ich ma-
che, dass dieser Bruder frei ist. Schicken Sie zu mir, Häupt-
ling Leon im Savage House, Kuching, in Borneo.

Ross las den Brief mehrere Male. Und jedes Mal gelangte er beinah gleichzeitig zu zwei einander widersprechenden Vermutungen. Entweder deutete das, was da geschrieben stand, tatsächlich auf irgendein furchtbares Verbrechen hin, das an Edmund verübt zu werden drohte, oder man führte ihn – »Dr. Valentine Ross von Edgar Buildings 31« – an der Nase herum, und das als Lösegeld zu zahlende Silber würde direkt in den Taschen von Leon, dem Verfasser des Briefs, landen. Diese beiden Interpretationen wechselten sich in seinem Kopf, wie auf einer moralischen Skala, auf der alles in Bewegung war, ununterbrochen ab. Doch wo lag die Wahrheit?

Und er merkte, dass er noch so lange auf das Papier starren und noch so lange die Flecken und die schmutzigen Krümel, die sich aus dem Siegel gelöst hatten, untersuchen konn-

te, er würde einer irgendwie gearteten Gewissheit nicht näherkommen. Doch er wusste ebenso, dass das Schicksal seines Bruders – das er in den vergangenen chaotischen Tagen
seltsam aus dem Blick verloren hatte – in seinem Kopf jetzt
unbedingt wieder an die erste Stelle in seinem Kopf rücken
musste.

WARTEZIMMER

Emmeline Adeane lag sehr still da und blickte hinauf zu dem, was über ihr war. Sie sah eine ferne, gewölbte Decke wie in einem Konzertsaal oder einer Kirche, doch man hatte sie daran erinnert, dass sie sich in einem Krankenhaus befand und nur eine einzige Aufgabe zu erfüllen hatte, nämlich sich auszuruhen.

Sie war kein Mensch, der besonderen Wert auf Ruhe legte. Sie hatte immer den Eindruck gehabt, das Leben sei den Menschen für kurze Zeit geschenkt und alle, die nur dasaßen und aus dem Fenster schauten oder auf dem Sofa lagen und ihrem Körper und ihrem Geist nichts als passive Hingabe an Trägheit und Muße abverlangten, seien verachtungswürdig und ohne Belang. Sie wusste, dass ihr eigenes Leben schwierig gewesen war; es hatte Momente gegeben, in denen sie die Verzweiflung übermannt hatte, doch sie war ebenso sehr der Überzeugung, dass sie einen Handel mit dem Leben abgeschlossen hatte: Sie hatte die Welt umarmt; sie hatte sich in ihrer Kunst um Wahrhaftigkeit bemüht.

Nun war ihr Herz ins Stocken geraten.

In ihren Träumen stellte sie sich dieses Herz vor, das ihr einst in all ihren Bemühungen so treu gefolgt war, nun aber kleine, jedoch verhängnisvolle Risse bekommen hatte, aus denen Blut trat und sich verdickte, so dass es dazu verurteilt war, sich beim Weiterschlagen immer stärker anzustrengen, und diesen Kampf bald aufgeben und das Schlagen einstellen würde. Manchmal erschien ihr Jocelyn Hulton in diesen Träumen, stand über ihr, blickte auf den Schaden, den ihr

Herz genommen hatte, und hielt sich die Hand vor den Mund, als fürchte er, sich zu übergeben. Dann entfernte er sich. In jedem Traum geschah genau dies: Jocelyn sprach kein Wort, drehte sich nur um, ging davon und schloss die schwere Tür hinter sich. In diesem Moment wachte Emmeline gewöhnlich auf und merkte, dass sie im Krankenhaus lag und an die hohe Decke blickte. Sie fragte sich, ob sie in ihrer dunklen Herrlichkeit nach ihrer Seele rief.

Emmeline wusste, dass sie diesem Ruf Widerstand leisten musste. Sie war nicht bereit für den Tod, und doch schien es ihr, als hätten die Krankenschwestern, die an ihrem Bett auftauchten, ihr aber keine Hilfe anboten und keine Anweisungen gaben, außer, sie solle Laudanum nehmen und stillliegen, sie aufgegeben. Und diese schreckliche Resignation war es, die Emmeline nach Jane hatte rufen lassen. Sie wusste, Jane würde an ihrer statt kämpfen. Sie würde die richtigen Worte finden, so dass sie sich wieder erholen konnte.

Sollte sie dennoch sterben, so konnte sie sich niemand Besseren an ihrer Seite denken als Jane. Sie sah die Szene wie von ferne vor sich: Sie liegt und schaut – nicht nach oben in die Leere, sondern in Janes Augen, die sie ruhig und freundlich anblicken. Jane hält ihre Hand. Diese Hand wird schon kalt, aber Jane massiert sie sanft, und Emmeline kann spüren, was tausend andere Leidende schon gespürt haben – die heilende Berührung des Engels der Bäder.

Als Jane den Krankensaal betrat, schlief Emmeline. Sie sah, dass die Bettdecke beinah bis zum Kinn ihrer Tante hochgezogen worden war, wie in Vorbereitung auf später, wenn sie weiter auseinandergefaltet und über das tote Gesicht gezogen werden würde, und das gefiel ihr ganz und gar nicht. Sanft schlug sie die Decke ein wenig zurück und legte ihre Hand an die Wange ihrer Tante. Sie bemerkte, dass Emmelines zerzausten Haare auf dem Kissen ungewaschen waren, und auch das gefiel ihr nicht. Am liebsten hätte sie ihre Tante in die Arme genommen und in die Tite Street getragen – zurück in den Terpentingeruch und die Sonne, die durch das Oberlicht fiel, kurzum, zurück zu ihrem alten Leben mit seiner Heiterkeit und der Atmosphäre eines schöpferischen Daseins.

Ein harter Stuhl stand neben dem Bett, und Jane setzte sich und ließ ihre Hand leicht auf Emmelines Kopf ruhen, damit sie, wenn sie erwachte, sofort wüsste, dass sie nicht allein war. Erst jetzt begann Jane, sich im Krankensaal umzuschauen. Sie sah, dass die Läden der schmalen Fenster bis auf einen geschlossen und die Kranken in den Betten zu einem eigentümlich dämmrigen Tageslicht verurteilt waren. Die Luft im Raum war muffig und abgestanden, als halte man sie beinah für überflüssig – ein rationiertes fauliges Quantum, gerade ausreichend für die angeschlagenen Lungen, die sie einatmeten.

Auf der Suche nach einer Schwester, die sie bitten könnte, ein Fenster zu öffnen, blickte Jane sich in dem Halbdämmer um, konnte jedoch niemanden sehen, der im Saal hin und her eilte. Und die Patientinnen schienen sich, jede in ihrem Eisenbett, in einem Zustand absoluter Stille zu befinden, die Körper festgesteckt unter straff gezogenen weißen Laken und irgendeinem furchtbaren Befehl zur Regungslosigkeit gehorchend, als probten sie für das Grab.

Und da dämmerte es Jane, dass dies der Saal war, in den die Sterbenden gebracht wurden. Hin und wieder würde eine Schwester vorbeikommen und das Laudanum verabreichen, das sie ruhig und relativ frei von Schmerzen hielt, aber im Grunde hatte man sie aufgegeben. Jane hatte den Verdacht, dass kein Arzt hierherkam. Die Ärzte hatten sich von allen Verpflichtungen gegenüber diesen Frauen entbunden, in dem Glauben, nichts mehr für sie tun zu können. Jane wusste, dass sie sich wegen ihrer Unfähigkeit keine Vorwürfe machten; vielmehr würden sie den Frauen Vorwürfe machen, weil sie ihr gesammeltes medizinisches Wissen überforderten. Beträten die Ärzte diesen Saal, würden sie lediglich mit ratloser Gereiztheit reagieren.

Dass Emmeline hierher abgeschoben worden war, erfüllte Jane jetzt mit gerechtem Zorn. Ihre Tante gehörte nicht in dieses Wartezimmer des Todes, und sie begriff, dass es ihre Aufgabe war, sie hier wieder herauszuholen, ehe Emmeline in dieser Dunkelheit erstickte und in einem Meer von Opiaten langsam aus dem Leben trieb.

Jane stand auf, beugte sich über Emmeline, schüttelte sie sanft an den Schultern und sagte ihren Namen. Obwohl sie ihn leise aussprach, schien sich das schöne Wort »Emmeline« bis zu der gewölbten Decke hinaufzuschwingen und dort oben zu kreisen wie der Schrei eines einsamen Seevogels, der einem Schiff folgt. Auf diesen Schrei hin hastete eine Schwester mit einem hölzernen Unterschenkel und geschickt anmontiertem Fuß aus einem nahegelegenen Zimmer herbei. Sie humpelte direkt auf Emmelines Bett zu, stieß Jane beiseite, ihr Bein als Waffe benutzend. Jane schrie auf, und dieser Schrei weckte offenbar einige Patientinnen aus ihrem Dämmernebel, und plötzlich hallte der Saal von lautem Klagen wider.

»Da hören Sie, was Sie angerichtet haben!«, sagte die Schwester. »Wer immer Sie sind, Sie müssen sofort verschwinden. Diese Patientin muss in Frieden sterben können.«

»Nein«, sagte Jane. »Nein! Ich werde sie nicht sterben lassen. Ihr Herz kann sich erholen.«

»Nein, das kann es nicht«, erwiderte die Schwester und schwang ihr Bein in die Richtung von Emmelines Brust. Bis morgen wird sie tot sein.«

Nach diesen Worten stieß Jane das schreckliche Bein weg, warf sich über ihre Tante und flehte sie an aufzuwachen. Sie fürchtete, jeden Moment von der Schwester gefällt zu werden. Das Holzbein würde wie eine Axt auf ihren Hals niedersausen; und da ihr bewusst war, dass menschliches Verhalten von einer Sekunde zur anderen ins Absurde umschlagen konnte, erkannte sie durchaus, wie lächerlich diese Szene gerade wurde. Und doch kam es ihr richtig vor, dass sie für Emmeline kämpfte. Jane würde sie verteidigen und sie aus dieser Kathedrale des Todes wegbringen.

Die Schwester schlug nicht zu. Sie zog sich in ihren schweren Schuhen dorthin zurück, woher sie gekommen war, aber Jane wusste, dass sie lediglich Verstärkung holte. Wahrscheinlich würde man sie sehr unsanft aus dem Krankensaal auf die Straße befördern. Deshalb beschwor Jane Emmeline mit höchstem Nachdruck, aus ihrem Drogenschlaf aufzutauchen und ihren Namen zu sagen. Doch Emmelines Augen blieben geschlossen. Ihr Atem ging flach, so flach, dass er kaum mehr hörbar war. In ihren Mundwinkeln bildete sich ein kleines Speichelbläschen und platzte.

Da setzte Jane sich aufs Bett, hob Emmeline in ihre Arme und wiegte sie hin und her, wie sie vielleicht ein weinendes Kind getröstet hätte. Doch war sie selbst diejenige, die nun weinte. Sie weinte um alles, was Emmeline erlitten hatte, um ihre Einsamkeit, ihre verlorene Schönheit, ihren Golem, doch vor allem um die Liebe, die ihre Tante ihr, Jane, geschenkt hatte – die Liebe einer Mutter –, die sie, sollte Emmeline tatsächlich dem Tod erliegen, den man ihr hier verordnet hatte, verlieren würde.

Ein Trio betrat den Raum: die Krankenschwester und zwei Ärzte in schwarzen Kitteln.

Jane legte Emmeline sehr sanft wieder hin, strich ihr die Haare von den Schläfen und setzte einen Kuss auf ihre Stirn. Das Trio fasste Jane nicht an, rückte ihr nur so dicht auf den Leib, dass sie das Barchentgewebe der Arztkittel und den Tabak im Atem der Männer riechen konnte.

Sie drehte sich um und erkannte in den drei Augenpaaren unerbittliche Feindseligkeit. Ruhig erklärte sie ihnen, sie sei Miss Emmeline Adeanes Nichte und selbst Krankenschwester und durchaus in der Lage, sich in Miss Adeanes Haus um sie zu kümmern. Weiter teilte sie ihnen mit, sie werde am nächsten Morgen mit einer Droschke wiederkommen, und bat sie, ihre Tante früh zu wecken und für die kurze Fahrt vom Krankenhaus in die Tite Street fertigzumachen, »und danach«, fügte sie hinzu, »werden Sie von jeglicher Verantwortung für sie entbunden sein, ich werde übernehmen, und ich tue es gern, weil ich weiß, dass Miss Adeane es sich so gewünscht hätte.«

Die Schwester, die dieses Mal das Holzbein stillhielt, sagte nichts, sondern blickte nur die Ärzte an und wartete darauf, dass sie etwas sagten.

»So wie ich es verstanden habe«, sagte der ältere der beiden Männer mit einem ärgerlichen Schnaufer, »geht man nicht davon aus, dass diese Frau überlebt.«

DAS HAUS DER SCHÄTZE

Die Droschke vom Bahnhof Paddington hatte Jane in der Tite Street abgesetzt, wo Emmelines Dienstmädchen Nancy das Zimmer gelüftet und geheizt hatte, das Jane während ihres langen Aufenthalts in London bewohnt hatte. Dorthin wollte Jane auch zurückkehren, nachdem man sie am frühen Abend aus dem Krankenhaus verbannt hatte; doch jetzt erschien ihr die Vorstellung, die Nacht allein in Emmelines Haus zu verbringen, wenig verlockend. Sie hatte das Bedürfnis zu reden und wollte auch die Freiheit haben zu weinen, falls es so weit kommen sollte. Und sie wusste, wohin sie dafür gehen musste.

Sie war durchaus erleichtert, dass sie den Brief an Julietta, in dem sie ihr entsagte, nicht abgeschickt hatte, denn was ihr jetzt fehlte, waren nicht die Umarmungen ihrer Liebhaberin; wer ihr fehlte, waren vielmehr Julietta *und* Ashton – Emmelines und ihre gemeinsamen Freunde; bei ihnen würde sie den Trost finden, den sie brauchte.

Als sie sich dem großen Haus am Tedworth Square näherte, sah sie gerade noch, wie eine gut gekleidete junge Frau eilig die Treppe herunterstürmte und in eine wartende Kutsche stieg.

Jane blieb auf der Straße stehen und sah der davonfahrenden Kutsche nach. Im selben Augenblick war ihr klar, was soeben stattgefunden hatte: Julietta war allein zu Hause und hatte von einer ihrer »Schönen« Besuch gehabt.

Falls Jane einen Moment lang dachte, sie sollte besser auf der Stelle kehrtmachen und in die Tite Street zurückfahren, so wusste sie aber auch, dass sie das nicht fertigbrachte. Die Vorstellung von Julietta in ihrem Bett, feucht und schläfrig nach den leidenschaftlichen Zuwendungen der jungen Frau, weckte in ihr eine solch quälende Mischung aus Eifersucht und Verlangen, dass sie an nichts anderes mehr denken konnte, als ihre Geliebte wiederzusehen, die sie doch, wie sie noch vor Kurzem fast geschworen hatte, niemals mehr hatte treffen wollen.

Sie stieg die Treppe hinauf und läutete. Die Hausangestellte, die mit einem kleinen Knicks die Tür öffnete und Jane eintreten ließ, war nicht älter als siebzehn und außerordentlich hübsch, was Jane zu der Frage brachte, ob dieses unschuldige Mädchen wohl hin und wieder ins Bett ihrer Herrin gebeten wurde. Sie wurde in den großen Salon geführt, wo ein Feuer im Kamin brannte. Als sie erfuhr, Mr Sims weile im Ausland und Mrs Sims habe sich früh zurückgezogen, bat sie das Mädchen um einen Stift und Papier.

Ellen, so hieß sie, ging das Gewünschte holen, und Jane setzte sich auf einen mit blassblauem Brokat gepolsterten Louis-Seize-Stuhl. Sie blickte sich um und betrachtete die Schätze, die Ashton Sims und seine Frau zusammengetragen hatten: die Ormolu-Uhr auf dem marmornen Kaminsims, den Porzellanmohren, der eine Gaslampe hochhielt, die exquisit bezogenen Sofas und Stühle, die georgianischen Tische, den türkischen Teppich, die niederländischen Gemälde, die Palmen in ihren riesigen Keramikgefäßen, die silbernen Kandelaber, die eichenen Bücherschränke mit den ledergebundenen Ausgaben der Werke von Ashtons Autoren, den mit Schaffell gepolsterten Hundekorb … Und sie dachte: All dies ist genau richtig für Julietta. Sie gehört in diese Welt der teuren, perfekt arrangierten Dinge, denn sie ist selbst die Verkörperung der Schönheit. Jane malte sich sogar aus, wie die Palmen sich danach sehnten, sie mit ihren Wedeln zu streicheln, und wie die niederländische Krugträgerin in einem der Gemälde traurig auf Julietta hinunterblickte und sich wünschte, sie könnte aus dem Bild steigen und sie an ihren Busen drücken. Falls diese Gedanken dumm und kindisch waren, so störte es Jane nicht. Sie hatte das Gefühl, gerade in einem Allerheiligsten menschlicher Schönheit zu weilen. Fast konnte sie aus dem Boden Musik aufsteigen hören und Geflüster, das aus den Wänden drang.

Als das hübsche Mädchen mit Stift und Papier zurückkehrte, schrieb Jane:

Julietta, meine Liebste,
ich sitze unten zwischen Deinen Schätzen. Darf ich bitte
zu Dir hochkommen? Emmeline ist schwer erkrankt, und
es könnte sein, dass wir sie verlieren. Ich glaube, dass nur
Du mich trösten kannst.
Jane

Sie reichte Ellen den Bogen und dachte, dass sie – falls sie lesen konnte – wohl auf das Papier schauen würde, doch es war ihr gleich; sie spürte sogar eine leichte Erregung bei der Vorstellung, dass diese sehr junge Frau um all das wusste, was in Juliettas Zimmer vor sich ging, wenn Ashton fort war.

Jetzt wurde sie in jenes Zimmer geführt.

Julietta lag in einem riesigen Bett, die Haare auf dem Kissen ausgebreitet, die Arme nackt auf den üppigen Decken aus Satin und Brokat ausgestreckt. Noch bevor das Dienstmädchen das Zimmer wieder verlassen hatte, richtete Julietta sich auf, wobei sie ihre nackten Brüste enthüllte, und rief Janes Namen. Jane eilte zu ihr, nahm sie in die Arme, roch sofort den Moschus des sexuellen Banketts, das sie mit ihrer »Schönen« gefeiert hatte, und fand, dadurch ermutigt, Juliettas Mund und küsste sie so leidenschaftlich, dass Julietta vor Lust zu stöhnen begann und Jane dachte, dieser Kuss sei wie keiner, den sie je in ihrem Leben mit jemandem getauscht hatte.

Und mochten die Ekstasen, die Julietta vor gerade einmal einer halben Stunde genossen hatte, auch noch so groß gewesen sein, Signora Sims presste, unersättlich, Janes Hand jetzt zwischen ihre Beine, um ihr zu zeigen, wie bereit sie für eine weitere jener wilden Stunden war, in denen beide Frauen alle Zurückhaltung ablegten und sich ihrem Liebesrausch hingaben.

Im Nu hatte Jane ihre Kleidung achtlos auf dem Boden verstreut und lag nackt in den Kissen. Neben dem Bett blickte Juliettas Schoßhündchen, ein Spaniel, in reizender Verblüffung auf, als Jane wieder den Schmelz der Berührung durch die *langue de Juliette* spürte, weit und breit bekannt als die Bereiterin der größten Lust, die eine Frau erfahren konnte. Und weil Jane diese Lust so lange entbehrt hatte und der Liebesakt mit Ross so unendlich frustrierend gewesen war, dauerte der Augenblick der Ekstase dieses Mal so lang und war so intensiv, dass Jane laut aufschrie.

Später zog Jane ihre Kleider wieder an, und Julietta schlüpfte in einen Morgenmantel aus Satin und bürstete sich die Haare. Dann gingen die beiden Frauen nach unten in den Salon, und der kleine Spaniel folgte ihnen auf dem Fuß. Nun erzählte Jane, was mit ihrer Tante geschehen war, und Julietta tröstete sie mit genau den Worten, die Jane so dringend hören wollte. »Du wirst Emmeline retten«, sagte sie. »Nun, da du in London bist, wird sie überleben. So einfach ist das.« Und um sie beide zu trösten, klingelte Julietta nach dem Mädchen; sie bat Ellen, Holz nachzulegen, da das Feuer auszugehen drohte, und ihnen dann einen Krug Wein zu bringen.

Nachdem sie das Feuer aufgestockt hatte und wieder gegangen war und die frischen Scheite hell aufloderten, flüsterte Jane Julietta zu: »Ich glaube ja, sie kommt in dein Bett. Stimmt das?« Und Julietta antwortete ohne jede Verlegenheit: »Ich gehe manchmal nachts in ihr kleines Zimmer, wenn Ashton schläft.«

»Und schenkst du ihr *la langue*?«

»Nein. Das Dienstpersonal ist zu ungewaschen. Wir masturbieren einander, und dann gehe ich. Es ist sehr unschuldig. Wir sagen kaum etwas – nur die unartikulierten Geräusche von Frauen und ihren Bedürfnissen. Aber ich glaube, sie liebt mich. Sie heißt Ellen.«

»Die ganze Welt liebt dich, Julietta! Du bist der unwiderstehlichste Mensch, den ich jemals kennengelernt habe.«

»Und ich …«, sagte Julietta und nahm Janes Hand, »ich glaube fest, dass ich dich mehr liebe als all die anderen. Wenn Marco nicht wäre, könnte ich mir vorstellen, Ashton zu verlassen, um mit dir wie Mann und Frau zu leben, dann könnten wir jede Nacht wild und ungezogen sein.«

Jane wandte sich ab und blickte ins Feuer. Die Formulierung »Mann und Frau« weckte auf der Stelle Bilder eines glücklichen Lebens, das sie mit Julietta führen könnte, und bestätigte ihr, dass die Entscheidung für eine Zukunft mit Valentine Ross ein Fehler gewesen war. Sie wusste jetzt, dass sie Frauen liebte, vor allem Julietta, aber vielleicht auch andere, wenn sie erst einmal wüsste, wie man um diese Liebe warb.

Ihr schien, dass sie sich noch nie in ihrem Leben einer Sache so sicher gewesen war: Die hoch aufgeschossene Jane, der Engel der Bäder, liebte Frauen, und das würde immer so sein. Entschlösse sie sich zu einer Ehe mit Ross, würde es sie beide in lebenslanges Elend stürzen.

In diesem Moment kam Ellen mit dem Wein und stellte Krug und Gläser direkt neben Julietta. Julietta griff danach, streifte die Schulter des Mädchens und sagte: »Ellen, ich habe Miss Adeane erzählt, was wir manchmal in der Nacht machen, du und ich, und sie findet es sehr rührend und lieb.«

Das Mädchen wurde über und über rot. Sie öffnete den Mund, um etwas zu sagen, fand aber keine Worte.

Das schien Julietta zu amüsieren, und sie fuhr fort: »Miss Adeane meint, dies sei ein sehr normaler und unschuldiger Umgang zwischen selbstbewussten Frauen und nichts, dessen man sich schämen müsse. Männer bedienen sich ständig ihrer hübschen Dienstmädchen, verletzen sie manchmal sogar oder machen ihnen ein Kind. Aber wir verletzen einander doch nicht, oder, Ellen?«

»Nein, Ma'am«, erwiderte Ellen. »Überhaupt nicht.«

»Und ich habe dich doch nie zu etwas gezwungen, was du nicht möchtest?«

»Nein, Mrs Sims. Denn ich möchte es ja.«

»Na also. Alles ist gut. Du kannst jetzt gehen.«

Ellen machte einen weiteren Knicks und ging aus dem Zimmer. Jane sah, dass die Röte bis tief in ihren Nacken reichte, wo gerade noch ein wenig Haut unter dem weißen Häubchen zu sehen war, und sie fand das bezaubernd. Die ehrliche, verwegene Offenheit, mit der Julietta ihr Leben lebte, verschlug ihr den Atem; ganz gleich, wo sie sich bewegte, sie fand und nahm sich, was sie brauchte, und weigerte sich, wegen irgendetwas Scham zu empfinden. Jane selbst dagegen lebte, wie sie durchaus wusste, nicht so. Sie hatte bisher ein beengtes, aufopferungsvolles Leben geführt, das Leben einer unberührten alten Jungfer, und erst viel zu spät hatte sie die erotische Welt mit all ihren Möglichkeiten und Freuden entdeckt. In diesem Moment hätte sie am liebsten laut aufgeheult.

Sie kniete sich vor den Kamin, trank einen Schluck Wein und sagte: »Ich dachte, ich könnte Doktor Ross heiraten, Julietta. Ich war bereit, in Treu und Glauben seine Frau zu werden. Und ich habe mir große Mühe gegeben, ihn zu lieben. Aber ich glaube, ich kann damit nicht weitermachen.«

Sie wandte den Kopf und sah, dass Julietta sie alarmiert betrachtete, und das befremdete sie. Sie hatte erwartet, die Geliebte würde ihre Not sofort verstehen und ihren Entschluss, die Ehe mit Ross aufzugeben, gutheißen. Nach einer ganzen Weile sagte Julietta: »Ich höre, was du sagst, liebste Jane. Aber was hast du denn in der anderen großen Sache vor zu tun?«

»Du meinst, was dich angeht?«

»Nein. Ich werde immer hier für dich da sein. Ich meine, wegen deinem Zustand.«

»Welchem ›Zustand‹?«

»Oh. Hast du es denn nicht gewusst, Jane? Hast du nicht gewusst, dass du schwanger bist?«

Jane starrte Julietta an. Und genau wie das Dienstmädchen, nur wenige Augenblicke zuvor, fand sie keine Worte.

»Vermutlich hast du es nicht bemerkt, mein armer Liebling«, fuhr Julietta fort. »Aber ich weiß es. Wenn ich einer schwangeren Frau *la langue* schenke, hat ihre Möse einen anderen Duft. Und ich irre mich nie.«

WAS TAMINAH WUSSTE

Etwa um dieselbe Zeit verfiel der weiße Radscha in eine Depression.

Er versuchte, dagegen anzukämpfen, schien aber nicht über die richtigen Waffen zu verfügen. Wenn er Arrak trank, weckte das zwar für eine Weile seine Lebensgeister, doch dann schloss sich die Dunkelheit erneut um ihn. Wenn er durch seinen Garten spazierte und sah, wie die bunten Sittiche und scharlachroten Lilien in der Sonne flimmerten, konnte er sich darüber freuen, dass er der Besitzer solch schöner Dinge war und höchstselbst ihren Trost hatte erfahren dürfen, doch dann fielen ihm die nebeneinander schwingenden Hängematten ein, in denen er mit Edmund Ross gelegen hatte, während Edmund ihm aus dem Neuen Testament vorlas; und sofort merkte er, wie seine Seele wieder in einem Abgrund von Traurigkeit versank.

Nachdem man ihm Edmunds Leichnam gezeigt hatte, der sich im Waldboden schon zersetzte, hatte er die Dayak entschlossen unterstützt, als sie ihn ausgruben und in einem Wagen zu seinem Haus transportierten. Dort wurde er dann, nicht weit von der Stelle, wo einst die Hängematten hingen, erneut begraben. Nach einigem Zögern hatte Sir Ralph einen der katholischen Missionare aus Kuching gebeten, über dem Grab des Toten eine Messe zu lesen. Einige malaiische Bedienstete hatten an der Messe teilgenommen, sich hin und wieder bekreuzigt und dem verrückten »Englungmann«, der im Wald zugrunde gegangen war, gewissenhaft ihren Respekt erwiesen. Leon war ferngeblieben.

Später fragte Leon den Radscha, warum er um den »Jesusjungen« geweint habe, und warf ihm vor, er habe sich Edmund heimlich als Liebhaber genommen. Als er das sagte, tat Sir Ralph etwas für ihn sehr Ungewöhnliches: Er schlug Leon ins Gesicht. Für einen Moment sah es für den Radscha so aus, als werde Leon gleich eine jener Rangeleien beginnen, die sie gelegentlich ausfochten, bei denen beide stets vor Wut und Kränkung und vor unterdrücktem Verlangen knurrten. Aber Leon tastete nur nach seiner Wange, blickte ihn voller Verachtung an, machte kehrt und lief davon. Er rannte aus dem Haus und ward drei Tage lang nicht mehr gesehen.

Unterdessen hatte die Arbeit an dem neuen Teilstück der Savage Road begonnen, das zum Fluss und zum Standort der Konservenfabrik führen würde. Der Radscha bekam Interesse, selbst zu sehen, wie der Dschungel gerodet, die Fundamente gelegt und Steine gebrochen wurden, die den stabilen Unterbau der neuen Landstraße bilden sollten. Die chinesischen Arbeiter, die Leon für diese mühseligen Aufgaben angeworben hatte, schufteten in der großen Hitze. Mit ihren kleinen, schlanken Körpern und ihren breiten, kegelförmigen Strohhüten wirkten sie für Sir Ralph wie kleine Pilze, die umherhüpften und wühlten und nach einem Platz in der Erde suchten. Er wusste, dass dies eine amüsante Vorstellung war, über die er normalerweise auch gelächelt hätte, doch er stellte fest, dass sie ihn traurig machte. Jetzt verglich er das so kurze Leben der Pilze mit seinem eigenen Dasein auf Borneo. Er war hier in den weißen Kleidern und seiner braunrot verbrannten Haut darunter wie über Nacht aufgetaucht; Menschen hatten ihn umringt und angestarrt. In der Natur hatte er Fuß gefasst. Und jetzt begann sein Verfall. Sein Herz war nur noch eine breiige Masse. Bald würde er nicht mehr da sein.

Den Beginn seiner Depression brachte er in Zusammenhang mit zwei Ereignissen: mit Edmunds Verschwinden und Leons Besessenheit von der Konservenfabrik. In beiden Fällen machte er sich den Vorwurf, nicht aufmerksam genug gewesen zu sein. Wieso hatte er bei ihrem Marsch zum Fluss nicht sofort gemerkt, dass Edmund verschwunden war? Jetzt war Edmund tot, und er sah sich verpflichtet, zu gegebener Zeit nach der Adresse seines Bruders in England zu forschen und ihm die traurige Nachricht mitzuteilen. Doch er schob es vor sich her. Er fürchtete, dass man ihm seine mangelnde Fürsorge vorwerfen würde.

Und was die Konservenfabrik betraf, wieso hatte er sich nicht geweigert, die elende Fischfabrik zu bewilligen? Es war immerhin sein Geld, das dafür ausgegeben wurde, nicht Leons. Schon jetzt war großer Schaden angerichtet worden. Septimus Scaife hatte mit seinen zitternden Händen so viel Schwarzpulver in die Papierröhren gestopft und an die Wurzeln der Mangroven gelegt, dass die mächtige Explosion, derer er sich vorher so gerühmt hatte, nicht nur die Bäume aus dem Wasser geschleudert, sondern auch den gesamten Fischbestand des Sadong auf einer Länge von anderthalb Kilometern getötet hatte. Die Kadaver trieben an der Oberfläche und wurden zwischen den zerborstenen Stämmen von der Strömung mitgerissen. Auch Hunderte Schildkröten waren verendet, und ihre zerschmetterten Glieder übersäten die Ufer, verpesteten die Luft und lockten die Geier vom Mount Ophir an.

Als Leon die Bescherung sah, streckte er die Zunge heraus und brüllte Scaife an, er werde auch *seine Glieder* am Fluss verstreuen, und beschuldigte ihn, das Vorhaben absichtlich zu sabotieren. Der Radscha wurde Zeuge, wie der Ingenieur erbleichte und im Versuch, vor Leon zurückzuweichen, über seine eigenen Füße fiel und schmachvoll auf dem Hintern im Schlamm landete. Er protestierte und sagte, die Fische würden zurückkehren und aus den Eiern, die die Schildkröten weiter flussaufwärts gelegt hätten, würden neue Tiere schlüpfen, aber Leon erkannte darin nur die Ahnungslosigkeit, die Dummheit und die Böswilligkeit des weißen Mannes. Ohne mit Sir Ralph Rücksprache zu halten, entließ er Septimus Scaife fristlos und erklärte, er habe Borneo »innerhalb eines Tages« zu verlassen und dürfe niemals wiederkommen. Er erklärte dem entsetzten Mann, wenn er einen Dolch im Gürtel stecken hätte, würde er ihm diesen auf der Stelle ins Herz stoßen.

Beinah hätte der Radscha dem Ingenieur wieder auf die Füße geholfen, weil er so verloren und lächerlich aussah, wie er da im Unrat des Flusses hockte, doch er wagte nicht, sich mit ihm gegen Leon zu stellen. Darüber hinaus neigte er zu der Annahme, Scaife habe sich gedemütigt gefühlt, weil er aus dem Haus des Radschas in die einfache Hütte umquartiert worden war, und auf Rache gesonnen. Tatsächlich hatte Sir Ralph das von Anfang an befürchtet.

Nach drei Tagen machte sich der Radscha auf die Suche nach dem verschwundenen Leon. Er konnte nicht länger einfach nur stillhalten und warten, denn seine Niedergeschlagenheit wurde zudem von einer unerträglichen Frustration überlagert: Leon fehlte ihm in seinem Bett.

Nun wusste der Radscha, dass Leon bei all seinem anmaßenden Gehabe manchmal Abstand suchte zu dieser Seite seines Wesens und Zeit mit seiner Mutter Taminah verbrachte. In ihrer Gegenwart wurde Leon fügsamer und ruhig. Häufig erwies er ihr dann zärtliche Zuneigung, fegte ihr manchmal das Haus und kochte ihr in einem ihrer verrußten Töpfe eine Mahlzeit. Hin und wieder half er ihr sogar dabei, sich im Fluss die Haare zu waschen.

Und so machte Sir Ralph sich auf den Weg zu Taminahs Haus. Als er dort ankam, saß sie auf ihrem harten Stuhl auf der Veranda und säuberte gerade Süßkartoffeln in einem Eimer. Unter den schwarzen Buchenstelzen des Hauses stolzierten ihre geliebten kleinen Gockel zierlich umher und suchten nach Samen und Hirsekörnern.

Taminah erhob sich, und der Radscha verbeugte sich höflich. Er hatte ihr als Geschenk ein paar Granatäpfel mitgebracht, und sie nahm sie in ihre mageren Hände, lächelte Sir Ralph an und verschwand in der Dunkelheit ihres Hauses.

Er hatte gehofft, sie werde Leon holen, doch sie kam nur mit einem zweiten Stuhl zurück, den sie neben ihren in den Schatten stellte, und dazu einem kleinen Becher mit Arrak, den der Radscha dankbar entgegennahm. Am liebsten hätte er sie sofort gefragt, ob sie wisse, wo Leon steckte, wollte sie aber doch lieber in dem Glauben lassen, er statte ihr lediglich einen Höflichkeitsbesuch ab. In seinem gebrochenen Malaiisch fragte er, ob die Explosion weiter flussaufwärts sie beunruhigt habe. Sie habe sie gehört, erwiderte sie, und sie habe auch tote Sichelfische im Tümpel unterhalb ihres Hauses gefunden. Die habe sie mit dem Netz gefangen und gekocht, dann aber weggeworfen, weil sie nicht richtig geschmeckt hätten.

»Mein Sohn«, sagte sie, »er glaubt, er wird reich von einer Konservenfabrik, aber wir, die wir am Sadong leben, wollen keine Maschinen, die den Morgen stören. Und wir trauen keinen Englung-Ingenieuren.«

»Vielleicht haben Sie recht«, sagte Sir Ralph. »Der, der hierherkam, war unfähig. Aber Leon ist vielleicht aufgebrochen, um andere Leute zu suchen, die weitermachen. Stimmt das?«

»Ich habe ihn seit dem letzten Regen nicht mehr gesehen.«

»Oh ...«

»Aber wenn ich ihn sehe, Radscha, werde ich ihm dies sagen: Es gibt jetzt ein flaches Stück Erde, dort, wo die Mangroven weg sind. Was er tun muss, ist dort bauen. Aber nicht Häuser für Fischdosen.«

»Häuser für Familien?«

»Nein, Radscha, Sir – Häuser für die Kranken und Sterbenden. Ein Krankenhaus.«

Taminah kratzte jetzt an ihrer merkwürdig fleckigen Gesichtshaut. Es war eine beklagenswerte Gewohnheit, die Sir Ralph häufig an ihr beobachtet hatte, und ihre Wangen waren voller verkrusteter Kratzer, wo ihre Fingernägel blutige Striemen geritzt hatten. Sir Ralph nahm einen großen Schluck Arrak. Dann fragte er: »Brauchen wir hier im Wald ein Krankenhaus?«

»Wir werden es brauchen, Radscha. Ich war in Kuching. Ich bin mit meinem Nachbarn Rashid im Maultierkarren hingefahren, um Talgkerzen und Paraffin für meine Lampe zu kaufen, und als wir die Straßen entlangfuhren, sagte Rashid zu mir: ›Taminah, riechst du es? Und siehst du den Dunst, der in der Luft hängt?‹ Als ich mich umblickte, sah ich ihn und atmete tief ein, und dann roch ich es: die Pestkrankheit.«

»Denguefieber?«

»Ich glaube, es ist schon in Kuching. Sie sagen, Regierungssoldaten wollen Kanonen abfeuern, um die Luft zu reinigen. Aber wenn es schon da ist, dann wird es auch zu uns kommen, und die Leute werden anfangen zu sterben. Und einige werden sich an Euch um Hilfe wenden, Radscha. Denn warum heißt Ihr Radscha, wenn Ihr den Menschen auf Eurem Land nicht helfen könnt?«

Sir Ralph setzte den Becher mit Arrak ab und blickte hinüber ins lebhafte Gelb und Grün von Taminahs Bananenhain und den Bambuspflanzen, die den Tümpel am Fluss umwucherten, und er dachte – wie er es häufig tat –, wie sehr er sich wünschte, dass alles genauso wachsen und gedeihen würde wie diese Pflanzen hier, aber was vermochte schon ein einzelner Mann gegen die Katastrophen, zu denen die Natur sich entschloss?

Als Sir Ralph zu seinem Haus zurückkehrte, lag Leon in seinem Zimmer.

Er sah blass und müde aus. Er sagte, er sei in Kuching gewesen, »um mit Jungen zu gehen«, und müsse jetzt schlafen.

Der Radscha setzte sich an Leons Bett. Hätte er nicht mit Taminah dieses Gespräch über die Pestkrankheit gehabt, hätte ihn die Erwähnung der »Jungen« vielleicht stärker verletzt; im Moment beunruhigte ihn jedoch vor allem, dass sein Geliebter in Kuching gewesen war und sich womöglich schon mit der Krankheit angesteckt hatte, die sich dort auszubreiten begann.

Er griff nach Leons Hand, doch Leon zog sie weg. »Jungen«, sagte er, »machen sehr müde. Wollen ficken die ganze Zeit.«

Der Radscha betrachtete Leon – seine glatte Stirn, seine ziemlich flache Nase, seine sinnlichen Lippen, seine langen, schwarzen Wimpern – und dachte: Was immer er zu mir sagen mag, wie sehr er mich verhöhnen mag, es wird nie dazu kommen, dass mich seine Schönheit nicht zutiefst beeindruckt.

»Ich werde dich jetzt schlafen lassen, Leon«, sagte er sanft. »Aber ich habe mit deiner Mutter gesprochen. Sie sagt, wir müssen ein Krankenhaus bauen.«

»Ich weiß«, erwiderte Leon. »Ich weiß alles darüber. Böses Fieber. Diese Jungen erzählen mir, während ich sie ficke. Ich mache einen Witz. Ich sage: ›Ficken wir deswegen, um den Tod vor der Tür zu halten?‹«

Sir Ralph ging nicht darauf ein, sondern sagte: »Taminah schlägt vor, dass wir dort, wo die Konservenfabrik stehen soll, Langhäuser bauen, mit Stockbetten aus Bambus – für die Kranken. Auf dieser neuen ebenen Fläche.«

»Ich weiß«, sagte Leon wieder. »Keine Fischfabrik jetzt. Kein Geld für Leon. Kein Geld für dich, Radscha. Meine schöne Idee kaputt.«

AUSSER REICHWEITE

Bei Tagesanbruch verließ Jane Juliettas Bett und ging zu Fuß zurück in die Tite Street.

Sie bat um heißes Wasser und wusch sich. Zwar fühlte sie sich benommen, weil sie kaum geschlafen hatte, wollte jetzt aber unbedingt zurück ins Krankenhaus, um Emmeline zu retten. Sie wusste, dass der Tag, der vor ihr lag, lang und anstrengend werden würde, doch die Stunden mit Julietta waren so unvorstellbar gewesen, dass sie ihr Frieden wie auch Kraft geschenkt hatten.

Während sie sich wusch, betrachtete sie ihren Körper im Spiegel. Eigentlich sah er für sie aus wie immer. Wenn sie tatsächlich schwanger war, musste sie in einem so frühen Stadium sein, dass sie nicht einmal darüber nachdenken wollte – jedenfalls jetzt noch nicht. Mit Julietta im Herzen und im Blut würde sie sich zunächst dem Kampf um Emmeline widmen. Sie hatte ihre Schwesterntracht nach London mitgebracht, und nun legte sie sie an, so wie sie es als Engel der Bäder immer tat. Sie würde alle ihr zur Verfügung stehenden Fähigkeiten dafür einsetzen, dass Emmeline wieder gesund wurde, und sie sacht ins Leben zurückführen, das sie so liebte.

Sie wies Nancy an, frisches Brot, Milch und Austern zu kaufen und in der Apotheke nach einem starken Obstlikör und einer Kampfertinktur zu fragen. Sie sorgte dafür, dass Emmelines Bett mit sauberen, gestärkten Laken bezogen wurde, suchte in ihrem Atelier nach Büchern, die sie ihr vielleicht vorlesen könnte, und entschied sich für Gedichte von

Tennyson, Browning und Christina Rossetti, drückte den Stapel an ihre Brust und verließ den Raum. Sie bereitete eine Bettpfanne zum Wärmen vor. In einer kleinen Schale mischte sie Zahnpulver an. Dann ging sie hinaus in den vernachlässigten Garten und suchte in dem verwilderten Gelände nach Blumen. Unter den Brombeeren versteckt, fand sie ein paar Stiefmütterchen und arrangierte sie in einer kleinen Vase aus geschliffenem Glas, die sie auf Emmelines Frisierkommode stellte. Sie nahm einen von Emmelines Turbanen aus seiner Hutschachtel und packte ihn in eine Reisetasche aus Segeltuch.

Dann brach sie in einer Droschke auf zum Krankenhaus. Während der kurzen Fahrt musste sie plötzlich sehr lebhaft an ihre Mutter denken, die sie nie kennengelernt hatte, da ihr Leben nur Minuten, nachdem das ihrer Tochter begonnen hatte, geendet hatte. Sie hatte Alice geheißen. Nach Sir Williams Aussage war Alice ein Mensch gewesen, »für den Liebenswürdigkeit so selbstverständlich war wie Atmen«; es hieß über sie, sie habe im Leben nie »etwas Unrechtes getan«. Und jetzt dachte Jane: Ich habe etwas Unrechtes getan – jedenfalls in den Augen der englischen Gesellschaft, die die Liebe zwischen Frauen verurteilt. Und ich werde wieder Unrecht begehen. In einem Anfall von Traurigkeit fragte sie sich, ob diese liebenswürdige Mutter, diese perfekte Alice, ihr wegen ihrer sexuellen Überschreitungen die Zuneigung entzogen hätte. War es also besser, dass Emmeline die Mutterrolle hatte übernehmen müssen – sie, die nur halb fertige Geschöpfe geboren, sie unter Qualen aus ihrem Körper ausgestoßen hatte, um sich dann später mit einem Golem aus Ton an sie zu erinnern? Und die Janes Charakter und ihr Herz trotzdem so gut zu verstehen schien? War Alice in dem Bewusstsein gestorben, dass ihre Tochter eine andere Mutter brauchen würde?

Zwar hatten diese Gedanken etwas seltsam Hartherziges,

aber Jane wusste durchaus auch, dass sie Emmeline noch nie so sehr gebraucht hatte wie jetzt. Nur ihrer Tante konnte sie ihre Gewissensqualen offenbaren; in ihrer gelassenen Weisheit würde Emmeline sicher etwas dazu sagen, wie Janes Zukunft sich gestalten könnte.

Jane hielt sich sehr aufrecht, als sie durch das hohe Tor des Krankenhauses schritt. Der lange Korridor, der zu dem Saal führte, in dem Emmeline lag, war leer bis auf eine dünne Frau, die auf einem Holzbrett kniete und mit Karbolseife den Steinboden schrubbte. Als Jane an ihr vorbeiging, öffnete sie ihren Mantel und ließ die Frau ihre weiße Schwesterntracht sehen, und die kniende Frau starrte so verblüfft zu ihr hoch, als hätte sie eine Erscheinung vor sich. Jane ging weiter. Der starke Karbolgeruch nahm ihr fast den Atem, und sie merkte, dass ihr Herz sehr schnell schlug.

Sie betrat den gewölbeartigen Raum, den sie »das Vorzimmer des Todes« getauft hatte. Wie schon beim letzten Mal gab es kein Krankenhauspersonal, und im Saal war es sehr dunkel, da alle Fensterläden bis auf einen geschlossen waren. Jane sah, dass ein großer Holztisch zwischen die beiden Bettenreihen gestellt worden war, darauf standen Schälchen mit Quarkspeise, und in jedem steckte ein plumper Holzlöffel, wie man ihn kleinen Kindern zum Essen gibt. Jane fand Quark abstoßend, aber zumindest war er einigermaßen nahrhaft, und die Schälchen zeigten, dass die sterbenden Frauen hin und wieder etwas zu essen bekamen. Sie nahm ein Schälchen und ging zu Emmelines Bett.

Sie wollte sich gerade bei ihrer Tante niederlassen und Emmeline überreden, ein wenig Quark zu essen, ehe sie sie für die Fahrt in die Tite Street vorbereitete, als sie feststellte, dass die Person im Bett nicht Emmeline war: Es war eine kleine Frau mit runzliger Stirn und winzigen Händen wie die Klauen eines kleinen Dschungeltiers.

Jane blickte sich suchend um, dann ging sie langsam durch den Saal und schaute prüfend in die eisernen Betten. Sie sah bleiche, überraschte Gesichter, viele geschorene Schädel, knochige Finger, die sich in die Laken krallten oder am eisernen Kopfende des Betts festhielten, als wollten sie dort für die ihnen verbleibende Zeit auf Erden vor Anker gehen. Ein oder zwei Frauen riefen laut nach ihr, als sie Jane erblickten, und das erinnerte sie daran, wie die Kranken in Bath sie angerufen hatten. Diese Menschen hier nannten sie nicht »Engel«. Sie wussten nicht, wer diese hochgewachsene Fremde war, nur dass sie stark wirkte und dass sie *da war* und sich nicht vor ihnen versteckte, wie es die anderen Schwestern offenbar so häufig taten.

Die Rufe der Patientinnen sorgten schließlich für das Auftauchen einer korpulenten Matrone, die zu fett für ihre Tracht war und gerade noch das letzte Stück eines Marmeladentörtchens in ihre Backen schob. Ein paar klebrige Bröckchen fielen ihr aus dem Mund, als sie Jane anschrie: »Was in aller Welt machen Sie hier? Wollten Sie vielleicht den Quark der Patientinnen stehlen?«

Jane blieb regungslos stehen. Sie ließ die Oberschwester ganz dicht herankommen, ehe sie ruhig antwortete: »Ich suche meine Tante, Miss Adeane; ich möchte sie nach Hause holen.«

»Wer ist ›Miss Adeane‹?«, fragte die Oberschwester.

»Miss Emmeline Adeane, die Künstlerin. Ich habe sie gestern Abend besucht. Ich habe zwei Ärzte informiert, dass ich heute Morgen wiederkommen würde, um sie nach Hause zu bringen.«

»Also«, sagte die Oberschwester, »ich kenne keine solche Person. Ich mache hier seit sechs Uhr früh Dienst, und in diesem Saal gibt es niemanden dieses Namens.«

Jane zeigte auf das Bett, in dem Emmeline gelegen hatte. Sie wollte gerade sagen, dies sei Emmelines Bett gewesen, als die Oberschwester ihr überraschend das Schälchen mit der Quarkspeise aus der Hand riss, es auf den Tisch knallte, dann auf dem Absatz kehrtmachte und davonmarschierte.

»Wo ist meine Tante?«, rief Jane laut.

Die Oberschwester war schon fast an der Tür, als sie erwiderte: »Wenn eine Patientin gestern hier war und heute nicht mehr, dann gibt es nur einen Ort, wo sie sein kann: in der Leichenhalle.«

Damit war sie fort, und Jane stand regungslos da und rang nach Luft. Sie legte eine Hand an ihren Hals, als könne sie sich so das Atmen erleichtern. Sie merkte, dass ein paar der sterbenden Frauen sich aufzusetzen versuchten, um sie genauer zu betrachten, diese Fremde in dem weißen Gewand, die die Worte der Oberschwester so sehr getroffen hatten.

Eine reckte den Arm und winkte ihr, und da Jane überlegte, ob sie vielleicht wissen würde, was mit Emmeline geschehen war, ging sie auf sie zu, aber da zeigte die Patientin hektisch gestikulierend auf die Schälchen auf dem Tisch und dann auf ihren Mund. Jane machte kehrt, holte die Quarkspeise für sie, und kaum tat sie das, riefen die anderen Frauen ebenfalls nach ihren Schälchen. Jane fragte sich, ob sie wohl häufig so auf die Folter gespannt wurden – Essen wurde zwar in ihre Nähe hingestellt, aber nicht in ihre Reichweite.

Sie begann die Schälchen zu verteilen, gab jedes vorsichtig in zitternde Hände. All das tat sie in einem Zustand seltsamer Abwesenheit. Es war, als würde sie diese Dinge nur deshalb erledigen, um weiter atmen zu können, so lange, bis sie wieder bereit war, die nächsten Momente ihres Lebens in Angriff zu nehmen.

Die Leichenhalle war in einem tiefen Keller untergebracht.

Jane wurde von einem der Ärzte hinuntergeführt, die sie am Abend zuvor gesehen hatte. Er reichte ihr seinen stützenden Arm. Seine gestrige Ungeduld ihr gegenüber schien er gezügelt zu haben. Jane musste an das letzte Mal denken, als sie in einem Leichenschauhaus gewesen war, in Paris. Damals war allein Mitleid von ihr gefordert; jetzt war sie in ihr eigenes Leid gestürzt worden.

Der Arzt berichtete ihr, dass Emmeline nicht lange nachdem sie gegangen war, »im Schlaf« gestorben sei. »In Fällen wie dem ihren«, sagte er, »in denen das Herz großen Schaden genommen hat, beten wir immer, der Tod möge schnell kommen.«

»Wollen Sie damit sagen, meine Tante habe nicht gelitten?«, fragte Jane.

»Nein, nicht ganz. Was ich sagen will, ist, dass Ihre Tante bei dem Herzanfall sicherlich gelitten hat. Aber als sie dann hier war, haben wir sie sehr schnell in einen schlafähnlichen Zustand versetzt, und das beendete ihr Leiden. Mehr konnten wir nicht für sie tun.«

Sie stiegen noch tiefer hinunter. Der Verwesungsgeruch der Leichenhalle wurde immer beißender, je näher sie kamen. Der Doktor zündete eine Gaslampe an, und als das weiße Licht aufflammte und wie ein plötzlicher Windstoß zischte, konnte Jane sehen, dass alle Bänke, auf denen die Toten gewöhnlich aufgebahrt wurden, leer waren – bis auf eine. Und es schmerzte Jane, dass ihre Tante, die ein solch schillerndes, geselliges Leben geführt hatte, so allein in dieser Leichenhalle liegen sollte. Sie wusste, dass das ein kindlicher Gedanke war, und trotzdem musste sie mit einem Mal über Emmelines entsetzliche Einsamkeit weinen.

Der Doktor reichte ihr ein Taschentuch, das er aus seiner Manteltasche zauberte, und gemeinsam gingen sie zu der Bank, auf der Emmeline unter einem Laken lag. Immer noch in Tränen aufgelöst, bat sie den Doktor, Emmelines Gesicht aufzudecken. Behutsam schlug er das Laken zurück, und da war sie, offengelegt im Tod, die Künstlerin, die nie den Trost einer liebenden Familie kennengelernt hatte und dennoch nie in ihrem couragierten Streben nachgelassen, sondern sich ein ganz und gar einzigartiges Leben erschaffen hatte.

Sie kniete nieder und schlang ihre Arme um Emmelines Schultern, fast so, als würde sie noch leben, und küsste ihr kaltes Gesicht. Für einen Augenblick legte sie ihren Kopf auf Emmelines knochige Brust und ließ ihre Tränen einfach auf das weiße Laken tropfen. Der Arzt trat einige Schritte zurück, als wären die Tränen Regen und er würde nicht nass werden wollen. Die Gaslampe über ihr zischte laut – das Geräusch hartnäckig fortgesetzten Lebens, selbst an diesem dunklen Ort. Vielleicht brachte dies Jane dazu, in ihre Tasche zu greifen und den Turban, den sie mitgebracht hatte, damit Emmeline ihn auf der Fahrt in die Tite Street tragen sollte, herauszuholen. Sie wischte sich die Augen mit dem Taschentuch des Doktors, stand auf, beugte sich über den Leichnam, hob Emmelines schweren Kopf und setzte ihr vorsichtig den Turban auf, nicht, ohne die vorstehenden Strähnen ungewaschenen Haars darunter festzustecken.

ÖL AUF WASSER

Etwa zu der Zeit, als Jane das Krankenhaus verließ und müde in eine wartende Droschke stieg, kehrte Ashton Sims aus Frankreich zurück und betrat sein Haus am Tedworth Square.

Da Ellen ihm mitteilte, seine Frau schlafe, ging Ashton hinauf ins Kinderzimmer, wo er Marco mit seiner Kinderfrau, Miss Paley, vorfand. Miss Paley strickte friedlich in einem Lehnstuhl, während Marco auf seinem Schaukelpferd ritt, unablässig auf es einredete, schneller zu galoppieren und nicht vor dem Geräusch des Winds in den Bäumen zurückzuscheuen. Als Marco seinen Vater in der Tür sah, stieß er einen Freudenschrei aus, versuchte vom Pferd zu springen und fiel kopfüber auf den harten Holzfußboden.

Ashton und Miss Paley eilten herbei, um ihm zu helfen, aber Marco war ein Kind, das selten weinte; er stand einfach auf und warf sich seinem Vater in die Arme.

»Papa!«, sagte er, »weißt du, wie mein Pferd heißt?«

»Ja«, antwortete Ashton und küsste seinen Sohn, »ich glaube schon. Ich glaube, es heißt Pippin.«

»Nein!«, erklärte Marco. »Es *hieß* Pippin, aber jetzt heißt es anders.«

»Oh«, sagte Ashton. »Gefiel dem Pferd der Name Pippin nicht?«

»Nein.«

»Und hat es dir das gesagt?«

»Ja. Es kann ganz gut sprechen, Papa. Du glaubst ja nicht, dass es sprechen kann. Aber es ist wahr.«

»Ganz im Gegenteil, ich weiß, dass es sehr gut sprechen kann. Aber wie lautet denn nun sein neuer Name?«

»Das ist ein Geheimnis, aber ich werde ihn dir ins Ohr flüstern.«

»Darfst du das denn auch – wenn es doch ein Geheimnis ist?«

»Halt mir dein Ohr hin, Papa. Sein Name ist Trebuchet.«

»Trebuchet?«

»Ja. Das ist mein neues Lieblingswort. Ich habe es aus einem Bilderbuch. Es ist eine Waffe, mit der man Burgen angreift. Und Nanny sagt, man muss es französisch aussprechen und Tree-bü-schee sagen, nicht englisch wie Tree-bucket.«

»Oh«, sagte Ashton lachend, »aber mir gefällt Tree-bucket gut! Baumeimer! Ich würde es sogar vorziehen. Warum nennst du dein Pferd nicht Tree-bucket?«

Marco begann zu kichern, und Ashton fand, dies sei einer der schönsten Klänge der Welt, dieses glückliche Lachen seines Sohns. Er drückte ihn noch einmal an sich, setzte ihn dann ab, und Marco ging wieder zu seinem Schaukelpferd.

»Weiß Mama schon von Pippins neuem Namen?«, fragte Ashton.

»Ja, natürlich«, erwiderte Marco. »Mama weiß alles in der Welt.«

Froh, wieder mit Marco zusammen zu sein, wollte Ashton gerade eine Runde Mikado vorschlagen, als Ellen in der Kinderzimmertür erschien und Ashton einen Besucher meldete.

»Es ist Miss Adeane«, sagte Ellen, »Miss Jane. Sie hat eine traurige Nachricht.«

»Was für eine traurige Nachricht denn, Ellen?«

»Das weiß ich nicht, Sir. Sie wartet im Salon.«

»Ich mag Jane«, sagte Marco. »Sie war letzte Nacht hier, nicht, Ellen? Sie und Mama haben gelacht, ich habe sie gehört.«

Ellen nickte, und Ashton sah, dass sie dabei errötete. Er

wusste durchaus, was das bedeutete. Doch es war Ashton Sims' große, verborgene Stärke, dass etwas, das für ihn möglicherweise unangenehm war, niemals Anlass für zornige Vorwürfe seinerseits war, sondern ihn vielmehr dazu animierte, seine eigene Auffassung von der betreffenden Angelegenheit zu ändern, sich zu stählen und die Geschichte in eine Ecke seines Gehirns zu schieben, wo sie ihn nicht mehr verletzen würde.

Wie viele Männer hätten das leisten können? Er glaubte, dass es nur wenige wären; er musste nur an die Vorschriften und Maßnahmen denken, zu denen Ehemänner sich gegenüber ihren Frauen berechtigt sahen, und daran, wie wütend und gewalttätig sie werden konnten, wenn ihre Frauen sich diesen widersetzten. Aber Ashton war von anderem Temperament. Er wusste, dass seine Liebe zu Julietta durch eine herrliche *largesse* gekennzeichnet war. Es war eine *Welt der Liebe*, umfasste ein weites Feld großzügiger Zuneigung. Tatsächlich kümmerte es Ashton nicht, wo seine schöne Frau sich manchmal ihr Vergnügen verschaffte, wenn ihr der Sinn danach stand, vorausgesetzt, sie verließ ihn nicht. Nur dann würde er sich beraubt fühlen und zornig werden. Seine größte Hoffnung war, dass sie weitere Kinder haben und noch viele Jahre in jener häuslichen Zufriedenheit leben würden, die sie gemeinsam zur Vollendung gebracht hatten.

Mit dieser Art seiner Liebe zu Julietta ging einher, dass er, wenn er einer ihrer weiblichen Geliebten begegnete – und die geistreiche, bemerkenswerte Jane Adeane gehörte mittlerweile sicherlich dazu –, ihnen gegenüber keine Feindseligkeit empfand, sondern eher so etwas wie eine Verbundenheit durch ästhetische Vorlieben, so als hätten sie und er festgestellt, dass das Werk desselben Künstlers oder dasselbe Musikstück sie beide gleichermaßen mit Ehrfurcht erfüllte.

Er fand Jane weinend auf den Knien vor dem Kamin.

Als sie ihm von Emmelines Tod berichtete, kniete er sich neben sie und legte ihr liebevoll seinen Arm um die Schultern. Auch er war bekümmert über den Verlust einer Frau, die er immer gemocht und bewundert hatte, doch inzwischen wusste er, was Emmeline Adeane für Jane gewesen war, und es fiel ihm schwer, tröstende Worte zu finden.

Nach einer Weile sagte er: »Jane, ich werde Ihnen ein Glas Kognak einschenken. Das hilft Ihnen vermutlich weit besser als irgendwelche Plattitüden aus meinem Mund. Dann werde ich Ellen bitten, Julietta zu wecken, und sie wird Sie trösten.«

Er erhob sich, um nach Ellen zu läuten, dann schenkte er den Kognak ein, und Jane nahm ihn dankbar entgegen. Er führte sie zu einem bequemen Sessel und schob ihr ein Kissen in den Nacken. Er sah, dass sie blass war und zitterte. Durch den Schmerz schien sie irgendwie weniger geworden zu sein; sie wirkte kleiner, als sie eigentlich war, als würde sie von einem unerträglichen Gewicht zusammengedrückt. Unter Schluchzern entschuldigte sie sich für ihre Verfassung und dafür, dass sie den Haushalt durcheinanderbrachte, aber, sagte sie, sie wisse nicht, wo sie sonst hätte hingehen sollen …

»Pscht, meine liebe Jane«, sagte Ashton. »Ich bin sehr froh, ja gerührt, dass Sie zu uns gekommen sind.«

»Ich hätte alles darum gegeben, sie zu retten, Ashton. Ich weiß, dass ich in Bath dazu beigetragen habe, Menschen zu retten, aber ihr Leben konnte ich nicht retten …«

»Trinken Sie den Kognak, mein liebes Mädchen. Nehmen Sie einen ordentlichen Schluck! Dann sprechen wir über Emmeline, wenn das Ihr Wunsch ist. Oder wir schweigen, wenn Ihnen das mehr hilft. Aber lassen Sie sich sagen, dass Sie bei uns sicher sind.«

»Mein armer Vater!«, sagte Jane mit einem Mal und versuchte, sich aus ihrem Sessel zu erheben. »Das habe ich ganz vergessen. Er wird so traurig sein. Wir müssen ihn benachrichtigen …«

»Machen Sie sich keine Gedanken. Ich kümmere mich darum. Ich denke, er kann morgen schon in London sein. Und hören Sie, Jane, alles was juristisch mit diesem Tod zusammenhängt, können meine Anwälte, die auch die Geschäfte Ihrer Tante verwaltet haben, übernehmen, wenn Sie das wünschen. Sie müssen nur sagen, was Sie möchten.«

»Vielen Dank, Ashton«, sagte Jane. Und spontan fügte sie hinzu: »Sie sind ein guter Mensch. Ich glaube, ich kenne nur sehr wenige, aber Sie sind einer von ihnen.«

»Nein«, erwiderte Ashton und konnte einen Anflug von Traurigkeit in seiner Stimme nicht verhindern, »ich bin nicht gut; ich bin nur pragmatisch.«

In dem Moment betrat Ellen den Raum und hinter ihr Julietta, noch in ihrem seidenen Nachtgewand, mit wild zerzaustem Haar und müden Augen. Sie ging zuerst zu Ashton und küsste ihn auf die Wange, um ihn zu Hause willkommen zu heißen, und dann hockte sie sich neben Jane auf den Boden. Der Geruch ihres Körpers nach den Wonnen der Nacht erfüllte den Raum mit einem derart schweren Duft, dass Ashton beinahe schwindelig wurde.

»Ich habe es gehört, ich habe es gehört!«, rief Julietta Jane zu, »ach, mein armer Liebling! Ashton, wie um alles in der Welt können wir Jane trösten? Lass sie mich in die Arme nehmen. Komm her, süßer Engel.«

Julietta zog Jane an sich, und die beiden Frauen hielten einander schluchzend umschlungen, während Ashton sehr still dabeistand und zusah und Ellen neben ihm so heftig errötete, dass man hätte glauben können, gleich würde etwas von der roten Farbe in die weiße Spitze ihres Häubchens sickern.

Da Ashton den Auftrag hatte, sich mit Sir William Adeane

in Verbindung zu setzen, entschuldigte er sich, und Ellen folgte eilig. Sobald er den Raum verlassen hatte, begann Julietta, Janes Gesicht zu küssen und ihr die salzigen Tränen von Wangen und Lippen zu lecken, und dann erforschte ihre Zunge den feuchten Mund, als wären Tränen genau das, womit sie jetzt einen gewaltigen Durst lustvoll zu stillen gedachte. Und die beiden Liebenden hatten das Gefühl, ihre intime Welt habe sich verflüssigt und eine ölige Konsistenz angenommen, in der Trauer und Verlangen in Regenbogenfarben glommen und zitterten, wie gesalbtes Öl, das auf Wasser fällt.

TABLEAU

Da er nicht wusste, was in den vergangenen vierundzwanzig Stunden geschehen war, und nicht länger untätig in Bath auf Janes Rückkehr warten mochte, kam Valentine Ross noch am Nachmittag desselben Tages in der Tite Street an.

In seiner Tasche befand sich der smaragdbesetzte Diamantring, und während der gesamten Dauer der Reise nach London hatte er sich ermahnt, seinen Zorn auf Jane über ihren plötzlichen Aufbruch beiseitezuschieben und sich ihr gegenüber nichts als freundlich zu zeigen. Er hatte sogar überlegt, ob er es nicht fertigbrächte, ihr auf Knien den Ring zu überreichen. Und doch verspürte er noch immer einen Rest tiefer Verstörung, den er nicht abzuschütteln vermochte. Seit der Rückkehr ihres Vaters aus Irland hatte Jane sich hartnäckig geweigert, mit ihm zu schlafen, und wollte nicht einmal allein seine Räume betreten – ein weiterer Beleg für ihre Macht über ihn.

Inzwischen wünschte er sich dringend, dass er sie nicht mehr so maßlos begehrte, und erging sich erneut in Fantasien darüber, wie er sie auf eine Weise unterwerfen würde, die ihn selbst sexuell befriedigte, ihr aber körperliche Schmerzen zufügte. Denn wie sollte er eine Ehefrau ertragen, sinnierte er, die sich ihm in keinerlei Hinsicht unterwarf und es auch in Zukunft nicht tun würde? Mit Sicherheit war das doch ein Rezept für Unglück so tief wie die schwarze Nacht! In furchtbaren Tagträumen fesselte er sie, das Gesicht nach unten, mit einem Seil oder sogar mit Ketten an sein Bett und peitschte ihre Hinterbacken, bis Striemen erschienen, dann drang er dort ein, ein Sodomit, der alle Schranken der Zärtlichkeit oder Verbundenheit ignorierte – ein Mann in *flagrante delicto*, dessen einziges Ziel Erlösung durch Strafe war.

Auch wenn er versuchte, solche Fantasien abzuschütteln, kehrten sie doch von Zeit zu Zeit wieder und führten zu einer heftigen Erregung, die ihn so sehr beunruhigte, dass er wieder begann, die Prostituierten in der Neck Tavern aufzusuchen; doch jetzt gegen eine zusätzliche Summe, um seine Grausamkeiten mit ihnen auszuleben.

Emmelines Dienstmädchen Nancy hatte ihn in der Tite Street 2a hereingelassen. Er stellte sich ihr als Miss Janes Verlobter vor, und sie deutete einen Knicks an. Sie wusste noch nichts von Emmelines Tod und erklärte ihm, Jane sei wieder im Krankenhaus, aber sie werde Emmeline nach Hause holen, »sobald es ihr wieder gut genug« gehe. Er dankte ihr und bat sie, ihm eine Kanne Tee zu kochen.

Wieder allein, schlenderte Ross durch die Eingangshalle in den hohen Raum, der Emmelines Studio war. Der Terpentingeruch gefiel ihm, doch gleichzeitig empfand er ihn als unangenehm, denn es war der Duft künstlerischer Arbeit. Dieser große Raum, den er da vor sich hatte, zeugte von einem leidenschaftlichen Bemühen, zu dem er selbst nie fähig gewesen war. Auf einer Staffelei stand ein nicht vollendetes Stillleben, auf dem Porzellanvögel um eine Weinflasche gruppiert waren, und es nötigte ihm Bewunderung ab, wie sicher Emmeline erkannt hatte, dass diese verschieden geformten Objekte eine solch gefällige Gruppe bildeten.

Entlang der Fußbodenleisten stapelten sich Leinwände verschiedenster Größen, einige halb fertig oder aufgegeben, andere, die vorbereitet, aber noch unberührt auf neue Arbeit warteten. Eigentlich hatte Ross erwartet, hier auf das Porträt von Jane zu stoßen, und war gespannt, was er wohl bei dessen Anblick empfinden würde, doch er konnte es nirgends entdecken. Er ließ den Blick von den gestapelten Gemälden zu den Hunderten von Kohlezeichnungen wandern, die nachlässig an die Wände geheftet waren – Skizzen zu noch unausgearbeiteten Ideen: ein menschliches Profil hier, ein nackter Fuß dort, ein blühender Ligusterzweig, ein Vogel im Flug, ein Straßenhändler mit seinem Karren in Chelsea, ein gusseisernes Tor, ein aus dem Wasser ragender Fels …

Und hinter alledem erkannte Ross einen Menschen, der rastlos alles einfing, was er sah, und versuchte, das Gewohnte und Alltägliche ebenso wie das Schöne in Kunst zu verwandeln. Er ahnte, dass das, was er hier vor sich hatte, die Verkörperung all dessen war, was Jane liebte und wertschätzte. Und so war sie, ohne sich auch nur nach ihm umzudrehen, nach London geeilt, weil sie in Emmeline jemanden gefunden hatte, den sie ihrer Verehrung für würdig befand.

Als er die vielen Pinsel und Palettenmesser auf Emmelines Arbeitstisch sah, kam ihm als Nächstes der Gedanke, ob er mit den ihm zur Verfügung stehenden chirurgischen Instrumenten wohl eines Tages einen großartigen medizinischen Triumph würde feiern können, eine ergreifende Rettungsaktion, die Janes Herz zu der gleichen Achtung und Bewunderung bewegen würde, die sie für Emmeline empfand. Wie anders würde ihr seine Welt erscheinen, wenn ihm das gelänge! Seine Frau wäre nicht länger überheblich und würde nie mehr sticheln. Sie würde in Ehrfurcht vor ihm leben. Im Bett würde sie sich allem fügen, worauf er Lust hatte. Er hätte sie endlich besiegt.

Und das war der Moment, in dem eine neue Idee Besitz von ihm ergriff: Er würde Jane heiraten und sie zwingen, mit ihm nach Borneo zu reisen; das würde sie von allem trennen, was sie kannte und was ihr lieb und teuer war – außer von ihm. Wenn sie erst einmal auf dem Malaiischen Archipel waren, würde er sich der Aufgabe widmen, Edmund zu retten, und sich schließlich – in einem primitiven Land, in dem der Aberglaube über vernunftgeleitete medizinische Praxis zweifellos noch den Sieg davontrug – als ein Mann etablieren, der eine ganze Gesellschaft mit heilenden Medikamenten und dem Geschick eines Chirurgen versorgte, und schon bald würde er im Umkreis von Hunderten von Meilen als weißer Gott verehrt werden.

Und Jane? Welche Aufgabe gäbe es da für sie außer der als seiner Krankenschwester, seiner Untergebenen, seiner Helferin? Irgendwann würde sie selbstverständlich auch von dieser Rolle entbunden. Sie würde nur noch Mrs Ross sein, die Mutter seiner Kinder. Und es würde viele Kinder geben, denn seine Begierde würde niemals ein Ende finden. Jane würde sich zu einer schwerfälligen Gestalt entwickeln, die ihre erstaunliche Größe in stummem Überdruss mit sich umherschleppen würde. Sie würde nur noch für die Liebe ihrer Familie leben. Sie würde sich nach seiner Zuwendung und Zärtlichkeit verzehren, doch er würde beides rationieren. Er würde dafür sorgen, dass sie ihn auf Knien anflehte …

Ross war so in diese Tagträume versunken, dass er erschrak, als Nancy plötzlich vor ihm stand und sagte, das Tablett mit Tee erwarte ihn im Salon. Er legte das Palettenmesser weg, das er zu seiner Überraschung in der Hand hielt. Auch wenn ihn das Gewaltsame seiner Idee schockierte, glaubte er doch, dass in diesem Borneo-Plan womöglich seine Rettung lag – die einzige Rettung, die er sich im Augenblick vorstellen konnte. Ihm gefiel das Mathematische daran. Der Plan würde die komplizierte Rechenaufgabe lösen, mit der er sich seit Monaten herumschlug: Wie sollte er die Pflicht gegenüber seinem Bruder erfüllen und sich gleichzeitig dem Plan einer Ehe mit Jane widmen?

Er sah schon das Schiff vor sich – eines wie die *Rains-*

ford –, das Jane und ihn in Plymouth erwartete. Er sah die beengte Dunkelheit der Kabine, in der sie liegen würden.

Nancy hatte Ross chinesischen Tee serviert, den er nicht mochte. An dessen parfümierter Bitterkeit wurde ihm deutlich, wie sehr sich Emmelines Geschmack von seinem unterschied. Nach dem Besuch ihres Ateliers hatte er sich gezwungen gesehen, sie zu bewundern, und nun blieb ihm womöglich nur dieser Vorwand, um sie nicht zu mögen.

Er schob das Teetablett beiseite und läutete nach Nancy. Mit einem Mal überkam ihn große Müdigkeit, und er hatte den dringenden Wunsch, sich vor seiner Begegnung mit Jane auszuruhen. Die Vorstellung von Schlaf wurde so verlockend, dass er die Augen schloss und sich in das gepolsterte Chesterfield-Sofa, auf dem er saß, beinahe zurückkippen ließ. Aber eigentlich sehnte er sich nach einem weichen Bett, und nachdem er Nancy erklärt hatte, er habe eine sehr lange Reise hinter sich, bat er sie, ihn in ein Zimmer im oberen Stock zu bringen.

Der Raum, den sie für ihn wählte, war klein und dunkel, und es gab nur eine Art schmaler Liege, die ihn an seine Internatszeit erinnerte; er fragte sich, ob es als Beleidigung zu verstehen sei, dass sie ihm eine Dienstbotenunterkunft angeboten hatte. Es war ihm nicht entgangen, dass dieses Mädchen ihn irgendwie durchtrieben angeschaut hatte, und ihm schoss durch den Kopf, dass sie vielleicht in Janes dunkelste Geheimnisse eingeweiht war und deshalb jetzt nur noch Mitleid für diesen »Verlobten« empfand, der nichts von ihnen ahnte. Er überlegte kurz, ob er das Mädchen nicht einfach grob beim Arm packen und anweisen sollte, ihm die Besucher zu nennen, die Jane Adeane in der Tite Street empfangen hatte. Doch als ob sie ahnte, was er im Sinn hatte, war Nancy rasch wieder verschwunden.

Sobald sie fort war, verließ Ross das ihm zugewiesene

Zimmer und öffnete nacheinander alle anderen Türen auf dem oberen Flur. Im dritten Zimmer sah er ein Peignoir, das Jane gehörte, auf dem Doppelbett liegen, und ihre Haarbürste, die auf den Schaffellläufer gefallen war. Diese vertrauten Gegenstände, die er aus den gemeinsam verbrachten Nächten kannte, berührten ihn plötzlich schmerzlich. Leise schloss er die Tür hinter sich, ging zum Bett, nahm das Peignoir und drückte sein Gesicht in dessen seidene Falten. Zärtlich hob er die Bürste auf und legte sie auf die Frisierkommode aus Mahagoni.

Obwohl er wusste, dass er sich nicht anmaßen sollte, hier zu schlafen, konnte er der Versuchung nicht widerstehen. Er zog Mantel und Stiefel aus, nahm den Smaragdring aus der Manteltasche, damit er nicht unbemerkt herausfiel, und legte ihn auf die Frisierkommode. Dann streckte er sich aus und drückte das Peignoir so zärtlich an sich, wie ein Kind sich an ein Kleidungsstück seiner abwesenden Mutter schmiegen mochte. In dem Duft des Peignoirs glaubte er all das wiederzuerkennen, was in der Seele seiner Liebsten wohnte: ihre engelähnliche Macht, ihre Schönheit und ihre Leidenschaft.

Es war dunkel, als er erwachte. Durchs Fenster konnte Ross das Flackern einer Gaslampe am Ende der Tite Street sehen.

Er stand auf, zog seine Stiefel an und bespritzte sein Gesicht mit Wasser aus einem Krug auf dem Waschgestell. Dann strich er das Bett glatt und breitete das Peignoir etwa so darüber, wie er es vorgefunden hatte, und vergaß dabei den Ring. Als er die Treppe hinunterstieg, spürte er die Stille des Hauses und wunderte sich, dass Jane noch nicht zurückgekehrt war. Er blieb einen Moment in der Eingangshalle stehen und aus dem hellen Schein unter der Tür zum Salon schloss er, dass dahinter Kerzen brennen mussten. Er hatte Hunger und hoffte, dass in der Küche das

Abendessen vorbereitet wurde, doch es roch nicht nach Essen. Über dem ganzen Haus lastete eine solch tiefe Stille, dass er fürchtete, mit Ausnahme des durchtriebenen Dienstmädchens sei er immer noch allein und dazu verurteilt, weitere sinnlose Stunden zu warten, bis Jane endlich erschien.

Doch als er die Tür zum Salon aufstieß, sah er sie. Sie lag, in tiefen Schlaf versunken, auf der Chaiselongue, ein Bein baumelte über dem Boden. Neben ihr, den dunklen Kopf in Janes Schoß gebettet, kniete eine der schönsten Frauen, die Ross jemals gesehen hatte.

Ross blieb sehr lange regungslos stehen, den Blick so starr auf dieses Tableau gerichtet, als wäre es ein Gemälde, um dessen Bedeutung er wusste, ohne sie jedoch vollständig entschlüsseln zu können.

»ÄRZTE DES BRITISCHEN EMPIRE«

Die Abzweigung von der Savage Road zum Sadong war jetzt fertiggestellt. Sir Ralph lief so lange auf der neuen Straße hin und her, bis ihn das Geräusch seiner eigenen Füße ermüdete. Und während seines Marschs bewunderte er ihre gerade Linie und die Art, wie die weißen Steine in der Sonne glitzerten. Vor allem jedoch versuchte er, in der Straße etwas von Menschenhand Gemachtes zu sehen, das *widerstehen* würde. Er sagte sich, er müsse Vertrauen in das neue Werk haben, fürchtete aber, dass die schweren Regenfälle doch wieder Schäden anrichten würden.

Immerhin gab es die Straße jetzt. Das machte den Radscha froh. Nun würden die chinesischen Arbeiter an ihrem anderen Ende mit dem Bau dreier großer Langhäuser beginnen, auf Stelzen und direkt am Fluss. Der Radscha hatte ihnen erklärt, später werde ein Krankenaus daraus, bedauerte das aber, als er feststellte, dass viele von ihnen Angst bekamen, die Kranken aus Kuching würden dann hierhergebracht, und einfach davonliefen.

An jene, die sich als loyal erwiesen hatten, wandte er sich mit einer spontanen Ansprache. Er richtete sich zu seiner nicht unbeträchtlichen Größe auf, band sich ein goldenes Satinband in sein dichtes graues Haar, stellte sich mit seinem (inzwischen ziemlich alten und verrosteten) Regimentsschwert im Gürtel auf eine der Holzkisten, die einmal Septimus Scaifes Schwarzpulver enthalten hatten, und erklärte seinen »kleinen Pilzen«, sie seien die Helden seines Königreichs. Ein Krankenhaus sei das großartigste Gebäude, das ein Mann bauen könne, beschwor er sie. Mit diesem Werk stelle er sich zwischen Leben und Tod. Aus diesem Grund habe er sich entschieden, diejenigen, die bis zum Ende der Bauzeit bleiben würden, nicht in einfachen Münzen, sondern in Silber auszuzahlen.

Es folgten vereinzelte Überraschungslaute der versammelten Arbeiter, bis schließlich alle dem Radscha applaudierten. Er hatte natürlich nicht gesagt, *wie viel Silber* er ihnen geben werde. In den Köpfen einiger war es vielleicht nur ein armseliger Sixpence, in der Vorstellung anderer ein glänzender Barren oder eine dreireihige Halskette. Aber allein das Wort »Silber« wirkte zu dieser Zeit auf Borneo wie Magie. Spekulationen darüber, wie viel Silbererz Sir Ralph in seinem prachtvollen Haus versteckt hielt, waren während der Herrschaft des Radschas unter den Malaien weit verbreitet, und trotz seiner Furcht vor bewaffneten Räubern unterband Sir Ralph diese Vermutungen auch nicht. Er wünschte sich, dass man ihn für ebenso reich hielt wie Königin Viktoria. Denn er wusste sehr wohl, dass seine Macht weniger auf seinem unersättlichen Willen als auf seinem Vermögen beruhte.

Nach seiner Rede vor den chinesischen Arbeitern merkte Sir Ralph auf dem Heimweg, dass er zum ersten Mal seit Langem wieder besserer Stimmung war. Im Rückblick gefiel ihm das Bild, das er den »Pilzen« von sich präsentiert hatte: als der starke, männliche Herrscher, dessen mitfühlendes Herz und exzentrische Kleidung ihn von anderen Kolonialherren deutlich abhoben. Und er ertappte sich bei der törichten Hoffnung, der Wald höchstselbst habe ihm zugesehen und gelauscht. Denn war der Bau eines Krankenhauses nicht ein Akt mutigen Widerstands gegen die Verheerungen der Natur? Er schwor sich, sollte die Pestkrankheit seine Ländereien erreichen, werde niemand daran sterben.

Während seiner Rede war Leon an seiner Seite gewesen.

Er war es auch, der eine von Scaifes Schwarzpulverkisten als Podest für den Radscha aufgetrieben und herbeigeholt hatte und dann plötzlich mitten in dessen Rede furchtbare Angst bekam, in der Kiste könne noch Dynamit sein, das Scaife übriggelassen hatte und das sich – aus Gründen, die allein der Wissenschaft bekannt wären – selbst entzünden und den Radscha in die Luft sprengen würde.

Doch das war nicht geschehen, und während der Radscha und Leon auf der neuen Straße nach Hause wanderten, spürte der Malaie, dass seine Liebe zu Sir Ralph von Neuem aufblühte. Er sagte sich, der Mann sei zwar viel zu eitel und habe eine viel zu »englische« Seele, um Anlass für ausnahmslose Bewunderung zu geben, aber auf seine spezielle Weise sei er eben doch eine Art Held. Kurzum, Leon wusste, dass die Zeit des Zorns auf Sir Ralph vorüber war. Er griff nach der riesigen Hand des Radschas und liebkoste sie.

Später setzte Leon sich hin und begann zu berechnen, wie viel schwarzes Buchenholz, wie viel Rattan und Bambus und welche Mengen an Palmblättern zur Dachabdeckung der drei Langhäuser benötigt wurden, wie viele Pritschen und Hängematten in ihnen untergebracht werden konnten und wie viel Raum man für die Küchenbereiche und die Aborte brauchte. Dann malte er Skizzen – ähnlich denen, die er für die Konservenfabrik angefertigt hatte. Sie waren erstaunlich virtuos, fast wie Zeichnungen von professionellen Architekten, und als Sir Ralph seine Bewunderung bekundete, sagte Leon: »Gefallen sie Euch? Dann macht mich zum Aufseher dieses Krankenhauses, mein Radscha. Ich werde die Kuli-Jungs peitschen, und sie werden sehr gut arbeiten.«

»Ich hoffe doch, dass ›Peitschen‹ unnötig ist, Leon?«

»Mit der Zunge peitschen. Alle in der Reihe halten ...«

»Mit der Zunge peitschen? Na gut.«

»Aber es gibt noch zwei Fragen, die ich nicht weiß.«

»Welche sind das, Leon?«

»Zuerst: Silber. Wie viel gebt Ihr mir, als Aufseher?«

Sir Ralph blickte Leon an, der über seine bemerkenswerten Zeichnungen gebeugt war. Die komplizierte Frage, wie er seinen Geliebten dafür entlohnen sollte, dass er sein Lebensgefährte war, hatte er nie zufriedenstellend für sich lösen können. Er hatte sich angewöhnt, ihn mit Geschenken zu überschütten, von denen einige den Weg in Taminahs Hütte fanden, doch nur selten hatte er Leon mehr Geld gegeben, als er brauchte. Er wusste also nicht, wie er diese Frage jetzt beantworten sollte.

»Ich werde dir geben, was wir beide für angemessen halten«, sagte er schließlich.

»Das ist keine Antwort. Denn wie viel ist angemessen?«

»Das kommt darauf an. Wird das Krankenhaus solide gebaut sein, oder wird es beim ersten großen Regen einstürzen?«

»Ihr seht meine Zeichnungen …«

»Die Zeichnungen sind sehr gut.«

»Dann Krankenhaus wird gut sein. Kein Einstürzen. Und meine Arbeit als Aufseher sehr harte Arbeit. Deshalb müsst ihr bezahlen.«

»Ich werde zahlen, wenn das Krankenhaus fertig ist.«

Da schob Leon die Skizzen beiseite, nahm ein frisches Blatt Papier und zeichnete ein unregelmäßiges Gebilde, das wie ein kleiner Felsbrocken von etwa zwölf oder fünfzehn Zentimetern Durchmesser aussah. Er reichte das Blatt Sir Ralph.

»Ihr seht meine neue Zeichnung?«, sagte er. »Das ist ein Bild von dem Silber, das Ihr mir geben müsst.«

Der Radscha lächelte. »Und was wirst du mit diesem großen Schatz machen?«

»Ich werde heiraten. Ich werde ein großes Bankett für

mein Hochzeitsfest geben. Aber keine Sorge, mein Radscha, ich werde Euch einladen!«

Sir Ralph legte seine Hand auf Leons Kopf und zerzauste sein glänzendes Haar. Die Geste sollte sagen: Ich weiß, dass du mich immer mit solchen Drohungen treffen kannst, aber diesmal lasse ich sie wegfliegen – wie Mücken, die in der Luft sirren, die ich atme, aber die mich nicht stechen.

»Es ist aufmerksam von dir, mich einzuladen«, sagte er. »Ich werde mit Vergnügen kommen. Aber jetzt erzähl mir, was deine zweite Frage war.«

Leon schrieb mühsam das Wort »Silber« unter seine Zeichnung. Und als er aufblickte, sagte er: »Krankenhaus nicht gut, Sir Raff. Das sehe ich.«

»Wie? Was heißt das, ›nicht gut‹?«

»Für Krankenhaus brauchen wir Ärzte. Ohne ist Krankenhaus nicht gut. Glaubt ihr, Ärzte verstecken sich unter Mangroven oder schwingen in Ästen mit Gibbons? Wir brauchen Britische Empire-Ärzte. Schwarzer Umhang. Hoher Hut …«

Bei der Erwähnung von »Ärzten des Britischen Empire« zog sich das Herz des Radschas kummervoll zusammen. Edmund hatte viele Male seinen Bruder Valentine erwähnt, der als Arzt in der Stadt Bath arbeite. Und der Radscha hätte ihm längst schreiben wollen, doch er hatte diese Pflicht vor sich her geschoben mit der Entschuldigung, er habe bisher vergeblich in Edmunds Habseligkeiten nach der Adresse des Bruders gesucht.

»Solche Leute brauchen wir nicht«, sagte er. »Die Dayak kennen selber viele Heilmittel. Ärzte aus England wissen nicht mehr über die Pestkrankheit und ihre Ursachen als wir.«

»Aber warum sollen sie uns nicht helfen? Ihr, Radscha, sagt, Ihr herrscht hier, um Hilfe zu uns zu bringen – Sir Raff Savage, der *armen, unwissenden Wilden* hilft! Ihr denkt dies

nicht? Euer Englung-Verstand überlegen und wir nur Dumm-
köpfe?«

»Nein, das denke ich nicht. Wir wissen bestimmte Dinge;
das Volk von Borneo weiß andere Dinge. Wir versuchen unser Wissen miteinander zu verbinden.«

»Wissen miteinander verbinden? Das ist, was ich sage.
Holt britische Empire-Ärzte, unser Leben zu sehen. Sie bli-
cken in unseren Himmel und fragen die Brahminenweihe:
›Warum ist Fieber im Nebel?‹«

GESANGSEINLAGE

Sehr lange trieben die Kadaver der von der Explosion ge-
töteten Fische und Schildkröten den Fluss hinunter und an
Taminahs Tümpel vorbei. Eines Tages dann kamen keine
mehr. Der Fluss strömte ruhig dahin, schien aber ohne alles
Leben zu sein, bis auf das Geschlinge und Gekräusel der
Wasserpest-Pflanzen. Taminah stand am Ufer und fragte sich,
wie lange es wohl dauern würde, bis hier wieder lebendige
Fische schwömmen.

In ihrem Rücken lärmte, ratterte und krachte es von der
Baustelle herüber: Buchenholzpfosten wurden als Stelzen für
die Langhäuser in die Erde gerammt; von menschlichen Rufen begleitet, wurden mit gewaltigen Axthieben Bambusroh-
re geschlagen; präzise geführte Sägen schnitten ebene Boh-
len für die Fußböden zurecht.

Taminah wusste, dass ihr Sohn zum Aufseher über die
Bauarbeiten ernannt worden war, und hatte sich bereit erklärt, ihm beim Schneiden und Vernähen der Palmwedel für
die Dacheindeckung zu helfen. Ein älterer Chinese, den alle
nur Lin nannten, ein Mann, dessen Körper von der endlosen Plackerei seines Lebens so mager und verformt war,
dass er nicht mehr gerade stehen konnte, brachte ihr gewaltige Berge von Palmblättern, die er auf seinem gekrümmten
Rücken trug und auf ihre Veranda fallen ließ, worauf die
Hähne an ihren langen Leinen auseinanderstoben. Taminah gab diesem Mann Wasser, und er dankte ihr, und sein
Lächeln verriet ihr, dass er keine Zähne mehr hatte. Es ergriff sie ein solches Mitleid, dass sie ihn am liebsten in ihren

Armen gewiegt und seinen Kopf gestreichelt hätte. Jedes Mal, wenn er mit neuen Blätterbergen ankam, wurde ihr Bedürfnis, Lin ihre zärtliche Zuneigung zu zeigen, stärker.

Leon erschien täglich auf der Baustelle. Taminah beobachtete ihn und sah, dass er zugenommen hatte und, die Arme auf arrogante Weise vor der Brust verschränkt, umherstolzierte und Befehle bellte. Die Chinesen, die er nur »die kleinen Pilze des Radschas« nannte, schienen ihn zu fürchten. Und dieses neue Erscheinungsbild ihres Sohns als Aufseher des Krankenhauses machte ihr bewusst, dass sie, obwohl sie geglaubt hatte, ihn zu kennen, diese Seite seines Charakters noch nie so deutlich wahrgenommen hatte – dieses Verlangen, Macht über andere auszuüben, sogar über die eigene Mutter, der er doch immer so gewissenhaft seinen Respekt erwiesen hatte. Wenn er jetzt zu ihr auf die Veranda kam, erklärte er, sie arbeite zu langsam. Das Ständerwerk der Langhäuser werde sehr schnell errichtet, verkündete er, und die Dachstreben seien bereits an Ort und Stelle. Sehr bald würden endlose Quadratmeter Palmdachbedeckung benötigt. Sie sei mit dieser wichtigen Arbeit im Hintertreffen.

Taminah antwortete Leon, sie arbeite so schnell sie könne, worauf er bemerkte, er habe häufig beobachtet, wie sie dasitze und träume, anstatt zu schneiden, zu flechten und zu vernähen.

»Ich bin alt«, entgegnete sie. »Du musst den Alten ihre Träume gestatten.«

»Ach«, sagte er. »Wovon träumst du denn?«

Sie mochte Leon nicht gestehen, dass sie manchmal davon träumte, wie sie den alten Mann Lin in die Arme nahm und seinen Kopf streichelte. Stattdessen sagte sie, sie denke an die Vergangenheit, als er noch ein winziges, wunderschönes Kind gewesen war und sein Vater ihm aus einem Schildkrötenpanzer ein kleines Boot gebaut hatte, in dem er auf dem Tümpel herumgepaddelt war, während sie vom Ufer aus staunend zusah.

Eines Abends – die Arbeiter hatten schon ihre Hütten aufgesucht, die drei Langhäuser waren fast fertig gebaut, einige Pritschen bereits aufgestellt und im Busch hinter den Häusern Abortrinnen gegraben – hörte Taminah fremde Stimmen am Fluss.

Sie ging hinunter zum neuen Anlegesteg, der unterhalb der Langhäuser errichtet worden war, und sah, als sie gen Westen blickte, eine Flotte schwerer Kanus, vier oder fünf an der Zahl, die gegen den Lauf des Flusses näher kamen. Im Bug des ersten Kanus stand ein Mann mit einer brennenden Fackel. Er schwenkte sie hin und her und versuchte offenbar das Ufer zu beleuchten, und als er die Langhäuser erblickte, gestikulierte er aufgeregt und rief den anderen zu, sie sollten anhalten.

Die Strömung war stark und drohte die Boote herumzuwirbeln und in die Richtung zurückzuschicken, aus der sie kamen. Taminah, die alles genau beobachtete, hatte hören können, dass auf Englisch gerufen wurde. Nachdem weitere Fackeln angezündet worden waren, steuerten die Kanus jetzt den Steg an und machten dort fest.

Taminah stand regungslos da, unsichtbar in der einbrechenden Dunkelheit. Sie sah, wie sich auf dem Steg mehrere Männer versammelten, vielleicht zwölf oder fünfzehn. Sie trugen breitkrempige Hüte, und die Gesichter unter den Hüten kamen Taminah bleich vor.

Diese Gesichter starrten jetzt im Fackellicht auf die neu errichteten Langhäuser. Und für einen Moment wirkte es für Taminah, als wagten sie nicht, sich ihnen zu nähern, als hielten sie die Langhäuser für eine Fata Morgana des Waldes oder womöglich für den Schrein einer Gottheit, deren Namen und rituelle Handlungen ihnen unbekannt waren. Doch dann machten sich zwei Männer auf den Weg, mit hochgereckten Fackeln und schweren Gewehren.

Sie sah, wie die Männer das erste Langhaus betraten, und für einen Moment verschwand das Fackellicht. Dann kamen sie wieder heraus und riefen nach ihren Kumpanen auf dem Landungssteg, die prompt in ein Freudengeschrei ausbrachen. Schließlich begannen diese Männer, zusammengerollte Matten, prallvolle Säcke, Spaten, Gewehre und Kochtöpfe aus den Booten zu entladen.

Leicht gebeugt vom Gewicht dieser Gegenstände, erkundete die Gruppe jetzt alle drei Häuser, und als sie feststellten, dass sie leer waren, als habe das Schicksal sie ihnen als wundersames Geschenk präsentiert, brachen einige der Männer in einen seltsamen, unmelodischen Gesang aus.

Leon hatte ihr davon erzählt: Unter gewissen Umständen hätten weiße Männer die Gewohnheit, allen Anstand fahren zu lassen und auf ein verborgenes Signal hin die Luft mit unanständigem Gesang zu strapazieren, dessen Bedeutung nur ihnen bekannt sei. Und ebendem sah sich Taminah jetzt ausgesetzt. Das Echo der befremdlichen Klänge wurde vom Wald hinter ihr zurückgeworfen und brachte alles andere zum Schweigen – sogar den Fluss. Und sie wusste, dass sie gerade Zeuge eines Ereignisses wurde, das niemand vorhergesehen hatte und das nicht hätte geschehen dürfen.

Die Langhäuser wurden doch als Zufluchtsorte für die Kranken und Sterbenden gebaut, für die Zeit, wenn die Pestkrankheit ihren furchtbaren Weg fortsetzte – von Kuching zu den Ländereien des Radschas. Aber diese Männer waren nicht krank: Sie waren laut und derb und von einer rücksichtslosen Heiterkeit. Taminah hatte keine Ahnung, woher sie kamen und was sie vorhatten. Sie wusste nur, dass sie die Häuser in Besitz genommen hatten, die ihr Sohn als Krankenhaus entworfen hatte und mit deren Bau so viele Menschen so lange beschäftigt gewesen waren.

Sie musste wieder an Lin denken, wie er sich mit seinen viel zu schweren Bündeln zu ihrer Veranda geschleppt hatte, wie er, ohne sich zu beklagen, wie ein Esel hin und her getrottet war und einen Becher Wasser nur annehmen wollte, wenn er ihm angeboten wurde. Sie wünschte, er – und nicht diese lärmenden Fremden – hätte eine der bequemen Liegen in dem neuen Haus in Besitz genommen und sich dort hingelegt, um endlich auszuruhen.

Die Fremden entfachten ein Feuer am Flussufer, kochten Reis und tranken und sangen ihre Lieder bis tief in die Nacht.

Als Taminah sich am frühen Morgen bis nah an den Landungssteg heranschlich, wo die Kanus in der schnellen Gezeitenströmung des Flusses fortwährend aneinanderstießen, bemerkte sie seltsame Gegenstände im Schlick, die ein wenig an die Bambuswiegen erinnerten, die weiße Frauen für ihre Babys herstellten. Taminah entschied, dass solche Dinge – die eine Wiege waren und doch wieder nicht – den Köpfen weißer Menschen entsprangen, genau wie das Singen den Seelen weißer Menschen entsprang, und dass nur der Radscha würde entschlüsseln können, was all das zu bedeuten hatte.

Also machte Taminah sich auf der neuen Abzweigung der Savage Road auf den Weg zu Sir Ralphs gewaltigem Mausoleum von einem Haus. Die Sonne war noch nicht aufgegangen, und in dem grauen Licht kam ihr die Straße vor wie eine geisterhafte, unbelebte Überlandstraße, die sich vor ihren Füßen entrollte. Der Dschungel um sie herum war nahezu verstummt, nur eine leichte Brise bewegte die Baumwipfel und ein wenig auch die Luft. Taminah dachte daran, dass es hieß, Krankheit und Fieber reisten mit dem Wind und den feuchten Morgennebeln, und dass dieser Schrecken bald auch bis zu der Stelle gelangen würde, wo sie gerade ging.

Sie war stolz, dass sie Leon die Fischfabrik hatte ausreden

und ihn zum Bau des Krankenhauses bewegen können. Doch nun waren die Gebäude, im Zuge einer einzigen Nacht, von einer Bande Fremder übernommen worden. Und sie schienen so nah an ihrem eigenen Haus zu sein! Taminah bildete sich ein, ihren Schweiß und den Arrak oder Grog in ihrem Atem zu riechen. Es war, als hätten sie mit ihrem lauten Singen, den Fackeln und dem Feuer die drei neuen Langhäuser näher an ihren Tümpel herangerückt, als sie ihm jemals hätten kommen dürfen.

Unterwegs begegneten ihr ein oder zwei chinesische Arbeiter, die aus dem Wald kamen und zu ihrer täglichen Arbeit in den Krankenhausgebäuden unterwegs waren. Eigentlich wollte sie sie warnen vor dem, was sie dort vorfinden würden, doch sie schwieg. Sie lief sehr schnell und war jetzt schon ein gutes Stück vom Fluss entfernt. Und doch konnte sie plötzlich in ihrem Rücken das Echo eines Gewehrschusses hören. Sie blieb mitten auf der Straße stehen. Vögel flogen von ihren Schlafplätzen hoch in den blassen Himmel. Ein Gibbon schrie laut auf.

DUTTON & CALDECOTT

An dem blank polierten Mahagonitisch, auf dem eine Glasvase mit fedrigen Anemonen stand, die dem ansonsten trist
und streng wirkenden Raum offenbar etwas Farbe verleihen
sollten, saßen die Anwälte Mr James Dutton und Mr Ber-
nard Caldecott jetzt ihrer neuen Klientin, Miss Jane Adeane,
gegenüber. Vor Dutton und Caldecott lag ein Rechtsdoku-
ment aus dickem cremefarbenem Papier, das mit scharlach-
rotem Wachs versiegelt und mit einem roten Seidenband zugebunden war. Dieses Dokument war Emmeline Adeanes
Letzter Wille und Testament.

Jane, die den Anwälten gegenübersaß, musterte verstohlen ihre Gesichter. Ihr erfahrener Krankenschwesterblick
verriet ihr, dass beide bei guter Gesundheit waren und in
Wohlstand und mit rosigen Wangen ihre mittleren Jahre genossen. Sie wirkten *vernünftig*, und darüber war sie froh.
Begonnen hatten sie mit der Erklärung, dass sie viele Jahre
für ihre, Janes, Tante »tätig gewesen« seien, und erleichtert
glaubte Jane daraus schließen zu können, dass Männer wie
sie wahrscheinlich keinen Grund hatten, ihre geliebte
Emmeline mit jenen kleinen Betrügereien zu hintergehen,
zu denen so viele Anwälte fähig waren. Kurzum, sie war geneigt, ihnen zu vertrauen und sie sympathisch zu finden.

Was ihr dagegen nicht gefiel, war, dass Valentine Ross neben ihr saß. Nicht, dass sie den Anwälten andernfalls allein
gegenübergestanden hätte. Da Sir William inzwischen in
London angekommen war und Ashton Sims sich bereit erklärt hatte, ihren Vater und sie bei Dutton und Caldecott

einzuführen, hatte Jane das Gefühl, Ross' Anwesenheit sei »nicht nötig«. Doch er hatte darauf bestanden, dass er *als ihr Verlobter* das Recht habe, der Eröffnung des Testaments ihrer Tante beizuwohnen. Am liebsten hätte sie zu ihm gesagt, was Emmeline betreffe, so habe er keinerlei Rechte. Er hatte sie überhaupt nicht gekannt und nie das geringste Interesse an ihrem bemerkenswerten Leben gezeigt. Sie fand, dass Emmeline in keinerlei Hinsicht zu ihm gehörte. Sie gehörte zu ihr, Jane, und zu ihrem Vater, und sie gehörte zu Ashton, weil die beiden jahrelang befreundet gewesen waren. Ross war in diesen Räumen eindeutig ein Eindringling. Doch sie hatte nichts gesagt.

Sollte Ross irgendetwas von Janes Gefühlen ahnen, zumindest was das betraf – und das tat er mit ziemlicher Sicherheit –, so war er fest entschlossen, sich nicht ausschließen zu lassen. Im Gegenteil, er hatte den Eindruck, dass dieser Moment für ihn mehr denn je der richtige Zeitpunkt war, seine rechtmäßigen Ansprüche gegenüber der Frau zu behaupten, die immerhin eingewilligt hatte, ihn zu heiraten. Er war sich allerdings im Klaren, dass Jane sich ihm in vielerlei Dingen, großen wie kleinen, weiterhin widersetzte und die Trauer über den Tod ihrer Tante lediglich als Ausrede benutzte, um sich ihm zu entziehen, schließlich erwies sie ihm keinerlei Zärtlichkeiten und wollte nicht von ihm berührt werden. In seiner hilflosen Verzweiflung fragte er sich, ob dieses Verhalten etwa das schreckliche Vorspiel zu der Erklärung darstellte, dass ihre Verlobung beendet sei. Diese Furcht sorgte dafür, dass er sie nicht aus den Augen ließ.

Die Anwälte begannen mit einer höflichen Vorrede und ließen Jane und ihren Vater wissen, wie sehr sie den Verlust für die Familie bedauerten und dass es ihnen ein Anliegen sei, ihnen zu versichern, wie ergeben sie der »großen Künstlerin« immer gewesen seien.

»Wir waren jederzeit bereit, Miss Emmeline mit unserem Rat zur Seite zu stehen«, sagte Mr Dutton, »besonders in Angelegenheiten, die ihre Verbindung zu Galerien betrafen, bei denen ein fairer und ehrlicher Umgang mit den dort ausstellenden Künstlern leider nie gewährleistet ist.«

»Gleichwohl«, fuhr Mr Caldecott fort, »haben wir ihren unabhängigen Geist bewundert, und im Hinblick auf das Testament, das wir Ihnen jetzt vorlesen werden, wage ich zu behaupten, dass Miss Adeane niemals eine wichtige Entscheidung traf, ohne vorher sämtliche Details mit der größten Sorgfalt zu bedenken. Mr Dutton und ich haben uns zu unserer vollsten Zufriedenheit vergewissert, dass das Testament in jeder Hinsicht korrekt aufgesetzt wurde, dass es Miss Adeanes letzte Wünsche wiedergibt und in gutem Glauben niedergelegt wurde.«

Hier machte er eine Pause. Jane hörte, wie Ross sich räusperte, als wolle er eine Bemerkung machen, doch dann schien er sich anders zu besinnen und schwieg. Mr Dutton löste das rote Band und begann zu lesen.

Im Testament wurden zunächst einige kleinere Zuwendungen aufgeführt, vorwiegend Gemälde, die an Freunde gingen, darunter Ashton und Julietta Sims, die »zwei Bilder ihrer Wahl« erhalten sollten, und der kleine Marco, der »fünf Guineen für Spielzeug, das sein Herz erfreut«, zugesprochen bekam. Eine größere finanzielle Zuwendung ging in Form von »einhundert Guineen an meinen geliebten Bruder, Sir William George Adeane, mitsamt meiner unverbrüchlichen Liebe zu ihm«. Bei diesem Satz blickte Jane zu ihrem Vater und sah eine Träne über seine Wange rollen. Als er nach einem Taschentuch griff, berührte Jane zärtlich seinen Arm. Mr Dutton, der Sir Williams Rührung bemerkte, hielt inne und machte seinem Kollegen ein Zeichen. Mr Caldecott sprang auf, ging zu einem niedrigen Schränkchen, nahm eine Karaffe mit rubinrotem Portwein heraus, schenkte Sir William ein kleines Glas ein und reichte es ihm.

Nachdem Sir William rasch einen Schluck genommen hatte, fuhr Mr Dutton fort und sagte: »Wir nähern uns jetzt Miss Adeanes gesamtem Nachlass, der aus einer beträchtlichen Geldsumme besteht, die derzeit in Aktien und Wertpapieren angelegt ist, sowie in dem Haus Tite Street 2a, das sie, als unverheiratete Dame, allein besitzt und das, unbelastet durch kollidierende Ansprüche von Verwandten, durch Hypotheken, Schulden, Darlehen, Familienerbgut oder sonstige juristische Hinderungsgründe, ganz nach ihrem persönlichen Wunsch vererben kann.«

Und während Mr Dutton weiterlas, betrachtete Caldecott Jane mit scharfem Blick. »Es ist mein letzter, unumstößlicher Wille, dass mein Haus unter der Adresse Tite Street 2a zusammen mit dem übrigen Nachlass, einschließlich aller geldlichen Investitionen, aller Möbel und sonstigen beweglichen Habe, etwa Kleidern und Schmuck, ausschließlich an meine geliebte Nichte, Miss Jane Elizabeth Adeane, übergeht und dass mein lieber Freund, Mr Ashton Roderick Sims, gemeinsam mit der ehrenwerten Kanzlei Dutton & Caldecott, Rechtsanwälte, als ausführende Organe in dieser Angelegenheit tätig werden und gewährleisten, dass Miss Jane Elizabeth Adeane ihren Anteil exakt so erhält, wie in diesem meinem Letzten Willen festgelegt.«

Es war mäuschenstill im Raum. Jane blickte die Anwälte an, die ihr jetzt zulächelten. Sie hatte gehört, was gerade vorgetragen worden war, konnte das Gehörte in diesem Moment jedoch nicht in seiner ganzen Tragweite erfassen. Nach dem Tod ihrer Tante war sie vollkommen von ihrer Trauer über diesen Verlust überwältigt gewesen und gar nicht auf die Idee gekommen, darüber zu spekulieren, was womöglich im Testament stehen könnte. Wenn sie überhaupt an das Haus gedacht hatte, dann als an einen prachtvollen

Schatz, der für immer und ewig von Emmeline bewohnt sein würde, auch wenn sie selbst nicht mehr da war. Ihre Bilder würden immer an den Wänden hängen und im Atelier gestapelt sein. Das Haus würde immer vom Klang von Emmelines Stimme und ihrem Lachen erfüllt sein.

Doch nun war all das an sie übergegangen! Für sie würde es ganz und für immer von Emmelines Geist beseelt sein, und sie begriff, dass eine gewisse Logik in dem außerordentlichen Vermächtnis lag, denn vielleicht kam sie, Jane – die für ihre Tante eine Art Tochter gewesen war –, als Einzige auf der Welt dafür in Frage, Hüterin von Emmelines Erbe zu werden, ihr Haus so zu erhalten, wie es immer gewesen war, und es in Liebe zu bewohnen.

Janes Blick wanderte zu der Glasvase mit den Anemonen, ihre fedrige Zerzaustheit gefiel ihr. Sie wusste, sie würde dieses Detail aus dem Büro von Dutton und Caldecott niemals vergessen, die Situation würde für immer die Farbe dieser Blumen haben. Und überrascht bemerkte sie, dass sich irgendwo nahe an ihrem Herzen verstohlen ein kleines Glücksgefühl einnistete.

Doch jetzt geschah etwas anderes. Valentine Ross ergriff das Wort. Niemand hatte ihn darum gebeten, doch er hatte sich über den Mahagonitisch gelehnt, um den Anwälten näher zu sein, denn er war entschlossen, sich in das Geschehen einzumischen.

»Mr Dutton«, sagte er, »ich weiß nicht, ob Sie und Mr Caldecott Kenntnis davon haben, dass Miss Jane Adeane und ich verlobt sind und heiraten wollen. Meine Hoffnung ist, dass die Hochzeit bald stattfinden wird, sowie die erforderliche Trauerzeit für ihre Tante vorüber ist, und das heißt, noch vor Jahresende.«

»Ach«, sagte Mr Dutton, »das wussten wir nicht. Herzlichen Glückwunsch, Sir.«

»Vielen Dank. Das führt uns jedoch zu einem wichtigen Problem, das jetzt angegangen werden muss.«

»Ja, Doktor Ross? Und welches wäre das?«

Ross fuhr entschlossen fort. »Ich habe nicht Rechtswissenschaft studiert«, sagte er, »aber eines weiß ich: Verheiratete Frauen sind juristisch nicht zum Besitz einer Immobilie berechtigt. Sehe ich das richtig?«

»Ja«, erwiderte Mr Dutton. »Das ist der momentane Stand der Dinge. Aber im Herbst kommt der Antrag eines Abgeordneten mit dem Titel ›Gesetz über den Besitz verheirateter Frauen‹ zur Abstimmung im Parlament. Wenn er angenommen wird, würde das die Situation ändern, aber wir bezweifeln, dass das der Fall sein wird. Ist es nicht so, Mr Caldecott?«

»Ja, das befürchten wir«, antwortete Caldecott. »Doch es wird weitere Gesetzesvorlagen geben ...«

»Richtig«, sagte Ross, »doch beim jetzigen Stand der Dinge verhält sich die Sache so: Falls Miss Adeane ... oder besser, *sobald* Miss Adeane Mrs Ross wird ... wird jeglicher Besitz, der ihr womöglich vererbt worden ist, an mich als ihren Ehemann übergehen? Sehe ich das richtig?«

Die Anwälte warfen einander einen Blick zu, als ob keiner der beiden das Antworten übernehmen wollte. Doch schließlich nickten beide. Dann wandte Ross sich an Jane.

»Ich habe es nur angesprochen, Jane, weil es wichtig ist. Denn ich möchte nicht, dass du fälschlicherweise glaubst, diese Erbschaftsangelegenheit könne genauso abgewickelt werden, wie sie im Testament deiner Tante niedergelegt ist, wenn die Realität eine andere ist. Doch sei versichert, dass ich durchaus eine gewisse Ungerechtigkeit darin erkenne. Deine Tante wünscht, dass du das Haus erhältst, und ich werde nichts, was dieses Haus betrifft, ohne deine Zustimmung unternehmen. Alle Entscheidungen werden gemeinsam getroffen ...«

Miss Jane schob ihren Stuhl zurück und stand auf. Mr Dutton und Mr Caldecott konnten nur staunend zusehen, wie sie sich vor ihnen zu ihrer vollen Größe erhob. Ohne Ross eines Blicks zu würdigen – sie hätte es nicht ertragen können, ihn anzuschauen –, sagte sie: »Ich würde gern vor allen hier Versammelten feststellen, dass die Angelegenheit meiner Ansicht nach von *beträchtlicher* Ungerechtigkeit ist! Und die größte Ungerechtigkeit trifft meine geliebte Tante. Es war nicht ihr Wunsch, dass ihr Haus einer Person vermacht wird, die sie überhaupt nicht kannte. Sie hatte einen Plan für die Räume, die sie bewohnte und die ihr kostbar waren, und dieser Plan betraf mich und niemanden sonst. Er betraf mich, weil sie wusste, ich würde alles in ihrem Sinne so erhalten und schützen, als wenn sie eines Tages zu uns zurückkehren würde. Meine Tante hat mir Geheimnisse aus ihrem Leben anvertraut, die außer mir niemand kennt. Sie teilte ihren Schmerz mit mir, und wie ich hörte, war ich es auch, nach der sie rief, als sie im Sterben lag. Und deshalb besitzt ihr Vermächtnis eine Logik, die das Gesetz respektieren sollte. Ich halte es für herzlos von Doktor Ross ... ich halte es sogar für äußerst herzlos von Doktor Ross ... dass er versucht, diese Logik nur wenige Augenblicke nachdem sie vorgetragen wurde, zunichtezumachen ... und ich denke wirklich, dass ich ihm nicht –«

Jane wollte fortfahren und sagen, sie könne Ross nicht verzeihen. Ihr war durchaus bewusst, dass er nur auf ein existierendes Gesetz hingewiesen hatte, aber sie verfluchte ihn für seine Einmischung und hatte erklären wollen, wie elend und gedankenlos sie sie fand, wenn nicht in dem Moment ein stechender krampfartiger Schmerz in ihrem Leib sie mit Schrecken an ihre Schwangerschaft erinnert hätte. Sie setzte sich abrupt, und als sie spürte, dass ihr Vater ihr den Arm um die Schultern legte, begann sie hemmungslos zu weinen. Erneut sprang Mr Caldecott auf und holte eilig ein weiteres Glas Portwein aus dem niedrigen Schränkchen.

» SIE WAR VOLLENDET «

Falls Ross wusste, dass er einen Fehler begangen hatte, und das tat er, dann wollte er ihn jetzt unbedingt wiedergutmachen. In der Droschke auf dem gemeinsamen Rückweg von der Kanzlei Dutton & Caldecott in die Tite Street hätte er gern Janes Hand gehalten. Dies wäre, dachte er, der richtige Augenblick, ihr den Smaragdring zu schenken, von dem er glaubte, er habe ihn in seine Tasche gesteckt. Doch als er danach tastete und ihn nicht fand, fiel ihm ein, dass er ihn vergessen hatte! Er lag immer noch auf der Frisierkommode neben dem Bett in Janes Zimmer. Dafür verfluchte er sich fast so sehr wie für seine Taktlosigkeit in der Anwaltskanzlei. Wie hatte ihm etwas so Wichtiges entfallen können? Wieder einmal war er auch versucht, Jane dafür verantwortlich zu machen, dass er in der Kanzlei die Kontrolle verloren hatte, beschloss dann aber schnell, dass das nicht ganz fair war. Also begann er ihr stotternd zu erklären, es tue ihm leid, dass er über juristische Besitzverhältnisse geredet habe, aber er habe es nur getan, »weil alles von Anfang an klar sein sollte«.

Jane gefiel der Ausdruck »von Anfang an« nicht. Denn was meinte das anderes als den schrecklichen »Beginn« eines Lebens, von dem sie jetzt das Gefühl hatte, es nicht ertragen zu können? Sie rückte ein wenig weiter von Ross ab und sagte: »Ich schlage vor, wir reden im Augenblick nicht darüber. Es ist zu schmerzlich für mich. Und Vater, darf ich dich bitten, dass ihr beide, du und Doktor Ross, mit dem Abendzug nach Bath zurückkehrt? Ich meine, ihr solltet eure für Morgen angemeldeten Patienten nicht im Stich lassen. Außerdem würde ich gern einige Zeit allein in dem Haus verbringen, das im Moment mir gehört – bevor es mir weggenommen wird.«

Schweigen breitete sich in der Droschke aus, während sie weiter ruckelnd nach Chelsea fuhr. Jane fühlte sich jetzt richtig krank, sie wollte nur noch an dem Ort ankommen, der in der Tite Street 2a immer als »ihr« Zimmer gegolten hatte; sie wollte auf ihr Bett sinken und die Augen schließen. Sir William wiederum wünschte sich dringend, Clorinda säße an seiner Seite, und stellte sich vor, sie hätte – auf ihre besänftigende irische Weise – gewusst, wie sie die Qualen zerstreuen konnte, die sich auf allen drei Gesichtern abzeichneten und sie seltsam ausgezehrt wirken ließen. So blieb ihnen nichts anderes übrig, als weiterhin schweigend dazusitzen. Jane versuchte ihren Brechreiz zu bekämpfen, Ross verfluchte sich stumm für seine Impulsivität, und Sir William sehnte sich danach, in Mrs Morrisseys Teestube zu sein; ihre zarte Hand würde ihm über den Kopf streichen, während ihm auf einem Porzellanteller in süßer Alltäglichkeit ein Sahneteilchen vorgesetzt wurde.

Die beiden Männer taten, worum Jane sie gebeten hatte, und setzten sich müde in den Sieben-Uhr-Zug nach Bath. Jane hatte sich schon lange vorher in ihr Zimmer zurückgezogen und Valentine Ross keine Chance gelassen, sie zu umarmen und um Verzeihung zu bitten oder sich für einen Moment heimlich nach oben zu schleichen und den Ring zu holen. Auf der Fahrt nach Westen sann er verzweifelt über das Schicksal des Smaragdrings nach. Er hatte keine Ahnung, was Jane daraus schließen würde, dass er plötzlich auf ihrer Frisierkommode lag; vermutete aber, wahrscheinlich werde sie annehmen, dass er Emmeline gehörte – und damit jetzt ihr –, und ihn achtlos in eine Schmuckschatulle zwischen all die anderen Wertgegenstände legen, die jetzt ihr gehörten.

Sir William versuchte seinen zukünftigen Schwiegersohn aufzumuntern, indem er ihm nahelegte, Janes Groll sei nur ihrer Trauer über Emmelines Tod geschuldet. »Trauer«, sagte er, »versetzt die Seele häufig in heftigen Zorn, aber sie erholt sich auch wieder, und mit der Zeit wird Jane sich erholen. Verschieben Sie Ihre Heirat ein wenig, und Sie werden wieder eine strahlende, zufriedene Braut an Ihrer Seite haben.«

Ross erwiderte, Aufschub sei das Letzte, was er wolle. Die elende Geschichte mit dem Ring erwähnte er nicht, auch nicht, dass er den Eindruck habe, Jane würde ihm immer mehr entgleiten; dass sie nicht mehr in sein Bett komme und dass er sie nur über eine schnelle Heirat wieder in Besitz nehmen könne. Ebenso wenig erwähnte er das »Tableau« mit Jane und Julietta im Salon, als die beiden in offenbar selbstvergessener Leidenschaft auf dem Sofa gelegen hatten. Er erwähnte es nicht, weil er nicht wusste, was er davon halten sollte, außer, dass es ihn seltsam beunruhigte. Er sagte nur, er sei einsam, und erinnerte Sir William daran, dass er nun schon allzu lange geduldig gewartet habe und es nicht ertrage, noch länger auszuharren.

Sir William konnte diese Gefühle gut nachempfinden. Auch er wünschte sich, dass seine Hochzeit stattfinden sollte, sobald die Trauerzeit für Emmeline vorüber war. Doch dieser Tod hatte unerwartete Auswirkungen. Vielleicht würde er sogar die Zukunft verändern. Sir William war ja gerade erst Zeuge von Janes leidenschaftlicher Reaktion auf das Testament ihrer Tante geworden. Er war sich inzwischen sicher, dass sie nicht mehr lange der Engel der Bäder sein, sondern etwas anderes werden würde oder sogar *jemand anders* – eine Frau, die in London ein Bohèmeleben führte und ihr Erbe dafür verwendete, Emmeline so ähnlich wie möglich zu werden. Wie würde Ross in dieses neue Leben hineinpassen? Vielleicht würde er von der Tite Street aus eine exklusive Praxis führen und sehr viel mehr Geld verdienen, als das in Bath möglich war. Vielleicht würde er Vater werden und damit glücklich sein. Vielleicht würde sich aber auch das, was heute geschehen war, verhängnisvoll auf eine Verbindung zwischen Jane und Ross auswirken und sie würde gar nicht mehr zustande kommen.

Als die Dunkelheit hereinbrach, während der Zug sich immer weiter von London entfernte und die stummen Felder von Berkshire ihre Hecken und Gräben und das schlafende Vieh im malerischen Mondlicht präsentierten, wandten die zwei Männer sich voneinander ab und blickten hinaus in den Abend. Beide waren erschöpft und sehnten sich nach einem Ort, an dem sie sich ausruhen konnten. Für Sir William war dieser Ort Clorinda Morrisseys Bett, aber Valentine Ross stellte nervös fest, dass er zu aufgewühlt war, um überhaupt irgendwo wirklichen Frieden zu finden, ehe er sich nicht mit Jane versöhnt hatte. Als er endlich eingeschlafen war, träumte er, er liege in einer dunklen Koje an Bord der *Rainsford*, während von allen Seiten gewaltige Wellen gegen das Schiff schlugen und es jeden Moment in die Tiefe zu reißen drohten.

Auch Jane schlief.

Als sie erwachte, stand Nancy an ihrem Bett und hielt ihr eine Schale Brühe zum Abendessen hin. Sie trank dankbar und merkte, dass die Brühe ihre Übelkeit linderte, und währenddessen begannen die beiden jungen Frauen, Erinnerungen an Emmeline auszutauschen: wie sie sich stets so kritisch im Spiegel betrachtete; wie sie für Stunden in ihrem Atelier zu verschwinden pflegte, nichts aß und trank und bei Lampen- und Kerzenlicht so lange weiterarbeitete, bis sie vor Müdigkeit kaum noch stehen konnte; wie sehr sie Hühnerschenkel, gefüllt mit Farce, und Champagner genoss; wie provozierend sie sich ihre Turbane auf den Kopf zu setzen wusste; wie sie tanzte; wie rasch ihre Stimmung sich ändern konnte …

»Sie war vollendet«, sagte Jane auf einmal und wusste nicht genau, warum sie sich für diese Formulierung entschieden hatte; aber eines wusste sie: Trotz all ihres Unglücks in jungen Jahren hatte Emmeline doch das Leben umarmt. Sie war der Star in ihrem eigenen Stück gewesen. All die Lieder, die in ihrem Kopf entstanden waren, hatte sie auch gesungen.

»Natürlich war sie oft einsam«, sagte Nancy.

»Ich weiß«, sagte Jane.

»Aber als Sie für eine Weile hierherkamen und Emmeline Ihr Porträt malte, sagte sie einmal zu mir: Jetzt verstehe ich Jane vollkommen. Jane ist bei mir, und ich werde nie mehr einsam sein.«

»Das freut mich«, sagte Jane. »Das freut mich sehr.«

Nancy half Jane aus dem Bett; sie zog einen grauen Seidenmorgenmantel an, den Emmeline ihr geschenkt hatte, und ging ins Atelier ihrer Tante. Dort zündete sie eine Lampe an und setzte sich auf die Ottomane, auf der Jocelyn Hulton einst gelegen, sich mit sich selbst vergnügt und währenddessen Emmeline bei der Arbeit zugesehen hatte. Bei dieser Szene fiel Jane der getöpferte Golem ein, und plötzlich hatte sie das dringende Bedürfnis, dieses Objekt noch einmal zu sehen und es – als einzige sichtbare Erinnerung an Emmelines verlorene Babys – in der Hand zu halten.

Sie fand den Golem an seinem alten Aufbewahrungsort ganz hinten in einem Schrank, trug den Karton zur Lampe und öffnete ihn. Sie hatte vergessen, dass er so schön durchgeformt war, mit seinem traurigen Gesicht, das ihr fast menschlich entgegenblickte. Hatte sie ihn damals nicht genau genug betrachtet? Oder war es schlicht so, dass der Golem nun, da seine Schöpferin tot war, an Lebendigkeit gewonnen hatte?

Um dieses Leben zu respektieren – und danach hatte sie jetzt das Bedürfnis –, beschloss Jane, die Risse in der Tonfigur zu reparieren. Sie nahm die Lampe und suchte zwischen Emmelines Farbtöpfen nach Füllmasse. Nachdem sie sie gefunden hatte, wählte sie aus Emmelines großem Krug mit Pinseln und Palettenmessern einen feinen Marderpinsel und füllte mit unendlicher Sorgfalt die nötige Dichtungsmasse in die Risse des Golemkörpers. Dabei stellte sie sich vor, sie sei eine Chirurgin, die Wunden so vernähte, dass sie mit der Zeit fast unsichtbar sein würden.

An jenem Abend schrieb sie in ihr Tagebuch: *Am Ende eines bedeutsamen Tages, an dem ich Emmelines Haus erbte und erleben musste, wie Valentine Ross versuchte, es mir wegzunehmen, rettete ich den Golem. Ich stand unter der Lichtkuppel in Emmelines Atelier, durch die einst der Regen auf ihre Töpferscheibe fiel.*

Ihre Träume in jener Nacht handelten nicht von Emmeline, sondern von ihrem eigenen ungeborenen Kind. Ihre Vorstellung von ihm – nur ein bloßer Umriss, ein *Ding* – wechselte sich ab mit Bildern des Golems, der jetzt nicht mehr brüchig war, sondern weich wie Schlamm und fast warm, wenn sie ihn berührte. Da sie nicht den Fötus in ihren Armen halten konnte, wickelte sie den Golem in einen Schal und wiegte ihn und spürte, wie er sich bewegte und mit seinen pummeligen Fingern nach ihr zu greifen versuchte.

Jane hätte gern weitergeträumt, doch viel zu schnell erwachte sie wieder, schweißgebadet und mit einem Gefühl blanken Entsetzens darüber, wohin ihr Leben sie gebracht hatte. Sie sah sehr genau, wie sie vom Schicksal an der Nase herumgeführt worden war. Erst hatte es ihr die Erkenntnis gebracht, dass sie Valentine Ross nicht heiraten

konnte. Aber kaum war sie zu diesem unumstößlichen Entschluss gelangt, hatte es sein Kind in ihren Schoß prakti-
ziert.

WELTBÜRGER

Mit Leon an seiner Seite erschien Sir Ralph bei den Fremden am Flussufer. Sie waren gerade eifrig dabei, Feuer zu machen, Wasser zu kochen und Speck zu braten, doch als sie den Radscha erblickten, unterbrachen sie ihr Tun und griffen nach ihren Gewehren.

»Wer zum Teufel sind Sie?«, fragte einer von ihnen und richtete mit bebenden Händen sein Gewehr auf ihn.

Als Sir Ralph über Taminah von dem plötzlichen Auftauchen Fremder hörte, hatte er sich, in der Vermutung, es handele sich um zerlumpte europäische Händler, in aller Ruhe einen goldenen, juwelengeschmückten Turban auf sein graues Haupt gedrückt und in eine, mit einer goldenen Schärpe gegürtete, voluminöse weiße Leinenrobe gehüllt, die sich in der leichten Brise vom Wasser bauschte. Als ein Mann, der nur zu gut wusste, dass ein pompöses Auftreten häufig jedes Aufbegehren unterbinden und in den Herzen der Zuschauer ein ungemütliches Gefühl der *Minderwertigkeit* bewirken konnte, hatte er sich entschlossen, dies zu seiner Waffe gegen die Fremden zu machen. Während er mit seinen blauen Augen wild die Männer niederstarrte, trat Leon vor und verkündete: »Sie haben vor sich Seine Exzellenz, Sir Raff Savage, Radscha des Südlichen Sadong-Territoriums, und Sie betreten unerlaubt sein Reich. Bitte legen Sie Ihre Gewehre weg.«

Die Männer blickten einander verblüfft an, während die chinesischen Arbeiter zurückwichen, da sie befürchteten, dass es gleich zu Gewalttätigkeiten kommen könnte. Langsam senkten einige ihre Gewehre, aber nicht alle. Sir Ralph, der inzwischen die wiegenartigen Gegenstände bemerkte, die Taminah so irritiert hatten, näherte sich dem Wasser, hob einen auf und hielt ihn hoch. Mit seiner majestätischsten und klangvollsten Stimme schmetterte er: »Waschrinnen! Zum Heraussieben von kostbarem Metall. Sie halten sich vermutlich für Goldsucher?«

Daraufhin machten die Männer, die vorwiegend geflickte und zerlumpte Kleidung trugen, kleinlaute Gesichter, und bis auf einen ließen auch die Letzten ihre Gewehre sinken. Doch dann ging der Älteste der Männer, ein dürrer, karottenbärtiger Kerl, unerschrocken auf den Radscha zu und sagte: »Wir müssen uns nicht *dafür halten*. Wir sind ehrliche australische Bergleute. 1859 hätten wir fast unser Glück gemacht, aber wir kamen zu spät. Es waren nur noch wenige Schlammrückstände übrig, und die gaben kaum etwas her. Wir sind die ›Enttäuschten von Otago‹.«

»Die Enttäuschten von Otago?«, wiederholte Sir Ralph. »Soso. Und in Ihrer Enttäuschung wollen Sie jetzt Borneo plündern? Aber lassen sie mich eins sagen: Sie werden wieder enttäuscht sein. Es gibt kein Gold im Sadong.«

»Entschuldigen Sie, Sir Raff«, sagte der Karottenbart und zog aus seiner zerrissenen Tasche ein vergilbtes Stück Papier. »Ich habe hier eine Karte. Ich habe nämlich auf den Teeklippern gearbeitet, die von Cape York nach Guinea fahren, und einem alten Hasen gutes Geld für diese Information bezahlt. Er hat in einer Grube nicht weit von hier gearbeitet. Und er hat mir erzählt, dass sie verlassen wurde, als ein Fieber ausbrach. Da nahmen alle Reißaus. Aber er hat mir die Gnade erwiesen – ist das das Wort, das Sie benutzen würden: *Gnade*? – mir zu versichern, dass es immer noch Gold im Boden gibt. Und die Karte wird mich zu ihm führen.«

»Du wirst dich bitte nicht mit meinem Radscha streiten!«, sagte Leon.

»Ich streite nicht, Mister. Ich nenne Fakten. Sehen Sie sich selbst die Karte an.«

Er wedelte mit dem Papier vor Leons Nase, und Leon, dem das ganz und gar nicht gefiel, packte den Mann beim Handgelenk und hielt es eisern fest.

»Ich habe dir gesagt, streite nicht mit meinem Radscha!«, schrie er. »Und jetzt nehmt eure Gewehre und eure Männer und eure Kanus, bevor wir sie in Brand stecken, und verlasst Sir Raffs kostbares Land!«

»Jungs!«, brüllte der Karottenbart, »Los, an die Gewehre! An die Gewehre!«

Darauf umzingelten die Männer Sir Ralph und Leon und richteten ihre Gewehre auf sie. Sir Ralph erhob die Arme wie ein Priester, der einen Segen sprechen will, und sagte: »Hört mir zu, ihr guten Seelen. Ich bin ein friedliebender Mann, und auf Savage-Land herrscht Harmonie. Hier wird kein Blut vergossen. Und nun lasst mich euch erklären, dass diese Häuser, die ihr besetzt habt, zu einem Krankenhaus ausgebaut werden sollen; ihr müsst sie verlassen ... «

»Wir gehen nicht«, sagte ein anderer Mann, der eine dicke, steife Baumwollhose trug, die viel zu lose auf seinen abgemagerten Hüften hing. »Nur wenn Sie uns zwingen. In diesem Fall setzen wir alles in Brand, bevor wir uns verziehen. Sie mögen ein ›Radscha‹ sein, aber wer sagt, dass Sie den Boden, auf dem wir stehen, auch ›besitzen‹? Außerdem verrät der Klang Ihrer Stimme, dass Sie unter Ihrem Fantasiekostüm wahrscheinlich ein ganz normaler Engländer sind, ein treuer Diener der Königin. Und wissen Sie, was Australier mit treuen Dienern der Königin machen? Wir wickeln sie in ihre Fahne ein und kochen sie bei lebendigem Leib!«

Darauf folgte johlendes Gelächter, und ehe der Radscha oder Leon noch etwas sagen konnten, trat ein dritter Mann vor und sagte: »Wir erkennen keinen Landbesitz an. Wir sind Weltbürger. Und wir haben ebenso sehr das Recht, nach

Gold zu graben, wo immer es sich versteckt, wie Sie das Recht haben, diesen Kopfschmuck zu tragen. Also gehen Sie wieder zurück in Ihren Palast, Radscha Exzellenz, und lassen Sie uns in Ruhe.«

Noch mehr Gelächter folgte, Fäuste wurden gereckt und ein Schuss in die Luft abgefeuert, woraufhin die chinesischen Arbeiter sich in den Schatten des Waldes verkrochen. Bei dem Schuss ließ Leon die Hand des Karottenkopfs los, und die vergilbte Karte flatterte dicht am Wasser zu Boden. Bevor der andere sich bücken konnte, hatte Leon sie mit dem Fuß in den dunklen Schlamm getreten. Das erboste den Karottenkopf, der mit der Karte an seinem Herzen meilenweit über Ozeane und Flüsse gefahren war, dermaßen, dass er sich auf Leon stürzte und ihn zu Boden schlug.

In dem Moment begriff Sir Ralph, dass diese jämmerliche Invasion vorerst nicht zu verhindern war, weder mit Worten noch mit der Macht seines »Fantasiekostüms«. Er bückte sich, wobei er seine weiße Robe beschmutzte, und half Leon wieder auf die Füße. Sein Liebhaber war am Auge getroffen worden und schien unfähig zu sprechen. Der Radscha wusste, dass er schreckliche Schmerzen haben musste, aber lieber sterben würde, als es zu zeigen.

Jetzt näherte sich Taminah ihrem Sohn, die alles aus sicherer Entfernung beobachtet hatte. »Ach je, ach je!«, begann sie zu klagen und versuchte, Leon zu umarmen. »Ach je, ach je!«

Und einer der Goldsucher rief laut: »Das war's, alte Dame. Bring dein Baby nach Hause!«

Der Radscha kehrte in seinen Palast zurück, setzte sich in den prächtigsten seiner Salons, betrachtete die Sammlung all der wertvollen Objekte, die er zusammengetragen hatte, und sah im Geiste vor sich, wie die Goldsucher hier eindrangen und sich, nach Schweiß und Schlamm stinkend, an seinen Schätzen bedienten und sie davonschleppten. Es würde raues Gelächter geben, wenn goldene Kandelaber wie Buchenzweige zerbrochen und wie Tabakklumpen herumgereicht wurden, und anschwellendes Gekicher, wenn eine Ming-Vase als Pissoir benutzt wurde. Denn der Radscha hatte begriffen: Diese »Weltbürger« empfanden ebenso wenig Achtung vor menschengemachten Grenzen wie der Wald. Sie waren der Ansicht, dass die Abfolge der Jahreszeiten ihnen genauso schlimm zugesetzt hatte wie den Bäumen. Die Männer waren spindeldürr. Sie versuchten überall dort, wo der Wind und ihre angeschlagenen Hoffnungen sie hintrieben, Wurzeln zu schlagen. Das eigene Überleben war alles, was zählte.

Es war diese Welt hungriger, jammernder Menschen, vor der der Radscha geflohen war, als er sich entschloss, seinen Palast im Wald zu errichten. Auch wenn er wusste, dass nur sein Geld und die ihm von einem fernen Sultan verliehene Autorität ihn zum Herrn seines kleinen Königreichs machten, so hatte er doch ehrlich geglaubt, dass er über eine ruhige, friedliebende, blühende Gemeinschaft herrschen würde, verbunden im Frieden und in der Liebe zu ihrem Radscha. Abgesehen von Leons Wutausbrüchen waren die Jahre auch ohne Gewalt oder Katastrophen vergangen. Er hatte wirklich geglaubt, er werde für einen gütigen Herrscher gehalten. Was seinen geliebten Garten betraf, so gedieh der tatsächlich prächtig, und die Farben und Düfte der Blumen waren von solch betäubender Süße, dass Taminah einmal in einem Lilienbeet ohnmächtig geworden war.

Und nun war dies alles bedroht. Falls Gold gefunden wurde, würde die Nachricht sich per Kanu am Fluss verbreiten; immer mehr Boote würden kommen und immer mehr verzweifelte Männer herbringen. Es fiel nicht schwer, sich vorzustellen, wie sie den Wald fällten, überall Feuer machten, von einer Lichtung zur nächsten vorrückten, bis sie in Sicht-

weite der Rasenflächen des Radschas gelangten. Und das
wäre der Zeitpunkt, vermutete Sir Ralph, an dem sie beschlie-
ßen würden, den verwöhnten Radscha um seine Schätze zu
erleichtern. Und vielleicht würden sie nicht bei den Schätzen Halt machen – denn wieso sollte ein einzelner weißer
Mann so viele Zimmer bewohnen, wenn sie selbst in palm-
wedelgedeckten Bambushütten hausten? Und dann – wieso sollten sie Halt machen, nachdem sie jedes Zimmer im
Haus in Besitz genommen hatten? Sie würden nicht aufhören. Denn nun würde die Idee in ihren Köpfen Wurzeln
schlagen, dass sie einen Engländer foltern könnten, der goldene Turbane auf dem Kopf trug und dessen plumpe kleine
Königin sich anmaßte, über die halbe Welt zu herrschen, einschließlich Australiens, ihrer geliebten Heimat. Weder Leon
würde ihn schützen können noch seine Dienerschaft. Die
Goldsucher würden den Radscha verschnüren wie ein Tier.
Abwechselnd würden sie sich auf verschiedenste Weisen auf
oder in seinem nackten Körper erleichtern. Und dann würden sie ihm eine Kugel ins Herz jagen.

LEONS PLAN

Die Schmerzen in seinem Auge, so groß sie auch waren, bedrückten Leon nicht so sehr wie der vorübergehende Verlust seiner Schönheit. Wenn er sich jetzt im Spiegel betrachtete und die glänzend violetten Schwellungen in seinem Gesicht sah, fand er, er sehe aus wie ein Insekt, und er mochte sich, außer seiner Mutter, niemandem zeigen.

Taminah hatte sich in seinem Zimmer eingerichtet, schlief auf einer Matte, versorgte ihn mit Essen, Wasser und Arrak und ließ ihn wüten und toben und mit der Faust gegen die Wand hämmern. Wenn der Radscha sich seiner Tür näherte, befahl er Taminah, ihn nicht hereinzulassen. Denn Leon fürchtete, mit seinem insektenähnlichen Aussehen würde er all seine sexuelle Macht über Sir Ralph verlieren, und er war nicht bereit, das geschehen zu lassen.

Also blieben die zwei Männer einander fern, beide aufgescheucht durch die Goldsucher, beide in Gedanken mit der Frage beschäftigt, wie man die Eindringlinge wieder loswerden könnte, und beide ohne Lösung für etwas, das sie sich nie hätten vorstellen können. Wenn Leon sich verschiedene Tötungsarten für sie ausmalte, so zerstoben diese Tagträume nur zu rasch wieder. Aufgrund ihres Aussehens konnte Leon sich denken, dass es sich bei den Goldsuchern um unsichere, argwöhnische Menschen handelte, die ein Leben in Gefahr gewöhnt waren, so dass Wachsamkeit ihnen zur zweiten Natur geworden war. Um einen Menschen zu töten, brauchte man ein Überraschungsmoment; doch um eine Gruppe nervöser bewaffneter Desperados zu töten, bedurfte es mehr als das. Man musste einen Plan ersinnen.

Wie er sich gedacht hatte, entstand schon bald ein solcher Plan in seinem Kopf. Sein Naturell und seine Gerissenheit führten ihn zu *Lösungen* von Problemen, die anderen nicht in den Sinn kamen.

Als die Schwellungen in seinem Gesicht ein wenig zurückgegangen waren, band er sich ein seidenes Tuch um den Kopf und über das verletzte Auge und ritt nach Kuching. Er nahm sich das beste Pferd des Radschas, und der anstrengende Ritt versetzte Leon in einen seltsam euphorischen Zustand. Obwohl die Sonne auf ihn nieder brannte und der von der schmalen Straße aufwirbelnde Staub ihn zu ersticken drohte, fühlte er sich so, wie er am liebsten gesehen werden wollte: als ein Mann, der sich in verwegenem Tempo durch die Welt bewegte und jede Gefahr ignorierte, ein kühner, unerschrockener Mann, der jedwedes Hindernis, das sich ihm in den Weg stellte, überwand.

An seine Fehlschläge zu denken, weigerte er sich. Er hatte an seine Konservenfabrik geglaubt und wusste, er hatte eine kluge Konstruktion für die Fabrik entworfen, die er im Geiste vor Augen gehabt hatte. Es war nicht sein Fehler, dass der britische Ingenieur solch ein zitternder Idiot gewesen war. Und obwohl auch sein Plan für das Krankenhaus jetzt gefährdet war, glaubte er zu wissen, wie er es würde retten können. Er trieb seinen Hengst zu noch schnellerem Galopp an und erreichte schon bald Kuching.

Er stieg ab und führte das schweißdampfende Pferd durch den Basar oberhalb des Sarawak-Flusses. Versteckt an seinem Gürtel befestigt, trug er eine Börse voller Silber bei sich. Er kam an einem Stand vorbei, wo junge Papageien in Käfigen verkauft wurden, und sah, dass die kleinen Vögel sich alle, mit dem Rücken zum Betrachter, in einer entfernten Ecke ihres Gefängnisses zusammendrängten. Und er dachte: So sieht das Leben eines Mannes aus, der nicht durchsetzungsfähig ist. Er muss sich, das Gesicht der Welt abgewandt, in eine dunkle Ecke verkriechen. Doch dieser Mann werde ich niemals sein!

Er ging weiter, vorbei an Blumenständen, Möbelflickern und Reisverkäufern, und blieb schließlich an einem Stand stehen, der Messer und Dolche verkaufte. Leon war kein Freund von Gewehren, aber er war selten ohne seinen Kris; im Laufe seiner fünfunddreißig Jahre hatte seine Verehrung für dessen schimmernde Schneide nahezu mystische Ausmaße angenommen. Er selbst hatte nie menschliches Fleisch durchbohrt, doch etwas in ihm war besessen von der Idee, es zu tun. Das *Saubere* dieses Akts, die Art, wie Haut und Fleisch sich durch eine einzige herrliche Bewegung seiner Hand gehorsam teilen würden und das Blut zu strömen begänne, ließ ihn vor Erregung zittern. Und hier an diesem bescheidenen Stand fiel sein geübtes Auge auf einen bestimmten Dolch, den er unbedingt besitzen wollte. Er griff nach ihm, bewunderte seinen mit Lapislazuli besetzten Griff und wog ihn anerkennend in der Hand; der Dolch hatte exakt das Gewicht, das der Arm eines Mannes bequem handhaben konnte und das ihn zugleich spüren ließ, welch verheerenden Schaden die Schneide anrichten konnte.

Obwohl der Dolch teuer war – was bedeutete, dass er sich vielleicht nicht mehr als einen Jungen für seine sexuelle Entspannung würde leisten können, die er jetzt dringend nötig hatte –, fand Leon, dass er ihn einfach haben musste. Als er dem Verkäufer erklärte, er werde ihn für einen Preis, der nur wenig unter dem verlangten lag, nehmen, blickte der Mann ihn an und sagte:

»Das ist ein weiser Kauf, Sir. Dieser Dolch hat große Macht. Aber Sie müssen mit ihm sprechen.«

»Mit dem Dolch sprechen?«

»Sie müssen ihm die Namen derer nennen, denen Sie Schaden zufügen wollen, und er wird die Arbeit für Sie erledigen.«

Leon starrte auf das herrliche Lapislazuli-Blau. Er kannte nur einen Mann, dessen Augen diese übernatürliche Farbe besaßen.

Leon wusste, dass er eine Nacht – oder mehr als eine – in Kuching verbringen musste, wenn er seinen Plan, die australischen Goldsucher loszuwerden, verwirklichen wollte.

Nachdem er einen Stand mit Dumplings gefunden, sich den Bauch damit vollgeschlagen und zwei Tassen Tuak getrunken hatte, machte er sich auf den Weg zu einem der baufälligen Häuser, in denen seine »Jungs« ein Leben im Halbdunkel führten. Die Zimmer dort waren vollgestopft mit fleckigen Matten, und Tag und Nacht wurde in ihnen Weihrauch verbrannt, was nicht nur Insekten fernhalten sollte, sondern auch den Gestank abgestandenen Samens überdeckte, der für manche Männer ein Aphrodisiakum, für andere jedoch ein schrecklicher Lusttöter war.

Leon hatte dort einen Lieblingsknaben, einen jungen Chinesen namens Chang. Changs Haut war sehr weich, wie die Haut einer Frau. Er sagte kaum etwas, sondern bot sich ihm sofort an, kniete sich mit gespreizten Schenkeln so hin, wie Leon es mochte. Leon zog sich rasch aus. Der Kauf des Dolchs und der schreckliche Gedanke, dass er ihn eines Tages vielleicht tatsächlich benutzen könnte, hatten ihn in eine fast schon schmerzhafte Erregung versetzt, und das sofortige Besteigen von Chang war süßer und machtvoller denn je zuvor. Als es vorüber war, überraschte er sich selbst damit, dass er Chang umarmte und küsste.

Danach saßen sie rauchend nebeneinander auf einem Haufen Matten, und während Leon zusah, wie der blaue Rauch in dem kleinen Raum Kringel und Wölkchen bildete, wusste er, dass die Zeit reif war: Er würde seinen Plan in die Tat umsetzen.

Er fragte Chang zu den Gerüchten aus, die in der Stadt über das Fieber kursierten. Chang erzählte ihm, hier am Sarawak-Fluss könne man die Pestkrankheit kaum riechen, aber wenn man ins Zentrum von Kuching komme, schmecke und atme man ihn, diesen Gifthauch des krankmachenden und tödlichen Dengue-Fiebers. Einige Menschen, sagte er, seien schon erkrankt, und viele würden versuchen, einen Platz auf einem Schiff nach Singapur zu ergattern.

»Wo finde ich solche, die krank sind?«, fragte Leon. »Ich muss zwei oder drei finden, die es getroffen hat.«

»Warum brauchst du zwei oder drei, die es getroffen hat?«, fragte Chang.

»Weil ich sie retten werde«, erwiderte Leon. »Das ist mein Auftrag: sie von Kuching wegzubringen. Vielleicht kann ich sie nicht retten. Vielleicht ist das Fieber schon zu weit fortgeschritten, dann werden sie sterben. Aber ich werde versuchen, sie gesund zu machen, und dafür muss ich sie zuerst an einen anderen Ort bringen.«

»Wo ist dieser andere Ort?«, fragte Chang.

Leon sog weiter Rauch in seine Lunge und stieß ihn genießerisch wieder aus, während er Chang beschrieb, wie er im Wald ein Krankenhaus gebaut habe und wie Männer aus einem weit entfernten Land in das Krankenhaus eingedrungen seien, die gar nicht krank waren, sondern höchstens krank nach Gold, und die mit ihren schändlichen, gierigen Grabungen das Land plündern und hektarweise Wald zerstören wollten.

»Erst wusste ich nicht, wie ich sie dazu bringen kann, fortzugehen«, sagte Leon. »Ich dachte, ich müsste versuchen, sie zu töten, aber es geht über meine Kraft, so viele zu töten. Doch dann erkannte ich: Wenn ich die Kranken und Sterbenden in mein Krankenhaus bringen würde, wenn ich Menschen dorthin bringen würde, für die mein Krankenhaus gedacht ist, dann würden diese fremden Männer von Entsetzen gepackt werden. Und was würden sie tun? Es sind arme Menschen, deren Hoffnungen unzählige Male enttäuscht worden sind, und anfangs werden sie den Ort, den sie für die Quelle ihres Glücks halten, nicht verlassen wollen. Doch bald genug werden sie gehen. Sie werden lieber mit ihrer Enttäuschung weiterleben wollen, als zu sterben. Wer würde das nicht? Also werden sie schließlich mit all ihrer Ausrüstung in ihre Boote steigen und auf dem Sadong-Fluss davonsegeln, und wir werden sie nie wiedersehen.«

Chang schwieg. Er blickte in Leons Gesicht, das durch das seidene Tuch halb verborgen war. Dann sagte er: »Und wer wird sich um die Schwachen und die Sterbenden kümmern?«

»Meine Mutter«, erwiderte Leon. »Ich werde sie mit Silber bezahlen und mit Dingen, die der Radscha mir geschenkt hat. Sie wird eine Weile für sie sorgen, und dann werden sie vielleicht sterben. Ja, zu gegebener Zeit werden sie höchstwahrscheinlich sterben. Wir werden ihre Leichen den Fluss hinunterschicken und uns vorstellen, dass sie das Meer erreichen. Und dann werden wir wieder in Frieden leben.«

LILIEN UND GESTRÜPP

Jane wunderte sich, wie oft sie nach Emmelines Tod buchstäblich in Tränen zerfloss, aber dann rief sie sich in Erinnerung, dass es hieß, schwangere Frauen seien in den ersten Monaten emotional sehr labil. Und außerdem wusste sie, dass sie um ihre Zukunft weinte. Valentine Ross' Frau zu werden erschien ihr inzwischen, als trete sie durch das Tor zur Hölle. Die Verlobung würde unbedingt gelöst werden müssen, bevor Ross von ihrer Schwangerschaft erfuhr. Und danach würde sie ihn nie wiedersehen.

Aber was sollte dann aus ihr werden? Sie fürchtete sich davor, dass Ross' gewalttätiger Zorn sie vernichten könnte. Doch nicht nur das: Sie wusste, dass die Gesellschaft unverheiratete Mütter ächtete, sogar die Bohème, jener Teil der Gesellschaft, der sich einst um Emmeline gedrängt hatte. Sie würde sehr allein sein, das Kind würde einsam und ohne Freunde aufwachsen – und all das nur, weil es sie für einen kurzen Moment interessiert hatte, wie es war, mit einem Mann zu schlafen.

Jetzt verfluchte sie ihre törichte Neugier und ihr körperliches Verlangen. Wenn sie diesen Bedürfnissen doch nur nicht nachgegeben hätte! Dann hätte vielleicht eine strahlende Zukunft auf sie gewartet. Sie hätte sich in London ein Leben nach ihrem Geschmack einrichten können, ein Leben in Juliettas Nähe, ein Leben wunderbarer Freiheit. Vielleicht hätte sie in der Tite Street eine eigene Klinik eröffnet oder es hätte sich etwas ganz anderes ergeben: Sie hätte die geheimnisvolle *Große Sache* für sich entdeckt – jenes

Mysterium, von dem sie immer geglaubt hatte, es erwarte sie irgendwann im Laufe ihres Lebens ...

Doch nichts dergleichen würde jetzt möglich sein. Ihrem Tagebuch vertraute sie Folgendes an:

Entweder werde ich Valentine Ross' unglückliche Ehefrau, oder ich werde zu einer Ausgestoßenen und mein Bestes versuchen, ein Kind zu lieben und zu schützen. Ich sehe uns beide schon vor mir, mich und ein kleines Mädchen, das sich anschickt, so groß wie seine Mutter zu werden. Gemeinsam spazieren wir durch Emmelines hohe Zimmerfluchten, ohne dass uns jemals jemand besucht. Wir warten nur darauf, dass die Jahre vergehen.

Ross bombardierte Jane täglich mit Briefen, in denen er sie um Vergebung für seinen »unüberlegten« Ausbruch in der Kanzlei Dutton & Caldecott bat und sie anflehte, nach Bath zurückzukehren. Doch sie wollte nicht. Sie antwortete, sie sei dabei, »einen wunderschönen Abschiedsgottesdienst für Tante Emmeline« zu organisieren, und bis dahin werde sie in London bleiben.

In den Tagen vor der Beerdigung empfing Jane in der Tite Street viele Besucher, die ihr Beileid und ihr Mitgefühl zum Ausdruck bringen wollten. Unter ihnen waren auch Mr Hartley und Mr Foulkes, die Emmelines Bilder gerahmt hatten. Sie brachten das Porträt von Jane zurück, das als Tragebahre für Emmelines Transport zum Arzt gedient hatte. Es war jetzt in Ebenholz gerahmt – noch auf Emmelines ausdrücklichen Wunsch –, und in Janes Augen wirkte es minimal verändert, als sei jene Person in ihrem weißen Gewand während der Zeit der Rahmenherstellung leicht gealtert.

Hartley und Foulkes lehnten das Porträt in der Eingangshalle an die Wand, und beide blickten vom Bild zu Miss Jane, die jetzt in Schwarz gekleidet war, und nickten zustimmend.

»Wenn ich das sagen darf«, erklärte Mr Hartley, »eine sehr überzeugende Ähnlichkeit.«

»Und ich stelle noch etwas anderes fest«, ergänzte Mr Foulkes, »nicht nur eine Ähnlichkeit zwischen Porträt und Modell, sondern auch eine verblüffende Familienähnlichkeit zwischen Miss Adeane und der verstorbenen Miss Adeane.«

Auch wenn Jane wusste, dass es sich dabei um Schmeichelei handelte – denn Emmeline war in ihrer Jugend eine echte Schönheit gewesen, während sie selbst mit ihrer außergewöhnlichen Größe nur als »hübsch« gelten konnte –, freute sie sich doch darüber. Alles, was sie im Nachhinein auf irgendeine Weise mit Emmeline verband, tröstete sie, und so dankte sie Mr Foulkes und fragte, ob die beiden Herren vielleicht ein Glas Sherry mit ihr trinken würden, während sie die Rechnung für den Ebenholzrahmen begleiche.

»Rechnung?«, sagte Mr Hartley. »O nein, Verehrteste. Mr Foulkes und ich sind uns absolut einig, dass wir Ihnen den Rahmen gern als Geschenk für die verstorbene Miss Adeane offerieren möchten, gewissermaßen als Ausdruck unserer Hochachtung und unserer Wertschätzung. Sie hat ihr Werk jahrelang unserer bescheidenen Firma anvertraut, und wir möchten Ihnen so zu verstehen geben, wie sehr wir uns dadurch geehrt fühlten.«

Jane betrachtete die Männer, die inzwischen beide in vorgerücktem Alter und von all den Stunden an der Werkbank leicht gebeugt waren. Ihr ging durch den Kopf, dass es hier und da in der Welt, häufig versteckt in einem Gässchen oder einer verwinkelten Straße, die kaum jemand betrat, kleine, aber wunderbare Oasen menschlicher Hingabe und Freundlichkeit gab, und das erfreute sie ganz besonders deshalb, weil sie es *selbst wahrgenommen* hatte und nicht bereit gewesen war, es zu übersehen.

Hartley und Foulkes lehnten den angebotenen Sherry dankend ab und wollten gerade die Zylinder wieder auf ihre kahlen Häupter setzen und Richtung Haustür aufbrechen, als Jane sich noch einmal umdrehte, um das Porträt anzuschauen, und ihr eine Idee kam, die sie selbst überraschte. Sie bat die Herren, ob sie das Bild vielleicht an ebender Stelle, wo es jetzt in der Eingangshalle stand, aufhängen könnten – so würde es das Erste sein, was Besucher des Hauses beim Eintreten sahen.

»Oh«, sagte Mr Hartley, »ein hervorragender Platz! Die verstorbene Miss Adeane wäre damit sehr einverstanden, das weiß ich. Haben Sie alles Erforderliche dabei, Foulkes?«

»Ja«, antwortete Foulkes, öffnete seinen Gehrock, so dass ein kleiner an seinem Gürtel befestigter Segeltuchbeutel zum Vorschein kam, dem er ein Bandmaß, ein Stück Draht und mehrere Nägel unterschiedlicher Größe und Grade von Verrostetheit entnahm.

Und so wurde das Porträt an einer, wie Jane wusste, sicherlich nicht zu übersehenden Stelle aufgehängt; aber sie wusste auch, warum sie es dort in der Eingangshalle haben wollte. Das Bild war das Einzige, was sie direkt miteinander teilten, ihre Tante und sie (beide waren sie für seine Entstehung aufeinander angewiesen gewesen, und beide vereinte das Geheimnis des Golem), und es bestärkte Jane in ihrer Vorstellung, dass sie das Haus *rechtmäßig* geerbt hatte und dass nur Menschen, die den Anblick des Porträts ertragen und ohne Verachtung daran vorbeigehen konnten, dort eintreten durften.

Auch wenn Ross glauben wollte, dass er Jane mit seiner hochnäsigen Ablehnung, an Emmeline Adeanes Beerdigung teilzunehmen, bestrafte, so wusste er eigentlich genau, dass er sich selbst betrog. Er nahm nicht daran teil, weil Jane sich gnädig dazu *herabgelassen* hatte, ihn einzuladen. Und so saß er in seiner Wohnung in den Edgar Buildings und kämpfte gegen finstere Gefühle von Wut und tiefer Kränkung an. Laut verkündete er der abblätternden Tapete seines Wohnzimmers: »So kann es nicht weitergehen.«

Unterdessen war Jane dankbar, dass er in der Kirche nicht neben ihr saß. Während leidenschaftlicher Gesang die weihrauchgeschwängerte Luft erfüllte und Sir William eine herzergreifende Rede auf »den großartigen, generösen Geist meiner Schwester« hielt, saß Jane zwischen Julietta und Clorinda Morrissey, die sie beide stützten und sie weinen ließen. Ashton Sims, der direkt hinter ihnen saß, streckte hin und wieder tröstend eine schwarz behandschuhte Hand aus und legte sie liebevoll auf Janes Schulter.

Auf dem Sarg sollte ein großer, teuer aus Südeuropa importierter Strauß Lilien liegen, hatte Jane angeregt; aber sie war auch noch in Emmelines verwilderten Garten gegangen, hatte Brombeerzweige geschnitten und den Floristen gebeten, sie zwischen die Lilien zu stecken. Sie hatte ihm erklärt, ihre Tante sei einerseits schön und gleichmütig wie eine Lilie gewesen, aber andererseits habe sie sich als Künstlerin in einer Männerwelt nur dadurch behaupten können, dass sie »mutig genug war, hin und wieder ihre Dornen zu zeigen«. Sollte der Florist an Protest gedacht haben, aus Furcht, dass das elende Gestrüpp seine zarten Finger zerkratzte, so ließ er es bleiben. Und als das Gesteck fertig war und auf dem Sarg lag, hielt er sich viel darauf zugute, dass es eigenartig ansprechend wirkte und »origineller als sämtliche anderen Trauerbouquets, die er jemals gesehen hatte«.

Eingedenk Emmelines Geschmack hatte Jane angeordnet, dass den Trauergästen in der Tite Street farcierte Hühnerschenkel und eingelegte Radieschen serviert wurden, dazu gab es Champagner. Jetzt bewegte sie sich ruhig zwischen den Trauergästen; ihre Tränen konnte sie dadurch zurückhalten, dass sie an ihrem Lieblingsgetränk nippte. Als sie entdeckte, dass Ashton Sims Guy Mollinet mitgebracht hatte, den französischen Autor, der sich aus Anlass der englischen Ausgabe seines Romans *Morgue* gerade in London aufhielt, war Jane ebenso überrascht wie erfreut.

»Verzeihen Sie, dass ich uneingeladen erscheine«, sagte Mollinet zu Jane, »aber wie Sie wissen, weckt alles, was den Tod betrifft, mein leidenschaftliches Interesse. Ashton meinte, die englische Art, einen Menschen zu verabschieden, werde mich sicher anrühren ...«

»Seien Sie herzlich willkommen, Monsieur Mollinet. Sind die farcierten Hühnerschenkel nach Ihrem Geschmack, oder werden die Ballotines in Paris besser zubereitet?«

»Oh, sie sind sehr gut. Für London.«

»Ah ja, ›für London‹? Ich verstehe. Und fanden Sie den Trauergottesdienst anrührend?«

»Der Gesang war recht gut, und das Gestrüpp auf dem Sarg hat mir sehr gefallen. Ich vermute, das ist ein englischer Brauch, der uns daran erinnern soll, dass unsere Lebenspfade rau sind, nicht wahr?«

»Nein«, erwiderte Jane. »Ich hatte einfach das Gefühl, dass die Brombeerzweige für meine Tante genau das Richtige sind. Die Vorbereitungen lagen allein in meiner Hand, denn offenbar hat Emmeline mir fast alles hinterlassen, was sie besaß.«

Mollinet machte große Augen. »Alles, was sie besaß?«, wiederholte er. »Dann sind Sie jetzt die Eigentümerin dieses Hauses?«

»Ja, das bin ich«, sagte Jane. »Abgesehen davon, dass ich glaube, es wird immer Emmeline gehören, und ich werde nur die Hüterin sein, bis sie beschließt, zurückzukehren ...«

Bei diesen Worten merkte Jane, dass sich ihre Augen erneut mit Tränen füllten. Mollinet legte ihr seine Hand auf den Arm.

»Meine liebe Mademoiselle Jane«, begann er, »ich möchte Ihnen sagen, dass ich Sie für eine außergewöhnliche Frau halte. Aber hören Sie, wie wäre es, wenn Sie und Julietta für eine Weile nach Paris kämen? Ein Tapetenwechsel hülfe Ihnen vielleicht, über Ihren Verlust hinwegzukommen. Ich könnte Sie vielen meiner Künstlerfreunde vorstellen – Schriftstellern und Dichtern ... «

In dem Moment eilte Julietta, die sah, dass Jane schon wieder zu zerfließen drohte, an ihre Seite, umarmte sie fest und lehnte ihren Kopf an Janes Schulter. Mollinet bedachte diesen Anblick mit einem verstohlenen Lächeln, das nicht ganz frei von Begehrlichkeit war. Während wohl nur wenige Engländer vermutet hätten, dass Jane und Julietta ein Liebespaar waren, sofern sie sich solch einen ungeheuerlichen Gedanken überhaupt gestatteten, war es für den Franzosen absolut vorstellbar und sogar wahrscheinlich, dass sie es tatsächlich waren, und er fand diesen Gedanken fabelhaft erregend. Eine in allen Farben schillernde Vorstellung der beiden Frauen – der zierlichen, schönen Italienerin und dem hochgewachsenen, hübschen englischen Fräulein – miteinander im Bett (mit ihm daneben, *bien sûr*), schoss ihm durch den Kopf.

»Ich sagte gerade zu Mademoiselle Jane«, erklärte er, »dass ich meine, Sie beide sollten unbedingt für einen längeren *séjour* nach Paris kommen. Was halten Sie davon, Signora Sims?«

Julietta blickte Jane an. Sie wollte Mollinet gerade mitteilen, dass Jane verlobt sei und demnächst heiraten werde und insofern bald nach Bath zurückkehren müsse, als Jane sie mit flehentlicher Miene ansah, als wolle sie Julietta bitten, dieses Thema nicht anzuschneiden. Und so unterließ sie es. Stattdessen lächelte sie Mollinet an und sagte: »Ich denke, das würden wir beide sehr verlockend finden, nicht wahr, Jane?«

Jane nickte. Sie war sprachlos, da sie sich in dem Moment zu fragen begann, ob eine Flucht nach Frankreich sie nicht

auf irgendeine, ihr noch unklare Weise aus ihrer schrecklichen Notlage befreien könnte.

»Da ist nur noch die Sache mit Marco«, fuhr Julietta fort
und blickte hinüber zu Ashton. »Ich könnte es nicht ertragen, sehr lange von Marco getrennt zu sein.«

»Natürlich nicht«, sagte Guy Mollinet. »Wir werden eine
große Wohnung für Sie finden, vielleicht an einem von Haussmanns neuen Boulevards, dort ist genug Platz für Marco
und seine Kinderfrau. Wir werden ihm Französisch beibrin-
gen und mit ihm zu dem Karussell in den Tuilerien gehen …«

»Er liebt sein Schaukelpferd, das einen französischen Namen hat: Trebuchet.«

»Trebuchet! Ausgezeichnet. Ist es ein Schlachtross?«

»Das weiß ich nicht. Ich glaube, Marco hält es für eins.«

»Dann muss es natürlich mitkommen. Was wäre einfacher
als ein englisches Schlachtross nach Frankreich zu transpor-
tieren?«

»ETWAS VON GROSSEM GEWICHT«

Als die Trauergäste bis auf Sir William und Clorinda Morrissey gegangen waren, wurde vorsichtig das Thema der Hochzeit wieder zur Sprache gebracht. Sir William war es, der sagte: »Wir hoffen, du empfindest es nicht als Affront gegenüber Emmeline, Jane, wenn wir nun einen Termin Anfang September festlegen?«

»Nein«, erwiderte Jane, »natürlich nicht. Emmeline hätte sich gewünscht, dass ihr heiratet, und ich freue mich so auf eure Hochzeit. Außerdem hat Emmeline mir einigen sehr edlen Schmuck hinterlassen, Vater, und ich dachte mir, es würde mich freuen, wenn Clorinda sich ein schönes Stück als Hochzeitsgeschenk von mir aussuchen würde.«

»Oh, Schmuck, gütiger Himmel!«, rief Clorinda aus. »Nein, auf keinen Fall, der muss ganz und gar bei Ihnen bleiben, Jane. Kein Gedanke, dass ich so etwas annehmen würde.«

»Aber ich wäre sehr traurig, wenn Sie es nicht täten. Es ist so viel mehr vorhanden, als ich jemals tragen könnte. Wie wäre es, wenn wir Vater ein Schläfchen vorm Kamin machen lassen und uns den Schmuck zumindest anschauen?«

»Ich kann Ihnen wirklich keinen Schmuck wegnehmen«, protestierte Clorinda, aber Jane legte Mrs Morrissey sanft einen Finger auf den Mund, um sie zum Schweigen zu bringen, und Sir William sagte: »Ich rate dir, Janes Vorschlag anzunehmen, Clorinda, denn du weißt doch, wie ärgerlich Jane werden kann, wenn man ihre Befehle nicht befolgt.«

Und so stiegen die beiden Frauen in Janes Zimmer hinauf,

und Jane holte eine große hölzerne Schmuckschatulle unter ihrem Bett hervor. Beide ließen sich davor auf die Knie nieder. Jane öffnete den Deckel, und an zierlichen Messingscharnieren konnte sie nun zwei kleine, mit schwarzem Samt ausgekleidete Schubladen herausziehen. In den Samt waren prächtige Schmuckstücke jeglicher Form und Farbe gebettet, und Clorinda entfuhr ein staunender Seufzer, als die Kollektion offen vor ihr lag.

»Sehen Sie?«, sagte Jane. »Was für ein Überfluss! Wie meine Tante an all diese Stücke gekommen ist, weiß ich nicht genau, nur, dass sie eine Schwäche für Saphire hatte, wie Sie ja selbst sehen. Vielleicht konnte sie an keinem Juwelierladen in Piccadilly vorbeigehen, ohne einen Saphir zu erstehen, ganz so, wie andere Menschen kandierte Früchte kaufen. Vielleicht bezahlte sie die Juweliere auch mit Porträts ihrer Ehefrauen und Kinder. Aber nun verraten Sie mir, was Ihnen gefallen könnte ...«

Jane nahm eine Saphirhalskette hoch und hielt sie an Clorindas weißen Hals. »Wie wäre es hiermit?«, meinte sie. »Oder ist Blau die falsche Farbe für Ihr Hochzeitsgewand?«

»Nun ...«, stammelte Clorinda, »ich habe ein Auge auf grüne und cremefarbene Seide geworfen ...«

»Dann also Smaragde«, sagte Jane. »Eine Smaragdkette gibt es nicht, aber wie wäre es mit dieser Brosche – mit Smaragden und Diamanten? Wäre die nicht perfekt für Sie? Oder sähen Rubine eleganter aus auf grüner und cremefarbener Seide?«

Bei der Erwähnung von Rubinen merkte Clorinda, wie sie peinlich rot wurde, und hielt sich eine Hand vor das Gesicht, um es zu verbergen. Kaum dass Jane die Schatulle geöffnet hatte, war ihr Blick auf ein doppelreihiges Rubin-Armband gefallen und hatte sie in größte Versuchung geführt, doch sie wusste, dass sie es nicht einmal berühren durfte. Sie bildete sich ein, ihre Hand würde verbrennen, wenn sie es anfasste. »Um ehrlich zu sein«, sagte Clorinda, »Ich mag Rubine nicht besonders.«

»Nein? Ich glaube, ich auch nicht«, meinte Jane. »Vielleicht liegt es an ihrer Ähnlichkeit mit Blut. Ich glaube, ich werde die Rubine Julietta schenken oder sie einfach in irgendeinem passenden Gully in Chelsea versenken! Aber würde Ihnen denn die Smaragdbrosche gefallen?«

»Sie ist wunderschön. Sie gefällt mir sehr, aber ... «

»Aber was?«

»Ich finde es einfach nicht richtig, Ihnen Ihren Schmuck wegzunehmen.«

»Er gehört nicht mir, so wie das Haus auch nicht richtig mir gehört. All dies gehörte Emmeline, und sie hat nach Hüterinnen gesucht, die sich darum kümmern würden, wenn sie einmal nicht mehr da wäre.«

»Aber trotzdem ... «

»Weigern Sie sich, eine von Emmelines Hüterinnen zu sein?«

»Nein, nein. So würde ich es nicht sagen.«

Jane hielt ihr die Brosche auf der ausgestreckten Hand entgegen. Selbst in dem gedämpften Lampenlicht ihres Zimmers strahlten die Steine Pracht und Würde aus.

»Hören Sie, Clorinda – Sie, die Sie demnächst meine liebe Stiefmutter werden –, würden Sie mir einen großen Gefallen tun und die Brosche annehmen, wenn ich Sie im Gegenzug auch um etwas bitte?«

»Im Gegenzug?«

»Etwas von großem Gewicht. Einem Gewicht, das Sie womöglich nicht zu tragen vermögen.«

Als sie Clorindas plötzlich alarmiertes Gesicht sah, heftete Jane ihr die Smaragdbrosche ans Kleid und sagte: »Die Brosche ist schwer. Sehen Sie, wie sie den Stoff Ihres Oberteils hinunterzieht? Ist es zu viel verlangt, wenn ich Ihnen etwas ähnlich Schweres aufbürde?«

»Nein«, erwiderte Clorinda. »Ich bin sicher, dass Sie nicht …«

»Können Sie auch versprechen, dass Sie für sich behalten werden, was ich Ihnen jetzt erzähle – es niemandem auf der Welt verraten, fürs Erste auch nicht meinem Vater?«

»Ja«, erwiderte Clorinda. Aber das Wort kam so seltsam heraus, als leide die gewöhnlich so heitere Mrs Morrissey plötzlich an einer Magenverstimmung. Jane wartete, bis ihr Eindruck sich verflüchtigt hatte, und sagte dann: »Nun, ich habe eine wichtige Entscheidung getroffen …«

»Ja?«

»Ich weiß, dass es nicht in Ordnung ist, Sie damit zu belasten. Es liegt wohl daran, dass ich vollkommenes Vertrauen in Sie habe.«

»Sie tun recht daran, mir zu vertrauen, Jane. Ich verspreche, dass ich alles, was Sie mir sagen, sicher und tief in mir vergraben werde.«

»Also, der Tod meiner Tante hat mich die Welt mit neuen Augen sehen lassen. Und ich habe festgestellt, dass es ein großer Fehler von mir war, in eine Heirat mit Valentine Ross einzuwilligen.«

»Ein Fehler? Wollen Sie mir damit sagen –?«

»Ja. Ich weiß jetzt, dass die Heirat mich in unvorstellbar großes Unglück stürzen würde, und ich habe beschlossen, die Hochzeit abzusagen.«

Clorinda schwieg. Sie tastete nach der Brosche an ihrem Kleid und starrte Jane in offener Verwunderung an.

»Ah ja«, sagte sie schließlich.

»Natürlich wird Valentine wütend sein, und mein Vater wird sich furchtbar aufregen, doch das kann ich nicht ändern. Diese Ehe wäre für mich ein endloses Elend.«

»In diesem Fall haben Sie natürlich recht, die Hochzeit abzusagen. Diese Dinge haben Absolutheitscharakter, und wenn wir da die falsche Wahl treffen …«

»Ich trage mich mit dem Gedanken, eine Weile in Paris zu leben.«

»In Paris?«

»Ja. Dort wird gerade eine neue Stadt entworfen, die manche Leute schon die Stadt des Lichts nennen. Sie wird sehr schön werden. Und das verlange ich auch von meinem Leben: Es soll neu und schön sein.«

»Durchaus. In jedem Leben sollte es eine gewisse Schönheit geben. Aber die größte Schönheit liegt in der Liebe, Jane. Und Sie lieben Doktor Ross wirklich nicht?«

»Nein«, antwortete Jane. »Ich habe versucht, ihn zu lieben. Eine Zeitlang dachte ich, ich könnte es. Aber jetzt merke ich, dass ich ihn nicht einmal *mag*.«

Clorinda Morrissey schwieg einen Moment, schließlich sagte sie: »Ich muss einfach wieder an jenen Tag kurz nach der Eröffnung meines Teesalons denken … als Sie etwas verspätet kamen und Doktor Ross Sie völlig aufgelöst erwartete; damals sind Sie plötzlich aufgestanden und weggegangen, ohne Ihren Kuchen zu essen. Und selbst aus der Entfernung konnte ich sehen, dass Doktor Ross sehr unglücklich war …«

»Ja. An dem Tag hat er mir einen Heiratsantrag gemacht, und ich habe ihn abgewiesen. Und dabei hätte es auch bleiben sollen: Es hätte nichts mehr zwischen uns möglich sein dürfen. Aber während Sie mit meinem Vater in Dublin waren, bin ich in sein Bett gestiegen.«

»In sein Bett gestiegen?«

»Ja. Sie sind doch nicht etwa schockiert, Clorinda?«

»Nein, nein. Dergleichen hat mich noch nie schockiert.«

»Er hat mit mir geschlafen, aber ich habe es nicht genossen – eigentlich überhaupt nicht. Ich weiß, dass wir diesen Akt genießen sollten, doch das habe ich nicht. Trotzdem sah ich danach für mich keine Möglichkeit mehr, eine Heirat abzulehnen. Es ist meine eigene Schuld, Clorinda, es ist meine Schuld …«

Als Clorinda merkte, dass Jane kurz davor war, in Tränen auszubrechen, nahm sie sie fest in die Arme. Und wenn sie Mühe hatte, tröstende Worte zu finden, so lag das allein daran, dass sie sich große Sorgen machte. Vermutlich wusste niemand besser als sie, die Freud und Leid der Gäste ihres Teesalons so genau registrierte, wie verzweifelt Ross sich ein Leben mit Jane ersehnte. Was er tun würde, wenn Jane ihn in eine einsame Existenz ohne sie zurückschickte, konnte Clorinda zwar nicht vorhersehen, aber sie war sich sicher, dass etwas Hässliches geschehen würde, und das griff ihr ans Herz.

»Was wir tun müssen«, sagte sie schließlich, »wir müssen versuchen, Sie vor Doktor Ross' Zorn zu schützen. Und ich schlage vor, meine liebe Jane, dass Sie so schnell wie möglich nach Paris aufbrechen, ihm von dort aus schreiben und ihm Ihren Entschluss mitteilen, ohne ihm jedoch Ihre Adresse zu nennen. Wäre Ihre Freundin Julietta in der Lage, in Frankreich alles so weit in die Wege zu leiten?«

»Ja«, erwiderte Jane, »aber das wird eine Weile dauern. Es muss eine Wohnung gefunden werden, und ich habe noch einiges im Zusammenhang mit Emmelines testamentarischen Schenkungen zu regeln und Papiere zu unterschreiben, die das Haus betreffen ...«

»Wann wollten Sie den armen Mann denn informieren?«

»Das weiß ich nicht, Clorinda. Bis heute wusste ich nur, dass ich es *irgendjemandem* sagen musste, und es tut mir leid, dass meine Wahl dabei auf Sie gefallen ist. Aber nun, da ich Ihnen diese Last aufgebürdet habe, sagen Sie doch bitte, dass Sie die Brosche annehmen.«

Clorinda berührte den wunderschönen Edelstein noch einmal, und dass es ein Smaragd war, ein Stein, der für sie etwas vom Geist ihrer irischen Heimat verkörperte, bewegte sie dazu, Ja zu sagen. Sie erklärte, sie werde die Brosche annehmen und sie ihr Leben lang hüten wie einen Schatz. Worauf Jane sich ihrerseits ein Herz fasste und sagte: »Da ist noch etwas, Clorinda. Ich habe hier diesen Diamantring mit dem Smaragd auf meiner Frisierkommode entdeckt. Ich weiß nicht, wie er da hingekommen ist. Vielleicht war er auf den Boden gefallen und Nancy fand ihn und dachte, er gehöre mir. Als ich ihn dann in die Schmuckschatulle legte, sah ich, dass er ein vollkommenes Gegenstück zu der Brosche ist. Also nehmen Sie bitte auch den Ring. Wenn ich ihn neben die Brosche halte – schauen Sie nur –, erkennt man, dass Schliff und Farbe der Smaragde fast identisch sind. Sie sollten nicht getrennt werden.«

DER HÖLZERNE REIFEN

Am Tag, als Clorinda Morrissey und Sir William nach Bath zurückkehrten, widerfuhr Valentine Ross etwas, das ihm noch nie widerfahren war: Eine seiner Patientinnen ertrank in dem Heißen Bad.

Die Krankenschwester, die ihm und Sir William in Janes Abwesenheit assistierte und sich Schwester Marion nannte, hatte die ältere Frau, die an Zitteranfällen litt, deren Ursache Ross nicht feststellen konnte, zu dem heilenden Wasser begleitet. Schwester Marion war eine spitznasige Person, die unbedingt den Eindruck beflissener Hingabe an ihren Beruf erwecken wollte und die Gewohnheit hatte, sich über alles, was in der Praxis geschah, in winziger, adretter Handschrift Notizen zu machen, was sie häufig davon abhielt, die Patienten tatsächlich zu beobachten und sorgfältig auf das zu hören, was sie zu sagen hatten. Diese Eigenschaft – verbunden mit dem unheilvollen Umstand, dass sie ihre Schürzen zu sehr stärkte und folglich knisternd wie eine bratende Speckscheibe durch die Räume marschierte – ließ in Ross den Verdacht aufkeimen, dass ihre Tage in der Henrietta Street gezählt waren.

Als er nun vom Tod seiner Patientin hörte, die »so leise in dem grünen Wasser versunken war, dass niemand es bemerkte«, war er aus zwei Gründen bestürzt. Zum einen, weil die Patientin nur aufgrund von Schwester Marions mangelndem Pflichtbewusstsein gestorben war, und zum anderen, weil die ganze unglückselige Geschichte nur hatte passieren können, weil Jane ihren Aufgaben nicht nachgekommen war, weder als seine Verlobte noch als seine medizinische Assistentin. Tatsächlich hatte er inzwischen sogar den Eindruck, dass überhaupt *alles*, was in seinem beruflichen Leben von nun an schiefgehen würde, Janes Schuld war. Sie war egoistisch und hochmütig. Wenn sie ein Engel war, dann war sie gewiss auch eine Hexe. Menschen konnten in ihren Zauberbann geraten und verflucht werden. Mit möglicherweise tödlichem Ausgang. Und niemand war vor ihren Verwünschungen weniger sicher als er selbst.

Diese Überlegungen brachten ihn zu der Gewissheit, dass er handeln musste. Er konnte nicht einfach geduldig in Bath ausharren, während Miss Jane die Trauerzeit für ihre Tante nach Lust und Laune in die Länge zog. Und was noch wichtiger war: Er wollte ein für alle Mal *wissen*, ob Jane ihn betrog, entweder mit irgendeinem dilettierenden Bohémien oder – und diese Vorstellung verursachte ihm noch größeren Zorn und Abscheu – indem sie auf widernatürliche Weise erotische Befriedigung mit ihrer Freundin Julietta fand. Bis jetzt hatte er noch keinen endgültigen Beweis für irgendetwas, doch er konnte das Tableau, dessen Zeuge er im Salon der Tite Street geworden war, nicht vergessen: Juliettas Kopf in Janes Schoß und beide Frauen in einer Haltung völliger Selbstvergessenheit. Dieses Bild wollte einfach nicht weichen. Und er fand, er habe seinen schrecklichen Verdacht lange genug mit sich herumgetragen. Er musste die Wahrheit herausfinden, ganz gleich, welche Konsequenzen sie nach sich zöge.

Als er Sir William und Mrs Morrissey verkündete, er habe beschlossen, nach London zu fahren, in der Absicht, Jane zur Rückkehr nach Bath zu bewegen, damit sie wieder »ihren rechtmäßigen Pflichten« nachginge, sah er in Clorinda Morrisseys Gesicht plötzlich einen Ausdruck unmissverständlicher Panik.

»Was ist los?«, fragte er.

»Oh ...«, erwiderte Mrs Morrissey, »überhaupt nichts, Doktor Ross. Jane hatte mir gegenüber nur erwähnt, sie habe noch eine Menge Schreibarbeit mit den Anwälten zu erledigen, Miss Emmelines Legate müssten kontrolliert werden und vieles mehr ...«

»Nun, in dem Fall«, sagte Ross, »kann ich vielleicht behilflich sein. Meiner Meinung nach haben Frauen nur ein sehr dürftiges, unzureichendes Verständnis für juristische Belange. Ihr Kopf ist nicht in der Lage, der Logik von längeren Satzgefügen zu folgen.«

»Als Geschäftsfrau stimme ich da nicht mit Ihnen überein«, erklärte Clorinda, und Sir William schien zustimmend zu nicken. »In jedem Fall denke ich, wenn ich das sagen darf ..., dass Jane nach Bath zurückkehren wird, wenn sie dazu bereit ist, und es wäre klug von Ihnen – «

»Wollen Sie damit sagen, dass ich sie in Ruhe lassen soll? Ich glaube, Sie verstehen meine Lage nicht. In wenigen Monaten wird Jane meine Frau werden. *Meine Frau!* Sie ist fünfundzwanzig Jahre alt und hat Bewunderer gehabt, aber keine ernsthaften Bewerber. Insofern erweise ich ihr eine Ehre, wenn ich sie heirate. Sie muss sich allmählich daran gewöhnen, mir zu gehorchen, zumindest hin und wieder.«

Darauf nahm Sir William Ross beiseite. In sanftem Ton sagte er: »Ich kann mir vorstellen, wie es Ihnen geht. Der Tod von Emmeline war schwer für uns alle. Aber ich möchte Sie daran erinnern, dass Jane seit jeher ihren eigenen Willen hat und tut, was sie für richtig hält und wann ...«

»Das mag vielleicht damit zu tun haben, dass Sie sie stets verwöhnt und verhätschelt haben, Sir. Wollen Sie mir vielleicht sagen, dass das für den Rest unseres Lebens so weitergehen soll? Soll ich etwa untätig danebenstehen, während sie tut, wozu sie Lust hat?«

»Nun«, meinte Sir William, »so würde ich es nicht ausdrücken, aber Sie kennen Jane schon viele Jahre. Sie wissen, was für eine Frau Sie heiraten. Glauben Sie wirklich, sie würde sich ändern?«

»Ja«, erwiderte Ross. »Weil ich es so wünsche. Denn wenn sie es nicht ...«

»Wie bitte? Was sagen Sie da?«

»Ich weiß es nicht«, antwortete Ross mit einem Seufzer. »Ich weiß es nicht. Aber ich glaube, wenn sie es nicht tut, werden beide leiden, sie und ich.«

Als Valentine Ross in der Tite Street ankam, wurde ihm von dem Dienstmädchen Nancy mitgeteilt, dass Miss Jane schlafe und nicht gestört werden dürfe.

Es war früher Nachmittag. Nachdem er Nancy angewiesen hatte, ihm einen Kaffee zu bringen, blickte er zu dem Porträt in der Eingangshalle hoch. Er fand es arrogant von Jane – geradezu vulgär –, dieses große Bild von sich so nah bei der Haustür aufzuhängen.

Aus dem Bild blickte sie mit einem angedeuteten Lächeln zu ihm hinunter, und er musste zugeben, dass es Emmeline durchaus gelungen war, Janes Wesen einzufangen: das Machtvolle ihres Körpers, das Herausfordernde ihrer Augen und schließlich dieses Beben eines Beinah-Lächelns um ihre Mundwinkel – diese Unfähigkeit, einer spöttischen oder neckenden Bemerkung zu widerstehen. Doch obwohl es so zutreffend war – oder vielleicht gerade deswegen –, missfiel ihm das Porträt. Vor allem missfiel ihm dieses Ding, das sie in den Händen hielt, dieses kleine hässliche Männchen. Er konnte sich nicht vorstellen, wieso Jane bereit gewesen war, sich damit darstellen zu lassen. Und er beschloss, dass das ärgerliche Porträt irgendwohin zu verschwinden hatte, falls er mit Jane als seiner angetrauten Frau in der Tite Street wohnen sollte.

Er sah auf seine Uhr, dann auf die Standuhr in der Halle.

Es war fast drei. Um diese Zeit wäre Jane in Bath bei ihren Patienten, weshalb es ihn überraschte, dass sie jetzt angeblich schlief. Er überlegte, ob die Trauer um Emmeline sie vielleicht erschöpft hatte. Doch fast wie ein Würgekrampf überfiel ihn plötzlich die Gewissheit, dass sie keineswegs schlief: Sie war mit Julietta zusammen.

Er erstarrte.

Im ersten Moment hatte er zwar daran gedacht, das Haus sofort zu verlassen, um sich vor dem unerträglichen Anblick zu schützen, doch er verwarf die Idee sogleich, da das nur eine Verlängerung seiner Qualen bedeutet hätte. Stattdessen eilte er die Treppe hinauf. Den Weg zu Janes Zimmer kannte er. Vor der Tür blieb er stehen und horchte. Zuerst konnte er nichts hören, und für einen Moment wagte er zu hoffen, er habe sich geirrt und Jane schlief tatsächlich. Doch dann vernahm er sie, diese unmissverständlichen sexuellen Geräusche, begleitet von atemlosem Geflüster und schließlich gefolgt von einem kleinen leidenschaftlichen Schrei. Es war der Schrei einer Frau, und der Name, den sie in ihrer Ekstase immer wieder rief, war Jane.

Ross' Hand lag schon auf dem Türknauf. Noch eine Sekunde, und er würde das Portal zu der Szene öffnen, die ihn, wie ihm nun schien, seit einer schrecklichen Ewigkeit quälte. Doch er wusste, dass er sich in seinem Zorn nicht würde beherrschen können. Er würde brüllen, bis seine Lunge platzte. Und dann würde er Jane verletzen. Er würde sie verletzen müssen. Gewalt war alles, was ihm geblieben war.

Hals über Kopf raste er die Treppe wieder hinunter, wie ein Junge, der um sein Leben lief. In der Eingangshalle stieß er mit Nancy zusammen, die den Kaffee brachte. Der Becher fiel vom Tablett und zerbrach, und der heiße Kaffee floss dampfend über den Marmorboden.

Auch Nancys Beine hatte er verbrüht, und sie schrie auf vor Schmerz, aber Ross kümmerte es nicht.

Er eilte in den Salon, blieb dort einen Moment stehen und überlegte, was seiner Absicht am ehesten dienlich wäre, und griff schließlich nach dem Schürhaken vom Kamin.

Nun stand er wieder vor dem Porträt, doch diesmal hatte er eine Waffe in der Hand. Später erinnerte er sich, dass er lieber ein Messer gehabt hätte, mit dem er die Leinwand hätte aufschlitzen und zerschneiden können. Aber der Schürhaken hatte immerhin ein befriedigendes Gewicht, und so begann er, mit aller Kraft auf das Gemälde einzudreschen.

Dabei zielte er nicht auf Janes Gesicht, sondern auf den unteren Teil ihres Körpers, der in das verlogene jungfräuliche weiße Gewand gekleidet war, und zwar genau dorthin, wo ihre Hände zärtlich das lächerliche Männchen hielten. Bald war Janes Gewand völlig zerfetzt, und eigentlich erwartete Ross, darunter ihren nackten Leib in all seiner Schönheit und Schande zu sehen. Doch der Leib kam nicht zum Vorschein. Ross drosch immer heftiger auf die Leinwand ein, doch unter dem Kleid war nichts als ein Stück Wand. Und als er das begriff, dachte Ross, diese Wand sei das perfekte Sinnbild für Jane Adeanes Herz, das sich ihm in seiner entsetzlichen Härte nie ergeben hatte und es auch nie tun würde. Er fing an, Jane laut zu verfluchen, und schrie, sie sei unmenschlich, das scheußliche Ding in ihren Händen habe mehr Liebe erfahren, als er jemals von ihr empfangen werde. Er hasse sie jetzt, hasse sie mit einer Abscheu, die niemals vergehen werde. Und wenn er hundert Jahre alt würde, seine Verachtung für Jane Adeane würde hundert Jahre und länger dauern …

Plötzlich stand sie neben ihm. Sie schrie ihn an, er solle aufhören. Er sah sie jetzt aus der Nähe, die Haare zerzaust, das Gesicht feucht glänzend, die Augen giftige Teiche. Und wie sie stank! Solange er lebte, würde er den Fischgeruch dieser Frau nicht vergessen, die er einst geliebt und jetzt bei ihrem schändlichen Betrug ertappt hatte. Er stieß sie von sich und ließ den Schürhaken fallen. Dann drückte er sie gegen die Wand. Sie war stark und wehrte sich, doch er erklärte ihr, sie werde nicht gewinnen, sie werde niemals gegen ihn gewinnen! Denn jetzt sei alles zu Ende. Sein Hass auf sie sei maßlos. Es werde keine Heirat geben. Und auch keine Zukunft. Es werde nur diesen letzten Augenblick geben …

Er zog sie zu sich heran und stieß sie dann so heftig zurück, dass ihr Kopf gegen die Wand krachte. In seiner schmerzzerfressenen Raserei erwartete er halb, ihr Schädel werde bersten, doch das geschah nicht, und Jane schrie immer weiter und wehrte sich. Doch er wusste, dass er diesen unerträglichen Widerstand nicht zulassen durfte, er musste ein für alle Mal besiegt werden, deshalb zog er sie noch einmal zu sich heran. Und noch einmal rammte er ihren Kopf gegen die Wand, und dieses Mal sank sie in sich zusammen. All ihr Widerstand war dahin. Sie lag bewusstlos zu seinen Füßen, Blut sickerte aus ihrem Hinterkopf. Und er dachte: Das habe ich schon immer gewollt – seit jenem Tag im Teesalon, als sie meinen Antrag zurückwies –, ich wollte, dass sie vor mir liegt, mir hilflos ausgeliefert, und da liegt sie jetzt.

Vielleicht wollte er sie gerade treten – sie treten als das dreckige Miststück, das sie war –, doch plötzlich wurde er von ihr weggezerrt. Der Gestank nach Frau war noch vorhanden, aber allmählich begriff er, dass zwei andere Frauen ihn an den Armen gepackt hielten, Julietta und das Dienstmädchen. Er versuchte, sich ihrem Griff zu entwinden, doch sie waren in der Überzahl, und er war wieder das Spielzeug von Frauen, ihr Spielzeug und ihr Narr, und ihm blieb nur, aus voller Kehle zu fluchen.

Gegen seinen heftigen Widerstand wurde er nach draußen auf die Treppe geschleift. Inzwischen regnete es, und die Stufen waren glitschig. Er wusste, dass auch er im nächsten

Moment stürzen würde. Julietta und das Dienstmädchen stießen ihn die Stufen hinunter, und er landete auf der Straße. Dort blieb er liegen, das linke Bein verdreht unter sich, und starrte zur Haustür hinauf, die jetzt mit einem Knall ins Schloss fiel.

Und da kam ein Kind angesprungen; es stieß einen hölzernen Reifen vor sich her. Der Reifen rollte mit solch sicherem Schwung, dass er sich, als der Weg durch Valentine Ross' Körper versperrt war, hob, über sein gepeinigtes Gesicht hinwegflog und weiterrollte.

VIERTER TEIL

☙

EIN GESCHÄFT

Die australischen Goldsucher hatten alles, was sie an Wissen besaßen, aufgewendet. Viele von ihnen waren alte Hasen, Kenner des Goldgräberhandwerks und stolz darauf. Man hatte ihnen gesagt, die Mine auf Borneo sei erschöpft, aber sie wussten, wenn irgendjemand die übriggebliebenen »Tailings«, die Becken mit den Schlammrückständen, finden würde, dann sie.

Damit ihre Grabgänge nicht einstürzten, hatten sie sorgfältig Klötze aus Schwarzbuche eingebracht. Sie hatten die Erde zum Fluss gekarrt und sich dabei den Rücken zerschunden. Sie hatten hölzerne Kanäle gebaut, über die sie das Wasser, das sie für ihre Waschrinnen brauchten, zu ihren Claims leiteten. Als irgendwann Ratten auftauchten und sich an verfaulten Essensresten und Exkrementen gütlich taten, hatten sie so viele wie möglich getötet und gebraten. Sie nannten sie »Erdeichhörnchen« und behaupteten, der delikate Geschmack des Fleischs erinnere sie an die Tage von Otago.

Sie wussten, dass sie sehr tief graben mussten, bis hinunter zum »blauen Ton«. Manchmal fand sich angeschwemmtes Gold auch am Flussufer; aber die Stellen, wo sie gruben, waren weiter vom Fluss entfernt, und die eigentlichen Schichten lagen in Tiefen, an die schlecht heranzukommen war. Hier auf Borneo war das »Blau« bockig. Es zeigte sich einfach nicht. Jeden Tag, wenn der Karottenbart und seine Kumpane bei Einbruch der Dunkelheit zu der Gruppe zurücktrotteten, die zur Bewachung der Langhäuser abgestellt war, fluchten sie über einen weiteren verlorenen Tag und über die erneute Verschiebung ihres Traums vom Gold, der ihre Köpfe in Bann geschlagen hatte.

Die Zeit verging, und irgendwann sahen sie sich einer neuen Bedrohung ihrer Hoffnungen ausgesetzt. In dem größten Langhaus erschienen malaiische Frauen; sie brachten kranke und sterbende Menschen mit, legten sie zwischen den Habseligkeiten der Bergleute auf den Boden und ließen den Goldsuchern, die sich dort ihr Quartier eingerichtet hatten, keine andere Wahl, als ihre Schlafmatten zu nehmen und in eines der anderen Langhäuser umzuziehen.

Der Karottenbart, dessen Name Jim McKenzie lautete, beschimpfte die Wachen. »Frauen und Invaliden!«, brüllte er. »Wollt ihr etwa behaupten, sie hätten euch überwältigt?«

Darauf wussten sie keine Antwort, doch einer von ihnen fragte: »Ist es das, was wir sein sollen? Menschen, die Frauen erschießen und solche ermorden, die nicht einmal den Kopf heben können?«

Diese Reaktion setzte ihrem Anführer einen Dämpfer auf. Er wusste keine Antwort und fragte sich, ob sein Wunsch, die Situation unter Kontrolle zu halten, und die Sehnsucht, sich als Ausgleich für sein hartes Leben mit Gold ein angenehmes Alter zu erkaufen, ihn hartherziger gemacht hatte, als er ahnte.

Er machte sich auf den Weg zum Krankenhaus und sorgte dafür, dass er genügend Kugeln für sein Gewehr in der Tasche hatte. Als er jedoch das Langhaus betrat, schrak er bei dem Gestank erschrocken zurück, blieb in der Tür stehen und betrachtete die Szene. Der Raum war noch nicht überfüllt, aber von den Strohsäcken, auf denen die Kranken lagen und mit den Verheerungen ihres Körpers kämpften, kam ein leiser, schrecklicher, menschlicher Schrei, der McKenzie das Blut in den Adern gefrieren ließ.

Zwischen den Leidenden, acht oder neun an der Zahl, bewegten sich zwei Malaiinnen, Krankenschwestern, die sich

Tücher vor das Gesicht gebunden hatten, Medizin verteilten und das Erbrochene vom Boden aufwischten. Als sie den australischen Goldsucher in der Tür erblickten, nahmen sie kaum von ihm Notiz, sondern setzten mit gesenktem Blick ihre Arbeit fort.

Dass er derart missachtet wurde, machte McKenzie fast ebenso zu schaffen wie der Anblick und der Gestank der Sterbenden. Er war ein tatkräftiger, furchtloser Mann, der es gewöhnt war, aufgrund seiner Härte respektiert zu werden, doch was er hier sah, waren Menschen, die einen anderen Seinszustand erreicht hatten, in dem nichts mehr zählte außer dem Kampf mit dem Tod. Er hatte den Verdacht, dass die Krankenschwestern, sollte er mit seinem Gewehr in den Raum zielen, kaum Notiz davon nehmen und sein Handeln schlicht für sinnlos halten würden.

Und das war der Moment, in dem er es mit der Angst zu tun bekam. Er und seine Kumpane hatten viel riskiert, und die Flügel des Gerüchts hatten sie in weite Fernen getragen. Sie hatten glauben wollen, dass sich in der Mine von Sarawak ein Vermögen machen lasse, aber bis jetzt hatten sie nicht eine einzige Unze Gold gefunden. Und jetzt sah es nicht nur so aus, dass sie sich für nichts und wieder nichts anstrengten, sondern auch Gefahr liefen, sich anzustecken und ums Leben zu kommen. Gegen die meisten Feinde halfen ihnen ihr Mut, ihre Waffen, ihr Wissen um die Mühsal und ihr Stolz, doch gegen dies hier besaßen sie keine Waffen. Die Leute behaupteten, die Pestkrankheit komme aus der Luft. Man atme sie einfach ein, und dann werde sie mit der ausgeatmeten Luft der Sterbenden weitergetragen, weshalb die Krankenschwestern sich auch Tücher vor das Gesicht gebunden hatten. McKenzie wusste, dass es nur noch eine Frage der Zeit war, bis sie bei ihm und den anderen Männern ankam.

Er kehrte zum Goldfeld zurück. Er wusste, wie sehr die Grabungen die Landschaft zerstört hatten, wie der Wald zurückgewichen war, da Bäume für Feuerholz und für Abstützmaterial gefällt worden waren. All das hatte eine Wüste aus Steinen, Erde und Abfällen hinterlassen. Doch jetzt war der Moment des Tages, da die Sonne am frühen Abend hinter dem Waldsaum unterging, die Hässlichkeit der Welt beinah unsichtbar wurde und die Männer sich um helle Feuer versammelten, Grog oder Arrak tranken und vertraute Lieder sangen. McKenzie fand diese Kameradschaftlichkeit so tröstlich wie nur irgendetwas. Während er sich unter die Trinkenden und Singenden mischte, überlegte er, ob dies hier – harmonische Stimmen von Männern, die der eigenen Armut trotzten und bewiesen, dass sie ungeachtet aller Enttäuschungen immer noch Hoffnung hatten –, ob dies vielleicht letztendlich doch als Widerstand gegen den Tod ausreichte. Aber er war sich nicht sicher.

Am nächsten Tag erkrankte einer der Goldsucher.

Er war eigentlich noch ein Kind, ein junger Kerl, den Jim McKenzie als Billy kannte und dessen Vater in Otago Gold gefunden und alles mit der gescheiterten Gründung einer Lederwarenmanufaktur in Yorktown wieder verloren hatte. Nachdem Billy den Untergang dieses Unternehmens und dann auch noch den Selbstmord seines Vaters miterlebt hatte, war er zu der Überzeugung gelangt, dass es in einer herzlosen Welt genauso wahrscheinlich war, als Goldsucher Geld zu verdienen wie mit jeder anderen Arbeit. Und McKenzie erklärte er, wenn er »sein« Gold gefunden hätte, würde er es nicht in »irgendein unsinniges Vorhaben« stecken, sondern lieber in der Bank of Australia gegen eine Menge Silberdollars eintauschen, die für sein ganzes Leben reichen würde.

Aber Billy hatte kein Gold gefunden, und jetzt hatte das

Fieber ihn niedergestreckt. McKenzie hörte, wie einige seiner Landsleute dem Jungen erklärten, er müsse in das große Langhaus verlegt werden, wo die Kranken untergebracht seien, sonst laufe er Gefahr, sie alle anzustecken. Doch McKenzie, der als Einziger die Zustände dort gesehen hatte, sperrte sich dagegen, dass Billy dort hingebracht wurde. Er wies sämtliche Männer an, in das letzte und kleinste der Langhäuser umzuziehen, das am weitesten vom Krankenhaus entfernt war. Er half ihnen, ihre Sachen dorthin zu tragen, und dabei wurde ihm bewusst, wie wenig an Besitz ein Goldsucher sein Eigen nennen kann. Dann schickte er die Männer los zu ihrer täglichen Arbeit, sorgte dafür, dass Billy so bequem wie möglich auf seiner dünnen Schlafmatte lag, und erklärte ihm, er werde ihn nur kurz allein lassen, um von den Schwestern im Krankenhaus Medizin zu erbitten, und sofort wieder zurückkehren. Als er ging, rief Billy laut: »Lass mich nicht sterben, Jim!«

McKenzie kratzte sich seinen roten Bart. »Sehe ich so aus wie jemand, der so etwas tut?«

Kaum hatte er Bill verlassen, änderte McKenzie jedoch seine Meinung. Er ging die Savage Road hinauf zum Haus des Radschas. Er hatte es schon früher aus der Ferne gesehen, war aber nie durchs Tor getreten, und beim Anblick seiner überwältigenden weißen Pracht musste er auf der Straße innehalten. Es war ein schöner Tag, und die Sonne schien auf lange Lilienbeete im Garten, und er hörte die Kasuare im Aviarium schnattern.

McKenzie stand da und staunte. Ja, genauso pflegte sich großer Reichtum zu präsentieren: Er tötete die Armen mit seiner Schönheit. Und niemand, dachte McKenzie, ist anfälliger dafür, auf diese Weise verletzt zu werden, als ein Goldsucher. Seine alltägliche Welt ist schmutzig und brutal, aber seine Träume handeln alle von einem Leben im Luxus. Diese Männer können es sich ohne Schwierigkeiten vorstellen und malen sich die feinen Kleider aus, in die sie ihren Körper hüllen, das polierte Silber, mit dem sie ihren Tisch decken, die Bilder, die sie an ihre Wände hängen würden. Dieses andere Leben tragen sie ständig in sich.

McKenzie ging weiter bis zur Eingangstür des Radschas. Ein malaiischer Diener in makellosem Weiß öffnete sie einen Spalt. Durch diesen Spalt sah er die dreckige Baumwollhose des Bergmanns, sein zerschlissenes Hemd, das vom Hunger ausgehöhlte Gesicht unter dem roten Bart und erklärte ihm kühl, der Radscha denke nicht daran, ihn zu empfangen.

Doch nach seiner Ankunft hatte McKenzie von verschiedenen Seiten gehört, Sir Ralph Savage sei ein wohltätiger Mann, der zu verstehen versuche, wie die Menschen im Sadong-Territorium lebten, und der sich bemühe, das Leben unter seiner Herrschaft zu verbessern, und zwar das von jedermann, nicht nur seines. Darauf setzte der Australier jetzt, auf diesen für einen Radscha, dessen Verstand in den eigennützigen Hierarchien des British Empire geformt worden war, unvermutet mildtätigen Charakterzug.

McKenzie wich nicht von der Stelle; er erklärte dem Dienstboten, er sei gekommen, um mit dem Radscha »einen Handel abzuschließen«, und müsse angehört werden.

Darauf durfte er eintreten und in der Diele warten. Er begutachtete seine schmutzigen Stiefel auf dem glänzenden Marmorboden. Dann blieben seine Augen an einem vielarmigen Kandelaber hängen, der auf einem Ebenholztisch stand. Er war gut sechzig Zentimeter hoch und bestand offenbar aus schierem Gold. Bei dem Anblick wurde McKenzie ganz schwindelig. Er konnte nicht umhin, ihn sich tief unten im blauen Ton vorzustellen; er sah sich selbst, wie seine Spitzhacke die dunkle, schwere Erde aufbrach und wie seine Augen – die so lange gesucht und nichts gefunden hatten – beim ersten erspähten Glitzern fassungslos starrten ...

Seine Tagträumerei wurde durch Sir Ralphs Erscheinen unterbrochen. Der Radscha blieb in einiger Entfernung von McKenzie stehen – nicht, weil er Angst vor ihm gehabt hätte, sondern weil der Gestank des Bergmanns ihn befürchten ließ, dieser Mann habe sich bereits mit dem Fieber angesteckt. Weil er wollte, dass er möglichst bald wieder ging, fragte er ihn nach dem Grund seines Erscheinens. Er fügte hinzu, sein Dienstbote habe etwas von einem Handel erwähnt, aber als Herrscher über die South Sadong Territories sehe er sich selten zu irgendwelchen Geschäften genötigt.

Auch wenn McKenzie nicht gewillt war, sich dem Radscha gegenüber unterwürfig zu zeigen, senkte er bei seiner Antwort doch leicht den Kopf. »Bitte nehmen Sie zur Kenntnis, Sir Ralph, dass ich, wohlwissend, wie wenig willkommen meine Landsleute und ich in Ihrem Reich sind, nicht hergekommen wäre, wenn ich Ihnen nicht einen Vorschlag zu machen hätte.«

»Ja«, sagte Sir Ralph. »Sprechen Sie, und dann gehen Sie wieder.«

In dem Moment erschien Leon. Er sah McKenzie – ebenjenen ignoranten Goldsucher und Verursacher seines schmerzenden blauen Auges – voller Verachtung an. Leon trug den edelsteinbesetzten Dolch im Gürtel, und jetzt umfasste seine Hand den Lapislazuligriff. McKenzie sah es, wich aber nicht zurück, sondern sprach weiter und erläuterte dem Radscha seinen »Vorschlag«.

»Sie müssen wissen, Sir Ralph«, sagte er, »dass einer meiner Leute krank geworden ist. Er ist fast noch ein Kind und darf nicht sterben. Aber wir haben keine Medizin und keine Kenntnisse über die *Pestkrankheit*, die jetzt Borneo erreicht hat. Wenn Sie uns ein Gegenmittel geben würden ... etwas, das Billy retten könnte, dann würden wir diese höllische Mine aufgeben und die Insel verlassen.«

Sir Ralph sah McKenzie forschend an. Währenddessen zog Leon den Dolch aus der Scheide, prüfte mit der linken Handfläche die Schärfe der Klinge und sagte: »Es gibt kein ›Gegenmittel‹.«

Der Radscha, der fürchtete, Leons Wut auf diesen verhungerten, gepeinigten Menschen könne zu einem fatalen Ende führen, beschloss, dessen Aufbruch zu beschleunigen, um Schlimmes zu verhindern.

»Ich kann Ihnen etwas Chinarinde geben«, sagte er, »die gut gegen Malaria zu wirken scheint, die Heilung dieses neuen Fiebers liegt jedoch einzig und allein in der Hand des Schicksals. Da bin ich ganz ehrlich.«

»Im Langhaus gibt es Schwestern, die Medizin an die Kranken verabreichen. Ich habe sie selbst gesehen, Radscha. Warum gibt man ihnen diese Medizin, wenn sie nicht hilft?«

»Das ist Arrak, keine Medizin. Es ist Arrak, mit etwas Wasser gemischt. Er kann die Schmerzen mildern. Aber die meisten Erkrankten in dem Haus werden sterben. Und Ihr Freund Billy wird auch sterben. Ich fürchte sogar, dass Sie alle sterben werden, nun, da das Fieber Ihre Schlafstelle erreicht hat, sofern Sie nicht schon morgen vor Sonnenuntergang fortgehen.«

Diese letzte Äußerung des Radschas war so unerwartet in ihrer Grausamkeit, dass McKenzies Herz von schwärzester Verzweiflung ergriffen wurde. Er stand da, nichts als Haut und Knochen unter seiner verdreckten Kleidung, verfolgt von Leons übelwollendem Blick, und hatte das Gefühl, er werde gleich zusammenbrechen.

»Wir haben nichts!«, schrie er. »Wir haben Unwetter und Krankheit und Durst ertragen, um hierherzugelangen, und alles, was wir finden, ist taube Erde. Wir leben von toten

Ratten. Ich hatte gehört, Sie seien ein barmherziger Mensch, Radscha, aber Sie zeigen kein Mitleid.«

»Warum sollte er Mitleid zeigen?«, sagte Leon. »Ihr dringt in sein Land ein. Ihr besetzt Gebäude, die ich als Krankenhaus gebaut habe. Ihr seid widerwärtige Männer.«

»Nein! Wir sind nicht ›widerwärtig‹! Radscha, Sir, ich flehe Sie an. Wir sind einfach nur arm. Sie sollten doch als Erster den Unterschied erkennen können!«

Der Radscha seufzte. »In meinem Reich leben viele Arme, aber sie benehmen sich nicht so wie Sie, die Sie den Boden ausplündern und stehlen, was Ihnen nicht gehört. Also gehen Sie zurück zu Ihren Männern und warnen Sie sie: Sie werden alle sterben, wenn sie nicht von hier verschwinden.«

»Ich habe es versprochen!«, rief McKenzie verzweifelt. »Ich habe Billy versprochen, ihn nicht sterben zu lassen! Bitte geben Sie mir etwas, Radscha. Etwas, das mich hoffen lässt …«

»Hoffnung worauf?«, fragte der Radscha.

»Geben Sie mir den hier!«, rief McKenzie, stürzte sich mit der letzten Kraft, die sein abgemagerter Körper noch aufbringen konnte, auf den goldenen Kandelaber auf dem Ebenholztisch, packte ihn und hielt ihn außerhalb von Sir Ralphs Reichweite hoch in die Luft. Leon hob seinen Dolch, doch McKenzie schoss zur Tür, während der Radscha Leon am Arm zurückhielt.

An jenem Abend verließen die Goldsucher das taube Feld zum letzten Mal und begannen, ihre Habseligkeiten in die Boote zu laden. Als sie damit fertig waren, trugen sie Billy zur Tür des Krankenhaus-Langhauses, und die ältere Frau mit dem seltsam fleckigen Gesicht wollte ihn gerade hereinholen, als McKenzie erkannte, dass sie Leons Mutter war, und sich anders besann. Er erklärte ihr, sie würden den Jungen mitnehmen und unterwegs versorgen, worauf sie ihm ein Fläschchen mit Medizin gab; es mochte Arrak mit Wasser sein oder auch etwas anderes, etwas, das Billy vielleicht retten würde. McKenzie wusste nicht, was.

Sie legten Billy in das Boot und brachen auf zu ihrer Fahrt auf dem langsam dahinfließenden Fluss. Sie gaben Billy den goldenen Kerzenhalter, damit er ihn zärtlich an sich drückte, so wie ein Kind ein geliebtes Spielzeug, und dabei sanft einschliefe.

KÖNIGIN DER INSELN

Das Schiff verließ Plymouth Anfang August.

Es rollte und stampfte durch die frühen Sommerstürme der Biskaya und kam vor der portugiesischen Küste in ruhigeres Fahrwasser; in Portugal nahm es weitere Passagiere und neuen Proviant an Bord, bevor es die offenen Weiten des Meeres ansteuerte, das sich erst wieder an der afrikanischen Küste brach. Nach zahllosen Wochen oder ungefähr achtzig oder neunzig Tagen – in einer Welt, in der alles »ungefähr« und dem Wind ausgeliefert war – würde oder *könnte es* sein Ziel Australien erreichen. Einer seiner Anlaufhäfen war Singapur.

Es handelte sich um einen alten Dreimaster, die *Queen of the Islands*, und sie hatte englische und schottische Emigranten an Bord, die beschlossen hatten, das Altvertraute gegen das Unbekannte einzutauschen, und alles mit sich führten, was sie aus ihrem früheren Leben retten wollten, und das war nicht viel. Viele hatten Babys dabei, entwöhnte und nicht entwöhnte, manche mit großer Liebe umsorgt und manche achtlos umhergeschleift wie überflüssiges Gepäck, als seien sie eigentlich unerwünscht und als erwarteten ihre Eltern ohnehin nicht, dass sie die Reise überlebten. Noch bevor die Küste Frankreichs hinter ihnen verschwand, war ein Baby gestorben, als seine Mutter seekrank wurde und keine Milch mehr für es hatte. Der kleine Leichnam wurde in Segeltuch gewickelt und über eine Planke in den Ozean geschickt. Das menschliche Päckchen war so leicht, dass es für einige lange Sekunden auf den Wellen trieb, bis das Wasser sich plötzlich zu einer grün schimmernden Woge aufbäumte und es in die Tiefe zog.

Auch Strafgefangene waren an Bord. Sie hausten im Dunkeln, in einem Bereich unterhalb der Wasserlinie, den die Matrosen Zwischendeck nannten. Offenbar war es ihnen nur sehr selten erlaubt, ans Tageslicht zu kommen und frische Luft zu atmen. Es hieß, man könne diese Reise unternehmen, ohne sie jemals zu Gesicht zu bekommen. Wegen ihrer kriminellen Taten waren sie in einem Schattenreich untergebracht, wo sich niemand außer ihnen aufhielt. Aber manchmal konnte, wer in die Eingeweide der *Queen* hinunterstieg, hämmernde Geräusche hören, als hätte man diesen unglücklichen Menschen die Aufgabe aufgebürdet, das Schiff bei voller Fahrt immer weiterzubauen und auszubessern.

Meistens blieb Valentine Ross in seiner Kabine.

Eingedenk des »Verschlags«, den man ihm auf der *Rainsford* gezeigt hatte, war er dankbar, dass er in diesem dunklen, kleinen Gelass im Kabinendeck der *Queen of the Islands* zumindest aufrecht stehen konnte. Die Schlafkoje, auf der er unzählige Nächte verbringen würde, war hart und schmal, doch es gab immerhin einen Strohsack und auch ein Kissen, das einmal prall von Federn gewesen sein mochte, jetzt aber aussah wie eingefallener Kuchenteig.

Ross hatte seine wenigen Habseligkeiten, darunter einen Arzneimittelvorrat, der neben anderem Chinarindentinktur gegen Fieber und Guajacum gegen Syphilis, aber auch Opium, Quecksilber und Arsen enthielt, in einer Seekiste verstaut, die gleichzeitig als Tisch diente. In dieses medizinische Arsenal setzte Valentine Ross seine einzige schwache Hoffnung auf eine mögliche Zukunft. Er verbrachte viel Zeit auf den Knien und betrachtete in dieser gebückten Haltung, die seltsam an einen Betenden erinnerte, die Fläschchen und

Phiolen. Mit ihrer Hilfe, so dachte er, könnte er seinen Bruder heilen, welche Krankheit auch immer ihn befallen haben mochte. Und wenn ihm das gelänge, dann wäre sein Leben nicht mehr so sinnlos, wie es ihm jetzt erschien – als ein Leben inhaltsleeren Sehnens, gescheiterten Bemühens und plötzlicher, ungeahnter Grausamkeit. Ihm würden wieder Flügel wachsen. Er würde eine wunderbare Seele gerettet haben.

Ebenfalls mit sich führte er den »Lösegeld«-Brief von Radscha Leon. Er hatte ihn so oft gelesen, dass das Papier inzwischen rissig und verblasst war. Aber Geld hatte er nicht geschickt. Denn Valentine Ross war zu der Überzeugung gelangt, dass der Schreiber ein Erpresser und Lügner war. Ja, er war sogar geneigt zu glauben, dass fast alle Menschen in der Welt auf einem Pfad der Lügen wandelten. Sie dachten nur an ihr eigenes Vergnügen und ihre eigene Befriedigung und kannten keinerlei Mitgefühl.

Nachdem das große Schiff die Brecher der Biskaya durchpflügt und der Wind sich gelegt hatte, wurde Ross im frühen Morgengrauen überraschend von einem Mann geweckt, der ihm in einem Blechkrug frisches Wasser, dazu ein Stück Seife und ein zerschlissenes graues Handtuch brachte. Der Mann war älter und ging gebeugt – vielleicht von einem Leben in den Zwischendecks –, aber sein Gesicht zeigte unerwartete Spuren von Heiterkeit, und seine Stimme war auffallend sanft. Er stellte sich vor als der Diener für die »Marineoffiziersklasse von Passagieren«, mit anderen Worten für diejenigen, die im oberen Kabinendeck untergebracht waren, und entschuldigte sich, »dass ich meine Pflichten Ihnen gegenüber, Sir, aufgrund Betroffenseins von Brechreiz vernachlässigt habe«.

Ross musterte ihn aus der sicheren Entfernung seiner Koje; er war nicht bereit, sich in ein Gespräch ziehen zu lassen, und absolut nicht begeistert von der Idee, von einem Diener belästigt zu werden, der seine Einsamkeit wegen irgendwelcher lästiger Schiffsregularien und dem fürchterlichen Glockengeläut in unpassenden Momenten stören könnte. Er sagte deshalb nichts. Den Diener schien das nicht zu beunruhigen. Er goss Wasser in einen Segeltuchbehälter, der kardanisch aufgehängt war, damit bei heftigen Schiffsbewegungen keine Flüssigkeit herausschwappen konnte, und verkündete: »Mein Name ist Chesterfield, und es wurde häufig bemerkt, dass es ein Möbelstück gleichen Namens und ähnlicher Bestimmung gibt. Es steht Ihnen frei, das auf Ihre Weise zu kommentieren, aber ich muss Ihnen sagen, dass mich das ungerührt lässt. Denn ein ›Chesterfield‹-Sofa ist eine bequeme Angelegenheit, die dem Körper eine Ruhepause bietet, und was ist ein Diener anderes, Sir, als ein nützliches Etwas, auf das die Menschen sich verlassen können. Ich halte meinen Namen für sehr passend.«

Ross war zu müde und gereizt, um irgendeine Bemerkung dazu zu machen. Nach einer Weile sagte er: »Ich brauche keinen Diener. Ich kann mir selbst frisches Wasser holen. Ich möchte absolut in Ruhe gelassen werden.«

Chesterfield drehte sich um, wischte sich die Augen mit dem zerschlissenen Handtuch, ganz so, als hätten ihn Tränen überwältigt, weil er für überflüssig erklärt worden war. Dann legte er Seife und Handtuch neben die Schüssel und ging ohne ein weiteres Wort, aber mit dem Anflug eines Lächelns auf seinem heiteren Gesicht, aus der Tür. Als er fort war, seufzte Ross, schloss die Augen und schlief wieder ein.

Schon nach wenigen Tagen auf See begriff Ross, dass die Reise ihn in ein ungewisses Übergangsstadium geworfen hatte. Das Schiff setzte seinen beschwerlichen Weg über den Atlantik fort, aber er selbst hatte nicht das Gefühl, *irgendwohin* gebracht zu werden, sondern eher, sich in einem Wartezimmer zu befinden, in dem der Wind so laut um die Wände heulte, dass er allmählich taub wurde. An diesem Ort hatte die Gegenwart weder Struktur noch Zweck. Sein Kopf ertrank in Erinnerungen an die Vergangenheit.

Er sagte sich, dass er seine Tage und Nächte angenehmer verbringen könnte, wenn er sich auf Unterhaltungen mit seinen Mitreisenden einließe und etwas über ihr Leben erführe, doch er brachte es einfach nicht über sich. Er war zu tief in seinen persönlichen Kummer versunken und wusste sehr wohl, dass er mit seinem gesenkten Kopf und den vor der Brust verschränkten Armen leicht wie ein Verrückter wirken konnte. Bei den wenigen Gelegenheiten, in denen er über die Decks spazierte oder eine Mahlzeit an einem gemeinsamen Tisch einnahm, sah er, was seine Anwesenheit bei anderen hervorrief: ein Gefühl des Unbehagens. Es war, als fürchteten sie, er könne ihnen etwas antun; und halb glaubte er auch, ihre Angst könnte berechtigt sein, denn er sah sich nicht mehr in der Lage, angemessen zu beurteilen, zu welchen Worten oder Taten er fähig war.

Wenn er nach seinem Beruf gefragt wurde, erzählte er seinen Mitreisenden – da er auf keinen Fall während der Überfahrt wegen seiner ärztlichen Kenntnisse zur Hilfe gerufen werden wollte –, er sei Archäologe. Er erfand eine Stelle auf den Hügeln oberhalb von Bath, wo derzeit angeblich eine angelsächsische Begräbnisstätte ausgegraben wurde. Und wie er geahnt hatte, war niemand wirklich an einer so fernen Vergangenheit interessiert. Die Passagiere hatten England und seine gewaltsame Geschichte hinter sich gelassen und wollten nicht über erschlagene Körper und Axtköpfe aus Stein nachdenken. Sie waren unterwegs in die Neue Welt, die sie sich vielleicht als einen Ort unberührter, leerer Weiten vorstellten, einen Ort, der noch nicht von der Geschichte behelligt worden war und über den sie für den Rest ihres Lebens ungestört herrschen würden.

Für Ross war die Vergangenheit die einzige reale Heimat, doch ihm schien, als habe sie sich von aller unanfechtbaren Wahrheit entfernt, habe sich verflüssigt und biete ihm verschiedene Versionen von Ereignissen an, von denen er geglaubt hatte, sie seien für immer eindeutig. Wenn er sich zum Beispiel an jenen Tag im Internat erinnerte, an dem er Edmund vor seinen tyrannischen Altersgenossen gerettet hatte, indem er sich den größten von dessen Verfolgern geschnappt und ihn an den Füßen aus dem Fenster des Schlafsaals gehalten hatte, war er sich jetzt nicht mehr sicher, ob er den Jungen nicht losgelassen und fallen gesehen hatte. Ihm schien, er könne sich an einen Sturz erinnern. Ja, er glaubte jetzt sogar, dass er den Jungen mit gebrochenem Hals auf dem Boden hatte liegen sehen. Er konnte einen größeren Aufruhr hören, bevor er selbst an den Armen gepackt und weggeführt wurde ...

Aber wohin?

Es konnte sich nicht so zugetragen haben, denn in dem Fall hätte Ross die schlimmste Strafe treffen müssen, und es hatte keine Strafe gegeben, es gab nur die Erinnerung an den Jungen, der im Gras lag, und den Lärm von Menschen in Angst. Und da begriff er, dass das, was er sich vorstellte, etwas war, wovon er jetzt wusste, dass er dazu fähig gewesen wäre, nicht das, was er tatsächlich getan hatte. Wenn er jemand war, *der dazu fähig war*, einen zwölfjährigen Jungen aus dem Fenster fallen und sterben zu lassen, war er dann auch fähig, die Frau, die er liebte, zu ermorden?

Er sammelte einige Kenntnisse über das Schiff. Ein Seil hieß Schot, Segel hießen Wanten, hölzerne Pritschen waren schmal wie Särge. Alles war so eingerichtet, dass es bereit für den Tod war, stellte er fest.

Denn der Tod war überall. Er hatte die *Queen of the Is-*

lands ständig im Visier; unermüdlich stürzten die Wellen auf das Schiff zu, wollten sich über das Dollbord werfen. Das Meer und der Wind führten einen niemals enden wollenden Krieg mit der alten Brigg. Und das hielt Ross für einen erbärmlichen Zustand: dass dieselben Elemente, von denen das Schiff auf seiner Reise abhängig war, ununterbrochen dessen Zerstörung im Sinn zu haben schienen.

Er überlegte, ob es ihm etwas ausmachen würde zu sterben, und erkannte, dass ihn in einem Winkel seines Herzens die Vorstellung, sein Leben könne mit zweiunddreißig Jahren zu Ende sein, entschieden ärgerte. Doch was blieb ihm tatsächlich noch? Womit ließen sich all die Jahre füllen, die ihm noch zugedacht sein mochten? Wenn er Edmund das Leben retten könnte, dann wäre zumindest das etwas Ehrenhaftes, ein echter Beweis jener brüderlichen Liebe, die er seit jeher und auch jetzt noch empfand. Aber danach, was gab es da noch für ihn? Würde es ihm so ergehen wie manchen Weißen, die im tropischen Klima jedes Ziel und jede Entschlusskraft verloren und in Ausschweifungen und Trägheit versanken? Wäre es dann nicht klüger, er füllte sich die Taschen mit einigen der bleiernen Gegenstände, die auf den unordentlichen Decks der *Queen of the Islands* herumlagen, und sagte zu dem herzlosen Ozean: »Hol mich in deine gefürchteten Tiefen, denn ich habe es nicht besser verdient.«

Gedanken an Jane versuchte er zu vermeiden. Er würde sie gern aus seiner Vergangenheit streichen, so als hätte sie nie existiert, ebenso wenig wie der Teil von ihm, der sie mit solch gewaltsamer Macht liebte. Doch in seiner Fantasie war sie immer noch so gegenwärtig, dass sie sich nicht auslöschen ließ. Ihr hoher Schatten folgte ihm, wo immer er ging und was immer er tat. Er sah sie in den Assembly Rooms in ihrem roten Kleid und mit der Feder im Haar. Er sah sie im Kurhaus, eine geisterhafte Gestalt in weißem

Gewand, nach der die Kranken und Sterbenden die Hände ausstreckten. Er sah sie nackt in seinem Bett liegen.

Er fragte sich, was er tun konnte, um sie aus seinen Gedanken zu verbannen, denn er wusste, solange ihm das nicht gelang, würde er nur ein halbes Leben führen, das armselige Leben eines einsam Trauernden. Er versuchte, seine Strafaktion innerlich zu reinszenieren: wie er sie mit ihrem Schädel gegen die Wand donnert, sie auf den Boden stürzen lässt und dem Tod ausliefert. Aber diese Fantasien reichten ihm nicht aus, um sich von ihr zu befreien. Denn er konnte sich nicht vorstellen, dass es tatsächlich in seiner Macht gestanden hatte, sie um ihr Leben zu bringen. Sie lebte doch noch, oder? Spürte er nicht, wie sie mit dem Kopf hartnäckig gegen sein Herz stupste?

NACHTWACHE

Als Jane heftig gegen die Wand prallte, begann der Fötus in ihr, dieses winzige Säckchen halbfertigen Fleischs, das sich fünf Wochen lang in ihrem Leib festgeklammert hatte, sich von seiner Verankerung zu lösen. Nach Krampfwehen, die ihren Körper zu zerreißen schienen, wurde er aus ihrem Leib ausgestoßen und floss als blutige Flut, die keine Ebbe zu kennen schien, über den Boden der Eingangshalle.

Julietta und Nancy versuchten, den entsetzlichen Blutstrom mit weichen Handtüchern, die sie gegen und in Janes Vagina pressten, aufzuhalten, doch als endlich der Arzt erschien, war alle Farbe aus Janes Gesicht gewichen, und ihre Hände und Füße waren kalt wie Marmor.

Sie verlor immer wieder kurz das Bewusstsein. Und das Pochen in ihrem Kopf, dort, wo er gegen die Wand geschlagen war, erschien ihr wie ein seltsames Echo auf die Höllenqualen in ihrem Leib. Sie spürte, wie Blut ihren Hals entlanglief, und begriff, dass diese Wunde unsichtbar sein musste, verdeckt von ihren Haaren. Als sie Julietta zurufen wollte, ihr Kopf sei verletzt, stellte sie fest, dass sie nicht sprechen konnte.

Der Arzt trug sie in das Schlafzimmer, das einst Emmeline gehört hatte, und legte sie auf das breite Bett. In dem vergeblichen Versuch, das Blut zu stillen, dass immer noch aus ihr herausfloss, schob er ihr Kissen unter die Knie, damit ihre Beine höher lagen. Er wies Julietta und Nancy an, Pelze und Decken zu bringen, um sie zu wärmen. Als er die Wunde an ihrem Kopf entdeckte, flößte er Jane etwas Laudanum ein.

Er sah, dass ihre Lippen blau waren und dass sie am ganzen Körper zitterte. Mit sanfter Stimme sagte er zu ihr, er sei Dr. Wood. Dann teilte er ihr mit, was sie schon wusste – dass sie ihr Kind verloren hatte. Ihre großen Augen blickten ihn an, flackerten aber kaum. Der Arzt wartete, dass sie etwas sagen würde, aber sie schien außerstande zu antworten.

Dr. Wood untersuchte Janes Kopf und fand eine Fleischwunde und einen violetten Bluterguss, konnte aber keinen Riss im Schädel entdecken. Er schnitt ihr einige blutverklebte Locken ab und legte sie in eine Emailleschale. Dann säuberte er die Wunde vorsichtig mit Karbolsäure, deckte sie mit einem Stück Gaze ab, das er in Karbolöl getränkt hatte, und machte ihr einen straffen, helmartigen Verband um den Kopf. Er sah, dass sie die Augen schloss. Er zog einen Stuhl an ihr Bett und wartete.

Nachdem sie das Laudanum bekommen hatte, konnte Jane sich nur noch an sehr wenig erinnern. Sie ermahnte sich, weiter zu atmen, aber es kam ihr so vor, als habe man sie in einer grauen Wildnis ausgesetzt, wo die Luft so kalt war, dass sie nicht zu atmen wagte. Sie spürte, dass sie in Pelz gehüllt war, und das Parfüm darin erschien ihr seltsam vertraut; da wagte sie zu hoffen, dass sie nicht allein war in dieser Wüste, in der sie sich jetzt befand. Sie vermutete, sie sei vielleicht unter Menschen, die aus Schneeblöcken Schutzhütten zu bauen verstanden, und werde schon bald in eine dieser Hütten gebracht und könne wieder warm werden.

Doch das geschah nicht. Trotz der Pelzhülle schüttelte es ihren ganzen Körper vor Kälte. Sie bildete sich ein, sie könne ihre Knochen in ihren Gelenken wie die hölzernen Glieder einer Puppe laut klappern hören. Und dann hörte sie gar nichts mehr. Sie betrat einen Tunnel der Stille. In dem Tunnel herrschte schwarze Nacht, aber in sehr weiter Ferne konnte sie einen winzigen Lichtkreis erkennen. Sie starrte in die Richtung, aus der er kam, wusste aber nicht, wie sie ihn deuten sollte. Sie wusste nur, dass sie sich sehr langsam auf ihn zu bewegte. Doch es gab nichts, woran sie hätte erkennen können, ob es sich um das Licht des Himmels handelte oder um ein Licht, das an einer irdischen Küste leuchtete.

Julietta war ans Bett getreten, hatte nach Janes Hand unter dem Pelz gesucht und rieb sie jetzt, um sie zu wärmen. Dann legte sie die Hand an ihre Wange, küsste sie und netzte sie mit heißen Tränen. Sie sah, dass der Arzt sie beobachtete, aber es kümmerte sie nicht, was er dachte.

Sie hatte Nancy eilig zum Tedworth Square geschickt, denn sie wünschte sich Ashton an ihrer Seite. Sie selbst war immer noch erschüttert über die Gewalt, die Valentine Ross ausgeübt hatte, und fürchtete jetzt, dass der elende »Verlobte« womöglich zurückkehrte. Das Haus brauchte Ashtons Schutz. Aber darüber hinaus brauchte Julietta, sollte sie Jane verlieren, den liebevollen Trost ihres Ehemanns, und sie hatte keinen Zweifel, dass er ihr diesen gewähren würde. Was immer er über das erotische Band zwischen den beiden Frauen wissen mochte – seine Liebe zu Julietta würde alles in einverständiges Verzeihen hüllen. Mehr noch, sie wusste, dass er Jane bewunderte – für die Hingabe an ihre Arbeit und für ihre Scharfsinnigkeit. Sollte sie jetzt sterben, würde Ashton Sims diesen Tod als Zeuge begleiten wollen.

Während Julietta auf ihn wartete, fragte sie Dr. Wood leise, um Jane nicht aus einem vielleicht wohltätigen Schlaf zu wecken, ob er schon Patientinnen bei einer Fehlgeburt verloren habe. Er antwortete, das habe er, einmal. Und auch in jenem Fall habe es einen Sturz gegeben und eine Blutung, die sich nicht eindämmen ließ.

»Es wirft ein trauriges Licht auf den Zustand medizinischen Wissens, dass wir so viel über Aderlass wissen, aber nicht, wie sich der Blutfluss unter bestimmten Umständen stillen lässt. Wir können leider nur der Natur vertrauen«, meinte er.

»Was können wir sonst noch tun?«, fragte Julietta.

»Im Augenblick nur mehr Laudanum verabreichen. Das mindert den Schock der Schmerzen, und der Kognak wirkt anregend und hilft vielleicht bei der Bildung neuen Bluts. Die nächsten Stunden sind entscheidend. Entweder stirbt sie bei Anbruch der Dunkelheit oder die Blutung hört auf und sie beginnt, sich ganz langsam zu erholen.«

Schweigen senkte sich wieder über den Raum. Janes Atem ging so leicht, dass er Julietta an den eines Kinds erinnerte. Und der Gedanke an ihren kleinen Marco, der quicklebendig in seinem Kinderzimmer herumsprang, erfüllte sie mit plötzlicher Freude. Sie musste daran denken, dass Jane nun das Glück, ein Kind zu lieben, nie erleben würde. Die Reste des halb ausgebildeten Babykörpers waren jetzt überall in der Eingangshalle zu finden. Dem Beinah-Vater würde niemals erlaubt werden, zurückzukehren.

Diese Überlegungen brachten Julietta Sims zu einem Entschluss, den sie sich nie zugetraut hätte: Falls Gott Jane Adeane am Leben ließ, würde sie auf ihre »Schönen« verzichten. An ihnen als Personen lag ihr ohnehin nichts, nur an der Erregung bei den dramatischen Orgasmen, zu denen nur sie allein ihnen verhelfen konnte. Fortan würde sie nur noch zwei Menschen lieben, Jane und Ashton, und Ashton auch häufiger in ihr Bett lassen, weil sie gern ein zweites Kind empfangen würde, ein Kind, das Jane, zusammen mit seinen glücklichen Eltern, von Anfang an begleiten und aufwachsen sehen könnte. Dieses Arrangement erschien ihr, vorausgesetzt, Jane wäre immer noch ihre Geliebte, als eine wunderschöne familiäre Dreiecksseligkeit.

Ashton öffnete die Tür und begrüßte Dr. Wood; dann trat er ans Bett und betrachtete Janes Kopf, der aus seinem Pelznest hervorlugte und wie eine ägyptische Mumie mit weißen Bandagen umwickelt war. Nancy brachte Ashton einen Stuhl, und auch er griff nach Janes kalter Hand und hielt sie; fast sah es so aus, als ob er und Julietta die Rolle von Wärtern spielten und beide hofften, dass sie sie nicht in das Gefängnis des Todes führten, sondern in ein neues Leben.

Die ganze Nacht harrten sie aus, fast ohne sich zu rühren. Bald nach Mitternacht verabschiedete sich Dr. Wood, ließ das Fläschchen mit Laudanum aber am Bett stehen und versprach, gegen Mittag wiederzukommen. Nancy begleitete den Arzt hinaus; anschließend machte sie sich daran, Janes Blut mit einem Scheuerlappen aufzuwischen, und barg den zerschmetterten Fötus mit ihren bloßen Händen. Und dann weinte sie um den winzigen Embryo, den sie vor vielen Jahren in den Nachttopf hatte gleiten lassen. Danach wusch sie sich und wechselte die Kleider, kochte Kaffee auf dem Herd und brachte ihn nach oben zu Ashton und Julietta, die sich leise über die schrecklichen Ereignisse des Nachmittags unterhielten, während draußen die Glocke der alten St.-Peter-Kirche die Stunden schlug.

Gegen Morgen ging Julietta hinunter in die Halle und betrachtete das zerstörte Porträt, das genau in der Mitte zerrissen war. Leinwandfetzen hingen lose herab und gaben den Blick auf die Wand dahinter frei. Verstört stellte Julietta fest, dass der Bereich von Janes Schoß offenbar gezielt zerstört worden war. Und mit Schrecken wurde ihr bewusst, dass Valentine Ross, wohin auch immer er geflohen sein mochte, den Rest seines Lebens verbringen würde, ohne je zu erfahren, dass er sein eigenes Kind ermordet hatte.

EIN ZUSTAND STAUNENDEN TRÄUMENS

Clorinda Morrissey, die von alledem nichts wusste, war unterdessen in Dublin.

Sie war benachrichtigt worden, dass ihre Nichte Maire trotz kostspieliger Eingriffe der Dubliner Chirurgen »bezwungen« und auf dem kleinen Friedhof am Ende der Bishop Street zur Ruhe gebettet worden war, auf dem die Ebereschen im Herbst stets einen roten Beerenteppich über die Gräber streuten.

Michael Morrissey schrieb Clorinda, dass *die Entfernung der Schilddrüse aus dem Körper der armen Maire womöglich die Ursache dafür war, dass ihre anderen Organe falsch agierten und ihren eigentlichen Funktionen nicht mehr nachkamen, so dass sie und wir Qualen durchlitten, die Du Dir nicht vorstellen kannst.*

Clorinda hätte am liebsten geantwortet, dass sie sich nichts »nicht vorstellen« könne. Sie hatte die Hungersnot überlebt. Sie hatte den Liffey-Fluss voller Leichen gesehen. Sie hatte die vom Hunger bis zum Platzen aufgeblähten Bäuche von Babys gesehen. Aber sie wusste, dass ihr Streit mit Michael nun ein Ende haben musste. Er hatte eines seiner geliebten Mädchen verloren. Sie musste ihm gegenüber Verständnis zeigen, ganz gleich, was es sie kosten würde.

Sie fand ihn und seine Frau Kathleen in einem Zustand dumpfer Trauer vor. Michael erklärte ihr, er sei unfähig, zur Arbeit in der Anchor Brewery zu gehen, »weil meine Beine mich einfach nicht dorthin tragen wollen«. Er saß den ganzen Tag vor dem rauchenden Kamin im Wohnzimmer, legte Kohlen nach, sah den blauen und gelben Flamen zu, würgte wegen des Rauchs und spuckte Schleim auf den staubigen Teppich.

Kathleen saß neben ihm, spielte mit einem Päckchen Tarotkarten, deren Weissagungen sie nicht ganz verstand, und verfluchte die Figuren, die sie aufdeckte. Die Unordnung um sie herum nahm zu. Ungespültes Geschirr stapelte sich. Schmutzige Kleidung und Bettzeug lagen zum Einweichen in Blecheimern und wurden weder gewaschen noch zum Trocknen aufgehängt. Hinter dem Kaninchendraht der Speisekammertür spross auf dem Brot eine Patina aus blauem Schimmel, und den Kartoffeln wuchsen faserige grüne Triebe. Es schien fast, als würde die überhitzte Luft sich zu Erde verdichten.

Am allerschlimmsten war, wie Clorinda nicht entging, der Zustand des anderen Kinds, der jüngeren Tochter Aisling. Es war, als hätten Michael und Kathleen vergessen, dass sie existierte, und wenn sie sich erinnerten, behandelten sie sie so, als hätten sie keinerlei Verpflichtungen ihr gegenüber. Aisling war elf Jahre alt, weigerte sich aber, zur Schule zu gehen, und ihre Eltern schienen zu gleichgültig zu sein, um sich deshalb Sorgen zu machen. Sie schickten sie einfach nur auf die kalte Straße, wo sie allein oder mit den viel kleineren Kindern spielen sollte, die sich draußen herumtrieben, Ratten oder Eichhörnchen jagten, sich in Pfützen setzten und gequält lachten. Wenn sie wieder in die Wohnung durfte, ging sie entweder zu ihrer Mutter oder ihrem Vater, in der Hoffnung, dass sie sie in die Arme nähmen. Und sie wurde auch kurz gedrückt, aber dann in ihr Zimmer geschickt, das Zimmer, das sie einst mit der toten Maire geteilt hatte. Dort rollte sie sich mit ihrem Spielschweinchen auf ihrem Bett zusammen und starrte ins Leere.

Clorinda konnte Aislings trauriges Gesicht nicht ertragen. Sie nahm die Eimer mit der Wäsche und brachte sie in die Gemeinschaftswaschküche im Keller des Mietshauses. Sie setzte einen Kessel Wasser zum Kochen auf den verrußten Herd. Dann ging sie wieder nach oben, besorgte sich Karbolseife und ein Waschbrett und ging damit in Aislings Zimmer. Sie kniete sich vors Bett, nahm dem Kind das Schweinchen aus der Hand und legte stattdessen die Seife hinein. Sie sagte: »Würdest du mir dabei helfen, ein Wunder zu vollbringen?«

Am Ende musste Clorinda Aisling bestechen, aber sie sagte sich, das sei nicht wichtig. Und jetzt seiften beide die Wäsche ein, schrubbten und klopften sie: ein Penny für ein Hemd, zwei Viertelpence für einen Schlüpfer, drei Pence für einen Unterrock, Sixpence für ein Laken. Sehr schnell wurde ihnen heiß, ihre Haare lösten sich im Dampf und wurden widerspenstig, aber beide waren seltsam begeistert von dem Berg an Arbeit, die sie zu erledigen hatten, und sie schufteten mehr als vier Stunden, bis alles sauber, ausgespült und aufgehängt war.

Danach waren ihre Hände rot und wund. Sie hatten Hunger und vergingen vor Durst. In dem Zimmer, in dem Michael und Kathleen immer noch regungslos saßen, schnappte Clorinda sich ihre Börse und zwei Mützen und ging zurück zu Aisling, deren für gewöhnlich blasses Gesicht jetzt scharlachrot war und lächelte. Sie brachte ihr eigenes Haar und das des Mädchens in Ordnung, setzte sich und ihr eine Mütze auf den Kopf und nahm Aisling mit hinaus in den späten Nachmittag, wo eine bleiche Sonne der leeren Straße einen ungewohnten Anflug von Schönheit verlieh.

Clorinda fand eine Gaststätte, wo es heiße Schweinswürste mit Brötchen gab. Sie bestellte einen Krug Milch und vier Würste und dazu Butter für die Brötchen, und dann veranstalteten beide ein regelrechtes Geschlemme, und es kümmerte sie nicht, dass ihnen das Fett von den Würsten übers Kinn lief, und sie genossen die Milch, die frisch von den Herden in Kildare kam und fett vor Sahne war.

Anschließend bestellte Clorinda Kaffee, den ihre Nichte noch nie getrunken hatte, lehnte sich zurück und betrachtete Aisling. Eine Schönheit war sie nicht.

Ihr Gesichtsausdruck schwankte zwischen Trauer und Verdrossenheit, ihre Haut hatte eine bläulich blasse Farbe, und ihre Augen waren schmal. Aber aufgemuntert durch die Arbeit, das Essen und den Kaffee, wirkte sie für Clorinda jetzt wie jemand, der lange Zeit nicht am Leben teilgenommen hatte und sich nun wieder zurückmeldete. Mit den aus der Mütze gerutschten dunklen Haarsträhnen und den vor Aufregung erhitzten roten Wangen war sie beinah hübsch, und plötzlich kam Clorinda eine Idee, wie sie Aisling aus ihrem lieblosen Leben erlösen könnte, zumindest für eine Weile.

Sie begann, dem Mädchen von ihrem Großvater zu erzählen und von dem Ort, wo er gelebt hatte, an der Küste der Grafschaft Clare, gegenüber den Aran-Inseln. Sie sagte, sie würde schrecklich gern wieder einmal dort hinfahren und über den Strand rennen, rosafarbene Kaurimuscheln sammeln und den Ruf der Tölpel hören. Sie fragte ihre Nichte, ob sie Lust hätte, sie dorthin zu begleiten und zuzusehen, wie die Sonne über dem Ozean unterging, und im Schweigen des Winds zu schlafen. Und das Mädchen sagte ja, sie sehne sich danach, aus Dublin wegzugehen, weg von der regennassen Straße und den schreienden Babys und dem Zimmer, in dem ihre Mutter nachts die Tote beweine.

Als Michael und Kathleen protestierten, Clorinda könne ihnen Aisling doch nicht wegnehmen (sie hatte gewusst, dass sie das sagen würden), erwiderte sie nichts. Sie legte Michael nur einen Bankwechsel vor, der an Mr Michael Morrissey, Bishop Street 12, auszuzahlen war, und außerdem ein formelles Schreiben, in dem stand, dies sei »*die Summe, die ihm, wie beide Seiten bestätigen, rechtmäßig als sein Familienanteil an der Rubinhalskette zusteht, welche als Apanage für die Morrissey-Familie gedacht war*«, und sah, wie er sich aus der trüben Betrachtung der Kohlen löste und sein Gesicht in ein winterliches Lächeln ausbrach. Sie sagte ihm nicht, dass damit all ihre Ersparnisse aufgebraucht waren.

»Dann nimm sie mit«, sagte Michael, den Blick immer noch auf das höchst befriedigende Zahlenwerk gerichtet, das vor ihm auf dem Tisch lag. »Und schau, ob es ihr gefällt, im Sand nach Muscheln zu graben.«

Es war eine lange Reise, mit Kutsche und Pferdefuhrwerk, aber das Wetter war freundlich, und das Gefühl, gen Westen zu fahren, wieder zu dem Ort, wo sie als Mädchen glücklich gewesen war, beflügelte Clorinda. Und sie sah, wie Aisling, die noch nie aus Dublin herausgekommen war, beim Anblick der grünen Hügel, der Eschenwäldchen und der sommergrünen Hecken in staunendes Träumen geriet.

Unterwegs stiegen sie in Gasthöfen an der Landstraße ab, als einzige weitere Gäste außer den Handelsvertretern, die von Farm zu Farm reisten, um ihre angeschmuddelten Broschüren zu präsentieren, in denen neue dampfgetriebene Maschinen angepriesen wurden, die sich nur reiche Landbesitzer leisten konnten. Vor diesen Männern, die eine Aura von Verdrossenheit und Enttäuschung umgab, versperrten sie nachts ihre Tür. Es überraschte Clorinda nicht, dass Aisling vorm Einschlafen ihre Hand nach der ihrer Tante ausstreckte und sie festhielt. Clorinda erzählte dem Mädchen von ihrem Teesalon, der aus einem ehemaligen Bestattungsinstitut entstanden war und so Tod und Kummer mit einer neuen

Idee besiegt hatte. Sie schilderte die Galaveranstaltungen mit Karussell und Feuerwerk, die sie in Bath besucht hatte, und erzählte ihr auch, wie einmal ein hübscher belgischer Akrobat von seinen Stelzen gefallen war und sehr lächerlich ausgesehen hatte, als er da im Staub lag. Sie hörte Aisling lachen. Schließlich sagte sie: »Das war ein merkwürdiges Gefühl. Ich glaube, ich habe noch nicht sehr oft in meinem Leben gelacht; nur einmal, als eine Maus am Brotkasten hochlief und einen Purzelbaum schlug.«

Als sie bei dem Haus in der Nähe von Ennistymon ankamen, in dem der Großvater sein einsames Dasein gefristet hatte, stellten sie fest, dass dort ein Schwesternpaar eingezogen war, die Misses McKinnon, die unmerklich ins mittlere Alter hinüberglitten. Eine der beiden, Miss Elizabeth, verbrachte ihre Tage in der alten Scheune, wo sie Bilder von Vögeln und Segelschiffen malte, während die andere, Miss Maeve, die Ziegen molk, die Hühner fütterte und den Haushalt führte. Und als diese Frauen Aisling in ihrer ärmlichen Stadtkleidung und der völlig schief sitzenden Mütze sahen, betrachteten sie das Mädchen voller Sehnsucht. Sie hatten nie ein Kind gehabt, das sie lieben konnten, und nun stand da ein elfjähriges Mädchen vor ihrer Tür, so dünn und verloren, und sie hätten sie gern hereingeholt und ihr den Austern-Pie der älteren Miss McKinnon vorgesetzt und ihr ein Lager mit den besten Leinenlaken bereitet und die Kosenamen ihrer Ziegen beigebracht.

Clorinda hatte erklärt, sie würden sich in Ennistymon einen Gasthof suchen, aber als die McKinnon-Schwestern erfuhren, dass ihr Haus einst Clorindas Großvater gehört hatte, wollten sie davon nichts wissen. Sie führten die beiden in ein Zimmer im Dachboden, das mit einem Bett aus Holz und einer bemalten Kommode ausgestattet war und an dessen Wänden Elizabeth' leuchtend bunte Bilder hingen. Als

Clorinda es betrat, fiel ihr wieder ein, was zur Zeit ihres Großvaters dort gestanden hatte: eine Nähmaschine mit einem alten schwarzen Antriebsrad und Bergen von gegerbten Tierhäuten, aus denen er grobe Jacken und dicke Schals fertigte, die er den Leuten in Ennistymon verkaufte, was ihn den ganzen Winter über mit einem schönen Vorrat an silbernen Sixpence und Tabak versorgte.

Clorinda erzählte Aisling, wie sehr sie sich damals eine von Großpapas Kaninchenjacken gewünscht habe; er habe ihr immer wieder versprochen, ihr eine zu nähen, »damit du in diesem sündigen Dublin hübsch warm bleibst«, doch es sei nie dazu gekommen. Aber wie sie jetzt in dem Holzbett lag und Aislings Hand hielt, schien ihr, als hänge der Geruch von Kaninchen und Fuchs nach all den Jahren noch immer im Zimmer – als Parfüm der Vergangenheit, eingefangen von der Täfelung und dem staubigen Raum unter den Dielen.

Das Wetter blieb schön, und am nächsten Tag machten Clorinda und Aisling einen Spaziergang über die Dünen, wo einst bis ganz hinunter zum breiten Strand Meerfenchel wuchs, und beobachteten, wie die Atlantikflut herandonnerte. Beim Anblick und beim Geräusch des Meeres breitete Aisling die Arme aus wie ein fliegender Vogel, rannte wild im Kreis herum, schleuderte dann ihre Stiefel von sich, hielt sich den Rock hoch und sauste zu der Linie, wo der Ozean den Strand berührte. Sie ließ das Wasser, das sie mit kleinen Steinchen, Muscheln und Fetzen von Blasentang beschenkte, ihre Füße umspülen. Und sie stieß Freudenschreie aus, die so lange in ihr eingefroren gewesen waren. Das war der Moment, als Clorinda in ihr ein völlig anderes Mädchen entdeckte als das in der Stadt. Als wäre die Person, die sie gewesen war, mit dem Gesichtsausdruck, den sie ihr Leben lang getragen hatte, ein Irrtum gewesen, eine Entstellung ihres wahren Ichs, und als habe sie nun beschlossen, jemand anders zu werden.

Gerade wollte Clorinda sich tadeln für das, was sie angerichtet hatte, indem sie ihre Nichte aus ihrem beengten Dasein herausgerissen hatte, in das sie in nur wenigen Tagen wieder würde zurückkehren müssen, als sie bemerkte, dass Elizabeth und Maeve McKinnon mit allem, was zu einem ordentlichen Picknick gehörte, auf sie zu kamen. Sie blieben bei Clorinda stehen und strahlten entzückt beim Anblick des Mädchens, das mit dem Meer kommunizierte. Dann bauten sie das Picknick auf.

»Es gibt Holundersirup für das Kind«, sagte Elizabeth, »und Ingwerlimonade für uns. Und kaltes Hammelfleisch mit Würzsauce und dazu Salat von unserem Gemüsebeet.«

»Und Äpfel von unserem alten Baum«, ergänzte Maeve, »die wir den ganzen Winter über im Schuppen lagern, genauso wie Ihr Großvater einst. Wenn Sie und Aisling unsere Äpfel probieren, spüren Sie vielleicht, dass Sie nach Hause gekommen sind.«

EIN MANN, DER KEINE RÄTSEL MOCHTE

Clorinda war nicht nur deshalb allein nach Dublin gefahren, weil Sir William sich in Michael Morrisseys Haushalt nicht willkommen fühlte, sondern auch, weil ihm bewusst war, dass er in letzter Zeit seine Patienten vernachlässigt hatte, und entschlossen war, das jetzt wiedergutzumachen.

Doch kaum hatte er diesen Entschluss gefasst, erreichte ihn ein Brief von Ashton Sims, in dem er ihm mitteilte, dass Jane krank daniederliege, offenbar wegen eines schweren Sturzes. Sir William wusste, dass er schlechterdings nicht in Bath bleiben konnte, wenn seiner Tochter etwas Schlimmes zugestoßen war. Laut Sims war Jane

> »durch Blutverlust so stark geschwächt, dass meine Frau und ich immer noch fürchten, sie werde nicht durchkommen, außer vielleicht, Sie eilen ihr rasch zu Hilfe und retten sie.«

Er zog seine medizinische Fachliteratur zu Rate, fand aber kaum Behandlungsmethoden gegen bedrohliche Blutungen, nur die, die er schon kannte: die Anweisung zu strikter Bettruhe sowie den Hinweis, ein Cocktail aus »hochprozentigem Alkohol, Eigelb und Senfsaat« könne sich als hilfreich für die »Blutproduktion« des Körpers erweisen. Außerdem wurde rotes Fleisch, roh gegessen, empfohlen, ebenso wie das »langsame Kauen von Spinatblättern«. All das hatte er an seinen Patienten auch schon mit einigem Erfolg ausprobiert.

Ausgestattet mit diesem höchst unzureichenden Wissen, brach Sir William nach London auf, nachdem er eine Erklärung für seine Abwesenheit an die Praxistür geheftet und seiner Krankenschwester aufgetragen hatte, alles für diejenigen zu tun, die um Hilfe flehten. Ashton Sims hatte nicht geschrieben, wie oder warum Jane erkrankt war, aber er konnte nicht umhin zu vermuten, dass ihr Zustand etwas mit Ross zu tun hatte, der nicht mehr nach Bath zurückgekehrt war, sondern seinem Diener befohlen hatte, seine Sachen an ein Hotel im West Country zu schicken, und ihm selbst nur – ohne jede weitere Erklärung – die hingekritzelte Nachricht hatte zukommen lassen, seine Verlobung mit Jane sei null und nichtig.

Diese Neuigkeiten, zusammen mit Emmelines noch nicht lange zurückliegendem Tod und Clorindas Reise nach Irland, vermittelten Sir William das Gefühl, plötzlich schrecklich allein zu sein. Er fuhr sich mit der Hand durch sein dichtes graues Haar und fragte sich, ob seine Welt gerade dabei sei, sich in ein Meer von Sorgen zu verwandeln, dem er sich nicht gewachsen sah.

Bei seinem Eintreffen lag Jane vollkommen erschöpft in Emmelines Bett. Sie schlief nicht, war aber so schwach, dass sie kaum ihren bandagierten Kopf bewegen konnte. Doch als sie ihren Vater sah, verzogen sich ihre blassen Lippen zu einem Lächeln, und sie hielt ihm eine schlaffe Hand hin. Er nahm die Hand und küsste sie, setzte sich an ihr Bett, strich ihr ein paar Haarsträhnen aus der mit kaltem Schweiß bedeckten Stirn und fühlte ihr schließlich den Puls.

Der Puls war sehr schwach, und Sir Williams geübtes Medizinerauge hätte ihm eigentlich sagen müssen, dass seine Tochter dem Tod nahe war, wenn Jane nicht – mehr als alle anderen, die er kannte – über eine außerordentliche Körper- und Willensstärke verfügt hätte. Er fragte sich nur, ob Ross ihr mit seiner unerwarteten Abreise das Herz gebrochen hatte und sie gar nicht mehr am Leben festhalten *wollte*.

Er merkte aber, dass sie im Moment zu schwach war für irgendeine eindringliche Befragung. Anwesend im Zimmer war auch eine von Ashton Sims engagierte Krankenschwester, die still in einer Ecke saß. An sie richtete Sir William dann einige leise Fragen. Er erfuhr, dass Jane ein wenig Suppe eingeflößt worden war und dass sie an unstillbarem Durst litt. Sie sagte auch, dass Jane einen hohen Bedarf an Laudanum gegen die Schmerzen habe und offenbar im Schlaf von Albträumen heimgesucht werde.

»Wo sind die Schmerzen?«, fragte Sir William. »In ihrem Kopf?«

»Ja, Sir. Und in ihrem Schoß, der blutet.«

Da schwieg Sir William. Jane, zu schwach, um zu sprechen, blickte zu ihm hoch und flehte ihn mit den Augen an, sie nicht zu verurteilen. All das verstand er ohne Worte, und als Antwort sagte er: »Wichtig ist jetzt nur, dass du zu uns zurückkommst, Jane. Und dabei hilft uns eine etwas abstruse Theorie über die Wirksamkeit von Eigelb und Senfsaat. Ob unsere freundliche Schwester wohl Nancy bitten könnte, auf einem der Märkte in Chelsea Eier zu besorgen und daraus ein heißes Posset für dich zuzubereiten? Oder ist das ein zu verwegenes Begehren?«

Wieder sah er, wie ihr Mund sich zu einem Lächeln verzog, und wertete das als Zustimmung. Er nickte der Schwester zu, und beim Hinausgehen griff diese nach dem leeren Wasserkrug, um ihn nachzufüllen. Allein mit Jane, nahm Sir William erneut ihre Hand und streichelte sie sanft. Jane schloss die Augen. Sir William sah, dass ihr Tränen über die Wangen rollten, und er wusste, dass diese Tränen nicht nur von den Schmerzen herrührten, sondern auch von dem, was sie unlängst hatte durchmachen müssen. Er ahnte den Anlass, wagte ihn aber kaum zu denken. Er spürte nur, dass etwas Endgültiges geschehen war, das, auch wenn Jane überlebte, ihrer aller Leben verändern würde, und dass die Zukunft in keinerlei Hinsicht so aussehen würde, wie er sie sich einst ausgemalt hatte.

Als die Krankenschwester zurückkehrte, sagte Sir William zu Jane: »Ich werde sie bitten, die Bettdecke hochzuheben und nachzusehen, ob du noch blutest. Wäre es dir recht, wenn sie das macht?«

Zu Sir Williams Überraschung wandte Jane ihm den Kopf zu und flüsterte das Wort »Porträt«. Er wusste nicht, ob er sie richtig verstanden hatte, und beschloss, unbemerkt die Schwester zu fragen.

Einen Moment wich sie seinem Blick aus und wollte nicht antworten, doch dann sagte sie leise: »Das Porträt von Miss Jane wurde abgehängt und wieder in das Atelier der verstorbenen Miss Emmeline gebracht. Mr Sims hat mich angewiesen, Ihnen, wenn Sie kommen, zu sagen, dass Sie es vielleicht zu sehen wünschen.«

Sir William war ein Mann, der keine Rätsel mochte. Wenn er in seinem Beruf als Arzt vor einer schwierigen Diagnose stand, versetzte ihn das stets in leichte Angst. Und so erging es ihm auch jetzt: Zusätzlich zu der Angst um seine Tochter, deren Leben an einem seidenen Faden hing, kam eine neue Angst, weil er auf eine ominöse Suche geschickt wurde, die seine Verwirrung vermutlich nur noch erhöhen würde.

Trotzdem stand er gehorsam auf, versicherte Jane, er sei gleich wieder zurück, und stieg die Treppe zum Atelier seiner Schwester hinunter, einem Raum, der in ihm stets starke Gefühle weckte – der Bewunderung ebenso wie der Furcht. Die Geschichte vom Golem war ihm nie erzählt worden, und er wusste auch nicht, dass Emmeline so grausam unter Jocelyn Hulton gelitten hatte, aber er hatte häufig um seine Schwester gefürchtet – wegen ihrer Verletzlichkeit in einer

Männerwelt und weil sie so einsam war. Manchmal hatte er den Eindruck gehabt, sie opfere sich auf für ihre Kunst, und er war sich nie sicher gewesen, ob dieses Opfer den Kummer auch rechtfertige.

Auf dem Weg zum Atelier hörte er, dass es an der Tür läutete und Nancy aus der Küche kam, um zu öffnen. Sir William wartete am Fuß der Treppe, während Nancy Ashton und Julietta Sims eintreten ließ. Als Julietta Janes Vater entdeckte, eilte sie zu ihm und fragte: »Wie geht es ihr, Sir William? Hat sie sich erholt? Ist sie außer Gefahr?«

»Ich bin mir nicht sicher«, antwortete Sir William, »ich glaube nicht, dass die Gefahr vorüber ist. Und jetzt hat sie mich gebeten, einen Blick auf ihr Porträt zu werfen.«

»Oh, das Porträt, das Porträt!«, rief Julietta. »Oh, Sir William, es wird Ihnen die ganze schreckliche Geschichte erzählen, aber Ashton, mein Lieber, wie wäre es, wenn du mit Sir William im Salon ein Gläschen trinkst. Das wird helfen, alles von Mann zu Mann zu klären.«

Auch wenn Ashton Sims für einen Moment ein entsetztes Gesicht machte, so fasste er sich doch rasch, nickte Sir William zu und sagte: »Wahrscheinlich ist es am besten, wenn Ihnen nichts vorenthalten bleibt. Wir glauben, das ist es, was Jane sich wünscht.«

»Ich muss zu Jane«, erklärte Julietta, »ich muss sofort zu ihr, armer Liebling, armer Engel …«

Und sie eilte die Treppe hinauf, und die beiden Männer konnten nur staunen, in welch mühelosem Tempo sie zu ihrer Freundin eilte.

Zu jener Zeit war es für Männer, die einander kaum kannten, im Allgemeinen schwierig, miteinander offen über sehr persönliche Dinge zu sprechen; es traf aber ebenfalls zu, dass Ashton Sims, der zeitgenössische Schriftsteller, Verleger, Künstler und Moralphilosophen seine Freunde nannte, es gewohnt war, über all die erlesenen Qualen, die Menschen heimsuchen konnten, zu diskutieren. Insofern war die Aufgabe, Janes Vater die Geschichte ihrer Schwangerschaft und der grausamen Fehlgeburt zu erzählen, für ihn auch nicht so unangenehm, wie sie es für fast jeden anderen gewesen wäre.

Er war in der Lage, die Geschichte ruhig und bedächtig zu erzählen, und doch ... und doch ... selbst er konnte sie nicht ganz wahrheitsgemäß darlegen. Über den Anlass, der Ross dazu gebracht hatte, Jane zu verletzen, hatte er, wie er sagte, nur »spekuliert«, dass Janes Verlobter sich offenbar auf irgendeine Weise betrogen gefühlt hatte. Sims brachte es einfach nicht über sich, Sir William zu gestehen, der Grund für den Gewaltausbruch des Mannes sei die Tatsache gewesen, dass seine eigene Frau Janes Liebhaberin war.

Und so saß Sir William nun mit einer Geschichte da, wie ein Schriftsteller sie schreiben würde, der sich weigert, seine Charaktere mit Verstand und Motiven auszustatten. Und als er erkannte, dass das auch so bleiben würde, befiel ihn, angesichts eines weiteren Rätsels, wieder seine gewohnte Ungeduld. Doch er begriff auch, dass Ashton Sims mit der entsetzlichen Geschichte so weit ins Detail gegangen war, wie es ihm im Augenblick möglich war. Sir William zündete sich zur Beruhigung eine Zigarre an und sagte: »Der arme, unglückliche Ross. Ich verstehe immer noch nicht, wie er sich zu einem solchen Verbrechen hat hinreißen lassen.«

Er paffte eine Weile an seiner Zigarre und fügte dann hinzu: »Ich könnte mir vorstellen, dass er sich am Ende auf die Suche nach seinem Bruder auf dem malaiischen Archipel gemacht hat. Ich denke, wir werden ihn nie mehr zu Gesicht bekommen.«

»Ach«, sagte Ashton. »Nun, vielleicht ist es so am besten.«

DIE WEISSE WOLKE

Sie schaffte es nicht, das Gefühl des Ertrinkens loszuwerden. Es war nicht so, dass sie am Wasser zu ersticken drohte; es war die Kälte des Meeres in ihren Adern. Es lief überall durch sie hindurch, floss in ihr Herz hinein und wieder heraus, drang langsam in ihr Gehirn, hinterließ dort Eiskristalle, und die Kristalle funkelten mit verletzendem Licht.

Jane Adeane.

Sie konnte sich an ihren Namen erinnern. Sie konnte auch noch dessen Silben hauchen, aber sie wusste nicht, wie lange der Name Bestand haben würde. Ihr schien, er habe zu flackern begonnen und werde allmählich schwächer, und wenn er schließlich verlösche, wäre es mit ihrem Leben vorbei.

In der gefrorenen Welt, die sie jetzt bewohnte, musste sie daran denken, dass sie sich in ihrer außergewöhnlichen Körpergröße einst als »ihr eigenes Rettungsboot« gesehen hatte. Vielleicht hatte sie sich sogar damit gebrüstet, dass ihre Größe sie in gewisser Weise aus allen anderen heraushob und verhindern würde, dass sie jemals ertrank. Doch jetzt wusste sie, dass das eisige Wasser sich schon bald über ihrem Kopf schließen würde.

Wie treue Geister tauchten Bilder aus ihrer Vergangenheit auf, leisteten ihr für eine Weile Gesellschaft und verblassten dann wieder. Sie sah die wunderschöne Symmetrie der Kuranlage in Bath und sich selbst als deren Engel, der Wache hielt, während die gutgläubigen Menschen – *die kleineren Menschen* – sich in dem schwefelhaltigen Wasser abmühten, mit hilflosen, langsamen Bewegungen, aber die Gesichter ihr entgegengereckt und um Erbarmen flehend, im Vertrauen darauf, dass sie sie rettete. Doch offenbar konnte sie sie nicht retten, denn als sie diese Menschen das nächste Mal sah, lagen sie in der Pariser Morgue, zur Besichtigung auf Marmorblöcken aufgebahrt, während ihnen Wasser in die geschlossenen Augen und aus ihren Mündern und zwischen ihren Beinen hervorlief, an ihren Füßen vorbeifloss und strudelnd von einem metallenen Ausguss verschluckt wurde.

Sie sah Marco. Der kleine Junge schwamm in einem der Becken, schwamm furchtlos und ohne etwas von ihr zu wollen; er planschte vergnügt und drehte eine Runde nach der anderen. Und sie hoffte, dieses Bild würde bleiben und ihr eine Weile Gesellschaft leisten. Sie versuchte stillzuliegen, nicht zu zittern, damit Marco so blieb, wie er war, ein strahlender Junge, dazu bestimmt, zu einem Mann heranzuwachsen. Doch dann verdichtete sich der Dampf, der aus dem heißen Wasser aufstieg, immer mehr und wurde zu einer weißen Wolke, die Marco einhüllte. Und obwohl sie angestrengt nach ihm suchte, konnte sie ihn nicht länger sehen.

Und so schien ihr, dass, wenn Marco fort war und die Wolke, die ihn verdunkelte, immer größer wurde, auch sie selbst bald von ihr verschlungen würde, und dann wäre endlich ihr Ende gekommen. Sie erinnerte sich, dass sie die meiste Zeit ihres Lebens von der Idee geleitet worden war, sie bewege sich auf etwas ganz Besonderes zu, eine bedeutsame »Sache«. Sie hatte sie sich als etwas vorgestellt, das ihr Glück und Ruhm bescheren würde, doch jetzt begriff sie, dass die »Sache« der Tod war. Er war in Reichweite. Nur noch wenige Augenblicke, und er wäre da …

Doch sie gestattete sich noch einen letzten Gedanken über ihre eigene Torheit – darüber, wie sie so erhaben und unvernünftig durchs Leben spaziert war, überzeugt davon, es erwarte sie eine außerordentliche Zukunft, während sie doch die ganze Zeit nur dem Vergessen entgegenmarschiert war. Sie musste beinah lachen: Sie, der Engel der Bäder, in ihrem weißen Gewand, sich ihrer Einzigartigkeit und Macht so gewiss, wurde durch eine weiße Wolke ausgelöscht, war ganz und gar unfähig, sich vor dem Schicksal des Leimherstellers und all der anderen beschädigten und im Verfall begriffenen Menschen auf ihrer Reise ins Nichts zu bewahren.

Immer näher kam die Wolke. Jane versuchte zurückzuweichen, sah sich aber von einer Steinmauer aufgehalten. Und da begriff sie, dass sie aufgefordert war, sich zu ergeben. Sie schloss die Augen. Sie wartete auf ihre eigene Unsichtbarkeit, wusste jedoch, dass sie noch nicht mit ihr versöhnt war. Etwas von ihrem alten Stolz und Eigensinn regte sich noch in ihr. Dieser Teil von ihr begriff zwar, dass alles verloren war, kämpfte jedoch trotzdem weiter.

Und mit einem letzten Aufbegehren – einem ihrer Tante Emmeline würdigen Aufbegehren, die es gewagt hatte, der Welt mit einem edelsteinbesetzten Turban gegenüberzutreten, einem Aufbegehren, das einer erschöpften Waschfrau würdig war, welche glaubt, das Mondlicht werde ihre frisch gewaschenen Laken bleichen – öffnete sie wieder die Augen. Die Wolke war nah und hing tief. Doch etwas bewegte sich in ihr. Es war etwas Kleines, nicht größer als ein Bündel Kinderwäsche, aber dann schien es Form und Farbe anzunehmen, begann zu tanzen und warf die Arme in die Luft. Da wusste Jane, dass es gleich aus der Wolke steigen und ihr das Leben retten würde. Es war der Golem aus Ton, und er trat weich und glänzend aus der Wolke, als käme er frisch von der Töpferscheibe.

Als Jane erwachte, saß Julietta an ihrem Bett.

Und sie erwachte auch mit mehr Wörtern, als ihr lange Zeit zur Verfügung gestanden hatten. Sie sagte Juliettas Namen und schaffte es, beide Arme nach ihr auszustrecken, und Julietta umfing sie und merkte, dass Janes Körper nicht mehr so kalt war.

Sie küsste ihre Stirn und legte den Kopf auf Janes Brust. Sie wollte Ashton und Sir William zurufen, dass Jane im Begriff war, zu ihnen zurückzukehren, war aber so versunken in den Moment, dass ihr die Stimme versagte.

Jane war es, die als Erste sprach. Sie sagte: »Ich habe Visionen gehabt. Ich sah den Tod als eine Wolke, die sich mir näherte ... «

»Pscht, Liebes«, sagte Julietta. »Sprich nicht von irgendwelchen Todeswolken. Fühl lieber, wie warm dein Gesicht ist und auch deine Hand und deine Brust ... «

»Die sind warm?«

»Fühl doch.«

Jane legte die Hand an ihre Wange und begriff, dass sie wieder gesund und Teil der Welt werden würde.

»Ja«, sagte sie. »Ja. Sie sind warm.«

Sie konnte nur still daliegen und staunend das weiche, tröstliche Licht im Zimmer betrachten und die Rosen, die hübsch arrangiert in einer weißen Vase auf einem kleinen Tisch standen und allmählich ihre Blütenblätter abwarfen. Dann ließ sie ihre Augen dorthin wandern, wonach sie sich vor allem anderen sehnte: zu Juliettas Gesicht.

DER GUTE HIRTE

Während die *Queen of the Islands* durch die atlantischen Stürme gen Süden stampfte und die Passagiere sich die Zeit mit Plänen für ihr neues Leben in Australien zu vertreiben suchten, blieb Valentine Ross hartnäckig in seiner Kabine und spazierte nur mitten in der Nacht über Deck, wenn das Meer häufig ruhiger zu sein schien und die Sterne, die heller als jemals an einem englischen Himmel leuchteten, ihn mit zarten Hinweisen auf Wunderbares zu verführen suchten.

Er widerstand ihrer Versuchung. Er wusste, dass das Wunderbare aus der Welt verschwunden war. Er wollte einfach nur in Ruhe gelassen werden; der verwahrloste Zustand seines beengten Quartiers, den allein schon seine körperliche Anwesenheit verursachte, kümmerte ihn nicht. Als sein selbsternannter Diener Chesterfield um ihn herum aufzuräumen begann, schmutzige Kleidung einsammelte und den Nachttopf mit einem Tuch bedeckte, bevor er ihn forttrug, fragte er den alten Mann, wieso er diese Aufgaben erledige, »wenn doch nichts von Bedeutung ist und es mich überhaupt nicht interessiert, ob ich dreckige Unterwäsche trage oder mein Nachttopf überläuft«.

Chesterfield bewahrte Haltung auf dem krängenden Schiff, so gut er konnte, und erwiderte: »*Mich* interessiert es aber, Sir. Ich bin ein Diener. Und da ich nun einmal an diese Stellung gebunden bin, kann ich nur versuchen, meine dienenden Pflichten auf eine Weise zu erfüllen, die mir keine Schande einträgt.«

»Schande?«

»Ja. Sie werden sagen, das sei ein starkes Wort, aber es ist das richtige Wort. Denn wenn wir an den Aufgaben scheitern, die uns zugedacht wurden, was bleibt uns dann?«

Ross, der auf seiner Koje lag und mit den Rückenbeschwerden eines Mannes zu kämpfen hatte, der viel zu lange gelegen hat, blickte Chesterfield überrascht an. Ihm war bisher nicht nach irgendwelchen Unterhaltungen mit dem alten Mann gewesen, doch jetzt hatte der eine Bemerkung gemacht, die Ross scharfsinnig erschien. Er wusste, dass er selbst tief in Schande versunken war – wegen all der Dinge, die er vernachlässigt hatte, wegen seines erbärmlichen Scheiterns in der Liebe und wegen seines schlimmen Anfalls körperlicher Grausamkeit –, aber er war nicht bereit, darüber zu sprechen, schon gar nicht mit jemandem, der in der schrecklichen Hierarchie der Welt so weit unter ihm stand. Chesterfield hingegen hatte das Thema noch nicht fertig abgehandelt. Während er die Essensflecken auf Ross' abgelegten Hemden untersuchte, sagte er: »Und Sie, Sir, sind, wie ich dem Inhalt Ihrer Eichentruhe entnehme, Arzt. Ist das zutreffend?«

»Ja. Das ist zutreffend. Aber würden Sie bitte schwören, diese Information nicht auf dem Schiff zu verbreiten?«

»Ich schwöre, dass ich sie nicht verbreiten werde, Sir, aber ich frage Sie als Mediziner, der den Eid abgelegt hat, niemanden zu schädigen, nur, ob Sie in Ihrem Beruf nicht Ihren Patienten dienen möchten, so gut Sie können?«

Ross blickte auf seine Hände hinunter. Ja, das hatte er tun wollen. Er hatte es aufrichtig gewünscht. Er hatte sich bemüht, sein medizinisches Wissen im Laufe der Jahre zu vertiefen. Dass er fähig gewesen war, Leiden zu lindern, hatte ihm eine fast göttliche Genugtuung geschenkt. Und dann …

Nach jenem verhängnisvollen Tag in Mrs Morrisseys Teesalon, als Jane Adeane sich über ihn lustig gemacht und abgewiesen hatte, war jenes Bedürfnis allmählich immer schwä-

cher geworden, und er hatte zugelassen, dass ihm die Hingabe an seinen Beruf verloren ging. Über alle Maßen verletzt,
war er nicht länger in derselben Weise daran interessiert gewesen, sich der Kranken und Schwachen anzunehmen. Doch
das war nicht seine Schuld; es war Janes Schuld. Sie hatte
ihn gleichgültig gegenüber jenen werden lassen, denen er hätte helfen sollen. Und schließlich hatte sie sein eidliches Versprechen, keinen Schaden anzurichten, zunichtegemacht. Sie
hatte ihn so sehr gequält, dass er sie am Ende hatte töten
wollen.

All dies ging Ross in logischer Folgerichtigkeit durch den
Kopf, während Chesterfield weitere Kleidungsstücke vom
schmutzigen Boden einsammelte, doch tief in seinem Herzen wusste er, dass er es niemals einer lebenden Seele anvertrauen würde.

»Ich war ein guter Arzt«, war alles, was er sagte.

»Aber Sie benutzen die Vergangenheitsform«, sagte Chesterfield. »Wieso das?«

»Weil es nur die gibt«, erwiderte er. »Mitten in einem
Ozean gibt es nur Stillstand. Alles, was ich kenne, ist die Vergangenheit.«

»Haben Sie denn nach Ihrer Ankunft in Singapur keine
Pläne, Sir?«

»Ich werde Singapur gar nicht zur Kenntnis nehmen. Es
bedeutet mir nichts. Ich werde dort auf den Kais nur nach
einem einheimischen Schiff Ausschau halten. *Praus* heißen
die, glaube ich. Eines, das mich nach Borneo bringt.«

»Um dort wieder medizinisch tätig zu werden?«

»Nein. Mich führt nur ein Grund dorthin: Ich will meinen Bruder retten.«

»Wovor, Sir, falls ich das fragen darf?«

»Das weiß ich nicht. Und wenn Sie nun genügend Wäsche
eingesammelt haben, würden Sie dann bitte so freundlich
sein und mich alleine lassen?«

Der alte Diener war mit einem geräumigen Segeltuchsack behängt, in den er jetzt Ross' benutzte Kleidungsstücke stopfte. Er tat dies hastig, fast wie ein Dieb, der seine Beute fortschleppt, was bei Ross ein amüsiertes Lächeln hervorrief. Fast war er versucht, Chesterfield zu erklären, er könne Hemden und Unterwäsche, wenn er sie gewaschen und gebügelt hätte, gern behalten, denn seine eigene Verzweiflung sei so groß, dass es ihm nichts ausmachen würde, nackt auf dem Schiff umherzuspazieren und sich mit seinen entblößten Geschlechtsteilen dem Spott von Fremden auszusetzen. Doch er ließ es sein. Es war beinah, als glaube er, wenn er bedeckt und versteckt, ja fast schon unsichtbar in seinem hölzernen Verschlag bliebe, könne er vielleicht zu einer neuen Person werden, einem Menschen, der all seine Scham hinuntergeschluckt hatte und in einen stinkenden Topf ausscheiden würde, welcher dann von einem Mann fortgetragen wurde, dessen einzige Eitelkeit in seinem Glauben an sich selbst bestand.

Er fragte sich, wie um alles in der Welt sich dieser neue Ross zusammensetzen ließe.

Und ihm kam eine rettende Idee: Sollte er sich an mehr als nur ein paar dürftige gute Taten in seinem Leben erinnern können, dann würden ihm diese als sicherndes Geländer dienen, wenn die Stürme des Selbsthasses ihn umzublasen drohten.

Er lag in seinem Bettsarg und versuchte, sich in eine Decke aus Erinnerungen einzuhüllen. Er versetzte sich in die Wälder und Wege seiner Kindheit in Wiltshire. Er hatte ein Schmetterlingsnetz dabei. Vor ihm war Edmund – immer lief er vorneweg und blieb plötzlich stehen, wenn er ein Insekt oder eine Pflanze entdeckte, die ihn interessierte –, unbekümmert jeden Moment genießend, ein Unschuldiger, dem der Sammeleifer die Wangen rötete und ein Lachen entlockte. Edmund rief ihm gern Anweisungen zu: »Wenn wir beim

Feld sind, tritt vorsichtig auf, denn Regenpfeifer nisten in den Furchen. Spitz die Ohren, wenn der Wind den Ginster durchschüttelt, denn dann klammern die Bienen sich an die Blüten. Merk dir die Himmelsrichtung, damit wir uns in der Dunkelheit nicht verlaufen.« Und er hatte immer versucht, seinem Bruder zu gehorchen, und am Ende eines Nachmittags hatte er sie beide stets sicher nach Hause geführt. Denn es lag in Edmunds Natur, vom Weg abzukommen und die Orientierung zu verlieren; mehr als einmal war es Valentine gewesen, der seinen Bruder bei Einbruch der Dunkelheit dorthin zurückgebracht hatte, wo ihre Mutter bei einer brennenden Lampe im Wohnzimmer auf sie wartete und sich um ihre Buben sorgte.

Das waren gewiss gute Taten, für die er nichts verlangt und nichts bekommen hatte. Weder Edmund noch ihre stille Mutter hatte sich ihm gegenüber jemals dankbar dafür gezeigt, dass er seinen Bruder sicher durchs schwindende Licht geführt hatte; und doch hatte er, Valentine Ross, seine ganze Kindheit hindurch diese Rolle beharrlich übernommen. Und jetzt dachte er, dass das doch ein Guthaben gegen Scham und Selbsthass wäre. Und für einen kurzen Moment war sein Herz von der Hoffnung erfüllt, er sei gerade erneut im gleichen Auftrag unterwegs – der zu sein, der Edmund nach Hause brachte. Nur würde diesmal keine liebende Mutter auf sie warten. Falls eine Lampe in dem Haus brannte, wo sie einst aufgewachsen waren, so hatten Fremde sie entzündet. Mutter und Vater lagen beide auf dem Friedhof St. Mary's, und die Gräber waren überwuchert. Sollte er jemals diese Seereise überleben und sollte Edmund schließlich gefunden werden, dann würde er, dachte Ross, seinen Bruder fragen, ob es das sei, was er sich wünsche, in das Tal zurückgebracht zu werden, in dem sie einst aufgewachsen waren, und dort in aller Unschuld zu leben, als hätte es die dazwischenliegenden Jahre nie gegeben.

Als er auf der Woge dieser traumartigen Gedanken in den Schlaf glitt, wiederholte er das, was er zu Chesterfield gesagt hatte: »Alles, was ich kenne, ist die Vergangenheit.«

Während der folgenden Tage – das Wetter verschlechterte sich, als sie sich dem Kap der Guten Hoffnung näherten – richtete Ross, auf seiner Suche nach arglosen guten Taten, die Gedanken hartnäckig auf seine Kindheit. Er hatte seine Mutter geliebt und stets versucht, ihr zu gefallen, doch ihm war gleichzeitig immer bewusst, dass Edmund ihrem Herzen näher stand. Häufig wurde Edmund derart ausgiebig gelobt oder geherzt, dass es Valentine bitterlich schmerzte. Doch er ließ seinen Kummer nur selten offenkundig werden, sondern war nur umso stärker bemüht, sich so zu verhalten, wie seine Mutter es wünschte. Und wenn sie tatsächlich einmal die Arme um ihn legte oder ihm übers Haar strich, dann sonnte er sich in diesen Augenblicken der Zärtlichkeit und beglückwünschte sich, weil er stark geblieben war und die Eifersucht auf seinen Bruder verbarg.

Jetzt ihr Bild heraufzubeschwören, wie sie im Wohnzimmer am Kamin saß und nähte, reichte beinahe aus, um ihn für Augenblicke aus seiner ständigen inneren Unruhe zu befreien. Und doch reichte es eben nicht *ganz*. Die Szene entglitt ihm immer wieder oder Edmund zerstörte sie, indem er den Raum betrat und sich ihr zu Füßen setzte. Und dann legte sie ihre Handarbeit beiseite und liebkoste seine hellen Locken.

Vielleicht war es dieses Bild ihrer liebevoll in Edmunds Haar vergrabenen Hände, das Ross plötzlich an den Diamantring mit dem Smaragd erinnerte, der seiner Mutter gehört hatte und den er Jane hatte schenken wollen. Aber dann hatte er ihn in ihrem Zimmer vergessen! Er fluchte nicht nur einmal. Er hatte ihn aus Versehen in ihrem Schlafzimmer in der Tite Street liegen lassen und keine Gelegenheit mehr gehabt, ihn zurückzuholen.

Der Verlust des einzigen Gegenstands von Wert, den er von seiner Mutter besaß, bereitete ihm jetzt Höllenqualen. Mit einem Mal hatte er das Gefühl, nicht seine Vergesslichkeit oder Unachtsamkeit habe dazu geführt, sondern Janes Zauberkunst. Sie war eine echte Hexe! Sie hatte von ihrer Tante ein Vermögen geerbt und ihn trotzdem mit irgendeinem Trick dazu verleitet, den Ring seiner Mutter zurückzulassen, damit sie ihn all dem hinzufügen konnte, was sie ihm schon genommen hatte. Es war unerträglich.

Ross machte sich auf die Suche nach Chesterfield, um ihn um Papier und Tinte zu bitten. Er würde Jane einen Brief schreiben und ihn nach England schicken, wenn die *Queen of the Islands* in Simon's Town Vorräte an Bord nahm. Er würde sie der Arglist beschuldigen, weil sie den Ring in ihren Besitz gebracht hatte, obwohl die Bedingungen für diesen Besitz so grausam verraten worden waren. Er würde fordern, dass der Schmuck bis zur Rückkehr der Brüder nach Wiltshire in die Obhut von Sir William gegeben wurde.

Chesterfield beaufsichtigte gerade eine kleine Gruppe von Sträflingen, die einige Runden auf Deck drehten und die kurze Pause von ihrem Aufenthalt in dem düsteren Loch genossen. Die Männer trugen Eisenketten an den Füßen, und Ross fiel auf, dass viele von ihnen wegen ihrer aufgescheuerten Gelenke entsetzlich an nässenden Wunden litten. Doch Chesterfield war freundlich zu den Männern und ermunterte sie, »einen tüchtigen Schluck frischer Luft zu nehmen« und ihre bleichen Gesichter in die südliche Sonne zu halten. Als Ross dies sah, kehrte er, ohne sie zu stören, still in seine Kabine zurück. Der Anblick dieser Menschen, deren Zukunft aus unablässiger harter Arbeit und lebenslanger Unfreiheit bestehen würde, weckte Mitleid in ihm. Und in diesem Gefühl des Mitleids verbarg sich eine schuldbewusste Freude.

DAS MITTLERE KIND

Auch wenn Irland seit jeher berühmt ist für die großen Regenmengen, die das ganze Jahr hindurch fallen, und das leuchtende Grün der Felder selbst die gelben Augen des Königsadlers zu blenden vermag, so trifft es auch zu, dass einmal alle zehn Jahre ein sehr heißer Sommer ausbricht, der das Grün in verdorrtes Beige verwandelt und die Luft über den Hecken flimmern lässt.

Ein solcher Sommer begann, nachdem Clorinda Morrissey und ihre Nichte Aisling im Haus der McKinnon-Schwestern angekommen waren. Der Himmel über dem Strand war vom zartesten Blau eines Vogeleis, und wenn die Sonne über dem Meer unterging, erstrahlte sie in einem derart prächtigen Blutrot, dass Beobachter am Ufer, falls sie schon einmal Sonnenuntergänge in der Sahara erlebt hatten, das Schauspiel damit hätten vergleichen können.

Während dieser extremen Wetterlage versank das Haus in eine angenehme Lethargie. Miss Elizabeth verbrachte weniger Zeit mit ihrer Malerei und mehr Zeit im Schatten der Apfelbäume, wo sie saß und von all dem träumte, was sie und ihre Schwester der jungen Fremden anbieten könnten, die so plötzlich bei ihnen aufgetaucht war. Miss Maeve setzte all ihren Tätigkeitsdrang darein, sich immer neue köstliche Picknicks für sie auszudenken und Aisling zu zeigen, wie man Wildblumen zwischen den Seiten der McKinnon'schen Familienbibel presst. Und was Clorinda betraf, so betrachtete sie voller Zuneigung alles, was um sie herum geschah, und stellte sich immerfort dieselbe Frage: War sie

moralisch gezwungen, Aisling in ihr Dubliner Leben zurückzuschicken, oder sollte sie Michael und Kathleen vielleicht
schreiben, ihr offensichtlich unerwünschtes Kind habe eine
neue Heimat gefunden, und fragen, ob sie, zumindest bis
zum Ende des Sommers, hierbleiben könne?

Sie wusste keine Antwort. Am liebsten hätte sie Sir William in dieser Angelegenheit um Rat gefragt, aber ihr war
klar, dass nicht er diese Frage zu entscheiden hatte; letztendlich konnte sie nur von Michael und Kathleen und von Aisling selbst beantwortet werden. Doch warum sollte sie das
Mädchen, das gerade dabei war, sich vom Kummer ihres
Ungeliebtseins zu erholen, mit der Frage beunruhigen? Clorinda spürte, dass Aisling derzeit kein Bedürfnis hatte, sich
mit irgendetwas anderem als dem Hier und Jetzt der täglichen Wunder dieses glühenden Sommers zu beschäftigen. Sie
hatte eine Ziege »adoptiert«, die sie auf den Namen Iris tauf-
te. Sie saß im hohen Gras und streichelte Iris' Nase und zog
sanft an ihren langen Ohren. Sie fütterte sie mit Äpfeln und
Löwenzahnblättern und nannte sie »mein allerliebstes kleines
Mäuschen«. Sie fragte Miss Maeve, ob sie nach Ennistymon
fahren und eine Glocke kaufen können, die sie Iris um den
Hals hängen würde. Und das taten sie; sie kauften die Glocke,
und Aisling sagte: »Jetzt wird Iris nie mehr verloren gehen.«

Dann tauchte eines Tages ein anderes Mädchen am Strand
auf. Sie war etwa in Aislings Alter und trug ein schlichtes
Leinenkleid. Ihr Haar war wild.

Die McKinnon-Schwestern saßen mit Clorinda und Aisling unter einem zerfransten Sonnenschirm. Als das Mädchen sie sah, kam sie herbeigehüpft, und Maeve McKinnon
stand auf und gab ihr einen Kuss auf den Scheitel.

»Das ist Charlotte O'Connor«, sagte sie. »Ihr Vater ist
Lehrer. Und das hier, Charlotte, sind unsere neuen Freunde, Mrs Morrissey und ihre Nichte Aisling.«

»Neue Freunde?«, sagte Charlotte. »Ich hätte auch gern neue Freunde.«

»Na, dann lauft ihr beiden doch los«, schlug Maeve vor, »du und Aisling, und schaut, ob ihr ein paar Kaurimuscheln findet.«

Die Mädchen betrachteten einander, und Aisling sprang auf. Iris, die an einen Pfahl im Sand angebunden war, erhob sich ebenfalls, und für einen Moment wetteiferte das Klingeln der Glocke mit dem Rauschen des Meers. Aisling machte die Ziege los.

»Das ist Iris«, erklärte sie Charlotte O'Connor, »und sie gehört jetzt mir, aber du kannst mit ihr spielen. Sie ist sehr lieb.«

Charlotte begann sofort, die Ziege zu streicheln. Dann hüpften die Mädchen ohne ein weiteres Wort davon, und Iris sprang hinter ihnen her. Und die Art, wie Aisling sich bewegte, so beschwingt und anmutig, war für Clorinda eine einzige Bekundung reinsten neugewonnenen Glücks. Vielleicht bemerkten die McKinnon-Schwestern es ebenfalls, denn Miss Elizabeth sagte zu Clorinda: »Maeve und ich haben uns gedacht, jetzt, wo hier Sommer ist und so ein schöner Sommer obendrein … also, wir haben immerzu gesagt, es wäre doch eine Schande, wenn Aisling wieder in die Stadt zurückkehren müsste. Das haben wir doch, nicht wahr, Maeve?«

»O ja«, erwiderte Maeve. »Natürlich wissen wir, dass Sie für die Hochzeit wieder nach Bath müssen, Clorinda. Aber wie wäre es, wenn Sie Aisling noch etwas länger bei uns ließen? Charlotte O'Connor ist ein reizendes Kind und wird sich gewiss mit ihr anfreunden. Und dann ist da noch Iris, von der Aisling sich gar nicht mehr trennen mag. Warum sollte man sie aus alldem herausreißen und wieder in ein trostloses Leben schicken?«

Clorinda schwieg. Sie blickte zu den Mädchen, die unten

am Wassersaum spielten, während die Ziege im Kreis um sie herumsprang, und sie musste wieder daran denken, wie Aisling einst aus dem Zimmer, das sie mit der armen leidenden Maire teilte, auf die Straße geflohen war und versucht hatte, in einem alten Kinderwagen zu schlafen.

Da sie Clorindas Schweigen für Zögern hielt, fuhr Maeve McKinnon fort: »Sie wissen doch, wie gut wir uns um Aisling kümmern. Wir werden wie Eltern zu ihr sein.«

»Das weiß ich«, sagte Clorinda. »Daran habe ich keinerlei Zweifel. Aber ich kann das nicht entscheiden. Ich werde meinem Bruder schreiben. Ich werde ihm Ihre Welt voller herrlicher Tröstungen beschreiben.«

»Machen Sie ihm begreiflich, dass es für Aisling eine Art Heimkommen wäre«, sagte Elizabeth. »Denn jetzt schläft sie in dem Haus, das einst Ihrem Großvater gehörte. Das ist doch wirklich überaus passend, nicht wahr?«

Weil sie ihren Bruder kannte, schrieb Clorinda ihm nur einen kurzen Brief und achtete darauf, keinesfalls besonders hervorzuheben, dass das Leben, das Aisling jetzt genoss, so viel schöner war als jenes, das er ihr geboten hatte; sie erwähnte auch nichts von adoptierten Ziegen oder neuen Freunden, sondern wies ihn nur darauf hin, dass Kathleen und er für eine Weile von der Last, sich um sie zu kümmern, entbunden wären und im Herbst nach all der frischen Seeluft ein gesundes, glückliches Kind zurückbekämen.

Angesichts der Tatsache, dass Michael fremden Plänen und Vorhaben, die auch sein eigenes Leben berührten, sehr ablehnend gegenüberstand, hatte Clorinda erwartet, er werde Aislings sofortige Rückkehr nach Dublin fordern; und so war seine Antwort seltsam unerwartet.

Zunächst berichtete er, dass er bereit sei, endlich wieder seine Arbeit in der Anchor Brewery aufzunehmen, dann fuhr er fort:

»... was mir wieder zurück ins Leben und ein bisschen
auch zu mir selbst verholfen hat, war die Nachricht, dass
ich erneut Vater werde. Kathleen wird im späten Winter
ein Kind zur Welt bringen, und ich habe große Hoffnung,
dass es diesmal ein Junge wird und wir wieder eine rich-
tige Familie sein werden.

Und was sie betrifft, die ich jetzt unser »mittleres Kind«
nennen werde, so soll sie gern bei ihren neuen Hüterinnen
bleiben und uns nicht mit ihrer ärgerlichen Verdrießlich-
keit und ihrer Verweigerungshaltung belasten. Wir trau-
ern immer noch um Maire. Das Benehmen des mittleren
Kinds war für uns allmählich unerträglich geworden, und
ich möchte Kathleen nichts aufbürden, was eine sichere
Schwangerschaft und Geburt unseres Sohnes gefährden
könnte. Es ist für alle Beteiligten ein Glück, dass Aisling
andernorts gastlich aufgenommen worden ist. Falls die
Misses McKinnon Geld für ihren Unterhalt benötigen,
bitte gib es ihnen, und ich werde es, so Du es wünschst,
zu gegebener Zeit zurückzahlen.«

Nun oblag es Clorinda, ihre Nichte zu fragen, ob sie wirklich noch in der Grafschaft Clare bleiben wollte, wenn sie
selbst nach England zurückkehrte. Sie versuchte sich vorzustellen, was Aisling wohl über ihre Eltern und deren Umgang mit ihr dachte, denn sie wusste durchaus, dass unge-
liebte Kinder nicht selten für die Personen, von denen sie
abgelehnt werden, eine traurige Bewunderung hegen. Dass
Aisling nie über ihre Mutter und ihren Vater sprach, bedeutete nicht notwendig, dass sie ihnen nicht nachweinte.

Clorinda wählte eine Zeit nach Sonnenuntergang, als sie
sich kurz vor Dunkelwerden zum Schlafen fertig machten
und dabei den Ruf der Eulen hören konnten. Während sie
Aislings Haar bürstete, sagte sie: »Ich habe eine sehr freundliche Anfrage von den Misses McKinnon bekommen: ob du

bis zum Ende des Sommers hier bei ihnen und bei Iris bleiben möchtest. Du bist aber zu nichts verpflichtet. Ich kann
dich auch nach Dublin zurückbringen, wenn ich nächste
Woche fahre, und –«

»O nein!«, rief Aisling. »Bitte lass mich hierbleiben! Tante Clorinda, ich sterbe, wenn ich in die Bishop Street zurück-
muss. Bitte zwing mich nicht. Was soll denn aus Iris werden,
wenn ich sie im Stich lasse? Ihr Glöckchen würde klingeln,
und ich würde es nicht hören. Ich würde mich zu Tode grä-
men!«

Sie brach in Tränen aus. Clorinda legte die Haarbürste beiseite und drückte das Mädchen fest an sich.

»Keine Angst«, sagte sie. »Der Sommer ist noch nicht zu
Ende, und so lange wirst du hier in Sicherheit sein. Und Iris
auch.«

NOCH NIE IN BATH GESEHEN

Der Sommer war tatsächlich lang, und selbst Anfang September brannte die Sonne noch heiß auf die Camden Street.

An den Schildern und Markisen sämtlicher Geschäfte entlang der Hauptstraße hingen Wimpelketten und flatterten in der leichten warmen Brise. Unter den Wimpelketten waren weißgedeckte Tapeziertische aufgestellt, beladen mit den köstlichsten Gerichten, die in den besten Garküchen Bath' zubereitet worden waren. Champagner, Punsch und Weißwein standen gekühlt in silbernen Kübeln. Flaschen mit Rotwein waren in schwere Glasgefäße dekantiert worden, damit der Wein atmen und sein dunkles Aroma entfalten konnte. Die Straße war für sämtliche Pferdefuhrwerke gesperrt worden, und mittendrin saßen die Musiker eines Streichquartetts unter Sonnenschirmen, die an ihren Stühlen befestigt waren, und spielten hastig erlernte fröhliche Melodien aus einem irischen Liederbuch.

Und nun trafen nach und nach die Gäste ein. Es waren schließlich so viele, dass es beinah schien, als sei jeder Einwohner der Stadt eingeladen worden – ganz Bath in einer einzigen Straße an einem heißen Septembertag! Alles drängte sich auf dem Bürgersteig. Die Frauen fächerten sich Luft gegen die Hitze zu. Sie standen an den Tischen (und kämpften gegen die Versuchung, sich heimlich an den verlockenden kleinen Scheiben Wildpastete oder Kalbssülze zu vergreifen) und warteten darauf, die Ankunft einer Frau zu beklatschen, die sie vor manch anderen in ihrem bewegten Leben zu lieben und zu verehren gelernt hatten: Mrs Clorinda Morrissey. Doch sie war nicht länger Mrs Clorinda Morrissey. Denn heute war ihr Hochzeitstag. Als sie aus der Laura-Kapelle trat und am Arm ihres Bräutigams die Camden Street entlangschritt, war sie bereits Lady Adeane.

Sie trug ein Kleid aus cremefarbener und grüner Seide, der Überrock war an manchen Stellen mit grünen Satinschleifen gerafft, und ihr Kopfschmuck bestand aus einem fantastischen Gesteck aus Federn und Bändern, welche ihr über die Schultern fielen. An ihrem Mieder steckte eine wunderschöne Diamantbrosche mit Smaragden, und ihre Augen leuchteten in unverkennbarem Stolz, denn es gab viel, worauf sie stolz sein konnte. Einst hatte sie bei einem Hutmacher im Keller geschuftet; jetzt hatte die Crème der hiesigen Gesellschaft sie ins Herz geschlossen. Und heute war sie die Frau des hoch geschätzten Chirurgen Sir William Adeane geworden, eines Mannes, der vor fünfundzwanzig Jahren seine Frau verloren und nie daran gedacht hatte, noch einmal zu heiraten – bis er Clorinda kennenlernte und sein Herz an ihre Kochkünste, ihre Courage und den Klang ihrer Stimme verlor. Und wie er – den Zylinder ins immer noch üppige weiße Haar gedrückt, die Wangen vor Freude jungenhaft rosig und die Nase in der Hitze ein bisschen zu rot – Clorinda zu der großen Versammlung in der Camden Street geleitete, wurde auch er zum Liebling der Menge, und die ganze Straße entlang wurde gejubelt und geklatscht, als hätte Königin Viktoria höchstpersönlich die Szene mit ihrer Anwesenheit beehrt.

Als das Brautpaar Platz genommen hatte, eilten weiß behandschuhte Kellner umher, schöpften Punsch in Gläser, öffneten Flaschen, schenkten Wein ein und servierten einen ersten Gang mit Sülze, Schalotten und Gürkchen, ein Lieblingsgericht von Sir William, und die Gäste stürzten sich darauf. Die Sonne brannte so hell, dass der Aspik glitzerte und die Kristallgläser wie Diamanten funkelten. Das Klappern der Bestecke klang fast wie laute Musik und übertönte beinah das Quartett, das gerade den allgemeinen Verdauungsprozess mit ein bisschen Mozart zu unterstützen versuchte.

An beiden Enden der Straße sammelten sich mehr und mehr Fremde und bestaunten das kolossale Straßenbankett. Dergleichen war noch nie in Bath gesehen worden, und sie fragten sich, wieso man sie ausgeschlossen hatte, wenn doch so viele eingeladen worden waren. Sie hätten sich gern eingereiht. Doch die Kellner scheuchten sie fort und erklärten, es handele sich nicht um eine öffentliche Galaveranstaltung, sondern um ein privates Hochzeitsfest. Einige schlichen sich trotzdem zurück, und das nicht, um ein paar Happen zu stibitzen oder gar ein Schlückchen Wein; sie wollten einfach nur die kilometerlangen flatternden Wimpelketten, die herrlich weiße Tischwäsche, die silbernen Sektkühler und ganz besonders die Person (wer immer es sein mochte, Mann oder Frau) bewundern, deren Geist dieses Schauspiel reinsten Theaters entsprungen war, das von den geschmückten Schaufenstern über den Bürgersteig bis zu dem frisch gereinigten Kopfsteinpflaster reichte.

Dieser Geist gehörte natürlich Clorinda. Zuerst hatte sie davon geträumt. Sie sah den sonnigen Tag. Sie sah die Straße, in der ihr Teesalon ruhig wartete. Und wie ein Künstler, der ein herrliches Bild erschafft, stellte sie die schneeweißen Tische unter dem blauen Himmel auf und hängte Flaggen und Girlanden darüber. In ihrem Traum schwebten dann zweihundert goldene Stühle von den Schornsteinspitzen herab und stellten sich wie gehorsame Grenadiere um die Tische. Musik setzte ein: die alten irischen Lieder wurden gespielt, die sie als Kind in der Grafschaft Clare gehört hatte, wenn die Fiedelkapelle in ihr Dorf kam und alle Männer und Frauen zu wirbeln und zu hopsen begannen, in ihren Holzpantinen zu tanzen versuchten und auf den alten Sandböden ein solches Getrampel veranstalteten, dass die Häuser zu beben schienen und Babys und Katzen anfingen, wie Äffchen eines fernen Landes zu maunzen.

Als Clorinda aus ihrem Traum erwachte, sagte sie zu Sir William, genauso wünsche sie sich ihre Hochzeitsfeier: auf einer öffentlichen Straße mit all ihren Kunden als Gästen und mehr Essen auf den Tischen, als jemals bei den offiziellen Galaveranstaltungen zu sehen gewesen war, die doch den Stolz der Stadt ausmachten. Sollte Sir William kurz gezögert haben, weil er an die Kosten für die Realisierung dieses Traums dachte, so war ihm doch auch bewusst, dass dies das letzte große Wunder seines Lebens sein würde – ein Ereignis von berührender Einzigartigkeit, das allein Clorinda hatte ersinnen können.

Und da waren sie nun hier versammelt. Sir William wandte sich an Clorinda. Und während er die Gäste beobachtete, die nur darauf warteten, ein gewaltiges Stück Rindfleisch, einen Berg von Kalbkoteletts und Kartoffelgratins in Backformen mit den Ausmaßen von Tabletts zu vernichten, fragte er sie, ob sie mit ihrem Tag zufrieden sei, ob er dem entspreche, was sie sich im Geiste vorgestellt hatte. Und sie erwiderte ihm: »Siehst du es denn nicht in meinem Gesicht, William? Solange ich lebe, werde ich dieses Glück nicht vergessen.«

Und damit stand er auf, um aus dem Stegreif eine kleine Rede zu halten, bevor die versammelten Gäste durch das Auftragen von Obstkompott, Apfel-Charlotte und Rhabarber-Syllabub so erschlagen wären, dass sie kaum noch wussten, wo sie sich befanden und das wievielte Glas Wein sie gerade in Angriff nahmen. Er hob die Hände wie ein Dirigent, der sein Orchester auf die erste Note einer Symphonie einstimmt. Als der Lärm sich so weit gelegt hatte, dass Sir William seine eigenen Gedanken hören konnte, sagte er: »Ich werde Sie nicht allzu lange von unserer großen Auswahl an

Desserts fernhalten, denn ich weiß, dass eine Nachspeise manchmal um einiges großartiger ist als die sentimentalen Worte eines alten Mannes.«

Worauf einige »Nein, nein!« riefen und: »Stimmt nicht, Sir Will!« Er hörte Clorinda neben sich lachen, und bei dem Gedanken, dass er dieses Lachen bis zu seinem Tod in seinem Haus würde hören können, zog sich ihm das Herz zusammen, und bei seinen nächsten Worten war in seiner Stimme ein Zittern, das er, wenn er mit seinen Patienten sprach, stets zu unterdrücken versuchte.

»Sie alle wissen«, sagte er, »wie lange ich ein einsames Leben geführt habe. Noch bis zum vergangenen Jahr glaubte ich, dass ich nie mehr lieben würde. Doch dann hörte ich eine Geschichte. Es war die Geschichte eines Mädchens, das einige Zeit bei seinem Großvater verbrachte, der an einem einsamen Ort am Meer lebte. Sie half ihm beim Sammeln von Grasnelken für seinen Tisch und Meerfenchel für sein Abendbrot, sie rannte barfuß über die Dünen und schlief auf einer Pritsche aus Holz mit einer Puppe aus Lumpen.

Könnte einer von uns hier mit Sicherheit sagen, was uns bewegt und was uns kaltlässt? Ich weiß nicht, warum oder wie die Geschichte von dem barfüßigen Mädchen mein Herz eroberte, aber so war es. Und dann blickte ich in das Gesicht der Frau, die mir die Geschichte erzählte, und ich merkte, dass es mich ebenfalls bewegte – zu einem Gefühl der Liebe bewegte.

Und das möchte dieser alte Mann heute sagen: Er empfindet die allergrößte Dankbarkeit gegenüber seiner Braut, weil sie ihm gezeigt hat, dass Glück und Liebe sich auch noch hinter den letzten Kurven eines Lebenswegs finden lassen, und weil sie bereit war, die Frau von jemandem zu werden, der es ganz und gar verlernt hatte, ein Ehemann zu sein.

Sie alle, die Sie hier versammelt sind, stehen in Clorinda Morrisseys Schuld, weil sie unserer Stadt eine wunderschöne kleine Insel der Zuflucht und der Freude geschenkt hat. Und lassen Sie mich Ihnen versichern, dass ich nicht zu viel von der Zeit meiner Frau beanspruchen werde, damit ihr Teesalon auch weiterhin existieren kann. Denn es ist der Ort, den wir nicht nur aufsuchen, um ein Stück von Clorindas legendärer Biskuittorte zu genießen, sondern auch, um für eine kurze Weile der Hektik unseres Lebens zu entfliehen, eine Tasse aromatischen Assam zu trinken und darüber nachzusinnen, wohin unser Weg uns führt und was wir gesehen haben. Ich stehe tief in ihrer Schuld, und ich möchte ihr von ganzem Herzen danken.«

Eigentlich hatte Sir William mit einem formellen Trinkspruch auf seine Braut enden wollen, doch jetzt musste er sich setzen, da er das Gefühl hatte, jedes weitere Wort würde ihm die Kehle zuschnüren und er würde sich zum Esel machen, wenn er jetzt in Tränen ausbräche. Er umarmte Clorinda und küsste sie, worauf die Gäste begeistert zu klatschen und mit den Füßen zu trampeln begannen. Und als noch weitere Fremde, angelockt von dem »absolut höllischen Krach«, der da den Nachmittag störte und ein außergewöhnliches Ereignis zu versprechen schien, sich am Ende der Camden Street versammelten, erhob Jane sich.

Aller Augen richteten sich auf sie. Der Applaus verhallte. Viele Hochzeitsgäste kannten sie, ihren geliebten Engel der Bäder, aber sie hatten sie lange nicht mehr gesehen, nur gehört, dass sie sehr krank und in ernster Lebensgefahr gewesen sei. Das war ihrem Gesicht noch anzusehen und auch ihrer hohen Gestalt: Jane wirkte größer denn je, da sie stark vom Fleisch gefallen war. Sie trug ein wunderschönes braunes Seidenkleid, aber das Mieder saß zu lose, um dem Kleid gerecht zu werden, und ihr dunkles Haar, das auf reizende Art mit Bändern hochgebunden war, zeigte hier und da ein verfrühtes Grau.

Doch als sie zu sprechen begann, war es, als sei die »frühere Jane«, jene, nach deren heilsamer Berührung sich so viele Menschen gesehnt hatten, wieder aufgetaucht – mit ihrem gelassenen Gebaren und ihren ruhigen Händen und schließlich mit ihrer kraftvollen Stimme, als sie anhob: »Ich weiß, es ist ungewöhnlich für eine Frau, bei einer solchen Gelegenheit das Wort zu ergreifen, aber lassen Sie mich eines sagen: Ich glaube, der Tag ist so besonders, so ungewöhnlich, dass er zu einer ungewöhnlichen Reaktion einlädt. Mein lieber Vater hat geheiratet! Er hat nun schon fünfundzwanzig oder mehr Jahre für diesen Tag geübt – oder, genauer gesagt, *nicht geübt*. Und irgendwann habe ich tatsächlich gedacht, dass diese vielen Jahre des Nichtprobens unweigerlich so lange dauern würden, dass er, anstatt auf seiner Hochzeit zu sprechen, die Rede schließlich bei seiner eigenen Beerdigung halten würde.«

An den Enden der Tische setzte leises Gelächter ein, das sich hier und da an den runden Bäuchen der Sektkühler brach. Anfangs war es zögerlich, dann nahm es vorsichtig zu, als warteten die Gäste auf eine Bestätigung, dass Miss Jane nicht so zerbrechlich war, wie sie aussah. Sie wartete, bis dieses leichte Lachen sich legte, und fuhr dann fort: »Aufgrund seiner Schwäche für Torten und Gebäck ahnte ich wohl, dass Sir William ein treuer Kunde von Mrs Morrisseys Teesalon werden würde. Was ich allerdings nicht voraussah, war die dramatische Veränderung, die dieses vortreffliche Angebot in seinem Kopf bewirkte: Aus einem nüchternen Mediziner wurde ein veritabler Liebesnarr.«

Wieder brach Heiterkeit aus. Auch Sir William lachte, aber seine Braut hielt seinen Arm gepackt, vielleicht, weil sie befürchtete, die romantischen Worte, die der Bräutigam soeben geäußert hatte, verlören an Wirkung, wenn Jane sich zu sehr in Spötterei erging.

Als habe sie das verstanden, änderte Jane den Ton ihrer Rede und sagte: »Liebe ist die größte Gnade, die uns widerfahren kann. Und wenn ich je jemandem wirklich große Gnade gewünscht habe, dann meinem Vater, dem ich mein Leben verdanke – nicht nur das Leben, das er zeugte, sondern auch jenes Leben, das er mir vor Kurzem gerettet hat. Und ich kann mir heute kein schöneres Geschenk für ihn denken als den Satz: ›Sir, Sie haben gut gewählt. Ihre Braut ist eine Frau von außergewöhnlichen Talenten, großer Liebenswürdigkeit, anrührender Treue und bemerkenswert gutem Geschmack, was Kleider in Crème und Grün angeht – der Farbe ihres Buttercreme-Konfekts und dem Grün des Meerfenchels an den wilden Küsten ihrer irischen Heimat.‹ Meine Damen und Herren, verehrte Lords und Ladies, geliebte Freunde und Nachbarn, lassen Sie uns einen Toast auf Sir William und Lady Adeane ausbringen!«

Menschen erhoben sich – jedenfalls die, die nicht durch ihre weiten Röcke oder durch ihre reichliche Aufnahme von Wein daran gehindert wurden –, Gläser wurden nachgefüllt, und der Toast donnerte über die Traumszenerie hinweg, zu der die Camden Street geworden war, wo goldene Stühle von den Dächern geschwebt und weiße Leinendecken sich wie Schnee auf Tische gelegt hatten.

EINE GESCHICHTE VON GUT UND BÖSE

Jane blieb noch einige Wochen in Bath, um ihre Genesung abzuschließen, und als der Herbst begann, die Blätter von den Bäumen zu reißen, brach sie nach London auf.

Sie sagte sich, dass sie nicht für immer fortging, und dennoch begriff sie, dass ihr Talent zur Krankenpflege, ja überhaupt ihr Wille, all die damit verbundenen Aufgaben zu erfüllen, ihr nach all diesen Ereignissen genommen worden waren. Allein die Vorstellung, einen verfaulten Zahn zu ziehen, stieß sie inzwischen ab. Bei dem ewigen Gestank, der Krankheiten begleitete, musste sie würgen. Und sie wusste, dass die Kraft und die Geduld, die sie einst bewiesen hatte, vor allem, wenn es um die männliche Gattung und ihre Beschwerden ging, sie verlassen hatten. Sie merkte, dass sie nie wieder die Hand auf irgendeinen Teil der männlichen Anatomie würde legen wollen.

Wenn Jane sich in ihrem Spiegel einer ernsthaften Musterung unterzog, sah sie, dass sie älter wirkte. Die Welt würde sie wohl für eine Frau von dreißig Jahren oder mehr halten, dachte sie. Diese neue Beurteilung ihrer selbst bestätigte sie in dem Gefühl, dass ihre Jugend vorbei war und dass sie nun in sich eine weisere, unabhängigere Jane und eine neue Richtung für ihr Leben finden musste. Sie wusste, dass viele Frauen in ihrer Lage finanziell auf ihre Väter angewiesen waren, und sie konnte sich den Kummer und Zorn, den sie deswegen fühlen mochten, gut vorstellen. Doch dank ihrer geliebten Emmeline befand Jane sich nicht in einer solchen Lage. Ihr Haus in der Tite Street erwartete sie. Sie hatte genug

Geld, um ihr Leben neu zu erfinden. Und dann war da noch
Julietta …

Als Jane sich erst einmal in Chelsea eingerichtet hatte, konnte Julietta sie, so oft sie beide es wünschten, besuchen. Das
Gefühl, erneut in den Armen ihrer Geliebten zu liegen, nachdem sie dem Tod gerade erst entronnen war, überwältigte
Jane eines Tages derart, dass sie, nachdem sie ihre sexuelle
Lust gestillt hatte, zu Julietta sagte: »Ich liebe dich zu sehr.«
   Julietta schwieg einen Moment und sagte dann: »Ich glaube nicht, dass man jemals ›zu sehr‹ lieben kann. Aber vielleicht könntest du dir andere Frauen fürs Bett suchen, Jane,
neben mir. Lade dir ein paar ›Schöne‹ ins Haus und warte
ab, was passiert. Das ist kein Grund, sich zu schämen. Du
und ich, wir werden einander dann ruhiger lieben.«
   Jane blickte in Juliettas klare braune Augen. Sie fragte, ob
Julietta in der langen Zeit, die sie selbst für ihre Erholung
von Ross' Attacke gebraucht hatte, zu ihren ›Schönen‹ zurückgekehrt sei, woraufhin Julietta auf der Stelle erwiderte:
»Nein, Jane. Ich habe mit Gott einen Handel abgeschlossen.
Ich habe versprochen, wenn er dich am Leben ließe, würde
ich für immer auf meine Schönen verzichten. Ich würde dich
und Ashton lieben und niemanden sonst. Wir haben uns beide verändert. Deine Liebe hat mich verändert. Du wirst eine
ruhige Zukunft haben.«
   »Dennoch schlägst du vor, ich solle mich mit anderen
Frauen vergnügen?«
   »Nur wenn du es möchtest. Ich glaube, ich werde immer
deine ›Braut‹ sein, aber vielleicht würden dich ein paar ›Braut-
jungfern‹ amüsieren und dir Lust bereiten. Wäre das nicht
möglich?«
   »Ich werde darüber nachdenken«, sagte Jane. »Ich werde
gründlich über alles nachdenken.«

Eines Nachmittags brachte Julietta, die inzwischen mit einem zweiten Kind schwanger war, Marco mit zum Tee in der Tite Street. Jane hatte Clorinda nachgeeifert und angeordnet, dass für ihn Marmeladentörtchen und süße Brötchen gebacken würden, und als Marco sich an ihnen satt gegessen hatte, spazierte er in Emmelines Atelier und kam mit dem Golem zurück.

Er setzte sich neben Jane, streichelte die Figur, als wäre sie ein winziges Baby, und küsste hin und wieder ihr hässliches Köpfchen. Nach einer Weile fragte er Jane: »Wozu ist es gut?«

»Nun«, erwiderte Jane, »du fragst mich, wozu es gut ist, und ich glaube, ich weiß die Antwort darauf: Es tröstet die Menschen.«

»Und wie macht es das?«

»Nun«, sagte Jane, »weißt du noch, wie du im Kurhaus im Zauberwasser geschwommen bist? Das Wasser hat dich doch glücklich gemacht, oder? Und ich glaube, der Golem besitzt eine ganz ähnliche Zauberkraft. Halte die Figur doch mal an dein Gesicht und achte darauf, ob du nicht solch ein Glück spürst.«

Marco tat, was Jane vorgeschlagen hatte. Und die beiden Frauen sahen zu, wie er seine weichen, rosigen Wangen fest gegen den rauen Ton presste und seine dunklen Locken dabei den Kopf des Golems streiften.

»Ich bin noch nicht glücklich«, sagte Marco.

»Tja«, sagte Jane, »du musst eben geduldig sein, Marco. Manchmal dauert es ein Weilchen, bis das Glück kommt.«

»Schließ am besten deine Augen«, riet Julietta. »Und vielleicht stellst du dir vor, dass der Golem mit dir spricht …«

Sie warteten. Julietta nahm Janes Hand, als sei sie überzeugt, dass gleich etwas Wichtiges geschah. Jane hielt Julietta ganz fest, als plötzlich das Geräusch von Regen, der gegen die Fenster des Salons prasselte, die Stille des Nachmittags durchbrach. Und dann sagte Marco: »Das ist sehr komisch, Jane. Mir hat der Arm wehgetan, weil ich von Trebuchet runtergefallen bin, aber jetzt sind die Schmerzen verschwunden.«

In jener Nacht fiel Jane, während sie noch einmal an ihre Unterhaltung mit Marco dachte, der Beginn einer Geschichte ein.

Sie sagte sich, dass sie wahrscheinlich niemals wirklich eine Geschichte würde schreiben können, denn »echte« Schriftsteller – Guy Mollinet, Mary Shelley, Jane Austen, Charles Dickens und selbst der von Emmeline verachtete Mr Wilkie Collins – besaßen eine Vorstellung von der Welt, die allein die ihre war, und das war es, was ihrem Werk seine Macht verlieh. Sie bezweifelte, dass das auch für eine Frau galt, die beinah zehn Jahre als Krankenschwester verbracht hatte. Doch Jane hatte nicht vergessen, welchen Trost und welche Freude ihr das Lesen geschenkt hatte; und sie erinnerte sich daran, dass sie etwas von diesem Trost auch bei ihren Tagebuchnotizen empfunden hatte – und zwar direkt beim *Akt* des Schreibens. Also würde sie es riskieren und sehen, was passierte.

Noch wusste sie nicht, ob ihre Geschichte sich vielleicht nur für Kinder eignen oder doch mehr in die Tiefe gehen würde. Aber was auch immer daraus werden würde, die Idee fesselte sie, und in dem Maße, wie die Nacht voranschritt, wuchs auch die Geschichte in ihrem Kopf bis zu dem Punkt, wo Jane nicht mehr schlafen mochte, sondern in Emmelines Atelier hinunterging. Auch wenn sie in der kühlen Herbstluft ein wenig fröstelte, nahm sie einen von Emmelines Skizzenblöcken und machte sich an die Niederschrift ihrer seltsamen Geschichte.

Sie formte den Golem zu einem Wesen aus ungebranntem Ton, weich und schmiegsam. Er bekam die hässlichen Gesichtszüge, bevor er ins Feuer geworfen wurde – so wie Emmeline es ihr beschrieben hatte; allerdings wurde er in Janes Vorstellung etwas größer. Er wurde irgendwie menschlich: die Verkörperung all der Kinder, die Emmeline verloren hatte, und sogar ihres eigenen verlorenen Kinds. Und genau wie sie es Marco beschrieben hatte, besaß er magische Kräfte. Die wichtigste unter ihnen war die Kraft zu heilen, eine Fähigkeit, die man ihr einst, als ihr Leben noch unschuldig war, zugeschrieben hatte und die, wie sie ahnte, mit ihrer Unschuld verloren gegangen war. Während sie so grübelte, begriff sie, dass sie den Kern ihres *eigenen Wesens* in der Geschichte einzufangen versuchte, wenn auch in einer neuen, anderen Form, und indem sie diese andere Form – den lebendigen Golem –, imaginativ erfasste, würde sie dem Werk Evidenz und Wahrhaftigkeit verleihen.

Jane platzierte den Golem um Mitternacht ganz allein im Kurhaus und ließ ihn das Mondlicht auf den kleinen Wellen bestaunen. Mit seinem erwachenden Bewusstsein begriff er, dass er hierher gehörte. Er bückte sich, schöpfte etwas Wasser und rieb sich damit ein, so dass sein tönerner Leib stärker glänzte und weicher wurde. Und dann setzte er sich still an den Rand des heißen Beckens, atmete den Schwefeldampf ein, ließ den Kopf sinken und fiel in einen zufriedenen Schlaf. Denn er wusste, dass er sich den Menschen, wenn sie am nächsten Morgen mit der Hoffnung hierherkamen, durch das Wasser getröstet oder sogar von ihren Krankheiten geheilt zu werden, zeigen würde, und sie würden ihre Hände nach ihm ausstrecken, weil sie sich nach seiner Barmherzigkeit verzehrten.

Doch als es Morgen wurde und die Versehrten in ihren weißen Kitteln zu dem Becken geschlurft kamen, verhielten sie sich anders, als der Golem erwartet hatte. Ihnen erschien das Geschöpf so befremdlich, dass sie davor zurückschreckten. Sie hielten es für böse. Sie ließen den Golem nicht in ihre Nähe. Er versuchte zu sprechen, sie zu beruhigen, er wolle ihnen doch nur helfen, aber seine tönernen Lippen klebten zusammen und verhinderten jeden Laut.

Die Aufseher des Kurhauses wurden gerufen. Sie wollten den Golem hochnehmen und ihn auf die Straße werfen, doch er hielt sich mit seinen schlammigen Füßen an den Steinen fest, die das Becken einrahmten, und sie konnten ihn nicht bewegen. Einer von ihnen schoss mit einer Pistole auf ihn, doch da zog er die Füße von den Fliesen und lief davon. Er strich die Schusswunde mit seinem eigenen feuchten Ton glatt. Er suchte ein Versteck und kroch unter einen Lorbeerbusch. Als die Nacht kam, blickte der Golem durch die Lorbeerblätter hinauf zum Himmel und sah die Schönheit der Sterne und fragte sich tief in seinem winzigen Herzen, wie er wohl das Wesen der Welt und ihrer Menschen vorhersagen könne – ob ihre Seelen von Sternenlicht erfüllt sein würden oder von Dunkelheit.

Was wusste er von Gut oder Böse oder von Kummer? Er wusste nur, dass er eine Last trug. In seinem hässlichen Körper wohnten all die Kinder, denen es nie vergönnt gewesen war zu leben. Und um ihretwillen hatte er seine Mission zu erfüllen, die da lautete zu heilen und zu trösten. Doch wie sollte er das bewerkstelligen, wenn die Menschen Angst vor ihm hatten und ihn verletzen oder töten wollten? Der Golem blickte wieder hoch zu den Sternen, konnte sie aber nicht sehen. Sie waren von Wolken verdeckt. Regen prasselte von den glänzenden Lorbeerblättern auf den Golem, und es dämmerte ihm, dass der Regen seinen Körper wohl schließlich zu etwas Formlosem verwandeln würde. Schon bald würde er nur noch ein Dreckklumpen sein. Verzweifelt hielt er Ausschau nach himmlischem Schutz.

Als Jane mit ihrer Geschichte so weit gekommen war, fror sie nicht mehr, sondern ihr war ganz warm von der herrlichen Hitze, die das kreative Feuer in ihr erzeugt hatte. Draußen vor der Lichtkuppel begann die Morgendämmerung, und sie legte den Skizzenblock beiseite. Sie war müde und hatte Kopfschmerzen, fand aber, sie habe sich selten so glücklich gefühlt. Sie überlegte, ob dies die bewusste »Sache« war – das Schicksal, dem sie, wie sie glaubte, zeit ihres Lebens entgegengereist war; eingedenk ihrer anfänglichen Freude über das Entstehen der Geschichte vermutete sie, dass es so sein könnte. Doch dann entschied sie, dass ihr starrsinniger Glaube an eine »Sache« wahrscheinlich eine sentimentale Täuschung war – wie die verträumten Sehnsüchte unschuldiger junger Mädchen, die noch nicht begriffen hatten, dass das Leben sich nur selten zu solchen selbstgefälligen Momenten der Ankunft bündelte. Und wenn es das manchmal doch tat, dann verflogen diese Momente rasch, und danach blieb einem nur, sich weiter voranzukämpfen auf der langen Straße, über die sich immer wieder Dunkelheit zu senken drohte. Doch das interessierte Jane nicht. Sie wusste, sie hatte einen Weg gefunden, und was sie jetzt von sich verlangte, war, ihn hoffnungsvoll fortzusetzen.

Sie erhob sich langsam und ging hinunter in die Küche. Nancy, das Dienstmädchen, war noch nicht aufgestanden, deshalb legte sie Kohlen nach und setzte einen Wasserkessel auf den Herd. Sie kochte eine Kanne starken Kaffee und nahm ihn mit ins Atelier. Sie wusste genau, was sie nun tun würde.

Sie ging zu ihrem Porträt, das zur Wand gekehrt war. Sie drehte es um, blickte aber nur flüchtig auf ihren zerfetzten, zerstörten Leib, konzentrierte sich vielmehr auf den Kopf und die Schultern. Und wie sie gehofft hatte, verriet ihr Blick Stärke und Entschlossenheit.

Sie legte das Bild auf den Boden und löste mit einem feinen Meißel die Leinwand von dem Rahmen, den Hartley und Foulkes gefertigt hatten. Dann zog sie mit Kreide direkt unter den Schultern eine horizontale Linie durchs Bild, nahm eine starke Schere, schnitt an der Linie entlang und nahm den oberen Teil der Leinwand aus dem Rahmen.

Sie heftete den Ausschnitt an die Wand, setzte sich und trank ihren Kaffee. Von Zeit zu Zeit betrachtete sie ihn – das dort war nicht länger Emmelines »Frau in Weiß«, sondern schlicht Jane Adeane: ein menschliches Gesicht, ein unbeugsamer, die Welt herausfordernder Blick.

»EIN UND DERSELBE«

Als die *Queen of the Islands* in Singapur landete und das brodelnde Handelszentrum der Stadt die von Bord gehenden Passagiere aufnahm, machte Valentine sich sofort auf den Weg zum nächsten Hurenhaus. Er erinnerte sich an den apoplektischen Hafenmeister von Plymouth, der gesagt hatte, in Singapur könne man für den Preis eines blechernen Teekessels eine »ausgiebige Ausschweifung« bekommen, und er hoffte, wenn er sich all seinen wildesten sexuellen Fantasien hingäbe, würde die Dunkelheit in seiner Seele sich lichten und ein Hauch von Helligkeit kehrte zurück. Doch das geschah nicht.

Als er, satt und müde und derangiert, aus dem Bordell trat, fiel sein Blick auf Chesterfield, der geduldig in der schmutzigen Straße auf ihn wartete. Er fragte den alten Mann, warum er dort herumstehe, und Chesterfield antwortete: »Nur ein Gefühl, Sir, dass jemand auf Sie aufpassen sollte.«

Ross studierte das erschöpfte, verwitterte Gesicht seines Dieners, auf dem sich jetzt wieder das bekannte eigensinnige Grinsen ausbreitete. Und er begriff, dass Chesterfield der Meinung war, er habe noch eine Rolle in der unbekannten Zukunft eines Mannes zu spielen, der offenbar keine Freunde besaß, Gesellschaft und überhaupt jeden menschlichen Umgang mied und den nur noch die Hoffnung aufrecht hielt, er könne seinen Bruder auf Borneo retten. Darum vergaß Ross seine kurze Irritation darüber, dass Chesterfield ihn verfolgte wie ein Hund seinen Herrn, und gestattete sich, von der Loyalität des Mannes gerührt zu sein. Denn es war lange her, dass irgendjemand bereit gewesen war, sich ihm nahe zu fühlen. Und hier nun gab es eine altmodische Seele, die beschlossen hatte, nicht Strafgefangene nach Australien zu eskortieren, sondern auf der nächsten und letzten Strecke seiner Reise sein Gefährte zu sein.

Er dankte Chesterfield. Er erklärte, er werde ihn gut bezahlen, und bat ihn, im Hafen nach einem Schiff zu suchen, das nach Borneo fuhr. Das Einzige, wonach er sich jetzt sehnte, war, in einem soliden Bett zu schlafen, das nicht in den Fängen des Meeres schwankte und schaukelte.

In der einheimischen Prau, die die beiden Männer von Singapur nach Kuching brachte, hob sich Ross' Laune für eine Weile. Der Himmel über ihm war von einem unerbittlich makellosen Blau. Das leichte, offene Boot mit seinem einzigen riesigen Segel glitt so schnell über das Wasser, dass Ross sich der Illusion hingab, er könne fliegen. Im Geiste begann er, sich mit Edmund zu unterhalten; er rief ihm zu, er habe sich »sehr verspätet«, aber hier sei er endlich, sause übers Meer »wie ein Vogel, der die Wellen streift«, und er, Edmund, sei der einzige Mensch, der nun in seinem Herzen wohne.

Ross fragte sich, ob das wirklich zutraf, und kam zu dem Schluss, dass es beinahe so war. Und doch wusste er, dass es auch noch Jane gab – als dunklen Schatten, der immer auf alles fallen würde, was er in Angriff nahm. Und als er erkannte, dass er ihr und dem, was er ihr angetan hatte, nie ganz würde entkommen können, befiel ihn wieder das alte Gefühl der Verzweiflung.

Während die Prau elegant in Kuching anlegte und die Reisekiste auf den Kai gehievt wurde, blickten Ross und Chesterfield sich verblüfft und neugierig um. Singapur war laut gewesen und voller Menschen, doch dieser Ort erschien ih-

nen wegen der alles beherrschenden Stille seltsam und beängstigend.

Nach einer Weile hörten sie einen Kanonenschuss und
dann noch einen, und Chesterfield sagte: »Gütiger Himmel,
Sir, niemand hat uns gesagt, dass wir mitten in einem Aufstand landen.«

Sie warteten. Auf das Geräusch rennender Füße? Auf das
Aufmarschieren von Militär? Aber nichts rührte sich. Ross
blickte sich auf dem hölzernen Kai um. Er sah eine Reihe
von Hütten, die er für kleine Geschäfte oder Marktstände
hielt, aber alle waren verrammelt. Vor ihnen lag eine Straße
mit niedrigen Häusern, deren Obergeschosse auf Stelzen errichtet waren und so weit über das Erdgeschoss ragten, dass
sie Schatten spendeten. Die Sandwege zwischen den Häusern wirkten verlassen. Auf der einen Straßenseite standen
ausladende Bäume, die Ross nicht benennen konnte, Wäch-
ter in der Stille. Das einzige Geräusch war das Gezwitscher
der Vögel hoch oben in den Ästen.

»Vielleicht«, sagte Ross, »ist dies ein Ort, den die Menschen aufsuchen, um zu sterben?«

»Nun«, meinte Chesterfield und lächelte sein verhaltenes
Lächeln, »nach einem Derby-Tag in Epsom sieht es jedenfalls nicht aus.«

Dann hievte Chesterfield sich den Überseekoffer auf seinen hageren Rücken, überquerte die Straße und stellte ihn
im Schatten eines der Häuser ab. Er wies Ross an, dort zu
warten, während er sich auf die Suche mache nach einem
Gefährt, das sie zum Haus des Radschas brachte. »Geben
Sie mir Geld, Sir«, sagte er, schon im Aufbruch, »es wird die
einzige Sprache sein, die jeder versteht.«

Ross drückte ihm Silber in die Hand und sah ihm nach,
wie er sich mit seinem merkwürdigen Seemannsgang entfernte. Als der alte Mann um die nächste Ecke verschwand,
hörte Ross eine Kirchenglocke läuten.

Es war schon spät, als endlich ein Esel inklusive seinem chinesischen Besitzer und einem kleinen Leiterwagen gefunden wurde und sie in Richtung Südwesten zu den Ländereien des Radschas aufbrachen und Ross befürchtete, sie könnten sich im schwindenden Licht verirren. Aber Chesterfield beruhigte ihn, der Kutscher habe ihm mit seinen wenigen englischen Brocken zu verstehen gegeben, er kenne das Haus des Radschas – »nicht ›Radscha Leon‹, Sir, der Radscha ist Sir Ralph Savage, englische Person«. Das Haus sei so außergewöhnlich und so groß, dass jeder in Sarawak es kenne. Es sei »ein weißer Berg«, den niemand verfehlen könne. Es sei, sagte er, in der Dunkelheit klar und deutlich zu erkennen.

Noch etwas hatte Chesterfield erfahren. Auf die Frage des alten Mannes nach der Stille und Leere in Kuching hatte er gesagt, das Fieber habe die Stadt heimgesucht. Jetzt sei es vorbei, aber erst, nachdem fast die Hälfte der Bevölkerung am nördlichen Rand der Stadt »in eine Grube für die Toten gelegt« worden sei. Doch diese Information behielt Chesterfield für sich. Während der langen Reise an Bord der *Queen* hatte er nur zu gut begriffen, wie instabil Ross' seelische Verfassung war. (An mehr als einem Morgen war er, wenn er dessen Kabine betrat, halb darauf gefasst gewesen, ihn tot vorzufinden, eigenhändig vergiftet mit irgendetwas aus seiner Arzttasche.) Chesterfield war der Ansicht, dass sein neuer Herr – sollte er das tatsächlich sein, sollte er überhaupt Herr von irgendwas oder irgendwem sein – jetzt nicht mit Nachrichten von grassierendem Tod und Verderben belastet werden durfte.

Der Wagen setzte seine Fahrt fort, bog irgendwann vom Sandweg ab und landete auf einer hellen Straße, die vom vorrückenden Wald leicht überwuchert, aber sichtlich solide gebaut war und mit ihren bleichen Steinen in der zunehmenden Dunkelheit einen leuchtenden Teppich vor ihnen ausbreitete. Schließlich sahen sie es dann als Silhouette vor dem violetten Himmel aus dem Dschungel ragen – das Savage-Haus, dieses gewaltige Monument des Reichtums und der Macht. Ross wusste, dass er endlich an sein Ziel gelangt war.

Fackeln brannten am prächtigen Eingang des Palasts, und Valentine Ross wartete, beleuchtet von den Flammen, davor, während Chesterfield wie ein reuiger Sünder ein Stück weit hinter ihm stand. In der Dunkelheit konnte Ross jetzt das Rufen und Kreischen hören, das, wie er wusste, die Musik des nächtlichen Waldes war. Gereizt fragte er sich, wie Edmund dieses unaufhörliche Lamento hatte ertragen können, doch jetzt klopfte sein Herz wie wild bei dem Gedanken, jeden Moment werde sein Bruder erscheinen und er werde ihn in die Arme schließen. Er sagte sich, jetzt seien ihre Rollen vertauscht: Er selbst war nun der Forscher, der nach neuen Welten suchte, und Edmund würde der Heiler sein. Gemeinsam würden sie weitermachen.

Ein chinesischer Bediensteter führte Ross und Chesterfield in eine große Diele, wo Holzscheite hell in einem kolossalen Marmorkamin brannten. Chesterfield setzte die schwere Seekiste ab, seine angestrengten Gesichtszüge entspannten sich, und er nahm mit Staunen die opulente Umgebung in sich auf.

Ross nannte dem Diener seinen Namen und bildete sich ein, im Gesicht des Mannes ein kurzes ängstliches Zucken bemerkt zu haben. In seinem Rücken wurde Chesterfield von einem seiner Hustenanfälle geschüttelt, an denen er seit der langen Seereise litt, und so bekamen Valentine Ross und Sir Ralph Savage einander unter Begleitung dieser menschlichen Not zu Gesicht.

Sir Ralph trug eines seiner weißen Gewänder, und mit seinen langen grauen Haaren, die ihm offen auf die Schultern fielen, hätte er gut eine Art Göttergestalt sein können, wenn auch vielleicht eine etwas füllige, um die Leibesmitte etwas zu ausladende, um irgendjemandes Erlöser zu sein, doch Ross war trotz alledem beeindruckt. Er verbeugte sich und streckte die Hand aus, und der Radscha nahm sie und bedachte Ross mit einem langen, nachdenklichen Blick.

Chesterfield hatte seinen Hustenanfall nicht bändigen können und spuckte nun in ein rotes Taschentuch, doch ungeachtet dieses unglücklichen kleinen Ärgernisses hielt der Radscha ein ernstes Lächeln bereit und sagte zu Ross: »Ich hätte Sie auf hundert Schritt Entfernung erkannt. Sie und Ihr Bruder sind ein und derselbe.«

Sie wurden in eines von Sir Ralphs großen Empfangszimmern geführt. Während der Radscha Ross Platz zu nehmen bat, ließ er Chesterfield stehen, und in dem Moment spürte der alte Mann, wie seine Beine nachgaben: Er fiel ohnmächtig auf einen der teuersten geknüpften Teppiche des Radschas. Ross sprang auf und eilte zu ihm. Er fühlte nach seinem Puls, stellte erleichtert fest, dass er lebte, und begann sich bei Sir Ralph zu entschuldigen, als fürchte er, Chesterfields reglose Gestalt könne die edle Symmetrie des Raums stören.

Der Radscha ließ Arrak bringen, und der chinesische Diener, der die Gäste eingelassen hatte, beeilte sich, einen Becher zu füllen, den Ross Chesterfield einzuflößen versuchte. Doch der reagierte nicht, er hatte sich vorübergehend mit wer weiß was für einem Traum aus seinem mühseligen Leben verabschiedet.

Und genau in dem Moment, als Ross bei dem alten Mann kniete und Sir Ralph sich selbst einen guten Schluck Arrak genehmigte, betrat Leon das Zimmer. Er trug eine juwelenbesetzte Robe, und an seinem Gürtel hing der Dolch mit dem Griff aus Lapislazuli. Ross wusste sofort, dass dies der Mann war, der ihm die falsche Lösegeldforderung geschickt hatte, doch als er sah, dass Leons Hand den Dolch umfasste, wusste er auch, dass jetzt, mit Chesterfield auf dem teuren Teppich, nicht der Moment war, eine Auseinandersetzung mit ihm zu riskieren. Er versuchte erneut, seinem armen Diener etwas Arrak einzuflößen, und bemerkte erleichtert, dass Chesterfield die Augen öffnete und grinste.

DIE HELLE STRASSE

Und dann stand Valentine Ross am Grab seines Bruders.

Der Radscha hatte den Erdhügel mit Rasen bedeckt und das provisorische Holzkreuz durch eines aus Marmor ersetzt. Darauf waren die Worte *Edmund Ross, Engländer und Naturforscher* eingraviert. Doch es fehlten die Daten auf dem kleinen Grabmal, weil Sir Ralph weder wusste, wann genau Edmunds kurzes Leben begonnen hatte, noch, an welchem Tag es endete.

Neben Ross standen der Radscha und Chesterfield. Sir Ralph war es gewesen, der Ross vorgeschlagen hatte, einige Worte aus der Bibel vorzulesen. Seit er Ross am Abend seiner Ankunft sprechen gehört hatte, berührte es ihn, wie sehr seine Stimme der von Edmund ähnelte. Da er aber ahnte, dass der ältere Bruder sich in Charakter und Temperament stark vom Jüngeren unterschied und sicherlich nicht dazu zu bewegen war, allein zur Erbauung des Radschas in einer Hängematte zu liegen und Verse aus dem Lukasevangelium zu rezitieren, hatte er jetzt die Gelegenheit ergriffen, ihm die Bibel in die Hand gedrückt und für die Lektüre die freie Auswahl überlassen.

Sir Ralph und Chesterfield warteten still. Der alte Diener, der fürchtete, eine starke Emotion könne seinen Herrn daran hindern, überhaupt ein Wort zu äußern, blickte unbehaglich zu Ross. Der schlug vorsichtig die empfindlichen Seiten des großen Buchs um. Und endlich begann er mit dem Bericht des Evangelisten über die Kreuzigung:

»... aber der Übeltäter einer, die da gehenkt waren, lästerte ihn und sprach: Bist du Christus, so hilf dir selbst und uns!

Da antwortete der andere, strafte ihn und sprach: Und du fürchtest dich auch nicht vor Gott, der du doch in gleicher Verdammnis bist?

Und wir zwar sind billig darin, denn wir empfangen, was unsre Taten wert sind; dieser aber hat nichts Ungeschicktes getan.

Und er sprach zu Jesu: Herr, gedenke an mich, wenn du in dein Reich kommst!

Und Jesus sprach zu ihm: Wahrlich ich sage dir: Heute wirst du mit mir im Paradiese sein.

Und es war um die sechste Stunde, und es ward eine Finsternis über das ganze Land bis an die neunte Stunde ...«

Ross konnte nicht weiterlesen. Er konnte auch nicht weinen, aber in seinem Herzen spürte er etwas entsetzlich Erstickendes. Es war, als sei sein Körper erstarrt und seine Fähigkeiten zu sprechen, zu hören und sich zu bewegen seien zum Erliegen gekommen. Er konnte nichts mehr tun, als dazustehen, auf die Bibel in seinen Händen zu blicken und über sie hinweg auf den Grashügel. Aber in seinem Kopf schwirrte es vor lauter Erinnerungen an seinen Bruder. Er sah ihn rennen – immer rannte er –, auf seiner nie endenden Suche nach den Wundern der Erde, die es einzufangen galt. Seine Beine waren schlank und kräftig, sein goldenes Haar flog im Wind, seine Arme schwenkten das Schmetterlingsnetz gen Himmel, und sein Gesicht hatte etwas Verzücktes. Darüber, dass dieser fröhliche Mensch hatte sterben müssen, dieser Lieblingssohn, auf den ihre Mutter stets ebenso zärtlich wie besorgt gewartet hatte, und dass er selbst, der weniger geliebte Valentine Ross, unzufrieden und verzweifelt weiterleben musste, nun da er seinen Lebenssinn verloren hatte – darüber hätte er am liebsten vor Wut laut aufgeheult. Doch er wusste, dass er nicht einmal weinen durfte. Das Leben, das ihm noch blieb, würde er in Schweigen verbringen müssen.

Chesterfield war der Einzige, der ahnte, was Ross fühlen mochte, und schlug dem Radscha vor, Ross ins Haus zu bringen, damit er sich ausruhen konnte. Sir Ralph hatte vielleicht noch gehofft, der Trauernde werde weiterlesen oder vielleicht sogar ein paar eigene Worte über Edmunds Grab sprechen, doch er merkte schnell genug, dass der Mann mit seinen Kräften am Ende war. Sanft nahm er ihm die Bibel aus den Händen, und zusammen mit Chesterfield schob er ihn in die andere Richtung, und gemeinsam gingen sie zurück zum Haus.

Als sie Ross in sein Zimmer führten – dasselbe, das Edmund einst bewohnt hatte –, stießen sie dort auf Leon, der die wenigen Habseligkeiten und Arzneien durchsuchte, die sich noch in Ross' Überseekoffer befanden. Dem Radscha war bewusst, dass das Erscheinen von Edmunds Bruder Leons ganze alte Wut auf den »Jesusjungen« wachgerufen hatte. Ebenso wie die Tatsache, dass sie selbst und alle um sie herum gerade erst solche Verheerungen durch Krankheit und fremde Eindringlinge erlitten hatten, hatte ihn das derart mitgenommen, dass er Leon versprach, wenn Ross nicht freiwillig »fortsegle«, werde er sich weigern, ihn länger als ein oder zwei Wochen zu beherbergen. Doch jetzt erkannte er zu seinem Missfallen, dass dieses Versprechen Leon nicht zufriedengestellt hatte. Aus Eifersucht verdächtigte er den Arzt aus England. Er trug immer und überall den Lapislazuli-Dolch an seinem Gürtel. Sir Ralph gegenüber hatte er bemerkt: »Nicht lange, und der Dolch wird zu mir sprechen, und ich werde antworten.«

»Was soll das heißen?«, hatte der Radscha gefragt.

»Das heißt, dass der Doktor blaue Augen hat, blau wie Lapis«, hatte Leons Antwort gelautet.

Jetzt zog Chesterfield Ross liebevoll Mantel und Stiefel aus und trug ihn aufs Bett. Der Radscha führte Leon in sein eigenes Zimmer, versperrte die Tür und schloss ihn sofort in seine mächtigen Arme. Er flüsterte ihm zu, dass er ihn liebe. Er zog den Dolch aus Leons Gürtel und hielt ihn sich selbst an den Hals. »Wenn du mir nicht glaubst«, sagte er, »dann töte mich. Vergreif dich nicht an Valentine Ross, der dir nichts getan hat; setz meinem Leben ein Ende. Glaub mir, Leon, alles was ich mir für uns wünsche, ist, dass es wieder so wird wie früher; dass deine Wut nachlässt. Die Goldsucher sind fort. Die Pestkrankheit ist abgeklungen, ehe sie uns erreichte. Wir haben die Katastrophe überlebt. Wir können alles, was zerstört wurde, wieder aufbauen, aber nur, wenn du an meiner Seite bleibst.«

Leon schwieg, lehnte aber seinen Kopf an Sir Ralphs Schulter. Ein Teil von ihm wollte dem Radscha immer noch mitteilen, er habe genug davon, ihm untertan zu sein. Alles wonach ihn dringend verlange, sei eigenes Geld, sehr viel Geld; es müsste reichen für Ländereien, über die er herrschen, eine schöne Gattin, die er besitzen, und eine Zukunft funkelnder Macht, die er genießen wolle. Doch er wusste, dass die große Energie, die ihn stets angetrieben hatte, jene Energie, die ihm geholfen hatte, den weißen Palast zu erbauen sowie von der Konservenfabrik und von Reichtum, der in China wartete, zu träumen, sich verringert hatte. Wie konnte ein derart müder Mann hoffen, das Reich zu finden, das er suchte? In letzter Zeit entfernte er sich kaum noch vom Haus, und sein liebster Zeitvertreib bestand inzwischen darin, Zuckerwerk aus Nüssen und Melasse herzustellen, das er in gewaltigen Mengen selbst verzehrte, wobei es ihn nicht scherte, dass sein Bauch rund wie ein Fass geworden war und seine starken Arme denen des Buddha glichen, fleischig und träge.

Was blieb, das wusste er, war die starke Leidenschaft zwischen ihm und Sir Ralph. Selbst jetzt, als er sich an ihn lehnte und das vertraute Aroma seines Körpers einatmete, spürte er sie, und er beschloss, dass dieses Gefühl, das Liebe zu nennen er sich weigerte, das ihm aber dennoch mehr Lust verschaffte als jedes andere, das er kannte, vielleicht reichen musste, seinem Leben Sinn und Zufriedenheit zu verleihen – zumindest so lange, bis seine alte Stärke zurückkehrte, bis irgendein anderer ehrgeiziger Plan von seiner Seele Besitz ergriff. Er umarmte den Radscha und seufzte. Und er wusste, was dieser Seufzer bedeutete: Es war ein Moment der Unterwerfung.

Ross schlief ein wenig, und als er erwachte, war es dunkel im Zimmer. Er lag da und horchte auf die wilden Schreie der tropischen Nacht. Er hatte kein Zeitgefühl. Es war, als treibe er auf Geräuschen dahin, und als das graue Licht der Morgendämmerung durchs Fenster fiel, wünschte er, es trüge ihn aus der Enge des Zimmers hinaus in die Weiten des Waldes.

Schwach, wie er war, hatte er Mühe, Mantel und Stiefel anzuziehen; dann ging er durch das stille Haus und trat in den Garten. Die Beete mit dem leuchtenden Indischen Blumenrohr wirkten wie Hohn unter dem bleichen Morgenhimmel, doch Ross weigerte sich, diesen protzigen Blumen seine Aufmerksamkeit zu schenken. Die Zeit für solcherlei Dinge war vorüber.

Er entfernte sich vom Haus, die kühle Luft in seinem Gesicht störte ihn nicht. Bald schon wanderte er unter breiten Baumkronen entlang und fand sich schließlich auf der hellen Straße wieder, die er bei seiner Ankunft bewundert hatte. Er hatte keine Ahnung, wohin die Straße führte, aber er spürte, wie sie ihn erneut bewegte. Er stellte sich all die Stunden und Wochen vor, die die Arbeit daran gekostet hatte. Fast erschien ihm die Straße wie etwas Lebendiges, das sich endlos vor ihm wand und schlängelte und jeglicher Behinderung durch Wurzeln und verwehtes Unkraut trotzte, ein menschengemachtes Werk voller Sinn und Schönheit.

Der Himmel wurde nach und nach immer heller. Zu seiner Linken erkannte Ross jetzt eine seltsame freie Fläche. Alle Bäume waren dort gefällt worden; der Boden war von lauter tiefen Gräben durchzogen; merkwürdige behelfsmäßige Maschinen standen verlassen herum. Normalerweise wäre er bei einem solch beunruhigenden Anblick stehen geblieben und hätte die Bedeutung des Ortes zu ergründen versucht, doch er merkte, dass es ihn nicht interessierte. Es war, als rufe die Straße ihn immer weiter und weiter und gönne ihm weder Pause noch Rast. Und jetzt erkannte er, wohin sie ihn führte: Sie führte zum Fluss.

Überall um ihn herum lärmte der Busch, und den Morgenhimmel sprenkelten die dunklen Schatten von Vögeln, die er nicht kannte. Abgesehen von ihnen fühlte er sich ziemlich allein. Bis ihm ein seltsames Wesen entgegenkam: Eine alte Frau mit einem weißfleckigen Gesicht schob eine Schubkarre in Richtung des Palasts. Ihre Last war offensichtlich schwer, denn die Karre schaukelte und schwankte über die weißen Steine. Als sie aufeinandertrafen, sah Ross, dass, mit dem Kopf auf einem gelben bestickten Kissen, ein Chinese in der Schubkarre lag, der so alt und krumm war, dass er einer Art Skelett glich, an dem immer noch Fleisch und Sehnen hingen. Die Augen in dem ausgemergelten Gesicht wirkten jedoch anrührend strahlend und lebendig.

Ross blieb einen Moment stehen, um die alte Frau mit ihrer menschlichen Fracht mit einem Nicken zu grüßen, und er glaubte zu sehen, wie ein dünnes Lächeln ihr Gesicht zerknitterte. Doch sie blieb nicht stehen. Und ihm kam plötzlich der Gedanke, dass dies eine Straße sein musste, auf der niemand jemals innehielt, ganz gleich, in welche Richtung er unterwegs war, sondern stets nur ihrem vorwärtsdrängenden Ruf gehorchte.

Ross wusste, dass das Gehen ihn inzwischen eigentlich ge-
wärmt haben sollte. Er musste daran denken, wie sein Aufstieg zum Beacon Hill und weiter nach Charlcombe ihm
stets das Blut in die Wangen getrieben hatte, sein Herz
schien damals umso stärker zu schlagen, je höher er stieg.
Doch jetzt spürte er sie nicht, jene Hitze und Euphorie, die
eine solche Anstrengung mit sich brachte; obwohl die Sonne gerade über den Bäumen aufging, war ihm immer noch
kalt.

Schließlich kam er zu einer Stelle, wo die Straße sich ga-
belte. Er blieb einen Moment stehen, denn ihm fiel auf, dass
sich eine Menge weißer Steine aus der Straßendecke gelöst
hatte, vielleicht weil Leiterwagen oder Schubkarren gewendet oder Reisende, die zu Fuß unterwegs waren, gezögert
und kehrtgemacht hatten. Ross betrachtete diese losen Steine als eine Art unerwarteten Schatz, der sich ihm in dieser Morgendämmerung darbot, die weder Tag noch Stunde
zu kennen schien – als ereigne sie sich völlig außerhalb der
Zeit.

Er bückte sich und begann, seine Taschen mit den Steinen
zu füllen, wobei er jeden einzelnen liebevoll in der Hand
wog, bevor er ihn in seinen Mantel steckte. Dann blickte
er auf und überlegte, welchen Abzweig er nehmen sollte. Seine Hände streichelten die Steine. Er horchte angestrengt in
sich hinein und bat um Anweisung, wohin er sich wenden
sollte, empfing jedoch keine. Also schloss er die Augen
und wandte sich blind nach links. Nach einer Weile merkte
er, dass das Rauschen des Sadong-Flusses sehr laut wurde.
Er erkannte, dass dieser Fluss viel schneller und viel herz-
loser floss als jeder, den er aus England kannte. Er malte
sich seinen stürmischen Lauf aus – wie er Felsen umkurvte,
Stromschnellen hinabstürzte, in Strudeln wirbelte, Gischt
gen Himmel schleuderte, alles umarmend mit sich trug.

Als er das Ufer erreichte, berührte er noch einmal die Steine in seinen Taschen, denn er glaubte eine Verbindung zwischen ihnen und sich selbst zu erkennen: beides Körper, aus Erde gemacht und beharrlich an ihr haftend, aber anfällig für Stürme, für Vertreibung und Zerstörung und für die immerwährende Reise des Menschen nach hier und dort.

Bevor Valentine Ross sich in den Fluss hinabließ, überlegte er kurz, ob er seine Stiefel ausziehen sollte, doch eigentlich wusste er, dass diese Überlegung überflüssig und töricht war. Denn jetzt gab es nur noch dies: einen Mann und einen stürmischen Fluss, und von dem Mann, so wünschte er, möge keine Spur zurückbleiben.

SCHNEEBEEREN

Aisling war nach der Welt der Träume benannt worden, aber auch nach dem Eschenbaum, und als sie, auf ihrem Weg zur Schule in Dublin, an einem kleinen Eschenhain vorbeikam, fand sie, dass sie tot aussahen mit ihren wenigen übriggebliebenen Blättern, die in der Farbe verfaulter Pflaumen wie Lumpen von den Zweigen hingen. Als sie wieder zu Hause war, sagte sie zu ihrer Mutter Kathleen: »Die Eschen sind alle tot«, und Kathleen erwiderte: »Natürlich. Alles stirbt im Winter.«

Aisling hatte das Gefühl zu sterben. Sie war wieder in ihrem tristen alten Zimmer, in dem Maires Bett nur einen halben Meter von ihrem entfernt stand, ein Bett, das immer mit frischen Leinenlaken bezogen war, so als würde Maire eines Abends hereinspazieren und ihren Kopf auf das weiße Kissen legen.

Das Lernen in der Schule fiel ihr schwer. Sie konnte immer nur an das Haus an der Westküste denken und an das kleine Gehege, in dem Iris lebte; sie fürchtete, dass es inzwischen unter einer Schneedecke lag und dass die Ziegen, die keinen Wollpelz hatten wie die Schafe, womöglich vor Kälte sterben würden.

Sie dachte auch an ihre Freundin Charlotte und an die Kaurimuscheln, die sie gesammelt hatten, und an die kleine Holzschachtel, die Charlotte in der Schule ihres Vaters gefunden hatte. Die Schachtel hatte einst Kreide enthalten. Die beiden Mädchen hatten sie gereinigt und poliert und etwas Wunderschönes daraus gemacht, indem sie den Deckel mit den Muscheln beklebt hatten. Und dieses kleine Kunstwerk hatte Aisling, als der Zeitpunkt ihrer Rückkehr nach Dublin gekommen war, Miss Maeve und Miss Elizabeth McKinnon als Abschiedsgeschenk überreicht, und die beiden, die bisher ihre Tränen zurückgehalten hatten, ließen ihnen jetzt freien Lauf, so dass sie auf das Geschenk der Kinder fielen.

Aisling hatte versucht, ihren Eltern von dem herrlichen Meeresstrand und dem Sonnenlicht auf den dramatischen Wellen zu erzählen, von den Gemälden, die an den Wänden der Hütte hingen, von den Picknicks, die Miss Maeve unermüdlich veranstaltete, und von Iris mit ihren weichen Ohren und ihrem flehentlichen Blick. Aber Michael und Kathleen schienen nichts von alledem hören zu wollen. Sie sprachen immerzu nur über die bevorstehende Ankunft ihres Sohns – dem sie schon den Namen Liam gegeben hatten – im Dezember. »Er wird gerade rechtzeitig zu Weihnachten geboren werden«, erklärten sie dem Mädchen, von dem sie inzwischen als von ihrem *mittleren Kind* sprachen, »und deshalb, Aisling, müssen wir uns ganz darauf konzentrieren, wie wir ihn willkommen heißen. Und wir meinen, du solltest selbstlos deinen Teil dazu beitragen. Wir haben überlegt, was du tun könntest, und beschlossen, dass Liam ein eigenes Zimmer für seine kleine Wiege bekommt. Er darf nachts nicht gestört werden. Babys brauchen viel Ruhe. Deshalb werden wir dein Bett ins Wohnzimmer stellen, und du kannst dort schlafen. Du wirst Tee mit uns trinken, wenn dein Vater nach Hause kommt, und schlafen gehen, wenn er es für richtig hält. Du wirst dich an die späte Stunde gewöhnen.«

So würde es also von nun an sein: Ihr neuer Bruder würde sich das Zimmer mit Maires Geist teilen, und sie selbst würde sich das Wohnzimmer mit der Porzellanvitrine und den Mäusen teilen und gezwungen sein, die ganze Zeit aufzubleiben, während ihr Vater sein Bier nach dem Abendessen trank. Vielleicht würde Liam Maires alte Spielsachen bekommen, die sie selbst nie hatte anrühren dürfen. Er würde in den weichen Armen seiner Mutter aufwachsen. Sein Vater würde in der Anchor Brewery Überstunden machen, damit sein Sohn teure Lebensmittel zu essen bekam. Mit seiner vom Tabakkauen ruinierten zitternden Stimme würde Michael Morrissey seinem einzigen Sohn etwas vorsingen ...

Als der Zeitpunkt der Niederkunft nahte und Aisling sah, wie ihr Bett ins Wohnzimmer geschoben wurde, an eine Stelle so dicht am heißen Kaminrost, dass sie Angst hatte, mitten in der Nacht Feuer zu fangen, schrieb sie einen Brief an ihre Tante:

Liebe Tante Clorinda,
bitte, ich flehe Dich an, komm und bring mich zurück zu Miss Maeve und Miss Elizabeth. Bitte, bitte, bitte, bitte. Charlotte hat mir gesagt, ich könnte mit ihr die Schule ihres Vaters besuchen und dort weiter lernen. Bitte, bitte, bitte komm. Mein Bett steht jetzt im Wohnzimmer, weil mein Bruder bald kommt. Ich verbrenne mich an den Kohlen, und für mich gibt es zu Weihnachten gar nichts, und ich vermisse Iris so sehr.
Wenn Du nicht kommst, dann sterbe ich.
Viele Küsse von Deiner Nichte Aisling

Die Reise über die Irische See war lang und rau, aber Clorinda machte kein Aufhebens von ihrer Seekrankheit und begab sich vom Hafen direkt in die Bishop Street, wo sie Kathleen vorfand, die im neunten Monat ihrer Schwangerschaft war und gerade Aislings wenige Kleidungsstücke und Habseligkeiten in einen Sack packte.

Ohne ihre Schwägerin auch nur zu fragen, wie es ihr nach der Reise gehe, und ohne ihr einen Tee anzubieten, sagte sie:

»Ach, du bist es. Und wie müssen wir dich jetzt nennen? My-lady, oder?«

Clorinda ignorierte die Frage. Sie blickte sich in dem voll-gestopften Zimmer um und entdeckte Aislings Bett direkt neben dem Kamin. Kathleen griff in ihre Schürzentasche, überreichte Clorinda einen Umschlag und sagte: »Michael hat mir zehn Schilling dagelassen, für Aislings Unterhalt. Aber wie ich höre, tun wir den komischen alten Jungfern nur einen Gefallen. Haben selber kein Kind, wie? Und kei-nen Ehemann, der ihnen eins schenkt. Also schnappen sie sich ein Mädchen von jemand anders! Aber ich schätze, sie kriegen ihre Strafe dafür. Sie werden bald merken, was für ein mürrisches Kind sie ist.«

Clorinda setzte sich auf Aislings Bett. Sie bat Kathleen um einen Schluck Wasser. Sie war ganz ausgedörrt nach ihrer Seekrankheit, und vom Anblick und dem Geruch des unge-lüfteten Wohnzimmers wurde ihr schon wieder schlecht. Sie hätte Kathleen erzählen können, dass Aisling in dem Haus bei Ennistymon überhaupt nicht mürrisch gewesen war; sie war ein völlig anderes Kind gewesen. Doch sie schwieg. Jetzt ging es nur darum, Aisling von hier fortzubringen. Am nächsten Morgen würden sie in aller Frühe zu der Rei-se quer durch Irland aufbrechen, die sie zu Beginn des Som-mers schon einmal zusammen unternommen hatten, bis sie schließlich zu dem uralten Haus gelangten, aus dem Maeve und Elizabeth geeilt kamen, um sie zu empfangen.

Frost hatte die Straßen aufgerissen, und die Pferde rutsch-ten und stolperten. In der zugigen Kutsche drängten Clorin-da und Aisling sich unter einer karierten Decke eng aneinan-der, aber Aisling sagte, jetzt habe sie vor gar nichts mehr Angst. Wenn ein Rad abfiel, könnte es wieder angebracht werden; wenn die Kutsche zur Seite kippte, würde niemand mehr als ein paar Prellungen davontragen. Sie fuhr zu ihrem

»neuen Heim«, und Gott würde einen Weg finden, sie sicher dorthin zu bringen.

Als sie sich dem Meer näherten, schien wärmere Luft heranzuwehen. Während der nächsten Rast entdeckte Aisling Schneebeeren, die am Straßenrand wuchsen, und sie fragte, ob sie ein paar Zweige als Geschenk für Miss Elizabeth pflücken dürfe, »damit sie sie bei ihrer Malerei benutzt«. Clorinda war einverstanden, und so fuhren sie weiter, in der Hand die Schneebeerenzweige, die mit einem Faden des Sacks zusammengebunden waren, in dem einst Hopfen für die Anchor Brewery transportiert worden war und der jetzt Aislings sämtliche irdische Habe enthielt. Als die Dämmerung einsetzte, versprühten die weißen Beeren im dunklen Inneren ihrer Kutsche hartnäckig ihr Licht.

Doch jetzt waren sie beinah da. Sie hatten Ennistymon durchquert. Sie konnten das Rauschen der Wellen hören. Und dann sahen sie in der Dunkelheit das Flackern der Öllampen, die im Küchenfenster der Kate brannten, und noch bevor die Pferde zum Stillstand kamen, wurde die Eingangstür weit aufgerissen.

DANKSAGUNG

Dieser Roman ist folgenden Werken zu Dank verpflichtet: *Letters from the Malay Archipelago* von Alfred Russel Wallace, hrsg. von John Van Wyhe und Kees Rookmaaker (Oxford University Press), *Darwin's Moon, A biography of Alfred Russel Wallace* von Amabel Williams-Ellis (Blackie), *Into the Heart of Borneo* von Redmond O'Hanlon (The Salamander Press), *Almayers Luftschloss* von Joseph Conrad (Haffmans), *Charles Darwin, Victorian Mythmaker* von A. N. Wilson (John Murray), *Science and the Practice of Medicine in the Nineteenth Century* von W. F. Bynum (Cambridge University Press), *The Butchering Art, Joseph Lister's quest to transform the brutal world of Victorian medicine* von Lindsey Fitzharris (Allen Lane), *How to be a Victorian* von Ruth Goodman (WW Norton), *Inside the Victorian Home* von Judith Flanders (WW Norton), *The Short Life and Long Times of Mrs Beeton* von Kathryn Hughes (4th Estate), *Äquatortaufe* von William Golding (Knaus), *Roads to Ruin: The Shocking History of Social Reform* von E. S. Turner (Penguin Books), *The Plimsoll Sensation: the Great Campaign to Save Lives at Sea* von Nicolette Jones (Abacus), *A Charming Place: Bath in the Life and Novels of Jane Austen* von Maggie Lane (Millstream Books), *Tales of the New Babylon: Paris in the Mid-19th Century* von Rupert Christiansen (Minerva).

Mein alter Freund und Kollege, Malcolm Bradbury, erklärte mir zu Anfang meines Schriftstellerlebens, dass »ernsthafte Romane nicht einfach geschrieben werden, sie werden *neugeschrieben*«; ich stimme dem immer noch zu, weiß aber auch, dass der Prozess eines erfolgreichen Neuschreibens wesentlich vom editorischen Urteil der »ersten Leser« abhängt. Meine waren Bill Clegg, Alison Samuel und mein geliebter Lebenspartner, dem dieses Buch auch gewidmet ist, Richard Holmes. Alle drei schenkten mir sehr viel von ihrer Zeit und ihrer Intelligenz, und mit ihrem Beistand schaffte ich die Reise vom ersten Entwurf bis zum endgültigen Manuskript ohne übermäßige psychische Qualen und allzu große Trauer um meine lange verstorbene Lektorin Penelope Hoare.

Den lebhaften E-Mail-Austausch mit Neel Mukherjee über die in diesem Buch verhandelten Themen waren immer sehr unterhaltsam. Clara Farmer war so scharfsinnig, mir eine ganze Reihe wichtiger Fragen zu stellen, und ich möchte ihr und dem wunderbaren Team bei Chatto/Vintage danken: Richard Cable, Rachel Cugnoni, Beth Coates, Tom Drake-Lee, Poppy Hampson, Charlotte Humphrey, Victoria Murray-Browne, Fran Owen, Stephen Parker und Mari Yamazaki. Außerdem bin ich meiner Freundin und Agentin Caroline Michel zu allergrößtem Dank verpflichtet. Sie ist der Leuchtturm nie versagenden Lichts im Leben ihrer Autorinnen und Autoren.